W0332274

Le secret d'Helena

*

L'enfant de son ennemi

*

Un bouleversant malentendu

YVONNE LINDSAY

Le secret d'Helena

Traduction française de
AGATHE PASSANT

HARLEQUIN

Titre original :
THE TYCOON'S HIDDEN HEIR

Ce roman a déjà été publié en 2015

© 2007, Dolce Vita Trust.
© 2015, 2020, HarperCollins France pour la traduction française.

Ce livre est publié avec l'autorisation de HARLEQUIN BOOKS S.A.

Tous droits réservés, y compris le droit de reproduction de tout ou partie de l'ouvrage, sous quelque forme que ce soit.
Toute représentation ou reproduction, par quelque procédé que ce soit, constituerait une contrefaçon sanctionnée par les articles 425 et suivants du Code pénal.

Si vous achetez ce livre privé de tout ou partie de sa couverture, nous vous signalons qu'il est en vente irrégulière. Il est considéré comme « invendu » et l'éditeur comme l'auteur n'ont reçu aucun paiement pour ce livre « détérioré ».

Cette œuvre est une œuvre de fiction. Les noms propres, les personnages, les lieux, les intrigues, sont soit le fruit de l'imagination de l'auteur, soit utilisés dans le cadre d'une œuvre de fiction. Toute ressemblance avec des personnes réelles, vivantes ou décédées, des entreprises, des événements ou des lieux, serait une pure coïncidence.

Le visuel de couverture est reproduit avec l'autorisation de :

© PEOPLEIMAGES/GETTY IMAGES/ROYALTY FREE

Réalisation graphique couverture : L. SLAWIG (HarperCollins France)

Tous droits réservés.

HARPERCOLLINS FRANCE
83-85, boulevard Vincent-Auriol, 75646 PARIS CEDEX 13
Service Lectrices — Tél. : 01 45 82 47 47

www.harlequin.fr

ISBN 978-2-2804-3361-7

Prologue

L'eau noire et glacée l'emportait dans ses tourbillons, arrachant toute trace de chaleur à son corps prisonnier, minant ce qui restait de son instinct de survie. Mourir de cette façon, l'ironie était cruelle... elle, Helena Milton, débordante de vie, pleine de rêves insensés, elle dont le caractère ardent et intrépide avait tour à tour stupéfié et consterné ses parents paisibles et âgés...

Ses parents... comprendraient-ils jamais les raisons de son départ, pourquoi elle avait accepté d'épouser Patrick Davies et, avec lui, de renoncer à l'amour ? Elle était convaincue d'avoir fait le bon choix — pour elle, bien sûr, mais surtout pour eux : pour tous les sacrifices qu'elle leur avait coûtés.

Pourtant, elle avait échoué. Un dérapage incontrôlé sur la route enneigée et couverte de verglas avait précipité sa voiture contre le parapet d'un pont et dans les eaux gonflées de la rivière en contrebas. Des flots grossis par la fonte des neiges, descendus tout droit des montagnes de Nouvelle-Zélande pour la noyer.

Les doigts paralysés par le froid, Helena tenta une nouvelle fois d'actionner le bouton électrique qui commandait l'ouverture de sa fenêtre. En vain. Ses tentatives répétées, et de plus en plus faibles, pour briser la vitre n'avaient elles-mêmes aucun effet. Les portes bloquées, le système électronique hors d'usage, elle était prise au piège. Elle ferma de nouveau les yeux. Quel intérêt de les garder ouverts dans l'obscurité de sa prison ?

La perspective de mourir ainsi — seule, victime d'un court-circuit et du verglas — lui arracha un bref sursaut de révolte. L'occasion même de voir un jour son père fier d'elle lui était ravie. Jamais elle n'effacerait la constante et silencieuse déception qu'elle avait toujours lue dans ses yeux. L'échec avait un goût amer.

« Laisse tomber, lui murmurait une petite voix, oublie. » Elle s'affaissa un peu plus sur son siège et, renonçant à lutter contre le froid qui l'envahissait, elle laissa ses pensées dériver. Combien de temps lui restait-il avant de mourir ?

Un bruit étrange et répété pénétra soudain le brouillard de ses réflexions. Luttant contre la résignation qui l'avait envahie, elle s'obligea à ouvrir les yeux et scruta les ténèbres. Des lueurs féeriques dansaient au-dessus d'elle. Un sursaut d'humour lui arracha un gloussement faible et cassé. Etait-ce les lumières dont tout le monde parlait, ces lumières vives qui apparaissaient à l'âme du mourant au bout du tunnel ?

Une silhouette sombre surgit de l'autre côté de la fenêtre et un visage blafard se pressa contre la vitre. L'eau bouillonnait autour de l'apparition, et Helena sentit la voiture glisser sous la pression tumultueuse et croissante des flots. L'homme remuait les lèvres. Elle lui répondit par un lent hochement de tête. Que disait-il ? Comme il levait les bras, elle distingua les contours d'une hache serrée entre ses poings. Quand il frappa encore la vitre, elle comprit brusquement ce qu'il tentait de lui dire. Alors elle se jeta sur le côté et, pour échapper aux éclats de verre, plongea dans la piscine qui inondait sa voiture.

Alors que les eaux s'engouffraient dans l'habitacle, elle sentit des mains puissantes l'attraper par la veste, les cheveux, à la recherche de n'importe quelle prise susceptible de l'extirper de sa prison. Helena s'efforça de coopérer, mais ses membres refusaient de lui répondre. Happée par une poigne ferme, elle se sentit glisser à travers la fenêtre brisée et, à l'abri du corps dressé comme un bouclier contre la fureur du courant, hissée jusqu'à la rive.

Le sol était dur, mais elle en éprouva toutes les aspérités avec bonheur. Elle avait été si proche de lâcher prise… La joie d'être sauvée déferla sur elle comme une vague, la laissant épuisée, prête à sombrer dans le sommeil. Mais, à l'évidence, l'homme qui l'avait tirée d'une mort certaine ne l'entendait pas de cette oreille.

— Y a-t-il un autre passager dans la voiture ? lui cria-t-il sans ménagement. Répondez-moi ! Il y a quelqu'un d'autre ?

— Non… que moi, lâcha-t-elle d'une voix faible.

— Dieu merci. Vous êtes blessée ? Vous avez perdu connaissance ?

Alors qu'elle secouait la tête, elle sentit les mains, fortes et adroites, tâter son crâne, puis parcourir son corps. Le froid transperçait ses vêtements mouillés pour l'atteindre jusqu'à la moelle.

— On dirait que vous n'avez rien de cassé. Allons au sec.

— Et m-mes af-faires ? parvint-elle à bredouiller à travers ses lèvres transies. M-ma voiture ?

— Désolé, ma jolie. Votre voiture est partie avec le courant. La première chose à faire est de vous sécher et de vous réchauffer.

Sur ces mots, son sauveur la souleva dans ses bras et la porta vers un semi-remorque garé sur le bas-côté. Les lumières féeriques, comprit-elle alors, n'étaient autres que celles de la cabine d'un trente tonnes rutilant. Sa méprise lui arracha un sourire.

— Pourquoi souriez-vous ?

La voix était profonde, jeune. Rassurante. Helena aurait voulu voir les traits de l'homme, mais elle aurait dû lever la tête. Cet effort, comme celui de deviner son profil contre l'éclairage violent du camion, était au-dessus de ses forces.

— Les lu-mières… fé-eriques, murmura-t-elle.

Un rire profond traversa comme une onde le corps de l'inconnu.

— Féeriques, ça, on peut le dire ! s'exclama-t-il.

Il la hissa dans la cabine avant de grimper à son tour pour l'installer sur la couchette rudimentaire aménagée à l'arrière de la banquette.

— Savez-vous combien de temps vous êtes restée dans l'eau, à quelle heure vous avez fait le grand saut ?

— J-juste… après 21 heures… je c-crois.

Il jeta un coup d'œil à l'horloge du tableau de bord.

— A peu près une demi-heure, alors. Nom d'un chien, que fichiez-vous sur cette route sans chaînes ? Vous n'avez pas vu les panneaux ?

— Je… ne v-voulais pas… m'arr-rêter. Je dois aller à Auckland.

Cette courte phrase épuisa ses ultimes ressources.

— Eh bien vous n'irez plus nulle part cette nuit.

La radio grésilla et une voix désincarnée arracha un juron à son sauveur avant qu'elle puisse répondre. Elle s'efforça de comprendre le message, perçut les mots « accident » et « hypothermie », et céda à l'irrésistible somnolence qui s'emparait d'elle. Elle sombrait dans l'inconscience quand il la secoua légèrement.

— Hé, ne vous endormez pas. Il faut vous déshabiller et vous réchauffer. Vous pouvez vous débrouiller ?

Plus que ses gestes, ce fut la tonalité de sa voix — un curieux mélange de fermeté et de tendresse — qui parvint à la tirer de sa torpeur.

— N-non, réussit-elle à marmonner pour répondre à sa sollicitude. M-mes doigts… t-trop froids.

Aussi molle qu'une poupée de chiffon, elle le laissa la déshabiller, même si elle voyait bien qu'elle ne lui facilitait pas la tâche avec ses membres inertes, et les violents tremblements qui ne cessaient de la parcourir.

— Vous tremblez, dit-il en la débarrassant de ses vêtements et en la frictionnant, c'est bien. Au moins, vous revenez à vous.

La lente remise en marche de sa circulation sanguine lui arracha une grimace.

— R-revenir ? Je ne s-suis même pas arrivée où j-je voulais aller.

Il laissa échapper le même rire grave, et elle sentit soudain une sensation de chaleur l'envahir. Elle aimait bien ce rire. Chaud et profond, il la ramenait à la vie. La vie — une évidence qu'elle tenait depuis trop longtemps pour acquise.

— Désolé de vous décevoir, mais nous sommes coincés ici pour la nuit. J'avais espéré qu'on pourrait reprendre la route et trouver un motel un peu plus loin, mais les autorités ont fermé la circulation dans les deux sens jusqu'à demain matin.

Lorsqu'elle fut nue, il l'étendit avec douceur sur l'étroite couchette, puis il la recouvrit d'un duvet et la borda consciencieusement. Tandis qu'elle ne cessait de trembler, elle l'entendit vaguement se déshabiller à son tour. Lorsqu'il la rejoignit, le sac de couchage avait glissé, et son dos était entièrement exposé. Elle sentit à peine le matelas s'enfoncer sous le poids de l'homme. Des bras musclés l'entourèrent, l'attirant contre un torse solide. La chaleur qui irradiait de ce corps viril l'apaisa aussitôt et, dans un soupir, heureuse de s'y abandonner, elle s'endormit avant même que le duvet soit tiré sur eux deux.

Il faisait encore nuit lorsque Mason Knight se réveilla, désorienté par le corps de femme, tiède, svelte et entièrement nu, qui recouvrait le sien. Des seins pressés contre son torse, des jambes entremêlées aux siennes, un visage enfoui au creux de son cou… En même temps qu'il prenait conscience de ces sensations, et du désir instantané qu'elles provoquaient en lui, la voiture dans les flots gonflés de la rivière et le sauvetage de sa conductrice lui revinrent brusquement à la mémoire. Noyade, protocole de survie standard, tenta-t-il de se reprendre dans un réflexe de soldat acquis au cours de son séjour dans l'armée néo-zélandaise. Déshabillage, séchage, réchauffage. Mais ni son entraînement ni les stages de survie ne l'avaient préparé au désarroi qu'il éprouvait au contact de ce corps féminin entièrement nu et si totalement abandonné contre le sien.

S'il n'avait aucun mal à étouffer la petite voix qui lui soufflait d'en profiter, une partie de son anatomie, en dépit de ses efforts, refusait obstinément de se soumettre à la raison. Maudissant son réflexe, et la vigueur de la nature, il s'employa à faire défiler dans son esprit des images de manière à repousser la tentation. En vain.

Il essaya alors de remuer les hanches, dans l'espoir d'écarter la jeune femme, mais elle se tortilla contre lui, si près qu'il sentait la chaleur irradier de son sexe brûlant, tout contre le sien. La tentation était affolante, il n'allait pas pouvoir résister longtemps. En même temps, elle allait hurler si elle se réveillait maintenant, il le savait, et il ne pourrait pas lui en vouloir.

Une véritable décharge le transperça quand il sentit des mains fines, aussi légères que des plumes, caresser son torse, et raviver sur leur passage les ondes folles du désir qu'il s'efforçait d'ignorer. Elle frotta la joue contre sa poitrine, tandis qu'un faible soupir, émanant de ses lèvres, effleurait sa peau ultrasensible.

— Je te veux.

La voix enrouée de la jeune femme s'éleva sur le velours obscur de la nuit, aussi ardente que ses caresses.

— Non, bredouilla-t-il, anéanti par les mains qui parcouraient son torse, c'est juste une réaction à l'accident. Vous êtes en état de choc.

En état de choc ? songea-t-il avec ironie. C'était plutôt son cas à lui…

— Vous n'avez pas envie de faire ça, reprit-il, en proie au désir maintenant affolant de lui céder.

— Si, j'en ai envie. J'ai envie de toi.

Au même instant, les lèvres de la jeune femme se refermèrent sur la pointe de son mamelon, le livrant au supplice d'une fièvre qui consumait toutes ses résolutions. Désespéré, Mason serra les dents.

— Montre-moi que je suis en vie, murmura-t-elle en pressant ses hanches contre lui avec un faible gémissement.

Il n'eut pas le temps de répondre. Elle s'était dressée sur les genoux, et ses mains adroites s'emparaient de lui, caressaient son membre dur, le guidant irrésistiblement vers elle. Lorsqu'elle s'assit sur lui, laissant échapper un gémissement si intense, il faillit perdre le contrôle dans l'instant. Mais elle l'accueillit profondément, le corps parcouru d'un immense frisson, puis elle s'immobilisa, les mains sur ses épaules. Alors elle se mit à bouger, lentement d'abord, sans perdre le contact de sa peau, et la vague de chaleur qui les unissait déferla sur lui, brûlante, délicieuse.

Enivrante. Toute sagesse oubliée, Mason posa alors les mains sur les cuisses offertes, remonta jusqu'aux hanches soyeuses et les étreignit fermement pour venir à sa rencontre et répondre à chacun de ses mouvements. Plus rien ne comptait que l'injonction silencieuse et son désir absurde, impérieux, d'y répondre.

C'était complètement fou — il était complètement fou de la laisser faire —, mais, dans l'anonymat de la nuit, cette folie semblait la plus cohérente des choses au monde. Toute cette vitalité, l'ardeur dont elle faisait preuve avaient failli disparaître à jamais, englouties dans les eaux glaciales de la rivière. Il comprenait son besoin de se prouver qu'elle était encore en vie, son désir de se sentir vivante, là, maintenant, totalement.

Entre ses bras.

Le plaisir le percuta avec une telle puissance qu'agrippé de toutes ses forces aux hanches de la jeune femme, en même temps qu'un ultime coup de reins le projetait au plus profond d'elle-même, il s'abandonna. Le cri qu'elle laissa échapper au même instant, le rythme des muscles qu'il sentait se contracter autour de lui amplifièrent son extase d'une intensité qu'il n'avait jamais éprouvée. Elle s'effondra contre lui, frémissante, vaincue par le même émerveillement.

— Merci, murmura-t-elle, la tête contre son cœur ; son cœur qui battait si violemment qu'il le sentait prêt à rompre.

Il s'éclaircit la gorge, mais elle appuya son index sur ses lèvres.

— Chut, ne dis rien.

Et puis elle s'endormit.

Le corps parcouru de frissons, Mason l'entoura de ses bras et la tint contre lui avec une douceur qu'il n'avait jamais accordée à aucune femme. Elle venait de se livrer et, dans cet instant d'éternité, elle n'appartenait qu'à lui, et à lui seul. Le désir de la garder, de la protéger du monde entier, s'empara de lui avec une force inattendue, animale, et si… invincible qu'elle le ramena tout aussi brutalement à la réalité. La protéger ? se reprit-il, soudain conscient de sa naïveté. Il ne savait même pas son nom ! Qui était-elle ? Quel genre de femme était capable de s'offrir avec un tel abandon à un parfait inconnu avant de s'endormir entre ses bras, comme si elle lui avait toujours appartenu ?

L'aube étendait ses lueurs blafardes sur le ciel hivernal et il n'avait toujours pas trouvé de réponse à ses questions. Avec beaucoup de précautions, il s'écarta, surveillant le sommeil de la jeune femme tandis qu'elle se lovait dans la chaleur douillette de la couchette désertée. Au contact des vêtements presque gelés abandonnés sur le sol, il étouffa un juron, et se hâta d'attraper un jean et un pull secs dans la petite armoire au-dessus du lit.

Un message radio lui confirma que les routes étaient dégagées et assez sûres pour être rouvertes. Il était temps de partir, se dit-il. Il avait pris du retard et devait assister au mariage de Patrick, son patron, à Auckland, dans l'après-midi. L'annonce des noces du célèbre industriel, riche et déjà âgé, avec une femme beaucoup plus jeune que lui, avait défrayé la chronique. Les tabloïds, toujours avides de scandales, en avaient fait des gorges chaudes. Mais Mason se moquait bien des commentaires. Il éprouvait le plus grand respect pour celui qui lui avait offert son premier poste quand il était sorti de l'armée, et lui avait tout appris. Il considérait comme un honneur de se tenir à ses côtés quand le propre fils de Patrick, né d'un premier lit, refusait d'assister à la cérémonie.

Un froissement de tissu le tira soudain de ses pensées et lui rappela le problème qu'il lui restait à surmonter.

— Les routes sont ouvertes, annonça-t-il par-dessus son épaule pour éviter de croiser le regard de la jeune femme.

Un regard dont il imaginait sans peine l'embarras. Lui-même n'était pas très à l'aise.

— Tant mieux, répondit-elle simplement. Est-ce que je peux t'emprunter des vêtements en attendant que les miens soient secs ?

— Regarde dans le placard. Il doit aussi y avoir une ceinture quelque part.

— Merci.

Il sentit son hésitation, comme si elle aussi réfléchissait à la signification de leur nuit. Elle en vint de toute évidence à la même conclusion : une passade, un coup de folie, dont il valait mieux éviter de parler, en espérant que le souvenir s'estomperait de lui-même. Elle avait probablement raison, conclut-il. Les épaules raides, il attrapa le volant, refusant d'écouter les froissements de tissus tandis qu'elle s'habillait. Mais la pensée de ses propres vêtements en contact avec le velours crémeux de cette peau réveilla en lui un désir aussi vif que la veille, et il dut faire appel à toute sa volonté pour ne pas se retourner et la regarder. Une question tout de même le taraudait. Avait-elle autant envie que lui, à la lumière du jour, de renouveler leur expérience nocturne ?

S'il en jugeait par sa froideur, visiblement pas. Elle finit par se glisser sur le siège avant et, repoussant le vague regret qui l'étreignait, il put enfin la dévisager réellement.

Elle semblait avoir à peine vingt ans. De ses doigts délicats, elle peigna sa longue chevelure brune, parsemée, aux rayons du soleil matinal, d'éclats auburn et cuivrés. Des doigts délicats qui s'étaient promenés sur sa peau, l'avaient enserré avant de le guider en elle, se rappela-t-il avec un trouble grandissant. Une boule de désir, dure et pressante, lui noua la gorge, et il se força à détourner les yeux vers le paysage gelé qui s'étendait devant eux pour ne pas lire ce que disaient ces yeux beaux verts, ne pas imprimer l'ovale de son visage dans sa mémoire. Mais il était déjà trop tard. Il ne l'oublierait jamais. Ni son visage, ni son parfum, ni ses caresses.

— Merci. Pour tout.

Sa voix était voilée, hésitante, comme si elle redoutait de parler.

— De rien, grogna-t-il, les dents serrées, avec un rapide coup d'œil vers elle avant de revenir au paysage désolé.

Elle avait l'air de regretter son impulsion. Parfait, il savait se comporter en gentleman. Il était tout à fait capable d'oublier leur nuit, et d'ignorer le désir qu'un seul regard éveillait en lui. Parfaitement capable…

— Bon, où allez-vous ?

— A Auckland, répondit-elle, mais vous pouvez me déposer dans la ville la plus proche. J'ai juste besoin de passer un coup de fil avant.

— Alors c'est tout ?

Il l'entendit reprendre son souffle, à peine un hoquet, mais il suffit à lui faire comprendre qu'elle avait parfaitement saisi le sens de sa question. Elle prononça sa réponse d'une voix douce mais résolue, le visage tourné vers la fenêtre.

— Oui, c'est tout.

*
* *

Mason passa un doigt à l'intérieur du col raide de sa chemise blanche et desserra sa cravate d'un autre millimètre. Le souvenir de sa nuit l'avait hanté toute la journée. Finalement, alors qu'il achevait de se préparer pour le mariage, il avait résolu de découvrir qui était cette inconnue qui avait fait si curieusement irruption dans sa vie avant de disparaître sans un mot. L'enregistrement de son épave, une fois sa voiture repêchée, serait un bon début. Quelques coups de téléphone lui permettraient d'obtenir son nom, son numéro de permis, et son adresse. Alors il se mettrait à sa recherche, afin de découvrir s'ils pouvaient partager plus que la passion incendiaire qui les avait dévorés. Cette expérience était unique, comme elle. Il voulait en savoir plus.

Alors qu'il ne cessait de songer à elle, tout lui était revenu à la mémoire, ce qu'il avait fait, adolescent, pour agacer son père, leur dispute, et puis les cinq années passées dans l'armée, sans qu'il parvienne à trouver cet élément qui donnerait un sens à sa vie, le seul capable de combler un vide qu'il avait lui-même du mal à définir. Or, la nuit dernière, durant un court instant, ce vide avait été comblé. Il devait la retrouver, se répéta-t-il, indifférent au brouhaha qui régnait dans l'église. Savoir si elle était ce qu'il cherchait en vain.

Patrick lui donna un coup de coude au moment où les premières mesures de la marche nuptiale appelaient l'assemblée à se lever. Mason se redressa. Alors que les murmures de la foule accompagnaient les pas de la mariée vers l'autel de la plus ancienne et plus grande église d'Auckland, toutes les têtes se tournèrent pour découvrir le visage de la future épouse de l'homme le plus riche de Nouvelle-Zélande. Et, pour la première fois de sa vie, Mason Knight crut qu'il allait s'évanouir.

Sa mystérieuse amante avançait avec grâce vers la nef.

1

Douze ans plus tard…

— C'est très simple, Helena. Si tu ne me transfères pas le contrôle des parts de Brody dans les trente jours qui viennent, je prendrai toutes les mesures pour que le monde entier sache exactement comment toi et mon père vous êtes rencontrés. Nous verrons comment ton précieux fils s'en sort à l'école, une fois ce détail croustillant étalé sur la place publique.

Helena sentit une crampe lui serrer les entrailles. *Il savait ?* Comment avait-il pu l'apprendre ? Quel qu'ait été le soin qu'elle avait mis à dissimuler son passé, elle avait toujours su qu'il pouvait resurgir à n'importe quel moment. Que la révélation vienne du fils aîné de Patrick, Evan, n'aurait pas dû l'étonner.

Son cœur se serra à la pensée de Brody. Son fils venait tout juste de retrouver les bancs de l'internat luxueux où il était inscrit. Très perturbé par le brusque décès de Patrick, il était devenu inquiet, fragile. Elle avait dû user de toute sa tendresse pour le rassurer et le convaincre de retourner au pensionnat. Ces difficultés étaient bien compréhensibles, Brody était encore si jeune. Comment allait-il vivre, à l'école, cette difficile période de transition ? Elle-même avait eu beaucoup de mal à se résoudre à le renvoyer auprès de ses professeurs et de ses camarades. Mais elle ne pouvait pas le couper éternellement du monde. Il devait affronter son existence, et surmonter son chagrin. Si Helena faisait confiance à son fils, elle redoutait l'accueil que lui réserveraient ses camarades. Les enfants pouvaient se montrer cruels. Et les adultes plus encore. Elle-même n'oubliait pas les critiques dont son mariage avait fait l'objet dans la presse, ni les rumeurs à la naissance de son fils. Si Evan répandait son venin, songea-t-elle avec effroi, la vie de Brody deviendrait un véritable enfer. Elle devait l'empêcher de nuire.

Mais que pouvait-elle faire contre lui ? se reprit-elle en luttant contre l'angoisse qui l'envahissait. Evan s'était incrusté dans la compagnie comme directeur marketing et, depuis le jour de l'attaque cardiaque qui avait emporté Patrick, il exerçait sans vergogne son autorité de nouveau patron des Transports Davies. Sans même attendre les funérailles, il avait investi le bureau de son père, et le pouvoir décisionnel qui allait avec. Alors qu'elle devait faire face au chagrin de Brody, et au sien, elle n'avait pas trouvé l'énergie suffisante pour se battre, en plus, au conseil d'administration. Elle n'était revenue au bureau que cette semaine, et il ne lui avait pas fallu beaucoup de temps pour découvrir qu'Evan s'était arrogé tous les pouvoirs.

Evan n'avait jamais partagé ni compris l'amour de son père pour les enjeux industriels, ni la prudence de ses plans de développement. Il se moquait pas mal de l'entreprise : pour lui, elle n'était qu'un moyen de maintenir son train de vie dispendieux. Et prendre le contrôle de la société n'était qu'une façon radicale de se débarrasser d'elle, Helena Davies, l'usurpatrice, et de son fils, Brody. Elle-même dirigeait encore le service administratif, mais pour combien de temps ? Bien sûr, sur le papier, Evan pouvait donner le change, donner l'impression de remplir correctement sa mission, mais une analyse plus approfondie aurait révélé la supercherie. Si personne ne s'interposait entre lui et les commandes, elle le savait, ce serait la faillite en moins d'un an.

A cette pensée, un sursaut de révolte l'anima. Elle qui avait grandi en faisant attention au moindre centime, jamais elle n'exposerait son fils à cette existence !

Elle vit une expression de mépris se dessiner sur le visage de son beau-fils. De toute évidence, la froide indifférence dont il avait fait preuve à son égard du vivant de son père s'était envolée. Comme si prendre des gants était désormais inutile. Helena serra les poings pour résister à l'envie de le gifler et de lui faire ravaler son arrogance. Il espérait sans doute ce geste de révolte. Avec ses relations, il pouvait la traîner en justice, invoquer sa violence et lui retirer la garde de son enfant. Rien ne l'empêcherait alors de faire ce qu'il voudrait des parts de Brody dans l'entreprise. Eh bien il pouvait toujours espérer ! Elle ne lui ferait pas ce cadeau. Elle vivante, jamais son fils ne tomberait entre les griffes de ce profiteur.

Ce qui l'effrayait davantage, c'était la cruauté d'Evan, et son cynisme. S'il découvrait toute la vérité, il réduirait avec plaisir son demi-frère en pièces. Et le jeune âge de Brody n'y changerait rien. Cet homme avait les moyens et des gens tout disposés à creuser son passé pour la salir. Qu'il ait découvert les circonstances de sa rencontre avec Patrick n'était d'ailleurs qu'un exemple des procédés qu'il était prêt à employer pour la discréditer et assouvir sa cupidité. Elle devait protéger son fils, quoi qu'il lui en coûte, et trouver le courage, d'une manière ou d'une autre, d'honorer à la lettre les dernières volontés de Patrick.

Consciente des difficultés qui l'attendaient, Helena ravala les larmes qui la menaçaient. Lorsqu'elle avait rencontré Patrick, elle avait accepté de l'épouser en échange de l'aide qu'il lui proposait. Elle n'aurait jamais imaginé qu'elle apprendrait aussi à l'aimer. Son mari lui manquait au-delà de ce qu'elle était capable de supporter, comme lui manquaient la main sûre et tranquille avec laquelle il avait toujours gouverné leur univers, la tendresse de ses encouragements pour la pousser à réaliser ses rêves, la joie inaltérable avec laquelle il avait accueilli l'enfant né dans l'année qui avait suivi leur union. Brody, répétait-il sans cesse, lui avait rendu sa jeunesse. Pas assez, malheureusement, pour le voir grandir au-delà de ses onze ans.

— Alors ?

Le sarcasme d'Evan la ramena à la cruelle réalité.

— Qu'en dis-tu ?

— Je ne peux pas te répondre, Evan. C'est trop tôt.

— Trop tôt ! railla-t-il. Ne me sous-estime pas, Helena. Toi et ton rejeton n'êtes que des cailloux dans ma chaussure. Je te laisse, mais souviens-toi : j'aurais mon dû, d'une façon ou d'une autre.

Helena ne réagit pas — même pour jeter cette ordure hors de chez elle, elle se sentait incapable de bondir hors de son siège. L'image de l'ancienne Helena, celle qui, laissant libre cours à sa rage, se serait précipitée sur lui, flottait dans sa mémoire. Mais au cours des douze années écoulées, s'il y avait bien une chose qu'elle avait apprise — à ses dépens — c'était à réfléchir avant d'agir. Evan connaissait le chemin vers la sortie ; elle le laissa partir, regrettant seulement qu'il ait osé venir la provoquer chez elle.

La porte claqua, signant son départ avec violence. L'écho résonna dans la maison puis se tut, emportant avec lui la tension qu'elle sentait lui contracter les épaules. Elle se croyait forte, mais, plus que de la force, il lui faudrait un miracle pour traverser cette épreuve. Elle prit une profonde inspiration et se leva avec un soupir. Elle avait du pain sur la planche. D'abord, elle devait prendre un rendez-vous, un rendez-vous qu'elle redoutait. Mais elle ne pouvait ignorer plus longtemps les dernières volontés de Patrick.

Que son tendre et généreux mari ait compris la vérité à propos de son fils aîné, qu'il ait su que cette situation serait inévitable, lui serrait le cœur.

Une demi-heure plus tard, elle laissait retomber le combiné du téléphone sur son support. Mason Knight était presque impossible à localiser. Pourtant, malgré sa lassitude, elle ne pouvait pas abandonner. Mason était le seul homme que Patrick avait jugé capable de l'aider, le seul vers lequel il lui avait demandé avec insistance de se tourner, et bien le dernier — l'ironie était cruelle — qu'elle avait envie de contacter. Mais avait-elle le moindre choix ?

La secrétaire qui gérait l'agenda de Mason lui avait dit qu'il n'était pas à Auckland, et refusé de lui fournir plus de détails, mais Patrick avait une ou deux fois évoqué une maison dans le Coromandel, un refuge où Mason se retirait lorsqu'il avait besoin d'échapper à la ville. Elle aurait parié qu'il s'y trouvait. Elle devait donc s'y rendre.

Un frisson d'appréhension la traversa avec une telle violence qu'elle se demanda si elle n'avait pas tort de vouloir suivre à la lettre les instructions de son mari. Aussi intimement qu'ils se fussent connus cette seule et unique fois, Mason Knight lui était étranger. Comment réagirait-il en la découvrant sur le pas de sa porte, venue lui demander son aide ? Durant toutes ces années, il n'avait jamais dissimulé l'aversion qu'elle lui inspirait, et il avait toujours évité de rencontrer Patrick en sa présence.

Elle-même supporterait-elle de le voir lui claquer la porte au nez, la laissant se débrouiller seule avec Evan ? Et Brody ?

Elle n'avait qu'un moyen de le savoir : se rendre sur la péninsule isolée de Coromandel, à l'adresse qu'elle avait relevée dans l'agenda de Patrick. Durant un court instant, elle maudit le fait que Mason Knight n'eût pas construit son minipalace dans un endroit comme Pauanui, un lieu de villégiature très prisé des Néo-Zélandais fortunés, et qui lui était surtout beaucoup plus familier. Mais il était peut-être plus judicieux de ne pas risquer d'être reconnue en sa présence. Il ne faudrait pas longtemps avant que les mauvaises langues, et les mauvais esprits, se mettent en route. Et elle devait absolument protéger Brody.

Debout devant l'immense baie vitrée de son salon, Mason contemplait l'océan. Il adorait cet endroit. Parce que sa maison était le fruit du premier million qu'il avait gagné, mais aussi parce qu'il ne se lassait pas du paysage, des collines arrondies qui descendaient en pente douce jusqu'à la mer, de la végétation qui les couvrait, et des humeurs toujours changeantes de l'océan. Songeur, il s'abîma dans ce spectacle familier, dont la beauté le surprenait toujours. Il n'aurait jamais dû attendre si longtemps pour revenir.

Il s'était réveillé à 5 heures du matin. L'esprit encore embrumé de sommeil, il avait compris qu'il était temps d'oublier son agenda et de fuir la ville et toutes les exigences qu'elle lui réservait le week-end. Il avait jonglé avec ses rendez-vous, causé quelques nouveaux cheveux blancs à sa secrétaire, mais, à 14 h 30, il avait quitté son bureau sans un regard en arrière. Son week-end s'annonçait désœuvré, délicieusement offert à toutes ses fantaisies.

Il leva son verre en l'honneur de la vue qui s'étendait sous ses yeux et but une gorgée de son vin rouge favori, un merlot particulièrement ample et structuré qu'il réservait à ces week-ends volés. Un sourire désabusé flotta sur ses lèvres. Patrick le taquinait souvent à propos de ces escapades. Selon lui, elles n'auraient vraiment été parfaites qu'en compagnie d'une personne particulière, sauf que Mason ne comptait pas — hélas — cette personne dans son existence. Et il n'avait ni le temps ni l'envie de faire le tri entre les aventurières patentées, les chercheuses de comptes en banque et les amatrices de célébrité qui naviguaient dans son entourage.

Toutes les femmes, bien sûr, n'étaient pas de cette espèce, il le savait — ses belles-sœurs en étaient des contre-exemples parfaits et elles s'acharnaient d'ailleurs sans relâche à lui présenter celles qu'elles considéraient comme des candidates idéales au mariage. Il se demandait bien ce qui poussait les couples heureux à vouloir voir les autres adopter au plus vite le même statut. Ces dernières années, les noces s'étaient succédé autour de lui au rythme d'une épidémie. Son regard glissa brièvement sur une photo de sa famille, prise au cours de leur dernière réunion. Elle s'était vite agrandie. Qui aurait imaginé qu'il serait oncle à deux reprises en si peu de temps ?

Le mariage, songea-t-il avec une moue amusée. Si ses frères, Declan et Connor, ne semblaient nourrir aucun regret quant à leur statut conjugal, il n'était absolument pas pressé de suivre leur exemple. Pour l'heure, il appréciait la compagnie des jeunes femmes que comptait son carnet d'adresses. Raffinées, élégantes, elles n'avaient pas la moindre vue sur lui et ne s'embarrassaient pas de sentiments. Cette distance lui convenait parfaitement.

Par la fenêtre, la nuit tombait, et Mason constata avec plaisir que le vent se levait. Tant mieux. Il aimait les tempêtes de l'hiver. Leur violence n'avait pas leur pareille pour chasser les idées noires et stimuler un esprit engourdi. Il avait ici tout ce dont il avait besoin. L'électricité pouvait être coupée, comme cela se produisait parfois, rien ne pourrait gâcher la perfection de ces moments de solitude, trop rares, loin du bureau, de la ville et des soucis.

Ce fut à cet instant précis que la sonnerie de l'Interphone retentit dans la pièce. Mason se figea. Rien ne pouvait gâcher sa tranquillité, sauf l'intrusion d'un visiteur importun. Qui diable cela pouvait-il être ? Il n'avait pas dit à sa secrétaire où il se rendait, et ses frères ou son père, s'ils avaient tenté de le contacter chez lui, auraient compris qu'il s'était réfugié dans son havre de paix et auraient respecté sa retraite. Quel que soit son visiteur, une chose était certaine : il n'était pas le bienvenu.

La sonnerie répéta son appel, et Mason étouffa un juron, avant de se diriger avec agacement vers l'Interphone. Le front appuyé contre le mur, il pressa le bouton de communication.

— Qu'est-ce que c'est ? grogna-t-il dans l'appareil.

— Mason ? Mason Knight ?

Instantanément, il reconnut cette voix de femme mélodieuse et voilée, et un frisson glacial le parcourut. Elle ! Comment avait-elle fait pour le dénicher jusqu'ici ? Et, surtout, que pouvait-elle lui vouloir ?

— Pouvez-vous m'ouvrir ? Il faut que nous parlions.

— Nous n'avons rien à nous dire, madame Davies.

— Attendez ! Je ne serais pas venue si ce n'était pas important, vous le savez. Mason ? Je vous en prie.

Oh, oui, railla-t-il en silence, elle savait donner à sa voix la tonalité dramatique parfaite. N'importe quel homme aurait volé à son secours. Sauf lui. Mais tout le monde ne savait pas quelle intrigante était Helena Davies, ni le peu de valeur qu'elle accordait à ses vœux de mariage. Il s'était demandé combien de fois elle avait trompé Patrick depuis la nuit où il l'avait sauvée, et le chiffre qu'il imaginait sans peine le faisait toujours bouillir de rage.

— Je suis là pour Patrick, poursuivit-elle. Accordez-moi cinq minutes.

Mason sentit son cœur se serrer. Patrick Davies était le seul homme qu'il avait admiré sans réserve — jusqu'à ses noces avec Helena. Il lutta avec son désir de couper la communication et de sortir sur sa terrasse. Le vent lui permettrait d'oublier le début même de cette conversation. Mais, en dépit des goûts lamentables de Patrick en matière d'épouses, il devait à cet homme, et à sa mémoire, d'écouter ce que sa veuve avait à lui dire.

— Cinq minutes. Entrez.

Il appuya sur le bouton d'ouverture du portail puis gagna la porte d'entrée pour attendre la jeune femme sur le seuil. Elle ne fut pas longue. Déjà, il entendait sa voiture grimper la pente raide et non goudronnée du chemin privé qui conduisait chez lui. Les muscles tendus à l'extrême, il vit un taxi s'arrêter sur l'aire de stationnement pavée qui faisait une courbe devant la maison.

Un taxi ! s'étrangla-t-il. Seule Helena Davies était capable de commander un taxi pour les deux heures et demie de trajet qui séparaient Auckland de cet endroit du Coromandel. Cette femme jetait l'argent par les fenêtres avec une désinvolture révoltante. Il la regarda tendre une poignée de billets de cent dollars au chauffeur puis descendre du véhicule. Il sentit un pincement au creux de l'estomac. Elle était encore séduisante, constata-t-il amèrement, bien que plus pâle et plus mince que la dernière fois qu'il l'avait vue. Dans son tailleur émeraude, déboutonné pour laisser entrevoir juste ce qu'il fallait de la peau crémeuse de son décolleté, avec ses cheveux auburn tirés en un chignon serré sur la nuque, elle jouait les veuves éplorées à la perfection.

— Un taxi, Helena ? lui jeta-t-il tandis qu'elle avançait vers lui.

— Et alors ? Je lui ai donné un généreux pourboire.

Ses yeux verts et lumineux croisèrent son regard et l'affrontèrent. Mason sentit une décharge le parcourir.

— C'est un peu exagéré, vous ne croyez pas ? reprit-il. Vous auriez pu prendre une des voitures de Patrick et conduire vous-même jusqu'ici.

— Je ne conduis plus depuis…

Elle hésita.

— Peu importe, je ne me sens plus à l'aise au volant, expliqua-t-elle en détournant les yeux de son visage pour fixer un point derrière lui.

Comme s'il avait besoin qu'elle lui rappelle cette maudite nuit, songea-t-il en serrant les dents, avant de voir le taxi faire demi-tour devant la maison et disparaître dans le chemin.

— Eh ! où va-t-il ?

— Où voulez-vous qu'il aille ? A Auckland, bien sûr ! rétorqua Helena d'un ton où perçait l'impatience.

En quelques pas gracieux, la jeune femme franchit la distance qui les séparait. Mason sentit malgré lui sa gorge se nouer. Le parfum qu'elle portait — épicé, teinté d'une nuance sucrée — lui chatouilla les narines. Son corps réagit aussitôt, et il maudit les réflexes qu'elle lui inspirait encore.

— Vous avez dit « cinq minutes », lui fit-il remarquer sèchement.

— J'ai menti.

Quelle hypocrite ! Il aurait dû s'en douter. Une vague de fureur l'envahit et il serra encore plus la mâchoire pour retenir l'insulte qui lui venait aux lèvres. Elle n'avait pas changé. Sa source de revenus faciles désormais tarie, elle se précipitait sur sa nouvelle victime. Il connaissait ce genre de femmes, il ne les connaissait que trop bien.

— Eh bien bon retour à Auckland, rétorqua-t-il en tournant les talons.

Il pensait lui claquer la porte au nez mais il ne fut pas assez rapide. Le souffle éloquent de son parfum le suivait de près.

— Vous m'appellerez un taxi quand nous aurons terminé. Je dois vous parler.

— Nous avons déjà terminé. Partez de chez moi avant que je n'appelle la police pour violation de propriété.

Mais il n'était pas préparé au contact léger de sa main sur son bras. Sentant sa peau se contracter immédiatement sous la fraîcheur douce de ses doigts fins, il se libéra d'un geste brusque.

— Pardonnez-moi, Mason, je n'aurais pas dû vous tromper.

— Il y a tellement de choses que vous n'auriez pas dû faire et tellement de gens que vous n'auriez pas dû tromper, Helena. A commencer par Patrick.

Elle vacilla comme s'il l'avait giflée et, durant une brève seconde, il éprouva une pointe de remords. Sa mère, paix à son âme, aurait eu honte de l'entendre s'adresser sur ce ton à une femme — même une intrigante de la trempe d'Helena Davies —, mais la colère qu'il éprouvait contre elle, contre toutes les femmes de sa sorte, était plus forte que tout.

— Personne n'est parfait, murmura-t-elle en réprimant un frisson.

La température avait rapidement chuté. L'orage qu'il avait pressenti assombrissait le ciel et les premières gouttes de pluie qui frappaient le pavé de l'allée allaient bientôt se transformer en un véritable déluge. Mason étouffa un juron. Quel que soit son ressentiment, il ne pouvait pas laisser cette femme dehors par un temps pareil.

— Entrez, grogna-t-il.

Impressionnée, Helena contempla le somptueux salon dans lequel Mason venait de la conduire, et qui avait manifestement été organisé pour profiter au maximum de l'exceptionnelle vue sur la mer. L'intérieur de Mason Knight était parfaitement bien rangé. A l'exception d'un verre de vin à moitié plein abandonné sur la table basse et d'une assiette posée sur une banquette, aucun objet ne traînait. Même les bûches du foyer, prêtes pour un feu, étaient disposées dans l'âtre avec une précision militaire.

Elle s'assit dans le fauteuil que Mason lui avait désigné d'un geste peu amène, puis, en silence, elle le regarda prendre son verre et en boire une longue gorgée avec une lenteur délibérée. Quand, d'un petit coup de langue, il s'essuya les lèvres, Helena sentit sa gorge s'assécher brusquement, et elle se força à détourner le regard pour ne plus voir sa bouche, ni son visage. La baie vitrée était maintenant battue par la pluie. L'obscurité envahissait lentement le paysage et, désemparée, Helena se plongea dans la contemplation des lampes à énergie solaire qui se mettaient à luire doucement, éclairant les contours de la terrasse de bois qui dominait la mer. Elle fixa celle qui était le plus proche de la fenêtre et regarda la lumière atteindre lentement son plein régime.

Il y avait longtemps qu'elle ne s'était pas sentie aussi peu à son avantage. Elle détestait en particulier la façon que Mason Knight avait de vouloir la dominer. Non seulement il l'obligeait, en restant debout, à lever les yeux pour lui parler, mais il n'avait même pas eu la politesse de lui offrir un verre d'eau ! Si elle n'avait pas eu autant besoin de son aide, elle serait partie en claquant la porte. Elle préférait rentrer à pied jusqu'à Auckland, quitte à affronter la tempête, plutôt que de subir cette humiliation. Mais elle n'était pas venue pour elle. L'avenir de Brody, sa vie même, était en jeu. Et pour son fils, elle était prête à tout pour obtenir le soutien de Mason.

Mais par où commencer ? Tout était si simple lorsqu'elle avait envisagé cette scène dans le taxi, ses mots coulaient et ses explications s'enchaînaient avec logique et assurance. Mais voilà que, face à lui, elle se découvrait incapable de rassembler ses esprits et encore moins de prononcer les phrases qu'elle avait soigneusement préparées. Le convaincre allait être difficile.

Elle s'autorisa un bref regard dans sa direction. Physiquement, il n'était pas différent de l'étranger aux cheveux sombres qui l'avait sauvée d'une mort certaine cette nuit d'hiver, près de douze ans auparavant. Il avait la même stature, un bon mètre quatre-vingt-dix et, sous le coton noir et soyeux de son polo, il conservait la musculature d'un demi de mêlée international. Mais son visage et ses yeux sombres affichaient une dureté et une froideur qu'elle n'avait jamais vues dans les nombreuses photos que Patrick lui avait souvent montrées de son protégé.

— Alors, ça va être long ?

Le ton irrité de sa voix la ramena au présent.

— Non, sursauta-t-elle. Excusez-moi. Je ne veux pas vous faire perdre votre temps. Je voudrais seulement…

— Seulement quoi ?

Elle avait rarement perçu aussi peu d'intérêt dans une question. Elle se ressaisit et rassembla son courage.

— J'ai besoin de votre aide.

— Tiens donc ! Et il faudrait que je vous l'accorde ?

Son ironie était patente.

— Pourquoi est-ce que je vous aiderais ?

Helena se força à relâcher les anses de son sac à main auxquelles elle s'agrippait nerveusement.

— Parce que ce sont les dernières volontés de Patrick.

Elle le vit prendre une nouvelle gorgée de vin et, malgré le détachement dont il voulait faire preuve, elle surprit l'imperceptible tremblement de sa main et comprit qu'elle venait de toucher une corde sensible. Faire appel aux liens qui avaient uni les deux hommes était un coup bas, elle le savait, mais si elle voulait le convaincre elle devait employer toutes les armes à sa disposition. La mort de Patrick avait affecté Mason bien plus qu'il ne l'avait montré aux funérailles, six semaines plus tôt. La distance qu'il avait affichée alors, polie et amicale, n'était qu'une façade. Elle avait lu l'immensité de son chagrin dans ses yeux noirs, dans la pâleur inquiétante de son visage et sur ses lèvres obstinément serrées. Elle aurait voulu lui offrir quelques mots de réconfort, mais elle avait deviné qu'il aurait repoussé toute forme de sympathie venant d'elle. Alors elle était restée à l'écart et s'était tue.

— Je vous écoute, dit-il enfin.

Sa voix était posée, mais son regard restait froid. Helena prit une inspiration.

— Il m'a dit, si j'avais le moindre problème dans l'entreprise, de faire appel à vous. De vous demander votre aide. C'est le cas. Nous avons besoin de vous. Nous avons des problèmes, Mason.

— Et vous espérez que je vous croie ! Si les Transports Davies étaient en difficulté, je le saurais. Maintenant, si vous avez terminé, je vous appelle un taxi.

Helena ravala la réplique acide qui lui venait aux lèvres, et se calma avant de lui répondre.

— S'il vous plaît, écoutez-moi. Puisque vous savez tout des Transports Davies, vous savez qu'Evan a pris la direction et le contrôle de l'entreprise. Et vous savez aussi que cela n'a jamais été le souhait de son père. Patrick a toujours su que si Evan prenait les commandes, il s'arrangerait pour écarter Brody, et détourner les bénéfices à son unique profit. Et c'est exactement ce qu'il est en train de faire. Il saigne les comptes et s'il continue, en quelques mois, il ne restera rien de ce qu'a créé Patrick. Rien.

Elle fouilla dans son sac à main et en sortit une lettre tapée à la machine.

— C'est la raison pour laquelle il a laissé des instructions précises pour vous transmettre ceci.

Elle regarda Mason découvrir le contenu de la lettre que l'avocat de Patrick lui avait donnée après la lecture du testament.

— N'importe qui peut l'avoir tapée, dit-il en la jetant négligemment sur la table basse. Même vous. Pourquoi voudrait-il que je dirige les Transports Davies ?

— Je ne l'ai pas écrite, vous devez me croire, Mason. Patrick ne pensait pas mourir aussi brutalement. Il était en forme, en bonne santé. Il envisageait l'avenir avec confiance et, surtout, il était sûr d'avoir le temps d'élever Brody, de le préparer à prendre sa suite, comme il l'espérait de vous jusqu'au moment où vous avez créé votre propre entreprise. Il ne vous aurait pas demandé d'intervenir s'il ne l'avait jugé important. Vous devez me croire. Evan a toujours été jaloux de l'amour que son père nous portait, à Brody et à moi. Il veut se venger et nous faire du mal.

— Du mal ? Allons, Helena, vous ne croyez pas que vous exagérez un peu ? D'ailleurs, pourquoi ne pas vous contenter de rester aux côtés d'Evan ? Ce serait plus simple. N'est-ce pas de cette façon qu'agissent les gens comme vous ?

Helena décida d'ignorer l'insinuation douloureuse. Les choses étaient assez pénibles, et angoissantes, pour ne pas se laisser atteindre par ce genre de propos, aussi éloignés soient-ils de la vérité. Elle soupira.

— Vous ne connaissez pas Evan aussi bien que moi.

— Et vous, naturellement, vous le connaissez *extrêmement* bien.

Elle bondit sur ses pieds et se dressa face à lui, vibrante de colère. Cette fois, il allait trop loin.

— Je vous interdis d'insinuer une chose pareille ! Je ne ferais jamais… Je ne pourrais jamais…

— Jamais quoi ?

Mason n'avait pas bougé un cil, et il poursuivit d'une voix sourde et pleine de dégoût :

— Vous avez couché avec moi la veille de votre mariage avec un homme beaucoup plus âgé, un homme qui ne pourrait jamais répondre à vos besoins physiques. Pourquoi ne pas en chercher un autre ? Surtout un qui hériterait à part égale avec votre fils.

— Non ! s'écria-t-elle. J'aimais Patrick. Je l'aimais profondément. Je sais que j'ai mal agi envers lui cette nuit-là, mais je ne suis pas la seule à blâmer. Je ne me suis pas montrée très responsable, c'est vrai et je l'assume, mais je ne me souviens pas vous avoir entendu refuser, ou me repousser. Et vous ne pouvez tout de même pas me reprocher, douze ans après, ce qui s'est passé entre nous.

— Vraiment ? Vous n'oubliez qu'une chose : ce n'est pas moi qui passais devant l'autel le lendemain.

Cette fois, Helena sentit des larmes lui piquer les yeux, mais elle refusa de leur céder. Il y avait trop de choses en jeu. Et puis Mason se trompait. Malgré ce qu'elle avait cru au début de son mariage, elle avait fini par aimer profondément Patrick, et si elle avait pu le ramener à la vie, elle l'aurait fait sans la moindre hésitation. Il méritait cet amour — pour tout ce qu'il avait fait pour elle, et parce qu'il avait été un homme merveilleux. Mais il n'était plus là, et elle n'avait pas le choix : elle devait obtenir l'aide de Mason et se débrouiller pour l'obtenir sans laisser à Evan la moindre chance de répandre son venin et de détruire ce qui restait de sécurité à Brody. Elle devait convaincre Mason, et puisqu'il n'était pas sensible aux liens qui l'avaient uni à Patrick, elle devait le faire autrement. Patrick avait sans doute anticipé ses difficultés, car dans la lettre qu'il lui avait laissée, une lettre dont le contenu l'avait stupéfiée et bouleversée, il avait insisté pour qu'elle lui dise la vérité. La vérité… Mais à quel prix ? songea-t-elle, le cœur brisé. Elle inspira profondément et affronta le regard de Mason.

— Je vous en supplie, Mason, aidez-moi. J'ai besoin de vos compétences et de votre perspicacité. Vous êtes le seul vers qui je puisse me tourner. Nous parlons de l'héritage de Brody. Il n'est qu'un enfant.

— Alors vous prétendez agir par pure abnégation, n'être ici que dans l'intérêt de Brody, et non parce que votre compte bancaire se trouve subitement privé du salaire astronomique que Patrick vous versait pour décorer votre bureau ? Je ne suis pas idiot, Helena. La seule personne en danger, c'est vous. Je suis sûr que Patrick a pris soin de mettre Brody à l'abri du besoin.

— Evidemment. Patrick nous a laissé à chacun de quoi affronter l'avenir. Ce n'est pas d'argent dont je vous parle. Vous savez ce que l'entreprise signifiait pour Patrick. Depuis sa naissance, il a élevé Brody dans la certitude et la fierté de lui transmettre un jour les rênes. Vous ne pouvez pas rester les bras croisés tandis qu'un autre anéantit le travail de toute la vie de Patrick, ses espérances, et l'héritage qu'il voulait laisser à Brody. Et il ne s'agit pas seulement de Brody, ni même de moi. La ruine des Transports Davies affectera beaucoup plus de monde que ma seule personne. Vous devez nous aider.

— Je dois ? Voyez-vous ça ! Et pourquoi donc ?

Helena sentit un élancement douloureux lui traverser la poitrine. Elle ne voulait pas en venir là, mais les instructions de Patrick étaient claires. Elle-même ne s'était pas encore remise du choc provoqué par la lettre qu'il lui avait laissée, ni du fait qu'il lui avait caché la vérité aussi longtemps. Qu'il l'ait pourtant fait, et sans lui en dire le moindre mot, pesait lourdement sur son cœur. Affichant toute sa résolution, elle se leva, tendit la main et prit le bras de Mason.

— Il ne vous suffit pas de savoir que c'est la volonté de Patrick ?

Il la dévisagea avec un dégoût absolu.

— A travers vous ? Non. Cela ne me suffit pas. Vous surestimez votre pouvoir de séduction.

Helena, la main serrée sur l'avant-bras de Mason, rassembla tout le courage qu'il lui fallait pour prononcer ce qu'elle devait lui dire :

— Alors faites-le parce que Brody est votre fils.

2

« Votre fils. Votre fils. »

Ces mots résonnaient dans la tête de Mason avec l'obstination d'un métronome infernal. Il avait beau leur opposer son déni rageur, tout au fond de lui, un espoir fragile — absurde — ne demandait qu'à naître. Un fils qui serait le sien ! Mais, alors qu'il le sentait frémir, la sensation brûlante des doigts posés sur son avant-bras lui rappela qu'elle était là. Elle, Helena Davies. Et si une part de lui voulait la croire, ou, au moins, lui demander des explications, une autre refusait obstinément de lui accorder la moindre confiance. Cette femme était une menteuse, une menteuse et une intrigante qui ne reculait devant rien pour arriver à ses fins.

Elle avait surmonté son chagrin en un temps record. Son prétendu chagrin, se corrigea-t-il, car il était évident qu'elle n'avait jamais aimé Patrick et qu'elle était à la recherche de sa prochaine vache à lait. Et le meilleur moyen de se l'attacher était bien sûr d'invoquer un prétexte aussi énorme qu'une paternité. Seulement voilà, il n'était pas prêt à se laisser prendre à ce piège grossier. Cette manœuvre n'était pas seulement absurde, le pouvoir destructif d'un tel mensonge était trop fort. Alors il posa la main sur celle d'Helena et, détachant ses doigts un à un, la repoussa sans ménagement.

— Je ne vous crois pas, dit-il d'une voix assez dure pour couper court à ses manigances.

Elle sursauta et pâlit, comme s'il l'avait giflée.

— Vous ne… ?

— Vous m'avez fait perdre assez de temps, Helena. Maintenant, partez.

Il avait renoncé à la colère. Il ne voulait désormais plus qu'une chose : qu'elle emporte ses mensonges, et avec eux son corps ensorcelant, et qu'elle disparaisse de sa vue pour toujours. Il traversa la pièce d'un pas vif, décrocha son téléphone et composa un numéro.

— Vous attendrez le taxi sous le porche.

— Non.

Il suspendit son geste, le doigt au-dessus du dernier chiffre.

— Non ?

— Je ne m'en irai pas tant que vous ne m'aurez pas dit que vous allez m'aider.

Cette fois, Mason sentit la fureur l'envahir. Prêt à jeter cette femme hors de chez lui, et de ses propres mains s'il le fallait, il lâcha le combiné qui heurta la table avec brutalité, et revint vers elle d'un pas menaçant.

— J'ai la preuve que Patrick n'est pas le père de Brody, articula-t-elle alors.

Mason s'immobilisa.

— La preuve ?

— Au moment de sa mort, il a chargé son avocat de me remettre certains documents, des papiers prouvant qu'il n'était pas en mesure de concevoir un enfant.

Cette déclaration provoqua le rire acide de Mason.

— Vous me prenez vraiment pour un imbécile ! Et Evan ? Comment expliquez-vous sa naissance ?

— Evan a été adopté.

Evidemment. Elle n'avait donc aucune limite.

— Il le sait ?

— Oui. Et je crois que cela explique en partie sa jalousie envers Brody. Il le tient pour le fils naturel de Patrick.

— Et vous, bien sûr, vous savez que ce n'est pas le cas.

— Je le sais maintenant.

— Pourquoi devrais-je vous croire ?

Elle fouilla de nouveau dans son sac à main pour en sortir une grande enveloppe, qu'elle lui tendit.

— Lisez vous-même.

Mason prit l'enveloppe, souleva le rabat avec réticence et tira les feuilles pliées qu'elle contenait. Il s'assit sur le grand canapé en face du fauteuil où Helena s'était assise et commença sa lecture.

— Cela ne fait que prouver la stérilité de Patrick, déclara-t-il en jetant les feuilles sur la table basse dans sa direction. Cela ne prouve en rien que je sois le père de Brody. Tous les hommes avec lesquels vous avez couché ne sont pas assez riches pour vous ?

— Brody est votre fils. Vous et Patrick étiez les seuls.

— Vous n'imaginez tout de même pas que je vais vous croire ! Vous avez peut-être oublié, avec la ribambelle d'amants qui a défilé entre vos bras, mais je me souviens parfaitement de cette nuit, Helena. Vous n'aviez rien d'une vierge effarouchée.

— Je n'ai pas dit que vous étiez le premier. Mais, après mon mariage avec Patrick, je n'ai connu personne d'autre.

Il ne put retenir un rire ironique. Il avait trop souvent été l'auditeur, bien involontaire, des vantardises avinées d'Evan quant aux prouesses athlétiques de la séduisante et jeune épouse de son père au lit ! Malgré l'air indigné qu'affectait Helena, et malgré la coupe austère de son tailleur, Mason n'ignorait rien de son corps exquis ni de ses aptitudes. Il savait donc pertinemment qu'Helena lui mentait.

Il allait le lui dire lorsqu'un éclair traversa brusquement la pièce, aussitôt suivi d'un violent coup de tonnerre, puis d'un fracas assourdissant. La lumière du salon vacilla.

Comprenant qu'il devait se débarrasser d'elle avant qu'une coupure d'électricité n'intervienne, Mason se leva pour reprendre le téléphone et appeler un taxi. Il composa nerveusement le numéro. Mais à l'autre bout du fil seul le silence lui répondit. Il recommença, sans plus de succès.

— Un problème ? demanda Helena en s'adossant à son siège pour croiser les jambes.

— La ligne est coupée.

— Prenez votre mobile.

— Inutile. On ne capte pas le réseau ici. Peu importe, je vais vous conduire à Whitianga moi-même. Vous prendrez un hôtel, et un taxi demain matin.

*
* *

Helena le regarda s'emparer d'un jeu de clés posé dans la vasque de pierre polie qui décorait la table. La détermination de Mason ne faisait aucun doute. Alors, elle rangea en silence les documents qu'elle avait apportés dans son sac à main, puis elle se leva pour le suivre. Il pouvait la chasser, elle reviendrait le lendemain, le jour suivant, et tous les jours qu'il faudrait pour le convaincre.

Une fois dans le garage, Mason alluma la lumière et Helena découvrit un énorme 4x4, un monstre noir aux lignes puissantes où elle reconnut la personnalité de l'homme qui le conduisait. Jusqu'aux chromes rutilants, tout, dans ce véhicule, rappelait l'aventurier qui avait si vite réussi à devenir leader du transport routier en créant de ses propres mains la plus grosse entreprise privée du pays, au nez et à la barbe des entreprises les plus anciennes et les mieux installées. Le bip de l'alarme la fit sursauter.

— Montez, fit-il en s'installant derrière le volant.

Helena ouvrit sa portière et, avec toute la dignité dont elle se sentait capable, prit appui sur le marchepied pour se hisser à sa place. Alors qu'elle s'installait sur le cuir confortable et bouclait sa ceinture, Mason pressa un bouton sur le tableau de bord et la porte du garage se souleva lentement derrière eux.

Les yeux sur le rétroviseur, Mason lâcha tout à coup une bordée de jurons étouffés et descendit précipitamment de la voiture pour se tenir sur le seuil du garage, vibrant de rage et de frustration. Helena, prise de court, détacha sa ceinture et descendit à son tour.

Suivant son regard, elle découvrit le tronc d'un énorme pin étendu en travers du chemin. A la pâle lueur des lampes qui éclairaient la cour, elle devina la cime, emmêlée dans la ligne qu'elle supposa être celle du téléphone. Ce spectacle expliquait le fracas qu'ils avaient entendu un peu plus tôt.

— C'est à cause de lui que le téléphone est coupé ? demanda-t-elle.

Le pauvre arbre était en piteux état. Pas étonnant qu'il n'ait pas résisté à l'orage : il aurait dû être taillé depuis longtemps.

— Oui. Il devait être équarri la semaine prochaine avec quelques autres, grommela Mason.

— Est-ce que je peux…

— Contentez-vous de rester là.

Sans un mot, Mason se dirigea vers le placard qui occupait tout le mur à l'arrière de son garage et ouvrit une porte. Il en sortit des lunettes de sécurité, des gants et une tronçonneuse, puis il passa devant elle, l'air mauvais, et sortit sous la pluie battante. Helena surprit le regard qu'il lui adressa, accusateur et noir. Comme si elle était responsable de la chute de cet arbre ! Elle croisa les bras sur sa poitrine, et réprima un frisson dû au froid. A cause de l'orage et du vent, la température avait considérablement baissé. Et la pluie était diluvienne.

La douzaine de pas qui séparaient Mason du pin suffirent à plaquer son polo sur son torse. Elle s'efforça de détacher les yeux de sa silhouette admirablement bâtie, mais échoua misérablement. Aussi misérablement qu'elle avait échoué à le convaincre de la vérité à propos de Brody. La seule chose qu'elle avait obtenue, c'était de le plonger dans une colère noire. Une colère qu'elle comprenait. C'était sa faute : si elle n'était pas venue le déranger, il serait en train de savourer son verre de vin, la chaleur de sa maison et la tranquillité d'un week-end probablement bien mérité. Il ne serait pas dehors, sous la pluie, obligé de dégager le chemin pour la conduire à l'hôtel. Mais elle avait dû venir, Patrick lui-même ne lui avait pas laissé le choix, et elle reviendrait encore. Il y avait trop de choses en jeu.

Alors qu'il mettait ses gants et démarrait la machine, elle vit une nouvelle rafale de vent lui envoyer une volée d'aiguilles et de petites brindilles dans la figure. Déjà, il s'attaquait aux premières branches. Elle devrait l'aider, se dit-elle, prise de remords. Après tout, elle surgissait dans sa vie et lui annonçait, sans crier gare, qu'il était le père de son enfant… A sa place, elle n'aurait pas forcément bien réagi. Le moins qu'elle pouvait faire était de se rendre utile.

Sans plus réfléchir, elle le rejoignit.

— Laissez-moi vous aider, cria-t-elle pour couvrir le vacarme de la scie.

— Ne soyez pas stupide, c'est trop dangereux. Je vous ai dit de rester à l'intérieur !

Sans tenir compte de sa remarque, Helena fit une brassée des branches qu'il avait déjà coupées et s'en alla les jeter à l'écart du chemin.

— Puisque vous n'êtes pas capable de rester tranquille quand on vous le demande, lâcha-t-il sur un ton excédé, allez au moins chercher des gants et des lunettes de protection !

Elle avait fait quelques pas en direction du garage quand elle l'entendit l'interpeller.

Elle s'arrêta et se raidit.

— Et une dernière chose, Helena. Ne vous approchez pas de moi.

Ses mots n'étaient rien de plus qu'un grognement bourru, mais elle accueillit son avertissement avec un hochement de tête.

Elle ne risquait pas de l'approcher, au moins tant qu'il aurait cette tronçonneuse entre les mains. Même s'il la maniait avec la dextérité d'un professionnel, elle ne voulait pas tenter le diable, et aggraver une situation déjà désastreuse.

Dans le placard du garage, elle dénicha une paire de gants de jardinage, mais, après les avoir essayés, elle décida de s'en passer. Ils étaient si grands qu'ils risquaient de la gêner, et elle voulait laisser à Mason une meilleure impression qu'à son arrivée.

Elle n'était pas restée dehors longtemps, mais la pluie ruisselait sur ses cheveux et s'infiltrait par le col de son chemisier. Un frisson désagréable lui parcourut le dos. Elle redressa les épaules et, résolue à se montrer à la hauteur, elle mit les lunettes de protection et sortit.

Porter les branches hors du passage s'avéra plus difficile qu'elle ne l'avait d'abord imaginé : son tailleur et ses escarpins convenaient mieux pour un cocktail que pour jouer les bûcherons. Elle remplit néanmoins sa part du travail, et sentit les yeux de Mason lui brûler plus d'une fois le dos alors qu'elle passait près de lui.

Le vrombissement du moteur rebondissait entre le talus et le mur de la maison. Très vite, elle eut le sentiment que son crâne vibrait à l'unisson. Chaque fois que Mason s'attaquait à une branche difficile, comme à présent, elle pressait ses mains poisseuses de résine sur ses oreilles et le regardait opérer. La machine semblait faire partie de son corps. Il la contrôlait, comme il contrôlait sa vie. C'était un perfectionniste en tout, et rien ne lui échappait.

Dans n'importe quelle autre circonstance, Helena aurait tourné les talons et déguerpi. La difficulté, le bruit, la pluie battante l'auraient convaincue de chercher refuge ailleurs. Mais elle ne pouvait pas s'arrêter. Elle devait prouver à Mason qu'elle méritait son attention et que, contrairement à ce dont il semblait visiblement persuadé, elle n'était pas une bimbo cupide, pressée de trouver sa prochaine victime. Elle se pencha pour ramasser la partie du tronc qu'il venait de scier et sursauta violemment lorsqu'elle sentit une main s'abattre sur son épaule.

— Prête à abandonner ? lui demanda-t-il.

Elle leva les yeux et le dévisagea, anxieuse de lire sur son visage n'importe quel signe lui disant qu'elle l'avait convaincue. Mais son expression restait impénétrable, à l'exception de la lueur qu'elle surprit dans ses prunelles lorsqu'elle vit son regard glisser dans l'encolure de sa veste.

— Vous avez terminé ? répliqua-t-elle sans oser esquisser le moindre geste.

Elle vit ses yeux remonter lentement jusqu'aux siens.

— Non.

Devant ses pupilles sombres légèrement dilatées, Helena sentit un frisson la parcourir. Il pouvait se comporter comme s'il la détestait, elle ne lui était pas indifférente. En tout cas pas autant qu'il voulait le prétendre, et l'éclat éloquent de ses prunelles lui donnait plus d'assurance qu'elle n'aurait osé l'espérer.

— Alors, moi non plus, décréta-t-elle.

Malgré l'exercice, le vent froid sur ses vêtements trempés la transperçait jusqu'aux os. Elle se baissa néanmoins pour ramasser le morceau de tronc débité. Mason l'en empêcha.

— Qu'est-ce que vous faites ? s'exclama-t-elle, prête à s'emporter.

— Rentrez à l'intérieur, vous êtes frigorifiée.

— Je ne suis pas en sucre !

Les dents serrées, réprimant les frissons qui la parcouraient, elle s'accroupit pour soulever le disque de bois parfumé, lourd et poisseux.

Mason n'insista pas, mais il la regarda se redresser péniblement. Alors, serrant la grosse bûche sur sa poitrine, elle partit en chancelant la jeter à côté des autres branchages. En revenant, elle constata qu'il coupait des tronçons moins gros, comme pour lui faciliter la tâche. Lorsqu'il eut enfin terminé, il posa la tronçonneuse et, prenant trois rondins quand elle en soulevait un seul, il l'aida à transporter le reste. Ils ne furent plus longs à dégager le chemin.

— Et ce morceau ? demanda Helena en désignant la cime de l'arbre toujours emmêlée à la ligne de téléphone.

— Les gars de la compagnie s'en occuperont. Venez, dit-il en lui montrant le garage.

Helena hésita un instant. La pluie n'avait pas faibli, et elle luttait de son mieux pour réprimer les tremblements maintenant incessants de son corps. Elle ne s'était pas sentie aussi frigorifiée depuis… depuis sa première rencontre avec cet homme. Mais les circonstances étaient loin d'être les mêmes, se rappela-t-elle, et l'amant d'alors n'avait rien à voir avec la personne distante qui s'éloignait sans se soucier d'elle. Elle repoussa le souvenir de cette nuit-là comme on chasse une pensée inutile, avec résolution, et le suivit à l'intérieur du garage. Il était déjà en train de ranger ses outils.

Arrivée à la hauteur de la porte du 4x4, elle grimpa sur le marchepied et s'apprêtait à s'installer sur son siège quand elle sentit des mains chaudes s'emparer brusquement de sa taille, et la reposer à terre. Mason ne l'avait touchée qu'une seconde, mais ce contact sur ses hanches suffit à déclencher en elle un ouragan de feu. Cette sensation s'accompagnait d'une autre, indéfinissable et profonde, qu'elle refusa d'analyser. Elle était suffisamment occupée à masquer la force de sa réaction.

— Oubliez la voiture pour ce soir, déclara-t-il.

— Vous êtes sérieux ?

Une vague de soulagement l'envahit, car la perspective de voyager dans ses vêtements mouillés, même pour franchir la distance relativement courte qui les séparait de Whitianga, était à elle seule un calvaire.

— Je n'ai pas l'habitude de mentir, rétorqua-t-il. Dégager le passage nous a pris plus de temps que je ne pensais, et nous sommes tous les deux trempés. Le temps de nous sécher, il sera trop tard pour trouver un hôtel encore ouvert dans les environs. Je vais vous donner des vêtements secs, vous dormirez dans une chambre d'amis.

Au ton de sa voix, Helena comprit qu'il aurait préféré se faire arracher une dent sans anesthésie plutôt que de l'accueillir sous son toit pour la nuit. Malgré tout, elle aurait voulu le remercier, mais il avait déjà tourné les talons. Alors, elle le suivit à l'intérieur de la maison. Les yeux rivés sur le parquet de chêne massif, elle franchit derrière lui le couloir qui conduisait vers une aile de la maison qu'elle n'avait pas remarquée à son arrivée. Au bout du couloir, Mason ouvrit une porte à la volée et se dirigea vers une autre qu'il ouvrit avec la même impatience. Helena découvrit une vaste salle de bains de marbre rose. Sans s'arrêter, Mason se dirigea vers la douche et tourna le robinet d'un geste sec. Presque aussitôt, une brume chaude et vaporeuse s'éleva dans la pièce.

— Ne fermez pas à clé, dit-il en se dirigeant vers la porte. Je vais chercher de quoi vous changer.

Helena, morte de froid, fut incapable de répondre. L'eau chaude qu'elle voyait couler de la douche l'attirait irrésistiblement. De ses doigts gourds et gelés, elle entreprit de déboutonner sa veste, mais ils tremblaient et refusaient de lui obéir.

— Laissez-moi faire, fit-il en revenant sur ses pas.

D'un geste, il écarta ses mains et s'attaqua avec adresse aux boutons récalcitrants. Frissonnant de tous ses membres, elle laissa Mason lui ôter sa veste. En-dessous, sa chemise de soie noire collait à sa peau, révélant qu'elle ne portait pas de soutien-gorge. Ainsi livrée à son regard, elle sentit sa poitrine se dresser contre le fin tissu et une rougeur d'embarras lui colorer vivement les joues.

Imperturbable, Mason s'attaqua au corsage.

— Ça ira, protesta-t-elle. Je vais me débrouiller toute seule.

— Vous êtes tellement gelée que vous tenez à peine debout. Ne soyez pas stupide, Helena, et puis ce n'est pas comme si je ne vous avais jamais vue nue.

Ses doigts, arrivés au dernier bouton, effleurèrent la peau de son ventre, et, cette fois, le frémissement qui la parcourut n'avait plus rien à voir avec le froid — le toucher de Mason était brûlant comme la braise.

— Je vous en prie, arrêtez, souffla-t-elle en repoussant ses mains et en reculant, mortifiée. Je vais y arriver, je vous assure, ajouta-t-elle en cherchant une serviette pour la serrer contre son buste.

— Comme vous voulez.

Il recula à son tour.

— Quand vous aurez terminé, retrouvez-moi dans le salon, je vais allumer un feu et nous préparer quelque chose de chaud à manger.

Helena hocha la tête. Lorsqu'il fut parti, elle put enfin pousser le soupir qu'elle retenait depuis longtemps. Plus calme, elle finit de se déshabiller, libéra ses cheveux du chignon lâche qui les retenait encore, et glissa avec bonheur sous le jet d'eau brûlante. Elle se savonna rapidement et se rinça longuement, goûtant le plaisir bienfaisant de l'eau sur son corps. Le jet de la douche était revigorant et, peu à peu, elle sentit ses doigts et le bout de ses pieds revenir à la vie. Tout comme elle s'aperçut qu'elle avait faim. Elle se sécha, disposa rapidement ses affaires mouillées sur le séchoir puis fouilla parmi le tas de vêtements que Mason avait glissés derrière la porte tandis qu'elle profitait de sa douche.

Au milieu de deux T-shirts délavés, un vieux sweat-shirt et un pantalon de survêtement gris, elle découvrit un joli pull de laine bleu pastel et un jean de femme presque neuf. Elle hésita un instant. Mason lui avait-il donné ces vêtements féminins dans le but de lui faire passer un message ? Résolument, elle opta pour le vieux sweat-shirt et le pantalon de sport. Elle ne risquait pas de porter les rebuts d'une autre femme. Elle avait passé son enfance et sa jeunesse vêtue des habits de seconde main donnés par les voisins de ses parents, et cette expérience, ajoutée aux remarques subtiles de ses camarades de classe lorsqu'elles découvraient leurs vieux vêtements sur elle, l'avait vaccinée.

En revanche, le brusque élan de jalousie qu'elle éprouva à l'idée d'imaginer Mason en compagnie d'une autre femme la prit désagréablement au dépourvu. Elle n'avait pas à juger la vie amoureuse de cet homme, se reprit-elle pour chasser ce sentiment absurde, ni même à y songer. Elle-même avait été une femme comblée pendant douze ans, pourquoi ces vêtements oubliés devraient-ils la déranger ?

Elle ignora le pull bleu et, d'un geste déterminé, enfila le pantalon de sport et le sweat-shirt délavé. Le pantalon était bien trop grand mais il était chaud, et elle était prête à sacrifier une partie de sa dignité pour beaucoup de confort. Elle roula plusieurs fois la taille pour l'ajuster sur ses hanches et remonta les ourlets de la même façon. Quant au sweat-shirt, il lui arrivait presque à mi-cuisse. Elle ne risquait pas de remporter un concours d'élégance, constata-t-elle en contemplant sans pitié son image dans le grand miroir. Elle n'était pas là pour plaire, certes, mais ses cheveux étaient une catastrophe. En quête d'un peigne ou d'une brosse pour remettre un peu d'ordre dans sa chevelure, elle ouvrit les tiroirs de chaque côté du lavabo, et recula soudain en rougissant. Dans son emballage intact, une boîte de douze préservatifs semblait la narguer.

— Tout va bien ?

La voix de Mason. Vite, elle claqua le tiroir. Tant pis pour ses cheveux, se dit-elle en ouvrant la porte en hâte.

— Oui. Merci pour les habits.

Il détailla sa tenue avant de considérer les vêtements qu'elle avait posés à côté du lavabo, ceux qu'elle n'avait pas choisis. Croyant discerner un petit sourire sur ses lèvres, Helena serra les dents. Le commentaire perfide qui lui venait aux lèvres était inutile. Si elle se laissait aller à la jalousie qui continuait de la tarauder, elle risquait de voir Mason revenir sur sa décision de la garder chez lui. Il avait accepté de l'accueillir pour la nuit, mieux valait ne pas le provoquer.

— Alors venez manger.

Elle lui emboîta le pas et le suivit jusqu'au salon. Une odeur alléchante de pain grillé lui chatouilla les narines, et un feu réconfortant ronflait dans la grande cheminée de pierre. Helena s'approcha et tendit les mains vers les flammes.

— Toujours froid ? interrogea Mason.

— Un peu, répondit Helena en grimaçant devant l'état de ses ongles et de ses mains.

Il ne restait plus rien de la manucure qu'elle avait faite en début de semaine. Mais elle n'avait aucun regret. Elle aurait sacrifié plus que ses ongles pour avoir l'opportunité de rester chez Mason. Pour un peu, elle serait allée serrer ce qui restait de l'arbre entre ses bras. Sa chute inopinée avait été une chance inespérée.

— Vous vous sentirez mieux quand vous aurez mangé. Asseyez-vous.

Lorsqu'elle fut installée dans le fauteuil le plus proche de la cheminée, Mason apporta un plateau chargé de deux bols d'une soupe de légumes frais et de viande, accompagnée de plusieurs tranches de pain. Ils mangèrent en silence, et ce ne fut qu'au moment où Helena posa sa cuillère dans son bol vide que Mason prit la parole.

— Merci de votre aide tout à l'heure.

— De rien. Je n'aime pas rester les bras croisés quand les autres travaillent.

Mason lui décocha un regard sceptique qu'elle n'eut aucun mal à interpréter. Elle savait exactement ce qu'il pensait. A ses yeux, elle ne valait guère plus qu'un animal domestique, un joli toutou bien dorloté, tout juste bon — en échange de sa soupe et pour une caresse — à lécher la main de son maître. La vérité ne pouvait être plus éloignée, car elle n'ignorait rien de la dureté de la vie, ni de ce que les gens étaient prêts à faire pour arriver à joindre les deux bouts. La richesse et les privilèges n'avaient pas toujours été son lot, loin s'en fallait. N'était-ce d'ailleurs pas ça, la pauvreté — et les extrémités auxquelles elle avait été réduite — qui l'avait d'abord conduite à son mariage, et puis à se trouver chez Mason ?

3

Helena soutint le regard de Mason, le mettant au défi de contredire sa déclaration. « Qu'il ose ! », songea-t-elle, les yeux rivés sur ses pupilles. Elle les vit se dilater, envahir lentement le brun profond des iris, mais elle refusa de lâcher prise. Ils s'affrontèrent alors, dans un silence têtu, uniquement rompu par le chuintement occasionnel des bûches. Dans la cheminée, le feu se consumait doucement et Helena, consciente de la chaleur des flammes, sentait celle qui s'installait entre eux, de plus en plus sensible, et beaucoup plus troublante… Elle sentait les pulsations de son cœur accélérer dans sa gorge et l'écho palpitant qui leur répondait au creux de son ventre, mais elle tint bon.

Mason restait muet. Il n'avait pas besoin de parler. Son regard était éloquent : malgré toute son hostilité, il la désirait encore. Comme elle le désirait. Rien n'avait changé. Les douze années qui les séparaient pouvaient s'étirer entre eux comme un gouffre, son mariage, leur fils étaient les seules digues au désir brûlant qu'elle lisait maintenant dans le regard de Mason. Et ces digues ne demandaient qu'à lâcher.

La chute inopinée d'une bûche dans la cheminée provoqua le sursaut dont elle avait besoin pour rompre le contact ensorcelant de leurs yeux. Elle prit son plateau et se leva précipitamment pour le porter dans la cuisine. Mais les muscles de son corps, bousculés après ce long repos, lui arrachèrent une faible plainte.

— Un peu trop d'exercice pour vous, Helena ?

Aux oreilles de n'importe qui, cette question aurait pu sembler anodine, mais à celles d'Helena elle résonna comme un sarcasme. La voix de Mason était profonde et caressante, elle n'en restait pas moins pleine de mépris.

— Il s'est peut-être passé plus de temps que vous ne le croyez depuis la dernière fois que vous n'êtes pas restée « les bras croisés ».

— Peut-être, répondit-elle avant de s'en aller vers la cuisine où elle entreprit de rincer son bol dans l'évier. Etre une bonne épouse requiert un autre genre de muscles.

Elle n'avait pas fini sa phrase qu'elle regrettait sa formulation. Vu son état d'esprit, Mason allait se faire un malin plaisir de détourner ses propos. Sa réplique en effet lui confirma ses craintes.

— Et si vous me disiez de quels muscles vous parlez ?

Elle sursauta. Il était juste derrière elle, et sa voix l'avait frappée, aussi froide et tranchante qu'une lame. Elle pivota, prête à se défendre, puis elle soupira. Quoi qu'elle dise, il ne la croirait pas. Il préférait penser le pire.

— Pas de ceux auxquels vous songez, répliqua-t-elle, fatiguée.

— Comme vous voulez, Helena. Mais vous avez une fâcheuse tendance à écarter les détails qui vous dérangent. Comme celui d'être à la veille de vous marier le soir où vous séduisez un parfait inconnu.

— Mason…

— C'est bon, l'interrompit-il. Je ne veux pas revenir sur le passé. Vous avez fait des choix, à vous de les assumer. Mais j'ai pensé à Brody. Vous prétendez qu'il est mon fils.

— C'est la vérité.

— Je veux une preuve.

— Je vous ai montré…

— Non.

Il croisa les bras et son geste plaqua un peu plus le tissu noir de son polo sur les courbes de ses épaules, révélant une silhouette athlétique parfaitement sculptée. Helena se raidit.

— Avant d'envisager quoi que ce soit, je veux une preuve scientifique.

— Un test de paternité ?

— Oui.

— A ce moment-là vous nous aiderez ?

Elle serra les poings si fort qu'elle sentit ses ongles abîmés s'enfoncer dans la chair de ses paumes. Il devait accepter.

— Si vous dites la vérité, alors je verrai ce que je peux faire.

— Dans combien de temps pouvons-nous faire ce test, où ?

— C'est à vous de le savoir, Helena, et quelque chose me dit que vous vous attellerez à cette tâche dès votre retour à Auckland, n'est-ce pas ? Mais je vous préviens : faites vite. Car il est hors de question que j'attende plus que le strict nécessaire.

— Je ferai tout ce qu'il faudra pour vous apporter cette preuve au plus vite, Mason. Vous pouvez compter sur moi.

— Vous m'étonnez, railla-t-il. Et que les choses soient parfaitement claires, ajouta-t-il en la coinçant contre le plan de travail.

Au contact de la main ferme qui se posait tout à coup sur sa hanche, Helena tressaillit.

— S'il s'avère que je suis bien le père de Brody, cela ne signifie en aucun cas que je *vous* aiderai. Vous n'aurez pas un sou de ma part. C'est compris ?

Envahie par le parfum viril et boisé que dégageait le corps de Mason beaucoup trop proche, elle sentit, à sa plus grande honte, la pointe de ses seins durcir contre le tissu du sweat-shirt, et se dresser vers lui. Traversée par un frémissement inattendu, elle parvint tout juste à réprimer l'élan qui la poussait dans ses bras.

— Je n'ai pas besoin, et je n'ai pas envie de votre argent, répliqua-t-elle d'une voix sourde. Seul l'avenir de Brody est en jeu. Et pour m'assurer de la sécurité de mon fils, je suis prête à satisfaire toutes vos exigences. Toutes. Est-ce que *vous* me comprenez ?

— Oh, oui, vous êtes parfaitement claire.

Il se pencha un peu plus. Il était même si près qu'Helena voyait les fins anneaux dorés qui entouraient ses pupilles sombres.

— Peut-être pourriez-vous commencer tout de suite.

— Que…

Elle n'eut pas le loisir de poursuivre. Concentrée sur le regard de Mason, elle perçut jusqu'au léger mouvement de l'air provoqué par son visage qui approchait. Alors qu'il réduisait encore la distance qui les séparait, elle éprouva une brève sensation de vertige, puis de brûlure. Mais, déjà, les lèvres de Mason s'écrasaient sur les siennes, étouffant le cri de stupeur qu'elle s'apprêtait à pousser. Elle ferma les paupières. Elle ne voulait plus penser. Elle ne voulait rien éprouver. Mais son corps semblait ne plus lui obéir : à son plus grand désarroi, il accueillait l'assaut de Mason, et son baiser, avec un élan qui balayait tous les bastions qu'elle tentait de lui opposer.

Mason goûtait ses lèvres comme on goûte un fruit longtemps convoité. Il les effleurait, les aspirait, leur donnait de petits coups de langue, les mordillait avant de les lâcher pour les reprendre de nouveau. Il dosait si bien son impatience et sa retenue qu'Helena, malgré elle, sentit ses lèvres s'ouvrir à son baiser. Comme s'il n'attendait que ce signal, Mason approfondit sa caresse. Elle sentit sa langue, provocante, possessive, presque familière, chercher la sienne. Alors, emportée par cette vague de sensualité, elle céda au tourbillon d'émotions qu'il éveillait en elle et, avec une ardeur qu'elle pensait ne plus jamais éprouver, lui répondit tout à fait.

Sa raison lui disait bien qu'il cherchait à la dominer par la force, ou l'adresse, de sa passion, mais le gémissement de plaisir que ce baiser lui arrachait l'obligeait à reconnaître qu'elle n'avait jamais désiré un homme autant qu'elle désirait Mason Knight. Elle avait étouffé ce désir, elle s'était consacrée à son mari et à son fils. Son dévouement et son bonheur avaient peut-être effacé l'ouragan des sensations qu'elle avait éprouvées au cours de cette unique nuit passée entre les bras d'un inconnu, mais, tout au fond d'elle-même, le besoin impérieux de retrouver son corps, et ses caresses, n'avait jamais faibli. Douze ans après, il resurgissait, tout aussi vif et ravageur.

Elle savait ce que Mason pensait d'elle. D'une certaine manière d'ailleurs, elle le comprenait. Il avait dû ressentir un choc en la voyant, le lendemain de leur rencontre, remonter vers l'autel… Jamais il n'avouerait le désir qu'elle lui inspirait. Il ne supporterait pas davantage la trahison de son corps, une trahison qu'elle devinait pourtant dans les vagues de frissons successives qui le parcouraient, une trahison qui s'affichait dans la pression exigeante de son sexe dur qu'elle sentait contre ses hanches. Au prix d'un terrible effort sur elle-même, elle leva les mains, dans l'intention généreuse de le repousser afin d'épargner sa fierté, mais dès que ses doigts glissèrent sur ses épaules musclées, dès qu'ils en éprouvèrent la puissance, elle sut qu'elle ne pourrait pour rien au monde renoncer à ce contact enivrant.

Mason choisit ce moment pour rompre leur baiser. Le souffle court, il appuya son front contre celui d'Helena. Il laissa un nouveau frémissement le parcourir et puis, lentement, il s'écarta et ouvrit les paupières.

— Tu es un peu rouillée, déclara-t-il. Mais c'est un début.

Un début ? Elle se redressa, tellement choquée par le mépris contenu dans sa voix qu'elle fut incapable de réagir, et encore moins de le retenir quand il partit. Prise de vertige, elle le regarda disparaître à l'angle de la cuisine. Au loin, quelque part dans la maison, elle entendit une porte s'ouvrir, puis claquer. Le silence retomba. Est-ce qu'il était sérieux ? Imaginait-il vraiment qu'elle allait devenir sa… maîtresse ? Lorsqu'elle avait parlé de satisfaire ses exigences, elle pensait aux preuves qu'il réclamait concernant sa paternité. Elle n'avait pas pensé à *ça*, jamais ! Elle leva une main tremblante sur son visage. Sous ses doigts, ses lèvres étaient tièdes de leur baiser, et son corps entier vibrait encore de la présence de Mason.

— Oh, non, murmura-t-elle d'une voix étranglée. Ça ne va pas recommencer.

Désemparée, cherchant que faire pour reléguer Mason Knight à l'arrière de ses pensées, elle entreprit de ranger la cuisine et de remplir le lave-vaisselle. Cette occupation ne lui prit malheureusement pas beaucoup de temps, et la cuisine retrouva vite son état initial. Au contraire de ses esprits, constata-t-elle. Car, malgré tous ses efforts, elle n'arrivait pas à oublier le baiser qu'ils venaient d'échanger. Elle devait lui parler, résolut-elle. Tirer au clair la nature de ses exigences, et se montrer tout aussi ferme sur ses propres intentions. Elle n'était le jouet de personne, surtout pas d'un homme, et encore moins de Mason Knight ! Elle en avait trop vu et trop entendu dans le passé pour savoir qu'elle préférait tout endurer plutôt que de s'avilir encore de cette façon.

Sa résolution prise, elle s'aventura dans le couloir à sa recherche. Apercevant le trait de lumière qui soulignait le bas d'une porte, elle approcha, frappa et, avant de changer d'avis, saisit la poignée.

Mason l'avait entendue frapper. Quand il entendit la porte de sa chambre s'ouvrir, il se força à rester immobile.

Ainsi, elle venait le voir. Il n'était pas vraiment surpris. Mais plutôt que s'attarder sur la sombre satisfaction que sa venue lui inspirait, il se concentra sur le paysage qui s'étendait au-delà de la baie vitrée. La lune jouait sur les flaques laissées par la pluie, et ses reflets, ici et là, trouaient l'obscurité de leurs éclats argentés. Il prit une profonde inspiration et se retourna.

Plusieurs émotions traversaient le visage d'Helena. D'abord, il lut quelque chose qui ressemblait à un mélange de colère et de détermination. Puis il surprit une hésitation qui lui apprit que, malgré la façon dont il l'avait embrassée quelques instants plus tôt, malgré l'embrasement de son corps, il restait bien le maître du jeu. Tant mieux.

— Pourriez-vous me dire ce que signifie exactement votre commentaire ? fit-elle alors.

Sa formulation pouvait être exigeante, observa-t-il, elle manquait piètrement d'assurance. Le tremblement de sa voix lui confirmait qu'elle restait ébranlée par leur baiser. Autant que lui, mais à cette différence qu'il ne risquait pas de le lui montrer.

— Mon commentaire ?

— Ne jouez pas avec moi, Mason. Vous savez très bien de quoi je parle.

Visiblement peu disposée à croiser son regard, elle fixait un point à côté de lui.

— Allons, Helena, dites-moi ce qui vous trouble.

D'un pas rapide, il était venu se planter devant elle, et l'obligeait maintenant à le regarder dans les yeux.

— Vous avez parlé d'« un début », dit-elle en affrontant courageusement son regard. Un début à quoi ?

Il esquissa un sourire, prit une longue mèche de ses cheveux soyeux entre ses doigts et, sans rien dire, la tortilla un moment.

— Cela dépend de vous, Helena. Si je me souviens bien, nous avons parlé d'exigences à satisfaire. De *mes* exigences, et de *mes* satisfactions, précisa-t-il.

— Brody est votre fils, je ne devrais rien avoir à exiger de vous.

Mason lâcha la mèche de cheveux pour laisser tomber ses doigts sur la fine épaule d'Helena. Sa peau était fraîche, délicatement satinée. Helena se tenait immobile, comme si cette caresse l'avait glacée. Mais il n'était pas dupe. Sous sa belle indifférence, il voyait l'effet qu'il produisait sur elle. Alors il remonta la courbe de son épaule pour effleurer nonchalamment la naissance de son cou. Il l'entendit retenir son souffle.

— Nous parlerons de Brody plus tard, dit-il, lorsque j'aurai les informations que je demande.

La paume de sa main se referma sur la nuque d'Helena.

— En attendant, je suis curieux de savoir à quoi vous êtes prête, ce que vous entendez précisément par « satisfaire toutes mes exigences ».

Sans attendre sa réponse, il referma son autre main sous son menton et releva doucement son visage vers le sien. Sa voix s'approfondit.

— Vous parlez peut-être de celle-ci ?

Il se pencha vers elle et captura ses lèvres une nouvelle fois. Ignorant la barrière qu'elle prétendait lui opposer, il fit glisser sa langue sur sa bouche avec une lenteur délibérée, happa l'une de ses lèvres et, comme tout à l'heure dès qu'elle avait cédé, plongea pour un baiser aussi rapide que ravageur.

— Ou bien celle-ci ?

Il laissa glisser sa main le long de son dos, s'arrêta au creux de ses reins et la plaqua contre lui d'un geste ferme, pour qu'elle ne puisse rien ignorer du désir qu'il éprouvait pour elle à cet instant. Pour qu'elle ne puisse pas se méprendre sur le sens de sa question.

— Non, murmura-t-elle le souffle court, avant qu'il n'emprisonne de nouveau sa bouche.

— Sois honnête avec moi, Helena, murmura-t-il contre ses lèvres. Sois honnête avec toi-même.

Il resserra davantage son étreinte, et l'embrassa encore. Devant sa résistance obstinée, il déploya toute son adresse pour faire plier sa volonté. Lorsqu'il sentit pour la troisième fois les lèvres d'Helena s'entrouvrir sous les siennes, son corps souple lui céder et venir même se mouler si parfaitement contre le sien, il exulta.

Il lâcha alors son menton, glissa une main vers sa taille et, l'infiltrant sous son sweat-shirt, explora la texture de sa peau jusqu'à la rondeur de ses seins. Sans s'arrêter au puissant désir qui le transperçait, il pressa doucement le mamelon durci, joua avec la chair tendre. Avec un gémissement profond, Helena s'affaissa un peu plus contre lui.

Mason s'écarta, le temps de la débarrasser de son vêtement. Des deux mains, il enserra alors sa taille fine et dénudée, remonta le long de son dos, et laissa ses pouces flirter à la base de ses seins tendus.

Les yeux fixés sur le visage d'Helena, il la caressa avec concentration. Elle baissa les paupières, mais il eut le temps d'apercevoir l'éclat lumineux qui traversait ses pupilles. Ses lèvres entrouvertes, tendues vers lui, l'invitaient à poursuivre son exploration. Il aurait dû s'arrêter là, il le savait, il aurait dû être écœuré par l'empressement qu'elle montrait à accueillir les moindres de ses gestes. Mais c'était tout le contraire. Son excitation ne faisait qu'augmenter. Et quand il vit Helena faire elle-même glisser son pantalon sur ses hanches jusqu'à ses pieds, puis s'en débarrasser, il comprit qu'il avait gagné. Elle se livrait à lui, entièrement nue, sans condition. La capitulation était totale.

Il aurait pu savourer sa victoire, mais il la souleva dans ses bras et la posa délicatement sur son lit. Penché au-dessus d'elle, les mains de chaque côté de son visage, il parsema sa bouche, ses joues, puis ses paupières de baisers. Helena glissa les bras autour de ses épaules et d'une pression impatiente l'invita à s'emparer de ses lèvres et de son corps sans attendre.

Mais il ne voulait pas se hâter. Chaque partie du visage où il posait les lèvres, le menton d'Helena, son front, ses pommettes, sa gorge, se rendait l'une après l'autre, victime de l'attention appliquée, mais douloureusement brève, qu'il leur portait. Une attention qu'il avait rêvé de leur offrir plus de nuits qu'il ne saurait compter, une attention dont l'incessante frustration l'avait hanté plus d'années qu'il ne voulait se rappeler. Il glissa ses lèvres le long de son cou, ne s'arrêtant que pour mordiller la peau fine au creux de son épaule. Le faible cri de plaisir qui pénétra son oreille le poussa à reprendre sa course. Il descendit davantage, captura le bout d'un sein. D'un geste d'une délicieuse lenteur, freinant le désir qui le tenaillait, il y laissa traîner le bout de la langue avant de happer et de sucer la pointe rosie, à un rythme qui ne faisait qu'accroître le désir fou qu'il avait maintenant de la posséder. Et quand le corps d'Helena, dans une supplique muette, s'arqua contre le sien, brusquement, il ne supporta plus les vêtements qui l'entravaient.

Il se redressa, se débarrassa de son polo, de son jean. A l'instant où il la rejoignit, où il sentit ses seins s'écraser sous son torse, ses mains qui se refermaient autour de lui, ses jambes qui s'ouvraient pour l'accueillir, son désir était tel qu'il faillit y succomber dans l'instant. Il serra les dents. Il devait se protéger, songea-t-il. Se protéger ! A tâtons, il chercha le tiroir de sa table de nuit, l'ouvrit et sortit un préservatif. S'il ne faisait pas attention maintenant, il serait trop tard. Enfiler le fin caoutchouc ne lui prit que quelques secondes — des secondes qui lui parurent une éternité, et à laquelle il mit un terme en s'allongeant enfin sur le corps frémissant étendu près de lui.

Helena leva la main et caressa timidement la ligne de ses pommettes, celle de sa mâchoire carrée. A mesure de son parcours, chacune des sensations qu'elle éprouvait ravivait un flot de souvenirs. Elle n'aurait pas dû s'abandonner à cet exercice, mais le désir que cet homme faisait naître en elle était si impérieux qu'elle se reconnaissait à peine. D'ailleurs, après avoir effleuré les lèvres de Mason du bout des doigts, elle laissa retomber sa main sur sa propre poitrine et poursuivit sur ses seins sa caresse langoureuse. Devant l'audace de son geste, elle vit les pupilles de Mason s'élargir, son regard s'assombrir encore, et ses muscles se raidir. Enhardie par cette réaction, elle prit ses seins dans ses deux mains, et les lui offrit. Ils étaient si lourds d'impatience, sa peau était si sensible, qu'elle ne put retenir le gémissement qui glissa hors de ses lèvres. Et, sous le regard enflammé de Mason, tandis qu'elle se cambrait légèrement sur les draps, délicieusement consciente de s'offrir au regard d'un homme qui suivait le moindre de ses mouvements avec l'attention d'une panthère concentrée sur sa proie, elle se laissa envahir par le battement primitif qui parcourait ses veines. Alors, avec une lenteur de félin, Mason se baissa sur elle. Sentant son corps entier recouvrir le sien, transpercée par une flèche de désir, elle ne fit rien pour étouffer le gémissement de plaisir qui montait en elle.

Mason lui prit le visage entre les mains et capta son regard. Alors seulement, comme s'il attendait d'être sûr qu'elle ne romprait pas ce contact, il la pénétra sans la quitter des yeux. Savourant chaque seconde de cet instant qu'il prolongeait le plus possible, elle l'accueillit avec une sensation de complétude si parfaite qu'elle en fut presque effrayée. Le grondement de plaisir qui roula dans la gorge de Mason, la profondeur de son soupir lorsqu'il fut bien en elle, la rassurèrent.

Il se mit alors à bouger, d'abord avec retenue, puis il donna à leur étreinte un rythme plus fort et plus rapide dont chaque va-et-vient nourrissait un peu plus les sensations enivrantes qu'elle sentait grandir en elle. Il la tenait toujours prisonnière de son regard. Un regard dont elle ne pouvait se détacher, auquel elle s'accrochait comme si sa vie entière avait dépendu de ce lien éphémère tissé entre eux.

Haletante, elle se sentit soudain traversée par d'exquises ondes de plaisir, de plus en plus intenses, et elle oublia toute prudence, elle perdit toute retenue. Qu'importe que le lien qui la reliait en cet instant à Mason Knight fût si fragile, elle s'abandonna aux bras qui la tenaient, aux mouvements qui l'emportaient. Ses yeux se voilèrent, et elle sentit monter en elle un cri de jouissance. Elle était prête à s'y livrer lorsque les mains de Mason la lâchèrent brusquement. Elle renversa la tête, cambra les hanches.

— Non ! cria-t-elle. Pas maintenant, je t'en prie, ne t'arrête pas.

Mais Mason sautait hors du lit.

Stupéfaite, le souffle court, Helena se dressa sur les coudes.

— Que se passe-t-il ? s'exclama-t-elle, la voix chargée d'émotion.

Sa question flotta entre eux, sous le regard impassible de Mason. Helena, la peau brûlante parcourue d'un frisson, fit de son mieux pour calmer sa respiration. Elle eut brusquement conscience que quelque chose de grave s'était produit. Quelque chose qu'elle ne comprenait pas. Et tout à coup, elle eut honte, une honte absurde de sa nudité, des battements de son cœur, de son appel muet tendu vers lui. Elle aurait donné n'importe quoi pour soustraire son corps et sa frustration douloureuse à l'indifférence que Mason leur opposait.

— Rien.

Sa réponse était glaciale.

— Alors pourquoi ? Pourquoi t'es-tu arrêté ?

Mason prit le temps de rassembler ses vêtements et d'enfiler son jean sur ses longues jambes.

— Parce que je le peux.

Il ramassa le sweat-shirt et le survêtement qu'elle portait un peu plus tôt et les jeta sur le lit. Son geste se passait d'explications : elle pouvait s'habiller et aller au diable.

— Et parce que je sais maintenant jusqu'où tu es prête à aller.

Helena, blessée dans sa chair et son intimité, se vêtit en hâte. Son sexe palpitait encore, sa peau n'avait pas renoncé aux caresses, son corps entier souffrait de l'odieuse privation qui venait de lui être imposée, mais elle aurait préféré mourir que de dire un mot. D'un pas tremblant, elle traversa la chambre et franchit la porte sans se retourner. Le claquement bref du verrou derrière elle acheva de la briser. La réalité se refermait sur elle avec une brutalité sans appel.

« Parce que je le peux. » Cette constatation résonnait dans le vide de son esprit. En quelques mots, Mason l'avait réduite pire qu'au néant : à une chose dont il pouvait user à sa guise. Et elle s'était laissé rabaisser à ce à quoi elle avait précisément tout fait pour échapper. Ces douze années ne lui avaient donc rien appris ? s'insurgea-t-elle. Mais la vague de colère qui la traversait se brisa sur une douleur lancinante, et elle serra un poing contre sa bouche. Si elle donnait libre cours au cri déchirant qu'elle sentait prêt à exploser, elle n'était pas sûre d'y survivre.

Dans sa salle de bains, Mason jeta le préservatif inutile dans la poubelle avec un juron. Qu'ils aient fait l'amour ou qu'elle soit partie sans protester, il ne savait pas ce qu'il détestait le plus. *L'amour!* se reprit-il avec dureté. Ils n'avaient pas fait l'amour. Il s'était laissé aller à un besoin primitif, rien de plus, et, s'il voulait oublier les sensations qu'il avait éprouvées, c'était à ça qu'il devait se tenir : un besoin primitif, rien de plus.

Il pénétra dans la douche, régla la température de l'eau au maximum et, le front appuyé contre le mur, offrit ses épaules au jet brûlant.

Il avait refusé d'aller plus loin parce qu'il avait voulu se prouver qu'il était capable de la tenir à distance, capable de lui résister et de garder le contrôle. Il avait réussi à imposer *sa* décision. Helena était partie sans un mot.

Ce succès aurait dû le satisfaire. Il n'éprouvait pourtant que le goût amer de l'échec, et celui plus amer encore d'une insupportable frustration. Car le désir de posséder Helena n'était pas seul à le tourmenter encore. Il éprouvait avec rage celui d'imprimer sa marque sur son corps et sur son âme pour effacer entièrement tous les souvenirs laissés par ses autres amants — et ils étaient nombreux, il le savait.

Elle s'était offerte à lui avec une telle intensité qu'il aurait pu croire être le seul, mais il ne connaissait que trop les femmes de cette nature. Un écœurement familier monta en lui au souvenir du comportement répugnant de la jeune maîtresse de son père. Un effleurement de main étudié, un baiser qui s'était attardé un peu trop longtemps sur sa joue, et plus tard, dans sa chambre, sa proposition ouverte de coucher avec lui. Une fieffée garce ! Il savait donc parfaitement à quoi s'attendre et comment réagir avec Helena.

Heureusement qu'il possédait un avantage — elle avait

besoin de son aide. Et il y avait Brody. Si cet enfant était son fils, il lui rendrait un fier service en le soustrayant à l'emprise de sa mère et au défilé incessant des amants qui se succédaient entre ses draps. Il n'était pas étonné qu'elle l'ait envoyé en pension loin de la ville. De cette façon, elle pouvait donner libre cours à sa dépravation. Si les tests de paternité s'avéraient concluants, il allait mettre un terme à tout ça, et vite. Les choses allaient changer.

D'un geste, il baissa la température de la douche et tourna son visage vers le jet d'eau glacé. Il grimaça, mais endura les aiguillons sur sa peau jusqu'à sentir son sang revenir à un état plus proche du repos. Ce qu'il ne pouvait malheureusement pas dire de son désir, toujours aussi vif malgré le traitement qu'il venait de s'infliger.

4

D'immenses nuages s'étiraient dans le ciel. Certains striaient l'horizon de rubans roses, vaporeux et légers, tandis que d'autres, plus lourds, étaient encore chargés du gris toujours menaçant de la pluie. L'aube se levait, et ses premières lueurs blafardes caressaient timidement le visage d'Helena. Jamais elle ne s'était sentie aussi avilie, même dans les jours les plus sombres de sa vie, lorsqu'elle s'était rabaissée à des actes plus humiliants.

Parce que je le peux.

La phrase de Mason l'avait hantée toute la nuit. Se croyait-il tellement supérieur à elle, s'estimait-il tellement plus fort pour croire qu'il avait le droit de la manipuler comme il l'avait fait ? Evidemment, se dit-elle. Il avait toutes les cartes en main, et il le savait.

Elle repoussa les draps emmêlés et se dirigea vers la salle de bains. L'image que lui renvoya le miroir l'accabla davantage. Pieds nus, échevelée, les traits tirés, elle avait l'air d'une loque. Elle s'était couchée tout habillée et, les vêtements qu'elle portait lui parurent brusquement insupportables. Tout ce qui lui rappelait les caresses de Mason Knight lui était aussi odieux que la perspective de tomber dans un traquenard ou celle d'assister à un cocktail dans cette tenue. Elle se déshabilla et jeta ses vêtements — ceux de Mason — en tas sur le sol. Si seulement elle avait pu se débarrasser de lui avec autant de facilité. Ruminant sombrement ses erreurs, elle prit ses propres habits posés sur le radiateur et s'habilla. La ceinture de sa jupe, encore humide, était rêche contre sa peau, mais au moins lui appartenait-elle.

C'était ses vêtements et c'était *ses* décisions, se dit-elle en remontant la fermeture Eclair.

D'une manière ou d'une autre, elle résoudrait ses problèmes, même si cela signifiait qu'elle devait passer un marché avec Evan. Patrick avait voulu qu'elle révèle à Mason la vérité sur sa paternité, et, fidèle à son mari, malgré ses réticences, elle avait suivi ce désir à la lettre : la balle était désormais dans le camp de Mason. Elle n'avait aucune raison de rester plus longtemps chez lui, à la merci de ses caprices. Plus vite elle serait partie, plus vite elle pourrait rassembler les forces dont elle allait avoir besoin. Car la bataille s'annonçait rude.

De retour dans sa chambre, elle attrapa son sac à main et sortit à pas feutrés. La maison était silencieuse. Trop. Elle se força à respirer profondément pour apaiser les battements désordonnés de son cœur. Quand elle se sentit un peu plus calme, elle s'aventura vers le salon. De là, elle appellerait un taxi. Mais, en voyant le téléphone, elle se souvint tout à coup que la ligne était coupée.

Allons, elle n'avait qu'à rejoindre la route principale et faire du stop. Une voiture finirait bien par s'arrêter. Mais, arrivée devant la porte d'entrée, elle tomba sur un nouvel obstacle. De toute évidence, Mason avait exporté ses habitudes citadines dans le Coromandel. La porte était fermée à double tour, et une inspection rapide lui confirma l'inutilité de chercher une clé pour s'échapper discrètement.

Le garage, songea-t-elle alors. L'ouverture automatique pouvait certainement être actionnée de l'intérieur. Elle fit demi-tour et se glissa dans le garage, en prenant soin de fermer la porte derrière elle sans aucun bruit. La faible lueur dispensée par les petites fenêtres de la porte mécanique éclairait à peine la pièce, et Helena laissa ses yeux s'habituer.

Comme elle s'y attendait, elle découvrit un tableau de commande près de l'entrée. Il témoignait d'un esprit organisé — celui de Mason, elle n'en doutait pas une seconde. Patrick lui avait appris que Mason avait passé un certain temps dans l'armée, et l'ordre strict qui régnait dans sa maison pouvait être mis sur le compte de son entraînement militaire. Elle repéra vite le bouton qui commandait l'ouverture du garage et celui du portail à l'entrée de la propriété. La main sur le tableau électrique, elle n'hésita qu'une seconde avant de les presser. La porte du garage s'ouvrit lentement.

Tout serait tellement plus simple si elle avait une voiture, soupira-t-elle tandis que ses yeux glissaient sur le 4x4. Et, soudain, la perspective d'attendre un conducteur sur la route — hypothétique à cette heure si matinale — la plongea dans un profond désespoir. Il aurait été tellement plus simple d'emprunter cet engin… Mais aurait-elle la force de reprendre le volant ? Elle sentit son estomac se nouer. Ce véhicule démesuré n'avait rien à voir avec la petite berline qu'elle avait perdue dans la rivière douze ans plus tôt.

Elle avança pourtant jusqu'à l'engin, ouvrit la porte, et se hissa sur le siège sans se poser une seconde fois la question. Ses mains tremblaient quand elle les posa sur le volant. Une peur panique l'envahit. Elle ferma les yeux dans l'espoir de mater la nausée et le vertige qu'elle sentait monter en elle.

— Vous risquez d'avoir besoin de ceci.

Elle sursauta et ouvrit les yeux. Mason, debout devant la portière, faisait danser un trousseau de clés dans sa main. Comme la veille, il était tout habillé de noir et cette couleur accentuait son air menaçant.

— Je ne voulais pas…

Elle s'interrompit, brusquement consciente qu'elle n'avait pas la moindre idée de ce qu'elle voulait dire.

— Bien sûr.

Il se pencha et introduisit une des clés dans le contact.

— Allez-y.

Il s'était reculé et la regardait, les bras croisés. Son attitude, comme la dureté de son regard, la mettait au défi de passer à l'acte. Mais elle était incapable de tourner la clé.

— Quelque chose vous retient, Helena ?

— Je… ne peux pas… Je ne peux plus conduire, bredouilla-t-elle d'une voix aussi tremblante que ses mains.

— Vous saviez pourtant.

— Oui, il y a longtemps. Je n'ai pas…

— Vous allez avoir du mal à me fuir si vous refusez de conduire.

Elle se tourna vers lui.

— Je ne veux pas vous fuir !

— Bien sûr, vous voulez seulement partir. Alors, allez-y, faites-le.

Le ton de sa voix, un mélange de fureur et de provocation, la galvanisa. Elle tendit la main et tourna la clé. Le moteur s'anima aussitôt.

— Vous vous souvenez de la suite ?

Elle lui décocha un regard foudroyant.

— Evidemment.

D'un geste brusque, elle claqua la portière et passa la marche arrière. Ses mains étaient moites et son vertige persistait, mais au moins son estomac la laissait-il tranquille. Les yeux sur le rétroviseur, elle sortit la voiture, et manœuvra de façon à se trouver face au chemin. Avant de passer en première, un rapide regard dans le rétroviseur lui montra que Mason l'observait toujours. Les bras croisés, les jambes fermement plantées sur le sol, il n'avait pas bougé et ne manifestait aucune intention de le faire.

Eh bien elle allait lui montrer, se dit-elle. Et il ne l'aurait pas volé !

Les yeux droits devant elle, elle assura sa position sur le siège, posa la main sur le levier de vitesse et enclencha la première. Le véhicule fit un bond. Un nouveau coup d'œil dans le rétroviseur lui permit de constater que Mason n'avait pas fait un geste. Elle attacha sa ceinture et appuya résolument sur l'accélérateur.

La voiture dérapa légèrement lorsqu'elle franchit l'angle qui l'engageait sur le chemin de terre, mais, bien décidée à garder son cap, et à rejoindre au plus vite la route vers la civilisation, Helena ne ralentit pas. Et ce fut à la sortie du virage suivant, bien plus serré que le précédent, qu'elle comprit que les choses allaient se gâter. Une coulée de boue, recouverte de branchages et de feuilles arrachés par le vent, lui barrait le passage. Le chemin n'était pas goudronné et elle allait beaucoup trop vite. Alors elle appuya sur le frein et donna un bon coup de volant sur la gauche.

Elle sentit exactement le moment où le 4x4 perdit contact

avec le sol et le point précis où les grosses barres du pare-chocs heurtèrent le talus. Sa tête bascula violemment tandis qu'avec un bruit étouffé tout le flanc du véhicule rebondissait contre le remblai rocailleux qui bordait le chemin. Dans un rugissement du moteur, la voiture retomba sur ses quatre roues et cala. Elle se balançait encore quand la porte côté passager s'ouvrit à la volée.

— Est-ce que ça va ?

Mason, hors d'haleine, grimpait dans l'habitacle, et ses mains parcouraient déjà les épaules et le torse d'Helena, à la recherche fébrile de la moindre blessure.

— Je… je crois que oui, bredouilla-t-elle, secouée par le choc.

— C'est ma faute. Je n'aurais jamais dû vous provoquer.

— Non, c'est la mienne. J'ai été stupide. Je n'aurais pas dû vous céder.

Elle sentit les larmes lui monter aux yeux et rouler sur ses joues.

Des bras forts l'entourèrent instantanément, et, avant qu'elle ait pu réagir, elle se retrouva serrée contre l'abri réconfortant du corps de Mason.

— Tu es sûre que tout va bien ?

Ses mains s'infiltraient dans ses cheveux, à la recherche d'une contusion. Du choc de l'accident, de ses gestes inquiets, ou de son brusque tutoiement, Helena ne savait pas ce qui la troublait le plus. Mason lui prit le menton et souleva son visage.

— Quand j'ai entendu le bruit, je…

Il s'interrompit. Il avait les traits pâles et tirés. Du bout du pouce, il essuya les larmes qu'elle était incapable de retenir.

— Ne pleure pas, mon bébé.

Il avait la voix rauque, étrangement nouée.

Elle n'eut pas le temps de s'interroger davantage, il se penchait vers elle pour l'embrasser. Ses lèvres étaient ardentes, son baiser fiévreux. Elle sentit son corps se détendre et comprit, une fois de plus, qu'elle était incapable de lutter contre l'effet qu'il provoquait en elle. Mais le reflet qu'elle apercevait dans ses yeux sombres était trop lourd de désir, trop pénétrant, pour qu'elle l'affronte. Alors elle baissa les paupières et s'abandonna à la bouche qui glissait, si tendrement, sur la sienne.

Elle remarqua soudain que le corps de Mason était parcouru de frissons. Pourquoi tremblait-il ? Peut-être à cause du désir. Peut-être aussi parce qu'il était soulagé de la voir saine et sauve. Peut-être se souciait-il réellement de son bien-être. Mais, tandis qu'elle se lovait un peu plus contre lui, elle comprit aussi qu'elle n'irait plus jamais bien. Pas tant qu'elle serait dans les bras de cet homme. Pas tant qu'elle le laisserait nourrir le désir qu'il faisait naître en elle. Un désir dû au hasard d'une rencontre, un désir qu'elle avait étouffé pendant douze ans et qu'elle retrouvait intact. Elle pensait avoir réussi à l'oublier, à renoncer à lui, et à vivre sans lui. Cela n'avait pas été facile, mais elle avait fait ce choix, elle y était parvenue, et elle s'y était tenue. Et voilà que tout volait en éclats.

Mason s'écarta, laissa reposer un instant son front contre le sien avant de relâcher son étreinte puis, sans un mot, il descendit de voiture. Helena le regarda faire le tour du véhicule à grands pas, et s'arrêter à l'avant. Elle vit la contrariété puis la résignation se peindre sur son visage, sans doute à cause des dégâts. Pourquoi se sentait-elle si triste ?

— Ouvre le capot, demanda-t-il d'un ton sec.

Elle glissa une main sous le tableau de bord à la recherche du levier. Soulagée de le trouver sans avoir à lui demander son aide, elle l'actionna, et le capot se dressa entre eux comme une muraille. Seule dans l'habitacle, à l'abri du regard fermé de Mason, elle porta la main à ses lèvres. Ce simple geste réveilla un cortège d'émotions dont la vivacité la consterna. Ce désir ne s'éteindrait donc jamais ?

D'un geste brusque, Mason claqua le capot. Il s'en voulait. Il n'aurait pas dû la pousser à prendre le volant alors qu'elle n'était de toute évidence pas prête à conduire, et elle n'aurait pas dû se hasarder à monter dans le 4x4, un véhicule si puissant que même ses frères hésitaient à s'en servir. Pour un peu, il l'aurait giflée d'avoir couru un tel risque.

A la pensée de ce qui aurait pu lui arriver, il sentit sa gorge se nouer. L'image qui s'était dessinée devant ses yeux lorsqu'il avait entendu le choc — Helena ensanglantée, le corps brisé, coincé par la tôle déchiquetée — ne cessait de s'imposer à lui. Il secoua la tête et chassa cette vision trop précise. Pour des raisons qu'il refusait d'analyser, l'idée qu'Helena ait pu être blessée l'avait tellement angoissé qu'il s'était précipité sur le chemin à l'allure d'un damné fuyant les enfers. Son soulagement, en constatant qu'elle allait bien, avait été à la mesure de la terreur qui s'était emparée de lui le temps qu'il arrive sur les lieux.

Deux émotions si totalement absurdes qu'il accueillit comme une bénédiction la colère qui montait maintenant en lui. Elle lui permettait de ne pas s'appesantir sur ses sentiments, mais de se concentrer sur les dégâts causés à sa voiture, et de recouvrer le sang-froid dont il avait besoin. Il la cultiva, heureux de sentir sur sa langue le goût familier de la rage qu'il éprouvait chaque fois qu'il pensait à cette femme. Cette rage était concrète. Et elle était justifiée.

Satisfait de retrouver le contrôle de ses émotions, il revint se pencher par la portière.

— Sortez de là. Je vais dégager la voiture, et vérifier qu'elle peut faire le voyage jusqu'à Auckland.

Il tendit la main pour l'aider à descendre. Devant son refus, il serra les dents. Elle voulait se débrouiller toute seule ? Très bien. Il était curieux de voir combien de temps cela durerait.

Il s'écarta, le temps qu'Helena s'extirpe de son siège, puis du véhicule. Devant son visage toujours aussi pâle, ses yeux verts aussi luisants que des émeraudes, et leur éclat désemparé, il se sentit démangé par l'envie de l'attirer à lui, de vérifier une nouvelle fois qu'elle n'était pas blessée. Mais il se retint, focalisant son attention sur son envie de la secouer vertement, une envie qui ne l'avait pas totalement abandonné.

Comme celle de l'embrasser encore, constata-t-il en étouffant un juron. Il devrait s'en débarrasser et vite, ou bien apprendre à vivre avec, parce qu'il n'avait aucune intention d'y céder. Malheureusement, et s'il en jugeait par les douze années écoulées, il comprenait que la tâche ne serait pas facile. Il devait donc s'en tenir à la raison qui avait conduit Helena à envahir son paradis. Et cette raison, à elle seule, justifiait amplement sa colère.

Il monta dans la voiture, mit le contact et entendit avec soulagement le moteur démarrer du premier coup. Il enclencha la marche arrière et sortit doucement le véhicule de l'ornière boueuse.

Le bruit de tôle qui accompagna le recul de l'engin aurait fait pleurer n'importe quel homme un peu sensible, et il préférait ne pas imaginer l'aspect de la carrosserie. A l'écart du remblai, il s'arrêta et donna plusieurs coups d'épaule dans sa portière pour sortir. Elle s'ouvrit en grinçant, libérant juste assez d'espace pour qu'il parvienne à se glisser à l'extérieur.

Elle avait fait du beau travail ! ragea-t-il en constatant les dégâts. Tout le côté du 4x4 était enfoncé, et l'une des ailes, complètement tordue, frottait contre le pneu. Il ne parlait même pas des chromes, à moitié arrachés. Sentant sa colère et sa frustration redoubler, il s'attaqua des deux mains au métal récalcitrant pour le redresser. Il valait mieux qu'il s'en prenne à la tôle. Les dommages matériels n'étaient rien, il les ferait réparer, mais il allait avoir du mal à éteindre le feu qui continuait de courir dans ses veines. Le pneu dégagé, il se remit au volant.

— Monte, ordonna-t-il sèchement.

Du coin de l'œil, il vit Helena sursauter. Il se moquait bien de ménager sa sensibilité, ou son amour-propre. La vapeur qui s'échappait maintenant du capot n'était pas de nature à l'apaiser. Sa voiture ne ferait jamais la route jusqu'à Auckland, et il n'avait aucune intention de passer une nuit de plus avec cette femme sous son toit. Il devait prévoir un autre moyen de transport, et vite.

Lorsque Helena fut installée, il remonta le chemin avec précaution et arrêta la voiture dans le garage.

— Je vais sur la colline, passer quelques appels avec le portable. Tu peux faire du café en attendant.

Il accueillit son acquiescement silencieux avec une âpre satisfaction.

Lorsqu'il revint, peu de temps après, une bonne odeur de

café flottait dans la maison. Helena, en le voyant, lui tendit une tasse.

— Je suis désolée d'avoir abîmé le 4x4. Après la nuit dernière, je…

Elle s'interrompit, et détourna les yeux. Mason sentit une pointe de remords l'assaillir, mais il n'eut aucun mal à la balayer. D'abord, elle s'était introduite chez lui sans y être invitée, ensuite il ne risquait pas d'éprouver la moindre sympathie pour une femme qui se débarrassait de son fils — potentiellement le sien — dans le seul but de protéger son mode de vie dépravé. Quels mots avait-elle employés ? Ah oui, elle était « *prête à tout* pour satisfaire ses exigences ». La nuit dernière, il avait eu l'occasion de se rendre compte jusqu'où exactement elle était prête à aller.

Ce souvenir, malgré un nouvel accès de rage, réveilla aussitôt son désir. D'accord, admit-il en accueillant la réaction de son corps, il n'était pas insensible à ses charmes. Eh bien il allait s'en occuper, car la nuit dernière n'avait fait qu'aiguiser son désir. Et s'il se félicitait de l'avoir repoussée comme il l'avait fait, la quitter n'en avait pas moins été une véritable torture.

— Oublie la nuit dernière, et bois ton café. L'hélicoptère ne va pas tarder à atterrir.

— Un hélicoptère ? sursauta Helena.

Au même instant, un bruit de pales se fit entendre au-dessus de la maison.

— C'est le moyen le plus rapide de rentrer à Auckland, ça te pose un problème ?

— Non. Aucun.

— Parfait. Plus vite nous rentrerons, plus vite tu trouveras où et quand procéder au test de paternité.

— Comment vais-je faire pour que Brody ne sache rien ? Il faudra qu'il subisse un prélèvement, il comprendra pourquoi. J'y ai pensé et je ne veux pas qu'il apprenne que Patrick n'était pas son père. Il a déjà assez souffert.

Mason ravala le sarcasme cinglant qui lui venait aux lèvres. Cet argument était typique ! Elle lui demandait tout, son aide pour Brody et pour garder les Transports Davies, mais en échange, si ce qu'elle prétendait à propos de la naissance de son fils était vrai, elle ne lui donnait rien. Et certainement pas le droit d'exercer sa paternité. Pourquoi n'était-il pas surpris ?

— Nous verrons quand la question se posera. En ce qui concerne le prélèvement, je suis sûr que tu trouveras une explication.

— C'est un enfant intelligent, Mason. Il posera des questions.

— Eh bien tu t'arrangeras pour y répondre. Que les choses soient très claires, Helena : sans preuve, je ne lèverai pas le petit doigt. Débrouille-toi pour trouver quelque chose.

5

Le vrombissement de l'hélicoptère mit un terme au débat.

— Viens, dit Mason en s'éloignant.

Dans l'entrée, il attrapa son attaché-case, une veste de sport, et Helena fut obligée de le suivre à l'extérieur. A côté du garage, un passage était aménagé entre les massifs de fleurs. Derrière, quelques marches conduisaient à un chemin au bout duquel elle découvrit un hélicoptère noir et étincelant, frappé de l'emblème doré des Transports Black Knight, et stationné sur l'aire d'atterrissage prévue à cet effet.

En les voyant, le pilote mit pied à terre, ouvrit la portière latérale, fit grimper Helena dans un luxueux compartiment, avant de faire le tour de l'appareil pour s'installer de l'autre côté du cockpit. Mason rangea sa mallette à l'arrière, ferma la porte sans un mot sur Helena, et prit la place du pilote.

Seule dans son compartiment, Helena se sentit reléguée comme une paria. Le voyage jusqu'à Auckland pouvait ne durer que trente minutes, installée comme elle l'était, livrée à ses réflexions dans une solitude parfaite, elle eut l'impression qu'il était interminable. Lorsqu'ils atterrirent enfin sur l'héliport d'Ardmore, elle n'en pouvait plus. Mason vint lui ouvrir et lui tendit la main. De nouveau, elle ignora son aide. Il pouvait déployer toutes les bonnes manières qu'il voudrait, elle ne voulait plus sentir le contact de sa paume sous ses doigts, ni risquer l'élan dévastateur qui s'était emparé d'elle la nuit dernière, quand elle s'était abandonnée à ses caresses. Pour être ensuite rejetée, ce n'était pas la peine. Une fois lui avait suffi.

— Merci, parvint-elle à articuler entre ses lèvres. Je vais appeler un taxi.

— Un taxi ? Je ne crois pas. Je te raccompagne jusqu'à chez toi.

— Tu n'avais rien contre un taxi, hier soir, lui rappela-t-elle d'un ton acerbe.

— A ce moment-là, je ne savais pas l'intérêt potentiel que tu pouvais représenter. Je me charge de te ramener. Inutile de discuter.

Son autoritarisme la hérissa, mais elle acquiesça en silence. Qu'aurait-elle pu dire, ou faire ? Coincée entre le marteau et l'enclume, à la merci de Mason ou celle d'Evan, elle ignorait encore ce qui était le pire.

Une superbe Porsche ancien modèle, d'un noir étincelant, était garée à côté d'un hangar, sous la surveillance d'un jeune homme mince et élancé. Mason se dirigea vers la voiture d'un pas vif et attrapa au vol, avec un sourire et un mot de remerciement, les clés que lui lançait le jeune gardien. S'apercevant tout à coup qu'Helena ne l'avait pas suivi, il fit volte-face.

Devant son regard, Helena comprit qu'il n'hésiterait pas à la faire monter de force dans sa voiture. Alors, avec un soupir de résignation, elle le rejoignit, espérant que le trajet jusqu'à chez elle serait aussi bref que les lignes aérodynamiques de la voiture le laissaient supposer. Plus vite cet horrible week-end s'achèverait, mieux elle se sentirait.

— Que me veux-tu, Knight ?

Evan Davies s'extirpa péniblement de sa chaise longue. Mason lui avait donné rendez-vous dans cet hôtel et il attendait dans le salon en buvant quelques verres.

— On est samedi soir, j'ai d'autres choses à faire que discuter affaires avec toi.

Sa voix était pâteuse, et sa démarche hasardeuse. La forte odeur d'alcool que dégageait son haleine frappa Mason de plein fouet, mais il s'abstint de tout commentaire. Evan, à cause de sa vie dissolue, paraissait beaucoup plus vieux que son âge. Play-boy invétéré, ses soirées arrosées avaient laissé leur trace sur son visage. Chaque fois qu'il le voyait, Mason avait du mal à croire qu'ils avaient le même âge.

— Ce que j'ai à te dire va t'intéresser. Viens à l'étage, j'ai réservé une suite pour notre discussion.

Arrivé dans la pièce luxueuse, Evan se dirigea aussitôt vers le bar. Il s'empara de la carafe de whisky et se servit généreusement avant de s'affaler dans le profond canapé d'angle installé pour profiter au mieux de la vue admirable sur le port.

— Vide ton sac, je n'ai pas toute la nuit.

— Je veux te faire une offre concernant le rachat de tes parts dans les Transports Davies.

Le brusque éclat de rire d'Evan traversa la pièce.

— Les Transports Black Knight veulent fusionner avec Davies ? Tu te fiches de moi ! C'est un trou financier. Pourquoi voudrais-tu racheter la boîte de mon père ? Tes contrats de distribution dépassent largement tout ce que les Transports Davies pourraient t'apporter.

Les informations que Mason avait glanées dans la journée lui avaient révélé que la situation des Transports Davies était en effet loin d'être glorieuse. Elle était même pire que ce qu'il avait imaginé. La compagnie perdait de l'argent, et de façon dramatique. Il avait des soupçons concernant le responsable, mais il préférait les garder pour lui.

— J'ai mes raisons.

Il était resté debout. Les poings serrés dans les poches de son pantalon, il attendait la réponse d'Evan.

— Une de ces raisons ne serait pas un bon mètre soixante-quinze, aux yeux verts langoureux, et à la chevelure auburn des plus sexy ?

Dans un effort de réflexion intense, et visiblement pénible, Evan plissa ses yeux larmoyants et délavés.

— Tu sais qu'elle a le contrôle des parts de Brody, poursuivit-il en cherchant à comprendre. Quoi que tu aies en tête, il faudra la convaincre. J'ai déjà essayé de lui arracher ses parts. Elle ne s'est pas montrée très coopérative, c'est le moins que je puisse dire ! Je lui ai même dit que c'était notre dernière chance de récupérer un peu d'argent de l'affaire moribonde de ce bon vieux Patrick, mais rien n'y a fait. Elle refuse de vendre. Qu'est-ce qui te fait croire que tu pourras la faire changer d'avis ?

— Elle sera d'accord, affirma Mason avec raideur.

Evan se leva pour remplir son verre. En se retournant, il vacilla avant de réussir à maintenir la tête sur le côté, le temps de fixer Mason d'un œil attentif.

— Tu as l'air bien sûr de toi, dit-il en s'affalant de nouveau dans le canapé. Je me demandais quand est-ce qu'elle fondrait sur sa nouvelle conquête, surtout depuis que je lui ai dit mon refus de maintenir à flot les Transports Davies. On joue la veuve joyeuse ?

Mason se retint de répondre à la remarque insidieuse et narquoise de son interlocuteur, ou à son envie de lui faire ravaler son regard entendu et complaisant.

— Qu'espérais-tu, Evan, en lui offrant de lui racheter ses parts ? Tu sais que la compagnie va dans le mur.

Une expression de haine traversa le visage du fils de Patrick.

— Tu veux le savoir, hein ? Eh bien je vais te le dire. Il n'y a aucune raison que son petit morveux profite de ce qui aurait dû être à moi, et à moi seul. Je veux tout vendre, mais cette stupide garce ne lâchera rien des droits de son bébé chéri. J'avais un acheteur, tout était prêt. Maintenant, il s'est refroidi. Il veut tout, ou rien. Les demi-parts ne l'intéressent pas.

— Moi je suis intéressé. Dis-moi ton prix.

De stupeur, Evan faillit lâcher son whisky. Il se pencha pour poser lourdement son verre sur la table basse.

— Tu veux te la faire à ce point ?

Il laissa échapper un long sifflement.

— Je suis impressionné. Elle est bonne, mais pas autant que ça, si tu vois ce que je veux dire.

Il adressa un clin d'œil à Mason et se pencha pour récupérer son verre.

Mason fut plus rapide. D'un geste sûr, il poussa le verre hors de sa portée.

— Combien ? demanda-t-il.

Evan s'adossa au canapé et annonça un chiffre si disproportionné que Mason en aurait ri s'il n'avait pas été aussi déterminé.

— Marché conclu.

— Conclu ? Comme ça ?

— Oui, comme ça.

Il prit son téléphone portable et passa un appel.

— C'est moi. Oui. Monte le contrat. Il est d'accord.

Avant même qu'il ait coupé la communication, le rire alcoolisé d'Evan s'élevait dans la pièce.

— Ben, mon cochon, t'es sacrément mordu, hein ? Qu'est-ce qu'elle t'a promis ? Des extra ? Les femmes comme elles ont plus d'un tour dans leur sac. C'est de cette façon qu'elle a eu mon père, en lui faisant miroiter des petits suppléments. Tu ne le savais pas ?

— Que veux-tu dire ? Ils se sont rencontrés à Wellington au cours d'un voyage d'affaires.

— C'est ce qu'il t'a dit ? Evidemment, il n'allait pas te raconter autre chose. Mais mon vieux, tu peux me croire, avec notre chère Helena, les dessous de l'affaire ne manquent jamais de piment.

Un sourire méchant étira les lèvres d'Evan.

— C'était une escort-girl. Tu connais le genre, plus tu les paies, moins elles sont prêtes à t'en donner pour ton argent. Mais peut-être que tu ne le sais pas. Tu n'as jamais eu affaire aux femmes qu'on paie pour leur compagnie, hein ? Je vois que tu comprends. J'espère qu'elle vaut le coup, mais, d'après mon expérience, j'en doute.

Mason écouta ces propos en sentant croître un dégoût profond. Pour un peu, il lui aurait mis son poing dans la figure. Mais ce n'était pas contre Evan qu'il était le plus en colère.

Helena, une escort-girl… Brusquement tout s'expliquait. La façon dont elle l'avait séduit dans son camion, la première fois, celle dont elle avait joué la réticence, vendredi soir, en s'arrangeant néanmoins pour arriver dans son lit un peu plus tard. Elle l'avait manipulé avec des armes aussi vieilles que le monde, et il s'était laissé berner !

Un goût métallique lui envahit la bouche et il s'aperçut qu'il se mordait les lèvres. Qu'elle aille au diable, et toutes les femmes dans son genre avec elle ! Il ne se ferait plus piéger. Ils finiraient par coucher ensemble, car l'attirance qu'il éprouvait pour elle était puissante — il était inutile de le nier, et il l'avait admis —, mais il était certain d'une chose : lorsqu'elle serait dans son lit, ils joueraient selon ses règles à lui.

La sonnerie retentit brièvement. Mason se dirigea vers la porte et l'ouvrit. Son jeune frère, Connor, responsable du cabinet juridique qui gérait les contrats des Entreprises Knight — la compagnie de leur père — et avocat de la famille, se tenait là, son attaché-case à la main, et une profonde inquiétude dans son regard.

— Tu es sûr de ce que tu fais, Mason ? Les chiffres ne sont pas bons. Ce n'est pas une opération solide pour TBK.

— Je sais. J'ai mes raisons. Allons, entre et finissons-en.

Une fois les obligations légales terminées, Connor s'en alla et Mason put se tourner vers Evan.

— Ne remets plus jamais les pieds aux Transports Davies et ne t'approche pas d'Helena. Compris ?

— Hé, tu as acheté la société, pas la femme ! Elle reste au plus offrant.

C'en fut trop. Mason fonça sur Evan, l'attrapa par le col de la chemise et le souleva de terre, jusqu'à ce que son poing soit serré sous le menton de ce minable. Lorsqu'il reprit la parole, il prit soin de détacher chacune de ses syllabes afin que son message s'imprime parfaitement dans le cerveau imbibé d'Evan.

— Ne t'approche plus jamais d'Helena.

Des gouttes de sueur perlaient sur le front terreux d'Evan.

— D'accord, mon pote. Comme tu voudras. De toute manière, j'en avais assez d'elle.

Mason le relâcha et il s'effondra comme une chiffe sur le canapé. Mason le contempla quelques instants et tourna les talons. Avant d'ouvrir la porte, il sortit la carte magnétique de la suite et la lança dans les airs. Elle retomba sur le ventre d'Evan.

— Garde la suite pour la nuit. Elle est payée. Tout le reste est à ta charge. Ne dépense pas ton argent d'un seul coup.

Sur ces mots, il franchit le seuil à la hâte. Il n'avait aucune envie de respirer plus longtemps le même air que cette loque. Son seul désir était de s'en débarrasser et d'oublier toute cette discussion. Si seulement les choses pouvaient se passer aussi vite avec Helena, soupira-t-il en claquant la porte avec rage derrière lui.

La satisfaction d'avoir une longueur d'avance sur les

manœuvres de cette intrigante aurait dû le combler. Il en était loin. Seul le goût amer de la déception lui emplissait la bouche.

A 9 heures, le lundi matin, Helena avait réuni toutes les informations nécessaires pour commencer les démarches concernant le test de paternité. Elle avait consacré une grande partie de son dimanche à surfer sur le Net, et avait trouvé avec un immense soulagement les coordonnées du seul laboratoire habilité à établir ce genre de diagnostic dans cette partie d'Auckland. Armée de ces informations, elle prit un taxi pour se rendre à son bureau, ajoutant à la liste de ses tâches de la journée celle d'appeler Mason en priorité. Elle était tellement préoccupée par ce coup de fil qu'elle ne prêta aucune attention à l'agitation qui régnait à la réception des Transports Davies. Elle ne vit pas le signe de main éperdu que lui adressait Mandy, sa secrétaire. D'un pas rapide, elle grimpa l'escalier jusqu'au premier étage, déterminée à s'attaquer à sa mission la plus pénible de la journée.

En se dirigeant vers son bureau, elle remarqua néanmoins, et avec satisfaction, que la porte d'Evan était fermée. Il devait être là, se dit-elle, mais au moins n'aurait-elle pas à répondre à ses demandes, ou à subir les insinuations obscènes qu'il ne manquait jamais de lancer sur son passage. Dans son bureau, elle ôta sa veste et l'accrocha au portemanteau. Elle s'installa ensuite dans son fauteuil, réconfortée de retrouver le chaos bien organisé qui régnait sur sa table de travail comme sur toutes les surfaces horizontales de la pièce. C'était ici qu'elle se sentait le mieux, et le plus utile.

Le niveau de direction qu'elle avait atteint en suivant des cours à mi-temps après la naissance de Brody était, après son fils, la réussite dont elle était le plus fière. Patrick avait insisté pour qu'elle poursuive ses études après leur mariage. Il lui avait prodigué tous les encouragements et tous les conseils qui, avec son assiduité, lui avaient permis d'obtenir son diplôme et d'être reçue dans les dix premiers de sa promotion. Cette réussite avait tout justifié et tout racheté, même ce qu'elle avait fait pour survivre depuis cette année horrible où elle avait découvert que ses parents avaient hypothéqué leur maison pour payer son entrée à l'université. En soi, cette hypothèque n'avait rien de dramatique, mais tout avait changé quand son père, enseignant dans la petite école de campagne où ils vivaient et frappé par une réduction d'effectifs dans l'éducation nationale, avait perdu son poste.

Ses parents avaient sacrifié leurs rêves de retraite pour lui épargner la pression financière et les soucis d'un prêt étudiant. Cette responsabilité avait pesé lourdement sur ses épaules et elle avait tout fait pour alléger leurs charges. Aussi, lorsqu'une amie lui avait suggéré de s'inscrire dans une agence de mannequinat et d'hôtesses pour gagner quelques dollars de plus, elle avait sauté sur l'occasion. Le travail était bien payé et n'empiétait jamais sur ses cours ou ses examens. Et puis il n'était pas éprouvant, ni difficile. Elle n'offrait que sa compagnie et sa conversation à des hommes d'affaires cultivés en déplacement. Tous se montraient très corrects, et souvent généreux. Sauf le dernier. Celui-là avait décidé de passer outre les termes du contrat signé avec l'agence, et il n'avait pas accepté le refus très net qu'Helena lui avait opposé. C'était ce pénible incident qui l'avait mise sur la route de Patrick. Il séjournait alors au même hôtel, et il avait assisté à la scène déplaisante que ce goujat avait provoquée lorsqu'elle avait voulu rentrer chez elle.

Patrick avait maîtrisé la situation avec un calme impressionnant, et expédié l'homme au diable sans aucune équivoque. Helena avait passé le reste de la soirée en sa compagnie. Il avait su adroitement lui faire raconter son histoire, et elle avait accepté avec gratitude son secours et l'intérêt sincère qu'il lui avait manifesté.

Elle tendit la main vers le cadre argenté qui trônait sur son bureau. En contemplant la photo de famille prise quelques semaines à peine avant l'attaque cardiaque qui avait emporté son époux, elle sentit les larmes lui monter aux yeux. Patrick avait conservé cette photo dans leur bibliothèque, la pièce où il travaillait le soir et où il se reposait le week-end. A sa mort, elle avait emporté ce cadre pour l'avoir sous les yeux le plus souvent possible. D'une certaine manière, il adoucissait sa peine. Elle avait l'impression que Patrick était toujours là pour elle, rassurant, attentif, aimant. Du bout de l'index, elle caressa le contour du portrait. Elle éprouvait une telle gratitude pour cet homme, et elle regrettait tellement de ne pas le lui avoir dit plus souvent.

La sonnerie du téléphone la tira brusquement de ses souvenirs.

— Oui, Mandy ?

— Pardonnez-moi de vous déranger, madame Davies, mais vous êtes attendue dans le bureau de M. Davies.

— Merci, Mandy. Dites-lui que j'arrive.

Helena ignora l'appréhension qui lui serrait le cœur. Rencontrer Evan la rendait toujours malade. Du vivant de son père, il avait soigneusement dissimulé l'animosité vicieuse qu'il lui portait, mais, depuis la mort de Patrick, il s'en donnait à cœur joie et il avait rendu sa vie — et celle de Brody — aussi difficile qu'il était humainement possible. Son mépris violent, associé à son comportement toujours lubrique à son égard, lui faisait regretter d'avoir choisi ce chemisier bleu nuit décolleté et la jupe moulante assortie. Heureusement qu'elle lui couvrait les genoux. De toute manière, soupira-t-elle en quittant son bureau, elle n'avait pas le choix.

Devant la porte d'Evan, elle passa la main dans la cascade de ses cheveux, et assura sa tenue avant de frapper et d'entrer sans attendre.

— Tu voulais me voir, dit-elle, les yeux encore sur la poignée.

— C'est un plaisir de te voir de si bonne heure au bureau. J'imagine que tu as une bonne raison d'être en retard.

La voix modulée, ironique et trop familière, la cloua sur place. Mason ! Que faisait-il là ? Elle contempla avec stupéfaction le visage impassible du magnat des transports, assis — dans un costume élégant — au bureau de son défunt mari. S'il lui avait paru distant au cours du week-end, son comportement actuel dépassait de très loin cette impression. Il semblait aussi inaccessible que la face nord de l'Everest et, si elle en jugeait par la dureté de son regard, aussi dangereux.

— Surprise de me voir ? Tant mieux. De cette façon, je n'aurai pas besoin d'y aller par quatre chemins à propos de ton éthique professionnelle douteuse.

— Mon éthique professionnelle ? s'étrangla Helena,

outragée par cette attaque. Tu ne sais même pas quelle est ma fonction ici !

De quel droit surgissait-il dans son bureau pour l'accuser de ne pas faire son travail ? Et d'ailleurs que faisait-il ici, et où était Evan ?

— Ah, oui, ta fonction. J'ai eu le temps de me faire ma petite idée à ce propos.

Il ferma d'un geste sec le dossier financier qu'il était en train de consulter et se pencha en avant.

— Où étais-tu ce matin ?

— Je cherchais des renseignements sur le test de paternité que tu réclames. Je ne voulais pas le faire ici.

Elle croisa les bras sur sa poitrine.

— Je ne sais même pas pourquoi je prends la peine de te répondre ! Tu n'es pas mon patron.

— Détrompe-toi.

Elle vit un sourire s'étirer sur ses lèvres, un sourire qui n'avait rien à voir avec la joie et qui augmenta son inquiétude.

— Qu'est-ce que tu veux dire ?

Alors qu'un pressentiment désagréable l'envahissait, elle vit Mason se lever et venir se planter devant le bureau, d'où il la dominait de toute sa hauteur. Elle dut lever la tête pour affronter son regard sombre. Quoi qu'il puisse lui raconter, elle n'avait aucune envie de se laisser humilier.

— J'ai fait des choses très intéressantes après t'avoir déposée chez toi, samedi. Vraiment très intéressantes. Tu ne m'avais pas dit qu'Evan cherchait un acheteur pour vendre ses parts dans l'entreprise. Tu as une raison particulière de m'avoir caché cette petite information pendant notre… discussion ?

— Mais… de quoi est-ce que tu parles ?

— Tu ne sais rien, évidemment. Est-il oui ou non venu te voir vendredi pour te proposer de racheter les parts de Brody ?

— Oui, mais il n'a strictement rien dit concernant la vente de ses propres parts.

Mason dressa un sourcil dubitatif qui fit bouillir Helena.

— Qu'est-ce que cette histoire ? s'emporta-t-elle. Quel mensonge est-il venu te raconter ?

Elle entendit sa voix monter d'un cran. Même à ses propres oreilles, sa panique était flagrante.

— Il est à l'affût de tout ce qu'il peut ramasser, reprit-elle, plus posée. Je t'ai dit qu'il se fiche des Transports Davies, qu'il veut m'écarter et surtout ruiner l'avenir de Brody. Et si tu le crois, il a probablement obtenu ce qu'il voulait.

— Oh, oui. Je crois qu'il a eu ce qu'il voulait.

Mason lâcha le montant du chèque qu'il avait établi à Evan. Helena sentit le souffle lui manquer.

— Tu as racheté ses parts, souffla-t-elle, médusée.

— Ça valait le coup. J'ai passé les douze dernières heures à compulser les dossiers des Transports Davies, Helena, et la situation n'est pas reluisante.

— Je le sais bien ! Je t'ai dit vendredi soir qu'il saignait la compagnie. Je suis venue te demander ton aide.

— Les choses ne sont pas aussi simples. Je demande un audit complet des comptes.

Une vague de soulagement envahit Helena et elle sentit la tension de ses épaules se relâcher. Grâce au ciel, elle allait avoir la preuve des décisions calamiteuses d'Evan. Lorsqu'ils auraient découvert la nature précise de ses agissements, ils pourraient enfin envisager un plan de relance. Plus vite les fautes seraient identifiées, mieux cela vaudrait.

— Je vais te donner le numéro de téléphone de notre cabinet comptable.

— Ce ne sera pas nécessaire. Mon expert va s'en charger. Je l'ai prévenu.

— Mais nous travaillons avec Flannigans depuis des années. Patrick a connu Ed Flannigans à l'université, il connaît l'entreprise par cœur.

— Voilà précisément pourquoi je veux un œil neuf sur les livres de comptes.

Il s'appuya contre le bureau et croisa les bras.

— Autre chose. Jusqu'à la fin de l'audit, tu es relevée de tes fonctions.

— Relevée ? Pourquoi ?

— Je ne veux soulever aucun commentaire sur ton implication, ton influence, ou autre chose, sur cet audit.

— Bien, je continuerai mon travail depuis la maison.

Elle le vit plisser le front et la scruter avec suspicion.

— Tu as l'habitude de travailler chez toi ?

— Cela m'arrive de temps à autre. Patrick le faisait souvent, et depuis sa mort, j'ai eu besoin de le faire. L'ordinateur de la maison est relié au serveur. C'est très pratique, surtout quand quelque chose d'inattendu survient hors des heures d'ouverture. On peut intervenir immédiatement sans déranger personne.

— Pratique, en effet.

Il avait lâché ce commentaire d'une voix si basse qu'Helena douta d'avoir entendu, mais il prononça les mots suivants avec la plus grande clarté.

— Non. Tu ne travailleras pas non plus de chez toi.

— C'est ridicule ! Qui va prendre le relais ? Evan parti, il n'y a plus personne pour diriger la maison.

— Tu oublies que je suis là.

— Toi ? Tu as ton entreprise à gérer. Où vas-tu trouver le temps ?

— Décidément, Helena, tu n'écoutes pas quand on te parle. Les Transports Davies sont à moi désormais, au moins la moitié. Et j'ai des directeurs parfaitement responsables pour s'occuper de TBK. En cas de difficulté, ils savent où me joindre.

Helena serra les poings, démangée par l'envie folle de le gifler pour sa suffisance.

— Est-ce que je toucherai mon salaire pendant cette période ?

Le rire de Mason la frappa de plein fouet.

— L'argent ! Il n'y a que ça qui t'intéresse, hein ? Tu as de quoi vivre largement, je crois, à moins que tu n'aies déjà dilapidé ce que Patrick t'a laissé.

— Bien sûr que non ! La succession de Patrick est bloquée jusqu'à l'homologation de son testament par la Haute Cour. D'ici là, je vis sur mon salaire. Et je n'ai pas encore payé l'internat de Brody ce mois-ci.

— Cela ne restera pas un souci bien longtemps.

Avant qu'elle puisse réagir, Mason l'interrompit :

— Si l'argent compte tellement pour toi, alors oui, tu seras payée.

— Merci.

Il ignorait à quel point il lui était difficile de parler d'argent, en ce moment même, de cette façon et avec lui. Durant toute sa jeunesse, ses parents avaient économisé le moindre sou, et en grandissant elle s'était juré de toujours être à l'abri du besoin.

Mason décrocha le téléphone posé sur le bureau.

— Mandy ? Voudriez-vous m'envoyer les agents de surveillance que j'ai amenés avec moi ce matin ?

— Des agents de surveillance ? articula-t-elle avec peine. Tu crois vraiment que c'est nécessaire ?

Mason, imperturbable, ignora sa question.

— Ils vont t'accompagner à ton bureau, où tu pourras prendre ton sac. Après, ils te raccompagneront chez toi.

— Pourquoi fais-tu cela, Mason ? De quoi me soupçonnes-tu ? N'est-ce pas exactement l'aide que je t'ai demandée en venant te voir ?

Elle était anéantie. Quels mensonges Evan avait-il racontés à Mason ? L'argent obtenu par la vente de ses parts ne suffisait donc pas à son beau-fils ? Il voulait la détruire aussi ? La réponse était évidente. Bien sûr qu'il voulait l'écraser, détruire les autres était même ce qu'il faisait le mieux. Et pourtant, même lui n'avait sans doute pas imaginé la façon dont Mason la traiterait. Comme une criminelle.

— Il faudra t'y faire, Helena. J'agis selon mes règles, et celles de personne d'autre.

Après un bref coup à la porte et l'invitation de Mason, deux molosses en uniforme pénétrèrent dans le bureau. Helena aperçut le logo des Transports Black Knight cousu sur leurs épaules. Mason disait la vérité : il prenait possession des Transports Davies avec ses propres hommes. Combien de temps s'écoulerait-il avant que l'héritage de son fils ne disparaisse lui aussi ? Helena sentit son univers basculer.

— Tu ne peux pas faire ça… c'est… monstrueux. Tu fais main basse sur l'héritage de Brody, tu le voles. Tu violes les droits de ton propre enfant !

— Mon propre enfant ? Cela reste à prouver. Ecoute-moi bien, Helena, pour l'heure, je te conseille de faire attention à qui tu adresses tes insultes. Tant que la filiation de Brody n'est pas prouvée, garde ton opinion pour toi, ou tu risques bien de découvrir jusqu'où je peux aller.

Devant cette menace, Helena se raidit, mais la froideur de Mason ne suffit pas à dompter la fureur du regard qu'elle posait sur lui. L'ancienne Helena se serait jetée toutes griffes dehors sur cet énergumène. Celle qu'elle était devenue devait se contenter d'imaginer les dégâts qu'elle aurait pu causer.

Comme s'il lisait dans ses pensées, Mason approcha. Un fin sourire jouait aux commissures de ses lèvres.

— A ta place, Helena, je ne tenterais rien d'irréfléchi.

Helena serra les poings, et dressa le menton.

— Tenter quoi ?

— Ce que je viens de voir brûler dans ton regard. Si nous résolvons cette histoire, Helena, il faudra apprendre à mieux te contrôler. Ton visage est le pur reflet de ce que tu éprouves. Ne t'avise pas de jouer au poker, ajouta-t-il en souriant franchement, tu te ferais plumer en deux manches.

Il fit un signe aux deux hommes.

— Accompagnez Mme Davies à son bureau, veillez à ce qu'elle n'emporte que ce qu'elle a apporté ce matin en arrivant. Tout le reste est la propriété des Transports Davies.

— Tu es comme lui, exactement comme lui, lâcha Helena avant de franchir la porte.

— Comme qui ?

— Evan. Il a toujours voulu ce qui appartient à Brody, tu fais exactement la même chose. Je n'aurais jamais dû te demander ton aide. Jamais !

— Tu aurais dû t'en rendre compte avant, ou bien te tourner vers un autre de tes amants.

Un autre amant ? Un nœud lui serra le ventre. Elle tenta de se ressaisir.

— Je te demande pardon ?

Elle fut soulagée d'entendre sa voix si mesurée, car elle était effondrée. Est-ce que Mason l'accusait d'avoir été infidèle à Patrick ? Il aurait aussi bien pu la poignarder dans le dos.

— Allons, Helena, ne fais pas l'innocente. Que s'est-il passé ? Ils ont tous refusé de t'aider pour que tu viennes vers moi ? J'étais ton seul recours ?

Helena se redressa de toute sa hauteur. Ces insinuations répugnantes ne méritaient aucune réponse. Mason était ignoble et il était son seul recours, c'était un fait. Et ce fait justifiait à lui seul la panique qu'elle éprouvait. Car ce n'était plus seulement l'avenir de son fils qui était en jeu, mais désormais aussi le sien.

6

Helena tourna les talons, suivie de près par ses deux gardes, et rejoignit son bureau en fulminant. Le culot qu'avait Mason d'insinuer qu'elle pouvait s'en aller avec des objets qui ne lui appartenaient pas, sans parler de la suspension professionnelle qu'il lui imposait, et encore moins de ses allégations odieuses à propos d'une infidélité conjugale imaginée, la laissait sans voix. Sans prendre la peine de fermer la porte — ses gardes n'avaient qu'à s'en charger —, elle prit le portrait de Patrick entre ses mains. Tout cela ne serait jamais arrivé s'il l'avait écoutée, se dit-elle avec un élancement douloureux dans la poitrine, s'il avait accepté de se reposer davantage et si, pour une fois, il avait suivi les exhortations de son médecin à la prudence. Des larmes lui montèrent aux yeux. Elle les refoula et se mordit la lèvre pour dissimuler son désarroi devant les hommes qui la surveillaient.

— Désolé, madame, vous n'avez pas le droit d'emporter ça.

— Comment ?

Elle était tellement interloquée qu'elle laissa le vigile lui prendre le cadre et le reposer sur son bureau.

— Vous plaisantez ! s'exclama-t-elle, incrédule.

— Ce sont les ordres de M. Knight, madame. Rien que ce que vous aviez ce matin en arrivant.

— C'est ridicule ! Attendez un peu.

Elle se dirigea vers la porte, pour se voir bloquée par la silhouette infranchissable de l'autre garde.

— Poussez-vous, demanda-t-elle, les dents serrées.

— Si vous êtes prête à partir, nous allons vous accompagner jusqu'à la réception.

— Je ne suis pas prête à partir ! s'emporta-t-elle pour de bon. Je veux parler à M. Knight. Laissez-moi passer !

Elle était prête à hurler lorsque la porte s'ouvrit brusquement sur l'imposante stature de Mason.

— Nous sommes désolés, monsieur, s'empressa le vigile en s'effaçant, mais elle veut prendre la photo.

Son collègue désignait le cadre argenté.

— Tu fais des difficultés, Helena ? Pourquoi ne suis-je pas étonné ? Merci, messieurs, je me charge d'elle.

Helena, vibrante de colère, regarda les deux hommes quitter la pièce avant de tourner son courroux sur Mason. Devant son visage de marbre, toutes sortes de réflexions lui traversèrent l'esprit. Aucune n'étant de nature à apaiser l'affront qui lui était fait, ni sa rage, elle tendit la main vers la photo et, sans lâcher Mason des yeux, la serra résolument contre elle. De l'autre main, elle attrapa son sac par l'anse et décrocha sa veste.

— Maintenant, je suis prête, déclara-t-elle aussi froidement qu'elle put.

— Donne-moi cette photo, Helena, lui répondit Mason, imperturbable.

Cette situation était stupide ! Il était hors de question qu'elle quitte la pièce sans ce portrait. Elle le serra davantage contre son cœur.

Avec un soupir exaspéré, Mason tendit la main pour s'emparer du cadre. Ses doigts effleurèrent les siens et glissèrent sur sa chemise, provoquant aussitôt en elle un frisson irrépressible. Ses seins, tout juste protégés par la soie fine de son corsage et la dentelle de son soutien-gorge, frémirent, et l'image de Mason penché sur elle s'imprima instantanément sur sa rétine. Profitant de ce moment d'inattention, Mason lui arracha le cadre. Mais, soit qu'il n'ait pas voulu la brusquer ou qu'il eût été lui-même troublé par ce contact, la photo leur échappa à tous les deux. Elle vit le cadre heurter d'abord son bureau puis le sol, sur lequel il se brisa.

— Regarde ce que tu as fait ! s'exclama-t-elle, consternée.

Craignant qu'un morceau de verre ne déchire la photo, elle se précipita pour la ramasser.

— Arrête !

Mason lui prit le poignet et la retint fermement.

— N'y touche pas.

— C'est bon, Mason, je suis encore capable de prendre cette photo sans me couper.

— Là n'est pas la question.

D'une main, il balaya les débris et souleva le dos du cadre pour attraper un petit bout de papier qui dépassait. Il tira dessus et sortit une feuille entière, pliée en quatre.

Il l'ouvrit avec précaution et prit connaissance de son contenu. Par transparence, Helena apercevait des rangées de chiffres et, tandis que Mason les parcourait, elle vit l'expression de son visage se durcir, puis se fermer complètement.

— Montre-moi, demanda-t-elle, intriguée, en tendant la main.

— Certainement pas.

Il se redressa lentement.

— C'est donc avec ça que tu essayais de partir, Helena ? Est-ce que c'est là que file tout l'argent ?

Elle se leva à son tour.

— De quoi est-ce que tu parles ? Quel argent ?

— Ne joue pas les innocentes. S'il y a une chose dont tu n'ignores rien, c'est bien l'argent, et je le sais.

Helena accusa le coup avec un léger recul avant de revenir à l'attaque.

— Epargne-moi tes sous-entendus, et donne-moi cette photo, c'est tout ce que je veux. C'est la dernière de Patrick, Brody et moi.

— Je vais la refaire encadrer et je la ferai porter chez toi. En attendant, suis-moi, je ne veux plus de toi ici.

— Tu n'insinues tout de même pas que c'est moi qui ai volontairement caché ce papier derrière cette photo ?

Un rire contraint fusa de sa gorge serrée. Il mourut alors qu'elle comprenait que c'était exactement ce qu'il pensait.

— Tu te trompes ! Tu te trompes complètement, répéta-t-elle, abasourdie.

— Je vais le vérifier.

— Alors tu comprendras que tu te trompes. Sur ça, sur

moi, sur tout. J'ai toujours été fidèle à Patrick, corps et âme. Tu peux penser ce que tu veux, je dis la vérité.

— Je doute que tu connaisses la signification de ce terme, Helena. Je pense même que tu ne l'as jamais sue.

— Comment oses-tu ?

— J'ose, répliqua-t-il en agitant la feuille sous son nez, et je vais tirer toute cette affaire au clair. J'espère que tu es prête à affronter ce qui en sortira, parce que si je découvre le moindre indice confirmant que tu as volé Patrick, je t'assure que tu regretteras de l'avoir rencontré, et encore plus d'être venue me voir.

— Je le regrette déjà ! C'est la pire des erreurs que j'aie jamais commises.

— Très bien, alors nous sommes sur la même longueur d'onde.

Dans un silence glacial, ils roulaient vers la maison que Patrick avait fait construire pour Helena, sur le bord de mer, juste après leur mariage. Elle était magnifique, mais ce n'étaient pas les millions qu'elle avait coûté qui préoccupaient Mason. Il n'avait qu'une idée en tête : découvrir au plus vite ce que signifiaient ces chiffres, et s'ils confirmaient les soupçons qu'il nourrissait envers Helena. Patrick avait été un homme généreux. Plus que généreux. Certainement trop, conclut-il une nouvelle fois. Son unique soulagement était que son mentor n'ait jamais soupçonné la duplicité de sa délicieuse épouse. La vérité l'aurait anéanti.

Il jeta un regard rapide sur le siège passager. Helena, murée dans ses réflexions, semblait figée. Son visage était pâle, presque translucide, et des cernes sombres ourlaient ses yeux clairs. La matinée avait été rude, c'était évident. Elle accusait pourtant le choc avec un cran qui forçait son admiration, mais il serait plus fort qu'elle. Un détail lui revint subitement à la mémoire.

— Tu as parlé du test de paternité, tout à l'heure. Qu'as-tu trouvé ?

Il sentit qu'elle sursautait.

— Il y a un laboratoire à Auckland, pas très loin d'ici,

répondit-elle d'une voix monocorde. Tu déposes ta demande, tu paies et tu as les résultats.

— Combien ?

Helena lui donna le chiffre qu'on lui avait annoncé par téléphone.

— Parfait. Quand est-ce qu'on y va ?

— Je n'ai pas pris rendez-vous.

Elle semblait surprise.

— Tu ne veux pas savoir, répliqua-t-il, ou tu as peur que je découvre tes mensonges ?

Les doigts crispés sur le volant, il manœuvra pour franchir le portail de sa propriété et remonter le chemin qui conduisait devant sa maison.

— Je n'ai peur de rien, Mason Knight, et surtout pas de la vérité, répliqua-t-elle avec assurance. C'est un détail que tu devrais peut-être enregistrer avant de sauter sur des conclusions hâtives, et ridicules.

— Je réviserai mon jugement quand j'aurai des éléments concrets pour le faire. Combien de temps pour avoir les résultats ?

Il arrêta la voiture devant le porche.

— En principe, trois semaines. Mais ils m'ont précisé qu'on peut parfois les avoir en quelques jours.

Quelques jours, songea Mason en martelant le volant du bout des doigts. Dans quelques jours, il saurait s'il avait un fils ou non. Un enfant qu'il ne connaissait qu'à travers les quelques photos que Patrick lui avait montrées après l'une ou l'autre de leurs réunions de travail. Un fils qu'il aurait eu le droit de connaître dès sa naissance… Dans quelques jours, il saurait s'il était père. Vraie ou fausse, cette possibilité assenée sans ménagement par Helena lorsqu'elle était venue le voir avait ouvert une brèche. Et il sentit le vide qui s'était installé en lui depuis ce jour se creuser davantage. Si c'était vrai, toutes ces années perdues… Et ce n'était pas seulement cela. Si c'était vrai, Helena n'était pas la seule à l'avoir privé de sa paternité, Patrick aussi, son mentor. Il préférait ne pas envisager cette trahison. Car Patrick le connaissait mieux que personne, peut-être mieux que son propre père. S'il avait su la vérité, il aurait compris le prix et les conséquences de son silence. Patrick ne pouvait pas savoir et se taire, en tout cas pas volontairement.

En était-il vraiment sûr ? se reprit-il. Il repoussa cette réflexion pénible, et ce qu'elle impliquait, pour se concentrer sur le présent.

— Quelle est la procédure ?

— Il suffit d'apporter des photographies récentes des personnes concernées, et une pièce d'identité. Les échantillons de sang peuvent être prélevés au laboratoire ou dans n'importe quel centre médical.

— C'est tout ?

— Oui. Je pensais que ce serait plus complexe, reconnut Helena dans un soupir.

— Prends rendez-vous.

— Ce n'est pas aussi simple, Mason.

Sa réticence réveilla sa colère.

— Et pourquoi ? s'emporta-t-il.

C'était elle qui les avait conduits jusque-là. Il était trop tard pour avoir des doutes, ou reculer. Elle aurait dû réfléchir avant.

— Je dois penser à Brody.

— Oui, et alors ?

— Alors je ne veux pas le perturber. Il n'a pas besoin de savoir aussi tôt que Patrick n'est pas son père. Il surmonte à peine son chagrin. Je ne peux pas lui imposer ce nouveau choc. Je dois le protéger.

— Helena, si tu ne prends pas rendez-vous dans les quarante-huit heures, je me charge de faire prélever les échantillons sur Brody moi-même.

— Je te l'interdis !

— Ne me provoque pas.

Il la vit saisir une mèche de cheveux et la tourner nerveusement entre ses doigts. Ce geste lui rappela aussitôt la sensation qu'il avait éprouvée lorsqu'il avait glissé les mains dans la cascade de sa chevelure auburn, aussi fluide et soyeuse que la soie, aussi douce et souple que sa chair… Ce souvenir eut le don de l'électriser. Il détestait la capacité qu'elle avait de lui faire perdre la tête.

— Je ne discuterai pas, Helena, lâcha-t-il d'une voix tendue par la colère et la frustration. Tu es venue me demander mon aide. Je veux une preuve.

— Très bien, finit-elle par dire. Je peux faire faire ce prélèvement à l'école, mais je ne lui dirai pas pourquoi. Pas maintenant.

— Je me moque de ce que tu peux lui raconter. Fais-le, c'est tout.

— Très bien. Autre chose… *patron* ?

Cette provocation suffit à le faire sortir de ses gonds. Depuis qu'il l'avait déposée chez elle, à leur descente d'hélicoptère, ni son esprit ni son corps n'étaient en repos. Se priver de la jouissance qui était à sa portée vendredi soir avait été une erreur dont le seul résultat avait été d'accroître son désir. Il était temps d'y mettre un terme.

— Autre chose ? Et comment ! s'exclama-t-il.

Sans crier gare, d'une main ferme glissée dans sa chevelure, il l'attira à lui. Il eut le temps de lire la surprise, puis la peur dans le regard émeraude tourné vers le sien, mais sa colère l'emporta, et lorsqu'il s'empara de sa bouche il n'était plus guidé que par la rage et le besoin de la soumettre par la force. Pourtant, dès qu'il sentit ses lèvres entrouvertes sous les siennes, dès qu'il goûta leur douceur désarmée, sa fureur l'abandonna pour être immédiatement remplacée par quelque chose de beaucoup plus dangereux. Une ivresse qu'aucune femme ne lui avait jamais inspirée, et dont la puissance semblait n'avoir aucune limite.

Elle était unique et ce qu'elle dégageait, ce qu'elle lui inspirait — le sentiment éperdu de vouloir se perdre en elle, le désir de la voir s'abandonner à lui avec la même ferveur — était exceptionnel. Toute violence oubliée, il lui caressa les lèvres avec une douceur dont il se croyait dépourvu, et le gémissement qui lui répondit le rendit fou. Elle était à lui, frémissante, dès le premier contact. Sa complaisance aurait dû l'écœurer, mais sa langueur ne fit qu'accroître son désir.

Il s'écarta, submergé par une émotion dont il préférait ignorer le nom, mais dont il lisait l'exact reflet dans les iris émeraude tournés vers lui.

— Entrons, dit-il d'une voix rauque.

Le changement fut instantané, et aussi réfrigérant qu'une douche glacée.

— Non, répondit-elle.

Avant qu'il puisse esquisser le moindre geste, elle avait pris ses affaires et s'était échappée.

Mason sortit à son tour. Par-dessus le toit de la voiture, il la vit courir vers le porche de sa maison.

— Tu peux me fuir, Helena, cria-t-il dans son dos. Rien ne sera fini entre nous tant que je ne l'aurai pas décidé.

Il la vit hésiter un court instant, les clés déjà sur la serrure. Il crut qu'elle allait se retourner, lui dire quelque chose, mais non : elle ouvrit et se glissa à l'intérieur. La porte claqua sur elle.

A l'affût derrière les rideaux de son salon, Helena attendit que Mason se décide à bouger. Lorsque enfin il remonta en voiture, pour démarrer dans un rugissement de moteur qui la fit sursauter, elle poussa un profond soupir de soulagement.

C'était terrible. Un seul effleurement et elle était à la merci de cet homme. Malgré ce qu'elle avait subi ce week-end, malgré ce qu'il venait encore de lui infliger, son corps entier le réclamait. Elle devait trouver le moyen de lui résister, car cet élan était dévastateur. Elle s'écarta de la fenêtre et monta en courant jusqu'à sa chambre où, dans la plus grande précipitation, elle se déshabilla. Aussi froide que soit l'eau de la piscine, elle était préférable au flot brûlant qui parcourait ses veines. Elle enfila en hâte un maillot de bain. Si elle avait écouté Mason, songea-t-elle en frissonnant au contact du tissu synthétique sur sa peau, ce serait ses mains qui la caresseraient et peut-être que le désir qui la dévorait depuis quatre jours connaîtrait un début d'apaisement.

Mais elle avait dit non, et elle s'était enfuie, parce qu'elle savait, s'il la touchait une fois de plus, qu'elle se rendrait au pouvoir qu'il exerçait sur elle, et pire, qu'elle le ferait avec bonheur.

A cette pensée, elle sentit ses sens s'affoler. Même maintenant, même après avoir subi son mépris, et constaté son empressement consternant à croire le tissu de mensonges que lui avait servis

Evan, elle continuait de le désirer. C'était affligeant. Avec la même précipitation qu'elle avait mis à se changer, elle sortit de sa chambre, dévala les escaliers et traversa la maison jusqu'à la piscine intérieure. Depuis la mort de Patrick, elle n'avait pas songé à mettre le chauffage du bassin en route. Elle ne le regrettait pas. La fraîcheur de l'eau était le seul remède dont son corps avait besoin. A cette température, vingt longueurs lui permettraient de retrouver son calme, ou peut-être cent, se reprit-elle, désorientée. Peu importe, elle ne sortirait pas de l'eau sans être sûre d'avoir éteint le brasier que Mason Knight avait le don d'allumer en elle.

Il était à peine 17 heures, et il faisait presque nuit. Sous l'auvent éclairé de sa maison, Helena guettait le ciel avec inquiétude. Les nuages sombres, lourds de pluie, menaçaient de lâcher à chaque instant. Elle espérait que le temps se maintiendrait, car ils avaient rendez-vous au laboratoire et, si la pluie se mettait à tomber, la circulation, déjà chargée, risquait de les mettre en retard. Et elle ne voulait, pour rien au monde, être obligée de revenir. Nerveusement, elle guettait le moteur de la Porsche de Mason. Ils ne s'étaient pas vus depuis une semaine, depuis ce lundi où il l'avait raccompagnée chez elle. Au moment où elle mettait un terme à ses longueurs, un employé du service informatique des Transports Davies avait sonné à sa porte. Il avait débranché et pris l'ordinateur installé dans la bibliothèque. Depuis, elle n'avait eu aucun contact avec le bureau et son travail, ou même avec Mason.

Son premier jour d'isolement forcé avait été interminable, mais il avait eu le mérite de la pousser à trier les affaires de Patrick, une tâche qu'elle repoussait depuis longtemps, tant sa signification était lourde. La mort dans l'âme, elle s'était résignée à ranger un à un dans des cartons tous ses vêtements et affaires personnelles dont ni Brody ni Evan ne voulaient pour les donner à des œuvres de charité, et puis elle avait mis de côté les objets que Patrick avait légués à son fils aîné ou à quelques-uns de ses plus proches amis. Les boîtes se tenaient maintenant près de l'entrée, rangées comme des sentinelles lui rappelant sans pitié l'absence définitive de Patrick.

Elle s'efforça d'ignorer le pincement qui lui serrait le cœur. La journée s'annonçait assez dure pour qu'elle s'impose en plus la souffrance toujours vive de son deuil. Lorsqu'elle avait pris rendez-vous avec le laboratoire, refusant par défi de joindre Mason aux Transports Davies, elle avait laissé un message à sa secrétaire chez TBK pour lui communiquer l'heure et le lieu.

L'affichage des numéros d'appel sur son téléphone lui avait évité de répondre lorsqu'il l'avait appelée pour lui annoncer qu'il viendrait la chercher. Au ton de sa voix sur le répondeur, elle avait compris qu'il la soupçonnait d'être là et de refuser de décrocher. La perspective de faire le trajet avec lui l'avait presque poussée à prendre l'appareil pour lui dire qu'elle préférait appeler un taxi et le rencontrer là-bas, mais cela n'aurait fait que repousser l'inévitable. Un jour ou l'autre, elle serait bien obligée de le revoir et de lui parler, s'était-elle dit. Alors elle n'avait pas bougé.

Une voiture empruntait le chemin de sa maison. Elle vit le faisceau des phares balayer les feuillages des arbustes qui ornaient la montée, et comprit que ce jour était arrivé.

Tandis que la voiture de sport faisait le tour du magnifique laurier planté devant chez elle, elle avança à sa rencontre. D'une main nerveuse, elle ouvrit la portière et s'installa. Devant l'accueil de Mason, un signe de tête avant de redémarrer sans un mot, elle comprit que le trajet serait pénible. Le laboratoire n'était qu'à vingt minutes, se rassura-t-elle, et, fort heureusement, la pluie renonçait à tomber. Pourtant, chaque kilomètre s'étira dans un silence de plus en plus pesant, jusqu'au moment où, n'y tenant plus, elle le rompit.

— Alors ? Tu as trouvé ce qu'il fallait pour m'accuser d'escroquerie ?

— Pas encore.

— Tu ne trouveras rien, parce qu'il n'y a rien à trouver. Je ne suis ni une menteuse ni une voleuse.

— Nous verrons.

Il s'arrêta sur le parking du laboratoire.

— Comment as-tu fait avec Brody ?

— Je lui ai dit que notre médecin le trouvait fatigué ces derniers temps.

Ce n'était pas un mensonge, même si leur docteur s'était empressé d'ajouter qu'à cet âge les baisses de régime étaient fréquentes, surtout après un deuil tel que celui qui venait de frapper son fils. Il avait conseillé à Helena de demander à l'infirmière scolaire de le surveiller, et lui avait assuré qu'il serait toujours temps de procéder à des examens complémentaires.

— Et alors ? demanda Mason.

— Je lui ai dit que le docteur demandait un prélèvement sanguin pour s'assurer qu'il n'avait pas contracté une infection. Je regrette d'avoir été obligée de lui mentir.

— Tu lui mens depuis sa naissance. Il est temps de t'en soucier !

Frappée par l'amertume et la violence de Mason, elle s'écarta instinctivement de lui.

— Jusqu'à l'attestation médicale, la lettre que m'a fournie l'avocat et celle de Patrick, répondit-elle, blessée et sur la défensive, j'ignorais que Patrick n'était pas le père de Brody. Pourquoi refuses-tu de me croire ?

— Parce que je n'ai aucune raison de le faire, Helena.

— Eh bien tu en auras une quand tu auras les résultats du test.

— Ce test ne va prouver qu'une seule chose : que tu me mens, ou que tu m'as rayé de la vie de mon fils pendant douze ans. Franchement, Helena, quelle que soit la réponse, il n'y a rien de réconfortant.

— Je ne savais pas que tu étais son père ! répéta-t-elle.

Ignorant sa protestation, Mason descendit de voiture et vint lui ouvrir la porte.

— Viens. Nous allons au moins tirer au clair la première des hypothèses.

Helena le suivit, les bras serrés contre sa poitrine, murée dans la détresse qu'elle sentait, peu à peu, se refermer sur elle. Elle se demandait combien de couples les médecins voyaient arriver comme eux, anxieux des démarches qu'ils venaient entreprendre. Ce n'était pas le résultat qui l'angoissait. Elle savait que le test ne pouvait montrer autre chose que la paternité de

Mason. Elle n'avait eu aucune relation dans l'année qui avait précédé son mariage. Aucune, sauf avec lui.

Le souvenir de cette nuit, la passion presque animale qui l'avait poussée dans les bras de cet homme, la traversa une nouvelle fois. C'était une réaction instinctive au traumatisme qu'elle venait de vivre, se répéta-t-elle. Elle l'avait compris, et admis, après avoir lu tous les livres qu'elle avait pu trouver sur le sujet, dans l'espoir de mettre un nom sur ce qui avait provoqué ce comportement inexplicable après sa noyade. Mais qu'il soit décrit par la médecine en termes rationnels ne lui offrait qu'un maigre réconfort devant l'attitude de Mason.

Durant tout le temps que leur prit le processus — vérification d'identité et remplissage des formulaires d'analyse et de consentement —, il ne lui adressa pas la parole, ou à peine. Le test en lui-même s'avéra d'une simplicité presque décevante. Elle avait le sentiment qu'une démarche aussi cruciale aurait mérité plus de temps, ou de solennité. Mais les échantillons une fois prélevés, ils étaient libres de partir, livrés à une attente qui serait sans aucun doute la plus longue, et la plus décisive, de toute leur existence.

Malgré cela, ils rejoignirent la voiture dans un silence qui n'avait strictement rien de complice. Sentant toute sa tension renaître, elle boucla sa ceinture avec un profond soupir, vaincue par un sentiment pénible d'écrasement.

— Il est trop tard pour regretter, lâcha Mason en lui décochant un regard de défi.

— Je ne regrette pas.

Devant sa moue dubitative, elle comprit qu'il ne lui accordait aucun crédit. Quoi qu'elle dise, elle n'était qu'une menteuse. Comme c'était sa seule réaction face à tout ce qu'elle pouvait exprimer, elle décida de ne pas y accorder plus d'importance.

— Je n'ai pas peur de la vérité, répliqua-t-elle néanmoins.

En tout cas pas de la façon dont il l'imaginait, ajouta-t-elle pour elle seule. Elle s'était tournée vers lui dans le but de protéger l'héritage de Brody et pour respecter la volonté de Patrick. Mais, devant son hostilité immédiate à son égard, ses espoirs qu'il lui vienne en aide s'étaient transformés en crainte, puis en une panique sourde qui n'avait fait que croître au fil des jours.

Que ferait-elle si Mason décidait d'assumer sa paternité et de lui arracher Brody ? Elle n'en serait guère étonnée.

Si elle se rassurait en pensant qu'aucune cour de justice de Nouvelle-Zélande n'autoriserait un tel rapt, elle avait aussi conscience qu'il ne faudrait pas creuser beaucoup pour révéler une partie de son passé. Une partie dont Mason se servirait pour la marquer au fer rouge de la honte, et lui enlever son fils. Et si ce n'était pas Mason, ce serait Evan. Avec lui, en deux malheureux coups de fil, le monde entier serait au courant, et son fils lui serait arraché. Devant cette perspective, tout bonnement effroyable, elle ne put repousser l'angoisse qui lui nouait la gorge.

Quelles qu'aient été ses raisons, Patrick avait fait le choix de ne rien dire à Mason avant sa mort. L'une de ces raisons pouvait être sa propre crainte de voir sa femme séparée de l'être le plus cher qu'elle avait au monde. Depuis son mariage, ses relations avec ses parents s'étaient en effet distendues et elle les avait vus de moins en moins souvent. Sa culpabilité lui avait causé nombre d'insomnies, mais ils semblaient heureux dans leur univers — un univers qu'ils devaient à Patrick, même s'ils l'ignoraient — et plus les années avaient passé, plus ses parents s'étaient retranchés dans leur cocon. Leur soulagement de ne plus avoir leur fille à leur charge avait été immense. Son fils était donc, avec Patrick, sa seule famille.

Elle savait aussi que Patrick ne lui avait pas menti sur sa stérilité. Il n'aurait eu aucune raison, ni aucun intérêt, à le faire. Dans la lettre qu'il lui avait laissée, il lui expliquait comment il avait compris que Brody n'était pas son fils. Il avait lu les échanges radio que Mason avait eus ce soir-là avec les responsables du fret de l'entrepôt. Il avait ainsi appris qu'il avait sauvé une jeune femme de la noyade. Sachant qu'elle avait perdu sa voiture dans le voyage qui la conduisait à Auckland le même soir, il n'avait eu aucun mal à faire le rapprochement lorsqu'elle lui avait annoncé sa grossesse. Qu'il ait accepté Brody comme son propre fils en disait long, à ses yeux, sur la force de caractère et la générosité de cet homme.

Quelles que soient les appréhensions d'Helena, Mason était donc le père de Brody. Et à cause de la défiance tenace qu'il nourrissait à son égard, il la tenait à l'écart de ses responsabilités envers les Transports Davies. Chaque jour, elle s'inquiétait de savoir comment se portait l'entreprise et si Mason avait avancé dans sa recherche pour expliquer les pertes financières qu'elle subissait de façon dramatique, et qui risquaient de provoquer sa faillite. Elle n'en savait strictement rien, mais l'entreprise avait besoin d'elle, et elle ne pouvait plus assurer ses fonctions. Cette mise au ban lui était insupportable.

— Comment ça se passe au travail ? demanda-t-elle sans se soucier de passer du coq à l'âne.

— Je te l'ai dit. Je n'ai encore rien découvert.

— Je ne m'inquiète pas de l'enquête, mais de l'équipe. Comment sont perçus les changements ?

Patrick s'était toujours montré soucieux de tous ses collaborateurs. Chacun avait été embauché et mis en place dans ses fonctions avec le plus grand soin. D'une certaine manière, ils faisaient tous partie de sa famille, et il les respectait.

— Assez bien. Après la confusion du départ, ils sont tous ravis de conserver leur job. J'ai organisé une réunion cette semaine avec les dirigeants des différents services. Nous avons posé les bases d'un plan de redressement.

— Sans moi ?

— De toute évidence.

— J'aurais dû être là.

Elle se pinça les lèvres pour retenir un commentaire inutile. Après la mort brutale de Patrick, l'équipe dirigeante s'était spontanément tournée vers elle pour assurer le management. Patrick disparu et elle absente, le personnel devait se sentir aux commandes d'un navire sans capitaine ou, pour le moins, dirigé par un homme qu'ils avaient probablement toutes les raisons de craindre. Car si Mason avait l'intention de rapprocher les deux entreprises, la moitié de son équipe, au minimum, serait licenciée. Pire, s'il estimait que les Transports Davies n'étaient pas viables, il mettrait la clé sous la porte et tout le monde serait renvoyé. Ils devaient s'en douter.

— Est-ce que tu envisages des réductions d'effectif ?

— J'espère que non. Nous verrons plus clair quand l'audit sera terminé. En tout cas, quoi qui ait plongé les Transports Davies dans cette situation, il semble que ce soit terminé.

— J'imagine que tu mets ça sur le compte de mon absence.

— En effet.

— Evan n'est plus là non plus, répliqua-t-elle vivement en ignorant l'habituelle répulsion qui la traversait à l'évocation de cet homme.

Pendant plusieurs semaines, avant de faire appel à Mason, elle s'était démenée pour découvrir les racines du problème. Mais elles semblaient profondes, et elle n'avait pas eu le temps de démêler l'enchevêtrement complexe qui impliquait de nombreux postes. Le mode de vie dispendieux d'Evan, son manque d'intérêt absolu pour l'entreprise le désignaient comme le coupable, et elle était certaine que c'était lui. Ses dépenses personnelles extravagantes, ajoutées à son brusque désir de vendre après la mort de Patrick, prouvaient qu'il avait un urgent besoin d'argent. Et cet argent, Mason venait de le lui donner. Il n'était donc pas surprenant qu'il ait cessé de puiser dans la caisse.

— Tu as peur que je découvre tes manigances, Helena ?

— Non ! Quand voudras-tu comprendre que ce n'est pas moi qui dois être mise en cause, mais Evan ?

— C'est drôle, il a prétendu la même chose à ton sujet avant d'accepter mon chèque.

— Comment peux-tu le croire plus que moi ?

Mason bifurqua et, arrivé devant chez elle, il coupa le moteur. Puis, avec un soupir, il posa les mains sur le volant.

— Franchement, je ne sais plus que croire, Helena.

Prise de court par ce commentaire inattendu, elle lui jeta un regard à la dérobée. Il montrait enfin une brèche dans son armure. Elle se serait réjouie si son indécision, ce minuscule signe de fragilité, ne l'avait pas tout à coup désarçonnée. Mason s'était toujours montré solide, concentré, déterminé. Patrick avait toujours eu confiance en lui, et c'était pour cela qu'elle s'était tournée vers lui. Alors elle tendit la main et la posa timidement sur la sienne.

Une onde de chaleur remonta aussitôt le long de son bras.

— Tiens-t'en aux faits, Mason. Suis la vérité. Et je t'en prie, ajouta-t-elle en accentuant sa pression, essaie de me faire un peu confiance.

7

Les paroles d'Helena s'évanouirent dans un silence tendu. Mason avait pourtant saisi sa ferveur. A ce stade, n'importe quel homme aurait capitulé. Pas lui. Il avait été victime des suggestions mielleuses et des avances trompeuses d'une autre manipulatrice avant elle. Il n'était alors qu'un jeune adolescent, mais les conséquences sur sa vie avaient été désastreuses. Elles l'avaient obligé à quitter sa propre famille, sa maison, et poussé sur sa route solitaire vers le succès. Son frère aîné, Declan, avait lui aussi pris ses distances — il avait étendu ses activités professionnelles de son côté, loin de la protection de l'entreprise de leur père —, mais il restait malgré tout plus proche du vieil homme qu'il ne le pensait. Quant à Connor, après avoir passé le barreau pour être avocat, il était resté au sein de la famille. L'un était trop jeune, et l'autre trop averti, pour succomber aux charmes savamment distillés par Mélanie, la jeune maîtresse de leur père. C'était sur lui, et sur lui seul, qu'elle s'était concentrée. Et c'était lui, et lui seul, qui en avait fait les frais.

Il était le mouton noir de la famille, le solitaire. C'était probablement son caractère ombrageux et farouche qui avait fait de lui la cible idéale des manipulations de Mélanie, et probablement ça aussi qui avait ruiné ses relations avec son père. Mais il avait appris la leçon : il ne risquait pas de faire confiance à Helena Davies, et sa méfiance durerait tant qu'il n'aurait pas la preuve indiscutable qu'elle était aussi innocente qu'elle le prétendait.

— Mason ?

— Quoi ?

— Veux-tu prendre un café avant de rentrer ?

Elle avait passé une semaine entière à l'éviter et elle l'invitait subitement chez elle ? Il prit soin de masquer sa surprise. Ce revirement, en lui-même, était suspect. Mais comme disait le dicton : « Veille sur tes amis, et surveille encore plus tes ennemis. » Elle voulait jouer ? Très bien, résolut-il, il allait jouer.

— Oui.

Il franchit pourtant le seuil avec raideur. Il n'était pas venu depuis longtemps et il s'attendait presque à voir Patrick, souriant et chaleureux, surgir du grand salon pour venir à sa rencontre. Son absence lui rappela tout à coup à quel point cet homme lui manquait.

— On croirait qu'il est encore là, n'est-ce pas ? murmura Helena d'une voix douce. J'éprouve la même tristesse chaque fois que je passe cette porte.

Surpris par cette réflexion si proche des siennes et prononcée d'une voix si tendre, il lui coula un regard en coin.

— Oui, admit-il à contrecœur. Il n'était pas du genre qu'on oublie facilement.

Elle le conduisit dans la cuisine.

— Comment as-tu rencontré Patrick ? reprit-elle.

— Il ne te l'a jamais dit ?

— Le jour de notre mariage, quand je t'ai vu, je… Non, je ne lui ai jamais demandé.

La tête légèrement inclinée, elle remplissait la bouilloire au robinet de l'évier, et ses cheveux dissimulaient son visage. Il aurait donné cher pour voir son expression. Il était prêt à parier qu'elle était beaucoup plus révélatrice que celle qu'elle avait affichée lorsqu'elle avait remonté la nef de la cathédrale de son pas gracieux, offrant le spectacle d'une beauté éthérée, dont la pureté jurait avec la créature frigorifiée et misérable qu'il avait tirée d'une mort certaine quelques heures auparavant. L'innocente sérénité de son visage était alors loin, très loin, de la passion avec laquelle elle s'était livrée à lui au cœur de la nuit.

Ce souvenir réveilla sa frustration et la violence d'un désir qui ne demandait qu'à resurgir. Il sentit le sang bouillonner dans ses veines.

— Tu veux du lait ?

— Comment ? Euh, oui. Une goutte, merci.

Il la regarda s'affairer.

— Je venais de quitter l'armée, commença-t-il alors. J'avais répondu à une offre d'emploi. Les Transports Davies cherchaient des chauffeurs routiers propriétaires de leur véhicule. J'étais jeune, culotté, et je rêvais d'embrasser le monde.

Il lâcha un rire sec qui n'avait rien à voir avec la joie.

— J'avais passé le permis poids lourds à l'armée, mais je n'avais pas de camion, et encore moins d'expérience. Je suis arrivé au dépôt un matin, muni de mon rêve et de mes ambitions. N'importe qui m'aurait envoyé promener, ou ri au nez. Patrick ne l'a pas fait. Il m'a écouté, et puis en quelques phrases il a esquissé un parcours qui me disait exactement ce que j'avais besoin de faire. Il m'a montré la route, et m'a aidé à la suivre.

A sa plus grande consternation, il sentit sa voix se briser. Brusquement, il était redevenu ce jeune homme un peu perdu et sur la défensive, en quête de ce qui lui permettrait de purger la colère et l'amertume qui l'habitaient. Il s'éclaircit la gorge.

— Il m'a tout donné.

— Mason, je suis tellement désolée.

— Désolée ? s'exclama-t-il, interloqué.

— Il signifiait tant pour toi, et je vous ai séparés, n'est-ce pas ? Si je n'avais pas couché avec toi cette nuit-là, tu l'aurais vu plus souvent, tu aurais davantage profité de sa présence. Il t'aurait peut-être même écouté, au lieu de m'ignorer quand je lui demandais de lever le pied, de penser à transmettre les rênes de l'entreprise.

— Transmettre les rênes ?

Le même rire cassant franchit ses lèvres.

— Pour les donner à qui, Helena ? A Evan ? A toi ? Je ne suis pas étonné qu'il se soit tué à la tâche.

D'une main, il désigna la maison.

— Il travaillait pour toi, pour ça. Pour t'offrir tout ce que tu voulais.

— Non. Non, tu te trompes.

Elle sentit des larmes rouler sur ses joues.

— Vraiment ? insista-t-il plus durement. Jusqu'à son mariage, il se contentait de beaucoup moins.

— Mason, tu sais comment il était. Ne laisse pas tes reproches envers moi obscurcir ton jugement et ton souvenir de Patrick. Il était le plus généreux des hommes. Regarde-toi. Regarde ce qu'il a fait pour toi. Peux-tu sincèrement prétendre que tu en serais là s'il n'avait pas cru en toi et en tes possibilités ? Bien sûr, tu y serais sans doute arrivé seul, mais ta réussite aurait été moins rapide, et peut-être moins solide.

Elle s'essuya les yeux d'un geste brusque, et, tandis qu'il voyait toute trace d'émotion disparaître de son visage, il perçut le changement de sa voix. De douce et fervente, elle se fit dure et concise.

— Tu peux m'en vouloir, et me haïr, mais tu n'as pas le droit d'effacer ce qu'il t'a apporté, ni de te mentir. Vous méritez mieux, tous les deux.

Contre toute attente, ces paroles percèrent l'armure qu'il avait si solidement construite autour de son chagrin, et l'atteignirent en plein cœur. La douleur du deuil l'envahit, mêlée à celle de la colère qui l'habitait, contre Patrick d'abord, pour avoir épousé Helena, mais aussi contre son père d'avoir cru Mélanie plutôt que lui lorsqu'ils avaient fini par être surpris. La dispute qui avait suivi avait provoqué son départ. Il avait quitté sa maison comme un paria, alors que Mélanie était restée, tel le chat ronronnant devant son pot de crème, savourant les prouesses sexuelles qui lui avaient permis de se jouer avec la même adresse du père et du fils.

Voir sa relation avec Patrick se briser sur le même registre — celui de l'intervention d'une intrigante — avait été un choc terrible. Mais, cette fois, il n'était plus l'adolescent victime de ses hormones ou de sa naïveté. Il était un homme jeune, en route vers le succès, et maître de son destin. Il aurait pu parler et empêcher Patrick d'épouser Helena. Il aurait pu révéler qu'elle n'était qu'une fille facile, prête à coucher avec le premier venu. Il avait choisi de se taire, et choisi du même coup de se mettre à l'écart. Au cours des années, ses visites s'étaient espacées, puis elles s'étaient raréfiées au point de devenir quasi inexistantes pendant les derniers mois qui avaient précédé la mort de Patrick. Il en était le seul et l'unique responsable.

— Tu as raison, finit-il par admettre.

Sa voix lui semblait étrangère, tendue, même à ses propres oreilles.

— Raison ?

— Oui, tu nous as séparés.

Il vit son recul et lut le choc dans son regard.

— Mais ce qui est pire, poursuivit-il sans la moindre pitié, c'est que je t'ai laissée faire.

— Je n'ai jamais voulu m'interposer entre vous.

Il la regarda préparer le café comme un automate.

— Jusqu'au jour de mon mariage, j'ignorais tout de toi et de tes liens avec Patrick.

Elle ne prêtait aucune attention à ses gestes jusqu'au moment où un jet d'eau brûlante tomba sur sa main alors qu'elle remplissait leurs tasses. Elle sursauta, et fit tomber le récipient qui se renversa sur le plan de travail. Aussitôt, elle attrapa un torchon pour essuyer le granit.

— Tu dois mettre la main sous l'eau froide, dit-il.

— Ça ira.

Sans l'écouter, il fit le tour de la table et lui prit la main pour la pousser doucement sous le robinet et faire couler de l'eau sur sa peau déjà rouge. Elle essaya de se libérer, mais il la tenait fermement. Alors elle ferma les yeux.

Elle était fatiguée de cette lutte incessante qui la faisait passer, d'une seconde à l'autre, de l'affrontement le plus dur à la complicité la plus intime. Ces montagnes russes justifiaient à elles seules les larmes qui lui montaient aux yeux. Mais elle avait assez pleuré, pour Patrick, pour Brody, et même pour Mason. C'était fini. Elle était épuisée.

— Ça va mieux ?

Il était si proche qu'elle sentait son souffle sur ses cheveux. Elle lutta pour maîtriser sa réaction et se concentrer sur sa vigilance.

— Oui, ça va. Tu peux me lâcher.

Elle sentait son corps qui entourait le sien, ses bras passés autour de ses épaules, ses hanches si proches. Ses sensations douloureusement exacerbées par ce contact, elle avait du mal à respirer. Mais leur proximité avait beau être réelle, elle restait vaine.

— S'il te plaît, lâche-moi, murmura-t-elle.

Il allait l'écouter, se dit-elle, il ne pouvait pas continuer de lui imposer cette torture physique et mentale contre laquelle elle ne pouvait lutter. Il était tellement plus grand et plus fort qu'elle. Sa taille, sa présence l'effrayaient pourtant moins que le désir, tellement profond, qu'elle avait de se lover contre lui et de lui appartenir. Il devait la laisser.

Mason, sans lâcher la main blessée qu'il tenait doucement dans la sienne, coupa le robinet et attrapa un torchon. Elle retint son souffle, dans l'attente de l'aiguillon qui allait la transpercer lorsqu'il essuyerait sa main. Mais il ne vint jamais.

A la place, ce fut la tendre caresse de ses lèvres sur les siennes qui la surprit. Involontairement, elle enroula ses doigts autour de ceux de Mason, et les mots qu'elle voulait désespérément prononcer — sa supplique de la laisser — moururent sur ses lèvres. Lorsqu'il abandonna sa bouche pour déposer un baiser sur sa main, elle sentit ses genoux fléchir. Et lorsqu'il tourna son poignet, pour l'embrasser à l'endroit précis où son pouls s'emballait, elle se sentit vraiment sur le point de défaillir.

— Mason…

Son prénom avait franchi ses lèvres dans un souffle à peine audible.

— Oui ?

— Arrête, je t'en prie. Nous ne sommes pas prêts, pas maintenant.

— Pas prêts, Helena ?

Il la tourna et lui souleva le menton. Elle vit son regard plonger dans le sien, tellement brûlant qu'elle se sentit consumée par son ardeur.

— Quand il s'agit de toi, Helena, je suis si prêt que j'en ai mal.

Ces mots l'achevèrent, son cœur fit un bond dans sa poitrine, mais ils étaient trop bouleversants, trop douloureux, pour qu'elle le croie, surtout après la souffrance qu'il lui avait infligée lorsqu'elle était venue dans sa chambre. Ils avaient commencé à faire l'amour, et il l'avait rejetée. Le déchirement qu'elle avait éprouvé ce soir-là restait entier. Elle n'était pas prête.

— Je ne peux pas. *Nous* ne pouvons pas.

— Tu as peur ?

Il déposa un nouveau baiser sur son front, puis au coin de ses lèvres, avant de caresser sa bouche d'un effleurement de langue ravageur.

Elle n'avait pas peur, elle était terrifiée. Mais elle était incapable de le repousser.

Il agissait sur elle comme une drogue. Une fois, une seule, lui avait suffi pour être accro. Oh, bien sûr, elle avait cru avoir surmonté cette addiction, mais douze années de mariage avec un homme qu'elle aimait et respectait plus que personne au monde n'avaient pas réussi à la guérir.

Une nouvelle inquiétude s'empara d'elle : et si Mason profitait de sa faiblesse pour lui renvoyer son désir à la figure, la rejeter comme il l'avait déjà fait ? Il pouvait l'anéantir… Mais elle avait besoin — un besoin impérieux — de rétablir un lien avec lui. Un lien ? C'était absurde !

Mason approfondit son baiser, cette fois avec une pression qui en disait long sur la force et la réalité de son désir. Il ne pouvait pas lui mentir, il ne pouvait pas l'humilier encore, et la lâcher…

— Ne t'inquiète pas, je te tiens.

Il la souleva dans ses bras et, avant même d'avoir compris qu'elle avait murmuré son accord, il gravissait l'escalier.

Devant la porte de sa chambre, elle se raidit.

— Non, pas ici. Je t'en prie, souffla-t-elle. Dans une chambre d'amis.

Mason, le bruit de ses pas étouffé par l'épaisseur de la moquette, poursuivit sa route jusqu'au bout du couloir. Devant la porte de la chambre la plus éloignée, il la reposa à terre, en prenant soin de la laisser glisser tout doucement contre lui, dans l'intention évidente de lui faire prendre toute la mesure de l'effet qu'elle produisait sur lui. Au contact du sexe qu'elle sentait tendu contre elle, un nouvel élan de désir — et d'effroi — la transperça.

Cet homme la désirait. Il la désirait de toute sa force et de toute sa vitalité. Il l'avait déjà désirée, cette toute première fois lorsqu'elle s'était glissée sur lui, dans l'obscurité de la cabine de son camion. Elle ne lui avait pas laissé le choix, se rappela-t-elle, un peu comme elle l'avait ensuite coupé de Patrick. Ce n'était qu'en l'écoutant parler dans la cuisine tout à l'heure qu'elle avait pris conscience des conséquences dévastatrices de son apparition dans sa vie. Et pour couronner le tout, elle l'avait involontairement privé du bonheur d'être père.

Tout cela n'était pas entièrement sa faute, elle le savait. Elle se sentait tout de même responsable, et elle voulait — d'une manière ou d'une autre — se rattraper. Lui offrir ce qu'il attendait d'elle en cet instant précis n'était peut-être pas le meilleur moyen d'alléger les souffrances qu'elle avait provoquées, mais elle n'en avait pas d'autre.

Alors elle chercha la poignée de la porte à tâtons derrière elle, et poussa le battant. Puis, prenant les mains de Mason entre les siennes, elle l'attira à l'intérieur. Il ferma la porte d'un coup de talon.

— Non, l'arrêta-t-il alors qu'elle cherchait l'interrupteur.

— Je veux te voir, protesta-t-elle.

— N'allume pas, je veux que ce soit comme… la première fois.

— Tu…

— Chut, fit-il en caressant ses lèvres du bout des doigts. Ne parle pas.

Elle n'était pas accoutumée à l'obscurité qui régnait dans la chambre que sa bouche déjà se refermait sur la sienne, et qu'elle sentait ses mains pressantes remonter de son dos à sa nuque pour la serrer passionnément contre lui.

Elle n'avait plus envie de lutter. Elle voulait plus que tout lui offrir ce qu'il réclamait et, par ce don, apaiser les souffrances qu'elle devinait confusément en lui. Alors, en même temps qu'elle répondait à son baiser, elle lui ouvrit son cœur avec une générosité qu'elle n'avait accordée à personne. Le tourbillon d'émotions qui l'envahit aussitôt n'avait rien à voir avec l'amour solide et sécurisant qu'elle avait partagé avec Patrick. L'amour ? sursauta-t-elle. La tempête d'émotions qui l'emportait dès qu'elle pensait à Mason Knight était donc de l'amour ?

Si tel était le cas, elle voulait plus que cet élan seulement physique qui les portait l'un vers l'autre, plus que ce qu'ils avaient partagé lors de cette nuit fatale et que douze années de séparation n'avaient pas réussi à endiguer. Elle voulait… elle voulait l'aimer, l'aimer de tout son être. Cette vérité la transperça, balayant toute réflexion raisonnable, et ouvrit plus large encore les vannes de son désir. Elle voulait croire qu'ils avaient une chance. Et la tenter.

Accrochée à cette idée, chassant le spectre toujours présent de la peur, elle leva les mains vers le visage de Mason, glissa les doigts dans ses cheveux et goûta pleinement la caresse de ses mèches courtes contre ses paumes. Maintenant qu'elle était libérée de ses craintes, chacune de ses pensées, chacune de ses sensations concentrées uniquement sur Mason Knight — l'homme qui lui faisait face — était décuplée.

Déjà, il s'attaquait à ses vêtements. Fébriles, ses mains montraient aussi peu de considération que les siennes face aux attaches qui se dressaient sur leur chemin. Elle entendit un bouton sauter et tomber sur le sol. Cette impatience lui convenait, car elle avait hâte de sentir sa peau contre la sienne, de le toucher. En quelques secondes, debout l'un contre l'autre, ils furent nus. La vigueur de l'érection magnifiquement dressée à sa rencontre lui coupa le souffle.

Alors qu'elle sentait ses jambes faiblir, d'un geste sûr, Mason la souleva pour la nicher tout contre son sexe. Le grognement d'une férocité animale qui s'échappa de ses lèvres, et le fit frémir, la galvanisa. Elle l'accueillit avec bonheur.

— Il faut nous protéger.

Cette phrase, qu'il n'avait pas prononcée dans son camion — et qui l'aurait peut-être éloignée de la chaleur de son étreinte, cette nuit-là — aurait pu les couper dans leur élan. Mais, cela, elle ne le voulait pas.

— Je prends la pilule.

*
**

Durant quelques secondes, Mason laissa ses réflexions dériver. Un soir, alors qu'ils avaient bu plus que d'habitude, Patrick lui avait confié que son mariage n'était plus que platonique, ou presque. Il n'avait plus, avait-il ajouté avec un regret touchant, la vigueur de sa jeunesse. Etait-ce pour ménager la libido irrégulière de son mari, dans l'ignorance de sa stérilité, qu'Helena avait gardé sa contraception, ou pour pouvoir accueillir ses amants sans aucun risque ? Cette question le titilla un instant, mais il ne voulait pas y penser, ni laisser ces considérations lui ravir le soulagement que son corps réclamait depuis si longtemps. La tension permanente qui l'habitait depuis qu'elle s'était présentée chez lui sans crier gare ne s'apaiserait qu'entre ses bras. Il le savait. Elle pouvait avoir d'autres amants, décida-t-il, tant qu'elle était à lui, il s'en moquait.

Il la vit s'écarter, voulut la retenir, mais la protestation qu'il allait avancer s'étrangla dans sa gorge : ses mains chaudes s'emparaient de son sexe bandé. Leur pression douce et ferme était si parfaite, il avait tellement attendu cette étreinte, qu'il se sentit sur le point de défaillir. Son excitation pourtant n'était pas à son comble. Elle atteignit un point culminant quand Helena décida de remplacer la caresse de ses mains par celle de sa bouche. Ce contact, immédiatement, le foudroya.

Il avait eu tort de ne pas vouloir allumer la lumière, songea-t-il brièvement, parce que, en cette seconde il aurait donné cher pour voir son visage. Alors il ferma les yeux et s'abandonna aux sensations que ses lèvres semaient sur leur passage comme autant de petites bombes dont chacune à elle seule avait le pouvoir de l'anéantir. Mais il devait se retenir, songea-t-il au comble de sa résistance. Il n'avait pas attendu douze ans pour jouir en douze petites secondes.

Avec un grognement sourd, luttant de toutes ses forces pour ne pas plonger en elle comme elle l'y incitait, il glissa les mains dans sa chevelure et l'écarta tout doucement pour l'inviter à se redresser.

— Je veux venir en toi, murmura-t-il d'une voix tendue par le désir, je veux te sentir.

— Comme la dernière fois ?

Cette question lui inspira un sentiment de malaise, un remords au souvenir de la façon dont il l'avait traitée la dernière fois qu'ils avaient été si proches.

— Non, comme la première.

Il la souleva dans ses bras et approcha du grand lit où il la déposa avec précaution avant de s'étendre à côté d'elle.

— Si tu veux que ce soit comme la première fois, lâcha-t-elle dans un murmure caressant, alors tu dois faire semblant de dormir.

— Faire semblant ? Je ne faisais pas semblant !

— Alors fais-le maintenant.

Il sentait son souffle frôler sa joue.

— Est-ce un ordre ?

— Si nécessaire.

Sa respiration glissait maintenant sur son torse. D'une main douce mais décidée, elle le força à s'allonger à son tour et se plaça à califourchon au-dessus de lui. Saisi par un frisson d'anticipation, il attendit, le souffle court, qu'elle descende. Ce qu'elle fit, tout doucement, jusqu'à ce qu'il soit profondément entré en elle. Un élan irrésistible le portait à soulever les reins, mais il savait, s'il y cédait, qu'il ne pourrait plus contrôler les sensations qui l'envahissaient, et il voulait tenir le plus longtemps possible. Alors il retint encore son souffle, dans l'attente — la promesse — de ce qui allait suivre.

Helena était submergée par une sensation de justesse infinie. Mason la complétait si bien, la sensation de leur union — de sa présence aussi profonde en elle — était si parfaite qu'elle prolongea cet instant aussi longtemps qu'elle put avant d'onduler, tout doucement, sur lui. Sa fermeté, la retenue dont il faisait preuve alors même qu'elle augmentait peu à peu le rythme de ses mouvements, était un pur bonheur et toutes les fibres de son corps vibraient à l'unisson du plaisir de plus en plus puissant qui rayonnait en elle. Chacune de ses vagues successives l'emportait un peu plus loin, et elle montait et descendait avec elles, confiante dans la force qui émanait de Mason, heureuse de le sentir au plus profond d'elle-même, désireuse de lui répondre et de s'en nourrir davantage pour atteindre avec lui des régions inexplorées.

Lorsqu'elle sentit ses mains l'agripper par les hanches, la maintenir fermement contre lui, elle ne fit rien pour retenir le flot brûlant qui parcourut ses veines. Bien au contraire. Mason venait à sa rencontre. Epousant le moindre de ses gestes, il l'accompagnait dans le voyage qu'elle avait initié. Il était là, il était en elle, pour elle. Ses sensations décuplées par la plénitude de cet assentiment muet, aussi lentement qu'elle avait senti croître son désir, elle sentit naître sa jouissance.

Le frémissement, d'abord imperceptible, irradia doucement en elle. Elle se laissa envahir par cette onde profonde, puis emporter par sa puissance magnétique, et quand, dans un mouvement ultime, l'ultime vague de plaisir pulvérisa sa conscience, elle s'effondra, dans un cri, contre Mason.

Il referma aussitôt les bras sur elle et, dans cette étreinte décuplée par la perception enivrante que Mason la rejoignait dans sa jouissance, elle se laissa emporter par une nouvelle vague de plaisir, aussi intense, encore plus vertigineuse que la première. Leurs corps vibrèrent, se fondirent dans les mêmes sensations, et lorsque le ressac les laissa échoués dans les bras l'un de l'autre, elle soupira. Durant un bref instant — un instant d'accomplissement magique —, ils n'avaient plus fait qu'un.

Elle sentait le cœur de Mason battre à tout rompre, et sa poitrine se soulever au rythme court de sa respiration. Elle ferma les yeux et glissa dans le sommeil, portée par l'espoir que, peut-être, la chance qu'elle espérait maintenant du plus profond d'elle-même leur était enfin donnée.

Elle voulait qu'ils se retrouvent, et son désir allait bien au-delà de ce qu'ils venaient de partager de façon si intime et si parfaite. Il n'était pas seulement question de sexe. Elle voulait lui offrir tout ce dont elle, ou le destin, l'avait privé : ces années perdues auprès de Brody et la possibilité d'être aimé aussi profondément qu'il le méritait.

8

Mason se réveilla dans un lit vide et défait. Ils n'avaient pas beaucoup dormi, mais il se sentait plus reposé, plus comblé, qu'il ne l'avait été depuis des années. Il se leva. S'il en jugeait par quelques bruits discrets qu'il entendait dans la maison, Helena était en bas. Avant de la rejoindre, il prit une douche brûlante et rapide, et revint enfiler ses vêtements éparpillés sur la moquette.

Il la trouva dans le salon du rez-de-chaussée. Assise devant la table basse encombrée de livres, les mains serrées autour d'une grande tasse de café, elle contemplait l'ouvrage grand ouvert devant elle. En le voyant venir, elle leva les yeux et rougit. Cet éclat raviva le vert lumineux de son regard, et Mason éprouva un pincement au cœur. Elle était d'une beauté exceptionnelle, et sa fragilité, accentuée par l'amaigrissement qui avait suivi la mort de Patrick, n'était qu'apparente. Il savait la force de son caractère. Elle était belle, elle était solide et elle était intelligente. Si les circonstances qui les avaient rapprochés avaient été différentes, songea-t-il en se laissant prendre au jeu des possibles, qui pouvait dire où ils en seraient maintenant ? Il avança vers elle.

— Bonjour.

Il se pencha et l'embrassa. Ce simple contact l'embrasa aussitôt et il comprit que la nuit qu'ils venaient de vivre n'avait en rien apaisé son désir. Bien au contraire, il la désirait encore plus.

— Je vais te faire du café, dit-elle en se levant.

Il la repoussa gentiment.

— Non, je m'en charge. Tu as l'air occupée, ajouta-t-il en désignant les ouvrages étalés devant elle.

— Ce sont des albums. Je les ai sortis en pensant que tu voudrais peut-être les voir.

— Des albums ?

— Des photos de Brody. Tu n'es pas beaucoup venu à la maison après le mariage. Tu as manqué tant de choses.

A ces mots, un fulgurant trait de colère le transperça, tuant tout autre sentiment et réduisant son désir à néant. Croyait-elle sérieusement que quelques photos allaient remplacer toutes les années perdues auprès de Brody ? — s'il était vraiment son fils. Il se mordit la langue pour ne pas lui infliger la réplique acerbe qui lui venait à l'esprit et qui l'aurait mise en pièces.

— Assieds-toi, fit-elle sans s'apercevoir de son brusque changement d'humeur. Les albums sont classés par ordre chronologique.

— Ecoute, Helena, parvint-il à dire, je ne suis pas sûr que ce soit le bon moment.

Etonné de sa propre prévenance, il poursuivit :

— Je préfère attendre que nous soyons sûrs.

Elle se leva pour vider le reste de son café dans l'évier. A sa démarche, il comprit qu'il l'avait heurtée. Les yeux fixés sur la fenêtre, elle lui répondit le dos tourné.

— Aurais-tu peur de la vérité, Mason ? Est-ce pour cela que tu refuses de regarder ces albums ?

Elle pivota et planta son regard dans le sien.

— Il te ressemble plus que tu ne saurais l'imaginer. Maintenant que je sais la vérité, je le vois. Brody *est* ton fils.

Il ne lisait aucune ruse, aucun mensonge dans ses yeux clairs, seulement du défi. Et elle savait très bien qu'il relèverait le gant. Leur nuit d'amour elle-même s'était déroulée sur ce mode. Un défi pur, ensorcelant, qui les avait conduits l'un et l'autre, ensemble, au sommet du plaisir.

Il avait assez de mal à se faire à l'idée que posséder son corps n'avait en rien soulagé le désir qu'elle lui inspirait — il se demandait même s'il se lasserait un jour d'Helena Davies —, et voilà qu'elle ajoutait ce paramètre à l'équation !

Très bien, se dit-il en serrant les dents. Elle voulait le provoquer ? Eh bien il allait relever le défi. Et ce fut avec la certitude de l'emporter qu'il s'installa dans le confortable canapé face à la table basse.

A travers la baie vitrée, les rayons obliques du soleil hivernal illuminaient les albums, et faisaient briller le nom de Brody et les dates des photos, tracés sur leur couverture d'une écriture habile — sans aucun doute de la main même d'Helena. Il prit le plus proche de lui et l'ouvrit. La première photo, une photo d'elle, presque nue et affichant fièrement la rondeur de son ventre, lui coupa le souffle.

Le cliché était à la fois très intime et terriblement provocant. L'arrogance de la joie fière qui brillait dans son regard, la jalousie de la main posée sur la courbe de son ventre étaient contrebalancées par le morceau de satin vert émeraude qui dissimulait avec grâce la plénitude de sa poitrine et le reste de son corps. Ses plis ne révélaient que mieux l'arrondi généreux qui abritait une vie future, mais les jeux d'ombres et de lumière qui glissaient sur le tissu étaient fascinants, et il contemplait, envoûté, une illustration stupéfiante du mystère de la maternité quand elle célèbre de façon si glorieuse l'union des corps dans la promesse d'une nouvelle vie.

Envahi par le désir, il caressa du regard sa peau crémeuse, devinant sous le satin les promesses de sa beauté dissimulée, admirant celle de ses courbes fécondes. Si Brody était son fils, elle l'avait privé d'un bonheur infini, celui de voir son corps s'arrondir sous la pression de la vie à venir, et celui aussi précieux d'attendre son bébé. Son fils. Quoi qu'il puisse advenir entre eux désormais, ces moments-là ne reviendraient jamais. Et il était enfin capable de comprendre la raison de sa colère contre Helena.

Après qu'il lui avait sauvé la vie, elle avait dérobé une part vitale de son existence et l'avait emportée avec elle. Elle lui avait ravi ses espoirs, puis les avait scellés dans un morceau de glace aussi froid et indestructible que les diamants de l'alliance glissée à son doigt par un autre homme. Un homme qu'elle n'aurait jamais dû épouser.

Mason contempla une à une toutes les pages de tous les albums posés devant lui. Ses yeux d'abord secs devant les photos d'un nouveau-né aux traits incertains s'embuèrent alors qu'ils s'affirmaient au fil des pages pour révéler un enfant dont il devenait évident qu'il était le père. D'un clignement des paupières, il refoula ses larmes. Il n'était pas question de céder à l'émotion devant Helena, il préférait s'accrocher à la colère qu'il sentait croître en lui.

Il referma le dernier album et releva les yeux. Les mots lui manquèrent. Assise en face de lui, Helena le contemplait, le visage baigné de larmes.

— J'aurais voulu le savoir, dit-elle. Tu mérites mieux que ces quelques photos, tellement mieux que ce pauvre résumé de la vie de ton fils.

— Qu'il soit mon fils reste à prouver, répondit-il.

Son refus d'admettre la vérité était stupide : dans son cœur, du plus profond de son être, il comprenait que cet enfant était le sien. Mais il avait besoin de ce déni, car il lui permettait de supporter le sentiment déchirant d'avoir été lésé d'une partie essentielle de lui-même, et de sa vie.

— Pourquoi es-tu si obstiné, Mason ? Pourquoi refuses-tu de l'accepter ?

— Accepter ! lâcha-t-il d'un ton railleur. Accepter quoi ? Que l'homme que j'admirais le plus au monde, plus que mon propre père, m'a trahi ? Accepter que tu aies couché avec moi, que tu m'aies laissé te faire un enfant, et accepter que tu aies filé en épouser un autre pour l'élever avec lui ?

Il se leva, brusquement incapable de rester plus longtemps.

— Tu m'en demandes trop, Helena.

Il franchit la distance qui le séparait de la porte en quelques enjambées.

— Mason, attends !

Non, il n'attendrait pas. Sourd aux pas d'Helena qui s'était précipitée sur ses talons, il ouvrit la porte avec une violence malheureusement impuissante à calmer la rage qui le dominait. Il devait sortir d'ici. S'en aller loin du souvenir de Patrick Davies, loin d'Helena, et aussi loin que possible d'une vérité qu'il ne pouvait nier ni supporter.

Il n'avait plus besoin d'attendre le résultat des tests. Dès aujourd'hui, il allait lancer la procédure qui lui donnerait la garde de Brody. Et quand il en aurait fini, elle regretterait de l'avoir connu.

Plusieurs jours plus tard, dans son bureau des Transports Black Knight, Mason tournait et retournait une enveloppe blanche entre ses mains. Le logo discret du laboratoire d'analyses le poussait à ouvrir le courrier sans attendre. Mais, pour une raison mystérieuse, il hésitait. Voir le résultat écrit noir sur blanc ne changerait pourtant rien. Il savait qu'il était le père de Brody, les albums qu'il avait feuilletés la semaine précédente dans le salon d'Helena l'avaient convaincu sans l'ombre d'un doute. Cette certitude avait d'ailleurs rendu encore plus dure la réunion familiale qui s'était tenue chez son père en présence de ses frères et de leurs familles, le week-end dernier.

Sur les conseils de Connor, il avait fait appel à l'un des avocats en droit de la famille les plus réputés d'Auckland. L'homme de loi lui avait dit que ses chances d'enlever Brody à la garde de sa mère étaient infimes, au mieux. Mais il lui suffisait d'avoir une chance. Aussi minime soit-elle, il n'avait jamais eu besoin de plus pour réussir, et, vu l'enjeu, il était décidé à aller jusqu'au bout, quel qu'en soit le prix.

Alors pourquoi une telle hésitation ?

Il glissa l'index sous le rabat de l'enveloppe, la déchira d'un coup sec et sortit les feuilles qu'elle contenait. Il parcourut rapidement le rapport d'analyses, enregistra les informations dont il avait besoin, et puis remit les feuilles à leur place, avant d'attraper ses clés de voiture.

Il était temps d'affronter Helena.

Arrivé devant chez elle, il remarqua aussitôt la voiture de sport européenne garée sur le côté. Si elle appartenait à Helena, songea-t-il en considérant le rouge ostentatoire et agressif de la carrosserie, il était curieux de savoir comment elle justifierait son achat.

Les responsables de l'audit lui avaient fourni un rapport intermédiaire le matin même. L'argent était pompé régulièrement depuis des années, et cela avait commencé peu de temps après l'arrivée d'Helena dans l'entreprise, au moment même où Brody avait débuté l'école. Tout la désignait comme coupable, jusqu'à la preuve tangible dont il disposait maintenant pour l'accuser.

Un détail cependant le titillait : pourquoi était-elle venue lui demander son aide ? Si elle avait quelque chose à cacher, il était bien la dernière personne vers laquelle se tourner. Il savait qu'elle avait agi sur les instructions de son mari. Patrick avait dû s'apercevoir des vols. Peut-être la soupçonnait-il, mais sans avoir le cœur d'accuser ouvertement sa belle et jeune épouse. Il ne serait pas le premier à s'être fait avoir par un joli minois et un corps ensorcelant.

Ni le dernier, se corrigea-t-il amèrement.

Une chose cependant était claire : l'indulgence de Patrick envers Helena avait coûté très cher à l'entreprise.

Il descendit de voiture et fit le tour du bolide. Un papier traînait sur le siège avant. Intrigué, il approcha et s'aperçut qu'il s'agissait du contrat d'achat. Le nez collé à la fenêtre, il déchiffra le nom du propriétaire. Evan Davies.

Evan ! Que faisait-il ici ? Il jeta un regard autour de lui avant de revenir à la voiture. Sur la carrosserie, quelques gouttes de rosée n'avaient pas fini de sécher. Il était donc là depuis longtemps. Depuis la veille ?

L'argent qu'il lui avait donné en échange de ses parts faisait de lui une cible évidente pour Helena. Sa cupidité était apparemment insatiable.

A l'idée qu'elle puisse encore coucher avec lui — et pire qu'elle n'ait jamais cessé —, une rage sombre s'empara de lui.

Il se dirigea droit vers la porte contre laquelle, ignorant la sonnette, il tambourina de toutes ses forces avant de recouvrer un peu son calme. Après tout, elle pouvait bien coucher avec lui. Cela ne ferait qu'aggraver son cas devant les juges, et lui donner l'argument imparable dont il avait besoin pour obtenir la garde définitive de Brody.

Un bruit de pas dans la maison le tira de ses réflexions vengeresses. Quelqu'un actionna les verrous et la porte s'ouvrit.

Evan Davies, échevelé, vêtu d'un peignoir visiblement enfilé à la hâte, se tenait devant lui. Sur l'une de ses joues défraîchies, une tache de rouge à lèvres traînait encore, et l'image d'Helena enlacée à ce type, ses mains glissées dans ses cheveux, ses lèvres collées à sa peau répugnante, se dessina devant les yeux de Mason. Révulsé, il la chassa en luttant de son mieux pour ne pas lancer l'un de ses poings serrés dans le visage bouffi qui le contemplait d'un air vaguement goguenard.

— Je croyais t'avoir dit de ne pas l'approcher, lâcha-t-il d'une voix frémissante.

Le sourire imbécile s'élargit.

— Qu'est-ce que tu veux, répliqua Evan avec une désinvolture écœurante, elle est insatiable, je n'y peux rien !

— Où est-elle ?

— Sous la douche. J'allais la rejoindre. Tu comprends, nous sommes… un peu sales.

Mason serra les dents. Peu importe, ne cessait-il de se répéter. Il se moquait pas mal d'Helena et de ses turpitudes. Quant à Evan, il était encore capable de s'en débarrasser.

— Tu devrais relire le contrat que tu as signé, gronda-t-il.

— Quel contrat ?

— Celui par lequel tu as abandonné tes droits sur les Transports Davies.

Il hésita, avant de poursuivre d'une voix lourde de menace :

— Celui dans lequel tu t'engages à me rembourser intégralement si tu as le malheur d'approcher une seule fois d'elle.

— Ça ne vaudra rien devant un tribunal !

Malgré l'air fanfaron d'Evan, Mason nota avec une joie sombre la nette et brusque pâleur de ses traits.

— Tu veux tenter le coup ? ironisa-t-il dans un sourire carnassier.

— Cette clause est absurde, Mason, tu le sais. La fille est à tout le monde.

— Laisse-moi vérifier ça tout de suite, rétorqua Mason en sortant son téléphone portable.

— C'est bon, c'est bon, abandonna Evan avant même qu'il ait composé le numéro. Je te la laisse. Franchement, elle ne vaut pas le coup. D'ailleurs, si c'était le cas, tu ne serais pas à tambouriner à sa porte, hein, mais encore dans son lit. Que s'est-il passé ? Attends, laisse-moi deviner… Tu n'as pas été assez bon pour qu'elle me rappelle ?

Cette fois, Mason vit rouge. Les épaules tendues à l'extrême, il avança sur Evan. Ce dernier trébucha et recula jusqu'à la table de l'entrée où il s'empara prestement de ses clés.

— Oh là, ne gaspille pas ta force, mon vieux. Regarde, je m'en vais, ajouta-t-il en agitant ses clés comme pour se protéger. Je m'en vais, vous pourrez vous expliquer tranquillement tous les deux.

Pieds nus, sans même prendre le temps de s'habiller, Evan fila jusqu'à sa voiture, et démarra sans demander son reste.

Mason claqua violemment la porte sur son départ, et fit demi-tour dans l'entrée. Il contempla l'escalier un moment. L'envie le démangeait de le grimper quatre à quatre, de surgir dans la chambre d'Helena et de s'employer à lui faire oublier tous les souvenirs de sa nuit passée avec Evan. Pris d'un nouvel accès de rage, il enfonça les mains dans ses poches. L'enveloppe qu'il y avait glissée lui rappela la raison de sa présence.

Brody. *Son* fils.

— Qui est là ?

Il leva les yeux. Helena, une serviette de toilette nouée autour de ses cheveux et le corps entièrement dissimulé par un épais peignoir blanc, se tenait en haut de l'escalier.

— Ton amant a filé, dit-il en montant vers elle.

— De quoi est-ce que tu parles ? demanda-t-elle, interloquée.

— Evan. Il vient juste de partir.

— Evan n'est pas mon amant !

— Vraiment ? Hé bien, ce n'est pas ce qu'il prétend. Et vu les circonstances, ajouta-t-il en désignant le peignoir qu'elle portait, j'ai tendance à le croire !

— C'est quoi ton problème, Mason ? Je t'ai déjà dit qu'il n'était pas mon amant.

— *Mon* problème ! Tu veux le savoir ? Eh bien, écoute : pour être franc, tu me dégoûtes. Je sais parfaitement qu'il va claquer tout l'argent que je lui ai donné contre ses parts. Alors c'est ça ton plan : l'aider à dilapider cette petite fortune ? Ta soif d'argent est si grande pour t'envoyer en l'air avec n'importe qui ?

Sa gifle, totalement inattendue et d'une rare force, le prit au dépourvu.

Il sentit sa peau brûler, et dans sa bouche le goût du sang raviva sa rage. Il plongea la main dans sa poche et sortit l'enveloppe du laboratoire. Instinctivement, elle tendit la main pour la lui prendre.

— Qu'est-ce que c'est ?

— La preuve que tu croyais vouloir.

— Comment ça, que je « croyais vouloir » ?

— Brody est mon fils.

Elle n'avait pas attendu le résultat du test pour comprendre, et admettre la vérité. Elle sentit pourtant ses genoux fléchir, et elle dut s'appuyer à la rampe.

— Je le savais.

— Eh bien tu aurais dû y réfléchir avant de te jeter dans les bras d'Evan.

— Je ne me suis pas jetée dans ses bras !

— Les avocats en décideront.

— Les avocats ?

Elle pâlit.

— J'ai décidé d'entamer un procès pour obtenir la garde complète de mon fils. Tu n'es pas digne d'être sa mère.

— Tu vas essayer de me l'enlever ?

Mason approcha au point de sentir le parfum de vanille et de cannelle qui émanait de sa peau.

— Ne te méprends pas, Helena, je ne vais pas essayer. Je vais y arriver, et je suis sûr qu'Evan fera un témoin des plus convaincants.

— *Je n'ai pas couché avec Evan !*

— D'accord. Ayant fait l'expérience de ton appétit sexuel, je t'accorde que « coucher » n'est pas le terme le mieux approprié. Oh, et tant que nous y sommes, l'audit est presque achevé. Tu nous dois quelques explications. Habille-toi.

Helena n'avait entendu, et compris, qu'une seule chose : Mason avait l'intention de lui arracher Brody. L'aurait-il poignardée en plein cœur, elle n'aurait pas davantage souffert. Incapable du moindre geste, elle sentit cette réalité faire lentement son chemin jusqu'à sa conscience : Mason *allait* lui arracher Brody, et il utiliserait tous les prétextes à sa portée pour y arriver.

Evan avait surgi chez elle la veille au soir. Ivre mort, il s'était vanté de sa nouvelle acquisition — une voiture de sport flambant neuve —, sans se priver au passage de lui faire des avances répugnantes. Dégoûtée par son comportement, elle avait d'abord voulu le mettre à la porte, mais elle avait vite compris que, dans son état, il risquait de provoquer un accident. S'il pouvait faire ce qu'il voulait de son existence — et même se tuer au volant de son bolide —, elle n'avait pas le droit d'exposer les autres à son inconscience. Elle avait décidé d'appeler un taxi lorsqu'il avait grimpé l'escalier d'un pas titubant pour s'écrouler dans la première chambre venue. Cette chambre malheureusement était la sienne. Elle l'avait donc laissé où il était pour s'enfermer dans la chambre la plus éloignée, la dernière au bout du couloir. Celle qu'elle avait partagée avec Mason.

Angoissée à l'idée de voir Evan forcer sa porte, tourmentée par les souvenirs de la dernière nuit passée dans ce lit, elle avait très mal dormi, et ne s'était réveillée qu'en entendant Evan faire du bruit. Peu pressée de le voir, elle avait préféré prendre une douche.

— Dépêche-toi, nous n'avons pas toute la journée.

Elle sursauta. Mason la prit par le bras et lui fit remonter les quelques marches qu'elle avait descendues pour venir à sa rencontre. Devant le seuil de sa chambre, il hésita. Elle comprit immédiatement pourquoi : les vêtements d'Evan étaient dispersés n'importe où sur le sol, les draps et les couvertures étaient complètement défaits, et un oreiller gisait sous le sommier. Elle le sentit se raidir.

— Je t'attends en bas, déclara-t-il d'une voix glaciale.

Il s'éloigna, la laissant écrasée par le sentiment d'une catastrophe inévitable et à laquelle elle était totalement étrangère.

— Je dois me sécher les cheveux, répondit-elle.

— Ne te fatigue pas pour moi. Tes charmes me sont complètement indifférents.

Sur ce, il disparut. Elle entendit ses pas décroître dans l'escalier et puis la porte d'entrée s'ouvrir et se fermer.

Elle baissa les yeux sur sa main. Ses doigts étaient encore raides de la gifle dont elle l'avait gratifié. Elle n'arrivait pas à croire qu'elle l'avait frappé. A la façon dont les événements s'enchaînaient, il allait profiter de son emportement pour l'accuser — en plus du reste — de violence. Elle retourna l'enveloppe qu'il lui avait laissée, la preuve qu'elle avait espérée, l'élément déterminant qui devait lui permettre d'obtenir son aide pour remettre les Transports Davies sur pied, et assurer l'avenir de son fils.

Elle avait voulu épargner à Brody le dilemme qui lui avait été imposé : être obligée, par manque d'argent, de se compromettre ou bien renoncer à ses rêves. C'était pour protéger son fils qu'elle s'était tournée vers Mason. Et maintenant qu'elle avait l'assurance qu'il allait intervenir, elle courait le risque de perdre Brody. « Méfie-toi de tes désirs, disait un vieux dicton, car ils pourraient bien se réaliser. » Elle sentit la peur, insidieuse et destructrice, s'insinuer en elle. Mais elle n'avait pas l'intention d'y céder, se reprit-elle. Personne n'avait le droit de lui enlever Brody.

Et si Mason jugeait inutile qu'elle soigne son apparence, elle n'était pas de cet avis. Elle avait besoin de l'armure qu'un tailleur bien coupé et un maquillage adroit lui apportaient, et lorsqu'elle descendit l'escalier, vêtue d'une manière sobre et élégante, les cheveux séchés et bien coiffés, elle eut presque l'impression de partir pour une journée de travail habituelle. Presque.

Mason, dans sa Porsche, martelait son volant d'une main excédée. Lorsqu'elle approcha, il se pencha pour lui ouvrir.

— J'allais monter te chercher. Habillée ou non, tu m'aurais suivi.

— Je suis heureuse de t'avoir évité cette peine, rétorqua-t-elle en prenant le temps de s'installer et de boucler sa ceinture. Alors, qu'est-ce que l'audit a donné ?

— Je ne te dirai rien sans témoin. Tu vas devoir attendre.

Devant son air perplexe, il lui décocha un regard noir.

— Tu t'inquiètes ? Tu as raison. Je t'ai dit que j'irai jusqu'au bout. Tu aurais dû réfléchir et brouiller les pistes un peu mieux.

Discuter était inutile, elle l'avait appris désormais. Elle aurait beau clamer son innocence, avancer tous les arguments qu'elle voudrait, il ne la croirait pas. Alors, elle fixa son attention sur la route.

Comment les choses en étaient-elles arrivées là ? se demandait-elle. Qu'avait-elle fait pour risquer de perdre tout ce qu'elle avait mis tant de temps, et d'efforts, à construire ? Elle ne comprenait pas, et le vide atroce qu'elle éprouvait, son impuissance semblaient vouloir l'engloutir.

Brody. Elle se sentait incapable d'affronter Mason dans une cour de justice. Il disposait des moyens financiers, de l'influence et de tous les appuis possibles pour gagner.

L'avenir des Transports Davies, comparé à la perspective de perdre Brody, n'était rien.

Le ton sec de Mason brisa ses réflexions.

— Nous y sommes.

— Parfait. Je suis aussi pressée que toi de mettre un terme à cette situation.

— A ta place, je n'en serais pas si sûr.

Ses mots résonnèrent comme un glas jusqu'à ce qu'elle franchisse la porte de l'entreprise. A la réception, Mandy l'accueillit avec un sursaut d'étonnement.

— Madame Davies, quel plaisir de vous revoir ! J'espère que vous allez mieux.

— Merci, Mandy, répondit-elle avec un regard soupçonneux à l'adresse de Mason.

Il ne s'était pas arrêté et elle s'engouffra à sa suite dans l'escalier.

— Que veut-elle dire ?

— Vu les circonstances, j'ai jugé préférable que le personnel ignore l'enquête dont tu as fait l'objet. On ne sait jamais. Je leur ai dit que tu étais malade. Une loyauté mal placée aurait pu mettre en jeu le résultat.

— Mes collaborateurs me sont fidèles parce que je suis une bonne dirigeante. C'est tout.

Mason poursuivit sans un mot. Arrivé devant son bureau, il ouvrit la porte et l'invita à entrer.

Un agréable sentiment de familiarité s'empara d'elle. Les tableaux sur le mur, la bibliothèque, tout, jusqu'aux menus objets disséminés ici et là, reflétait sa personnalité. Son diplôme, encadré en face de son bureau, lui rappelait quotidiennement le chemin parcouru, tout ce qu'elle avait accompli pour en arriver là. Elle avait tout fait pour pouvoir se dire fièrement qu'elle avait réussi. Elle y était parvenue. Et, aujourd'hui, elle était sur le point de tout perdre…

Elle posa son sac à main et s'installa derrière son bureau, dans l'intention de rappeler à Mason que, quels que soient ses soupçons, cette place était la sienne. Elle croisa les mains devant elle. Mais elle serra les doigts, car ses tremblements, malgré son assurance, menaçaient de la trahir, et si elle montrait le moindre signe de faiblesse, elle était sûre que Mason s'en saisirait pour sonner l'hallali et la jeter dehors sans autre forme de procès.

On frappa à la porte. Une grande blonde, mince et élégante, fit son apparition, un tas de dossiers sous le bras. En apercevant Mason, un sourire aussi large que le pont du port d'Auckland s'étira sur ses lèvres.

— Mason ! s'exclama-t-elle avec une chaleur qui allait bien au-delà de simples rapports professionnels.

Helena, qui était restée de marbre durant cette scène, accueillit la réaction de Mason avec une pointe d'envie.

— Ah ! Sherie, s'empressa-t-il en souriant à son tour, tout est prêt ?

— Oui. Et nous avons avancé. Je crois que vous allez être surpris par les résultats.

Elle tourna les yeux vers Helena.

— Madame Davies, salua-t-elle. Je m'appelle Sherie Watson. Mason a fait appel à notre société pour diriger l'audit des Transports Davies. Je comprends pourquoi vous étiez si inquiet, ajouta-t-elle en revenant à Mason. Je me demande maintenant si nous serons en mesure d'agir assez vite pour redresser la situation.

Un jeune homme franchit le seuil à son tour, chargé lui aussi de dossiers volumineux, et Sherie libéra l'espace nécessaire sur le bureau d'Helena pour entreposer cette nouvelle masse d'informations.

— Voici Alex, mon assistant.

Mason avança et posa la main sur le bras de Sherie. Helena, à sa grande consternation, la vit rougir.

— Avez-vous besoin d'autre chose avant que nous commencions ?

Il avait formulé sa question avec un sourire pour lequel Helena aurait marché sur des braises.

— Non, merci. Nous sommes fin prêts.

Les deux heures suivantes furent consacrées à l'explication détaillée du rapport de Sherie, par elle et son assistant, et Helena fut bien forcée d'admettre que les faits étaient accablants pour elle. Très peu de temps après son arrivée au sein des Transports Davies, des sommes d'argent avaient été ponctionnées. Toutes correspondaient à de fausses factures. D'abord minime, sans doute pour ne pas éveiller les soupçons, le montant de ces sommes n'avait cessé de croître pour atteindre, au cours des trois dernières années, les sommets qui avaient fini par mettre en péril l'existence même de l'entreprise. L'argent avait été viré sur un seul et même compte bancaire.

— Alors c'est très simple, finit-elle par avancer. Il suffit de remonter jusqu'au titulaire du compte pour avoir le coupable.

Elle était même étonnée qu'ils n'y aient pas songé. Soulagée, elle recula et se massa les épaules pour détendre le nœud qui s'était formé dans son dos à la lecture laborieuse des éléments apportés par Sherie.

— Nous, heu…

La jeune femme glissa un regard hésitant à Mason. Encouragée par son acquiescement, elle poursuivit :

— Nous pensons connaître le titulaire de ce compte bancaire.

— Alors vous connaissez le coupable, renchérit Helena, soulagée d'en finir. Qu'attendez-vous ? Pourquoi n'avez-vous pas prévenu la police ?

— Ce n'est pas aussi simple, intervint Mason.

Adossé au mur près de la porte d'entrée, les bras croisés, il l'observait attentivement. Son regard inquisiteur la mit d'abord mal à l'aise, mais l'examen des dossiers et les explications de Sherie et Alex l'avaient complètement rassurée : rien de tout cela ne la concernait.

— Je ne vois pas pourquoi, répliqua-t-elle.

— Peut-être préférez-vous qu'on vous laisse ? suggéra Alex.

— Non. Je veux des témoins impartiaux pour entendre ce que j'ai à dire.

— Impartiaux ? s'exclama Helena avec trop d'aigreur à son goût. C'est toi qui les emploies !

— Ils ne sont pas mes employés, corrigea Mason. Leur cabinet d'expertise est indépendant des Transports Black Knight.

Helena s'adossa à son siège. Qu'ils soient indépendants ou non, l'impartialité n'était certainement pas ce qui caractérisait Sherie quand il était question de Mason.

— Alors ? dit-elle en dressant le menton pour gratifier Mason d'un regard provocant. Qui est le voleur ? Qui est le titulaire du compte ?

Mason se redressa et sortit une feuille de la poche intérieure de sa veste. Il la déplia lentement avant de la poser sur le bureau, devant elle.

— Te rappelles-tu cela ?

Elle prit la feuille et l'examina. Elle ne voyait que des colonnes de chiffres dont aucune ne l'éclairait.

— C'est une feuille. Pourquoi devrais-je m'en souvenir ?

— Peut-être parce que c'est celle que tu as cachée derrière la photo que tu tenais tellement à emporter lorsque tu as été suspendue de tes fonctions.

— Que j'ai cachée ? Ne sois pas ridicule, Mason ! Je l'ai vue pour la première fois quand tu l'as ramassée.

— Je pourrais te croire, Helena, si le compte bancaire n'était pas le tien.

9

Mason, toute son attention concentrée sur Helena, la vit pâlir. Ses yeux verts étaient écarquillés, ses pupilles dilatées à l'extrême, et une fine sueur ourlait sa lèvre supérieure. Il voyait même son pouls palpiter au creux de son cou. Elle n'aurait pu sembler plus coupable.

— Alors, avança-t-il, tu n'as rien à dire ?

— Je n'ai rien fait. Je ne sais pas où est parti cet argent, mais ce n'est certainement pas sur un compte à mon nom. Je le saurais, tout de même.

Les larmes l'étranglaient et elle porta vivement une main à sa gorge.

— Je t'en prie, Mason, tu dois me croire. Ce n'est pas moi.

— J'espérais que tu te montrerais raisonnable, Helena. Qu'une fois démasquée, tu aurais le courage d'admettre la vérité. De toute évidence, je me suis trompé.

Il prit la feuille et la replia soigneusement avant de la ranger dans sa poche, puis il se tourna vers Sherie et Alex, visiblement très gênés d'avoir assisté à cette scène.

— Je vous remercie, je crois que nous avons terminé, leur dit-il.

— Bien, lui répondit Sherie. Nous vous enverrons notre rapport final dès qu'il sera complété. Les services comptables et administratifs doivent encore nous fournir quelques éléments, mais leurs informations confirmeront les nôtres. Vous l'aurez très probablement demain dans la journée.

Elle tendit la main pour serrer celle de Mason.

Dès qu'ils furent partis, Mason s'installa dans le fauteuil face à Helena. Depuis ses protestations, elle n'avait pas prononcé un mot, ni esquissé le moindre geste.

— Je ne veux pas prévenir la police, commença-t-il. Si tu rembourses cet argent et que tu donnes ta démission, je n'irai pas plus loin.

D'un geste las, il se passa la main dans les cheveux.

— Non.

Il sursauta.

— J'ai mal entendu.

Elle n'avait tout de même pas le culot de nier l'évidence !

— Je n'ai aucune intention d'endosser la responsabilité d'un acte que je n'ai pas commis.

— Les preuves sont là.

— Oui, mais elles peuvent avoir été montées de toutes pièces. Quels ordinateurs as-tu passé en revue à part le mien ?

— Le tien, et celui de ton bureau.

— Tu ne t'es pas penché sur celui d'Evan ?

— Inutile. Ce n'est pas lui.

— Pourquoi en es-tu si sûr, Mason ? Pourquoi es-tu si disposé à croire en son innocence ?

— Parce que si Evan est cupide, il n'a ni l'intelligence ni la patience de monter un coup pareil. Si c'était lui, il se serait contenté de puiser dans la caisse et d'aller dépenser son argent. Ce qu'il a fait d'ailleurs.

Evan avait commis de nombreuses fautes, des dépassements de budgets importants, des notes de frais extravagantes en hôtels et restaurants de luxe, mais ses préjudices, opérés au vu et au su de tous, n'allaient pas plus loin. Mason pouvait tolérer ces écarts, surtout depuis qu'il avait mis Evan hors circuit. Les activités d'Helena relevaient, elles, d'un tout autre registre.

— Alors, c'est quelqu'un d'autre, s'obstina-t-elle. Quelqu'un qui a accès à mon mot de passe.

Mason s'attendait à éprouver de la colère devant ses dénégations, il était simplement soulagé que tout soit terminé.

— Je suis heureux que Patrick n'ait pas vécu assez longtemps pour découvrir ce que tu as fait, et qui tu es en réalité, déclara-t-il avec un soupir. Il en aurait eu le cœur brisé.

— Qui je suis ? Qui *je* suis ? répéta-t-elle, incrédule et

brusquement furieuse. Il savait exactement qui je suis, ce dont tu ne peux pas te vanter. Tes accusations sont complètement délirantes !

Mais elle avait beau protester, elle avait le vertige, et elle sentait ses pensées partir dans tous les sens. Si elle n'arrivait pas à les canaliser, comprit-elle, elle n'échapperait jamais au piège qui lentement se refermait sur elle. Le plus pénible était de savoir que, confrontée aux mêmes indices, elle aurait tiré les mêmes conclusions que Mason, et face au peu d'éléments en sa faveur elle se sentait perdre pied. Morceau par morceau, tout ce qu'elle avait construit depuis son mariage, tout ce qu'elle avait obtenu au prix de tant d'efforts et de travail se désagrégeait et lui glissait entre les mains. Sa sécurité, son identité, et même son propre fils. Et tout cela pour quoi ?

Ce qu'elle risquait de perdre ne se résumait pas seulement à son mariage avec Patrick, ou à sa réussite professionnelle. Toutes les valeurs auxquelles elle avait cru, la confiance, la sincérité, le travail, l'honnêteté, se brisaient sous ses yeux.

Face à elle, Mason restait silencieux. Les bras croisés, il l'observait. Elle savait qu'elle ne lui était pas indifférente, et sa défiance lui donna une petite lueur d'espoir ; ce qu'ils avaient partagé, ce qui les poussait l'un vers l'autre, n'était pas feint. Etait-il pour autant disposé à l'écouter, à lui accorder le bénéfice du doute ? La réponse était non. Il était temps de changer de tactique.

— Je vais te surprendre, Mason, reprit-elle après un silence, mais je suis d'accord avec toi en ce qui concerne Patrick.

Il décroisa les bras et enfonça les mains dans les poches de son costume gris. Son visage restait hermétique, mais ce geste lui indiquait qu'il était prêt à l'écouter. Au moins un peu.

— Vraiment ? s'exclama-t-il. Tu as raison, je suis étonné. Que se passe-t-il, Helena, tu as peur ?

— Peur ?

Elle secoua doucement la tête.

— Non, je n'ai pas peur, et arrête de m'accuser d'avoir peur. Je suis heureuse moi aussi que Patrick n'ait pas vécu assez longtemps pour voir ton comportement, car il t'aimait comme un fils, Mason. Comme son propre fils. Et tu es en train de détruire tout ce qui comptait pour lui.

— Tu deviens mélodramatique.

— Peut-être. Je crois surtout que tu as tout oublié. Tu as connu Patrick, quoi… quinze ans ? J'ai vécu avec lui, et je l'ai aimé, pendant douze années, tous les jours, vingt-quatre heures sur vingt-quatre.

— Et cela t'a pas mal rapporté, il me semble.

Son mépris aurait justifié une gifle à lui seul, mais elle ne se laisserait plus déstabiliser par ses insinuations.

— Si tu estimes que rendre à Patrick l'amour qu'il me portait en l'aimant sans condition à mon tour est une chose dont je devrais avoir honte, je te plains. Figure-toi que j'ai une autre façon de voir les choses. Et tu n'as aucun droit de salir notre mariage et le sentiment profond que nous nous portions l'un à l'autre.

Elle se leva et planta son regard droit dans le sien.

— Tu peux faire tout ce que tu veux pour découvrir ce qui cloche ici, aux Transports Davies, tu peux éplucher les comptes, interroger les gens, tu peux même répandre tes accusations mensongères à mon sujet, mais tu ne pourras jamais m'enlever ni détruire l'amour que j'ai partagé avec Patrick. Car je l'aimais.

Elle le dévisagea un instant avant de poursuivre :

— Et c'est peut-être ça, ton problème.

Sur ce, elle passa devant lui et quitta son bureau en claquant la porte.

Dans le couloir, elle se découvrit incapable de retenir les larmes qui lui brouillaient la vue. Elle était sortie la tête haute, mais cette confrontation l'avait anéantie. Elle pleurait pour Patrick et pour Brody, mais elle s'apercevait tout à coup qu'elle pleurait aussi pour elle, car elle venait de comprendre qu'elle était tombée amoureuse du seul homme au monde incapable de lui faire confiance, et incapable de l'aimer.

Elle dévala l'escalier, passa devant la réception et arriva sur le parking complètement bouleversée. Tout ce qu'elle avait mis au premier plan de sa vie, sa sécurité, son indépendance, sa carrière, tout ce qu'elle avait cru primordial n'était rien devant le fait d'aimer et d'être aimée en retour. C'était ce que Patrick lui avait offert, ce qu'ils avaient partagé, et ce dont, avec sa mort, elle était brutalement privée. Elle aurait pu faire sa vie avec Mason, peut-être — leur rencontre avait été exceptionnelle —, mais le destin en avait décidé autrement. Elle ne le regrettait pas, ou pas vraiment, mais douze années après, voir se briser de nouveau la chance qui leur était donnée lui causait une souffrance presque intolérable.

Cet amour était impossible. Mason n'en voulait pas. Elle devait donc apprendre à vivre sans. Elle l'avait fait jusque-là. Elle en était capable, se ressaisit-elle, comme elle était capable de reconstruire sa vie et celle de son fils. Et s'il le fallait, elle le ferait pierre à pierre. Car elle n'avait jamais eu peur de se battre, et elle n'avait jamais renoncé.

Rien ne valait la force d'une relation amoureuse heureuse et profonde, une relation fondée sur un partage équitable, une complicité de pensée. C'était ce qu'elle avait connu auprès de Patrick ou, du moins, ce qu'elle avait cru vivre car, avec le recul, elle se rendait compte que leur relation n'avait pas été aussi transparente qu'elle l'avait cru. Que ce qu'elle avait vécu avec Patrick était d'une certaine manière incomplet. Déséquilibré.

Or, cet équilibre, elle aurait pu le trouver avec Mason, s'il avait voulu. Mais ce n'était pas le cas. Il était tellement focalisé sur sa vengeance, son besoin de lui faire payer les torts dont il l'accusait, qu'ils n'avaient pas la moindre chance. Il la méprisait, en tant qu'individu et encore plus en tant que mère de leur enfant.

Au point où ils en étaient, elle n'espérait plus qu'une chose : conserver la garde de Brody. Mais Mason avait été parfaitement clair, il allait se jeter dans la bataille avec une armada d'avocats. Ses soupçons, ajoutés à son passé, lui fourniraient toutes les armes dont il avait besoin. Et avec les preuves dont il disposait maintenant contre elle, elle doutait d'avoir la moindre chance devant les juges.

Un nouveau sanglot l'étrangla. Elle pouvait se battre pour reconstruire sa vie si elle avait Brody, mais sans lui, s'il lui était arraché… Mason ne pouvait pas être aussi monstrueux.

Elle prit une profonde inspiration et l'air vif et piquant de l'hiver l'aida à se calmer un peu. Elle devait prendre une décision.

D'abord, se dit-elle, parler à Brody, et tenter de lui expliquer la situation, ou ce qu'il pouvait en comprendre. Avec son accord, elle pourrait vendre ses parts des Transports Davies à Mason. Ce qu'elle ne lui dirait pas en revanche, c'était qu'elle le ferait en échange de son renoncement à la garde de son fils.

Mais Mason ne voulait pas l'entreprise, se rappela-t-elle, désespérée. Son fils seul l'intéressait.

Mason se passa une main fatiguée dans les cheveux et releva les yeux. Tout cela ne servait à rien, se dit-il, et avec un soupir il repoussa les dossiers qu'il étudiait encore. La journée avait été rude. Après leur pénible entrevue, il n'avait cessé de penser à Helena. Qu'elle continue de nier ses agissements le rendait fou. Il aurait accepté la discussion si elle s'était montrée honnête, mais les preuves étaient là et elle refusait de les admettre.

Alors pourquoi était-il resté aux Transports Davies à éplucher les chiffres pendant des heures, encore et encore ? Pourquoi sinon pour dénicher la piste susceptible de lui indiquer qu'elle était peut-être sincère ? Sincère ! Il lâcha un rire sec. Pourquoi voulait-il croire qu'elle était capable de l'être ? Les arguments qu'elle avait avancés pour le convaincre de son innocence ne manquaient pas de poids, mais sa défiance était tenace, et elle lui inspirait une tout autre version des faits.

Il se leva. De quelque côté qu'il se tourne, il s'était senti frustré toute la journée, à commencer par sa rencontre avec Evan. Il était temps de rejoindre son propre bureau, au moins aurait-il le sentiment d'être efficace.

Dans l'ascenseur qui le conduisait au dernier étage de l'immeuble de TBK, il sentit enfin ses épaules se détendre. Heureusement qu'il avait une équipe sur laquelle il pouvait se reposer tandis qu'il s'occupait des Transports Davies.

La situation y était franchement préoccupante. S'il voulait maintenir l'entreprise à flot, il devait lui injecter des fonds, et il devait le faire très vite. Etait-il assez fou pour investir dans une affaire à l'avenir aussi précaire ? En bon chef d'entreprise, son premier réflexe était de limiter les pertes, de n'absorber que les secteurs d'activités rentables pour TBK et de liquider le reste. Malheureusement, il n'était pas seulement question d'une opération financière.

L'entreprise était le legs de Patrick à Brody. Patrick avait souvent souligné l'intelligence et la maturité précoce de l'enfant, il attendait avec impatience le moment de lui transmettre les rênes. Mason avait donc le choix d'honorer les volontés du défunt ou de procéder au démantèlement des Transports Davies.

Lorsque les portes de l'ascenseur s'ouvrirent, il n'avait pas avancé d'un pouce. Malgré l'heure tardive, les lumières étaient toujours allumées et lorsqu'il franchit l'enceinte de son sanctuaire personnel, il fut accueilli par le martèlement familier des doigts de son assistante sur son clavier. Margaret Daniels travaillait avec lui depuis la fondation de TBK. Elle veillait sur lui avec une loyauté sans borne et l'attention d'une mère. Il sourit. Ses enfants avaient depuis longtemps quitté la maison, et, devenue veuve, elle restait souvent tard au bureau.

— Margaret, que faites-vous encore ici ? s'enquit-il gentiment. Il est plus que temps de rentrer chez vous.

— Oh, vous savez que ça ne m'embête pas, monsieur Knight. Et puis vous avez un rendez-vous surprise dans votre bureau.

Il vit ses sourcils blancs se dresser sur un regard clair, interrogatif et amusé.

A l'idée qu'Helena ait enfin décidé de venir tout lui avouer, il sentit un sentiment curieux lui étreindre la poitrine. L'espérance qu'elle allait admettre les faits, et qu'il pourrait enfin tourner cette page pénible, l'emporta. Mais quand il ouvrit la porte, et découvrit son mystérieux visiteur, ce fut une tout autre émotion qui s'empara de lui, et son cœur s'arrêta tout simplement de battre.

Brody !

Le jeune garçon tourna sa silhouette souple et élancée dans sa direction, et Mason eut l'impression d'être projeté plus de vingt ans en arrière et de contempler son propre reflet dans un miroir. Le visage de l'enfant était pâle mais stoïque, et, au-dessus de la cravate bien nouée de son école, son menton était fièrement dressé. Sans aucune hésitation, il l'affronta du même regard sombre et profond.

— Vous êtes mon père, déclara-t-il.

Ce n'était pas une question, et ces trois mots prononcés avec une tranquille certitude arrêtèrent Mason aussi net que s'il s'était trouvé au bord d'un précipice. Dans son dos, il entendit Margaret fermer discrètement la porte. Ce geste devait lui coûter, songea-t-il, étourdi, car elle n'avait pas pu ignorer ce qui venait d'être dit. Il s'en soucierait plus tard. Pour l'heure, il avait un autre problème, une situation beaucoup délicate à gérer et qui, à son plus grand désarroi, le laissait désarçonné et sans voix.

— Je le sais depuis longtemps, poursuivit l'enfant, alors ne vous fatiguez pas à nier. Papa me l'a dit quand j'avais dix ans. Il m'a dit que j'avais la chance d'avoir deux pères, que c'était bien plus que ce qui était donné à beaucoup d'autres.

Mason le vit se redresser un peu plus, et le défier de toute sa hauteur.

— Oui, c'est vrai, fut-il enfin capable de répondre. Je suis ton père. Je ne l'ai su vraiment qu'aujourd'hui.

Il avança et tendit la main. Brody la serra, avec une fermeté surprenante, mais Mason ne put s'empêcher d'éprouver un pincement désagréable. Ce geste était absurde, il s'en voulait, il aurait dû serrer l'enfant contre lui, s'autoriser ce dont on l'avait privé pendant des années, et accueillir Brody comme son fils. Mécontent d'en être incapable, sentant qu'il venait de gâcher quelque chose, il lâcha sa main et lui désigna le canapé.

— Assieds-toi. Nous avons beaucoup de choses à nous dire, se rattrapa-t-il tant bien que mal. Pour commencer, ta mère sait-elle que tu es là ?

L'enfant eut la grâce de prendre un air contrit.

— Non, je… Je me suis échappé de l'école. J'ai senti qu'il y avait quelque chose de bizarre… Quand maman m'a téléphoné, j'ai bien compris qu'elle me cachait la vérité. Elle veut toujours me protéger. Les prélèvements sanguins n'ont rien à voir avec une fièvre, un microbe, ou je ne sais quoi, hein ? C'était pour prouver que vous êtes mon père.

— Oui, répondit Mason en s'asseyant à côté de son fils.

Nous ne voulions pas que tu l'apprennes brutalement. Mais ton père a pris les devants, on dirait.

— Il était comme ça. Il voulait toujours anticiper, être là pour nous deux.

Mason vit son regard briller.

— Il me manque, ajouta Brody en battant vigoureusement les paupières pour refouler ses larmes.

— A moi aussi, c'était un homme remarquable.

— Il vous a aidé à démarrer, n'est-ce pas ?

— Oui, c'est ce qu'il a fait. Et il m'a donné du fil à retordre jusqu'à ce que je me diversifie.

Brody opina.

— Il me l'a dit. Il disait que si quelqu'un était capable de le battre à son propre jeu, c'était vous. Est-ce que vous allez fermer les Transports Davies maintenant ?

— Pourquoi le ferais-je ? demanda Mason, désarçonné par cette question.

— C'est votre seul vrai concurrent. Papa pensait que vous l'auriez déjà fait s'il ne vous avait pas aidé à démarrer.

C'était peut-être choquant de l'entendre dans la bouche de cet enfant, mais Brody avait raison : il pensait en effet à liquider les Transports Davies, même si c'était pour une tout autre raison.

— Vous n'allez pas le faire, hein ? Quand je serai grand, c'est moi qui dirigerai. Ce sera à moi de vous donner du fil à retordre.

La perspective de former son propre fils galvanisa aussitôt Mason, mais la question de savoir si ce serait aux Transports Davies ou ailleurs lui fit l'effet d'une douche froide. Qu'aurait fait Patrick à sa place ? Se serait-il battu pour rétablir une affaire vacillante, ou aurait-il admis l'inévitable, et investi son énergie dans une autre direction ? La réponse, malheureusement, lui échappait.

Il regarda sa montre. Il était tard et il s'aperçut tout à coup que l'école devait être sens dessus dessous.

— Je dois appeler le collège, dit-il. Pour les rassurer.

Brody s'adossa au canapé.

— Pas besoin, j'ai demandé à votre secrétaire de les prévenir.

— Et ta mère ? interrogea Mason. As-tu demandé à Margaret de l'appeler, elle aussi ?

Brody se tortilla nerveusement.

— Non. Maman m'aurait crié dessus, et elle serait venue me chercher avant que je puisse vous parler. Elle veut toujours faire les choses correctement, et « dans l'ordre », comme elle dit. C'était son idée de ne pas me dire la vérité sur les tests, hein ?

— Elle craignait que cela ne te bouleverse. Elle ne voulait pas t'imposer ce choc si vite après la mort de ton père.

Ce dernier mot s'étrangla dans la gorge de Mason.

— Je ne suis pas un bébé ! Elle aurait dû me le dire !

Brody se calma aussitôt pour jeter un regard inquiet vers Mason.

— Vous êtes fâché ?

— Pour être franc, Brody, je ne sais pas.

Et c'était la vérité. Son cœur avait retrouvé un rythme normal, mais il était encore sous le choc d'avoir Brody sous les yeux, dans son bureau, à son côté.

— Maman va m'en vouloir.

Il considéra Mason du coin de l'œil.

— Je ne pense pas qu'on pourrait ne rien lui dire, hein ? avança-t-il. Non, je ne pense pas, conclut-il devant son air réprobateur. Bon, alors c'est vous, ou c'est moi qui l'appelle ?

— Je vais te raccompagner chez toi, et nous verrons sur place. Qu'en penses-tu ?

— Génial ! s'exclama l'enfant avec un sourire radieux. Elle n'osera pas se fâcher devant vous.

Mason n'en était pas aussi sûr, mais il sourit. Il se souvenait avec précision du jour où, peu de temps après que sa mère fut tombée si malade, il avait séché les cours pour se précipiter chez lui. Il se souvenait de la joie qui avait brillé dans son regard en le voyant venir vers elle pour prendre de ses nouvelles, mais il se souvenait aussi bien de la déception silencieuse qu'il avait lue dans ces mêmes yeux, lorsqu'elle avait appris qu'il s'était échappé de l'école pour le faire. Elle l'avait obligé à repartir sans discussion. Elle s'était montrée aussi ferme avec chacun de ses trois fils, mais aucun n'avait jamais douté de son amour pour eux. Même lorsqu'elle était devenue si faible qu'elle ne quittait plus son lit.

Connor avait presque tout oublié de cette époque. Declan s'était occupé de faire tourner la maison, et de veiller sur la famille, tandis que leur père avait noyé son chagrin dans le travail. Mason avait passé, lui, le plus clair de son temps au chevet de sa mère. Il était étonné de voir ces souvenirs anciens, balayés par d'autres, bien plus douloureux, resurgir maintenant.

Il se leva.

— Viens. Ta mère doit s'inquiéter, elle a assez de soucis en ce moment pour ne pas lui en rajouter d'autres.

Lorsqu'ils arrivèrent devant le porche, toutes les lumières de la maison étaient allumées. Il n'avait pas coupé le moteur qu'Helena surgissait hors de chez elle pour se précipiter vers la portière du passager. Elle l'ouvrit à la volée et extirpa Brody pour le serrer dans ses bras. Elle le serrait si fort que Mason craignit un instant qu'elle ne l'étouffe, mais elle le relâcha et l'écarta, sans lui lâcher les épaules.

— J'ai téléphoné à l'école pour te parler, ils m'ont annoncé que tu avais disparu. J'étais folle d'inquiétude, Brody ! Qu'est-ce qui t'a pris ? Tu crois pouvoir partir quand ça te chante ?

Sa terreur était évidente, et le fait que Brody soit sain et sauf n'avait que peu d'effet sur une angoisse qui était longue à s'apaiser.

— Je suis désolé, maman, bredouilla Brody.

Helena contempla son fils avec sévérité avant de tourner sa colère sur Mason.

— Et toi ! Qu'as-tu à voir là-dedans ? Tu ne pouvais pas attendre avant de commencer ta campagne pour me l'arracher ?

— Ce n'est pas sa faute, fit Brody. C'est moi qui suis allé le voir. Si tu dois te fâcher, c'est contre moi.

— Oh, ne te méprends pas, mon bonhomme. Je suis sérieusement fâchée contre toi, mais je m'occuperai de ton cas après. Va dans ta chambre.

Le ton de sa voix ne supportait aucune discussion, et Brody s'éloigna, la tête basse.

Mason se sentit déconcerté. Il découvrait un aspect totalement inconnu d'Helena : la lionne qui veillait sur ses petits avec une jalousie féroce, et il s'apercevait qu'il ne l'avait jamais considérée sous cet angle. La porte d'entrée claqua sur Brody et ce bruit eut le don de ranimer la colère de sa mère.

— Maintenant, explique-toi, exigea-t-elle.

Mason sentit frémir l'accès d'irritation familier qui le prenait lorsqu'elle le provoquait.

— M'expliquer ? Et de quoi ? Je n'ai rien à voir là-dedans.

— Ne sois pas ridicule ! Tu m'as annoncé ce matin ton intention d'obtenir la garde de Brody, et de tout faire pour y arriver. Tu lui as parlé. Pourquoi sinon se serait-il échappé de l'école ? Tu ne pouvais pas attendre ? Tu ne pouvais pas me laisser annoncer les choses à mon fils à ma façon ?

Il voulait lui rétorquer que Brody était aussi son fils, mais quelque chose dans sa violence relevait d'une détresse si profonde qu'il retint les mots qui lui venaient aux lèvres. Il n'avait pas besoin de se défendre.

— J'ai découvert Brody dans mon bureau, dit-il alors d'une voix posée. Je ne m'y attendais absolument pas.

— Et tu crois que je vais avaler ça ? Tu n'acceptes simplement pas les événements, Mason Knight, quand tu ne les refuses pas, tu les provoques !

— Je suis flatté mais, en l'occurrence, tu te trompes.

Il jeta un coup d'œil vers la maison et vit un rideau remuer au rez-de-chaussée. Brody les observait.

— Patrick nous a joué un de ses tours à tous les deux.

— Patrick ?

— Il a dit la vérité à Brody, il y a plus d'un an.

Helena pâlit.

— Il l'a dit à Brody ? Pourquoi ?

— Je ne sais pas, fit Mason avec un soupir. Je ne sais même pas comment il a pu savoir que c'était moi son père, et pas un autre des types avec lesquels tu as couché.

Elle recula, comme sous l'effet d'une gifle, et il eut honte de ses propos.

— Excuse-moi. Je n'aurais pas dû. C'était déplacé.

— Mais c'est ce que tu penses, n'est-ce pas ? Pour toi, le test ne fait que confirmer que tu es le père de Brody, pas que tu puisses être le seul. Tu es convaincu que cet enfant est né d'un coup de poker ou de roulette russe, l'enfant de n'importe qui, et pas seulement le tien, ou celui de Patrick.

Elle croisa les bras, comme pour se protéger, comme si elle redoutait de recevoir un nouveau coup.

— Je ne t'ai pas dit la vérité à propos de Brody, reprit-elle d'une voix tremblante, parce que je l'ignorais. Je ne savais pas que Patrick était stérile. Tu n'es pas le seul auquel il a menti par omission. Nous sommes deux. Et cela pourrait représenter quelque chose, Mason. Quelque chose de particulier. Nous partageons un enfant, et nous pourrions partager tant d'autres choses. Mais cela ne compte pas, hein ? Tu t'en fiches. Peu importe ce que je pourrais dire, ou faire, tu ne me croiras jamais, n'est-ce pas ?

Mason avait la gorge nouée. Il ne savait sincèrement que répondre. Les faits lui répétaient de ne pas lui faire confiance, qu'elle n'était qu'une voleuse, une profiteuse qui avait abusé de son mari et de sa situation pour assouvir les plus viles de ses ambitions, mais au fond de lui un doute lui enjoignait de l'écouter, d'oublier un peu sa méfiance pour entendre simplement la vérité. Ils partageaient un enfant, et ils pourraient partager tant d'autres choses…

Quand il ouvrit la bouche, Helena s'éloignait vers la maison. Il tendit la main, mais aucun son ne franchit ses lèvres. Qu'aurait-il pu lui dire ? Elle venait de lui donner une chance, comprit-il, et il l'avait laissée passer. Mais, surtout, il comprenait qu'avec son silence il avait perdu plus, beaucoup plus : la possibilité, peut-être, de reconnaître ses propres erreurs, et celle de redresser ses torts.

10

Mason, dans sa maison nichée sur le flanc du mont Hobson, à Remuera, la plus prestigieuse banlieue d'Auckland, arpentait son bureau. Les glaçons qu'il avait ajoutés à son verre de whisky fondaient doucement. Au-dehors, les lumières de la ville scintillaient dans la nuit, mais ce spectacle habituellement apaisant n'avait ce soir aucun effet sur ses pensées désordonnées.

A quel moment Helena était-elle parvenue à l'ébranler au point qu'il ait commencé à croire en sa sincérité ? Car il commençait à y croire et même à se l'avouer. Et cela, plus que tout, le perturbait. Où s'était-il trompé ? Il se jeta dans le fauteuil profond placé devant sa cheminée, et s'absorba dans la contemplation du feu qu'il avait allumé.

Il ne voulait pas admettre qu'elle puisse dire la vérité, mais ses paroles traversaient son esprit, puis s'effaçaient avant de renaître, aussi mobiles et imprévisibles, aussi tenaces et brûlantes que les flammes qui consumaient les bûches.

« Nous partageons un enfant, et nous pourrions partager tant d'autres choses. »

Que serait la vie avec elle ?

Il contempla son bureau, sa pièce préférée, celle où il aimait se réfugier quand il avait du vague à l'âme ou besoin de réfléchir. Sur le manteau de la cheminée, il avait posé les plus belles photos de sa famille, et sur les murs il avait accroché plusieurs œuvres de peintres néo-zélandais qu'il aimait. Le mobilier, comme tout ce dont il s'entourait, était de la meilleure qualité. Sa maison était parfaite, constata-t-il dans un soupir, mais elle manquait de la chaleur qui en aurait fait un véritable foyer. Elle n'était qu'une preuve de plus de sa réussite professionnelle.

Il avait travaillé dur, et son ascension l'avait propulsé en très peu de temps à la tête des transports routiers néo-zélandais. Il s'était ensuite attaqué au marché international et, après la Tasmanie, sa flotte de camions sillonnerait bientôt l'Australie. Il s'était hissé au sommet, et il jouissait d'une réussite que beaucoup d'hommes et de femmes n'atteignaient, quand c'était le cas, qu'après une vie entière de travail. Et tout ça pour obtenir quoi ?

Il était seul.

Il songea à ses frères. Comme lui, Declan et Connor étaient deux fous de travail, et pourtant ils avaient chacun trouvé l'âme sœur. Après de longues hésitations et beaucoup de stress, Connor avait fini par épouser sa secrétaire, et Declan s'était marié avec la fiancée de son meilleur ami, décédé dans un stupide accident de voiture. Aucun n'avait eu la partie facile, mais ils aimaient celle qu'ils s'étaient choisie et ils l'aimaient suffisamment pour vaincre les embûches semées sur leur chemin et dépasser leurs préjugés. Et c'était là qu'était toute la différence avec lui, songea-t-il : il n'aimait pas Helena Davies.

Mais, alors même qu'il formulait cette réflexion, il sentit un poids lui comprimer le cœur. Où était le problème ? Serait-il, en dépit de tout et de lui-même, amoureux d'elle ? Il repoussa cette idée absurde. Il ne risquait pas de s'enfoncer dans cette voie. Son père aimait Mélanie, c'était en tout cas ce qu'il avait prétendu lorsqu'il avait violemment reproché à Mason d'avoir brisé leur relation. Et il savait où cela les avait tous menés.

Un doute pourtant s'était insinué en lui : s'il n'éprouvait aucun sentiment pour Helena, pourquoi avait-il accepté de lui venir en aide ? Il n'avait pas cru ses allégations au sujet de Brody, et les Transports Davies, professionnellement, ne l'intéressaient pas. En temps normal, au lieu d'entrer dans le capital de la société, il aurait agi comme face à n'importe laquelle des entreprises qu'il avait absorbées au cours des années : il aurait attendu son heure pour faire une offre sans état d'âme. Alors pourquoi avait-il dépensé une fortune pour racheter les parts d'Evan, et pourquoi se donnait-il tant de peine pour redresser l'entreprise de Patrick ?

Ce n'était plus par loyauté. Quand il avait appris que son mentor lui avait caché ses liens avec Brody, il s'était senti libéré de toute obligation. Helena prétendait qu'il n'aurait pas réussi aussi bien, ou aussi vite, sans l'intervention de Patrick. C'était vrai. Mais Patrick lui avait volé onze années de la vie de son propre fils. Quand avait-il envisagé de lui dévoiler ce secret ? Avait-il seulement envisagé de le faire un jour ?

Face à cette trahison, à toutes ces années volées, son amertume était profonde et âcre, et il n'aimait pas ce sentiment. L'amertume était un poison qui conduisait à l'échec et détruisait celui qui avait le malheur de s'en nourrir. Il en avait fait l'expérience douloureuse avec son père.

Il posa les yeux sur le visage anguleux de Tony Knight, dont le portrait trônait avec les autres sur sa cheminée, et il s'imagina lui-même dans vingt ou trente ans. Celui qu'il devina — un homme âgé, toujours avide de puissance et de réussite, un homme dont tous les actes n'étaient guidés que par le chagrin d'avoir perdu la seule femme qu'il ait aimée — ne lui plut pas.

La seule femme qu'il ait aimée ? Il sursauta. Aimait-il donc Helena Davies ? Il avait d'abord tenté de se convaincre qu'elle n'éveillait en lui qu'un violent mais banal besoin physique, mais faire l'amour avec elle n'avait rien fait pour apaiser son désir. Bien au contraire. Il n'avait cessé de croître jusqu'à le convaincre que personne ne pourrait jamais le satisfaire. Personne d'autre qu'elle.

Il lâcha un juron. Elle le rendait fou, voilà la vérité.

La dernière fois qu'il s'était mis dans cet état, il n'était qu'un jeune adolescent. Il n'avait pas été capable de résister aux avances de la maîtresse de son père, et sa faiblesse avait provoqué le fossé qui demeurait entre eux. Il n'était pas près de renouveler l'expérience. Mais il n'avait plus seize ans.

Ses pensées revinrent à Brody. Etait-ce pour lui qu'il maintenait les Transports Davies à flot ? Non. Son fils pourrait apprendre toutes les ficelles du métier à TBK, en commençant au bas de l'échelle s'il le voulait, ou bien au poste pour lequel il serait qualifié à la fin de ses études, s'il préférait. Quoi qu'il choisisse, Mason était en mesure de lui apporter tout ce dont il aurait besoin.

Tout, sauf sa mère.

Car il avait la ferme intention de le soustraire à son influence néfaste. Quand il aurait gagné la garde de son fils et obtenu l'autorité parentale — et il ne doutait pas une seconde qu'il les obtiendrait —, comment Brody réagirait-il ? Comme tous les enfants, sa capacité d'adaptation était presque naturelle. Mais, sur le long terme, ces trois changements dramatiques et intervenus coup sur coup dans sa vie — la mort de son père, l'arrivée d'un nouveau père et la séparation avec sa mère — pouvaient avoir des répercussions profondes. Tenait-il vraiment à ce que son fils traverse les épreuves qu'il avait dû lui-même affronter ?

Il laissa échapper un soupir. C'était fou de voir à quel point les similitudes qu'il découvrait entre eux dépassaient de loin la simple ressemblance physique. Mason venait d'avoir onze ans, presque l'âge de Brody, quand sa mère était morte, vaincue par la maladie. Il ne ferait jamais subir à son fils ce que son père lui avait imposé. Pour rien au monde. Tant d'années après, la blessure restait trop profonde. Et il ne le trahirait jamais comme Patrick l'avait trahi.

Il savait aussi que le sentiment de solitude qui suivrait la séparation s'effacerait avec le temps, et s'effacerait d'autant mieux qu'il serait là pour l'aider à le surmonter. Une fois qu'il aurait gagné la procédure contre Helena, il inscrirait Brody dans une école d'Auckland. Alors il commencerait à rattraper le temps perdu.

Mais soudain, le visage d'Helena, sa réaction quand elle avait retrouvé Brody après avoir tant craint de le perdre, lui revinrent à la mémoire, et il sentit, une nouvelle fois, ses résolutions vaciller. Il leva les yeux sur les photos qui ornaient le dessus de sa cheminée et contempla en particulier la plus récente, celle qui réunissait son père et ses frères. Que feraient-ils à sa place ? Ils n'iraient pas par quatre chemins, se dit-il. Les liens du sang étaient les plus forts. Enfin, dans la plupart des cas.

Car ça ne s'était pas passé comme ça lorsque Mélanie avait crié au loup, et prétendu que Mason était le seul responsable. A la maison, l'ambiance était devenue irrespirable, et elle s'était encore aggravée après le départ de Mélanie. Un départ qui n'avait rien à voir avec lui — elle avait trouvé un autre pigeon avec lequel convoler —, mais, avant même qu'elle s'en aille, Mason n'avait pas tardé à ne plus supporter l'éloignement, ou le sentiment de culpabilité, qui le séparait de son père. Deux jours après la fin de son année scolaire, il s'était précipité au bureau du recrutement de l'armée et il avait signé son engagement sans la moindre hésitation.

Leurs adieux, lorsqu'il était venu lui annoncer son départ, avaient été froids et guindés. Trop de malentendus, de silence et d'incompréhension les divisaient. Et tout ce gâchis, à cause d'une femme comme Helena. Il n'avait pas de mots assez durs pour la décrire.

Il prit son verre et but une gorgée de son whisky. Le mélange tiède, noyé de glace fondue, lui arracha une grimace.

Nous pourrions partager tant d'autres choses.

Même si sa tendance au cynisme voulait le convaincre qu'elle mettait l'argent au premier rang de ces « tant d'autres choses », il n'était pourtant pas dupe : sous sa méfiance et son aversion, un doute persistait et il était tenace. Une fois de plus, il se souvint de son expression — de l'horreur qui s'était dessinée sur son visage — quand il l'avait confrontée aux preuves annoncées par Sherie. Soit elle était une actrice hors pair, soit elle disait la vérité, et ce compte bancaire à son nom lui était totalement étranger. Ce regard l'avait déstabilisé et son souvenir le mettait mal à l'aise, surtout depuis qu'il avait vu sa réaction devant Brody et qu'il était si tenté de voir en elle une personne responsable. Il devait se décider…

Il n'était pas le genre d'homme à douter de ses jugements, mais il n'était pas davantage enclin à s'acharner contre Helena, à chercher des preuves de sa culpabilité à tout prix.

Et lorsqu'il l'avait découverte sur le pas de sa porte dans le Coromandel, se rappela-t-il, ne l'avait-il pas mal jugée, se fiant uniquement aux sentiments qu'elle lui avait inspirés, douze ans plus tôt, lorsqu'elle était apparue devant lui le jour de son mariage avec Patrick ? Or, songea-t-il en soupirant, il devait bien reconnaître qu'aveuglé par la rancœur et l'hostilité il ne lui avait laissé aucune chance.

Il posa son verre et prit une longue inspiration. Les vols. Elle était venue le voir pour lui demander son aide face aux problèmes financiers que rencontraient les Transports Davies. Si elle était innocente, c'était qu'ils étaient passés à côté de quelque chose, songea-t-il en se remémorant le déroulement des événements. Quand il avait découvert cette feuille derrière la photo de Patrick qu'elle tenait tant à emporter, il en avait déduit que c'était elle qui l'avait cachée, mais, à la réflexion, il était parfaitement possible qu'elle ait tout ignoré de ce détail. Il s'était jusque-là refusé à l'admettre, mais, comme une petite flamme obstinée, cette possibilité n'avait cessé de luire et maintenant elle ne demandait qu'à briller.

Et si ce n'était pas Helena qui l'avait glissée là, c'était Patrick. Or Patrick n'aurait jamais caché cette preuve dans un endroit pareil sans raison. Il avait peut-être découvert les vols. Alors soit il avait compris qu'Helena était coupable et il avait choisi de ne rien faire, soit il avait démasqué quelqu'un d'autre et il attendait son heure.

Il se leva avec un soupir, et s'en alla vider son verre dans l'évier de la cuisine. Après l'avoir rincé, il jeta un regard autour de lui. Chez la plupart des gens, cette pièce était le cœur de la maison. La sienne, luxueuse et fonctionnelle, était parfaite : elle donnait l'impression que personne n'habitait là ! Compte tenu des heures qu'il passait au travail, ce n'était pas loin de la réalité. Sa cuisine en tout cas n'avait rien à voir avec l'espace chaleureux et accueillant qu'Helena avait aménagé chez elle. Ses pots d'herbes aromatiques et le léger désordre qui y régnait montraient l'usage qu'elle en avait et le plaisir qu'elle prenait à s'y trouver.

Non, se dit-il, gagné par un sentiment pénible de découragement et d'envie, sa maison n'en était pas une. Elle n'était que le reflet des choix auxquels il s'était lui-même réduit : accumuler les succès et la richesse dans le but de prouver qu'il était le meilleur. Et ce constat cachait une autre vérité : il avait laissé le mariage de Patrick le pousser vers la solitude, et il en avait assez. Il était temps de remettre les choses à leur place et de reconnaître qu'il s'était trompé dans ses priorités. Peut-être qu'ainsi les sentiments qu'il éprouvait pour Helena s'éclaireraient d'eux-mêmes.

Pour commencer, elle avait eu parfaitement raison de lui dire que l'amour qu'elle avait partagé avec Patrick était « son problème ». Il n'avait pas supporté de la découvrir dans sa robe de mariée. Dévoré par la jalousie, les regrets de ce qui aurait pu être, mais aussi par l'humiliation, il avait refusé de la considérer telle qu'elle était vraiment. Pire, il avait laissé son expérience douloureuse avec Mélanie l'influencer au point de perdre toute objectivité. Amplifiant les défauts qu'il voulait voir en Helena, il l'avait accusée de tous les torts, et il s'était conduit avec elle comme un goujat. Et ce n'était pas tout, il s'était servi de cette expérience pour ne pas nouer de relation durable avec une autre ! Mais il n'avait jamais désiré de femme autant qu'il la désirait, elle.

A cette idée, il sentit un élancement lui transpercer le cœur.

Et tout à coup, la vérité s'abattit sur lui de toute sa force : *il l'aimait*. Il l'aimait, elle, et personne d'autre. Aucune femme ne lui avait jamais inspiré ce sentiment si profond et si puissant, et maintenant qu'elle était libre — à supposer que le comportement odieux qu'il avait eu avec elle ne l'ait pas définitivement éloignée de lui — il pouvait tenter sa chance.

Et alors que son cœur s'emballait, il sentit tous les éléments du puzzle de ses sentiments se mettre en place : il voulait Brody, comprenait-il abasourdi, mais il voulait Helena aussi. Il les voulait tous les deux et il les voulait pour toujours ! Et il l'avait traitée de façon monstrueuse.

S'il ne voulait pas finir seul, aigri et malheureux, il était temps de réparer les dégâts, donc de prouver qu'elle disait la vérité, et donc de reprendre l'enquête aux Transports Davies à son début.

L'audit des comptes, l'expertise informatique avaient été menés de façon rigoureuse, mais ils s'étaient arrêtés au titulaire du compte bancaire. Il était temps de creuser un peu. Et s'il pouvait découvrir ce qu'il était advenu de l'argent une fois passé sur le compte établi au nom d'Helena, il ferait un pas de géant pour conquérir enfin la femme qu'il aimait. Cette perspective le fit frémir, mais il sentait aussi confusément que cette chance serait sa dernière. Il avait donc tout intérêt à se montrer prudent.

La sonnerie de l'entrée brisa ses réflexions.

Etonné, il jeta un coup d'œil à sa montre. 22 heures. Qui diable pouvait lui rendre visite à une heure si tardive ?

— J'arrive, s'exclama-t-il comme la sonnette retentissait une nouvelle fois.

Il ouvrit.

— Salut, frangin !

Declan Knight se tourna vers leur frère, Connor.

— Tu vois, je t'avais bien dit qu'il serait là, et qu'il serait seul !

Connor, en retrait sur le seuil, dévisagea Mason avant d'opiner.

— Hé, qu'est-ce que vous en savez ? demanda Mason en réprimant un sourire.

— Tu parles ! rétorqua Declan. Alors comme ça, il paraît que tu nous caches des choses. Connor m'a dit que les félicitations étaient de mise… *papa*.

Au même moment, il sortit la bouteille de scotch qu'il cachait dans son dos et la brandit devant Mason en passant devant lui.

— Alors quoi, Connor, tu viens ?

Connor suivit Declan, laissant Mason contempler le seuil vide de sa maison avec stupéfaction.

— Super, entrez, les gars, et soyez les bienvenus, murmura-t-il.

Mais il ferma la porte avec un sentiment de justesse qu'il n'avait pas éprouvé depuis longtemps.

Ses frères allaient l'aider à mettre ses résolutions en pratique et à mener l'enquête. A eux trois, ils allaient trouver la solution.

Alors il pourrait aller chercher la femme qu'il aimait, comme il aurait dû le faire douze ans plus tôt.

Helena avait raccompagné l'agent immobilier jusqu'à la rue. Elle la salua une dernière fois avant de remonter chez elle. Lorsqu'elle l'avait contactée, deux jours plus tôt, la jeune femme l'avait impressionnée par son enthousiasme et son professionnalisme. Et en plantant son panneau « A VENDRE » sur la pelouse tout à l'heure, elle lui avait assuré qu'elle avait plusieurs acheteurs potentiels et qu'avec un peu de chance elle n'aurait même pas à subir plus d'une journée de visites. Helena lui avait serré la main, soulagée : plus vite elle en aurait terminé, mieux ce serait. Elle voulait se débarrasser de toutes ces formalités, et ne plus être obligée de regarder en arrière.

Elle remonta vers sa maison, perdue dans ses pensées. Deux jours auparavant, elle s'était aperçue qu'en vendant la maison, comme elle en avait le droit, elle pouvait combler une grande partie des fonds détournés aux Transports Davies. Elle n'en était pas responsable, mais elle avait décidé de le faire, et elle n'avait pas perdu de temps.

Elle ne comprenait toujours pas comment autant d'argent avait pu être versé sur un compte à son nom puis disparaître sans que personne ne puisse savoir où. Mason n'en avait pas la moindre idée et, de toute évidence, il s'en moquait. La preuve qu'il avait obtenue lui suffisait et il n'avait aucune envie de chercher plus loin. Elle ne saurait peut-être jamais ce qu'était devenu cet argent, mais si Mason refusait de sauver les Transports Davies pour Brody, elle le ferait elle-même. L'entreprise lui appartenait encore, même à moitié, et peut-être que ce geste finirait par le convaincre qu'elle n'était pas la créature cupide, vile et intéressée qu'il imaginait.

En franchissant le seuil de sa maison, elle croisa son regard dans le miroir de l'entrée, et son reflet lui arracha un pauvre sourire. Contrairement à ce qu'il pensait, elle faisait une piètre séductrice. Elle était pâle, ses cheveux étaient ternes, et ses yeux rouges, gonflés par le manque de sommeil. Depuis cette nuit de la semaine dernière, passée à veiller sur le sommeil de Brody, c'était à peine si elle avait fermé l'œil.

A la pensée de son fils, son cœur se serra. Il serait mort de honte s'il avait su qu'elle était restée dans sa chambre à le regarder dormir. Mais elle avait voulu profiter de ces moments d'intimité paisibles, peut-être les derniers avant longtemps, car elle avait pris une autre décision : celle de ne pas contester la demande de garde de Mason devant les juges, et quand Brody l'apprendrait, son chagrin et sa colère risquaient bien d'effacer tout autre sentiment.

Elle l'aimait pourtant plus que tout au monde, et lorsqu'elle l'avait accompagné sur le quai de la gare, le lendemain de sa fugue, pour le renvoyer à l'internat, elle avait dû lutter pour ne pas pleurer en l'embrassant et le serrer trop fort contre son cœur. Il se serait inquiété.

Quoi qu'elle lui en coûte, elle était sûre d'avoir pris la bonne décision. Elle ne voulait pas que son fils soit traîné dans la boue de son passé, ni qu'il puisse avoir le moindre doute quant aux raisons pour lesquelles elle avait épousé Patrick. Elle devait le protéger de la calomnie et du soupçon, et, pour cela, elle devait se mettre en retrait. Elle était sûre d'avoir un droit de visite. Aucune cour de justice ne pouvait lui interdire de voir son fils. Dans quelques années, lorsqu'il serait assez mûr pour se faire sa propre opinion, quand il serait en mesure de comprendre les sacrifices qu'elle avait faits par amour pour lui, elle était sûre qu'il lui reviendrait. Mais si elle l'obligeait à faire un choix aujourd'hui, si elle le jetait au beau milieu d'une cour de justice et des déchirements qui allaient avec, elle causerait des dégâts irréparables.

Elle contempla son jardin, le cœur lourd. Au printemps prochain, une autre qu'elle verrait surgir les boutons de rose, les tulipes qu'elle avait plantées et dont les couleurs vives égaieraient le bord des allées.

Les bulbes enfouis sous la terre lui rappelèrent son amour pour Mason. Tant de choses sommeillaient à l'abri des regards, tant de choses qui ne demandaient qu'un peu de chaleur pour pousser vers la lumière nécessaire à leur épanouissement. Mais Mason restait inflexible et froid, muré dans son ressentiment. Leur histoire n'avait aucune chance, elle le savait. Et même si elle réglait la situation des Transports Davies, ce qu'il pensait d'elle continuerait de peser lourdement sur son cœur.

Elle jeta un regard circulaire sur la cuisine et la maison qu'elle allait bientôt quitter. Elle se sentait si loin de la jeune mariée qui en avait décidé les plans et choisi les meubles. Elle avait réussi, se répéta-t-elle, elle avait tout et, pourtant, elle n'avait rien. Rien que le désir de protéger son fils, quel qu'en soit le prix.

Ça valait le coup, se rassura-t-elle en ravalant courageusement ses larmes. Il fallait que ça le vaille.

11

Elle venait de se décider à se préparer un café quand elle entendit une voiture remonter l'allée en trombe et freiner brutalement devant chez elle. Une portière claqua et des pas se précipitèrent vers l'entrée. Elle se figea, priant pour qu'il ne s'agisse pas d'Evan.

— Helena ?

Mason ? Prise de panique, elle jeta un coup d'œil inquiet par la fenêtre de la cuisine. Devant la silhouette athlétique qu'elle devinait derrière le montant du porche, elle regretta qu'il ne s'agisse pas d'Evan, finalement. Elle aurait pu se débarrasser de lui sans trop de difficultés, mais Mason…

— Helena ! cria-t-il en tambourinant à la porte, la faisant de nouveau sursauter. Je sais que tu es là. Ouvre !

Elle hésita avant de reprendre un peu d'assurance. Elle pouvait l'accueillir, au moins pour lui dire adieu, et cette fois pour de bon. Elle se dirigea lentement vers la porte, et l'entrebâilla pour ne laisser passer que son visage.

— Qu'est-ce que ça signifie ? s'exclama-t-il en poussant la porte sans même la saluer.

D'une main rageuse, il brandissait la pancarte que l'agent immobilier venait tout juste de planter devant chez elle.

Elle croisa les bras et se tint fermement devant l'entrée, pour lui bloquer le passage.

— Je ne me souviens pas de t'avoir invité, dit-elle, et je n'ai pas à me justifier.

Mason fronça les sourcils et jeta le panneau dans les buissons.

— Qu'est-ce que tu fabriques ? Pourquoi vends-tu la maison ?

Elle soupira. De toute évidence, il ne partirait pas avant qu'elle ait répondu. Autant lui dire la vérité.

— Puisque tu tiens tellement à le savoir, commença-t-elle sur la défensive, cette maison est bien trop grande pour moi, et puis de toute manière je n'en aurai plus besoin avant longtemps.

— Trop grande ? ça ne te ressemble pas.

Devant son air perplexe, elle haussa les épaules.

— Tu ne me connais pas.

Et il ne la connaîtrait jamais, se dit-elle.

Sentant aussitôt les larmes lui monter aux yeux, elle se raidit. Ce n'était pas le moment de flancher. Au même instant, son avocat était probablement en train d'appeler le sien pour lui annoncer qu'elle renonçait à s'opposer à ce que Mason obtienne la garde de Brody. Cette décision et les conséquences qu'elle supposait la déchiraient, mais il était hors de question qu'elle lui montre à quel point elle en souffrait. Elle voulut refermer la porte, mais Mason fut plus rapide.

D'un pas, sa silhouette imposante s'encadra sur le seuil.

— Tu as raison, dit-il, je ne te connais pas. Mais si je voulais te connaître un peu plus ?

La connaître un peu plus et la faire souffrir davantage ? Certainement pas, elle avait assez subi ses sarcasmes et sa rancœur.

— Il est trop tard, Mason. Ecoute-moi bien, et comme ça, tu sauras tout : je vends la maison pour redresser les Transports Davies. Voilà. Tu es content ? Maintenant, laisse-moi.

Elle voulut de nouveau fermer la porte, mais Mason ne fit pas un geste.

— Je suis loin d'être content, Helena.

Sa voix grave, caressante comme du velours, aussi brûlante que le souvenir de ses baisers, la fit flancher. Quant à son regard, il l'enveloppait tout entière. Elle se sentit perdre pied.

— Et toi ? lui demanda-t-il.

— Ne joue pas avec moi, Mason. Je ne suis pas d'humeur.

— Très bien, mais je voudrais que tu fasses une chose pour moi, juste une chose.

— Et après, tu t'en iras ?

— Après, si c'est vraiment ce que tu veux, alors oui, je m'en irai.

Il manigançait quelque chose, elle en aurait juré, mais quoi ? Elle était incapable de le deviner, et elle n'arrivait pas à définir la curieuse lueur qui dansait dans ses yeux sombres. Il devait être content de la voir vendre sa maison et combler le déficit des Transports Davies. Sa reddition, certainement, le réjouissait. Mais quelque chose clochait.

— Alors ? demanda-t-elle avec méfiance, qu'est-ce que tu veux ?

« Ton pardon serait un bon début », songea-t-il à répondre. Mais il laissa ses mots flotter dans son esprit. Il avait échafaudé un plan avec ses frères et il comptait le suivre pas à pas. Sans aucun raccourci. S'il s'en sortait, tout pouvait s'arranger. Dans le cas contraire… Eh bien, dans le cas contraire, il préférait ne pas y songer. De toute façon, l'échec n'était pas une option envisageable. Pas maintenant, pas face à elle.

— Il faut que tu m'accompagnes, dit-il en tendant la main pour prendre la sienne et l'attirer doucement vers lui.

— T'accompagner ? Où ?

Elle résistait.

— Tu le verras en arrivant, viens… S'il te plaît.

— Ce n'est pas parce que j'ai décidé de rembourser l'argent volé que je reconnais quoi que ce soit. Ne t'avise pas de m'amener au commissariat, Mason, ou bien sinon, je t'assure que…

— Ne t'inquiète pas, ce n'est pas à la police que je veux t'emmener.

Elle scruta longuement son visage avant de répondre :

— Très bien. Ai-je besoin d'emporter quelque chose ?

— Non, ce ne sera pas long.

A son plus grand soulagement, il la vit simplement fermer sa porte à double tour et glisser son trousseau dans la poche de son jean. Son pull noir rehaussait la pâleur de son visage, et sa fatigue. Un sentiment de culpabilité l'envahit. Cette fatigue, sa défiance, jusqu'à la vente de sa maison, tout était à cause de lui. Tant de choses dépendaient de l'heure qui allait suivre qu'il s'accrochait comme un fou à l'espoir d'avoir vu juste en pensant qu'il n'était pas trop tard.

Sans lui lâcher la main, il la conduisit vers son 4x4 et l'aida à s'y installer avant de se glisser derrière le volant. Au premier carrefour, lorsqu'elle s'aperçut de la direction qu'il prenait — le siège des Transports Davies —, il la sentit se raidir.

— Pourquoi me conduis-tu là-bas ?

— Je veux te montrer quelque chose.

Il serra les dents. Ce qui l'attendait n'allait pas lui plaire, mais il ne voulait pas lui donner d'explication avant, car les faits parleraient d'eux-mêmes et bien mieux que tout ce qu'il pourrait lui dire. Venir à bout de l'affaire lui avait demandé près d'une semaine d'efforts et de travail, et l'aide de ses deux frères. Désormais, il savait tout, et, comme pour toutes les choses importantes, il s'apercevait que l'essentiel tenait aux détails les plus infimes. Des détails qu'il avait négligés, mais il avait maintenant la preuve qu'il cherchait depuis longtemps. Et c'était la seule chose qui comptait, car, à partir de là, tous les espoirs étaient permis.

Ils arrivèrent sur le parking de l'entreprise sans avoir prononcé un mot de plus. Plus d'une fois, l'inquiétude d'Helena, son silence et sa tension avaient failli le pousser à lui parler, mais il s'était retenu. S'il n'avait pas été certain du soulagement qu'elle allait éprouver, il l'aurait rassurée, mais il ne s'agissait pas seulement des Transports Davies, et pour le reste — un reste qui déciderait de sa vie entière — il ne voulait surtout pas l'influencer.

Dès qu'il coupa le moteur, elle détacha sa ceinture et sauta à terre. Il la vit alors se composer un visage à la hauteur d'une situation dont elle ne savait rien, mais dont elle craignait probablement le pire. Quoi qu'elle envisage, elle avait à l'évidence l'intention de l'affronter courageusement. Un sentiment de fierté l'envahit. Elle était si forte, se dit-il. Beaucoup plus qu'il ne l'avait jamais compris, ou qu'il avait jamais voulu l'admettre.

— Ils nous attendent en haut, dit-il.

— Alors finissons-en, répondit-elle en avançant vers la porte.

Dans le hall, elle se figea et le foudroya du regard.

— Qui est-ce ? demanda-t-elle en désignant l'inconnu qui se tenait à la place habituelle de Mandy. Ne me dis pas que tu as commencé à virer mon équipe !

— Viens. Tu sauras tout dans deux minutes.

Ils grimpèrent l'escalier à vive allure. Devant la porte du bureau de Patrick, Mason hésita un instant puis il se retourna et la prit fermement par les coudes.

— Tu ne vas sans doute pas apprécier ce que tu vas entendre, la prévint-il en cherchant son regard, mais je veux que tu saches que je suis avec toi.

Puis, sans lui laisser le temps de réagir, il ouvrit la porte pour la laisser entrer.

Helena découvrit d'abord les deux agents de police en uniforme, debout de chaque côté de ce qui avait été le bureau de Patrick. En voyant la troisième personne, assise dans un coin de la pièce, elle tressaillit.

Mandy, l'assistante amicale et chaleureuse qu'elle connaissait, avait fait place à une femme hautaine et méprisante, totalement inconnue, aux traits déformés par la haine.

— Mandy ? Qu'est-ce…

Mais sa question s'étrangla dans sa gorge et, tandis qu'elle portait une main tremblante à ses lèvres, Mason vit l'incrédulité, puis la consternation se peindre sur son visage. Elle comprenait.

— Allez-y, lança-t-il à l'intention de Mandy.

La jeune femme détourna les yeux d'Helena avant de répondre.

— C'est moi.

— Pourquoi ?

Cette question, posée d'une voix basse et posée, vibrait de toute la colère à laquelle il s'attendait.

— Pourquoi nous voler, pourquoi vous ?

— Pourquoi moi ? s'exclama Mandy avec un rire plein d'arrogance. Parce que ce n'était pas juste ! Vous ne le savez peut-être pas, mais nous avons le même âge et nous venons du même milieu. Et alors que j'étais sous ses yeux, prête à faire tout ce qu'il voulait, c'est vous qu'il est allé choisir ! La question n'est pas pourquoi moi, mais pourquoi *vous* ? Pourquoi deviez-vous tout avoir, les beaux vêtements, les études, la maison ? C'est moi qu'il aurait dû épouser ! Et quand il vous a ramenée au bureau, si fier de son trophée, j'ai voulu lui donner une leçon. Alors j'ai commencé par détourner une petite somme et quand je me suis rendu compte que personne ne s'en apercevait, j'ai décidé de recommencer.

— En fait de leçon, vous vous êtes surtout mise à jouer, la coupa Mason d'une voix glaciale, et des sommes de plus en plus grosses.

— Oui, et Patrick a fini par comprendre.

— C'est pour cela qu'il a caché cette feuille derrière la photo ! s'exclama Helena. Il était en train de rassembler les preuves. Mais pourquoi ne m'a-t-il rien dit ?

— Il l'aurait fait, lui assura Mason. Seulement il n'était pas le genre d'homme à parler à tort et à travers, ou à prendre des décisions à la légère. Je suis même sûr qu'il aurait donné à Mandy une chance de se rattraper. N'est-ce pas ? ajouta-t-il en revenant sur l'assistante.

Elle opina.

— Mais lorsqu'il est mort, poursuivit-il avec dureté, au lieu de tout arrêter, vous avez continué.

— J'étais obligée, se défendit-elle. J'avais trop de dettes.

Sa voix se brisa et elle fondit en larmes.

Mason fit un geste en direction des agents de police :

— Je vous remercie d'avoir attendu, messieurs. Emmenez-la. Je crois que Mme Davies en a assez entendu.

Il attendit que les policiers soient partis pour se tourner vers Helena.

— Est-ce que ça va ? Tu te sens bien ?

— Bien ?

Elle s'effondra dans un fauteuil et se prit la tête entre les mains.

— Non, je ne vais pas bien du tout ! Je n'arrive pas à croire qu'elle ait fait ça. Elle était presque de la famille. Et je n'arrive pas à croire que Patrick ne m'ait rien dit. Est-ce qu'il pensait que je n'étais pas capable de faire face, de l'aider ou même de comprendre ? Elle saignait l'entreprise et, toi, tu penses qu'il lui aurait donné une seconde chance ?

Le téléphone les interrompit. Mason appuya sur l'Interphone.

— Oui ?

La voix du nouveau réceptionniste s'éleva dans la pièce.

— Pardonnez-moi de vous déranger, monsieur Knight, mais j'ai votre avocat en ligne.

Mason jeta un regard vers Helena. Encore sous le choc de cette révélation, elle tremblait de tous ses membres. Elle avait besoin de lui, décida-t-il, l'avocat pouvait attendre.

— Dites-lui que je le rappelle plus tard. Merci.

Il raccrocha.

Helena s'était sentie blêmir. Son avocat ? Qu'avait-elle fait ? Au souvenir des instructions qu'elle avait confirmées au sien le matin même, un autre choc — bien plus violent que les révélations de Mandy — la secoua : elle avait abandonné son fils ! Et pour quoi ? Un gémissement désespéré franchit ses lèvres.

Croyant sans doute que c'était à cause de la trahison de Mandy, Mason s'agenouilla précipitamment devant elle et lui prit ses mains glacées pour les réchauffer entre les siennes.

— Je comprends que ce soit dur, mais ne sois pas désolée pour elle. Elle n'a pas exprimé le moindre remords, et en plus elle reste persuadée que ses actes étaient entièrement justifiés. Ne t'inquiète pas, à partir de maintenant c'est la police qui s'occupe d'elle. Tu ne la reverras plus.

Son univers entier basculait et la seule chose que Mason était capable de dire était « ne t'inquiète pas » ? Elle en aurait ri, si la situation n'avait été aussi désespérée.

— Viens, je te raccompagne chez toi. Tu peux marcher ?

Elle opina et se leva, uniquement préoccupée par ce qu'elle devait faire pour rattraper son imprudence, et desserrer l'étau qui s'était brutalement fermé sur elle. La trahison de Mandy était le dernier de ses soucis. Dès qu'elle serait chez elle, elle sauterait sur le téléphone pour annuler sa décision auprès de son avocat. Son seul espoir était qu'il ne soit pas trop tard.

Dehors, l'air froid lui fouetta le visage. La voyant frissonner, Mason passa un bras autour de ses épaules et la serra contre lui.

— Ça ira, lui dit-il.

Elle n'eut pas le cœur de lui répondre. Elle ne voulait même pas savoir s'il s'était arrangé pour attendre qu'elle ait renoncé à son fils avant d'obtenir les aveux de Mandy.

Sans un mot, elle laissa Mason l'aider à s'installer dans la voiture et elle ne prit pas la peine de le remercier quand il poussa le chauffage au maximum. Il faudrait bien plus que ces attentions pour dissiper le froid qui la rongeait.

Pourtant, malgré son angoisse, elle ne tarda pas à s'engourdir et à avoir de plus en plus de mal à tenir les yeux ouverts. Sa culpabilité était écartée, les semaines précédentes avaient été si épuisantes… Alors, peu à peu, bercée par le ronronnement du moteur, la chaleur et la conduite souple de Mason, elle renonça à lutter et, sentant le poids qui l'oppressait se dissiper peu à peu, elle baissa les paupières.

Un tout petit peu de repos ne pouvait lui faire que du bien. Elle serait chez elle dans une demi-heure au plus, c'était juste le temps qu'il lui fallait pour récupérer un peu de ses forces, et affronter la bataille la plus importante de sa vie.

12

Mason, sentant qu'Helena sombrait dans le sommeil, ralentit l'allure. Elle était épuisée, c'était évident. Les ombres qui ourlaient ses yeux disaient l'ampleur de sa fatigue et ses efforts pour ne pas y céder. S'il voulait les voir disparaître, c'était maintenant à lui d'agir.

Sa respiration était régulière, et un coup d'œil lui confirma qu'elle dormait profondément. Il lui avait promis de la raccompagner chez elle, mais il savait que, dès qu'il l'aurait déposée devant sa porte, elle lui échapperait. C'en serait alors terminé. Il aurait laissé passer sa chance.

Non, décida-t-il, il n'en était pas question.

Aussi opta-t-il pour le sud au prochain échangeur, au lieu de maintenir le cap vers la banlieue où elle habitait. Elle avait besoin de dormir, se justifia-t-il, et il était prêt à affronter sa colère lorsqu'elle s'apercevrait qu'il l'avait conduite dans sa résidence secondaire, à l'endroit même où elle était venue lui demander son aide, à peine un mois plus tôt. Cette fois, il avait tous les éléments en main, il l'avait disculpée et, surtout, il s'était débarrassé des fantômes qui l'avaient hanté si longtemps.

Il tapota sa poche, pour vérifier qu'il n'avait pas oublié l'élément clé de son plan. Il l'avait. Mais s'il était rassuré sur ce point, il lui restait encore à obtenir son accord. Pourvu seulement qu'elle accepte de l'écouter.

Durant les deux heures et demie de trajet, partagé entre l'espérance de voir ses projets aboutir et l'inquiétude de ne pas y parvenir, il coula de fréquents regards dans sa direction. Seul son sommeil tranquille l'apaisait. Ce ne fut qu'au moment où il bifurqua sur le chemin rocailleux qui montait chez lui qu'elle se réveilla.

— Mason ?

Elle passa une main hésitante sur ses yeux.

— Mason ! s'exclama-t-elle en se redressant tout à fait. Où sommes-nous ? Ce n'est pas la maison ! Où m'as-tu amenée ?

— Chez moi.

Elle jeta autour d'elle un regard désorienté.

— Mais… Non ! Fais demi-tour immédiatement.

— Je vais te raccompagner, Helena, c'est promis, mais tu avais besoin de te reposer, j'ai trouvé plus simple de continuer à conduire. Et puis nous avons besoin de parler, ajouta-t-il en arrêtant le 4x4 dans le garage. Autant venir ici.

— Nous aurions pu discuter chez moi !

— Oui, admit-il avant de poursuivre avec toute la persuasion dont il était capable. Ecoute, Helena, si tu y tiens, nous rentrerons à Auckland ce soir même. Je voudrais seulement que tu m'écoutes avant. D'accord ?

Il fit le tour de la voiture et vint l'aider à descendre. Dès qu'elle eut les deux pieds à terre, elle lui lâcha prestement la main.

— Tu ne me laisses pas le choix, répliqua-t-elle sèchement.

— Je pourrais te dire que je suis désolé, Helena, mais ce n'est pas le cas. Nous devons absolument parler. Après, eh bien après… nous verrons.

— Si tu crois que je vais te laisser me prendre Brody sans me défendre, tu te trompes. C'est mon fils ! Le mien, tu entends ?

Il ne répondit pas. Leur discussion s'annonçait assez mal sans qu'il jette en plus de l'huile sur le feu. Elle le suivit dans la maison et, arrivée dans le salon, elle passa devant lui et se planta devant la baie vitrée en lui tournant résolument le dos. Elle frémissait de colère. Une colère qu'il devait dissiper au plus vite.

— Tu veux manger quelque chose ? lui proposa-t-il.

— Non, je n'ai pas faim. Dis-moi ce que tu veux et finissons-en.

Il s'approcha d'elle et quand il posa les mains sur ses épaules, elle sursauta. Il la fit doucement pivoter vers lui.

— Tu veux le savoir, commença-t-il en cherchant son

regard. Alors, écoute. D'abord, je veux que tu saches que j'ai eu tort. Tort de te traiter comme je l'ai fait, et tort de te menacer. Quand tu m'as dit que j'étais le père de Brody, je ne t'ai pas crue, je n'ai pas voulu te croire, et puis j'ai été furieux, j'avais besoin de me venger. Je n'en suis pas fier, mais j'espère sincèrement que tu sauras me pardonner tout ce que j'ai dit et fait pour te blesser.

— Te pardonner ?

Elle le contemplait avec un mélange de consternation et de regret.

— Tu as refusé de me croire, poursuivit-elle, et refusé ne serait-ce que de m'écouter. Je n'étais rien pour toi, moins que rien…

— Non. Tu as toujours été quelqu'un d'important à mes yeux, sans doute trop et depuis le début. C'est la raison pour laquelle, le jour où je t'ai vue remonter l'allée de la cathédrale, le lendemain de ce que nous avions partagé, je me suis éloigné de toi, et fermé à tout ce que tu pouvais m'inspirer. Si je ne l'avais pas fait, si j'avais continué à te voir, j'aurais tout fait pour te séparer de Patrick. Tout.

Devant cet aveu, il vit ses pupilles se dilater, envahir le vert profond de ses iris, et le contempler avec stupeur. Elle ouvrit la bouche, mais sa protestation ne vint jamais.

— C'est vrai, Helena. Tu n'as aucune idée de ce que j'ai éprouvé en découvrant que c'était toi, ce jour-là, de ce qu'il m'a fallu pour ne rien dire. J'avais déjà compris que tu étais celle que j'attendais. J'avais décidé d'entreprendre toutes les recherches possibles pour te retrouver, et tu arrives devant moi, en robe de mariée pour épouser Patrick. Plutôt que d'affronter la réalité, plutôt que d'admettre ma souffrance, j'ai préféré me dire que tu n'étais qu'une croqueuse de diamants, une de ces filles vénales qui ne reculent devant rien pour satisfaire leurs ambitions. Et puis j'ai appris que tu attendais un enfant, un enfant que je croyais celui de Patrick. J'étais anéanti.

— Mason, je… je ne sais pas quoi dire, bredouilla-t-elle.

— Je sais. Viens, asseyons-nous.

Il la conduisit vers le canapé devant la cheminée et entreprit de préparer le feu. Leur discussion ne suivait pas le déroulement qu'il avait prévu. Il avait cru que ses aveux l'auraient fait réagir. Il avait espéré… quoi ? Qu'oubliant les insultes et les humiliations, elle se serait jetée dans ses bras et lui aurait tout pardonné ? Il froissa le papier et le fourra sous les bûches, excédé par ce qu'il était bien obligé de reconnaître comme de la naïveté. Elle restait distante et froide, et il ne pouvait pas lui en vouloir. Il ajouta une bûche et craqua une allumette. Le feu partit avec une vivacité surprenante. La suite dépendait d'elle, comprit-il en s'installant à son côté.

Il nota, non sans soulagement, qu'elle ne reculait pas. Tout n'était peut-être pas perdu.

— Helena, je ne veux pas te prendre Brody, reprit-il. Je veux seulement faire partie de sa vie. Je comprendrais que tu ne veuilles pas me recevoir chez toi, ou me revoir, mais, je t'en prie, permets-moi de connaître mon fils.

— Tu vas abandonner les démarches juridiques ?

Sa question n'était qu'un murmure incrédule, mais elle était pleine d'espoir.

— Oui. Je ne veux pas et je ne peux pas vous faire ça, ni à toi ni à lui. Quand je t'ai dit que je ferais tout pour obtenir sa garde, j'ai agi poussé par la colère et le ressentiment. Je t'en voulais, à toi, à Patrick, mais surtout à moi-même. J'aurais dû intervenir le jour de votre mariage. Je n'aurais jamais dû te laisser l'épouser. Mais je n'ai rien fait, et tu m'as échappé. J'en suis le seul responsable. J'ai fini par le comprendre. Comme j'ai fini par comprendre que j'étais victime de ma lâcheté. Je ne veux pas que cela se reproduise. J'ai donc décidé de transférer mes parts dans les Transports Davies au nom de Brody et de t'en confier la gestion jusqu'à ce qu'il soit en âge de diriger l'entreprise lui-même. D'ici là, et pour résoudre les problèmes financiers — parce que Mandy ne remboursera malheureusement pas le moindre centime —, TBK peut vous consentir un prêt sans intérêt. Si tu le veux, je suis prêt à t'aider, mais si tu ne veux pas, je comprendrai.

Helena retint son souffle et attendit. Elle sentait que Mason ne disait pas tout, elle le voyait dans l'incertitude de son regard et sa tension, mais il continuait de l'observer sans rien dire. Et tout à coup, elle comprit. S'il lui avait fallu beaucoup de courage pour s'ouvrir comme il venait de le faire, il n'était pas prêt à se dévoiler davantage sans un signe de sa part. Il attendait sa réaction.

— Laissons de côté les Transports Davies, murmura-t-elle. Mais pour le reste, Mason, que suggères-tu ?

— Helena, quoi qu'il se passe à partir de maintenant, et quoi que tu décides, je veux que tu te sentes entièrement libre.

— Merci, dit-elle.

Elle se tut, avant de poursuivre en choisissant ses mots avec soin :

— J'étais prête à te laisser Brody, tu sais. L'appel que tu n'as pas pris tout à l'heure, celui de ton avocat, c'était pour t'annoncer que j'avais pris la décision de ne pas m'opposer à ta demande. Jusqu'à ce que tu viennes me chercher pour que j'entende la confession de Mandy. Pourquoi as-tu fait ça ? Pourquoi as-tu enfin creusé comme je te le demandais depuis longtemps ?

— Parce que j'ai appris à écouter mon cœur.

— Pardon ?

— Parce que j'ai appris à écouter mon cœur, répéta-t-il en lui adressant un sourire qui la désarma par sa douceur. J'ai fini par comprendre, par accepter que je t'aime, Helena. J'ai cherché le coupable pour toi. Seulement pour toi. Si je ne l'avais pas fait, je n'aurais jamais pu me présenter devant toi et te demander de partager ta vie avec moi.

Helena le dévisagea avec stupéfaction. Il l'aimait ? Il voulait partager sa vie avec elle ?

— Je veux savoir si nous avons une chance, poursuivit-il, tous les deux, et… tous les trois.

L'ardeur qui brillait dans son regard ne laissait aucun doute sur sa sincérité, et elle sentit brusquement son cœur s'ouvrir à l'espoir.

— Tu veux de moi… aussi ?

Elle n'arrivait pas à y croire.

— Oh, oui, et pour toujours, si tu peux me pardonner de m'être comporté comme un parfait imbécile.

Elle sentit les larmes lui monter aux yeux et le regarda, frappée par la beauté, la force de son visage, que son inquiétude révélait plus encore. Comprenant qu'il ne ferait rien pour la brusquer, qu'il n'attendait désormais qu'un geste de sa part, elle leva la main, et l'attira à elle.

— Bien sûr que je te pardonne, murmura-t-elle contre ses lèvres, légèrement étourdie. Comment pourrais-je ne pas le faire ? Tu veux vraiment tenter cette chance ?

Pour toute réponse, il la serra contre lui et, en même temps qu'à son baiser, elle s'abandonna au sentiment de plénitude qui l'envahissait.

Entre ses bras, après toutes les épreuves qu'ils avaient traversées, comme après une longue séparation et un voyage semé d'embûches, elle avait enfin l'impression de retourner chez elle, d'être attendue et accueillie. Elle glissa les mains dans ses cheveux et l'attira encore plus près, pour mieux sentir la force qui émanait de lui, et mieux goûter l'éclosion de son amour.

Il s'écarta et plongea son regard sombre dans le sien.

— Je t'aime, dit-elle pour répondre à la question muette que ses yeux lui posaient. Et je ne cesserai jamais de t'aimer. Il y a beaucoup de choses que je regrette d'avoir fait dans ma vie, mais je n'ai jamais regretté cette première nuit avec toi. Jamais. C'est impossible. Sans elle, nous n'aurions pas Brody. Sans elle, nous ne serions pas ici. Patrick est venu à mon secours alors que je traversais une passe difficile. Il a beaucoup compté pour moi et je l'aimais. Mais toi, toi, tu étais ma lumière. Tu m'as sauvé la vie ; je n'avais que mon corps pour te remercier et je te l'ai offert. Rien ne pouvait être plus parfait que cette nuit, que notre rencontre et ce que tu m'as offert en retour dans l'obscurité de la cabine de ton camion. Tu es toujours ma lumière, Mason, et tu ne cesseras jamais de l'être.

Elle se leva et, face à lui, debout sur l'épais tapis étendu devant la cheminée, elle contempla ses traits, la beauté virile de son visage éclairé par la lueur des flammes, et son regard. Ses yeux brûlant de désir et de joie lui inspiraient l'ivresse de se sentir plus belle, plus désirée, qu'aucune femme au monde.

Alors, sans lâcher son regard, elle ôta son pull et le laissa retomber sur le tapis. Ensuite, galvanisée par l'éclat qui brillait dans les yeux de Mason, elle dégrafa son soutien-gorge. Mais au lieu de s'en débarrasser, se réjouissant du délicieux tourment qu'elle savait lui infliger, elle fit glisser les bretelles, lentement, l'une après l'autre.

Les lèvres légèrement entrouvertes, retenant son souffle, Mason la dévorait des yeux.

Elle le sentait prêt à bondir — et elle anticipait ce moment avec un bonheur qui la faisait frémir — mais elle fit durer son plaisir et, faisant glisser la soie rose qui dissimulait ses seins, elle la remplaça par ses mains en un geste sensuel, retardant encore un peu le moment de s'offrir entièrement à son regard brûlant.

Quand elle écarta enfin les mains, elle se sentit transpercée par un élan de désir si violent qu'elle crut défaillir. Ses seins nus, son corps entier, réclamaient une caresse plus forte, celle de Mason. Elle résista pourtant à l'injonction de ses sens et, poursuivant son lent effeuillage, frémissante du désir croissant qu'elle sentait naître entre eux, elle laissa glisser ses mains jusqu'à sa taille où, consciente de l'effet dévastateur de son geste, elle défit un à un les boutons de son jean. Puis, d'un mouvement gracieux des hanches, elle l'envoya rejoindre le reste de ses habits à ses pieds.

Un soupir rauque s'échappa à cet instant de la gorge de Mason. Sans s'y arrêter, lui répondant par un sourire mutin, elle glissa les pouces sous l'élastique de sa culotte et la fit à son tour lentement glisser le long de ses cuisses. Alors seulement, quittant d'un pas fragile le tas de ses vêtements, elle avança, nue, vers les bras tendus de Mason.

Il l'allongea sur le tapis et parcourut son visage de baisers brûlants avant de glisser les lèvres au creux de son épaule.

Livrée à la douce torture de ses baisers, frémissante de délice, elle entreprit alors de défaire les boutons de sa chemise, d'en écarter les pans. Elle contempla un instant son torse musclé avant d'y poser les mains puis, incapable de se retenir, elle se pencha légèrement pour y poser les lèvres et mordiller sa peau tannée. S'arrêtant quelques secondes sur la pointe de son sein, elle éprouva un plaisir pur à le sentir frémir sous ses lèvres. Et puis, n'y tenant plus, elle se pressa contre lui.

Mason passa un bras derrière son dos, et glissa une main sûre et possessive sur ses fesses, allumant un véritable feu en elle. Elle vint un peu plus à sa rencontre, et s'abandonna au frisson de plaisir qui la parcourut en sentant son sexe bandé palpiter contre elle.

Répondant à la tentation pressante de le toucher, au besoin de l'accueillir en elle, elle déboutonna son jean, glissa la main sur son sexe et referma les doigts, savourant la douceur de sa peau, sa chaleur, sa fermeté.

— Attends ! s'exclama-t-il d'une voix étranglée en lui prenant le poignet pour l'écarter. Avant d'aller plus loin, je veux faire les choses bien.

Tout le corps tendu par une impatience qu'il était le seul à pouvoir assouvir, elle le vit plonger la main dans la poche de son pantalon. Il la ressortit, le poing serré, et puis, lentement, il écarta les doigts. A la lueur des flammes, elle découvrit un solitaire, monté sur un anneau d'or blanc. La pierre brillait de tous ses feux, et, alors qu'elle comprenait la signification de ce geste, elle sentit son cœur s'arrêter dans sa poitrine et les larmes lui monter aux yeux.

Sans un mot, il lui prit la main et lui passa la bague au doigt.

— Tu vas m'épouser, Helena.

Ce n'était pas une question, et elle sourit.

— Oui, parvint-elle à répondre, la gorge nouée par une indicible émotion.

— Maintenant, dit-il avant de déposer un baiser brûlant sur sa main, maintenant, nous pouvons continuer.

D'un geste, il se débarrassa de ses vêtements et s'allongea, nu, au-dessus d'elle. Leurs jambes se mêlèrent et leurs corps se retrouvèrent, poussés l'un vers l'autre, unis dans la même impatience. Mais ce fut avec une lenteur presque douloureuse tant son plaisir était intense qu'elle le sentit entrer en elle.

Elle se concentra sur son visage, sur l'amour qu'elle lisait dans ses yeux, et toutes les sensations qu'ils partageaient avec une si délicieuse perfection. Alors il se mit à bouger, faisant naître par son rythme un tourbillon venu du plus profond d'elle-même. Son bonheur, son plaisir dépassaient toutes ses espérances et allaient même au-delà de ce qu'elle aurait jamais imaginé. Ils se donnaient la chance de vivre leur amour, de construire une vie ensemble. Elle n'arrivait pas à y croire, mais alors qu'elle se jurait de veiller sans relâche sur ce cadeau si précieux, le plaisir l'envahit, plus fort, plus solide, plus profond à chacun de leurs mouvements, et elle s'abandonna dans un cri de jouissance absolue, encore accrue par celle, aussi profonde, de Mason.

Il la serra très fort contre lui, et dans cette étreinte, alors qu'elle revenait à la délicieuse réalité de le sentir contre elle, elle huma son parfum, un parfum qui était gravé dans sa mémoire aussi profondément que son corps et la force de son amour.

— Je t'aime, Helena, dit-il d'une voix vibrante d'émotion, tu es ma vie. Et je vais m'assurer que tu le saches pour le restant de tes jours.

Elle déposa un baiser au creux de son cou avant de prendre son visage entre ses mains pour s'emparer de ses lèvres. Ce langage seul pouvait lui faire comprendre son bonheur infini de se savoir aimée par un homme aussi admirable.

— Merci, lui dit-elle contre ses lèvres. Je t'aime et je ne cesserai jamais de t'aimer. Je le jure.

Elle était enfin à sa place, entre ses bras, tout contre lui, et elle savait que rien désormais ne pourrait les séparer. A partir de ce jour, l'avenir leur appartenait. Et elle se sentait pleine d'une espérance infinie quand elle songeait à cet avenir et à ce qu'ils en feraient.

CATHERINE MANN

L'enfant de son ennemi

Traduction française de
MARIEKE MERAND-SURTEL

HARLEQUIN

Titre original :
THE EXECUTIVE'S SURPRISE BABY

Ce roman a déjà été publié en 2014

© 2007, Harlequin Books S.A.
© 2014, 2020, HarperCollins France pour la traduction française.

Prologue

Juillet, cinq mois plus tôt.

Tendant la main à travers le comptoir de teck poli, Brooke Garrison saisit le verre de vin tendu par le barman vieillissant du *Garrison Grand*. Elle avait encore les mains tremblantes après le choc émotionnel subi ce jour-là, à la lecture du testament de son père et la révélation de sa vie secrète. A vingt-huit ans, c'était la première fois qu'elle buvait de l'alcool, mais au moins n'avait-elle aucun contrôle d'identité à redouter, étant donné que le lieu appartenait à sa famille. De toute façon, elle avait l'âge légal pour boire.

— Merci, Donald, dit-elle en lisant furtivement le nom de l'homme sur son badge.

— Je vous en prie, mademoiselle Garrison.

Il glissa d'un geste obséquieux une serviette supplémentaire vers elle et ajouta d'un ton suave :

— Et veuillez accepter toutes mes condoléances pour votre père. Il va nous manquer.

Il allait manquer à plus de gens qu'elle ne l'aurait cru, songea Brooke.

— Les mots de réconfort nous vont à tous droit au cœur. Merci encore, répliqua-t-elle.

— N'hésitez pas à me demander quoi que ce soit d'autre.

Quoi que ce soit d'autre ? Oui, elle voulait effacer toute cette horrible journée et repartir de zéro. Ou, au moins, cesser d'y penser, et encore plus d'en parler. Elle avait déjà ignoré quatre messages de son frère Parker laissés par la réceptionniste.

Le pianiste du bar passa en douceur d'un morceau à un autre, tout aussi sirupeux.

Brooke avala une gorgée de vin avec hésitation, et grimaça. Pensive, elle fit tournoyer le chardonnay, contemplant la flamme de la bougie à travers le liquide. Au fond de ce verre se trouvaient les réponses à ce qui avait éloigné sa mère d'elle. A ce qui avait poussé son père à mener une seconde vie secrète durant les années précédant sa mort.

Les paroles amères de sa mère, ce matin, après la lecture du testament de John Garrison, résonnaient en boucle dans l'esprit de Brooke : « Le sale traître. Je suis contente qu'il soit mort. »

Quelle abominable façon d'apprendre qu'ils n'étaient pas cinq rejetons Garrison, mais six ! En plus de trois frères et d'une vraie sœur jumelle, Brooke avait donc une demi-sœur illégitime qui vivait aux Bahamas, une sœur dont son père ne leur avait jamais parlé de son vivant. Au lieu de quoi, il avait choisi de les en informer par son testament, en transmettant une portion considérable de son empire à Cassie Sinclair — la fraîchement découverte sœur en question.

Non que Brooke se préoccupât de l'argent. Néanmoins, songea-t-elle amèrement en avalant une nouvelle gorgée, la trahison faisait sacrément mal.

Le son des conversations et les tintements des verres de gens plus joyeux enflaient dans le bar tandis qu'elle sirotait son vin. Mais elle ne voulait pas se mêler à ces réjouissances, et évitait même soigneusement tout contact visuel avec deux hommes qui tentaient de capter son attention.

Brooke porta de nouveau l'élégant verre de cristal à sa bouche. Elle savait que ce vin était aussi admirable et parfait que les fleurs fraîches et les nappes sur les tables environnantes. Mais ses papilles gustatives n'enregistraient rien. Le chagrin l'engourdissait trop.

Elle avait toujours blâmé sa mère des fréquents voyages professionnels de son père. Son alcoolisme avait forcément poussé son merveilleux papa à fuir. Désormais, elle ne pouvait s'empêcher de se demander si le comportement de John Garrison n'avait pas d'une certaine manière contribué à la tristesse de Bonita.

Et comment démêler tout ça alors qu'elle-même pleurait la perte d'une figure si importante dans sa vie ? Les souvenirs de sa présence éclataient dans tout l'hôtel. Elle voyait l'empreinte de son père sur chaque lustre richement orné du bar, sur chacune des imposantes colonnes de l'entrée.

Brooke fit courir son doigt sur le bord de son verre à moitié plein, une gâterie qu'elle ne s'était jamais accordée en raison de l'addiction de sa mère.

Mais ce soir n'était pas un soir normal.

Ses yeux accrochèrent les colonnes du spacieux vestibule menant au bar et elle tressaillit imperceptiblement. La soirée devenait même encore plus *anormale* qu'elle l'aurait imaginé.

Sous l'arcade venait d'entrer le dernier homme qu'elle se serait attendue à voir ici, mais qu'elle reconnut fort bien malgré l'éclairage tamisé. Leurs familles respectives étaient rivales en affaires depuis des années, une compétition qui semblait s'être encore accrue depuis que Jordan Jefferies avait repris la suite après le décès de son père.

Alors, que faisait Jordan ici ?

Brooke s'obligea à penser davantage comme ses frères et sœur, et moins selon son propre esprit conciliateur… et la réponse s'imposa : il était venu au *Garrison Grand*, l'hôtel de son frère Stephen, pour étudier la concurrence.

Brooke profita qu'il ne l'ait pas remarquée pour observer Jordan Jefferies arpenter la salle avec la grâce nonchalante d'un fauve. Non, nonchalante n'était pas le bon terme.

Elle devait raisonner comme ses frères et sa sœur, se remémora-t-elle. En fait, Jefferies ne simulait la nonchalance que pour mieux fondre sur sa proie, trop occupée à admirer sa remarquable splendeur blonde et musclée.

Splendeur que Brooke avait déjà remarquée plus d'une fois. Jordan avait beau être l'ennemi, elle n'était pas aveugle. Néanmoins, elle l'avait toujours considéré comme tabou à cause de la discorde que cela susciterait dans sa famille. Elle avait souvent entendu son frère aîné Parker enrager des jours durant à propos d'une réunion d'affaires litigieuse avec Jefferies. Or, en tant que diplomate de la famille, elle faisait toujours de son mieux pour éviter les conflits, apaiser les disputes et les sentiments blessés.

Pour le bien que ça lui avait fait ! Mais de toute façon, le clan Garrison tout entier avait été déchiré vif aujourd'hui.

La voix de sa mère siffla de nouveau dans sa tête : « Le sale traître. Je suis contente qu'il soit mort. »

Le barman se pencha vers elle, interrompant le fil de ses pensées.

— Je peux vous apporter autre chose, mademoiselle Garrison ?

Garrison. Aucun moyen d'échapper à son identité dans les parages. L'imaginer était aussi futile que croire qu'elle pouvait maintenir la paix dans sa famille.

Alors, pourquoi s'embêter à essayer ?

Un feu s'embrasa soudain dans ses veines et se mua en idée, en désir. Et, à coup sûr, en envie de rébellion ouverte après une journée d'enfer.

— Oui, Donald, vous pouvez faire quelque chose pour moi. Veuillez dire à ce monsieur — elle désigna Jordan — que ses boissons sont pour la maison.

— Pas de problème, mademoiselle Garrison.

Avec un sourire discret, le barman longea les rangées de verres suspendus pour gagner l'autre extrémité du bar. Il transmit le message et Brooke attendit, l'estomac noué.

Qu'allait penser Jordan du fait qu'elle prenne ses consommations à son compte ? Selon toute probabilité, il penserait qu'un Garrison manifestait avoir noté sa présence, rien de plus.

Se souviendrait-il seulement d'elle ? Bien sûr que oui. En homme d'affaires avisé, il connaissait forcément chaque élément de la famille.

Meilleure question : serait-il capable de la distinguer de sa sœur jumelle ?

Elle le vit se détourner du barman et braquer son regard vers elle. Leurs yeux se rencontrèrent, et malgré la faible lumière, elle put distinguer le bleu ensorcelant de ses iris. Ainsi qu'une lueur d'intérêt qui vint illuminer son lent sourire.

Jordan ramassa son cocktail sur le bar et se fraya un passage parmi les clients, avançant vers elle d'un pas décidé et ferme. Puis, posant son verre près du sien, il lança :

— Je ne m'attendais pas à si charmant accueil de la part d'un membre du clan Garrison. Vous êtes sûre de ne pas avoir ordonné au barman de verser du poison dans mon verre, Brooke ?

Tiens, il la reconnaissait ? Ou il l'avait dit au hasard ?

— Comment savez-vous que je ne suis pas Brittany ? demanda-t-elle, piquée au vif.

Sans la quitter des yeux, il leva une main vers elle, et s'arrêta presque avec timidité à un centimètre d'une boucle de cheveux qui refusait obstinément de rester en place.

— A cause de ça. Cette mèche rebelle est signée Brooke.

Mazette. Il la reconnaissait vraiment, alors que même son propre père s'était parfois trompé.

A ce moment précis, Brooke se rendit compte qu'elle possédait davantage de la fameuse détermination Garrison que quiconque ne l'aurait soupçonné. Elle leva son verre et porta un toast silencieux à Jordan.

Elle l'avait vu bien des fois. Et l'avait toujours désiré.

Ce soir, au diable sa famille. Elle l'aurait.

1

Aujourd'hui.

— Joyeux Noël. Je vais avoir un enfant. Ton enfant.

Brooke Garrison s'entraînait à trouver la bonne formulation avant que le père de son futur bébé passe la porte de son bureau.

C'est-à-dire d'un instant à l'autre.

Elle remua dans le fauteuil design d'où elle dirigeait le *Sands*, une des nombreuses branches de l'empire familial. Puis tripota nerveusement ses cheveux. Elle ne tenait pas en place. Et avait envie d'une nouvelle glace à la menthe — oui, elle en avait mangé une boule au petit déjeuner.

Zut, les minutes s'égrenaient à une cadence plus rapide que celle des lumières clignotantes sur l'arbre de Noël dans l'angle du bureau, et elle ne trouvait toujours pas la manière parfaite d'annoncer à Jordan son imminente paternité.

Elle essaya une autre tactique :

— Je suis enceinte, et de toi. La méthode contraceptive que nous avons utilisée a visiblement raté. Probablement quand nous étions dans le bain à remous.

Hum. Elle hocha la tête. Penser au bain partagé avec Jordan s'avérait une très mauvaise idée. Sourcils froncés, elle balaya en arrière une mèche échappée de son chignon banane, et ramena son esprit sur l'urgence du moment. Allons, en tant que directrice du *Sands*, elle devrait se montrer plus décidée que ça.

Sauf que rien n'avait jamais été plus important et décisif pour sa vie future que les paroles qu'elle était sur le point d'échanger avec Jordan.

— J'attends…

Quoi ? Ça sonnait comme « j'attends un colis ». Elle se débarrassa de ses talons hauts qui martyrisaient ses pieds gonflés depuis un moment, malgré leur forme ouverte et assez décolletée sur le devant. Grâce à son bronzage permanent, conséquence non négligeable de la vie à Miami's South Beach, elle pouvait se passer de bas, et mettre des chaussures ouvertes toute l'année.

Mais pourquoi tournait-elle ses pensées vers les accessoires vestimentaires ? se demanda-t-elle soudain, furieuse contre elle-même. Vraisemblablement pour éviter le sujet qui lui mettait les nerfs à vif…

Seigneur, elle devrait déjà avoir mis au point un discours irréprochable ! Etant la perfectionniste de la famille Garrison, celle qui ne faisait jamais de vagues, elle était toujours parfaitement organisée.

Enfin, jusqu'ici…

Et le pire, c'était que son manque de préparation était absolument inexcusable. Car depuis qu'elle avait largué la bombe de l'annonce de sa grossesse au dîner hebdomadaire qui réunissait tous les membres de la famille, elle savait que ce ne serait qu'une question de temps avant que la nouvelle s'ébruite. Emilio, son futur beau-frère, finirait bien par lâcher le morceau à son propre frère — et associé.

A savoir Jordan Jefferies.

Lorsque sa secrétaire l'avait prévenue par Interphone que le plus gros rival professionnel des Garrison désirait la rencontrer, Brooke avait compris que l'heure avait sonné.

Et la minute de vérité approchait. Aussi s'obligea-t-elle à reprendre ses essais de formulation.

Bon, alors, pourquoi pas quelque chose comme : « Tu te souviens de cette soirée il y a cinq mois, après l'ouverture du testament de mon père ? Quand je me suis accordé trois gorgées de vin ? » Ce qui, en soi, était déjà stupide vu qu'elle ne buvait jamais, de crainte de devenir alcoolique comme sa mère. « Et qu'ensuite, on a fait l'amour comme des bêtes dans une chambre d'hôtel jusqu'à… »

La porte du bureau s'ouvrit à cet instant et Brooke ravala

ses paroles, priant pour que l'homme en costume gris à fines rayures qui venait de se matérialiser devant elle n'ait pas entendu le début de sa phrase.

Jordan Jefferies ne claqua pas la porte à la volée contre le mur. Il n'en avait pas besoin. Il avait le genre de présence qui vibrait davantage dans une pièce que l'écho du bois heurtant une paroi. Bouche bée, elle le détailla du regard. Les boutons de manchette étincelants et sa tenue impeccable contrastaient totalement avec les souvenirs qu'elle avait de leur nuit sauvage et fiévreuse. Sauf qu'il était toujours aussi séduisant. Avec son mètre quatre-vingt-dix, il frôlait le gui accroché au chambranle.

Aussi calmement qu'il était entré, il referma la porte derrière lui. Le pêne cliqueta. Brooke tressaillit, et elle sentit aussitôt son bébé lancer un coup de pied dans son ventre arrondi.

Jordan se retourna vers elle et s'approcha en longues enjambées, un masque impénétrable sur son visage terriblement séduisant. A mi-chemin, Jordan s'agenouilla une seconde devant le bureau d'acier poli puis se redressa, tenant à la main les escarpins qu'elle avait envoyés valser un peu plus tôt. Une bouffée d'after-shave vint chatouiller ses narines, la ramenant à ce matin où elle avait serré un oreiller d'hôtel contre elle pour respirer son odeur virile. Avant de le quitter, encore endormi.

— Salut, Brooke, dit-il en posant un seul escarpin de vernis noir sur le meuble. Je t'en prie, ne te donne pas la peine de te lever.

— Comme tu tiens mes chaussures, je pense rester assise, en effet.

Et dissimuler encore quelques minutes son ventre arrondi derrière le bureau. C'était un peu ridicule, d'accord, mais elle avait l'impression de mieux maîtriser la situation.

Au moins Jordan ne poussait-il pas de hauts cris, mais à vrai dire, il avait sans doute eu le temps de digérer la nouvelle de sa grossesse. Elle voulait juste être sûre qu'il savait — croyait — que l'enfant était de lui.

Une drôle de pensée lui traversa soudain l'esprit : est-ce que dans son inconscient, annoncer sa grossesse à sa famille au complet — et donc devant le frère adoptif de Jordan, qui était fiancé avec sa sœur Brittany — aurait été pour elle un moyen détourné de l'en aviser, lui ? Elle avait beau se considérer comme une femme d'affaires futée ayant su conquérir sa place dans l'empire familial, elle avait aussi la réputation d'avoir évité les grosses confrontations dans sa vie personnelle.

Alors, avait-elle esquivé le problème ? Ou tout simplement aggravé les choses ? Brooke tenta de percer l'expression de Jordan, mais il ne lui opposait qu'un masque impénétrable.

Il caressait du pouce le cuir de son escarpin — et Seigneur, elle détestait que ce geste si banal lui fasse crisper les orteils, afin de réprimer l'envie de sentir de nouveau ses mains sur elle. Ça devait venir des hormones. Elle avait lu dans un de ces livres pour future maman que le premier trimestre de la grossesse s'accompagnait d'un regain de sensualité, ce qu'elle n'avait pas cru jusqu'à cet instant.

— Je suis enceinte, lâcha-t-elle enfin.

Au diable le discours plein de dignité. Et tant qu'à faire, mieux valait laisser tomber le « joyeux Noël ».

— Il paraît, répliqua Jordan avec un calme déconcertant.

Ses yeux bleus, brûlants, la parcouraient sans sourciller.

— De toi, ajouta-t-elle.

— Evidemment.

Espèce de mufle arrogant et sexy ! Une impulsion totalement inhabituelle lui fit oublier aussi sec tous ses souhaits d'éviter la confrontation. C'était fou comme, devant cet homme, elle était incapable de prévoir ses propres réactions.

— Pourquoi en es-tu si certain ? riposta-t-elle.

— Parce que tu me le dis.

Il contourna le bureau et déposa le second escarpin sur le tapis à souris.

— J'ai doublé la fortune de mon père en sachant reconnaître une personne fiable d'un menteur, poursuivit-il.

— Tu es sacrément sûr de toi.

— Je ne me suis jamais trompé jusqu'ici, Brooke. Je suppose que ça s'est produit dans le bain à remous. On s'est un peu laissé emporter à ce moment-là.

Son fascinant regard bleu déborda de sensualité à la simple évocation de cette séance torride.

Brooke déglutit avec peine.

— Euh, oui. C'est aussi mon avis.

Jordan leva la main vers son visage et repoussa derrière son oreille la mèche folle qui s'était échappée de son chignon.

— De plus, tes attendrissants yeux marron ne sont pas des yeux de menteuse, poursuivit-il.

Elle s'obligea à garder le regard fermement noué au sien — tout en agrippant le bord du bureau pour ne pas reculer avec son siège. Elle n'était pas prête à dévoiler son ventre. A se montrer aussi vulnérable. Pas encore.

— Selon toi, je suis une cruche, c'est ça ?

— Non, je te considère comme quelqu'un de bien. De nettement mieux que moi, à vrai dire. D'ailleurs, ajouta-t-il en laissant retomber sa main sur le bureau, que gagnerais-tu à me faire croire que je suis le père si c'est faux ? Rien.

— Si je comprends bien, si tu me fais confiance, c'est uniquement une question de logique ?

— Brooke. Cesse d'essayer de gagner du temps.

Brooke la Jacasse. Son père l'appelait toujours ainsi quand elle devenait nerveuse. Pourtant, Dieu sait combien elle avait travaillé dur à cultiver une façade calme, après des années à subir les blessantes railleries alcoolisées de sa mère.

Jordan avait raison. Elle cherchait à gagner du temps, tout ça parce qu'elle vivait un ridicule moment de timidité. Décidément, elle était loin de la femme qui s'était jetée sous les draps avec Jordan cinq mois auparavant. Mais aussi, pourquoi n'était-il pas resté sagement assis de l'autre côté du bureau pour cette conversation ?

Tant pis pour la vanité.

Elle fit rouler son fauteuil en arrière et offrit à Jordan une pleine vision de la robe verte qui moulait si bien son ventre bombé.

Bon Dieu. La bouche de Jordan s'asssécha.

Il avait entendu des amis et des collègues parler de « l'aura de la grossesse », et franchement, il croyait que c'était du pipeau. Jusqu'à maintenant.

La peau crémeuse de Brooke avait un éclat excitant. La

soie brune de sa chevelure brillait encore plus vivement que la dernière fois qu'il l'avait vue, et Dieu sait si à ce moment-là, il avait déjà été frappé par l'éclat de sa chevelure.

Quant au nouveau renflement de ses seins… L'envie de les explorer de nouveau lui démangeait les mains.

Il finit enfin par poser son regard sur la courbe du ventre abritant le bébé. Et là, ça remua quelque chose en lui. Quelque chose de primitif.

C'était *son* enfant.

Dès qu'il avait appris la date du terme, il avait su que l'enfant était de lui. N'empêche qu'en voir la preuve devant lui, voir Brooke si étonnamment pleine de son bébé… Il se sentit soudain relié à elle et à la vie qu'ils avaient créée ensemble. Non, se promit-il alors, il ne se laisserait pas écarter de ses responsabilités, surtout par une Garrison entêtée et barricadée derrière le soutien de sa famille !

Jordan rassembla ses pensées et concentra son attention sur le menton de Brooke, un menton signé Garrison avec son petit creux au milieu. On pouvait le traiter de dur à cuire en réunion quand il s'agissait de négocier pour *Jefferies Brothers, Inc.*, car jamais il ne trahissait ses sentiments, mais dans le cas présent, il décida que ça ne ferait pas de mal de faire comprendre à Brooke à quel point la situation le secouait.

Il s'assit sur le bord du bureau.

— C'est tout de même incroyable, Brooke.

Le sourire magnifique qu'il obtint en réponse indiqua qu'il avait tapé juste.

Elle posa la main sur le léger arrondi, et dit :

— Je suis moi-même seulement en train de me faire à l'idée. Ce qui explique pourquoi je n'ai pas encore trouvé le temps de t'en parler.

Jordan jugea préférable de ne pas lui faire remarquer qu'elle avait pourtant trouvé le temps d'en parler à toute sa fichue famille. Elle risquait de se braquer. Or, se la mettre à dos ne lui apporterait rien, et était précisément la dernière chose qu'il souhaitait.

— Ce qui compte, c'est que nous soyons ici, maintenant, et ensemble, déclara-t-il.

Ensemble. Ce mot raviva en lui les souvenirs de leur folle nuit. Souvenirs qui ne firent qu'augmenter encore la fièvre qui le traversait à présent, juste en la regardant, juste en observant ses pupilles se dilater en réaction. Elle aussi se rappelait…

Pourquoi ne pas tourner à son avantage l'attirance qu'il éprouvait pour Brooke — une attirance qui avait d'ailleurs été tout à fait réciproque, cette nuit-là ?

Il leva une nouvelle fois la main vers son visage pour écarter avec douceur la mèche folle. Il prit le temps d'en éprouver la texture soyeuse entre ses doigts, puis caressa sa joue, à la peau veloutée et fraîche.

Brooke fronça les sourcils, et à ce simple signe, il sut avec certitude qu'elle s'apprêtait à se lancer dans *la* discussion qu'il comptait justement éviter. Le moment était donc venu de passer à l'attaque.

— Jordan, commença-t-elle. Je sais que tout ça pourrait devenir compliqué, mais mes avocats vont contacter les tiens et garantir que tu…

Il ne la laissa pas finir. Baissant la tête, il cueillit le mot suivant sur ses lèvres. Elle avait un goût de menthe et de tentation.

La menthe, c'était nouveau. Le reste, il se le rappelait parfaitement. Des souvenirs qui s'étaient gravés en lui lors de cette nuit fatidique, cinq mois plus tôt, lorsque leurs chemins s'étaient croisés au *Garrison Grand*.

Il était venu jeter un œil sur la concurrence dans le cadre de la construction de son nouvel hôtel, le *Victoria*. Bien sûr, il avait déjà vu Brooke auparavant, à de nombreuses reprises, mais ce soir-là, elle dégageait quelque chose de vulnérable qui l'avait interpellé. Et avant qu'il puisse se dire que c'était une très mauvaise idée, ils étaient déjà en train de se jeter l'un sur l'autre et de se dévorer littéralement dans l'ascenseur qui les menait à une chambre.

Lèvres et langues mêlées, comme c'était le cas à présent. Oh oui, il s'en souvenait parfaitement, ainsi que de la courbe gracile de son dos tiède sous ses paumes. De la sensation de ses doigts agrippant ses épaules. Tout cela lui fit une fois de plus un effet étonnant.

Mais il ne pouvait pas se permettre de perdre le contrôle.

Il devait au contraire mobiliser ses pensées à cet instant où il y avait tant en jeu concernant leur enfant, sans parler des implications professionnelles d'une union avec une Garrison…

Jordan s'écarta et, tout en s'efforçant de ralentir son rythme cardiaque, laissa Brooke nicher sa tête au creux de son cou. A son souffle précipité, il s'aperçut qu'elle était aussi ébranlée que lui — ce qui ne l'aida guère à se calmer.

Néanmoins, il glissa les mains le long de son dos. Il devait s'en tenir à ce qu'il avait en tête en venant la trouver, et la séduire. Même si le moment tombait mal, avec les préparatifs pour l'ouverture de son hôtel, le mois prochain. Son établissement serait moins important que le *Garrison Grand*, mais Jordan était certain qu'il égalerait largement en luxe celui des Garrison — et attirerait la même clientèle. Ah ça, il n'avait pas volé sa réputation d'impitoyable homme d'affaires !

La même énergie lui serait maintenant nécessaire pour convaincre Brooke. Pas seulement à cause de l'enfant, mais aussi parce qu'il savait que l'alchimie qui existait entre eux deux était rare. En fait, il ne se souvenait d'aucune autre femme capable de le mettre dans un tel état d'une simple caresse de la main, pas même l'ancienne Playboy Bunny avec qui il était sorti — et avec qui il avait rompu peu de temps avant cette nuit torride avec Brooke.

Mordillant délicatement le lobe de son oreille, Jordan joua avec le diamant qui l'ornait.

— Pas d'avocats. Un maire. Deux anneaux.

Sa main se déplaça jusqu'au ventre doucement arrondi.

— Car cet enfant naîtra avec des parents mariés.

2

L'épouser ?

Il était tombé sur la tête ?

A moins que ce ne soit elle qui ait perdu la sienne. Brooke s'écarta et se laissa tomber dans son fauteuil, s'efforçant de recouvrer ses esprits. Les baisers de Jordan lui faisaient un effet invraisemblable, et c'était d'ailleurs en grande partie pour cette raison qu'elle avait fui son lit avec autant de précipitation cinq mois auparavant.

La perte totale de contrôle qu'elle éprouvait en sa compagnie l'avait terrorisée alors, et la terrorisait encore à présent.

— T'épouser ?

Il recommença à caresser son éternelle mèche rebelle, et, presque malgré elle, elle se demanda si elle n'allait pas adopter cette coiffure, à l'avenir.

— Bien sûr, répondit-il. Tu portes mon enfant. Ça fait suffisamment longtemps que nos familles se querellent, tu ne trouves pas ? Grandir dans ce type d'environnement conflictuel est très mauvais pour un enfant. Et puis, maintenant qu'Emilio et Brittany sont fiancés, le clivage entre les clans a commencé à s'atténuer. Nous pouvons contribuer à consolider cela en nous mariant. Et en fusionnant complètement nos deux entreprises familiales.

Brooke tressaillit, comme si les mots qu'il venait de prononcer l'avaient blessée de leur pointe. Dire qu'il avait failli lui faire croire qu'il avait un cœur, jusqu'à ce dernier mot… *entreprises.* Elle quitta son siège et s'éloigna d'un pas raide en direction du sapin de Noël, puis pivota de nouveau vers lui avec une moue vexée.

— Ton romantisme me bouleverse ! Et si je t'offrais une massue pour compléter ta panoplie d'homme des cavernes ?

Jordan la toisa entre ses paupières mi-closes, ce qui conférait à ses yeux bleus un regard terriblement sexy.

— Tu veux que je te fasse du charme ? Je peux t'en faire. Je pensais juste qu'une femme pragmatique comme toi apprécierait l'approche rationnelle des négociations commerciales.

— Oh, doucement, monsieur Roméo. Tu m'as fait bien assez de charme comme ça il y a cinq mois, merci.

Et celui qu'il dégageait à présent la brûlait encore tout autant…

— Alors, réponds à ma question, riposta-t-il.

Elle ne pouvait pas regretter cette nuit avec lui, car elle refusait que son bébé ait l'impression d'être le fruit d'une erreur. Sans compter que le sexe entre eux avait été fabuleux. Pour autant, elle ne se lancerait pas dans une union fondée sur une simple attirance physique et des fusions commerciales ! Tout comme il était hors de question de risquer de vivre un simulacre de mariage comme celui de ses parents. Ça, jamais !

Elle croisa les bras sous ses seins et répliqua :

— Non. Je ne t'épouserai pas.

Elle vit Jordan se raidir.

— Sois raisonnable, Jordan, poursuivit-elle. Toi et moi nous connaissons à peine.

— On se connaît depuis des années, tu le sais bien.

— Oui, comme des relations professionnelles qui se sont à peine croisées plus de trois fois, dans une grande réunion, ou dans le même restaurant !

Etrange, d'ailleurs, comme chacune de ces occasions lui semblait mémorable, même si elle se serait fait tuer sur place plutôt que de le lui avouer aujourd'hui. Chaque fois que Jordan Jefferies s'était trouvé sur son chemin, elle l'avait toujours remarqué, quelle que soit la foule autour de lui. Et chaque fois, elle l'avait rangé dans la catégorie tabou, « intouchable ».

Jusqu'à ce fameux soir.

Ce soir où elle pleurait la mort de son père. Et la disparition de l'image qu'elle avait toujours eue de lui. Une double perte. Toute sa vie, elle avait été la petite fille adorée d'un père adulé, courant vers lui lorsque les piques de sa mère ivre devenaient trop insupportables. Pour finir par découvrir qu'il leur avait menti à tous, lui aussi…

Mais elle ne voulait pas penser à cela maintenant. Il fallait qu'elle tienne compte de son propre enfant. Donner à son futur bébé un foyer stable devait primer sur son désir absurde de se perdre dans un nouveau baiser de Jordan. Aussi s'efforça-t-elle de chasser cette idée aussi déplacée qu'obsédante de son esprit.

Jordan frappa alors le talon d'un de ses escarpins sur le bureau.

— Si on se connaît à peine, comment expliques-tu que tu aies soudain décidé de m'éviter, et que tu aies fait tout ton possible pour ne plus me croiser nulle part ? Depuis cinq mois !

— Parce que je n'étais pas encore prête à te parler du bébé, plaida Brooke.

Elle estima inutile de lui fournir une arme supplémentaire en expliquant pourquoi elle l'avait fui, terrorisée, le lendemain matin de leur folle parenthèse sensuelle.

— A moins que le feu d'artifice entre nous ne t'ait semblé trop puissant à assumer ? susurra Jordan.

Elle tressaillit de nouveau. Apparemment, il possédait plus d'intuition qu'elle ne lui en avait accordé. La partie se corsait…

— On pourrait en dire autant pour toi, riposta-t-elle. Toi aussi, tu t'es montré très discret !

De fait, songea-t-elle avec un léger pincement d'orgueil, il ne s'était pas donné le mal de lui courir après.

— Je t'ai téléphoné, rappela-t-il.

— Seulement une semaine après.

Revoilà sa fierté qui parlait.

Une lueur de prédateur s'alluma dans les yeux de Jordan.

— Et tu m'as demandé de te laisser tranquille. Laisse-moi bien comprendre. Tu me dis de rester à l'écart, et je suis censé ne pas en tenir compte ? Est-ce que cela signifie que quand tu déclares ne pas vouloir m'épouser, je suis supposé l'ignorer également, et faire comme si cela signifiait tout le contraire ?

Brooke s'enfonça un peu plus dans son fauteuil. Décidément, oui, cet homme était rusé. Il décortiquait et démontait à merveille tout raisonnement. Aucune faille ne lui échappait. Pas étonnant que Parker, son frère aîné, le considère comme un adversaire redoutable en réunion. Ce qui compliquait encore son problème. Car Jordan Jefferies, le père de son futur enfant, ne s'était pas caché de vouloir mettre la main sur l'entreprise de sa famille à elle. Se marier avec elle lui donnerait cette connexion avec l'empire Garrison dont il rêvait depuis toujours.

Seigneur, elle détestait le cours que prenaient ses pensées. Mais est-ce que oui ou non, c'était bien lui qui avait parlé de fusion entre les deux sociétés ? Si ça ne donnait pas à une femme de droit de se méfier, alors elle voyait mal ce qui le pourrait.

— Ne sois pas obtus, Jordan. Je ne t'épouserai pas. Nous ne savons rien d'important l'un de l'autre sur le plan personnel, en dehors de… l'entente qui règne entre nous dans une chambre à coucher.

« Evite d'aller par là », s'enjoignit-elle mentalement avant de poursuivre :

— Construire un mariage sur la base fragile du sexe et d'intérêts commerciaux serait catastrophique et affreusement malhonnête pour notre enfant.

— Bon, très bien, concéda Jordan.

Il sourit — et mon Dieu, quel sourire — puis s'écarta du bureau pour s'avancer d'un pas vif vers elle.

— Alors apprenons à mieux nous connaître, proposa-t-il. Pour notre enfant. Nous serons liés par ce gosse pour le restant de nos jours. C'est la période de Noël. Profitons-en pour prendre le temps de nous fréquenter et établir une base plus solide à notre relation.

Pensive, Brooke le dévisagea un instant sans rien dire.

— Ça paraît logique, finit-elle par lâcher.

Après tout, le connaître un peu mieux lui permettrait de juger les motivations pour lesquelles il voulait faire partie de sa vie ainsi que celle du bébé.

— Parfait, conclut Jordan.

Puis il passa à grandes enjambées devant elle en direction de la sortie.

Elle le contempla, bouche bée. C'était tout ? Pas de baiser ? Finies, les tentatives pour la persuader de l'épouser ?

— Jordan ?

L'œil méfiant, elle le vit s'arrêter devant la porte et lui lancer par-dessus son épaule :

— Je viendrai te prendre à 8 heures ce soir.

Ce soir ?

Comment pouvait-il avoir le culot de décider sans la consulter, comme s'il était certain qu'elle serait d'accord ? Et si elle avait eu autre chose à faire, ce soir ? En plus, quand il avait parlé d'apprendre à se connaître, elle avait plutôt imaginé qu'ils iraient prendre un café de temps à autre. Et non qu'il se comporterait comme un petit ami dominateur… Bien sûr, *sortir ensemble* était une bonne idée, au fond, elle le voyait bien. Mais n'empêche que ça l'énervait qu'il présume qu'elle se conformerait à ses plans.

Sans compter qu'elle ne voulait pas encore que tout le monde soit au courant, pour eux deux.

Il était temps de montrer à Jordan Jefferies que, tout en étant la plus pacifique de tous les Garrison, elle n'en était pas moins déterminée que les autres.

Et quant à la manière d'apprendre à mieux se connaître, elle avait ses propres plans.

A 18 h 30 ce soir-là, Brooke gara son cabriolet devant une rangée de palmiers et d'hibiscus, sur le parking latéral du *Victoria* — une impressionnante bâtisse de huit étages, toute de cuivre et de verre, posée sur la plage de South Beach.

Les ouvriers devaient avoir fini leur journée et être partis. Emilio lui avait appris au détour d'une conversation que Jordan s'était installé un bureau dans l'une des suites achevées de l'hôtel, d'où il pouvait superviser les dernières étapes de la construction, et qu'il y restait toujours tard le soir. L'établissement était connu pour être le projet auquel il tenait le plus parmi tous ceux que comptait la *Jefferies Brothers, Inc.*, et il voulait sans aucun doute consacrer le moindre instant libre à contrôler les touches finales du bâtiment.

Avant de descendre de voiture, Brooke avait chaussé des lunettes noires dans l'espoir de passer incognito. Certes, que personne ne s'attende à trouver une Garrison dans le coin aidait. Mais le reste du monde apprendrait sa relation avec Jordan quand elle l'aurait décidé, et pas avant.

A présent, elle devait franchir le barrage de la sécurité.

Brooke sortit son téléphone portable et composa le numéro privé que Jordan lui avait donné cinq mois plus tôt, numéro qu'elle connaissait par cœur pour l'avoir pianoté une centaine de fois.

Il décrocha très vite.

— Jordan ?

— Brooke. Il n'est pas question que tu recules.

— Qui te dit que j'annule le rendez-vous ? rétorqua-t-elle.

Il croyait la connaître. Eh bien, elle se réjouissait de le surprendre.

— Je suis en bas, ajouta-t-elle.

— En bas de quoi ?

— De chez toi. Au pied du *Victoria*. Tu peux dire au type de la sécurité de me laisser entrer ?

Ses deux secondes d'hésitation furent le seul signe qu'elle l'avait déstabilisé.

— Je descends tout de suite.

Effectivement, avant qu'elle ait quitté sa voiture, Jordan franchissait déjà la porte à l'arrière du bâtiment et s'approchait à grands pas. Elle attrapa le pique-nique sur le siège passager et claqua la portière du véhicule.

Jordan ralentit brièvement, le regard fixé sur son panier de Petit Chaperon rouge.

— J'ai réservé pour dîner à 20 h 30, remarqua-t-il.

— Je ne peux pas attendre jusque-là pour manger. Je mourrai de faim bien avant. Tu veux être responsable d'avoir affamé notre enfant ?

Elle s'arrêta devant lui, le panier entre eux deux.

— A quoi joues-tu, Brooke ? demanda-t-il en effleurant du pouce le creux dans son menton.

Elle sentit aussitôt les lettres du mot « danger » s'allumer en rouge dans sa tête. Elle ne voulait pas se laisser tenter par ses attouchements, d'autant qu'ils allaient être seuls toute la soirée. Mais sortir en public ensemble ? Non, elle n'était pas encore prête pour ça. Elle fit un pas prudent en arrière.

— Je n'ai pas envie de sortir. Je suis fatiguée et j'ai mal aux pieds. Je veux profiter de mon dîner et me détendre sans que toute une bande de curieux nous observe, ou pire, pose des questions.

Jordan céda.

— D'accord. Allons à l'intérieur.

Il lui prit le panier des mains et l'entraîna vers l'entrée.

Malgré sa main qui lui brûlait la taille en la guidant, Brooke ne pouvait nier sa curiosité de jeter un œil au futur rival du *Garrison Grand*. Une fois dans le hall, elle respira une odeur de peinture fraîche, qui serait certainement bientôt remplacée par des parfums plus exotiques.

Elle regarda autour d'elle. Aucun doute, cet endroit visait la même clientèle que l'établissement de sa famille, mais le contraste du décor la frappa néanmoins.

Si le *Garrison Grand* se parait de tons essentiellement blancs et purs, avec des accents de bois précieux, de marbre fin et d'acier mat, le *Victoria* explosait de rouges incendiaires et de jaunes éclatants, soulignés de notes de cuivre. Abondance de merisier luxueux et de marbres somptueux était le seul thème décoratif commun.

Hum, songea-t-elle, mieux valait éviter de penser au marbre, qui rappelait trop volontiers la baignoire à remous dont ils avaient tant profité naguère…

Les portes cuivrées de l'ascenseur s'écartèrent, et elle y pénétra avec Jordan — et des souvenirs supplémentaires s'y engouffrèrent avec eux. Avait-elle pris la bonne décision en venant ici ? Elle essaya de ne pas croiser son regard, mais les miroirs sur les parois rendaient la chose impossible.

— Ton hôtel est superbe, affirma-t-elle.

— *Tu* es superbe.

— Et *tu* ne parviendras pas à me plaquer de nouveau aussi facilement contre la cloison de cet ascenseur, Roméo.

Le rire bas de Jordan la poursuivit tandis qu'elle se ruait hors de la cabine, avant de se rendre compte qu'elle ignorait quelle direction prendre. Il lui prit le coude et la guida vers une porte à double battant, à l'extrémité du couloir. Il utilisa sa clé magnétique et Brooke resta bouche bée en découvrant la pièce devant eux.

Qui n'était pas du tout ce à quoi elle s'attendait.

— Je pensais qu'on dînerait dans ton bureau !

Et non dans un salon manifestement relié à une chambre à coucher.

Sa fragile maîtrise de soi s'évapora sur-le-champ. Elle aurait voulu pouvoir dire « pouce » et s'affaler simplement sur un des confortables canapés de cuir crème et bordeaux qui parsemaient le hall d'entrée. Ou mieux encore, se débarrasser de ses chaussures, gagner la plage derrière la baie vitrée, et marcher dans les eaux turquoise.

— En ce moment, je vis et travaille ici, répliqua Jordan. Jusqu'à ce que les finitions de l'hôtel soient terminées. Ça me fait gagner du temps et m'évite de venir de chez moi au moindre coup de fil.

Tout en parlant, il défit le nœud de sa cravate et tira dessus, la faisant lentement glisser sous son col. Au chuchotement délibéré et sensuel de la soie sur le coton, Brooke sentit des remous dans son ventre qui n'avaient rien à voir avec un bébé acrobatique.

Elle inspira à fond et demanda :

— Bon, je peux t'offrir quelque chose à boire ? J'ai apporté de l'eau, et euh, de l'eau. Ah, et du lait.

L'idée était qu'il ait un aperçu de ce que serait la vie avec elle. Pas de folles soirées dans les bars, pour commencer. Bien sûr, rien ne l'empêchait d'aller chercher dans son propre minibar de quoi se préparer une boisson plus excitante. Elle attendit…

— Eh bien, je crois que je vais prendre de l'eau, répondit-il.

Brooke saisit une bouteille d'eau gazeuse dans le panier, emplit deux verres de cristal, ajouta des glaçons pris dans le minibar, puis une rondelle de citron, reboucha la bouteille, la remit dans le panier… et lorsqu'elle releva enfin la tête, ce fut pour surprendre Jordan, debout dans l'encadrement de la porte menant à la chambre, un téléphone à la main.

— J'annule nos réservations au restaurant d'Emilio, expliqua-t-il. Tu sembles avoir notre repas bien en main.

Le restaurant d'Emilio ? Evoquer la fabuleuse cuisine

cubaine servie au *El Diablo* la fit saliver. Enfer et damnation, ragea-t-elle. Etre la proie des fringales de grossesse était parfois franchement pénible. Elle se mordit la lèvre et baissa les yeux sur le panier rempli de… elle ne se souvenait même plus de ce qu'il contenait.

Jordan couvrit le téléphone d'une main.

— Tu sais, on peut laisser tomber ton pique-nique et se faire livrer un repas par *El Diablo*. Pour le bien du bébé, j'entends.

— Pour le bien du bébé ? répéta-t-elle.

— Absolument.

— D'accord.

Et elle débita sa commande à toute allure avant que sa fierté ne reprenne le dessus, les papilles excitées d'avance à simplement nommer chaque mets délicat.

— Ça roule, dit Jordan.

Son sourire et le clin d'œil ironique qui l'accompagna piqua quelque peu sa fierté au vif tandis qu'elle mesurait qu'une partie de son plan venait de lui échapper.

Après avoir passé commande, il remit le téléphone dans sa veste qu'il balança sur le dossier d'une chaise, le vaste lit visible par l'entrebâillement de la porte.

Brooke détourna son regard et se concentra sur les tirages encadrés qui ornaient les murs, représentant chacun une étape de la construction de l'hôtel. Il n'y avait qu'une seule petite photo de famille posée près de l'ordinateur… Curieuse, elle voulut s'en approcher, mais Jordan l'arrêta au passage.

Il prit son verre dans une main et lui saisit le coude de l'autre.

— On va sur le balcon ?

Puisqu'il l'avait formulé comme une question plutôt qu'un ordre, elle décida d'accepter.

Béni soit-il, car une fois assise, il pensa même à lui apporter une chaise pour relever ses pieds las tandis qu'ils profitaient des derniers rayons du jour. Il faisait vraiment de gros efforts.

Enfoncée dans son fauteuil, elle soupira devant la vue sublime des vagues roulant contre la plage privée.

— Cet endroit est exceptionnel, dit-elle d'un ton sincèrement admiratif. Je te félicite.

— Merci.

Elle se délecta du splendide aménagement paysager, pour le moment désert, mais certainement bientôt amené à être bondé de monde.

— Quel meilleur antistress que ce spectacle ? ajouta-t-elle.

Jordan fronça les sourcils.

— Tu es beaucoup sous tension, ces derniers temps ? demanda-t-il avec inquiétude.

Brooke posa une main sur son ventre.

— Comprends-moi bien, je suis ravie de ce bébé. Mais au début, l'idée m'a franchement paniquée.

Il fallait dire qu'elle n'était guère gâtée, question modèle positif de maternité…

— J'aurais aimé que tu m'en parles.

— La simple pensée de le faire m'affolait, avoua-t-elle en passant une main dans ses cheveux.

Et, machinalement, elle ôta les épingles de son chignon et secoua sa chevelure libérée dans la brise océane.

— Je suis si effrayant que ça ?

Effrayant ? Intimidant, plus exactement.

— Je ne dirais pas ça. Dominateur, plutôt.

Voilà qui sonnait mieux, non ?

— Tu es aussi diplomate que les autres Garrison, à ce que je vois, ironisa-t-il.

Elle sourit. En fait, elle était en général LA diplomate de la famille.

Mais Jordan ne lui rendit pas son sourire. Il garda le silence, le visage impénétrable, tout en l'étudiant durant un long moment, tandis que les mouettes arpentaient le rivage d'un blanc immaculé en quête d'un casse-croûte de fin de journée.

— Alors, reprit-il enfin, explique-moi ce que j'ai fait pour justifier que tu aies autant peur de moi. Tu me tiens à l'écart de cette grossesse pendant des mois. Et quand, après ne pas avoir été mis au courant de l'existence de mon propre enfant, je l'apprends, je viens directement te voir : quoi de plus normal ? D'autant qu'au lieu de m'emporter comme j'aurais été en droit de le faire, je suis resté très calme, non ?

C'était juste. Mal à l'aise, elle scruta ses pieds, et sentit la culpabilité l'envahir. Otant ses escarpins, elle remua ses orteils endoloris.

— Ecoute, je suis déso…

— Attends, je n'ai pas terminé, l'interrompit Jordan en levant une main. Ensuite, je te fais cette odieuse, atroce proposition de mariage. Et lorsque tu me sapes le moral en me repoussant, je t'invite à dîner. Bon sang, poursuivit-il en se frappant le front, je dois vraiment être un crétin fini.

Brooke sentit un rire monter en elle.

— D'accord, d'accord, tu as raison. Tu as été plus que correct, et j'ai eu tort de ne pas t'informer plus tôt. Je te présente mes excuses, et elles sont sincères. J'avais simplement besoin de temps pour m'habituer moi-même à l'idée, mais maintenant je suis là, avec toi. Quoi qu'il ressorte de ce rendez-vous, tu feras partie de la vie de notre enfant, si c'est que ce que tu souhaites.

— N'en doute pas une seule seconde.

La détermination farouche de son ton la fit frissonner, et elle serra des bras protecteurs autour de sa taille arrondie.

— Quand Emilio t'a appris ma grossesse, tu lui as raconté que nous avons couché ensemble ? demanda-t-elle.

Jordan secoua la tête en s'adossant à son fauteuil.

— Non, je voulais te parler d'abord. Donc, si je comprends bien, poursuivit-il en agrandissant son regard, toute ta famille ignore encore que je suis le père ? Même ta sœur jumelle ?

Brooke fit un léger signe de tête.

— Eh bien, reprit-il. Tu es une sacrée cachottière. Je t'embaucherais volontiers dans ma société.

— C'est pour ça que je ne voulais pas sortir ce soir. J'ai gardé le secret au sujet du bébé en portant des vêtements vagues et en restant le plus possible à l'écart de la vie sociale, mais mon ventre a vraiment pris de l'ampleur ces dernières semaines. Une fois qu'on nous aura vus en public, toi et moi, les gens feront le lien. Je dois d'abord annoncer notre liaison à ma famille.

— Faisons-le, alors. Organise une réunion de famille.

Elle le dévisagea, interloquée. Il devait blaguer. Il tenait réellement à être présent lorsque tous les Garrison apprendraient qu'elle avait couché avec Jordan Jefferies ? Cela dit, il fallait bien qu'elle leur apprenne la chose, un jour ou l'autre… L'idée germa dans son esprit, et elle finit par annoncer :

— En fait, nous dînons tous ensemble chaque dimanche, ce serait peut-être l'occasion la plus simple et la plus logique.

— Bien, si tu penses que c'est la meilleure façon. C'est ta famille, après tout.

Le problème, c'était qu'il n'existait aucune meilleure façon de les mettre au courant pour Jordan Jefferies — le patron de l'entreprise rivale de la leur. Un conflit toujours vivace, même si l'intégration de son frère Emilio dans le giron familial l'avait un tantinet atténué.

Brooke regarda les étoiles qui s'allumaient peu à peu dans le ciel, et souhaita que les battements de son cœur ralentissent. Elle devait conserver son sang-froid. Il lui restait tout un week-end parsemé de rendez-vous avec Jordan à traverser avant la grande confrontation familiale.

Et pour l'instant, le simple fait d'arriver à passer la porte de Jordan sans jeter un coup d'œil en direction de son lit lui semblait herculéen.

3

Devinez qui j'ai amené avec moi pour le dîner ?

La phrase tournait en boucle dans la tête de Brooke durant le trajet jusqu'à la propriété de sa famille, le dimanche suivant en fin de journée.

Le martèlement des mots s'accrut encore lorsque Jordan franchit les grilles et remonta l'allée de brique menant à la grande demeure au toit de tuiles rouges — la maison de son enfance. Elle ne se faisait aucune illusion sur la possibilité que cela se passe en douceur. La haine professionnelle entre les Garrison et Jordan était ancienne et profonde.

Elle avait encore du mal à croire que sa mère et ses frères aient accepté qu'Emilio entre dans la famille, bien qu'étant associé dans la *Jefferies Brothers, Inc.* Cela en disait long sur l'amour que Brittany portait à son fiancé. Mais cette fois, il n'était pas question d'amour, et elle craignait que tous le devinent.

Jordan gara sa Jaguar à l'extrémité d'une file d'autres voitures luxueuses. Apparemment, le reste de la fratrie était déjà arrivé.

Brooke savait avoir de la chance d'être venue au monde dans une famille aussi aisée, et elle se démenait pour diriger le *Sands* afin de prouver qu'elle le méritait. Cela n'empêchait pas certaines personnes de la cataloguer comme une gosse de riche née avec une cuiller en argent dans la bouche. Ni de nombreux hypocrites d'essayer de lui soutirer sans cesse quelque chose.

Elle se frotta les bras, recouverts de chair de poule malgré la température clémente de décembre à Miami. Jordan contourna la voiture pour lui ouvrir la portière et ils montèrent ensemble l'escalier menant aux massives portes d'acajou et de verre.

Guirlandes et rubans tendus dans l'encadrement lui rappelèrent que Noël approchait, et qu'elle n'avait pas encore trouvé le temps de le préparer.

Avant qu'ils aient atteint la dernière marche, les portes s'ouvrirent sur une vieille dame en robe bleue amidonnée et tablier blanc.

— Bonsoir, mademoiselle Brooke, dit-elle.

— Bonsoir, Lisette. Voulez-vous s'il vous plaît prévenir en cuisine qu'il y aura un convive de plus à dîner ?

— Entendu, mademoiselle Brooke.

De la salle à manger parvenaient des bruits d'argenterie tintant contre la porcelaine, des voix demandant de passer tel ou tel ingrédient. Bref, un dîner familial ordinaire.

Les membres de sa famille étaient loin de se douter…

Jordan lui lança un regard en biais.

— Tu es toute pâle. Ça va ? Tu veux t'asseoir ? On n'est pas obligés de faire ça aujourd'hui. On peut s'en tenir à nos dîners chez l'un ou l'autre.

Dîners qu'elle avait appréciés pour leur tranquille simplicité. Comme elle aurait voulu que tout puisse rester aussi simple, et oui, caché pendant encore quelque temps !

— Tout va bien, répondit-elle pourtant. Mais c'est gentil de t'inquiéter.

Il lui fit un clin d'œil, et ils entrèrent.

Les talons de Brooke claquaient sur le sol carrelé, résonnant sous le très haut plafond du vaste hall, tandis qu'elle passait devant l'imposant escalier. Un sapin de presque quatre mètres de haut scintillait de mille feux au centre, des cadeaux parfaitement emballés à son pied. Cette année, les décorations étaient particulièrement somptueuses, en raison du mariage de Brittany et Emilio, qui serait célébré à Noël, trois semaines plus tard, et dont la réception se tiendrait sur place.

Elle s'efforça de respirer avec calme. Raison de plus pour tout révéler, et laisser à la poussière le temps de retomber afin de ne pas gâcher le grand jour de Brittany.

Ils s'arrêtèrent sur le seuil de la luxueuse salle à manger. Brooke profita de ce moment où personne ne les avait encore remarqués pour étudier sa famille installée autour de la table.

Son frère Parker allait piquer une crise, c'était certain. Malgré l'influence apaisante d'Anna, sa nouvelle femme, son frère aîné restait implacable lorsque ses affaires étaient en jeu. Son antipathie — quel euphémisme — pour Jordan était notoire.

Adam, quant à lui, avait toujours gardé une distance affective avec eux tous, et ne commençait à s'ouvrir que depuis son récent mariage surprise avec la discrète Lauryn.

Au moins manquait-il Stephen. Un frère en colère de moins à se soucier.

Son regard survola sa mère — qui vidait un verre de vin — et se posa sur ses alliés les plus probables. Sa jumelle extravertie, Brittany, assise près de son fiancé Emilio Jefferies.

Malgré le nouveau statut d'Emilio au sein du clan Garrison, Brooke ne se berçait guère d'illusions. Jordan était la force motrice derrière les tentatives de la *Jefferies Brothers, Inc.* pour surpasser la *Garrison, Inc.* par tous les moyens possibles.

Un verre brisé instaura soudain le silence dans la pièce.

Brooke sursauta alors que tous les regards se tournaient vers Bonita, la matriarche. Son verre de vin en éclats à ses pieds, celle-ci plaqua une main sur sa bouche et pointa un doigt tremblant vers la porte.

Tout le monde suivit sa direction, et sept paires d'yeux convergèrent vers les nouveaux venus.

Peut-être aurait-elle dû faire cette annonce seule, après tout, songea Brooke, avant de respirer un grand coup.

— Maman, vous tous, j'ai amené quelqu'un pour dîner. Il est manifestement inutile de le présenter.

Brittany renifla.

Brooke lui jeta un regard signifiant : « Tu ne m'aides pas. »

Sa malicieuse jumelle fronça le nez et articula un « pardon » muet.

Brooke répondit d'un bref signe de tête avant d'avancer dans la pièce, s'obligeant à plaquer un sourire sur ses lèvres. Faire comme si tout était normal. Le silence devint de plus en plus lourd.

Elle s'arrêta devant son couvert, ayant pleinement conscience de Jordan qui avançait derrière elle.

— Je me rends bien compte que cela doit être un choc,

poursuivit-elle, mais pour l'harmonie familiale, j'apprécierais que nous puissions nous comporter en adultes civilisés et accueillir convenablement un invité.

Elle évalua les convives silencieux autour de la table. Stupéfaction coite ou résignation muette ? Il était vrai que pour une femme d'ordinaire hostile à la confrontation, elle était en train de leur faire une sacrée démonstration.

— Nous allons tous être amenés à nous voir souvent à l'avenir, étant donné que…

Elle avala la boule qui bloquait sa gorge, évita de regarder sa mère et tenta de finir sa phrase :

— Etant donné que…

Mais elle ne put terminer sa phrase. Malgré les dizaines et les dizaines de répétitions qu'elle avait faites de ce moment, dans sa chambre, les mots ne voulaient pas franchir sa gorge.

La main de Jordan se posa sur son épaule.

— Etant donné que je suis le père de l'enfant que porte Brooke, lança-t-il.

Elle lui jeta un bref regard de gratitude pour avoir dit à sa place les paroles qu'elle trouvait si difficiles à prononcer.

Bonita poussa un gémissement et tendit la main vers le verre de bloody mary qui attendait près de son gobelet d'eau — tout à fait plein — tandis qu'une domestique à genoux près de ses pieds entreprenait de balayer les bris de verre. Mais où dénichait-elle toutes ces boissons ? Les frères de Brooke étaient en général plus efficaces pour tenir les bouteilles hors de sa portée. Décidément, les choses partaient en vrille dans cette famille.

La chaise de Parker racla le sol lorsqu'il se leva et s'approcha d'eux, menaçant.

— Brooke, pousse-toi de là, ordonna-t-il d'une voix dure en fusillant Jordan du regard.

Elle secoua la tête.

— Pas question, Parker.

Son frère garda les yeux rivés sur ceux de son rival.

— Bon sang, Brooke, je te dis de te pousser.

Elle sentit les doigts de Jordan se crisper sur son épaule.

— Ne lui parle pas comme ça, gronda-t-il.

Une veine palpita sur la tempe de Parker.

— Tu es qui, pour me dire comment m'adresser à ma sœur ?

— Je suis l'homme qui va l'épouser, riposta Jordan.

Avant qu'elle puisse lui rappeler qu'elle n'avait pour l'instant accepté que des dîners en sa compagnie, il l'obligea doucement à s'éloigner sur le côté.

— C'est ce qu'on va voir, rugit Parker.

En un clin d'œil, les deux hommes se jetèrent l'un sur l'autre à travers la table.

Les chandeliers basculèrent dans un plat d'asperges en cristal, qui glissa, emportant un bon morceau de nappe. Des exclamations fusèrent. Quelqu'un cria. Porcelaine et argenterie s'éparpillèrent bruyamment.

Brooke avait vu ses frères se battre durant leur jeunesse, mais il s'agissait de simples bagarres entre garçons. Jamais elle n'avait encore assisté à un combat en règle. Une vraie rixe entre des hommes tout muscles bandés, prêts à se taper dessus jusqu'au sang.

Eh bien, cela n'avait rien de joli. Ni de sexy. Le vernis de leurs manières quotidiennes lorsqu'ils négociaient en salle de réunion craquait pour révéler la véritable nature meurtrière qui les avait propulsés au sommet. Elle fut terrorisée par leur violence primitive en les voyant rouler du bord de la table jusqu'au sol dans un fracas de verre brisé et de corps athlétiques heurtant le carrelage. Ils semblaient totalement enragés, incapables de se maîtriser.

Les femmes sautèrent sur leurs pieds, firent un pas en avant, puis reculèrent. Les deux autres hommes présents se contentèrent de s'écarter. Mais qu'est-ce qui leur prenait ? se demanda Brooke. Pourquoi n'intervenaient-ils pas ?

Trépignant sur ses talons, elle les interpella.

— Adam, Emilio ! Séparez-les avant que l'un d'eux ne se blesse !

Son frère et celui de Jordan avancèrent pesamment vers les combattants, comme s'ils n'étaient guère pressés d'arrêter le spectacle.

En passant devant elle, Adam lui glissa :

— Ça couvait entre eux depuis longtemps. Tu es sûre de ne pas vouloir les laisser se défouler encore un peu ?

— Adam !

A peine l'eut-elle mis en garde, que Parker frappait Jordan au menton. Lequel ne vacilla même pas. Au contraire, le futur père de son enfant répondit d'un tel coup dans le dos de son rival, que le mouvement les projeta tous les deux sur la table roulante.

Où se trouvaient les desserts. Il ne restait plus grand-chose du repas…

Un tourbillon d'émotions submergeait Brooke. Elle éprouvait une culpabilité folle d'avoir amené Jordan dans le repaire familial sans avoir prévenu personne. Mais aussi, comment imaginer que Parker, aussi bien que Jordan, allait perdre toute notion de savoir-vivre.

Et un tiraillement entre deux loyautés. Qui devait primer ? La famille ou le père de son enfant ?

— Bon, d'accord, soupira Adam.

Le milieu de fratrie des Garrison quêta d'un signe de tête l'aide d'Emilio, et les deux hommes s'approchèrent du duo toujours en plein échange furieux.

Entre deux gorgées de bloody mary, Bonita se mit à gémir :

— Encore un bâtard dans la famille Garrison.

Brooke dut faire un immense effort sur elle-même pour garder son calme, et elle chercha à garder son équilibre en agrippant le bord de la table. Malgré sa volonté de défendre son bébé et sa sœur illégitime Cassie, la dernière chose dont elle avait besoin en cet instant précis, c'était bien que sa mère la condamne. D'abord et avant tout, elle devait arrêter ce pugilat, afin de pouvoir s'asseoir et reposer ses pieds douloureux. Et son cœur déchiré.

Emilio et Adam esquivèrent les poings qui volaient pour attraper qui un coude, qui un poignet, et séparer les deux adversaires, tâche d'autant plus ardue que ceux-ci étaient surexcités.

Brooke se fraya un passage parmi les restes du repas éparpillés sur le sol.

— Arrête ça, Jordan. Tout de suite.

D'une certaine manière, ses paroles calmement scandées,

conjuguées au martèlement de ses talons aiguilles, durent pénétrer le halo de rage qui l'enveloppait, car il se retourna vers elle.

Dieu merci, Adam emprisonna rapidement les poignets de Parker avant qu'il ne profite de l'inattention de Jordan pour l'attaquer dans le dos.

Anna repoussa une chaise renversée pour venir se mettre à côté de Brooke, glissant un bras sur ses épaules.

— Parker, stop, maintenant. Tu bouleverses ta sœur, et ça peut être mauvais dans son état.

Elle posa une main sur son propre ventre arrondi.

— Ou dans le mien aussi, en l'occurrence. Tu ne vois pas que Brooke est sur le point de tomber dans les pommes ?

Brooke fronça le nez. Elle détestait passer pour une poule mouillée, mais cela parut désarçonner les deux hommes. Parker regarda avec méfiance Jordan se précipiter vers elle.

— Tu te sens bien ?

Pas vraiment, mais elle ne voulait surtout pas lancer une nouvelle dispute où chacun reprocherait à l'autre d'avoir perturbé une femme enceinte.

— Je suis toute retournée. Normal, non ? Je ne m'attendais pas à des cris de joie, mais au moins que tout le monde se comporte avec courtoisie.

Anna foudroya son mari du regard.

— Bon sang, désolé, Brooke, déclara Parker en grimaçant. Loin de moi l'idée de faire quoi que ce soit de nuisible pour toi ou ton bébé. Tu es ma petite sœur, j'ai simplement… je n'ai simplement pas réfléchi, compléta-t-il en secouant la tête, comme pour dissiper la fureur qui lui brouillait l'esprit.

Brooke nota qu'il ne s'excusait pas auprès de Jordan, mais enfin, il valait mieux laisser ça de côté pour le moment. Au moins ne se tapaient-ils plus dessus.

Anna, toujours aussi efficace, prit les choses en main.

— Lisette, la table du dîner est devenue impraticable pour ce soir. Je pense donc que nous prendrons un repas léger sous la véranda. Il fait divinement bon. Demandez à la cuisinière de nous servir quelque chose de simple, ce qu'elle pourra accommoder rapidement.

Brooke perçut le sous-entendu pressé, signifiant que cette insupportable réunion devait s'écourter autant que possible.

Anna glissa un bras sous le sien et l'entraîna.

— Viens, essayons de trouver une chaise longue pour que tu puisses relever ces pieds.

— Ça se voit qu'ils sont gonflés, hein ?

Bonita leur emboîta le pas d'une démarche mal assurée.

— Tu devrais laisser tomber ces talons aiguilles, jeta-t-elle, la voix presque pâteuse. Lorsque j'étais enceinte de Brittany et toi, mes chevilles étaient comme des ballons. Vous deux m'avez posé des problèmes dès les premières semaines de ma grossesse, et n'avez jamais cessé depuis.

Puis elle vida le fond de son verre, et le tendit à l'aveuglette pour qu'on le lui remplisse de nouveau.

Où trouver de quoi se caparaçonner contre sa mère, se demanda Brooke. Des bouchons d'oreilles, peut-être ? Comment se faisait-il que tout le monde sauf elle semble capable d'ignorer ses remarques acides ?

Heureusement, Lisette était occupée à autre chose, ce qui obligea une Bonita mécontente à se charger elle-même de renouveler sa dose d'alcool. Avec un peu de chance, les bouteilles seraient vides.

Brooke ouvrit en grand la porte-fenêtre donnant sous la véranda. Une bouffée d'air nocturne la caressa, lui apportant une fraîcheur purifiante bienvenue. Elle se retourna pour parler à Jordan, mais découvrit qu'il était resté avec Parker.

Ils ne se battaient plus, mais l'intensité de leurs expressions montrait que leurs paroles étaient aussi virulentes que leurs poings. Manque de chance, la hauteur des plafonds en renvoyait l'écho, et chaque mot de leur discussion la frappa comme autant de coups.

— J'ai toujours su que tu n'avais aucun scrupule, grondait Parker, les mains fourrées au fond des poches. Mais de là à imaginer que tu couches délibérément avec ma sœur pour t'assurer une part du gâteau Garrison…

Elle entendit Jordan nier. L'entendit traiter Parker de crétin et lui rappeler qu'Emilio possédait déjà une part de *Garrison,*

Inc. Et que d'ailleurs, il n'avait besoin de personne pour que sa propre société attaque l'empire des Garrison.

Brooke entendit tout cela. Toutefois, après avoir grandi dans une famille qui semblait n'avoir jamais assez de pouvoir, elle ne pouvait s'empêcher de se demander si Parker n'avait pas raison.

4

Devant l'appartement de Brooke, après cet infernal dîner familial, Jordan faisait jouer sa mâchoire d'un côté et de l'autre. Parker Garrison avait une sacrée droite.

Au moins, se consola Jordan, il avait frappé autant qu'il avait pris de coups. Et, il le confessait, après tant d'années de conflit entre eux deux, ça lui avait fait un bien fou de se lâcher sur le bonhomme.

Jusqu'à ce qu'il lève les yeux de son adversaire et voie le visage livide de Brooke.

Jusque-là, Jordan ne s'était pas rendu compte à quel point cette beauté froide était émotive. Mais il était incontestable que la désapprobation de sa famille la tracassait vraiment. Et lui-même s'en serait pris à eux s'il n'avait constaté qu'en remarquant eux aussi combien cette confrontation la bouleversait, ils faisaient tous rapidement machine arrière.

Enfin, tous sauf leur ivrogne de mère. Bonita avait continué de cracher ses réflexions blessantes.

Pauvre Brooke, songea-t-il en lui effleurant l'épaule.

Certes, Jordan n'avait pas prévu qu'on lui déploie le tapis rouge, mais il s'attendait au moins à une courtoisie basique, plus proche de ce qui avait régné ensuite, lors du bref et froid dîner sous la véranda.

Brooke pénétra dans l'appartement. Il la suivit et referma la porte derrière eux, les verrouillant dans son intérieur à l'opulent décor. Le moment était un peu étrange pour se rendre compte que, s'il connaissait chaque centimètre de son somptueux corps nu, il n'avait jamais vu l'endroit où elle vivait. Il comprenait maintenant qu'elle lui avait caché une partie d'elle-même en insistant pour qu'ils se retrouvent toujours chez lui.

Il embrassa du regard l'espace luxueux qui s'étendait devant lui, sa décoration recherchée déclinant l'argent brillant, le blanc et toute la gamme des roses. C'était indéniablement le domaine d'une femme. Il n'y avait rien à dire, c'était chic et haut de gamme, mais pas un endroit où lui-même pourrait se détendre.

Il revit en un éclair sa propre maison d'enfance, aussi huppée que la propriété des Garrison… Mais diablement plus chaleureuse.

Jordan chassa ces pensées qui ne changeaient rien à ce qu'il avait entrepris de faire avec cette femme. S'il laissait Brooke discerner la moindre faille dans sa détermination, ils seraient fichus, et son projet tomberait à l'eau.

Même à présent qu'elle était rentrée, il voyait à ses épaules raides et la façon dont elle jetait son sac sur le canapé, que la tension persistait.

Il franchit la distance qui les séparait et posa les mains sur ses épaules. La sentir sous ses paumes provoqua une réaction immédiate de son corps. Réaction qui se produisait d'ailleurs systématiquement dès qu'il l'approchait, ces temps-ci. Elle exerçait sur lui un effet qui ne se démentait pas.

En tout cas, oui, elle était drôlement tendue. Jordan massa doucement les muscles crispés de sa nuque, réfléchissant à toutes les façons dont un homme pouvait aider une femme à évacuer ce genre de stress. Les possibilités étaient alléchantes…

Mais l'état d'esprit actuel de Brooke le préoccupait davantage, pour le moment.

— Tu vas m'expliquer les raisons de ce silence, ou dois-je m'amuser au jeu des mille questions ?

Il se pencha pour l'embrasser sur la nuque, prenant le temps de respirer son odeur. Elle fit volte-face en laissant échapper un gémissement ténu. Puis repoussa ses mains d'un mouvement d'épaules, et tourna les talons.

Enfin, son menton de Garrison fermement relevé, prête à la bataille, elle le regarda droit dans les yeux et lança :

— C'est vrai, ce que mon frère a dit à la maison, juste après votre bagarre ? Tu as couché avec moi uniquement pour poser un pied supplémentaire dans l'empire Garrison ? Tu as essayé de me mettre enceinte exprès ?

Nom d'un chien, elle avait donc entendu ? Jordan serra les dents, puis grimaça de douleur. Pourvu que Parker souffre au moins de quelques côtes cassées, de son côté !

— Ah, la fameuse rivalité Garrison-Jefferies ! railla-t-il.

Comment la rassurer ? Elle ne le croirait vraisemblablement pas s'il niait d'un ton catégorique, fût-il sincère. Et à dire vrai, il avait dans le passé fait tout son possible pour être mieux placé que la *Garrison, Inc.* dans certaines transactions. N'importe quoi pour être en tête.

— Cette rivalité entre nos clans est une réalité que nous devons affronter tous les deux, Brooke. D'ailleurs, est-ce que *toi*, tu as couché avec *moi* pour ça ? Pour enquiquiner ta famille ? Quelle meilleure façon de rendre la monnaie de leur pièce à grand frère Parker et à ta mère, pas vrai ?

— Comment peux-tu penser une chose pareille ? protesta Brooke.

Ses yeux bruns s'élargirent, puis une incontestable lueur coupable s'y alluma.

Il se remémora la pâleur de son visage et contint la colère qui montait en lui.

— Pour la même raison que toi, tu crois que je suis avec toi uniquement pour accéder aux actions de ta famille.

Certes, songea-t-il, une union entre eux serait judicieuse en termes d'affaires. Mais il ne lui échappait pas non plus que plus il passait de temps en compagnie de Brooke, moins il pensait aux entreprises. Leurs tête-à-tête dans son appartement lui en avaient davantage révélé sur elle que s'ils étaient sortis deux fois plus souvent en public, au milieu d'une foule à même de distraire l'attention qu'ils se seraient portée mutuellement. L'intimité de leurs petites soirées avait facilité la détente, et hors du carcan social, chacun s'était davantage laissé aller aux confidences, à un comportement plus naturel.

Il soutint ostensiblement son regard, jusqu'à ce qu'elle détourne les yeux et file à grands pas vers la cuisine, dans le but évident de l'éviter.

— Nous n'avons pas beaucoup de raisons de nous faire confiance, hein ? lança-t-elle par-dessus son épaule.

Jordan observa sa démarche chaloupée, la douce ondulation de ses hanches sous le tissu moulant, le morceau de mollet nu à travers la fente de sa robe. Il remonta mentalement ce pan de peau jusqu'à une cuisse soyeuse.

— Je suppose, en effet, admit-il en la suivant.

Il s'appuya nonchalamment contre l'arcade menant de la cuisine à la salle à manger, s'efforçant d'oublier ce corps tentant et de s'accrocher assez longtemps à la conversation pour aborder les craintes qu'elle nourrissait à son égard.

— Et comment surmonter ça ?

— Avec du temps ? En nous voyant plus, suggéra Brooke tout en sortant une bouteille d'eau du réfrigérateur.

— Exactement.

Le principe de leurs rendez-vous se trouvait renforcé. Tant mieux, il gagnait ainsi du temps. Apparemment, il avait bien fait de masquer son impatience. Alors que ses pensées ne cessaient de vagabonder vers la lingerie que Brooke était susceptible de porter… Pour se distraire, il chercha ce qui le chiffonnait dans cet endroit et dans la maison de sa mère.

Brooke remplit deux verres et fit mine de les porter dans le salon. Il les lui prit des mains et alla les poser sur la table basse. Puis il s'avança vers le canapé.

— Et si on commençait dès ce soir ? suggéra-t-il.

Elle lui coula un regard méfiant.

— Qu'est-ce que tu veux dire ?

— Viens t'asseoir.

Pour la mettre à l'aise, il devait utiliser le moyen de communication qu'il savait être le meilleur. S'ils risquaient de s'opposer par les paroles, l'alchimie entre eux avait toujours été parfaitement harmonieuse.

Brooke se percha avec suspicion sur le bord du canapé.

— Bon. Et maintenant ?

— Tu me fais confiance pour tes pieds ?

— Drôle de question, grommela-t-elle.

S'agenouillant devant elle, Jordan lui ôta ses escarpins, puis s'installa à son tour. Il saisit les pieds de Brooke et étendit ses jambes sur ses genoux. S'interdit de suivre des yeux l'ourlet qui remontait sur ses cuisses, car il savait que jamais il ne tiendrait le coup s'il continuait à se torturer avec l'idée de la déshabiller.

Il ramena ses pensées dans le droit chemin, et ses pouces entamèrent un doux massage le long de sa plante de pied.

Brooke posa la nuque contre le dossier et ferma les yeux.

— Ahhh… c'est bon.

L'exquis ronronnement d'approbation qui montait de sa gorge aurait encouragé n'importe quel homme, et Jordan attendait avec impatience de l'entendre quand le moment serait enfin venu de la toucher à de nombreux autres endroits.

— Je prends ça pour un encouragement à continuer.

— Oui, tout à fait, admit Brooke.

Elle écarta la moitié des coussins roses qui encombraient le profond canapé blanc afin de mieux s'y blottir. En bougeant les épaules pour s'installer confortablement, ses seins pleins se tendirent en avant, terriblement tentants. La bouche de Jordan s'assécha, et il se jeta sur son verre d'eau. Il avait beau avoir été avec d'innombrables femmes, aucune ne lui faisait un effet pareil.

Après avoir bu, il replaça ses pouces sur la gracieuse voûte plantaire de Brooke, et décida de voir s'il pouvait ramener un sourire sur son visage.

— Puisque tu es d'humeur conciliante, que dirais-tu de m'épouser ?

Ce fut à peine si elle broncha. Sans même ouvrir les yeux, elle riposta :

— Ne tire pas trop sur la corde.

— Qui ne risque rien n'a rien.

Mais en effet, les coins de sa bouche se relevèrent tandis qu'elle s'enfonçait plus loin dans le canapé, serrant un de ces coussins roses chichiteux contre elle.

Le monde des affaires n'avait pas catalogué Jordan comme un type persévérant sans raison. Il réussirait à conquérir Brooke. Il était aussi patient que persévérant, la combinaison du succès.

Jamais les enjeux n'avaient été aussi élevés, et pas seulement sur le plan professionnel. Il refusait que son enfant naisse sans porter son nom. Depuis son plus jeune âge, il ne savait que trop combien un gamin sans père était vulnérable.

On lui avait raconté comment le père biologique d'Emilio avait abandonné ses responsabilités. Au décès de sa mère, Emilio serait devenu pupille de l'Etat, si les parents de Jordan n'avaient adopté le fils orphelin de leur nounou.

Il était hors de question que Jordan fasse comme celui qui avait laissé un gosse innocent seul et sans défense. Certes, Brooke avait une famille nombreuse, mais il ne permettrait jamais que son enfant se demande pourquoi son propre père ne s'était pas senti assez concerné pour être présent.

Ses mains serrèrent plus fort les pieds de Brooke, comme s'il pouvait en quelque sorte l'adjurer de rester avec lui.

— Tu serais aussi sexy en sandales qu'en talons hauts, dit-il d'un ton léger.

Elle souleva juste une paupière et lui jeta un coup d'œil.

— Tu prends le train de ma mère en marche en prétendant que j'ai de gros pieds ?

Mieux valait détourner la conversation de la pensée de cette ivrogne…

— Tu as des pieds magnifiques, avec de ravissants ongles rouges. Je veux juste comprendre pourquoi tu refuses de te dorloter. Ménage-toi un peu pendant ta grossesse.

— Je te laisse me dorloter en ce moment même, répliqua Brooke. Ne gâche pas tout en me râlant dessus.

La moue qui s'esquissa sur ses lèvres donna à Jordan une envie irrésistible de s'emparer de sa bouche.

— D'accord. Excuse-moi.

Il fit glisser ses mains vers ses chevilles, tout en allégeant la pression de son massage.

Comme Brooke ne protestait pas, il remonta doucement jusqu'aux mollets. Le massage se muait à présent en caresse sur sa peau nue, encore bronzée.

Sa poitrine se soulevait régulièrement. S'était-elle endormie ? Il effleura l'arrière de ses genoux, une zone qu'il se rappelait très sensible. La respiration de Brooke se suspendit une fraction de seconde, puis reprit de plus belle.

Non, malgré ses yeux clos, elle était parfaitement réveillée. Et ne l'arrêtait pas du tout.

Il pouvait vraisemblablement continuer à monter plus loin sous la robe sans qu'elle proteste. Mais il préférait ne pas prendre le risque. Il venait de gagner du temps en sa compagnie. Autant l'utiliser avec sagesse.

Il ôta ses mains et aussitôt, Brooke ouvrit les paupières, puis leva les bras vers lui.

Bon Dieu. Il ne put s'empêcher de sourire, et elle sourit en retour. Alors il attendit qu'elle fasse le geste suivant.

Brooke noua ses bras derrière sa nuque tout en écartant les lèvres pour accueillir sa bouche avec un soupir de consentement. Il mourait d'envie de la toucher partout, mais la retenue semblait jouer davantage en sa faveur. Il planta les mains de part et d'autre de son corps sur le sofa, prenant soin de ne pas trop peser sur elle. Malgré son désir d'un contact plus étroit, il devait faire attention au renflement de son ventre. Mais elle resserra son étreinte, et il s'abandonna au baiser, heureux de communiquer avec elle sur un mode où ils s'entendaient si bien. Appuyé sur un coude, il laissa sa main libre vagabonder jusqu'aux courbes pleines qui l'avaient tenté toute la soirée. Particulièrement celles de ses seins. Il savoura leur douce fermeté. Un mamelon pointa aussitôt à travers le tissu sous sa paume, suivi de ce délicieux souffle de plaisir qu'il avait tant espéré entendre.

Les yeux clos, Brooke commença à se tortiller contre lui.

Bien qu'ainsi encouragé à poursuivre son exploration, l'impitoyable stratège en lui freina ses ardeurs.

Sa raison lui criait que, s'il choisissait la solution de facilité pour obtenir ce qu'il convoitait si fort, il risquait de ne jamais comprendre pourquoi Brooke résistait à s'engager avec lui. A l'épouser. Et sans cette information capitale, son projet échouerait en fin de compte. Il avait un intervalle de temps pour le finaliser, et ne laisserait aucune quantité de baisers fougueux ou de soupirs approbateurs le dévier de la plus importante transaction de sa vie.

Après avoir une dernière fois titillé les lèvres que Brooke lui offrait, Jordan recula.

— Loin de moi l'idée de me plaindre, mais qu'est-ce qui se passe ? Moi qui pensais devoir te supplier pour obtenir ne serait-ce qu'un baiser…

Les ongles de Brooke jouèrent dans sa nuque.

— Tu as dit que mes pieds gonflés étaient jolis.

Il retint le soupir qui montait en lui. Décidément, les femmes étaient plus compliquées que n'importe quelle négociation qu'il ait jamais menée.

— Tes pieds sont parfaits, et s'ils sont gonflés, j'en suis à moitié responsable, vu qu'il faut être deux pour faire un bébé.

Brooke avait mentionné la remarque acide de Bonita. Se pouvait-il qu'une phrase idiote lâchée par une mère ivre bouleverse une jeune femme aussi accomplie et assurée ?

A l'évidence, oui. D'ailleurs, maintenant qu'il y pensait, il ne voyait aucune photo de ses parents dans cet appartement. En fait, seules des aquarelles ornaient les murs. L'unique photo qu'il repéra se trouvait sur une table basse à l'extrémité du canapé. Un tout petit cliché dans un cadre d'argent. Jordan s'en approcha et découvrit cinq jeunes Garrison sur une plage, Brooke et Brittany guère plus âgées que cinq ou six ans. Il prit la photo, et son pouce s'attarda sur l'image de Brooke, sachant sans hésitation laquelle des jumelles elle était, grâce à la mèche folle échappée de sa queue-de-cheval.

Brooke s'approcha de lui et caressa doucement sa mâchoire encore douloureuse.

— Je suis désolée que mon frère t'ait frappé, dit-elle.

Malgré lui, il sourit et reposa la photo.

— Pas moi. Ça faisait longtemps que je ne m'étais pas autant amusé.

— Tu es cinglé.

— C'est un truc de mec. Je m'y attendais.

Puis il se rassit, non sans une grimace de douleur.

— Maintenant qu'on a mis ta famille au courant, reprit-il en attirant Brooke au creux de son bras, si on sortait dîner tous les deux demain soir ? Je passerai te prendre après le travail.

Elle se mit à tirailler sur l'ourlet de sa robe.

— Pourquoi ne pas se retrouver ici, plutôt ? Ou chez toi, pour dîner encore sur la terrasse.

— Tu ne veux pas sortir en ma compagnie ?

Brooke continua de tripoter un fil de son ourlet avec une attention fixe.

— Ce n'est pas ça. Simplement je ne suis pas prête à rendre les choses si… publiques.

Il ne restait plus à Jordan qu'à ronger son frein. Il commençait à apprendre que si elle avait la réputation de moins rechercher la confrontation que les autres Garrison, Brooke était à sa manière aussi têtue qu'eux.

— Et quand as-tu prévu d'annoncer au reste du monde que ce bébé est de moi ?

— Je le saurai quand le moment sera venu, répondit-elle avec un sourire pincé, avant d'arracher enfin le fil à son ourlet.

Jordan voyait bien combien l'idée de devoir prendre cette décision la torturait déjà. Informer sa famille lui avait demandé des mois. L'amener dîner chez eux l'avait rendue presque malade.

Alors, quelle tension supplémentaire lui procurerait le fait de trouver comment apprendre leur liaison à ses collègues et à tout le gratin de South Beach ? Nul doute que les cancans iraient bon train. Si les choses commençaient à peine à se calmer au sujet d'Emilio et Brittany, et si Emilio avait ses propres problèmes avec la *Garrison, Inc.*, l'animosité entre Jordan et Parker battait tous les records.

Brooke devait savoir que la paternité du bébé apporterait du grain à moudre au moulin vorace de la rumeur.

Il observa les cernes sombres sous ses yeux et prit soudain une décision de chef d'entreprise : plus tôt tout le monde serait au courant de leur idylle, mieux ce serait. Et par « tout le monde », il pensait tout South Beach d'un seul coup.

Jordan pinça gentiment le menton de Brooke et effleura une dernière fois ses lèvres.

— Très bien. Quand le moment sera venu, tout le monde l'apprendra.

Le matin suivant, Brooke passa en trombe devant son assistante personnelle, qu'elle salua d'un sourire. Elle arrivait en retard au bureau, après une nuit blanche à rêver de Jordan.

Le massage de la veille avait déclenché l'éveil de tous ses sens, la convainquant que recoucher avec lui serait une idée exquise. Mais alors qu'elle était prête à succomber, Jordan avait brusquement fait machine arrière, la forçant à songer à leur avenir et pas seulement à son désir intense pour lui. Aussi la nuit avait-elle été très agitée…

Ses pensées éveillées ne l'étaient pas moins : elle se remémorait leur baiser… et la façon dont il était allé droit sur son image en touchant la photo. Il savait la différencier de sa jumelle, même enfants. Et mon Dieu, ça la troublait.

Elle prêta à peine attention à son assistante qui la prévenait d'une visite, et ouvrit à la volée la porte de son bureau pour tomber sur…

Son propre reflet.

Enfin, son reflet sans gros ventre, sa jumelle n'étant pas enceinte de cinq mois.

— Bonjour, Britt. Si tu voulais la primeur sur Jordan, on aurait pu déjeuner ensemble et parler de tes projets de mariage en même temps.

Bien que jumelles, les deux sœurs n'avaient jamais été aussi proches que Brooke l'aurait souhaité. Brittany s'était souvent plainte que tout le monde la traitait comme une gamine. Néanmoins, depuis ses fiançailles avec Emilio, elle s'était rapprochée de sa famille.

Brittany se pencha en avant, les mains serrées sur un porte-documents posé sur ses genoux.

— Tu vas bien ? demanda-t-elle avec inquiétude.

Brooke s'affala dans un fauteuil en face de sa sœur.

— L'épreuve familiale d'hier n'a pas été marrante du tout, mais au moins cette étape est franchie. Maman a réagi exactement comme prévu, et les deux hommes s'en sont sortis sans rien de cassé.

— Et ?

— Et quoi ?

Brittany s'enfonça dans son siège, le regard compatissant.

— Tu n'as pas lu les journaux ce matin.

Les journaux ? Brooke sentit un mauvais pressentiment remonter le long de sa colonne vertébrale.

— J'ai eu une panne d'oreiller. Comme je n'avais pas le temps de petit-déjeuner, j'ai juste attrapé un bagel en sortant.

Un bagel dans lequel le bébé semblait soudain déterminé à ruer sans discontinuer.

Sa sœur ouvrit le porte-documents monogrammé, en tira un journal — le *South Beach Journal*, qu'elle déplia.

— Tu es le sujet principal des pages « Société ». Ou plutôt, Jordan et toi, rectifia-t-elle.

L'estomac de Brooke s'emplit de plomb, et un grondement de refus emplit ses oreilles. Battant nerveusement des cils, elle s'empara du journal et effectivement, tomba nez à nez avec un article pleine page où s'étalait une photo d'elle à côté d'un cliché de Jordan.

— Combien d'autres du même genre ? s'enquit-elle, les mains tremblantes.

— Trois à ma connaissance, sans parler, bien sûr, d'internet, répondit Brittany en tournant autour de son doigt sa bague de fiançailles ornée d'un diamant jaune. J'entends déjà les offres se bousculer pour monnayer une photo de vous deux ensemble.

Brooke referma le journal avec fracas.

— Génial, se désola-t-elle. C'était exactement ce qu'il me fallait pour me remonter le moral.

— Tu pourrais donner l'argent à une œuvre de charité.

— Ne prends pas ça à la légère, s'il te plaît. Il s'agit de ma vie. De la vie de mon enfant, ajouta-t-elle, refoulant des larmes de frustration. Cela explique pourquoi Parker a tenté de me joindre toute la matinée. Je pensais qu'il voulait me tanner avec Jordan, alors je n'ai pas répondu aux messages de sa réceptionniste, Sheila quelque chose…

Brooke pressa ses tempes douloureuses. Le nom complet de la femme en question lui échappait.

— McKay, compléta Brittany. Sheila McKay.

— C'est ça. Bien qu'apprendre la raison de ses appels ne me donne pas plus envie d'y répondre. Je me demande si Jordan est déjà au courant, reprit-elle en baissant les yeux sur le journal. Mais qu'est-ce que je raconte ? Bien sûr qu'il est au courant ! M. Parfait n'a jamais de panne d'oreiller et n'oublie jamais de lire les nouvelles au petit déjeuner.

— Emilio est parti le voir pour vérifier qu'il n'a pas explosé de rage.

Brooke essuya une larme solitaire. Elle détestait cette impression de si peu contrôler sa vie, sans aucun doute une conséquence d'avoir grandi avec une mère alcoolique. Elle imaginait trop bien comment un homme aussi volontaire que Jordan réagirait en voyant sa vie étalée ainsi au grand jour.

— Je me demande qui, parmi les domestiques de maman, a vendu la mèche, murmura-t-elle.

— Ça peut être n'importe qui. Il y a tellement de gens qui entrent et sortent de la maison pour des livraisons, avec mon mariage dans moins de trois semaines.

Brooke s'enfonça dans son fauteuil et prit sa tête entre ses mains.

— Britt, je suis désolée d'ajouter du stress à ce qui devrait être une période joyeuse.

— Tais-toi. Le monde n'a pas à tourner qu'autour de moi. Et puis à dire vrai, ajouta-t-elle en passant une main apaisante sur l'épaule de Brooke, ça fait du bien pour une fois de pouvoir offrir du soutien, au lieu de toujours être celle qui en a besoin.

— Merci d'être là, Britt. Ça va être coton de gagner l'approbation de nos frères. Et je ne veux même pas penser à maman, gémit Brooke.

— Evidemment que je suis là. Je te dois bien ça. Tu te souviens quand cette feuille de chou avait obtenu des photos de moi avec le chauffeur, et que tu as dit à papa et maman que c'était toi ? Vu que tu ne causais jamais de soucis, ils se sont contentés de te taper sur les doigts. Moi, ils m'auraient au moins supprimé la voiture.

Brooke fut soulagée de sentir le rire remplacer les larmes.

— La tête que faisait le chauffeur, tu te rappelles !

— Sans blague. S'il était incapable de nous différencier l'une de l'autre, il ne me méritait pas, renchérit Brittany.

— Tu as bien raison.

L'esprit de Brooke repartit cinq mois en arrière, à cette nuit durant laquelle Jordan et elle avaient conçu ce bébé, et où il l'avait distinguée sans la moindre hésitation de sa jumelle. N'empêche que…

— Tout bouge un peu trop vite pour moi, soupira-t-elle.

Brittany lui pressa gentiment la main.

— Emilio et moi une fois mariés, nos frères seront bien plus disposés à comprendre qu'ils doivent accepter tous les Jefferies dans la famille Garrison. Et qui sait ? Peut-être même qu'un jour la *Garrison, Inc.* pourra fusionner avec la société des Jefferies.

— Pourquoi pas, en effet.

Brooke se força à sourire, alors qu'elle avait plutôt envie de hurler. Même sa sœur voyait cette relation en termes de transaction commerciale.

Mais elle doutait fort que les choses avec sa famille s'arrangent si facilement.

Pourquoi n'avait-il pas encore réussi à régler ce problème de mariage ? se demanda Jordan à la fin de la semaine. Il tenta de se consoler avec le fait que leur idylle était désormais publique. Dîner un vendredi soir à une table reculée du restaurant de son frère constituait un progrès.

Bien sûr, Brooke n'avait pas du tout apprécié les articles dans les journaux, mais comme il l'avait espéré en chargeant sa secrétaire de divulguer l'histoire, Brooke avait cessé de se préoccuper de secret. Ils s'étaient donc mis à sortir ensemble ouvertement.

Il devait admettre qu'il avait passé une semaine extrêmement agréable, même si le devoir lui ordonnait de plutôt se concentrer sur l'ouverture prochaine de son nouvel hôtel, le *Victoria*. Mais il avait un peu laissé traîner les choses de ce côté-là. Une tonne de travail et de messages téléphoniques l'attendait près de son ordinateur — encore qu'il pouvait ignorer les cinq messages de son ex…

Quelle entêtée, celle-là ! Lorsqu'elle avait appelé sans crier gare la veille, il lui avait annoncé qu'il voyait une autre femme à présent. Si elle refusait de comprendre les mots, autant essayer la distance. Il chargerait sa secrétaire de lui dire qu'il était désormais indisponible.

Jordan remisa son ancienne maîtresse dans son passé. Et

se rendit compte qu'il n'éprouvait aucun regret. Son esprit et ses intentions étaient à présent fermement dirigés ailleurs, et les autres commençaient à le remarquer, eux aussi. Emilio l'avait même surpris à regarder sa montre durant une réunion qui se prolongeait.

En fait, il ne prenait pas la peine de cacher l'attirance qu'il éprouvait pour Brooke. Tout en lui faisant la cour chaque soir cette semaine, il avait également cherché à gagner sa confiance en allégeant la tension avec sa famille.

Une famille malheureuse, qui rendait Brooke malheureuse.

Alors il l'avait emmenée dîner un soir dans le restaurant de Brittany. Un autre dans le club de son frère Adam. Il s'était efforcé d'aller là où se rassemblaient ses proches, et effectivement, la presse fascinée s'en était donné à cœur joie avec les photos. Mais comment le leur reprocher ? Brooke était si belle. La lueur des chandelles jouait si bien sur son visage — et causait des ravages sur son propre sang-froid.

Néanmoins, malgré tous ses efforts, l'accueil du clan Garrison, exception faite de Brittany, restait plus que glacial. Leur désapprobation devenait franchement irritante.

Jordan voulait profiter de ce vendredi soir loin de la famille de Brooke, et *surtout* éviter de penser à un nouveau dîner dominical en leur compagnie. Sa mâchoire lui faisait encore mal depuis la dernière réunion.

Mais pas question que l'arrogant Parker le sache, songea-t-il avec férocité. Peut-être que s'il proposait à Brooke un meilleur plan pour le week-end, une tactique différente pour la conquérir, ils pourraient sécher la rituelle réunion de famille.

Jordan attendit que leurs cafés soient servis pour lui prendre la main et suggérer :

— Que dirais-tu de t'envoler aux Bahamas et échapper aux paparazzis ?

Les yeux de Brooke brillaient autant que la flamme des bougies entre eux.

— Je dirais oui.

Il caressa doucement sa paume.

— Nous pourrions rendre visite à ta demi-sœur, ajouta-t-il.

— Oui, mille fois oui !

Elle se détendit sur son siège. Visiblement, l'ambiance décontractée et la musique du *El Diablo* l'apaisaient davantage que n'importe quoi d'autre cette semaine.

Autant essayer de jouer son va-tout. Il s'attarda sur la peau veloutée et les doigts effilés, parfaitement manucurés.

— Et nous marier.

Brooke retira sa main d'un geste sec.

— Non merci.

Sans se départir de son sourire, Jordan lui reprit le poignet et la calma d'un baiser au creux de la paume. Puis il titilla des lèvres l'anneau d'or qui entourait son index.

— Tu ne peux pas me reprocher d'essayer. Je suis un homme…

— Mais je peux cesser tout rendez-vous avec un homme qui refuse d'écouter, rétorqua-t-elle, les yeux plissés.

Cela prit Jordan au dépourvu. Il ne poussait jamais son avantage trop loin. Il avait dû perdre un peu la main. Après tout, sa dernière liaison remontait à un certain temps. En fait, il y avait mis un terme peu avant cette première nuit avec Brooke. Et il n'y avait eu personne depuis, même s'il préférait ne pas s'appesantir sur ce genre de détail.

— Tu nous priverais vraiment de nos rencontres, après cette super semaine passée ensemble, juste parce que je veux t'épouser ?

— Je n'aime pas être manipulée.

Les hommes intelligents écoutaient, et personne n'avait jamais accusé Jordan d'être stupide.

— C'était une simple question. Tu as répondu, je n'insisterai pas.

— Jordan, déclara-t-elle alors d'un ton soudain très sérieux, j'ai vu mes parents vivre un mariage sans amour. Ça les a détruits, et cela nous a fait du mal à tous. Je n'ai aucune envie de reproduire ce genre de choses. Mais c'est quelque chose que tu ne peux peut-être pas comprendre…

Il semblait qu'il n'ait pas forcé sa chance, tout compte fait, se dit Jordan. Brooke venait de lui confier une information essentielle. Mais il comprenait également qu'il était allé aussi loin que possible pour la soirée. Il avait remporté la manche concernant leurs moments passés ensemble, lesquels s'avéraient efficaces. Puisque ça marchait bien, il poursuivrait dans ce sens. Ferait en sorte que Cassie l'aide à convaincre sa sœur. Puis il laisserait le romantisme des Bahamas exercer sa magie.

Et garderait la bague de fiançailles dans sa poche, prête à servir.

5

Le soleil des Bahamas tapait sec au-dessus de la limousine. Brooke étira ses jambes devant elle, et l'ourlet de sa jupe frôla ses mollets d'une façon délicieuse. Son corps tout entier réagissait à la moindre caresse depuis que Jordan avait réveillé ses hormones affamées. Qui aurait cru qu'une femme enceinte serait aussi excitée ?

Etouffant soudain dans l'habitacle, Brooke écarta sa tunique de sa peau brûlante. Ils avaient décollé très tôt, et le vol avait été un peu fatigant, mais elle sentait déjà la tension quitter ses muscles à mesure qu'elle se rapprochait de la propriété de sa demi-sœur. Et surtout, quelle joie d'être loin de la surveillance pesante des médias !

Si seulement son désir pour Jordan ne la mettait pas autant à cran…

Elle ne pouvait nier que sa proposition de week-end était géniale. Elle aurait juste voulu deviner ses sentiments à lui. Cet homme ne laissait jamais rien paraître. Il se contentait de fixer sur elle ce sourire et ces yeux mi-clos, tellement sexy, en la touchant sans cesse d'une manière légère et un peu taquine.

Comme à présent, alors qu'il caressait du pouce l'intérieur de son poignet.

— Comment te sens-tu ? lui demanda-t-il.

Oh, s'il savait. La nuit précédente elle avait laissé son imagination débridée concevoir des rêves saisissants le concernant, et inventer toutes les choses qu'il serait susceptible de faire à son corps de ses doigts si agiles.

— Bien, juste un peu fatiguée, répondit-elle. Mais tout à fait relaxée. D'ailleurs qui ne le serait pas dans un endroit pareil ? ajouta-t-elle en désignant le merveilleux paysage.

Au-delà des palmiers qui se balançaient doucement dans une brise tiède, la route longeait une mer turquoise, bordée de sable blond, en direction de la résidence luxueuse au sein de laquelle se trouvait la maison de Cassie.

— Tu devrais te ménager, répliqua Jordan.

C'était au moins la cinquantième fois de la semaine qu'il le lui disait, et Brooke se demandait s'il n'évitait pas son lit par égard pour sa santé, tout compte fait.

— Mais, Jordan, ce n'est pas comme si j'avais travaillé ce matin, voyons ! Je n'ai fait que prendre un avion. J'ai même appelé mon médecin pour avoir la permission officielle de voyager, souviens-toi.

Un tic nerveux agita soudain la paupière de Jordan.

— A propos, je veux rencontrer ce type, déclara-t-il. Vérifier ses références, tout ça.

Brooke repoussa son envie de se rebiffer. C'était parfaitement légitime qu'il veuille connaître la personne qui mettrait leur enfant au monde. Elle-même en ferait autant à sa place.

— Pas ce type, cette nana, corrigea-t-elle. Et tu n'as qu'à m'accompagner à la prochaine consultation.

Le tic cessa aussitôt.

— C'est tout ? Tu ne discutes même pas ?

— Je te signale que ma famille dit toujours que je suis d'une nature conciliante, remarqua-t-elle, un peu piquée au vif.

— Conciliant. Hum. Mais je préfère que tu sois honnête avec moi plutôt que de me cacher tes sentiments.

Voilà qui ressemblait fort aux prémices d'une conversation désagréable, songea Brooke. Dieu merci, la limousine s'arrêtait devant chez Cassie. Si Brooke avait revu sa sœur plusieurs fois depuis la lecture du testament de leur père, c'était la première fois qu'elle lui rendait visite aux Bahamas.

Le chauffeur ouvrit sa portière, et Brooke s'extirpa de la limousine. Sur le perron de sa maison à la construction quelque peu disparate, Cassie attendait auprès d'un homme de haute taille — Brandon Washington, son fiancé et l'avocat des Garrison.

Des guirlandes dorées et vertes encadraient la porte d'entrée, rappelant à Brooke que les fêtes de fin d'année se passaient d'ordinaire en famille. Or Cassie avait non seulement perdu son père cette année, mais aussi sa mère. Brooke se réjouissait de voir que sa demi-sœur paraisse surmonter son chagrin et reprendre le fil de sa vie.

Si seulement elles avaient pu se consoler mutuellement ! Mais après les révélations fracassantes du testament de leur père, et le bouleversement que cela avait provoqué dans leurs existences, il avait fallu du temps à toute la fratrie Garrison pour construire une relation avec Cassie. Brooke prit la résolution d'attirer Brittany ici, une fois les choses calmées après le mariage.

L'ombre de Jordan s'allongea près d'elle. A croire qu'il était capable de sentir quand elle *pensait* seulement le mot « mariage »...

Cela lui rappela combien il serait dangereux de donner libre cours à ses fantasmes avec Jordan ce week-end. Elle devait prendre garde à ne pas aller trop loin avec cet homme, chose qu'elle craignait hélas de faire trop facilement, vu l'indéniable sortilège qu'il exerçait sur elle.

Brooke pencha la tête en arrière et chuchota :

— Jordan, tu sais ce qui me détendrait vraiment le plus, là, tout de suite ?

— Je t'écoute.

— Que Brandon et toi vous éclipsiez pour que je puisse rester seule un petit moment avec ma sœur.

— Considère que c'est chose faite, ma beauté.

Jordan lui pressa l'épaule, geste qui s'avéra une véritable torture car il évoquait toutes les choses qu'ils ne devraient *pas* faire ensemble ce week-end.

Puis elle monta l'escalier de pierre, un sourire fermement planté sur les lèvres, espérant que sa demi-sœur serait aussi heureuse de l'accueillir qu'elle-même était heureuse d'être là. Elle fut exaucée : Cassie lui tendit chaleureusement les bras, et Brooke s'abandonna à l'étreinte bienveillante qui lui manquait tant de la part de sa famille depuis qu'elle les avait informés du bébé à venir.

A côté d'elles, les hommes se serraient la main et se donnaient de grandes tapes cordiales dans le dos.

Comme les yeux de Brooke s'emplissaient de larmes, Cassie la gronda avec douceur :

— Allons, c'est un moment de joie. Sèche-moi ces larmes, tu veux bien.

— Ce sont les hormones, répliqua Brooke en essuyant ses joues. Je n'y peux rien. Je suis triste, je pleure. Je suis contente, je pleure aussi.

— Bon, si tu le dis.

Puis Cassie recula d'un pas pour poursuivre :

— Mais laisse-moi te regarder. Décidément, la grossesse te va à merveille. Tu es superbe.

Brandon émit un petit sifflement admiratif.

— Tout à fait d'accord !

— Dis donc, mon chéri, le railla Cassie. Tu devrais mettre un peu moins d'enthousiasme dans ce commentaire.

L'avocat de haut vol mit un bras sur les épaules de sa fiancée et déposa un baiser plein d'adoration sur sa joue mate.

— Je suis l'homme d'une seule femme, tu le sais bien.

Cassie se coula amoureusement contre lui tandis que sa bague ornée d'un splendide diamant étincelait au soleil.

— Tâche juste de ne pas l'oublier.

Encore une bague. Brooke voyait des bagues partout. La frustration lui donnait des envies de hurler. A croire que Jordan avait commandé exprès tous ces couples de fiancés radieux dans le simple but de la tenter…

Alors qu'au contraire, la relation harmonieuse de ses frères et sœurs avec les élus de leur cœur la mettait au supplice. Car c'était ainsi que les choses devaient se passer. Et elle avait raison de camper sur ses positions et de vouloir s'en tenir à leurs rendez-vous, au lieu de se précipiter dans un mariage de convenance.

Jordan posa la main sur l'épaule de Brandon.

— Si tu me faisais visiter les lieux pendant que ces dames papotent progéniture ?

— Excellente idée, approuva Brandon. Commençons par le bar de la piscine.

La brise marine emporta leurs voix, laissant les deux sœurs seules.

Brooke serra encore Cassie dans ses bras, heureuse de constater que ce nouveau geste d'affection ne la rebutait pas.

— Merci de nous accueillir ainsi, au pied levé.

— Aucun problème, assura Cassie.

— Tu es sûre ? C'est vraiment une visite décidée à la dernière minute. On peut aller à l'hôtel, tu sais.

Cassie dirigeait le tout proche *Garrison Grand-Bahamas*.

— Ne dis pas de bêtises. La maison a plein de chambres, et j'ai gardé le personnel de maman après sa mort.

— Alors, d'accord.

Et bras dessus, bras dessous, elles franchirent le seuil de la splendide demeure de Cassie, un merveilleux et excentrique mélange de styles contemporain, colonial et Queen Anne. Le hall de ce palais biscornu était orné de photos.

— J'avoue que ce moment en ta compagnie me ravit. Nous avons plein d'années à rattraper, affirma Brooke.

Les yeux de Cassie s'attardèrent sur un portrait de John Garrison en compagnie de sa mère, la beauté à peau sombre qui avait pris son cœur, à défaut de son nom.

— J'ai toujours été comblée par ma vie ici, et maman se passait sincèrement d'alliance ou de certificat de mariage. Mais maintenant que la tension est retombée depuis la lecture du testament de papa, je suis vraiment contente d'avoir des frères et sœurs. Bien sûr, une grande famille n'a rien de neuf pour toi, ajouta-t-elle en se retournant vers Brooke.

Détachant le regard de la photo, celle-ci la suivit en direction d'une porte vitrée qui donnait sur un jardin luxuriant.

— Avoir grandi avec des frères et une sœur ne signifie nullement que je t'apprécie moins, lui assura-t-elle. Il m'a juste fallu un peu de temps pour passer sur…

— Le fait que j'hérite d'une si large part de votre fortune familiale ? compléta Cassie en s'asseyant sur un banc près d'une grande et ravissante fontaine.

Brooke s'installa à son côté. Les riches senteurs des fleurs tropicales de ce jardin n'étaient pas assez fortes pour recouvrir l'odeur âcre de la trahison.

— Sur le fait que papa ait menti, rectifia-t-elle. Durant toutes ces années, ta mère et toi connaissiez la vérité. Nous, nous avions un mensonge. Pour moi, c'est ce qui a été — et est encore — le plus dur à avaler.

Elle posa une main protectrice sur son ventre et ajouta d'une voix brisée :

— Je veux que mon enfant ait une vie sans mensonges.

— Si je comprends bien, dit doucement Cassie, tu n'es pas venue ici chercher uniquement un endroit pour reposer tes pieds et mettre ton visage au soleil.

Un tourbillon d'images envahit l'esprit de Brooke : ce portrait de son père avec sa seconde famille, toutes ces bagues de fiançailles, et la plus imposante, le visage de Jordan s'approchant du sien pour un baiser époustouflant.

— Je suis peut-être venue chercher des réponses.

— Ah, petite sœur chérie, répliqua Cassie. Ce n'est pas parce que moi, ou tes frères et ta sœur, sommes arrivés à surmonter tout ceci, que la façon dont nous nous y sommes pris, et les motivations qui nous ont poussés, te conviendront. Chacun doit trouver sa propre voie.

Brooke n'était guère avancée. Si seulement la vie pouvait être aussi simple que de jeter une pièce de monnaie dans cette fontaine et faire le vœu que son univers se remette d'aplomb... Elle observa les bulles danser dans l'eau chantante, tandis que dans sa tête se mêlaient les images du portrait, des bagues, et du visage séduisant de Jordan.

Penser à ses baisers suffisait à la couvrir de frissons, comme si elle-même avait plongé dans la fontaine.

A ce train-là, comment réussirait-elle à ne pas plonger au lit avec lui ?

Le clair de lune faisait étinceler la crête des vagues. Pieds nus sur le sable encore tiède, Jordan glissa un bras autour de la taille de Brooke, et s'amusa de sentir le pied de son enfant gigoter sous ses doigts. Le petit monstre semblait drôlement agité ce soir.

Et quelque chose tracassait aussi sa mère. Il ignorait ce qui tournicotait dans sa jolie tête brune, mais elle était nerveuse depuis leur arrivée. Or, ce n'était pas du tout la réaction qu'il avait prévue. Il l'avait emmenée ici avec l'espoir de faire avancer sa cause, d'apaiser ses inquiétudes et la convaincre du bien-fondé de ses projets de mariage. Cela semblait pour l'instant mal parti ! Allons, se raisonna-t-il, avec un peu de chance, le charme de cette promenade nocturne sur la plage la calmerait. Mais il voulait d'elle davantage que du simple romantisme. Il voulait un vrai engagement. Il voulait voir briller sa bague à son doigt de la même manière que Cassie arborait le diamant que Brandon lui avait offert.

Il tourna la tête vers elle, et sentit un étrange sentiment l'envahir.

Brooke était une femme enceinte extrêmement sexy.

Sa robe rose et le châle vaporeux drapé autour de ses épaules mettaient ses nouvelles formes en valeur. Cette élégance toute simple semblait encore plus parfaite avec ses pieds nus foulant le sable. Il ne put s'empêcher de noter que la robe s'attachait aux épaules par de simples bretelles, très faciles à défaire…

Stop. Se laisser aller à de pareilles pensées serait la meilleure façon de la faire fuir derrière une dune. Il devait s'en tenir à des sujets a priori plus anodins… et qui serviraient ses desseins. Du moins l'espérait-il.

— Comment ça s'est passé avec Cassie ? demanda-t-il.

Il songea aux innombrables photos disposées à chaque coin de la maison de la demi-sœur de Brooke. A première vue, l'endroit n'avait pas grand-chose à voir avec le domaine Garrison de South Beach, mais il ne faisait aucun doute que John Garrison avait trouvé ici un foyer. Un foyer dont il manquait sans doute cruellement à South Beach. Voilà ! comprit-il soudain, c'était l'élément qui manquait à la maison de Bonita, et même à l'appartement de Brooke. La chaleur d'un foyer. Il n'avait pas été capable de mettre le doigt dessus jusqu'à maintenant. Brooke était-elle capable de percevoir la différence ?

— Bien, répondit Brooke en se rapprochant de l'eau. Très bien, en fait. Ce n'est pas évident de forger un lien de sœurs une fois adultes, mais nous sommes bien parties pour être d'excellentes amies, toutes les deux. Cassie est une fille étonnante.

— Tous les Garrison sont des gens extrêmement étonnants, remarqua Jordan en se penchant vers elle pour humer son parfum sur sa nuque. Et de vrais bosseurs.

— C'est un compliment, j'imagine ?

Elle releva la tête vers lui, puis recula, comme si elle se souvenait qu'elle ne devait pas céder à ses impulsions.

A quoi pourraient bien ressembler leurs relations, une fois qu'ils auraient franchi les négociations par à-coups de ce mariage ? Il était curieux de voir à quoi ressemblait Brooke débarrassée de toute contrainte. Ou plutôt, de la retrouver libre de toute contrainte, comme elle l'était lorsqu'elle s'était donnée à lui cette fameuse nuit. La nuit où ils avaient conçu leur enfant.

— Pour moi, oui, sans aucun doute, répondit-il.

Il sourit. Avec leurs caractères respectifs, leur enfant risquait de leur donner du fil à retordre, mais il était impatient de relever le défi.

— Tu ne prends jamais de vacances ? reprit Brooke.

— Et qu'est-ce que je fais ici, à ton avis ?

— Tu es ici parce que tu veux me convaincre de t'épouser, ça n'a rien à voir avec des vacances.

Tiens, elle l'avait deviné ? Il aurait dû s'en douter. Mais cela n'avait pas grande importance, surtout s'il parvenait à ses fins.

— J'ai la chance que mon métier m'envoie dans des endroits formidables. Dans ces cas-là, si je le peux, je complète mon séjour d'une journée de tourisme.

— Et quand le bébé sera né ?

Ah, il voyait à présent où elle voulait en venir, et se réjouit qu'elle tourne enfin ses pensées vers l'avenir.

— Il est évident que l'arrivée d'un enfant nous imposera à tous deux de changer notre mode de vie. Mais j'y suis prêt. Et j'ai même hâte, crois-moi.

Le croyait-elle sincère ? Impossible à dire, et comme elle ne disait plus rien, Jordan chercha quelque chose de rassurant pour remplir le silence.

— Tu sais, si je dois arrêter de voyager, cela ne me manquera pas. J'ai beaucoup voyagé dans ma vie, et j'ai déjà vu beaucoup de pays. Quand j'étais plus jeune, raconta-t-il avec le sourire, j'ai même pris mes cliques et mes claques et suis parti, six mois après mon bac. Emilio et moi avons sillonné l'Europe en sac à dos.

Il n'avait pas repensé à ces semaines géniales depuis… Bon sang, pas moyen de se rappeler à quand remontait la dernière fois qu'il avait déterré les souvenirs de cette époque.

Brooke se serra contre lui tout en marchant.

— Tu es vraiment très proche de ton frère.

— Oui. Et depuis qu'on est tout gosses. Il est désormais la seule famille qu'il me reste. Ou plutôt, rectifia Jordan, il l'était. Maintenant, j'ai cet enfant — et toi.

— Ça a dû être des vacances extraordinaires, non ?

— Oui, parfaites, jusqu'à ce que…

Zut. Il ne voulait pas remuer des moments si sombres, mais n'évoquer que des choses plaisantes, dans le but de l'apaiser.

Brooke leva les yeux vers lui, et demanda d'un ton insistant :

— Jusqu'à ce que quoi ?

— Jusqu'à ce qu'on rentre, se contenta-t-il de répondre.

Mais pas dupe, elle lui secoua doucement le bras.

— Allez, Jordan. Je t'ai parlé de mon père et de ces derniers mois si difficiles. Partager les choses, ça doit marcher dans les deux sens.

La douleur de cette période revint frapper Jordan de plein fouet. Avec une violence qui le surprit, tant d'années après.

— Nous sommes rentrés plus tôt que prévu parce que nos parents sont morts.

Brooke pila net, et posa les mains sur son torse.

— Mon Dieu, Jordan, excuse-moi. Je savais qu'ils étaient décédés, mais je n'avais pas compris que vous les aviez perdus tous les deux en même temps. Ça a dû être tellement affreux. Comment sont-ils morts ?

— Dans un accident de bateau. Emilio et moi sommes rentrés d'Europe, puis nous avons assumé la direction des affaires de papa à sa place.

— Et tu n'as plus repris de vacances depuis.

La compassion qu'il lisait dans les yeux de Brooke le mit mal à l'aise. Il voulait la conquérir, mais pas de cette manière.

— Comme je te le disais, c'était ma façon de fonctionner

jusqu'ici. Mais le bébé une fois né, je m'organiserai comme je le voudrai puisque je suis le patron. Ne t'inquiète pas, cet enfant ira à Disneyland, c'est promis.

Elle le regarda fixement, et il se demanda si elle allait le pousser plus loin sur le thème de ses parents. Il s'arma mentalement pour cette épreuve.

Mais elle détourna le regard et se remit à marcher dans l'eau.

— Bon. Et quand il voudra savoir comment son papa et sa maman se sont rencontrés et ont décidé de fonder une famille, qu'est-ce qu'on lui dira ?

Soulagé de quitter des sujets trop émotifs, il lâcha la première réponse qui lui traversa l'esprit :

— On lui dira la vérité.

Brooke rit amèrement.

— La vérité ? Ce n'est pas un peu beaucoup pour un enfant ?

— Pas telle que je la vois, rétorqua Jordan.

Encore ébranlé par le chagrin qui avait déferlé en lui lorsqu'il avait évoqué la mort de ses parents, il fut content de se distraire en posant les mains sur les épaules de Brooke, puis en les glissant dans ses cheveux. Aussitôt, une exquise et tentatrice bouffée de parfum, portée par la brise tiède, revint le titiller.

— Et tu la vois comment ? demanda Brooke d'une voix un peu hachée.

Jordan s'approcha davantage, jusqu'à la frôler, ce qui aiguillonna encore son attirance.

— Je dirai à notre enfant que je suis tombé en admiration devant une femme unique dans son genre.

Les seins de Brooke se soulevèrent sous une exclamation muette, et s'écrasèrent légèrement contre lui.

— C'est gentil, murmura-t-elle.

— C'est surtout malin. Je sais reconnaître ce qui est exceptionnel quand ça se présente sous mes yeux.

Non seulement quand il le voyait, mais quand il le sentait. Comme à présent. Il se pénétra de la douceur soyeuse de ses cheveux sous ses doigts.

Brooke ferma les yeux un instant, puis les rouvrit.

— Tu appliques sur moi une des brillantes techniques dont tu uses en salle de réunion, lança-t-elle.

— Pourquoi as-tu tant de mal à croire ce que je dis ? Tu ne peux pas me faire confiance ?

Certes, songea-t-il avec une bouffée de culpabilité, il y avait bien eu la fuite dans les journaux. Mais il l'avait fait pour sa tranquillité d'esprit, rien de plus…

— Ces derniers mois ont été difficiles, répondit-elle. Apprendre tout ça — elle désigna la maison de Cassie —, découvrir cette autre vie de mon père. Ça peut ébranler la confiance de n'importe qui, d'autant que j'avais déjà des doutes sur le cliché « vivons heureux jusqu'à la fin de nos jours ».

— Je peux le comprendre, assura Jordan, tout en fouillant son esprit à la recherche d'un moyen d'orienter la conversation vers des terrains moins minés.

S'il l'avait emmenée ici, ce n'était pas pour qu'ils parlent de mariages malheureux et de l'impossibilité de vivre une histoire d'amour heureuse…

— Tu sais, Brooke, mes parents ont vécu un mariage merveilleux. Jusqu'à leur mort, ils nous ont donné l'image d'un couple amoureux et soudé. Alors je suis sûr que ça existe.

— Ils s'aimaient ?

— Oui, à la folie, répondit-il, la gorge de nouveau nouée.

Brooke le dévisagea. Comme si elle attendait. Quoi ?

Ah. Elle pensait au mot « amour ».

Ou plutôt à l'absence d'amour entre eux.

Il avait promis d'être honnête avec elle. Donc il ne lui mentirait pas en prétendant l'aimer comme elle le désirait, juste pour la tranquilliser. Bien sûr, il s'était arrangé pour que la presse s'empare de leur idylle, mais c'était uniquement pour apaiser Brooke, et leur permettre de sortir en public sans qu'elle redoute qu'on ne les surprenne. Mais l'amour fou que la presse avait mis en avant n'était qu'une invention de journalistes. Entre eux deux, les choses étaient différentes. Il ne voulait l'épouser que parce qu'elle était enceinte. Et parce que cela servait ses desseins…

Il la prit par la taille, regrettant que les choses ne puissent être plus simples, regrettant qu'ils ne soient libres de prendre le temps de laisser la passion et les sentiments s'épanouir entre eux.

Cela dit, auraient-ils seulement pris le temps pour cela sans cette grossesse ? Tandis que ses pieds s'enfonçaient dans le sable, Jordan songea à tout ce qu'il aurait raté s'il était resté à l'écart de Brooke Garrison.

— Les sentiments grandissent avec le temps, finit-il par lui dire. Il y a beaucoup de choses sur lesquelles nous pouvons miser.

— Merci de ta franchise.

Au moins, il avait répondu juste. Un soupir de soulagement lui échappa à l'instant où une vague se retirait. La lame suivante qui s'enroula autour de leurs chevilles propulsa une poussée de désir à travers tout son corps.

— Alors montrons-nous honnêtes avec les sentiments que nous avons déjà.

Sentiments ?

En ce moment précis, elle en était inondée. Une envie sensuelle la faisait vibrer tout entière. La brûlait tant qu'elle aurait voulu s'enfoncer dans les vagues pour la soulager.

Ou plonger dans l'exquis apaisement qu'elle savait pouvoir trouver entre les bras de Jordan…

Peut-être était-ce là sa réponse, après tout. Cesser de se préoccuper de bagues et d'images de famille au bonheur éternel. Et puis, le bébé ne naîtrait pas avant plusieurs mois : pourquoi se refuser le délice d'explorer ce que Jordan et elle avaient découvert ? A savoir, la meilleure manière de s'apporter l'un l'autre un insurpassable plaisir…

Avant de changer d'avis, Brooke noua ses mains dans la nuque de Jordan et se hissa sur la pointe des pieds pour atteindre sa bouche. Elle perçut la vibration de son grognement appréciateur contre ses seins déjà hypersensibles au moment où il l'enfermait dans ses bras.

L'eau tiède léchait langoureusement ses chevilles tandis que Jordan jouait avec les liens qui retenaient sa robe. Brooke sentit soudain un frisson remonter le long de ses jambes, entre ses cuisses, lorsque les lèvres brûlantes de l'homme qu'elle désirait tant recouvrirent les siennes. Son baiser se fit plus profond, plus insistant. Haletante, elle agrippa ses cheveux pendant que le désir la submergeait aussi inexorablement que les vagues dérobaient le sable sous ses pieds nus.

Jordan posa les mains au creux de ses reins, la pressa davantage vers lui, autant que le permettait sa condition — et leur présence sur une plage au vu de tous.

Elle en mourait d'envie, en avait rêvé. Pourquoi hésiter ?

— Allons dans ma chambre, dit-elle.

6

En sentant Jordan la soulever dans ses bras, Brooke lâcha une exclamation de surprise. Mais, comme sans effort, il traversa la plage à toutes jambes en direction de l'entrée privée de leur suite, à l'arrière de la grande maison de Cassie, et Brooke s'accrocha à sa nuque, savourant sa force physique, la fluidité de ses mouvements.

— Je peux marcher, tu sais, dit-elle, le cœur battant aussi fort que les pieds de Jordan se pressaient sur le sable.

Il resserra son étreinte, et accéléra encore le pas.

— Je n'ai pas l'intention de te laisser le temps de changer d'avis.

Elle rejeta la tête en arrière et rit aux éclats ; les étoiles dans le ciel étaient moins flamboyantes que les sensations qui la transperçaient de toutes parts.

— Aucun risque. J'en ai envie. J'ai envie de toi.

— Je n'ai pas d'objection.

Il grimpa en trombe les marches de la véranda, franchit le petit patio fleuri en deux enjambées et se pencha pour ouvrir la porte de la chambre de Brooke. Laquelle en profita pour effleurer des lèvres les vestiges du bleu sur sa mâchoire, souvenir de la bagarre avec son frère.

Elle associerait à jamais la douce senteur des fleurs du porche, le fracas des vagues sur le rivage de l'île, à cet instant où ses sens se trouvaient totalement en éveil. Jordan la porta au-dessus du seuil avant de la reposer au sol. Elle enfonça ses orteils pleins de sable dans l'épais tapis et se dressa sur la pointe des pieds.

Sa bouche avide se referma sur celle de Jordan, ses doigts

agrippèrent sa chemise. Le coton que froissaient ses paumes portait encore la chaleur de son corps, aiguisant son désir. Elle écarta le vêtement d'un geste vif et posa ses mains à plat sur le torse palpitant. Elle mourait d'envie de sentir ce corps vigoureux sur elle, sous elle, en elle, partout.

A la hâte, il fit tomber de ses épaules le châle qui la couvrait, et la fine étoffe voleta comme un papillon jusqu'à ses chevilles. Puis les mains brûlantes de Jordan sur sa peau nue la firent frissonner d'anticipation.

Il dénoua une bretelle, puis l'autre, et le corsage satiné s'abaissa jusqu'à la naissance de ses seins. Pour le moment toujours recouverts. Mais lorsque la robe tomberait complètement, elle serait exposée à son regard. Nue. Offerte.

Tandis qu'elle faisait courir ses doigts sur sa nuque, la pulpe sensible de ses doigts tout excitée par les cheveux drus, il lui murmura des mots d'encouragement à l'oreille. Non qu'elle en ait besoin ; mais le chuchotement de son souffle contre son cou fouetta davantage encore son désir.

Les doigts de Jordan s'immiscèrent sous le satin du corsage, comme pour éprouver la texture crémeuse d'un sein, et elle retint sa respiration tandis que sa robe descendait un peu plus bas sur ses seins gonflés. C'était fou. Jamais de sa vie elle n'avait souhaité quelque chose aussi ardemment que de sentir ses paumes sur sa poitrine alourdie de désir.

— Jordan…

Ce gémissement suppliant, c'était donc elle qui l'avait lâché ? Seigneur, la convoitise la rendait folle.

Le regard brûlant de Jordan traversait le satin. Une bretelle dénouée entre les doigts, il s'amusa à lui effleurer le cou, la gorge, le haut des seins. Petit à petit, il tira sur le tissu, piquetant de baisers chaque centimètre de peau découverte. La robe finit par glisser le long de son corps, la laissant uniquement vêtue d'une culotte, minuscule rempart de dentelle qui la séparait de lui. Avec un grognement impatient, Brooke se pressa contre Jordan.

Mais un instant d'embarras la traversa soudain. Depuis qu'ils avaient fait l'amour la première fois, son corps avait beaucoup changé. Allait-il aimer ses formes épanouies par la grossesse ? Immobile, le désir mêlé d'inquiétude, elle attendit sa réaction.

La brise nocturne qui pénétrait par les portes de la véranda rafraîchissait à peine sa peau échauffée. Le regard ardent et ô combien appréciateur de Jordan augmenta encore sa température. Son cœur battait si vite que sa tête lui tournait.

— Dire que je te trouvais déjà belle avant, murmura-t-il, alors que ses mains lâchaient ses seins pour venir s'arrondir autour de son ventre bombé.

Comme il semblait sincère, elle poussa un soupir soulagé.

Le bébé donna alors un coup de pied contre la paume qu'il devait percevoir au-delà de sa bulle protectrice, et Jordan ôta vivement sa main, les yeux agrandis.

— Wow, c'est… c'est incroyable.

Brooke éclata de rire, ravie de partager ce moment avec lui, ravie qu'il touche leur enfant en plein développement.

— Impressionnant, hein ? Mais ça ne fait pas mal, même si ce petit footballeur me réveille parfois la nuit.

Il observa le doux renflement avec stupéfaction, puis y reposa la main, diffusant un large halo de chaleur sur sa peau frémissante.

— Etonnant, s'extasia-t-il encore.

Il finit par relever les yeux.

— Tu es certaine que nous pouvons continuer sans risque ?

Elle sentit un léger sentiment de malaise — et même de vulnérabilité — remonter le long de son dos.

— Tu serais un de ces hommes effrayés à l'idée de toucher une femme enceinte ?

— Bon Dieu, non, répondit-il sans l'ombre d'une hésitation. Mais il me semble normal de vérifier s'il existe des contre-indications…

— Aucune. Hormis le trapèze, ajouta-t-elle avec un sourire.

— Ça tombe bien, je n'ai jamais été fan de cirque, de toute façon. Et à part le trapèze ?

Rassérénée par son humour tranquille, Brooke se laissa aller contre lui. Ses mains qui la parcouraient avec une impatience évidente la ramenèrent aussitôt sous son charme.

— Rien de particulier, tant que ça reste confortable, répondit-elle avec un petit gloussement heureux.

Puis elle se rappela un chapitre d'*En attendant bébé* qui évoquait des possibilités intéressantes.

— Mais à mesure que le bébé grandira, poursuivit-elle, il me faudra inventer des positions.

— Tu veux dire : il *nous* faudra inventer des positions.

— Tu ne serais pas un peu possessif, non ?

Durant de longues secondes, il garda le silence, le visage grave ; puis il sourit lentement, et se mit à ôter ses propres vêtements sans la quitter des yeux. Quand il fut nu devant elle, il murmura d'une voix pleine de promesses :

— Si on expérimentait ces positions ?

— Je ne suis pas encore grosse à ce point, objecta Brooke.

— On peut toujours s'entraîner dès maintenant.

S'entraîner pour plus tard ? Cela supposait qu'ils restent et couchent toujours ensemble quand sa grossesse atteindrait ce stade d'avancement. Cette évocation intime et fragile la fit frissonner.

— Tu es si sexy maintenant, murmura Jordan en lui mordillant l'oreille. Tu le seras encore plus dans quelques mois, parce que c'est mon enfant que tu portes.

— Quel baratineur !

Elle le poussa vers le lit, effleurant au passage son sexe dressé.

— Je pense vraiment ce que je te dis, assura-t-il, fermant brièvement les yeux sous sa caresse et déglutissant avec peine. Pourquoi te mentirais-je ? Cela ne m'apporterait rien.

— Mais tu gardes quand même une partie de la vérité. Je ne sais pas ce que tu penses ou désires, au fond.

— Alors, peut-être devrais-tu poser les bonnes questions, suggéra Jordan, avec une provocation taquine.

Pile ce qu'elle voulait entendre. Sans le quitter des yeux, Brooke se frotta lascivement contre lui, puis plaqua les mains sur son torse.

— De quoi as-tu envie ?

Le regard indigo se mua en deux flammes bleues.

— A ton avis ?

— Réponds, s'il te plaît.

Oui, elle avait envie de ses mots, besoin qu'il formule son désir, exprime un tant soit peu ce qu'il avait au fond de lui. Comment parviendrait-elle à le cerner, sinon ?

— J'ai eu envie de tes mains sur moi chaque seconde de chaque jour depuis que tu m'as laissé dans ce lit d'hôtel, il y a plus de cinq mois, articula-t-il d'une voix rauque.

Difficile d'être plus clair. Elle aurait voulu savoir si d'autres femmes avaient croisé sa vie entre-temps, mais vu sa propension à la franchise, elle n'était pas sûre de pouvoir encaisser la réponse. Mais ce fut comme s'il avait pu lire en elle.

— Et il n'y a eu personne depuis cette nuit-là, ajouta-t-il en attirant son visage vers le sien pour qu'elle puisse y lire la sincérité de ses paroles.

Elle s'efforça de ne pas laisser paraître à quel point c'était important, s'efforça que cela ne soit *pas* si important, et ironisa :

— Tu devines les pensées ?

— Non, mais je ne suis pas mauvais pour juger les expressions, ajouta-t-il en faisant jouer ses doigts le long de sa colonne vertébrale.

Quand les mains de Jordan atteignirent ses fesses et les empoignèrent doucement mais fermement, elle frissonna de plaisir.

— Pendant que je t'embrasse, susurra-t-elle, tu veux que ma main reste là… ou aille plus bas ?

— Voyons si toi aussi, tu sais lire mon expression.

A en juger par le grognement de plaisir que Jordan laissa échapper quand elle se hissa sur la pointe des pieds et s'empara de ses lèvres, tout en faisant descendre ses mains plus bas, bien plus bas, elle devait posséder un certain talent pour deviner dans les pensées. D'un geste sensuel, elle se mit à caresser son sexe dressé et durci par le désir.

Pas de doute, il la désirait.

Toutes ses appréhensions qu'elle avait eues de lui dévoiler son corps alourdi disparurent sous le regard plein de passion qu'il posait sur elle. Ses sens se mirent au diapason, s'aiguisèrent.

Tandis que leurs langues se mêlaient avec fougue, Jordan la plaqua d'un geste impérieux contre lui. Chair contre chair.

Elle gémit. La friction un peu rugueuse de sa toison fit

dresser la pointe de ses seins, lui procurant un plaisir quasi insupportable. Elle se mit à onduler, voulant plus, bien plus, le corps tendu à l'extrême vers le soulagement de sa fièvre.

— Patience, Brooke. Patience.

Comment ça, patience ? Elle était la personne la plus patiente, la plus calme de la planète…

Jordan fit courir un doigt de long de sa colonne vertébrale jusqu'à l'élastique de son slip arachnéen, juste sous le renflement de son ventre, et le fit glisser le long de ses jambes, faisant naître en elle un long et délicieux frisson. C'était fou ! Jordan semblait posséder l'art de jouer de son corps comme un virtuose, comme si elle était un précieux instrument dont il détenait tous les secrets, alors qu'ils se connaissaient à peine…

Il était en train de remonter dangereusement sa main le long de sa cuisse quand elle arrêta sa caresse en lui saisissant le poignet.

— Si tu continues à ce rythme, je vais m'évanouir de plaisir…

Puis elle glissa une main vers son sexe bandé et se mit à le caresser langoureusement.

— A mon tour d'éprouver ta résistance, murmura-t-elle.

Les muscles de Jordan tremblaient, tant il lui en coûtait de rester immobile, et elle pouvait lire dans ses yeux combien il mourait d'envie de se jeter sur elle. Il endura pourtant stoïquement la douce torture à laquelle elle le soumettait, laissant toutefois échapper quelques grognements de plaisir. Mais quand elle accéléra le rythme de ses caresses, elle le sentit se raidir sous ses doigts, et aussitôt, il la releva vers lui.

— Si tu continues, c'est moi qui vais fondre sous tes caresses…

Et en lui lançant un regard brûlant de désir, Jordan la souleva une nouvelle fois dans ses bras.

— Arrête ! Tu devrais cesser de faire ça chaque fois. Je suis bien trop lourde.

— Pas du tout.

Il la porta jusqu'au lit, où il la déposa avec une douceur déconcertante.

— A mon tour, maintenant, grogna-t-il.

Et avant qu'elle puisse ajouter quoi que ce soit, il referma les lèvres sur un sein. Puis entama une lente torture le long de son corps, une exploration aussi minutieuse que la sienne, mais avec la bouche, la langue… jusqu'à ce qu'elle se cramponne au drap et marmonne des supplications.

Alors Jordan lui glissa un oreiller sous les reins afin de compenser le petit renflement de son ventre. Appuyé sur les coudes, il s'allongea au-dessus d'elle et, regardant droit dans ses yeux, pressa son sexe vibrant à l'entrée de sa grotte secrète.

Elle noua les bras autour de son cou pour l'attirer dans un nouveau baiser enivrant, mais il refusa de se laisser distraire de son but. Avec une lenteur délibérée, sans la quitter une seconde des yeux, il pressa davantage, plongea, s'enfonça encore. Plus loin. Entièrement. Et attendit.

Si elle n'avait pas senti les muscles tendus de la nuque de Jordan sous ses doigts, Brooke n'aurait pas su ce que lui coûtait cette retenue. Qu'il manifeste une tendresse aussi attentive au milieu de cette passion fébrile la remplit d'un plaisir tout neuf.

Elle se cambra vers lui, mordit sa lèvre et le supplia :

— Viens, maintenant.

Puis elle roula des hanches, comme pour mieux l'attirer en elle, et elle fut exaucée. C'était encore meilleur que la première fois. Il allait et venait en elle, l'entraînant dans la plus sensuelle des danses, lui tirant des gémissements de contentement. Ils ne formaient plus qu'un seul corps, et, assaillie de sensations toutes plus intenses les unes que les autres, elle oublia qui menait la danse et se laissa aller aux déferlantes de plaisir qui la submergeaient. Enfouissant le visage dans l'épaule de Jordan pour se retenir de crier, elle gémit une litanie d'encouragements à continuer, oui, encore, encore…

Le sentir entrer et sortir de son corps lui rappelait leur première fois. Mais à cette impression de familiarité se mêlait un sentiment de danger, car désormais, ils n'avaient plus l'option de s'éloigner à jamais l'un de l'autre ensuite. Pensée effrayante qu'elle chassa avant que cela n'éteigne les sensations divines qui la traversaient. Agrippée aux épaules de Jordan, elle s'imprégna de sa peau moite et chaude. Ses doigts se crispèrent à mesure qu'une exquise volupté montait, montait, et que…

Elle planta les ongles dans sa chair, rejeta la tête en arrière et se noya dans les vagues successives d'un plaisir foudroyant. Elle l'entendit vaguement la rejoindre tandis que la marée reculait, la laissant pantelante, et qu'il s'écroulait à son côté.

Leurs respirations saccadées se fondirent dans la légère brise qui pénétrait dans la chambre. Brooke posa la tête sur l'épaule de Jordan. Quelque part dans un recoin de son esprit, elle savait qu'il existait une raison lui commandant de rassembler ses idées embrouillées. Sauf que pour cela, il aurait fallu qu'elle soit capable de penser.

Pourquoi son cerveau ne fonctionnait-il jamais convenablement dès qu'il s'agissait de Jordan ?

Baignant dans une félicité bienheureuse, les yeux mi-clos, Brooke sentit Jordan soulever le drap, puis l'étendre de nouveau sur elle.

Et s'éloigner.

Entre ses cils, elle le vit enfiler son boxer et gagner la véranda à pas de loup. Tout alanguie après un second round amoureux, elle n'avait pas la force de quitter le lit, mais cela ne l'empêcherait pas de profiter du spectacle. Le clair de lune illuminait sa stature musculeuse, ses larges épaules, sa peau dorée.

Il semblait à la fois si fort et si sexy… Il aurait fait un divin mari. Mais pouvait-elle se fier à son jugement, ou la passion brouillait-elle sa vision ? De fait, Jordan avait des arguments solides en faveur d'un mariage, et il ne faisait aucun doute que ce qu'ils venaient de vivre au lit était incomparable.

En cédant à son désir pour Jordan, ce soir, elle avait cru pouvoir se contenter de l'aspect sexuel de leur relation, mais l'air frais qui entrait par la porte-fenêtre apportait un souffle de réalité, et elle ne pouvait ignorer les pensées plus rationnelles qui la pressaient avec la même ténacité que les minuscules pieds sous ses côtes.

Etait-elle trop exigeante en voulant davantage de Jordan ? En voulant ce qu'elle voyait dans le regard de Cassie et Brandon l'un pour l'autre ?

Non qu'elle reproche son bonheur à sa demi-sœur ! Dieu sait

si Cassie méritait cette sérénité après son enfance tumultueuse en tant que fille illégitime de John Garrison.

Brooke enroula des bras protecteurs autour de son propre enfant et se mit à caresser tendrement son ventre rebondi. L'union confuse et houleuse de ses parents avait fait tant de mal à tant de gens. John Garrison avait blessé Cassie en n'épousant jamais sa mère, de la même façon que Bonita et lui s'étaient entredéchirés.

Mais sans jamais se quitter.

Les relations étaient déjà compliquées en soi. Avec des enfants en plus, les problèmes se multipliaient de façon exponentielle.

Brooke reporta les yeux sur le dos nu et bronzé de Jordan, dans l'encadrement de la fenêtre. Cet homme était capable d'exercer un sacré empire sur sa vie.

Plus que jamais, elle devait tenir ses émotions sous bonne garde.

7

D'habitude, Jordan détestait ces premiers instants suivant le réveil, au cours desquels il ne contrôlait pas ses pensées.

Ce matin, néanmoins, les raisons d'être joyeux ne manquaient pas. A commencer par la femme blottie de dos contre lui, sa peau tiède et nue, les draps froissés ravivant des images de la nuit précédente.

Ces moments de sensualité avec Brooke avaient été encore plus fabuleux que dans ses souvenirs — et ses souvenirs étaient déjà sacrément fabuleux. Son plan pour qu'ils deviennent plus intimes fonctionnait à merveille. Cela dit, il ne s'était pas attendu à ce que *lui* soit autant attiré par elle.

Pendant cinq secondes, il tenta de se convaincre que c'était parce qu'il n'avait couché avec personne depuis leur nuit au *Garrison Grand*. Même lorsque son ancienne petite amie avait essayé de le remettre dans son lit, il n'avait pas été tenté. Ils étaient liés par des arrangements professionnels, et rien de plus. En réalité, comprit-il alors, Brooke le hantait déjà, ôtant tout sex-appeal à son ex.

Des fleurs fraîches disposées près du lit projetaient dans la chambre des bouffées parfumées, et une idée fit son chemin dans l'esprit de Jordan. Il prit une orchidée dans le vase. Brooke lui avait dit que ses nausées matinales étaient terminées, aussi estima-t-il pouvoir l'approcher sans crainte.

Délicatement, il lui caressa la joue avec la fleur.

— Tu es réveillée ?

— Un petit peu, répondit-elle avec un soupir ravi.

Il titilla son oreille, puis promena la fleur dans son cou, le long de son bras, au creux de son coude.

— Encore ?

Elle marmonna une réponse à peine compréhensible. Il guida l'orchidée autour de ses seins, les frôlant en douceur jusqu'à ce qu'elle lève vers lui des yeux mi-clos, un sourire langoureux sur les lèvres. Il se rappelait fort bien ce regard sensuel, pour l'avoir vu sur son visage alors qu'elle le chevauchait, au cours de leur exploration des positions les mieux adaptées à sa grossesse.

Il lui rendit son sourire et suggéra d'un ton canaille :

— Je pensais qu'on pouvait recommencer à travailler une autre de ces positions inventives, qu'en penses-tu ?

Elle tenta de rouler pour lui faire face, mais il la bloqua avec ses jambes.

— Je ne vais pas avoir le droit de te toucher ?

— On va bientôt se toucher tant que tu voudras, ma belle, répliqua-t-il, le corps déjà palpitant d'anticipation.

Il poursuivit son périple avec la fleur, descendit plus bas, parcourut le ventre de Brooke, passa de sa hanche au sommet de sa cuisse. Elle se tortilla sous la caresse chatouilleuse, et en sentant ses fesses le frôler de façon tentatrice, ses cheveux frotter contre son torse, il faillit lâcher l'orchidée.

Elle lui arracha la fleur des mains.

— Stop, murmura-t-elle d'une voix rauque. Hmm, continue…

La contradiction de ces paroles le fit sourire, et il laissa ses mains remplacer l'orchidée sur le corps de Brooke en de lentes et sensuelles arabesques. Quand il frôla les boucles soyeuses de sa toison, elle ne put retenir un gémissement, et il accentua sa caresse. Puis, lentement, délicatement, il glissa un doigt dans la moiteur de son sexe brûlant. Elle se cambra avec ce gémissement qui le rendait fou. Lui donnait envie de plus — plus d'elle, plus de temps pour étudier toutes les positions imaginables, même les plus classiques, pourvu qu'elle soit la femme qu'il tenait dans ses bras, sous lui, sur lui, peu importe.

Alors, incapable de contrôler son désir plus longtemps, il se plaqua contre elle, et, laissant glisser ses mains sur ses hanches voluptueuses, il s'insinua en elle et la chaleur moite de son sexe lui arracha un grognement. C'était si bon… Enfouissant le visage dans sa chevelure soyeuse, il profita de cette position avantageuse pour caresser ses seins, si pleins et apparemment si sensibles, à en juger par la manière dont elle ondula en réponse.

Leur lent va-et-vient expédia les draps sur le sol, mais l'air matinal rafraîchissait à peine la sueur recouvrant son corps. Le soleil pénétrait à travers les stores et jouait sur la peau crémeuse de Brooke. Jordan serra les dents pour retarder la montée impérieuse de sa jouissance. Il voulait l'attendre, se délecter du spectacle de voir monter en elle les signes de son plaisir tout proche, encore et encore.

Puis, enfin, elle rejeta la tête en arrière, les joues en feu, la respiration de plus en plus précipitée, murmurant une litanie de mots confus entrecoupés de souhaits d'une précision indéniable, jusqu'à ce qu'elle se mette à crier de plaisir, l'embarquant avec elle dans une explosion vertigineuse. Il laissa retomber son front sur son épaule, les yeux fermés, concentré sur sa sensation. Il *ressentait* Brooke, tout simplement. Tout autour de lui, contre lui. Les secousses de l'orgasme l'agitaient si fort qu'elle tremblait dans ses bras, jusqu'à ce qu'elle finisse par s'apaiser avec un soupir comblé.

Tout en lui caressant les cheveux, il songea de nouveau à quel point il aimait qu'elle exprime ses désirs au lit. Si seulement il pouvait l'amener à être aussi communicative avec ses pensées. Car elle avait beau s'être montrée réceptive physiquement, il avait le sentiment que cette fois encore, elle avait retenu quelque chose. Au dernier instant, elle avait fermé les yeux, comme si elle se fermait à lui.

Il perdait du terrain alors qu'il aurait dû être en train d'en gagner. Qu'est-ce qui clochait, bon sang ?

Plus important encore, il lui fallait trouver comment revenir à son projet de lui glisser sa bague au doigt.

Ce dimanche soir, Brooke s'obligea à gravir les marches menant à la maison familiale, soutenue par Jordan. Elle ne savait pas ce qui était le pire — affronter sa mère ou repartir en arrière et franchir de nouveau le portail sous les flashs des journalistes acharnés.

Elle se cramponna plus fort au coude de Jordan. Bien que refaire l'amour avec lui l'ait considérablement ébranlée, et que la facilité avec laquelle il anéantissait sa volonté l'effrayait, elle aurait voulu pouvoir rester plus longtemps avec lui aux Bahamas. Mais elle avait promis à Brittany de venir ce soir mettre au point les derniers détails de son mariage.

Sur la dernière marche, Jordan s'arrêta devant l'imposante porte richement décorée de guirlandes scintillantes et lui caressa la joue, le pouce s'attardant sur ses lèvres avec la familiarité sensuelle des amants.

— Hé, ma belle. On dirait que tu montes à l'échafaud. Rien ne nous empêche de tourner les talons et de repartir illico, tu sais.

Bonita ou les médias ? Rude choix. Mais il fallait également prendre les autres en considération.

— On a déjà sauté la partie dîner de la soirée, répliqua-t-elle, réprimant un frisson à l'idée d'un repas au milieu d'une telle discorde. Le moins que nous puissions faire est d'arriver pour le dessert, je l'ai promis à Brittany. Je ne peux quand même pas éviter ma famille toute ma vie.

— Tu n'es désormais plus seule pour les affronter.

Le cœur de Brooke se serra.

— C'est à la fois une bénédiction et une malédiction, murmura-t-elle avec un sourire triste.

— Merci, ironisa Jordan.

Elle eut un peu honte de sa remarque. Elle n'avait pas à rejeter sa mauvaise humeur sur lui.

— Pardon. Je n'ai pas voulu dire que…

Jordan lui ferma la bouche du pouce.

— Chut. Pas la peine de faire la conciliatrice avec moi. Je suis un grand garçon. Je me rends bien compte que ce ne sera pas du gâteau de me mettre ta famille dans la poche. Le problème, c'est que je suis un type tenace et déterminé.

Ses paroles, soulignées par une lueur implacable dans ses yeux, la réconfortèrent et l'inquiétèrent à la fois.

— Ils sont ma famille. Je les connais bien et je suis capable de les assumer. Appliquons-nous simplement à ce que les choses se passent vite et en douceur.

— Comme tu dis, il s'agit de ta famille. C'est toi qui décides.

Tant qu'elle n'essayait pas de l'envoyer paître, compléta-t-elle pour elle-même. Car alors, il intervenait et insistait pour qu'ils passent du temps ensemble et apprennent à se connaître. C'était d'ailleurs pour cela qu'elle avait accepté ces rendez-vous, mais, à présent, elle se demandait si elle ne s'était pas menti à elle-même. Car elle connaissait depuis le début le côté volontaire, pour ne pas dire coriace, de Jordan. Alors, qu'est-ce qu'elle cherchait à apprendre en acceptant ces rencontres ? Certes, elle voulait savoir qui il était au fond, mais elle s'apercevait chaque jour un peu plus qu'elle n'y arriverait pas, car Jordan avait l'art de dissimuler ses pensées intimes sous des sourires charmeurs.

Une voix leur parvint à travers la porte d'entrée et la tira de ses pensées. A l'évidence, Bonita était en train de se défouler sur quelque chose, une fois de plus. Brooke s'appuya contre le chambranle. Elle aurait dû s'y attendre. Est-ce que l'alcoolisme et les explosions intempestives de sa mère avaient empiré ? Ou bien sa grossesse lui mettait-elle les nerfs à vif ?

La main de Jordan la rattrapa.

— Laissons tomber, et fichons le camp.

Brooke était sur le point d'accepter sa proposition quand la porte s'ouvrit à la volée sur Brittany. Une lueur éperdue dans les yeux, elle saisit sa sœur par le poignet et la tira vivement à l'intérieur. A croire que tout le monde était à la recherche d'une planche de salut.

— Tu vois, maman ? Brooke est là quand même.

Bonita titubait entre le salon et le hall d'entrée, un gobelet de cristal contenant un liquide couleur thé glacé à la main. Mais qui n'était sûrement pas aussi inoffensif que du thé.

Sa chevelure d'ordinaire impeccable était tout ébouriffée, les mèches grises plus visibles que d'habitude. Pendant des années, Lisette l'avait aidée à garder un minimum de contenance. Mais apparemment, même leur gouvernante ne résistait plus à ses beuveries, qui semblaient s'aggraver chaque mois davantage depuis la mort de son mari.

Bonita trébucha et s'appuya sur Brittany, ses doigts serrés sur son gobelet exhibant un vernis écaillé.

— Eh bien, ma chère fille, mieux vaut tard que jamais. Où étiez-vous, toi et ton… comment doit-on l'appeler ? Vous n'êtes pas fiancés, et « petit ami » sonne mal. Quel est le masculin de fille mère, Brooke ?

Les dents serrées de colère, Jordan prit Brooke par la taille, et lança d'une voix dure :

— Madame Garrison, Brooke et moi sommes les parents de votre petit-enfant à venir.

— Oh, mais je le sais. D'ailleurs tout South Beach le sait ! rétorqua Bonita avec un grand geste de son verre, en renversant une bonne partie sur le sol de marbre. Tout le monde est au courant, grâce à ces horribles médias fascinés par les enfants nés hors mariage.

Brooke ne put s'empêcher de tressaillir sous la violence des propos. Sa mère était en pleine forme, ce soir. Jordan lui-même serra les dents à la dernière remarque.

Le reste de la famille quittait petit à petit le salon d'un pas méfiant mais restait en retrait, sauf Parker, qui s'avança jusqu'au milieu du hall.

— Maman, je pense qu'il est peut-être temps de…

Bonita lui tendit son verre.

— D'accord, mon fils. Tiens. Prends-moi ça. Il est tiède, de toute façon.

Et elle prit en vacillant la direction de l'escalier.

Brooke poussa un soupir de soulagement, dont elle entendit chacun se faire l'écho.

Puis Bonita se retourna, le regard étonnamment lucide — et venimeux.

— Non que je te blâme, Brooke. Tu ne fais que suivre le modèle donné par ton père. Tes frères et ta sœur ont montré l'exemple. Brittany a toujours été une dévergondée. Et Stephen ne savait même pas qu'il avait un enfant avant que sa fille ait eu trois ans.

Stephen s'écarta du groupe et rejoignit Parker.

— Maman, tu dépasses les bornes ce soir ! Parker et moi allons t'aider à monter, et Lisette te mettra au lit.

Il s'avança à côté de son frère, et tous deux attrapèrent

chacun un bras de leur mère avec une synchronisation qui stupéfia Brooke. Ils étaient visiblement rompus à l'exercice.

Mais Bonita les repoussa avec violence et fit un pas vers Brooke.

— Fais gaffe, ma petite, ou les gènes l'emporteront chez toi aussi.

Brooke essaya d'articuler quelque chose pour arrêter le flot de poison que crachait la bouche de sa mère, mais elle tenait à peine debout. Que Jordan voie l'affreux secret de sa famille lui paraissait déjà mortifiant, alors qu'il le vive en direct…

Lentement, elle s'appliqua à inspirer par le nez puis expirer par la bouche. Elle avait lu des techniques de relaxation dans ses livres de grossesse. Puis elle choisit un point pour focaliser son attention — l'étoile en haut du sapin de Noël — et le fixa en respirant à fond. Peu à peu, la diatribe de sa mère disparut derrière un voile de sons brouillés.

Au loin, elle entendit la voix de Jordan, basse, ferme, teintée d'une colère glaciale. Brooke voulut prévenir sa mère qu'elle ferait bien de tenir compte de ce ton, mais elle en était soudain incapable. Tandis qu'une violente nausée montait en elle, elle eut le sentiment que l'étoile fixée en haut du sapin était en train de s'élever, à mesure que la pièce s'assombrissait.

Dans un éclair de lucidité, Brooke comprit qu'elle s'évanouissait ; en même temps, elle entendit Jordan crier et sentit ses bras la rattraper avant qu'elle ne touche le sol.

Alors voilà à quoi ressemblait la peur.

Jordan Jefferies ne l'avait jamais connue avant, mais se retrouver assis dans la salle d'attente de l'hôpital, sans savoir ce qu'avaient Brooke et leur enfant, lui flanquait une peur bleue. Heureusement, elle avait vite repris connaissance dans la voiture, mais était restée groggy durant l'interminable trajet jusqu'aux urgences, où l'examinerait sa gynécologue.

Au moins, la bande des Garrison se taisait depuis qu'ils étaient tous arrivés à l'hôpital. Ça valait mieux pour eux.

Frères, sœur et conjoints s'alignaient sur les banquettes. Bonita occupait une chaise, une cafetière pleine à côté d'elle.

Il faudrait un moment pour que son organisme élimine tout l'alcool qu'elle avait ingurgité. Pour l'instant, ils avaient une ivrogne bien éveillée sur les bras, mais qui avait en tout cas le bon sens de la fermer.

Il lui en voulait terriblement d'avoir bouleversé Brooke à ce point. Le simple fait de la regarder le faisait bouillir de rage. Comment osait-elle parler ainsi à sa fille ?

Brooke était une personne forte et assurée dans le monde du travail. Il l'avait vue à l'œuvre lorsque les Garrison avaient lancé leur projet du *Sands.* Cette année-là, elle en avait fait l'entreprise immobilière la plus rentable de South Beach, vendant tous les biens à des prix records. Il avait du mal à faire coïncider son sens aigu des affaires avec l'aspect plus doux qu'elle montrait à sa famille.

Un bip le ramena au présent. Les trois Garrison mâles vérifièrent chacun leur portable.

Parker grimaça.

— C'est le mien. Désolé. Ma réceptionniste. Mais le boulot attendra.

Jordan dévisagea son vieil ennemi, incrédule. Parker Garrison remettant les affaires à plus tard ? Un vrai scoop, mais Jordan était trop inquiet pour se pencher dessus.

Les portes battantes s'ouvrirent et le médecin surgit, une femme d'une cinquantaine d'années qui, Dieu merci, avait le genre de regard auquel il se fierait en salle de réunion. Ils s'étaient brièvement salués avant que Brooke soit emmenée dans une salle d'examen.

La gynécologue fit un signe de tête à Anna, l'épouse enceinte de Parker, puis se tourna vers le groupe.

— L'état de Brooke est stable. Le bébé semble aller bien.

« Semble » ? Jordan se rapprocha du médecin, voulant, *ayant besoin* de plus amples détails.

— Je suis Jordan Jefferies. Nous n'avons pas eu l'occasion de discuter quand Brooke a été admise, mais je suis son fiancé et le père du bébé.

Le médecin hocha la tête.

— Vous n'êtes pas officiellement un parent, mais Brooke

m'a donné l'autorisation de vous parler. Elle savait que vous seriez inquiet, comme toute sa famille.

Inquiet ? Le terme était faible. Il se faisait violence pour ne pas franchir ces fichues portes en trombe et se ruer auprès d'elle.

Brittany vint se placer à côté de lui, ses frères s'alignèrent derrière comme un rempart de soutien, pour une fois tous unis avec lui contre la même chose.

— Et quel est le diagnostic ? demanda-t-elle.

La gynécologue enfouit les mains dans les poches de sa blouse et répondit :

— La tension de Brooke reste assez élevée pour que je lui ordonne de rester cette nuit en observation.

Jordan eut le sentiment que le sol s'ouvrait sous ses pieds. Si le médecin ne voulait pas laisser sortir Brooke, c'était forcément grave. Livide, il se rappela toutes les lectures qu'il avait faites au cours des dernières semaines, et tandis que le nom et la description de maladies toutes plus terribles les unes que les autres tournoyaient dans sa tête, il bredouilla :

— Vous voulez dire qu'il y a un risque pour le bébé ?

Le médecin abandonna sa posture officielle et lui sourit avec sympathie.

— Rassurez-vous, ce sont juste des précautions d'usage. Malgré sa tension un peu élevée, la maman va bien, et le bébé se porte comme un charme. Nous voulons juste nous assurer que sa tension va baisser. Pour autant, il va falloir du repos et du calme. Car cette hausse de tension est l'indication incontestable que son corps subit un énorme stress.

C'était le stress qui avait provoqué son malaise ? Bien sûr. Il avait été aux premières loges pour voir les dégâts que causait à Brooke la moindre confrontation familiale. Pas étonnant que ce soir, sa tension se soit envolée !

Jordan serra les dents. Ce n'était ni le lieu ni le moment de s'expliquer avec Bonita Garrison, mais à l'avenir, il avait bien l'intention de s'interposer entre Brooke et sa famille. Qu'elle le veuille ou non, il la protégerait d'eux, bon sang.

— Que dois-je faire pour elle ? demanda-t-il au médecin.

— Dans l'immédiat, je veux que Brooke reste allongée pendant deux semaines, avec un rythme de vie calme et un régime strict. Tenez bon, jeune papa, ajouta-t-elle en lui tapotant le bras. Vous pourrez la voir dans cinq minutes. Elle vous réclame.

Brooke le réclamait ? Dieu merci, cela lui éviterait de chercher un moyen de gagner l'endroit où il estimait devoir être absolument en ce moment même… Le soulagement le traversa avec une telle intensité qu'il remarqua à peine le départ de la gynécologue, ni que Bonita s'éloignait en sanglotant vers les toilettes.

Dans cinq minutes, il verrait Brooke. La gorge nouée, Jordan se demanda comment une jeune femme et un enfant à peine ébauché pouvaient le bouleverser à ce point. Jamais encore il n'avait connu d'émotion aussi forte.

Et qu'il trouvait très, très désagréable à vivre.

Lorsqu'il releva les yeux de l'affreux carrelage de la salle d'attente, Jordan constata qu'il n'était pas seul. Emilio se tenait en silence à sa gauche. Et Parker Garrison attendait à sa droite, son œil toujours au beurre noir depuis leur bagarre.

Il observa le reste de la fratrie alignée, et songea que s'ils aimaient sans conteste Brooke, il ne leur faisait aucune confiance pour la protéger des griffes de leur mère. Il n'existait qu'un seul moyen de s'assurer qu'elle ait une paix totale et que tous ses besoins soient satisfaits.

— J'emmène Brooke chez moi, annonça-t-il d'un ton déterminé.

Adam haussa un sourcil.

— Ce n'est pas à elle de décider ?

Jordan leur fit face, les pieds fermement plantés dans le sol et les toisa d'un regard résolu.

— Je suis sûr que chacun d'entre vous ferait la même chose à ma place, non ?

Les trois frères jetèrent un coup d'œil farouche aux femmes à leurs côtés puis ils hochèrent la tête. S'ils étaient ses adversaires dans la course pour le pouvoir, ils étaient tous coulés dans le même moule.

Emilio eut un sourire moqueur.

— Bonne chance pour la convaincre sans la contrarier, mon vieux.

Ils partagèrent un éclat de rire qui tombait à pic, puis Emilio le serra avec force dans ses bras avant d'aller réconforter sa fiancée, le laissant avec Parker.

— Tu tiens à ma sœur, fit alors celui-ci.

C'était plus un constat qu'une question.

Jordan se contenta d'acquiescer. Oui, il tenait à elle, davantage chaque jour. Bien plus qu'il ne s'y serait attendu.

Parker poussa un énorme et long soupir.

— Bon, d'accord, conclut-il. Nous allons ramasser maman et rentrer à la maison. Dis bien à Brooke notre inquiétude pour elle et le bébé.

Jordan tourna la tête vers les toilettes. Pas de Bonita en vue, mais il baissa néanmoins la voix, et dit calmement :

— A propos de Bonita. D'habitude je ne me mêle pas des affaires privées des autres, mais Brooke et notre enfant sont désormais ma famille.

Parker fronça les sourcils.

— Où veux-tu en venir ?

La chose était délicate à formuler comme à entendre, mais après une nuit pareille, Jordan ne pouvait se taire. Surtout quand Brooke avait besoin de son aide.

— J'ai l'impression que cacher les bouteilles d'alcool ne fonctionne plus.

Il attendait une explosion de colère, un coup de poing, ou au moins qu'on lui ordonne de s'occuper de ses oignons. Mais rien de ceci ne survint.

Sauf une pesante résolution, qui s'inscrivit sur le visage de l'aîné des Garrison tandis qu'il opinait.

— Je vais me renseigner pour des cures en clinique dès la première heure, demain matin.

Jordan garda le silence. Ce n'était pas un moment de victoire. Juste de dure vérité.

Parker s'adossa au mur et regarda ses frères et sa sœur.

— Je suis certain que mes frères seront d'accord avec moi pour intervenir au sujet de maman.

La fratrie acquiesça sans mot dire.

— Brittany voudra sans doute rester avec Brooke, poursuivit

Parker avant de se retourner vers Jordan. Nous te tiendrons au courant de l'évolution des choses.

L'échange avait été bref, mais suffisant. Ils avaient été adversaires durant des années. Travailler ensemble ne s'annonçait — et ne serait — pas facile. Mais avec le mariage d'Emilio et ce futur enfant, leurs familles seraient bien obligées de s'entendre.

Bonita avait un pouvoir de destruction terrible sur son entourage, et Jordan ne voulait pas de ça pour Brooke et leur bébé.

Restait maintenant à trouver un moyen diplomatique de la convaincre de s'installer chez lui, et sans incidence fâcheuse sur sa tension.

S'il y parvenait, ce serait un vrai miracle de Noël.

8

Brooke se coula dans l'atmosphère feutrée de la luxueuse limousine, les pieds relevés et une bouteille d'eau fraîche à portée de main.

Affalé près d'elle, Jordan travaillait sur son BlackBerry.

Sexy et silencieux.

Il avait été systématiquement présent à chacun de ses moments de réveil, à l'hôpital.

Elle mit une main sur son ventre, comme pour se rassurer que le bébé s'y trouvait toujours, bien à l'abri. L'odeur de l'hôpital et la peur lui collaient encore à la peau, malgré les kilomètres qui l'en éloignaient. Tout s'était passé si vite, entre le moment où elle s'était évanouie et celui où elle avait repris connaissance dans la voiture de Jordan qui fonçait vers les urgences.

A présent, le monde avait ralenti, dans tous les sens du terme. Elle ne pouvait plus travailler. Ni aller nulle part. Pareille impuissance la désespérait, mais elle n'avait pas le choix. Déjà plus fort que tout le reste, l'instinct maternel la poussait à protéger cette précieuse vie qu'elle abritait. Elle ferait n'importe quoi pour garder son enfant en sécurité.

Encore que jusqu'à maintenant, cela se soit limité à s'habiller ! Jordan s'était occupé de tout, les papiers pour sa sortie d'hôpital, la limousine… absolument tout, lui épargnant le moindre souci, la moindre démarche.

Mais dès qu'elle serait arrivée à la maison, elle reprendrait les choses en main. Son assistante lui apporterait le travail le plus urgent, et la nièce de Lisette viendrait à mi-temps s'occuper d'elle et de l'intendance. Avec une autre personne pour donner un coup de main durant la journée, tout irait bien.

Faire au moins des tâches administratives lui éviterait de devenir cinglée en restant enfermée. Parker lui avait même proposé sa propre réceptionniste, Sheila, pour se charger des courses entre le bureau et son appartement, mais elle avait décliné son offre, comptant pouvoir se débrouiller avec son équipe du *Sands*.

Elle n'avait eu qu'une matinée de repos forcé, à l'hôpital, mais elle avait déjà l'impression de tourner en bourrique. Elle devait à tout prix se calmer, pour le bien du bébé.

Par la vitre de la limousine, Brooke détourna ses pensées nerveuses en entreprenant de compter les palmiers… et remarqua que la voiture dépassait la route menant chez elle.

— Hé, on a raté la sortie ! gapit-elle, de nouveau sur les nerfs.

Jordan releva les yeux de son BlackBerry, le rangea posément dans l'attaché-case à côté de lui et planta son somptueux regard bleu sur elle.

— Je sais. Je voulais éviter de te stresser avec ça pendant le trajet. C'est mauvais pour toi et pour le bébé.

— Me stresser avec quoi ?

Est-ce que le médecin lui cachait quelque chose ? Ses doigts se crispèrent sur son ventre.

Jordan allongea le bras sur le dossier de la banquette.

— Je vais prendre soin de toi, lui annonça-t-il.

Elle le regarda un instant sans comprendre, puis soudain, le sens de ses paroles lui apparut.

— Tu te sers de mon malaise pour nous faire vivre ensemble ? Mais je ne veux pas habiter une chambre d'hôtel pendant des semaines !

Il saisit une mèche de ses cheveux entre ses doigts et commença à jouer avec.

— Nous n'allons pas au *Victoria*, répliqua-t-il. Je t'emmène chez moi, où du personnel s'occupera de toi pendant que tu restes allongée.

— Chez toi ?

— Oui, enfin, dans l'ancienne maison de mes parents, mais qui est la mienne, maintenant. J'ai racheté la part d'Emilio il y a longtemps.

Il vivait dans l'ancienne maison de ses parents ? L'idée la

toucha droit au cœur, le fait qu'il veuille rester proche des souvenirs de sa mère et de son père. Si seulement il lui montrait plus souvent cette facette moins dure de lui !

C'était son côté fonceur dont elle devait se méfier. Elle s'obligea à fixer de nouveau son attention sur ce qu'il disait :

— Tu ne peux pas rester seule chez toi, Brooke, c'est quelque chose que tu dois comprendre. Tu voudrais que je m'installe dans ton palais rose et blanc ? J'en doute. A moins que tu ne préfères retourner dans la maison de ton enfance et qu'un membre de ta famille prenne soin de toi ?

La pensée de se retrouver dans la propriété familiale en compagnie de sa mère lui fit dresser les cheveux sur la tête. Pour autant, elle se sentait piégée par Jordan. Elle le fusilla du regard.

— Cette manœuvre est malhonnête de la part d'un type qui jure ne pas vouloir me mettre en rogne !

Plongeant les doigts sous ses cheveux, Jordan entreprit de lui masser la nuque, éveillant ses sens au passage.

— Je te présente simplement les options possibles. Tu as une meilleure idée ?

Brittany était en pleins préparatifs de son mariage, donc d'autant moins disponible qu'elle devait désormais se passer de l'aide de sa jumelle. Et Brooke ne connaissait pas assez ses belles-sœurs pour s'installer chez elles, si gentilles soient-elles. Quant à ses copines, toutes travaillaient à plein temps et vivaient seules, comme elle.

— Je pensais embaucher quelqu'un, plaida-t-elle.

— J'ai déjà toute une escouade de personnes qui s'occupent de la maison, rétorqua Jordan en poursuivant son massage relaxant. Regarde les choses autrement. Vu qu'il nous est pour le moment impossible de poursuivre nos sorties, autant continuer à prendre le temps de nous connaître, mais chez moi, d'accord ?

Brooke réfléchit tandis que la limousine s'enfonçait dans South Beach et que les palmiers filaient sous ses yeux. Les trottoirs étaient bondés de gens en patins à roulettes et de touristes attirés par la température hivernale si douce de la Floride.

Certes, les arguments de Jordan tenaient la route. Mais elle se demandait quand même s'il n'avait pas d'autres motivations derrière la tête.

— Les rapports sexuels me sont interdits pour le moment, avança-t-elle. Je dois attendre le feu vert du médecin.

— Elle me l'a répété dans le hall de l'hôpital. Sur un ton très catégorique, ajouta Jordan avec une grimace.

Le rappel de la scène en question la fit sourire.

— Il n'y a pas beaucoup d'intimité autour de cette naissance, hein ?

— En effet, admit Jordan.

Puis il appuya le front contre sa tempe, et poursuivit, les lèvres contre ses cheveux :

— L'amour avec toi me manquera plus que je ne pourrais le dire, tu sais. Mais si tu peux t'en passer, moi aussi.

Pas de sexe… Elle le regrettait déjà, dans chaque cellule de son corps. Sentir Jordan la toucher en ce moment même lui donnait une idée de ce qu'il lui en coûterait de résister dans les jours à venir.

— Tu es donc sérieux en voulant que nous nous installions ensemble ?

Elle s'imprégna peu à peu de ce qu'impliquait ce nouvel aspect de l'engagement de Jordan à son égard. Elle avait cherché à déceler en lui des motifs cachés, un signe indiquant qu'il entretenait cette relation avec elle pour de mauvaises raisons, dans un but ultérieur, comme démolir l'empire Garrison, d'une façon ou d'une autre. Mais sa tendresse actuelle, sa prévenance généreuse… Elle ne pouvait nier que cela l'émouvait au plus haut point.

— Oui, répliqua-t-il, je suis tout à fait sérieux. Et si tu ne peux penser à ta propre santé, pense au bébé.

Elle soupira. Bon, évidemment, Jordan étant Jordan, il savait être franchement déloyal, comme à l'instant. Sauf qu'il mettait le doigt sur le seul argument capable de la faire céder.

— Bon, j'accepte pour le bébé, mais avec certaines règles.

Il planta sur elle son fascinant regard bleu, celui de l'homme d'affaires sûr de lui.

— D'accord.

— Et tu devras me *promettre* de les suivre, insista Brooke.

Le regard de Jordan se para d'une lueur narquoise.

— Je vois que tu sais saisir les nuances. J'ai entendu dire que tu étais aussi tenace que le reste de ta famille de l'autre côté d'une table de négociation.

— Encore un compliment douteux, riposta Brooke.

Bien qu'elle doive admettre que, si elle se montrait d'ordinaire conciliatrice en privé, au travail, elle adorait lâcher la bride à sa hargne contenue.

— Mais revenons à ces règles, reprit-elle. Ce n'est pas parce que je lâche prise sur ce point que j'abandonne mes réserves quant au mariage.

L'idée même la terrorisait toujours autant, et elle n'avait pas l'intention de penser à quoi que ce soit qui risquait de la mettre dans un état de stress.

— Compris.

— Et je crois préférable que nous ne dormions pas dans le même lit, ajouta-t-elle.

Le sourire de Jordan s'accrut, ses yeux se plissèrent.

— Parce que tu as peur de ne pas pouvoir me résister ?

— Ton ego me sidère !

— Mon ego ou mon sens de l'humour ? riposta-t-il en lui caressant les lèvres du bout du pouce. J'essaye juste de te faire sourire aussi.

La douceur de son geste apaisa le trop-plein d'émotions qui encombraient l'âme de Brooke.

— Excuse-moi. Je suis simplement… affolée.

Le regard de Jordan redevint grave, et il prit son visage entre ses mains.

— Bon Dieu, évidemment que tu es affolée.

— Ce serait moins difficile s'il ne s'agissait que de ma santé, mais me faire du souci pour le bébé, c'est trop.

Elle n'avait jamais rien affronté de plus colossal que l'inquiétude qui la rongeait en permanence.

Jordan posa son autre main sur son ventre, un geste intime qui la bouleversa et qu'elle n'eut pas le courage de repousser.

— Le médecin t'interdit l'angoisse, dit-il. Concentre ton esprit sur autre chose.

Il avait raison. Elle devait faire davantage d'efforts, pour le bien du bébé. Battant des cils, elle repoussa ses peurs.

— Sur quoi, par exemple ?

— Eh bien, as-tu réfléchi aux prénoms ? suggéra Jordan.

La limousine s'arrêta à un feu rouge, et des hordes de piétons traversèrent la rue. Brooke s'abandonna à la réconfortante chaleur de Jordan, à la douceur moelleuse des sièges en cuir, heureuse de partager avec lui ce moment où ils songeaient ensemble à leur futur enfant.

— Si ce petit monstre s'était montré plus coopératif lors des échographies, ça aurait aidé. Nous saurions s'il faut choisir des prénoms de fille ou de garçon.

— Nous ? répéta Jordan.

Elle le regarda, stupéfaite. Il était surpris qu'elle lui demande son avis ? Preuve supplémentaire qu'il la connaissait mal, s'il la croyait assez mesquine pour ne pas l'impliquer dans une décision aussi capitale pour leur enfant !

— Evidemment que tu auras ton mot à dire, à moins que tu ne proposes un truc horrible. Quel est le prénom de ta mère ?

— Victoria.

— Comme ton hôtel, murmura Brooke, surprise.

Comment avait-elle pu l'ignorer ? Cela rappelait une fois de plus quel chemin il leur restait tous deux à parcourir avant qu'elle puisse seulement envisager de lier sa vie à cet homme.

— C'est vraiment touchant, ajouta-t-elle.

Jordan haussa les épaules d'un air détaché. Voilà pourtant le genre de lien intime qu'elle souhaitait partager avec son propre enfant, si différent de la relation qu'elle avait avec Bonita.

— Au fait, dit-elle encore, je suis désolée du comportement de ma mère, hier soir.

Aussitôt, le regard de Jordan redevint dur. Implacable. Presque meurtrier.

— Tu n'as à t'excuser de rien du tout, gronda-t-il.

Si, elle culpabilisait toujours de ne pas avoir mieux réfléchi aux conséquences de ses actes, cinq mois plus tôt.

— La première fois que je t'ai emmené dîner à la maison, mon frère t'a tabassé, et…

— Tu veux dire, a *essayé* de me tabasser, la coupa Jordan.

Ah, l'ego masculin ! Elle réprima un rire, qui se mua en sanglot.

— Et la fois suivante, c'était au tour de ma mère de t'agresser, bien que verbalement et non physiquement, mais tout de même.

— C'est toi qui as été blessée, objecta Jordan. J'aurais dû intervenir plus tôt.

Comme si cela aurait changé quoi que ce soit, songea Brooke en s'efforçant de contenir le tremblement qu'elle sentait monter en elle.

— Personne ne peut l'arrêter quand elle est lancée.

Cela dit, elle devrait trouver un moyen d'y parvenir à l'avenir, car il était hors de question que Bonita mette en péril la santé de son enfant. Repenser à ce que la tirade de sa mère avait failli leur coûter ranima sa colère. Sans s'en rendre compte, elle serra les poings.

Jordan posa ses mains dessus, et déclara avec douceur :

— Je crois que cette discussion est mauvaise pour toi.

Elle s'obligea à respirer calmement, posément.

— Je ne dois penser qu'à des choses joyeuses, c'est ça ?

Il embrassa une à une ses articulations, jusqu'à ce qu'elle ouvre enfin les poings.

— Exactement, répondit-il ensuite. Alors, raconte-moi un souvenir d'enfance joyeux.

Elle sortit la première chose qui lui traversa l'esprit.

— Ma mère peignait autrefois. Elle emportait son matériel à la plage, et pendant ce temps, Brittany et moi construisions des châteaux de sable et sautions dans les vagues.

— En voilà un joli souvenir.

Il continua à caresser son poignet tandis que la limousine franchissait les grilles de sa maison familiale.

— Je n'y avais pas repensé depuis si longtemps, murmura Brooke en observant les grilles se refermer dans son dos. Les mauvais souvenirs ont tendance à supplanter les bons. C'est vraiment dommage.

Le véhicule traversa un parc impeccablement entretenu, suivit une allée pavée, dépassa une fontaine surmontée d'un ange de marbre et longea des buissons fleuris.

— Toi et moi devrions faire en sorte que le conflit entre

nos familles ne l'emporte pas sur la bonne relation que nous sommes en train de construire, poursuivit-elle d'un ton pensif.

— Tout à fait d'accord, tant que cela ne te stresse pas.

— Mmm. Si j'étais machiavélique, je profiterais de la situation pour imposer le prénom que je veux.

— Du moment que je n'ai pas à appeler ce gosse Parker, répliqua Jordan, je pense pouvoir assumer n'importe quoi.

Un rire bienvenu jaillit des lèvres de Brooke.

— Bon, je vais y réfléchir, et je te soumettrai ma liste.

— Ça marche.

Dès qu'ils furent arrivés devant la maison, Jordan descendit de la limousine. Avant qu'elle puisse poser un pied par terre, il la souleva dans ses bras. Elle tenta de protester, mais ce n'était pas la première fois qu'ils vivaient cette scène, et il semblait insister pour la porter. Aussi cessa-t-elle de lutter, et, nouant les mains derrière sa nuque, elle le laissa l'emporter. D'autant qu'elle se sentait épuisée, et qu'il était bien agréable, pour une fois, de laisser Jordan prendre le contrôle de la situation.

Jordan monta les marches de pierre, puis traversa un vaste perron à colonnes jusqu'à la porte d'entrée. Elle eut à peine le temps de noter les chaleureuses teintes miel et bleues de la splendide bâtisse, car il la présenta en hâte aux domestiques avant de se diriger vers le long escalier d'acajou qui courait autour du hall.

A l'étage, le couloir paraissait plus étroit en raison des nombreux tableaux qui ornaient les murs. Des paysages se mêlaient à des portraits attendrissants de Jordan enfant, ainsi que d'Emilio. Mais alors qu'elle voulait rester éveillée et voir ce morceau de paradis familial, ses paupières se fermaient déjà. Les assauts d'assoupissement dus à sa grossesse semblaient devenir plus fréquents chaque jour.

Le monde bascula, et elle luttait encore contre le sommeil lorsque Jordan la déposa au centre d'un imposant lit à baldaquin. Il la recouvrit d'un édredon moelleux. Un seul regard autour de la pièce suffit pour qu'elle comprenne…

Que si elle n'était pas dans le lit de Jordan, elle se trouvait incontestablement dans sa suite.

*
* *

Une semaine plus tard, Jordan grimpait avec impatience l'escalier conduisant au premier étage de sa demeure. Il apportait à Brooke un plat de nourriture et un cadeau, et selon lui, les deux lui remonteraient le moral.

Pas de doute, l'avoir sous son toit lui plaisait encore plus qu'il ne l'avait imaginé.

Il l'avait installée chez lui parce que c'était le mieux pour elle et pour l'enfant. Mais il n'aurait jamais imaginé que ce serait également aussi bien pour lui.

Surtout après avoir vécu si longtemps seul, tantôt à l'hôtel, tantôt ici. La vie de célibataire collait parfaitement à ses aspirations professionnelles, et il s'était attendu à ce que la présence de Brooke perturbe ses petites habitudes. Mais au contraire, ces derniers jours avaient été très divertissants et agréables, passés à partager des repas, à discuter, à apprendre des choses essentielles l'un de l'autre. Il connaissait désormais ses couleurs, plats, musiques préférés.

Rose — rien de surprenant.

Le chili con carne — pour le moment. Le sujet était manifestement soumis au changement hormonal.

Les bons vieux succès et le soft rock — il envisageait de l'emmener à un concert, une fois remise sur pied.

Pourvu que ce moment arrive bientôt, songea-t-il en montant les dernières marches. Il l'espérait autant pour le bébé que pour la santé mentale de sa mère, car l'agitation croissante de Brooke à mesure que les jours passaient ne lui échappait pas. Il avait fait son possible pour l'occuper, lui envoyant même des entrepreneurs chargés de transformer une chambre en nursery, pour combler les moments où elle ne se consacrait pas à des tâches pour son propre bureau, mais même la perspective d'avoir un budget illimité n'avait pas eu l'air de lui redonner de la joie.

De fait, découvrit-il en entrant dans la pièce, Brooke ne respirait pas non plus la joie ce soir, étendue sur le canapé du petit salon qui séparait leurs deux chambres. Elle semblait même carrément irritable, les yeux fixés sur ses pieds relevés par un coussin. Son fax ronronnait à l'extrémité de la pièce, mais elle n'accordait pas un regard aux papiers qu'il crachait sur son espace travail.

Jordan entra, déposa le paquet enveloppé contre le sofa, et la barquette de nourriture sur la table basse — sans obtenir de réaction de sa part.

— Brooke ? Tu ne veux pas d'un repas qui vient du *El Diablo* ? Regarde, il y a ton nom sur cette barquette de chili. Il l'a fait préparer spécialement pour toi.

La mention de son plat favori ne la dérida même pas.

— On peut commander autre chose, si ça ne te dit rien.

Elle secoua la tête.

— Non, c'est parfait. Merci.

Ecartant le coussin de sous ses pieds, il s'assit sur le sofa et les posa sur ses genoux, savourant le plaisir de la toucher, de la regarder. Sa petite robe rouge soulignait avec simplicité l'arrondi appétissant de ses seins et de son ventre, dont le renflement lui rappelait le peu de temps qui lui restait pour cimenter les choses entre eux. Il avait toujours rêvé d'un mariage semblable à celui de ses parents, et cette grossesse l'avait empêché de découvrir ça avec Brooke. N'empêche. Il pouvait toujours espérer qu'ils connaîtraient ensemble cette magie, mais cela ne marcherait que si chacun y mettait du sien.

Malgré son envie de glisser les mains loin sous sa robe, il se limita à ne la caresser que jusqu'aux genoux.

Hélas, après deux minutes de massage, elle ne s'était toujours pas détendue. Qu'est-ce qu'elle avait, à la fin ?

— Bon, je donne ma langue au chat. Qu'est-ce qu'il y a ?

— Tout ça, répondit Brooke en englobant d'un geste énervé les catalogues de papier peint et les nuanciers de peinture.

— Les préparatifs pour le bébé ? J'ai dit à l'entrepreneur et au décorateur de te laisser choisir tout ce que tu voulais.

Agacée, elle replia ses jambes sous elle, le privant du délicieux contact de sa peau soyeuse.

— Peut-être, mais tu embauches des décorateurs et tu casses des murs et tu essayes de prendre ma vie en charge !

Très bien. Au moins, elle était franche, même s'il ne la comprenait pas du tout. Qu'était-il censé faire ? Machine arrière ?

En tout cas, il ne pouvait pas se disputer avec elle, bien que le médecin leur ait assuré qu'elle récupérait rapidement. Sa tension était redevenue normale. Encore quelques jours avec les pieds relevés, et elle obtiendrait la permission d'assister au mariage de Brittany.

— Que tu vives ici ou non, je dois aménager un endroit pour le bébé. J'aimerais que tu y contribues. Si tu finis par rester ici, formidable. Indépendamment de ça, cela t'occupera pendant ton séjour. Je sais que tu as réduit ta charge de travail, et j'imaginais que ce serait une manière agréable de compenser.

— Je pensais pouvoir aider ma sœur pour son mariage en passant des coups de fil, objecta Brooke.

— Tout me va, pourvu que ça ne te stresse pas.

La colère enflamma ses yeux bruns.

— Ce n'est pas toi qui décideras !

Eh bien, lui qui voulait qu'elle cesse de lui cacher ses pensées, il était servi, aujourd'hui ! Son point de vue sur la question était d'une clarté indiscutable.

Le problème était que cela faisait longtemps qu'il décidait lui-même de presque tout dans sa vie. Il inspira à fond et tenta de s'armer de patience.

— Je crains toujours que tu ne saches pas t'arrêter avant d'être surmenée. Et je sais que tu t'ennuies à mort.

— Le mot est faible. Sans les visites de ma famille, je deviendrais cinglée, soupira-t-elle. Bien que j'en vienne à me demander si tu n'as pas interdit ta porte à maman. Je croyais vraiment qu'elle viendrait me voir. Encore qu'elle ne me manque pas, depuis notre dernière entrevue…

Jordan s'apprêtait à diriger la conversation vers un autre sujet que sa mère, moins susceptible d'apporter une tension néfaste, mais changea d'avis. D'après le médecin, le stress refoulé était encore plus dangereux.

— Depuis combien de temps est-elle alcoolique ? demanda-t-il doucement.

— Depuis aussi loin que je m'en souvienne. Même lorsqu'elle peignait sur la plage, elle apportait un pichet de sangria. Mais nous n'avons pas souffert de négligence, ajouta Brooke en le fixant dans les yeux. Nous avions des nounous à plein temps — et nous nous avions les uns les autres.

— Cela n'efface en rien ce que ta mère vous a fait subir.

— Je sais.

Il étudia son regard, et vit la frustration, le chagrin puis l'impuissance assombrir ses prunelles havane. Les frères et la sœur de Brooke avaient souhaité lui cacher que Bonita était entrée en cure de désintoxication, mais il songea qu'il était temps de la mettre au courant. Maintenant. Il affronterait le courroux des Garrison, le cas échéant.

Il envisagea de lui prendre la main, mais sentit qu'elle préférait qu'il garde ses distances.

— Tu sais, Brooke, tes frères ont discuté avec ta mère de son problème.

— Ils ont fait quoi ? s'indigna-t-elle. Ils ont discuté sans moi ? Ils ont décidé que mon avis n'était pas important, c'est ça ? Et toi, tu le savais et tu ne m'as rien dit ?

— Parce que tu crois que dans ta condition actuelle, tu aurais pu intervenir ?

Elle lui lança un regard noir.

— D'accord, finit-elle par admettre, et il vit la tension sur ses épaules se relâcher un peu. Sais-tu ce qu'ils ont décidé ?

— Ils l'ont fait admettre dans une clinique de désintoxication le jour où tu as quitté l'hôpital.

Comment prendrait-elle la chose ? Il n'arrivait pas à lire son expression.

Comme elle restait un instant silencieuse, il insista :

— Ça va ?

— Bien sûr. C'est une bonne décision. Mais je ne peux m'empêcher d'avoir le sentiment que j'aurais dû être présente, répondit-elle avant de lui saisir la main, et la distance entre eux s'évanouit aussitôt. Je te remercie cependant de me l'avoir dit. Je comprends que tu cherches à me ménager, mais je ne supporte pas que tu me caches des choses. Il y a eu trop de secrets dans ma famille. Si je découvrais que tu me mentais…

En sentant ses doigts fuselés s'enrouler autour des siens, Jordan saisit la portée de son geste. Il se trouvait à présent face à un nouveau dilemme : lui avouer la vérité sur son implication dans la fuite à la presse, et tout risquer. Ou bien jouer son va-tout et espérer qu'elle ne le découvre jamais.

La question ne se posait pas. Il savait ce qu'il devait faire.

— J'ai quelque chose à te dire, lança-t-il.

— Tu en fais une tête ? Ça ne peut quand même pas être pire que de savoir ma mère en cure de désintoxication !

— Cette histoire d'honnêteté entre nous. Je veux être réglo avec toi.

Les sourcils délicats de Brooke se froncèrent.

— Tu commences à me faire peur, et c'est mal.

Jordan se jeta à l'eau.

— Cette fuite sur notre liaison dans le journal n'était pas accidentelle.

Sous ses doigts, il sentit la main de Brooke devenir glacée.

— Tu veux dire que c'est toi qui as déclenché toute cette folie médiatique ? compléta-t-elle en libérant ses doigts.

Jamais il n'avait eu l'intention d'éveiller tous ces ragots sur les Garrison, mais ce n'était pas le sujet. La faute lui en revenait, et il assumait la responsabilité de la tension nerveuse que cela avait causé à Brooke, il le savait à présent.

— Je ne vais pas excuser mon acte, assura-t-il. Tout ce que je peux dire, c'est que je ferais autrement aujourd'hui, et que je suis désolé.

Durant un long moment, Brooke entoura son ventre de bras protecteurs, sans prononcer un seul mot. Puis elle hocha la tête.

— En fait, tu cherchais à l'annoncer une bonne fois pour toutes et d'un seul coup, c'est ça ?

Jordan s'était attendu à de la colère, des larmes, mais certainement pas à ce qu'elle comprenne ses motifs. Il s'enorgueillissait de toujours savoir cacher son jeu. Ce qu'on ignorait ne pouvait pas être retourné contre lui.

Tomber pour une fois sur quelqu'un qui le devine autant le mettait mal à l'aise.

— Qu'est-ce qui te fait penser ça ? demanda-t-il.

Elle haussa les épaules.

— C'est ce que Parker aurait fait. Vous deux êtes très semblables.

Voilà qui était vexant. Vraiment vexant.

— Tu m'en veux à mort, non ?

— Je suis déçue, mais je comprends, répliqua Brooke.

Mets-toi quand même dans la tête que quand tu prends des décisions unilatérales qui nous concernent tous les deux, et sans m'en parler, tu ne fais rien pour diminuer mon stress. Au contraire, tu l'augmentes, surtout après mon attitude depuis trop longtemps si passive dans mes relations avec ma famille. Que je devine que quelque chose cloche ou que je le découvre plus tard me déchire toujours.

La culpabilité s'abattit sur lui, encore accrue par le fait que Brooke passait l'éponge, allant jusqu'à prendre une part de responsabilité en mentionnant sa façon de gérer ses rapports familiaux dans le passé. Se contenter de dire « Je suis désolé » semblait trop mesquin.

— Je n'excuserai pas ton comportement, Jordan, reprit-elle. Mais je vois comment tu en es venu à prendre cette décision et je te pardonne. A condition que tu me promettes de ne plus jamais me mentir, ajouta-t-elle avec gravité.

— Je te le promets.

Et il le pensait. Certes, il était ambitieux, avait même la réputation d'être impitoyable — une réputation souvent justifiée — mais il se flattait d'être honnête. Et avec le recul, cette histoire de journal n'avait pas été sa meilleure idée.

Il était temps de passer à autre chose.

— Tu es prête pour dîner ? demanda-t-il.

Brooke s'écarta peu à peu de lui, prenant clairement de la distance.

— Tant qu'à être francs l'un vis-à-vis de l'autre, j'ai besoin d'espace ce soir.

Elle hésita un instant et Jordan crut — espéra — qu'elle allait changer d'avis. Elle tendit la main…

… et attrapa la barquette de chili con carne, puis gagna sa chambre.

Constatant avec un sourire qu'elle acceptait au moins l'un de ses présents, il la regarda disparaître derrière sa porte. Il avait envie de la suivre, mais respecterait son désir de solitude et la laisserait dormir. Le repos était ce qu'il y avait de mieux pour elle comme pour l'enfant. Et ce soir, il avait déjà obtenu plus de pardon qu'il ne s'y serait attendu.

N'empêche qu'il ne s'était pas attendu non plus à être aussi déçu de rater l'occasion de partager un chili et un DVD avec Brooke.

Brooke cherchait le sommeil, à la fois frustrée et agitée après sa confrontation avec Jordan.

Un coup d'œil au réveil lui indiqua l'heure : 2 heures du matin. Elle avait dû s'assoupir vers minuit, mais pas longtemps.

Seigneur, elle détestait cette impression d'impuissance et de perdre le contrôle de sa vie !

Ses frères et sa sœur avaient organisé un changement essentiel dans l'existence de leur mère, un moment important, un chamboulement total les concernant tous. Et pendant ce temps, elle était restée allongée, les pieds relevés, incapable de surmonter son stress…

Pas étonnant que Brittany ait paru autant à cran en venant la voir après sa sortie d'hôpital ! Toute la famille avait dû vivre un enfer, mais chacun avait continué à la ménager.

Pourquoi Jordan ne l'avait-il pas mise au courant plus tôt ? Que sa mère cherche de l'aide était une bonne chose, la seule chose à faire. Même si cela n'avait pas dû être facile…

Elle enfonça sa tête dans l'oreiller, partagée entre l'espoir et le scepticisme. Car là résidait son principal souci : faire confiance à sa mère pour qu'elle aille jusqu'au bout du programme de désintoxication. Confiance, après toute une vie de signaux contradictoires de la part de ses parents.

Faire confiance à Jordan.

Malgré leurs soirées et cette semaine de cohabitation, elle avait encore l'impression qu'ils ne se connaissaient pas assez pour s'engager dans le mariage. Ses parents s'étaient fréquentés deux ans avant de s'épouser, et il fallait voir ce que cela avait donné !

Si seulement elle pouvait retrouver cette intense impression de justesse ressentie le soir où elle avait décidé de coucher avec lui pour la première fois.

Quand ils avaient fait cet enfant.

Alors qu'elle glissait peu à peu dans les brumes du sommeil, le souvenir de cette fameuse nuit revint hanter son esprit, et elle eut l'impression de revivre la scène, comme dans un rêve…

Elle l'avait vu bien des fois. Et l'avait toujours désiré.

Ce soir, au diable sa famille. Elle l'aurait.

La décision résonnait dans son cerveau tandis que l'ascenseur montait vers la chambre qu'elle avait réservée pour Jordan Jefferies et elle-même.

La tête lui tournait plus du contact de ses mains sur son corps que des effets de l'alcool. Cela faisait des années qu'elle percevait leur attirance l'un pour l'autre, mais jamais elle n'aurait imaginé l'intensité des flammes qui la consumeraient en sentant ses paumes sur elle.

Ses paumes glissant le long de son dos durant leur baiser passionné dans le hall.

Ses paumes empoignant ses fesses pour la rapprocher de lui alors qu'ils franchissaient la porte en titubant.

Ses doigts s'acharnant sur ses vêtements pour la soumettre à la plus délicieuse des tortures.

Et ensuite, alors qu'elle demandait grâce, ces mêmes mains talentueuses excitant ses sens jusqu'au bord de la jouissance. S'arrêtant net. La ramenant à deux doigts de l'explosion, puis reculant encore, jusqu'à ce qu'ils basculent ensemble dans un déchaînement de bras, de jambes et de cris…

Brooke se réveilla avec les draps entortillés autour des chevilles, le corps brûlant du désir de revivre ce qu'elle avait connu avec lui, un plaisir passionné qu'elle venait de retrouver dans son rêve.

Elle alluma sa lampe de chevet. Comme toujours, elle trouva sur la table de chevet un plateau portant une carafe d'eau, des fruits frais et de quoi grignoter en cas de fringale nocturne. Elle croqua dans une poire. A défaut d'assouvir son appétit sexuel, elle pouvait calmer une autre faim.

Qu'est-ce qui la hantait autant à propos de ces moments passés avec Jordan, lors de cette première nuit ? Un sentiment d'égalité, de tout maîtriser. Sauf le matin suivant, où elle s'était sentie tellement dépassée qu'elle l'avait fui.

Ses yeux vagabondèrent vers la porte ouverte de sa chambre. Jordan avait dû venir vérifier qu'elle dormait bien sans la refermer ensuite. Elle aperçut dans le salon les catalogues de tissus et de papier peint près du petit canapé, et son angoisse se ranima. Il avait beau prétendre la laisser libre de ses choix, elle se sentait étouffer.

Un peu plus loin, son regard tomba sur un paquet bleu appuyé contre le canapé. Elle se souvint vaguement que Jordan portait quelque chose en entrant dans la pièce, tout à l'heure. Un cadeau ? Avait-il projeté de la séduire avec un cadeau ?

Tout en grignotant la poire, elle étudia le paquet avec nervosité. Fragilisée par son rêve, elle n'était pas sûre de pouvoir supporter quoi que ce soit d'autre de la part de Jordan cette nuit.

Mais la curiosité l'emporta.

Jetant le reste de la poire dans la poubelle, Brooke se libéra des draps et posa les pieds par terre. Sa chemise de nuit en satin glissa sur sa peau en une caresse sensuelle qui lui rappela trop bien son rêve, son rêve d'une nuit bien réelle, et source inépuisable de fantasmes.

Elle traversa la chambre et alla s'asseoir au bord du canapé. Ses doigts pianotèrent sur le haut du paquet. Si seulement sa jumelle impulsive pouvait être à ses côtés pour l'aider à décider quoi faire !

Des Noëls de son enfance lui revinrent à la mémoire. Brittany ramassait chaque cadeau au pied du sapin, le tâtait, le secouait, puis déclarait d'un ton assuré ce qu'elle pensait qu'il contenait. Une fois sur deux, elle avait raison. L'autre fois, ses suppositions étaient si extravagantes que personne ne prenait la peine de la taquiner sur ses erreurs.

Brooke examina le paquet. Manifestement pas un bijou. Ni des vêtements. Trop gros pour être un album de photos. Trop petit pour un meuble, même en kit.

Finalement, la curiosité l'emporta sur la prudence. Elle s'empara du cadeau, commença à déchirer le papier bleu et tomba sur du papier bulle. Des mètres de papier bulle qui protégeait quelque chose. Pas étonnant qu'elle ait été incapable de deviner de quoi il s'agissait !

Enfin, elle découvrit que toute cette protection enveloppait une épaisse enveloppe de kraft, qui semblait contenir un cadre.

Il lui avait acheté une photo ? Un tableau ?

En tout cas, force était de constater qu'il la couvrait d'attentions. Du moins, qu'il *essayait.* Car il n'était pas question qu'elle accepte de l'épouser juste parce qu'il la couvrait de cadeaux et d'attentions !

Elle déchira nerveusement le papier kraft, et ce qu'elle vit lui coupa le souffle.

Jordan lui avait bel et bien offert une œuvre d'art. Mais pas n'importe laquelle. Il avait choisi une magnifique aquarelle — visiblement destinée à une nursery — représentant deux petites filles jouant à bâtir des châteaux de sable sur une plage.

Jordan s'était rappelé le meilleur souvenir d'enfance qu'elle lui avait raconté.

La délicatesse de son cadeau la toucha profondément. Cela lui fit autant d'effet que lorsqu'il posait les mains sur elle. Et elle était tout simplement incapable de résister à cet aspect de Jordan.

Surtout pas ce soir, avec le rêve toujours aussi vivace dans chaque recoin de son esprit, pas ce soir, avec ce douloureux sentiment de solitude et de désir qui la rongeait.

Reposant avec soin le tableau contre le canapé, Brooke se leva et tourna la tête vers la porte qui se trouvait à l'autre extrémité de la pièce.

La porte qui menait à la chambre de Jordan.

9

Jordan se réveilla en entendant couiner les gonds de sa porte.

Il resta immobile, les paupières mi-closes, observant Brooke traverser la pièce dans sa direction. Malgré l'obscurité, il voyait bien qu'elle n'était pas en plein désarroi, aussi garda-t-il le silence, attendant de voir ce qu'elle avait en tête. Il ne savait jamais à quoi s'en tenir avec elle, et cela l'ennuyait beaucoup.

Elle s'arrêta devant son lit, visiblement inconsciente du fait qu'il continuait à l'étudier entre ses cils. Elle souleva un coin des couvertures.

Nom d'un chien, elle n'allait quand même pas…

Quand Brooke se glissa auprès de lui, il fut incapable de s'empêcher de passer un bras autour d'elle. Le parfum fleuri de ses cheveux vint chatouiller ses narines tandis qu'elle se blottissait contre lui.

Il entreprit de lui caresser doucement le ventre, traçant des cercles autour de son nombril bombé.

— Tu as du mal à dormir ? demanda-t-il. Notre footballeur en herbe te réveille avec ses coups de pied ?

En fait, la toucher s'avérait une mauvaise idée. D'autant que cela ne les mènerait nulle part…

Etendue de tout son long contre lui, elle posa la tête sur son épaule, et répondit d'une voix langoureuse :

— Quelque chose m'a réveillée, mais ce n'était pas le bébé.

— Je peux faire quelque chose pour toi ?

Il décida de lui masser le dos. Ces temps derniers, il avait remarqué qu'elle se tenait parfois les reins.

— J'avais besoin d'être avec toi, répliqua Brooke.

Comme elle glissait la main sur son torse, il frémit au contact de ses doigts frais sur sa peau surchauffée. L'anneau qu'elle portait à l'index le griffa légèrement, et il se surprit à penser aussitôt au motif gravé dessus. Il en était venu à la connaître jusque dans ce genre de détail infime.

Mais sa caresse innocente lui mettait les sens à vif ! Serrant les dents, il compta mentalement jusqu'à dix afin d'apaiser la montée de son excitation. A huit, il abandonna et accepta tout simplement d'endurer cette torture.

— Très bien, soupira-t-il. Si tu veux dormir ici, je n'y vois pas d'objection.

Il poursuivit son massage. L'avoir entre ses bras, sentir ses courbes satinées contre lui, sous ses paumes, était un mélange de paradis et d'enfer. Mais s'il se contrôlait et parvenait à la convaincre de l'épouser, il pourrait de nouveau lui faire l'amour. Donner à leur enfant la possibilité d'être élevé par ses deux parents ensemble méritait tous les efforts de patience.

Et l'idée d'une vie avec Brooke devenait de plus en plus attirante à mesure qu'ils passaient du temps ensemble.

— Je n'ai pas très envie de dormir, murmura-t-elle à son oreille.

Lui non plus, mais pour une raison différente. Il se concentra sur le bruit du ventilateur au-dessus de leurs têtes, et s'efforça de changer le cours de ses pensées. Que faire, nom d'un chien ? Discuter ? Il se souvint qu'elle avait déclaré un peu plus tôt ne pas aimer se sentir contrôlée. Aussi opta-t-il pour un sujet neutre.

— Alors, bavardons un peu, lui proposa-t-il. Qu'aimerais-tu faire demain, à mon retour du travail ?

— J'aurais tant voulu pouvoir aller à toutes les fêtes organisées pour Brittany et Emilio cette semaine.

Pas étonnant qu'elle soit si agitée. Tout sa famille s'amusait, et préparait le mariage, tandis qu'elle…

— Je compatis de tout cœur, assura-t-il. Ma pauvre, rester cloîtrée à la maison doit être horriblement ennuyeux. Et si on demandait au médecin la permission de faire une petite balade en voiture au bord de la mer ? Dans la mesure où tu n'aurais pas à marcher, ça ne devrait pas poser de problème. On pourrait prendre une limousine, ce qui te permettrait de relever tes jambes.

— Ce serait bien, répondit Brooke sans aucun enthousiasme.

Zut, se rappela-t-il, mais trop tard, elle lui avait pourtant dit qu'elle voulait aussi prendre ses décisions elle-même…

— Tu as une autre idée ?

— Excuse-moi, soupira-t-elle. Je ne veux pas te sembler grincheuse. C'est vraiment adorable de ta part, comme le magnifique cadeau que tu m'as acheté.

Ainsi, elle avait fini par l'ouvrir, songea Jordan. Il devait bien avouer qu'il s'était senti déçu que leur dispute l'ait empêché de le lui offrir, tout à l'heure. Au moins avait-il la satisfaction de savoir qu'elle appréciait son présent. Après l'avoir acheté, il s'était demandé si elle n'aurait pas préféré un bracelet de diamants à la place — comme cela aurait été le cas pour toutes les autres femmes avec qui il était sorti. La dernière en date, par exemple, aurait sans conteste préféré des diamants à n'importe quel tableau.

Mais Brooke ne ressemblait à personne.

— Je suis content qu'il te plaise, dit-il. Quand je l'ai vu dans la vitrine de la galerie, j'ai tout de suite pensé que tu l'aimerais.

Elle se nicha encore plus près de lui, glissant dangereusement un genou entre ses jambes.

— Je l'ai déballé après m'être réveillée, expliqua-t-elle. J'étais en train de rêver de toi.

— Ça me fait plaisir.

Lui, il rêvait d'elle *toutes* les nuits. Se le rappeler suffit d'ailleurs à susciter un élancement fébrile dans tout son corps. Mais la nature de leurs rêves ne devait sans doute pas être la même, n'est-ce pas ?

Soudain, la main de Brooke caressa sa hanche.

Etait-il en train de rêver ? Lui saisissant le poignet, il souffla :

— Brooke chérie, j'ai beau adorer te toucher et sentir que tu me touches, on ne peut pas faire l'amour. Pas tant que le médecin y met son veto.

Elle haussa les épaules, et dans le mouvement, le satin de sa chemise de nuit le caressa de façon terriblement tentatrice.

— Je sais. J'avais juste envie de… Juste envie de te remercier pour le tableau que tu as apporté pour la nursery.

— Mais je t'en prie, répliqua Jordan.

Du coup, il s'autorisa à jouer avec une mèche de ses cheveux soyeux.

— Et s'il te plaît, reprit Brooke, excuse-moi pour mon attitude grognon de ce soir. Tu sais, rester coincée ici finit vraiment par me rendre folle.

Elle posa la tête sur son épaule en poussant un profond soupir, ce qui eut pour effet d'écraser ses seins contre la chair enflammée de Jordan. Il se réjouit qu'elle se rapproche plus facilement de lui, même si ses courbes pleines le tentaient d'une façon à peine supportable.

Oui, une promenade en limousine lui ferait du bien. Il appellerait le médecin. Selon elle, l'état de Brooke était satisfaisant. Elle pourrait donc bientôt rentrer chez elle… loin de lui.

Jordan repoussa la pensée que le temps qui leur était imparti s'écoulait trop vite, et se concentra sur les frustrations actuelles de Brooke.

— Je vais dire à ta famille de venir plus souvent te rendre visite, annonça-t-il.

— Ils viennent bien assez, riposta-t-elle. Je papote avec eux jusqu'à saturation. Je craque, je suis tout énervée. J'ai besoin de… de toi. Voilà tout.

Oui, lui aussi. Il recommença à lui masser doucement le dos, tentant de l'apaiser et de l'endormir avant que l'un ou l'autre ne perde les pédales.

— Chut. Détends-toi, Brooke.

Il sentait la tension dans les muscles de ses épaules. Qu'elle soit autant à cran ne lui ferait aucun bien. Si seulement il pouvait satisfaire ses besoins sexuels…

Et soudain, l'idée fusa dans son esprit, lumineuse. Ce n'était pas parce qu'ils n'avaient pas le droit de faire l'amour qu'ils ne pouvaient rien faire. En l'occurrence, songea-t-il avec un sourire, *lui* pouvait faire beaucoup pour elle, sans mettre leur enfant en danger…

Oubliant toute retenue, il laissa ses mains explorer librement ses seins, gonflés par la grossesse. Il fut aussitôt récompensé par un gémissement impatient, tandis qu'elle se cambrait vers lui.

— Jordan, pas de sexe, tu te souviens ? haleta-t-elle, les yeux clos.

Jamais il ne mettrait sa santé ni celle de leur enfant en péril. Certes, il la désirait comme un fou, mais il saurait être patient.

— Je n'oublie pas. Nous n'allons pas coucher ensemble. Je vais juste t'aider à te sentir moins… agitée. A te détendre…

Il glissa la main vers sa hanche, puis descendit un peu plus bas.

— Si c'est ce que tu souhaites, bien entendu, murmura-t-il contre son oreille.

Brooke s'arqua davantage, comme pour mieux accueillir ses caresses.

— Oui, répliqua-t-elle d'une voix tremblante, mais… et toi ?

— On s'occupera de moi une autre fois, répliqua Jordan en faisant glisser sa culotte de dentelle le long de ses jambes fuselées. Ce soir, tu es prioritaire.

Il s'empara de sa bouche tout en caressant la peau soyeuse de son ventre arrondi, puis il s'insinua entre ses cuisses, lui tirant un soupir de plaisir. Elle était brûlante de désir, et elle se pressa contre sa main, comme pour le supplier de la satisfaire. Mais il prit son temps et entama un lent va-et-vient, arrachant à Brooke un chapelet de soupirs ravis. Puis il accéléra et ralentit le rythme de ses caresses à mesure qu'il la sentait se tendre sous ses doigts, et, bientôt, bien plus tôt qu'il ne l'aurait cru, il vit sa magnifique poitrine se soulever et retomber rapidement, tandis qu'un orgasme dévastateur la submergeait. Haletante, elle le supplia de ne pas cesser et se frotta plus fort contre lui. La manière dont elle réagissait à ses caresses le transporta, et il fut comme transpercé par la beauté de son expression tandis qu'elle chavirait de plaisir, cramponnée à lui.

Puis elle retomba en arrière, la tête enfouie dans l'oreiller. Un souffle court s'échappait d'entre ses lèvres. Savoir qu'il lui faisait un tel effet mettait Jordan au comble de la joie. D'accord, il était à son tour diablement excité, mais il était avant tout heureux de la voir ainsi détendue entre ses bras, les joues encore rosies et la bouche gonflée de son baiser.

— Ça va mieux ? demanda-t-il, incapable de détacher les yeux d'elle.

— Nettement mieux, répondit-elle avec un lent sourire.

Il la serra contre lui, écarta des mèches moites de son front et lui caressa les cheveux jusqu'à ce que sa respiration se calme et qu'elle sombre dans le sommeil.

— Bonne nuit, ma beauté, murmura-t-il.

Il savait à quel point la place de Brooke était là, dans son lit. Pourquoi ne le comprenait-elle pas aussi ? Car même si sa présence à son côté, ou la joie qu'elle avait ressentie devant le tableau qu'il lui avait offert, le réconfortaient, il ne pouvait oublier leur discussion de ce soir. Jamais il n'avait rencontré personne qui soit aussi entêté que Brooke, de cette façon calme et déterminée, tellement surprenante.

Etouffant un soupir, Jordan consulta le réveil : 4 heures du matin.

Le sommeil ne viendrait certainement pas à lui aussi aisément qu'il avait gagné Brooke. Son corps vibrait trop d'un désir inassouvi.

Les trois jours avant le prochain rendez-vous avec la gynécologue risquaient d'être longs.

Brooke s'installa sur la banquette de la limousine et laissa échapper l'énorme soupir de soulagement qu'elle avait contenu dans le cabinet du médecin.

Dieu merci, maintenant qu'elle avait son feu vert, elle allait pouvoir retrouver une vie normale. Pour commencer, elle allait se passer de chauffeur. Le bébé et sa tension semblaient parfaits. Elle regretta que Jordan n'ait pas été là comme il l'aurait voulu, mais il s'était retrouvé coincé dans un embouteillage. Il avait appelé quand ça s'était dégagé, mais elle quittait déjà la salle d'examen.

Au moins pouvait-elle lui faire la surprise de lui apporter ces bonnes nouvelles — ainsi que l'échographie de leur fils.

Car le bébé était un garçon.

Des images d'elle jouant avec son petit bonhomme sur la plage naquirent dans son esprit. Elle intégra ensuite Jordan au scénario de ces rêves. Pour la première fois, elle se permettait d'imaginer un avenir avec lui, une union qui durerait toute leur vie, au cours de laquelle l'amour grandirait entre eux.

L'amour.

Le mot continuait de lui procurer un drôle de pincement au cœur, mais elle l'apprivoisait peu à peu au lieu de se laisser effaroucher comme par le passé.

Elle se concentra sur les nombreuses et heureuses nouvelles qu'elle annoncerait bientôt à Jordan. Non seulement le médecin lui avait donné la permission d'assister au mariage de sa sœur et de retourner travailler, mais également de reprendre *toutes* ses activités habituelles.

Y compris au lit.

Après leur rencontre torride trois nuits auparavant, ils avaient commencé à partager le même lit, exquise torture. Si elle aurait aimé davantage, dormir entre ses bras puissants la réconfortait déjà. Et son sommeil était incontestablement meilleur auprès de lui.

Mais ce soir, ils ne dormiraient pas, ou en tout cas, pas tout de suite.

Et demain ? Elle s'en soucierait au matin. Parce que dans l'immédiat, elle n'avait qu'une idée en tête : filer retrouver Jordan et gagner avec lui le lit le plus proche. Heureusement pour eux, le *Victoria* offrait une multitude de possibilités.

Jordan étudia l'heure sur l'écran de son ordinateur. Il aurait voulu être avec Brooke plutôt que dans son bureau du *Victoria*, ce qui aurait été le cas sans cet embouteillage qui avait fini par lui faire faire demi-tour et retourner à son travail.

Il avait hâte de retrouver Brooke et qu'elle lui raconte sa visite au médecin. Il avait essayé de la joindre, mais elle ne décrochait pas son téléphone.

Son regard revint sur l'horloge. Qu'est-ce qui la retenait ? Le souvenir de cette affreuse nuit aux urgences le hanta de nouveau. Il se rua hors de son siège, prêt à fouiller les rues si elle n'arrivait pas bientôt.

A moins qu'il ait mal compris et qu'elle soit simplement rentrée à la maison ?

Jordan tendait la main vers le téléphone pour appeler sa gouvernante au moment précis où il entendit la porte s'ouvrir.

Ressentant un soulagement dont la force le laissait perplexe, il se retourna vivement.

— Brooke…, commença-t-il.

Sauf que la femme qui s'encadrait sur le seuil n'était pas la mère de son enfant. Mais la dernière personne à laquelle il se serait attendu — ou qu'il aurait souhaité voir.

Son ancienne maîtresse, Sheila McKay.

Il fut aussitôt sur ses gardes. Ces derniers temps, elle s'était montrée très insistante, essayant à tout prix de le joindre. Apparemment, elle acceptait mal d'être éconduite.

— Sheila, dit-il en se levant. Mon assistante n'aurait pas dû te laisser monter.

Lorsqu'il avait quitté Sheila six mois plus tôt, il avait essayé de rester courtois, mais elle n'avait eu de cesse de faire repartir leur relation. Peu après leur rupture, elle avait pris un poste de réceptionniste à la *Garrison, Inc.* — et s'était rapidement efforcée de le ramener à elle en l'appâtant avec de précieuses informations internes.

Sheila s'approcha en ondulant sur ses talons vertigineux.

— Ton assistante doit être en pause-café, car je n'ai vu personne, en dehors des quelques maçons qui m'ont sifflée, roucoula-t-elle.

Comment diable avait-il trouvé attirante cette femme vaniteuse ? Peu importe sa chevelure blonde, ses yeux bleus et son passé de Playboy Bunny. Elle n'arrivait pas à la cheville de Brooke.

Regardant ostensiblement sa montre, Jordan répliqua :

— Tu tombes très mal. J'étais sur le point de partir. Je te raccompagne à ta voiture.

Mais Sheila percha une fesse parfaite sur son bureau.

— Ça vaudrait le coup que tu attendes. J'ai quelques scoops plutôt intéressants à propos de projets du camp Garrison concernant des achats d'actions.

A une époque, Emilio et lui acceptaient toutes les révélations sur les Garrison qu'elle leur offrait. Mais cette époque était révolue. Il avait promis à Brooke d'être honnête, et avait la ferme intention de tenir sa promesse.

Lors de leur dernier échange téléphonique, il pensait avoir

clairement signifié à Sheila que leur relation était terminée, et qu'il ne désirait pas qu'elle continue à venir lui rapporter les informations qu'elle obtenait en espionnant ses patrons. Et lorsqu'elle avait persisté en laissant des messages, il avait renforcé sa position en lui répondant par le silence. Mais cela ne semblait pas fonctionner avec elle.

— Sheila, je ne veux pas de tes infos sur les Garrison. Si tu te donnais la peine de jeter un œil à la presse, tu saurais que je sors avec Brooke Garrison. Et de toute façon, il n'y a plus rien entre toi et moi, depuis des mois. Plus rien du tout.

Elle balaya ses longs cheveux par-dessus son épaule.

— Ah, c'est vrai. Tu as tes propres entrées dans cette famille, à présent.

Voilà le genre de ragot qui déstabilisait tant Brooke…

— Fais attention, Sheila, riposta-t-il d'une voix plus dure. Tu dépasses les bornes.

Il contourna le bureau, déterminé à la faire sortir — et à l'éloigner de ses propres dossiers.

— Je dois aller retrouver Brooke. Elle a vu le médecin et je veux savoir ce qu'il en est.

Sheila se posta entre lui et la porte, bloquant le passage.

— Ça doit être dur pour toi, qu'elle soit confinée au repos.

Comment avait-il fait pour sortir avec une femme pareille ? se demanda-t-il. L'image du couple qu'ils formaient à l'époque surgit dans son esprit, et il frémit en se remémorant l'homme qu'il était alors. Le genre d'homme qui, en ce qui concernait ses maîtresses, ne prenait pas toujours le temps de regarder au-delà des apparences.

Et puis six mois auparavant, Brooke avait fait irruption dans sa vie, et même si elle était d'une rare beauté, il avait été soufflé par bien autre chose que les apparences. La passion l'avait transformé en un homme différent, quelqu'un qu'il aimait beaucoup plus. En être conscient rendait ridiculement aisé de repousser cette femme à la beauté toute superficielle.

Le regard résolu, il rétorqua :

— C'est encore plus dur pour elle d'être enfermée, à tourner en rond comme un lion en cage. C'est pourquoi je compte partir d'ici tout de suite.

— J'imagine qu'un homme de ton tempérament tourne aussi en rond comme un lion furieux, mais pour bien d'autres raisons, répliqua Sheila avec un sourire entendu sur ses lèvres fardées.

Assez perdu de temps. Il alla droit au but.

— Sheila, tu perds ton temps. J'ai bien l'intention de construire un avenir avec Brooke et notre enfant.

— Et alors ? Cela ne nous interdit pas de nous amuser. Je ne cherche pas une relation sérieuse. On dirait que tu as besoin de te détendre un peu, ajouta-t-elle en le prenant par le cou.

Son contact le laissa de marbre. Rien d'étonnant. Il lui agrippa les bras, prêt à la repousser fermement.

— Sheila, il est temps que tu partes, maintenant…

Une exclamation l'interrompit.

Nom d'un chien. Il sut ce qui venait de se passer avant même de regarder vers la porte.

Brooke était revenue de son rendez-vous médical.

La vision brouillée de larmes, Brooke pressa encore et encore le bouton d'appel de l'ascenseur. Certes, ça ne faisait pas venir la machine plus vite, mais ça défoulait.

Un embouteillage ?

Quelle idiote elle avait été de croire à la piètre excuse de Jordan ! Combien de fois avait-elle vu ses parents jouer le même scénario ? Son père avançait toujours une bonne explication pour passer si peu de temps à la maison. Alors sa mère pleurait — puis buvait.

Brooke savait à présent ce que faisait son père durant ses absences. Il voyait sa seconde famille. Elle n'aurait pas la naïveté de penser Jordan incapable de lui faire le même coup. Et de le faire avec cette fille trop maquillée.

Sheila ? C'était bien le nom qu'elle l'avait entendu prononcer quand elle était entrée dans la pièce ?

Une seconde. Elle avait déjà vu cette femme ! Elle travaillait comme réceptionniste au siège de la *Garrison, Inc*. Son frère avait même proposé de la lui envoyer pour l'aider avec sa paperasse pendant son repos forcé. Quelle sacrée coïncidence de tomber sur la réceptionniste de Parker ici, non ?

Une femme intime de Jordan, mais qui travaillait pour Garrison ? Voilà qui sentait au minimum le conflit d'intérêt, au pire le coup monté. Et si le rôle de cette Sheila était d'espionner les secrets professionnels de sa famille ? Parker n'avait-il pas souvent affirmé que Jordan était prêt à tout pour écraser les Garrison ?

La déception de Brooke se mêla de fureur. Les poings serrés, elle chassa avec détermination les larmes ridicules qui mouillaient ses joues. Elle serait plus forte que sa mère.

Néanmoins, pour la première fois de sa vie, elle devina la profondeur du mal que des années de trahison avaient dû faire à Bonita.

— Brooke, attends !

La voix de Jordan l'atteignit juste avant qu'elle sente sa présence brûlante derrière elle.

— Brooke, il ne s'est rien passé entre Sheila McKay et moi ! poursuivit-il.

Elle enfonça une nouvelle fois le bouton de l'ascenseur.

— Evidemment, puisque je suis entrée dans la pièce !

Cela dit, rien ne prouvait qu'au contraire, elle ne soit arrivée au moment final d'un adieu torride… La pensée la fit vaciller, et les larmes se reformèrent dans sa gorge.

Jordan s'immisça entre elle et le bouton lumineux.

— Il n'allait rien se passer du tout, assura-t-il.

Prise au piège de sa haute silhouette, Brooke finit par lever les yeux vers Jordan. Soit. Peut-être disait-il la vérité, même si c'était hautement improbable. Mais elle avait une autre question.

— Est-ce que oui ou non, elle a espionné l'entreprise de ma famille en travaillant pour Parker ?

L'hésitation de Jordan lui fit horreur. Mais elle ne recommencerait pas à pleurer. Pas devant lui.

— Tu m'as promis d'être toujours honnête avec moi, lui rappela-t-elle d'une voix glacée.

Les paupières baissées, il se frotta le nez. Agacement ? Ou il mettait juste ses excuses au point ?

Lorsqu'il la regarda de nouveau, la franchise illuminait ses yeux bleus.

— Par le passé, Sheila et moi sommes sortis ensemble,

avoua-t-il. Et oui, ces derniers mois, elle m'a offert des informations pour essayer de renouer. Mais, ajouta-t-il en arrêtant d'un geste sa tentative de parler, je n'ai eu aucun rapport avec elle depuis la première fois où toi et moi avons couché ensemble. Quelque chose en moi a changé ce soir-là. Je ne l'avais pas bien compris à l'époque. Je savais seulement que personne d'autre que toi ne m'intéressait depuis.

Ses paroles sonnaient juste, et Brooke brûlait d'envie de le croire. Mais elle n'était pas prête à prendre un tel risque. Car il lui avait menti au sujet de la fuite dans la presse. Et caché sans problème l'entrée en cure de sa mère. Même s'il avait brillamment justifié ses motifs.

Alors, et même si cela lui coûtait la famille dont elle commençait à rêver, elle ne voulait pas d'une relation pleine de secrets. Jamais. Elle avait trop vu sa propre famille s'effondrer à cause de ce genre de secrets.

— Comment savoir si je peux te croire ? demanda-t-elle enfin.

Jordan la saisit doucement par la nuque et posa son front contre le sien.

— Brooke, c'est mauvais pour toi de te tracasser.

— Inutile de t'inquiéter pour moi ou le bébé, rétorqua-t-elle. Le médecin m'a assuré que tout allait bien. C'était ce que j'étais venue t'annoncer.

Et elle en remerciait le ciel et tous les saints. Comment une femme aurait-elle encaissé la scène dans le bureau de Jordan sans éprouver un maximum de stress ?

— C'est génial ! s'exclama-t-il. Je suis si heureux. Viens, rentrons à la maison pour en discuter à l'aise.

Un sourire radieux s'épanouissait sur son beau visage.

Elle le dévisagea d'un œil encore méfiant, l'esprit toujours occupé par l'odieuse vision des mains de cette vipère sur cet homme qui avait fini par prendre toute la place dans sa vie. Cet homme qui se préoccupait d'elle et de leur bébé. Cet homme qui voulait l'épouser, mais qui ne l'aimait pas…

— S'il te plaît, Brooke, insista-t-il, suis-moi. Nous serons plus tranquilles pour discuter à la maison.

Seigneur, l'idée la tentait. Ses paroles semblaient sincères et logiques, son sourire authentique. Elle ne demandait qu'à le croire, et c'était ce qui l'effrayait plus que tout le reste. Car elle ne pouvait pas se laisser embobiner. De plus, elle devait avertir Parker de l'indiscrétion de Sheila, afin qu'il s'assure qu'elle ne remette plus jamais les pieds à la *Garrison, Inc*.

Admettre que Parker avait eu raison au sujet de Jordan depuis le début meurtrissait sa fierté autant que son cœur. Si seulement elle pouvait poser la tête sur l'épaule de Jordan et lui donner une chance de la convaincre…

Le chuintement des portes de l'ascenseur qui s'ouvraient brisa le silence, la libérant de cette faiblesse momentanée qui risquait de la pousser vers lui. Elle se blinda mentalement contre son allure séduisante, son charme, et tout ce qui l'ensorcelait dès qu'elle le regardait.

Il avait beau la croire vulnérable avec sa famille, elle s'était toujours protégée en gardant espace et distance, préférant isoler calmement son cœur des coups de ses proches, plutôt que se battre avec des mots pleins de colère. Elle ne se disputerait pas avec Jordan, mais elle réfléchirait sérieusement à tout cela avant de lui offrir encore la moindre portion d'elle-même.

Brooke recula d'un pas et pénétra dans l'ascenseur.

— J'ai besoin de temps pour retourner ça dans ma tête.

— Très bien. Je te laisserai tranquille ce soir.

Mais elle savait que si elle revenait chez lui ce soir, dans sa maison, elle finirait dans son lit.

— Tu ne m'as pas comprise, répliqua-t-elle. Je rentre chez moi. Je peux désormais me débrouiller, souviens-toi. Je t'ai donné ce que tu voulais ces dernières semaines, du temps pour apprendre à nous connaître. Maintenant, à ton tour de me donner ce que je veux. De l'espace.

Et Brooke appuya sur le bouton.

La musique de la cabine lui remémora les souvenirs d'un autre ascenseur, avec Jordan et elle si affamés l'un de l'autre.

Tandis que les étages défilaient, elle comprit que son répit serait de courte durée. Le mariage de sa sœur et d'Emilio aurait lieu dans deux jours.

Elle devrait donc l'affronter en remontant l'allée de l'église vers l'autel. Même si elle n'était pas la mariée, le symbole du moment allait être insupportable pour son cœur déjà brisé.

10

La réception battait son plein. Jordan engloutit un canapé au caviar, l'esprit empli d'images de Brooke à la cérémonie religieuse. Jamais elle n'avait été si belle à ses yeux que cet après-midi, tandis qu'elle marchait dans l'allée en direction de l'autel.

Dommage que la célébration ait été pour Brittany et Emilio. Mais en tant que demoiselle d'honneur de sa sœur, Brooke avait dû s'avancer vers lui, garçon d'honneur de son frère. Splendide dans sa robe rouge, moulant ses formes arrondies, ses cheveux relevés en un délicat chignon, et un petit bouquet qu'elle tenait devant son ventre, comme un bouclier.

C'était à peine s'il avait prêté attention à la mariée, vêtue d'un fourreau brodé de perles et coiffée d'un interminable voile. Son intérêt ne s'était focalisé que sur Brooke, dont la beauté lui coupait le souffle, encore à présent.

La veille, après la soirée d'enterrement de vie de garçon d'Emilio, son frère et lui avaient passé une bonne partie de la nuit à discuter entre hommes ; ils avaient évoqué le fiasco Sheila McKay, et la nécessité de clarifier rapidement les choses à ce sujet avec Parker.

Emilio avait également eu des paroles de sagesse au sujet de Brooke. Il lui recommandait la patience et l'honnêteté dans sa conquête dc la jeune femme. Brooke, avait-il dit, était sans conteste la plus sensible du clan Garrison, et Jordan avait acquiescé. Depuis qu'il la connaissait, force lui avait été de reconnaître qu'elle était une jeune femme très sensible. Et à laquelle il était lui-même très sensible…

Même à la réception, qui se tenait dans la propriété familiale, il ne pouvait détacher les yeux d'elle, qui discutait avec ses belles-sœurs sous la véranda. Toutes portaient des robes écarlates semblables, hormis celle de Brooke, dont la ceinture plus haute soulignait le ventre arrondi. Maintenant que les séances de photos étaient terminées, et les mariés partis en voyage de noces, les bouquets des demoiselles d'honneur gisaient sur le muret du patio. En les voyant, il ressentit un pincement au cœur. Ce mariage aux couleurs de Noël lui rappelait un peu trop la fête qu'il rêvait de célébrer avec Brooke. Les cadeaux qu'il aurait voulu partager avec elle et le bébé.

Cueillant un autre canapé sur le plateau d'un serveur, Jordan salua Brandon de la tête. L'avocat venait de passer à côté de lui pour aller chercher sa fiancée au milieu du groupe des femmes. Jordan gardait une excellente impression de l'accueil que lui et Cassie leur avaient réservé aux Bahamas, et, de les voir ainsi amoureux, lui donna un peu d'espoir. Eux aussi avaient eu un début d'histoire difficile, et la manière dont ils se dévoraient à présent du regard, sans se soucier d'être observés, lui donnait l'espoir de sauver quelque chose de la relation qu'il avait cherché à construire avec Brooke.

Sauf qu'elle persistait à le battre froid. Pas un mot, hormis des échanges polis devant les autres. Elle évitait de manière flagrante de se retrouver isolée avec lui.

Elle était magnifique, mais semblait fatiguée. Les rayons de lune et les délicats éclairages de Noël suspendus aux arbustes accentuaient les cernes sous ses yeux, que personne ne pouvait remarquer à moins de bien la connaître.

Des pas dans son dos le firent soudain se retourner. Parker s'approchait et lui tendait un verre. Jordan savait qu'il ne contenait que de l'eau pétillante, étant donné qu'aucun alcool n'était servi à la réception — et tant mieux, vu qu'il préférait garder l'esprit clair. Exceptionnellement sortie de clinique, Bonita Garrison s'était jusque-là tenue à carreau. Elle avait même poliment échangé quelques mots brefs — très brefs — avec Cassie et Brandon.

— Merci, dit Jordan en prenant le verre. Ça tombe bien.

Parker s'adossa au mur orné de décorations florales.

— J'ai appris par Brooke que ma réceptionniste Sheila McKay et toi, vous êtes rencontrés cette semaine.

Jordan se raidit, peu soucieux de s'empoigner une fois de plus avec Parker en pleine réception.

— Ecoute, crois-moi ou pas, mais Emilio et moi discutions justement du besoin de venir t'entretenir de Sheila.

Sheila la sale garce. Il évitait d'ordinaire de nourrir des sentiments aussi malveillants envers une femme, mais dans le cas de Sheila, il ferait une exception.

— Je pensais que Brooke attendrait après le mariage pour t'en parler, reprit-il. Afin de ne pas gâcher ce bel événement.

Parker but une gorgée avant de répondre. Le bruit des vagues roulant sur le rivage se mêlait à la musique de l'orchestre à l'intérieur de la maison.

— Brooke était plutôt remontée quand elle me l'a raconté, dit-il enfin. Elle voulait s'assurer que je flanque Sheila à la porte. Illico presto.

Jordan essaya de déchiffrer l'expression de Parker, mais échoua. Il avait néanmoins l'air assez détendu.

— Dois-je craindre un poison quelconque là-dedans ? demanda-t-il en fixant le fond de son verre.

Un sourire retors naquit sur le visage de son adversaire.

— Il y a trois semaines, peut-être bien. Mais tu ne risques plus rien. A moins, évidemment, que tu ne fasses du mal à Brooke.

— Ta sœur a plus de ressources que vous ne lui en accordez dans la famille. A mon avis, ce serait moi qui aurais matière à me plaindre, riposta Jordan, avec une grimace au souvenir de la mine renfrognée de Brooke quand elle avait attrapé le bouquet de la mariée, à la sortie de l'église. Quoi qu'il en soit, je te dois des excuses pour l'incident McKay.

Parker lui tendit la main.

— Excuses acceptées.

Jordan considéra la main avec suspicion avant de la serrer lentement.

— Tu prends ça aussi facilement ?

— Oh non, je suis furax, riposta Parker, dont le sourire contredisait les paroles. Mais je ne te blâme pas. J'aurais fait pareil à ta place. Ce sont les affaires. Néanmoins, poursuivit-il tandis que son sourire s'effaçait, lorsqu'il s'agit de famille, je ne pardonne pas aussi vite. Si tu joues à l'imbécile avec ma sœur, notre prochaine bagarre se terminera mal pour toi.

— Brooke est l'unique femme de ma vie, aujourd'hui et pour toujours, si elle veut bien de moi.

Jordan la chercha des yeux à travers la foule, juste pour s'assurer qu'elle allait bien, mais aucune trace d'elle sous la véranda. Il ne voyait que quelques invités, et Adam qui dansait sur la plage avec sa femme Lauryn.

Il détourna le regard de l'heureux couple drapé dans son propre monde. Il devait mettre les choses à plat avec le frère de Brooke, et pour cela, se montrer totalement franc.

— Parker, tu dois savoir que Sheila McKay est venue me voir cette semaine pour me proposer des informations confidentielles sur votre entreprise, dans l'espoir de renouer avec moi. Mais j'ai refusé. Elle a voulu me séduire, mais ça aussi, j'ai refusé. Et j'allais la mettre dehors quand Brooke est arrivée. La suite, tu la connais…

— Mais, insista Parker, pourquoi n'as-tu pas parlé à Brooke ? Tu peux la convaincre. Bon sang, je connais ton pouvoir de persuasion pour l'avoir souvent vu à l'œuvre en salle de réunion !

— Peut-être… Sauf que je ne peux pas m'empêcher de me demander si elle me fait confiance ou non.

— Brooke a plein de raisons de ne *pas* faire confiance aux gens. Maman s'est toujours défoulée sur elle et lui a mené une vie d'enfer. Et découvrir ensuite que papa n'avait pas été plus honnête avec nous n'a pas arrangé les choses.

Jordan se souvint que sa première nuit avec Brooke avait en partie été suscitée par le trop-plein d'émotions qu'elle avait subi à la lecture du testament de son père. Il ne faisait aucun doute que sa capacité de confiance avait été sérieusement entamée ce jour-là.

Par les portes-fenêtres, il observa Bonita qui, installée sur un petit sofa, discutait tout à fait convenablement avec un invité. Peut-être restait-il un espoir de guérir les rapports entre Brooke et sa mère, après tout ?

— Je me réjouis que la cure semble efficace pour votre maman, remarqua-t-il.

— Le temps nous le dira, philosopha Parker avant de vider son verre. Bon, je ne prétendrais pas que tu es l'homme que j'aurais choisi en premier pour ma sœur, mais au second coup d'œil, tu n'es pas tout à fait mauvais. Tu te défends bien dans les bagarres.

— Merci, répliqua Jordan, stupéfait.

— Et tu m'as assez souvent énervé en réunion pour que je puisse affirmer que tu es un homme d'affaires du tonnerre.

— Une fois encore, merci.

Décidément, songea Jordan, Parker faisait un réel effort, et méritait quelque chose en retour, pour Brooke, pour le bébé, et parce qu'il ferait un allié astucieux s'ils s'engageaient à travailler du même côté de la barrière.

— Je te retourne les deux compliments, déclara-t-il avec la plus grande sincérité.

Un an auparavant, il n'aurait pas imaginé avoir une conversation aussi courtoise avec l'aîné des Garrison. Mais un an auparavant, il était aussi trop pris par leur rivalité acharnée pour déceler la fourberie de Sheila McKay.

Parker fit tourner les glaçons au fond de son verre.

— On dirait que cette association familiale est jouée d'avance, avec le mariage de Brittany et votre enfant.

— Il semblerait, oui.

— Ces derniers temps, continua Parker, grâce à toutes les réunions de famille autour de la cure de maman, j'ai fait un peu le point sur la vie — les glaçons cessèrent de tinter — et je crois que le temps est venu pour nous deux de déposer les armes et réunir nos forces.

Nom d'un chien. Garrison était en train de suggérer…

— Une fusion entre nos deux sociétés, qu'en dirais-tu ?

Ebahi par la vitesse de la proposition, Jordan retint son souffle. Est-ce que ça marcherait ? Bon sang, il pourrait y avoir de sacrés avantages. Avantages que ce cachottier de Parker voyait sans doute déjà.

— Cela demanderait quelques négociations, finit-il par répondre, mais a priori, je ne suis pas contre.

Il laissa son esprit digérer l'idée de leurs deux sociétés regroupées, et la fin de la compétition qui les avait consumés tous deux durant tant d'années.

Une compétition qui l'avait poussé à rester à distance de Brooke malgré l'indéniable attirance qu'il avait ressentie pour elle, et ce depuis toujours. Dès la première fois qu'elle avait traversé son champ de vision.

En tout cas, le concept comportait de formidables possibilités. Et d'ailleurs, pourrait aussi générer davantage de paix sur le front intérieur. Que ce soit du côté d'Emilio et de Brittany, comme du sien et de celui de Brooke. Bien entendu, pas question de réaliser ce genre de mouvement stratégique sans l'aval d'Emilio. Encore qu'il voie mal son frère s'y opposer, surtout depuis son mariage.

— Je vais devoir en discuter avec Emilio, vu que nous sommes associés, mais ton offre m'intéresse drôlement.

L'excitation et le sens aigu des affaires faisaient briller les yeux de Parker, qui se détendit enfin.

— Je suis sûr qu'établir un quasi-monopole sur le segment hôtelier et festif de la ville nous rendra toi et moi très heureux.

Le potentiel de ce qu'ils pourraient accomplir en combinant leurs deux dynamismes emballait de plus en plus Jordan.

— South Beach uniquement ? plaisanta-t-il alors. Tu vois petit, Garrison !

Parker éclata d'un rire tonitruant, et ils entrechoquèrent leurs verres en se promettant de bientôt fêter ça de manière plus convenable et plus professionnelle.

Si seulement ses problèmes avec Brooke pouvaient se négocier et se résoudre aussi facilement, songea alors Jordan. Et soudain, la voie à suivre lui apparut, clairement. Pas question d'attendre qu'elle finisse par comprendre tout cela seule. Il devait au moins essayer de lui expliquer.

— Tu as raison, Garrison. Je dois mettre les choses au point avec Brooke. Je ne veux plus qu'elle reste aussi bouleversée, surtout sans raison. Je vais aller lui parler.

Il se remit à la chercher des yeux, déterminé à la convaincre. Mais les demoiselles d'honneur s'étaient dispersées, remplacées par Brandon et Cassie, assis côte à côte sur la rambarde de la véranda, en train de partager une assiette de nourriture.

Il balaya du regard la plage sur laquelle Adam et Lauryn dansaient toujours. Puis jeta un coup d'œil par les portes-fenêtres donnant sur le hall où jouait l'orchestre, où il aperçut Stephen et sa femme Megan, tendrement enlacés.

Ensuite, il examina de loin la salle à manger, où s'étalaient les buffets de nourriture. Bonita aidait Jade, sa petite-fille, à coincer une serviette de table dans son col pour protéger sa jolie robe fleurie.

Aucune trace de Brooke nulle part.

— Elle vient de partir, annonça Anna, qui avait rejoint les deux hommes, et glissait un bras autour de la taille de son mari. Ne me demandez pas où elle est allée, j'ai juré de ne pas le dire.

Elle était partie ? Se cacher, plutôt.

— Donc tu sais.

Anna le jaugea entre ses paupières mi-closes.

— Bien que te voir souffrir un peu me ravirait — je t'en veux encore de cet œil au beurre noir infligé à mon mari — j'ai aussi remarqué combien ma belle-sœur est malheureuse sans toi, dit-elle.

L'apprendre ne fit même pas plaisir à Jordan, car il détestait la pensée de Brooke malheureuse.

— Alors où est-elle, bon sang ?

Anna se mordilla la lèvre, mais n'hésita pas longtemps.

— Réfléchis bien, et tu trouveras. Si elle voulait t'échapper, où irait-elle pour se remettre les idées en place ?

Jordan repassa dans son esprit ce qu'il savait d'elle, ce qu'il avait appris durant leurs intenses moments passés ensemble. La réponse s'imposa aussitôt.

— Elle irait dans sa famille. Mais à part les mariés, tout le monde est ici !

Il survola des yeux chaque membre du clan dans ses beaux atours. Son regard s'arrêta sur Cassie. La demi-sœur de Brooke. Une confidente — qui repartirait chez elle dès le lendemain matin.

— Elle va chez Cassie, c'est ça ?

Anna garda le silence, mais eut un petit sourire.

Celui de Parker, en revanche, s'élargit.

— Je connais cette expression sur le visage de ma femme. Jefferies, je peux t'assurer que tu es sur la bonne piste, déclara-t-il d'un ton sans équivoque.

Ouf. Il ne lui restait plus qu'à la retrouver avant qu'elle gagne l'aéroport.

— Alors j'ai le temps de l'arrêter avant qu'elle ne rejoigne Cassie et Brandon pour prendre l'avion.

Bien que toujours résolue à ne rien dire sur le sujet, la moue d'Anna signifiait clairement « non ».

— Mais pourquoi elle partirait avant eux… ?

— Seigneur, lâcha Anna, pour un type futé et un requin en affaires, ton raisonnement laisse à désirer aujourd'hui. Tu dois être drôlement amoureux. Ça fait des ravages dans le cerveau masculin. Bon, elle a décidé de voyager sur le yacht familial pour arriver aux Bahamas après le retour de Cassie. Et ne commence pas à brailler sur sa santé, elle a emmené une infirmière, au cas où.

Il soupira de soulagement. Il l'avait trouvée, mais en plus, Dieu merci, elle faisait preuve de prévoyance en se préoccupant d'elle-même et du bébé, même pour un si court voyage.

Puis le reste des paroles d'Anna percutèrent son esprit.

Amoureux ?

Amoureux.

Oui, cela ne faisait aucun doute. Il aimait Brooke Garrison. Non seulement parce qu'elle portait son enfant, mais parce que toutes les autres femmes devenaient transparentes auprès d'elle. Elle lui était destinée. Elle était sa chance de vivre ce que ses parents avaient partagé, et il refusait de perdre une seconde de plus sans être à ses côtés.

Maintenant, il devait la convaincre qu'il n'était pas une ordure, mais qu'il l'aimait comme un fou.

Etendue dans une chilienne sur le pont du yacht, Brooke cherchait dans les étoiles des réponses à la confusion qui l'agitait. Un souffle de brise marine la poussa à resserrer autour de son cou le léger chandail qu'elle avait enfilé par-dessus sa robe de soirée.

Sans doute aurait-elle simplement dû rentrer chez elle, mais l'ambiance romantique du mariage l'avait rendue tellement sentimentale qu'elle avait éprouvé le besoin de s'en aller. De s'en aller loin, avant d'avoir une vraie crise de larmes. Dieu merci, malgré la brièveté du délai, elle avait réussi à engager une infirmière, condition *sine qua non* pour que ses sœurs et belles-sœurs la laissent partir.

Parmi l'enchevêtrement de sentiments douloureux qui l'assaillaient, le souvenir des moments passés avec son père sur le bateau familial lui apporta un réconfort inattendu. Elle appréciait le calme absolu dans lequel elle se trouvait en ce moment ; après le tumulte émotionnel subi durant presque toute sa grossesse, elle avait vraiment besoin de paix pour son bébé. Et là, dans ce calme et ce silence, elle sentait la présence de son père, l'entendait presque demander pardon. S'il n'avait pas été parfait, il avait toujours fait de son mieux pour être là pour elle. Elle s'en rendait compte, maintenant qu'elle portait sur le monde un regard moins extrême.

Les deux jours qui s'étaient écoulés depuis qu'elle était tombée sur Jordan et Sheila McKay avaient été cauchemardesques. Jordan lui manquait davantage qu'elle ne l'aurait cru. Comment avait-il pu prendre autant d'importance dans sa vie en aussi peu de temps ?

Elle ne demandait qu'à croire ses explications à propos de l'incident avec Sheila. Son instinct lui soufflait qu'il disait la vérité. Mais son cœur voulait un signe clair de la réciprocité de son amour.

Car oui, elle aimait Jordan Jefferies. Impossible de le nier plus longtemps. Peut-être que dans un petit coin de son cœur, elle le savait depuis toujours, mais qu'elle craignait trop la désapprobation de sa famille pour oser se l'avouer.

Aujourd'hui, la désapprobation des siens ne l'effrayait plus. En revanche, elle craignait de faire une erreur, pour elle et pour le bébé. Mais comment savoir avec certitude ?

Ses yeux abandonnèrent les étoiles — Orion n'offrait aucune sorte de réponse — et se posèrent sur l'océan opaque.

Une vague lumière transperçait l'obscurité, sans doute une embarcation qui circulait tardivement. Le doux clapotis des vagues n'apportait guère de solutions non plus, mais au moins, sa musique rythmée la berçait, à un moment où elle avait tant besoin d'apaiser son agitation.

Le ronronnement de l'autre bateau s'accrut, son faisceau lumineux se rapprocha. L'embarcation prit forme, plus petite que Brooke ne l'aurait pensé. Qui pouvait bien se balader sur un zodiaque en pleine nuit ? Une pointe d'anxiété lui noua le ventre. Elle allait se lever pour appeler le capitaine, lorsqu'un membre de l'équipage sortit sur le pont.

— Le capitaine me demande de vous annoncer que nous avons de la compagnie. Mais ne vous inquiétez pas, madame. Le bateau qui approche est des nôtres. Une personne de la famille est à bord.

— Merci de me prévenir.

De la famille ?

Intriguée, Brooke se leva pour s'avancer vers le bastingage. Toute sa famille était au mariage. Jordan ignorait où elle se trouvait. Elle avait juste mis les filles au courant parce qu'il lui semblait essentiel que quelqu'un soit averti.

Comme le canot s'approchait encore, elle distingua deux imposantes silhouettes masculines, en smoking. Le canot vint se coller contre le yacht. Brooke fit un pas en arrière.

Parker *et* Jordan.

Son cœur bondit dans sa poitrine. Elle aurait dû savoir que Jordan se renseignerait et la suivrait. Surtout après qu'elle l'eut repoussé. Et d'une manière ou d'une autre, il avait réussi à mettre Parker de son côté. Ce qui l'amenait ici. Son frère avait la fâcheuse manie de se mêler des affaires des autres.

Bon sang, les filles avaient parlé ! Mais son pouls s'accéléra néanmoins à la vue de Jordan, qui avait fait tout ce chemin pour elle.

Agrippant le bastingage, elle cria :

— Parker Garrison, espèce de sale traître. Je te raye de mon testament !

— Tu me répètes ça depuis l'âge de six ans, quand j'ai

renversé ton château de sable sur la plage, répliqua son frère en coupant le moteur.

Encore un exemple où sa famille avait tenté de lui dicter sa vie, songea Brooke. Elle avait mis beaucoup de temps et de rêves dans ce château de sable.

Justement, elle avait toujours rêvé d'un mariage heureux, et il était hors de question de laisser son frère le lui gâcher, quand bien même il ne voulait que son bien. Elle en avait par-dessus la tête de mettre ses propres envies en veilleuse juste pour maintenir la paix autour d'elle. Prendre la bonne décision au sujet de Jordan était trop important pour elle et son enfant.

— Parker, je suis sérieuse. Ne te mêle pas de ma vie.

— Je pense que tu devrais écouter Jefferies, riposta-t-il. Laisse-le monter à bord.

— *Tu* penses ? Et qu'est-ce qui te donne le droit de décider pour moi, s'il te plaît ?

Jordan arrêta Parker d'un geste.

— Elle a raison. C'est à elle de décider si je reste ou pas.

Puis, d'un bond agile, il se hissa sur la proue du canot, luttant pour garder son équilibre contre la houle.

— Tu sais que nous devons discuter, reprit-il à l'intention de Brooke. Mais je ne monterai pas à bord si tu ne le veux pas.

— Je ne le veux pas, mentit-elle, alors que son cœur lui hurlait de lui donner une chance. J'ai besoin de temps pour réfléchir.

— D'accord. Je repars, alors.

L'argument suivant que Brooke avait préparé resta coincé dans sa gorge. Quoi ? Il laissait tomber si vite ? La déception l'envahit… puis elle comprit que Jordan n'avait pas bougé. Ah, il attendait qu'elle lui ordonne franchement de s'en aller. Mais pour une raison quelconque, les mots n'arrivaient pas à franchir ses lèvres.

Elle battit des cils contre le vent marin qui plaquait sa robe de demoiselle d'honneur sur son corps. Non, ce n'était pas des larmes d'espérance qu'elle sentait perler à ses paupières.

A moins que… Allons, décida-t-elle, elle pouvait au moins écouter ce qu'il avait à dire, tant qu'il ne montait pas la rejoindre.

La mer éclaboussait les chaussures de Jordan, mais ses pieds restaient fermement plantés à l'avant du canot, son attention totalement fixée sur elle.

— Pendant que tu réfléchis, lança-t-il, je veux que tu saches une chose. Je t'aime.

Elle sentit son cœur bondir dans sa poitrine. Mais elle attendait toujours le signe qu'elle pouvait croire ces belles paroles dont elle avait tant rêvé.

— Je t'aime, Brooke Garrison, et peu importe ce qui se passera entre nous, je veux te donner ceci.

Et il tendit la main, au creux de laquelle gisait une petite boîte de bijoutier. Le genre de boîte dans laquelle on mettait des bagues.

Il fit le geste de la lui lancer.

— Attends, cria-t-elle. Ne fais pas ça. Et si tu ratais ton coup ?

— Aucun danger, répliqua-t-il avec une telle assurance que Brooke ne put s'empêcher de sourire.

— Pourquoi ne pas le garder à la main pendant que tu parles, plutôt, hein ?

Et Brooke serra les poings pour résister à la tentation de lui dire de monter à bord du yacht et d'envoyer au diable les signes. Après tout, il avait dit qu'il l'aimait, et c'était tout ce qui comptait. Mais un reste de prudence et de fierté l'aida à retenir son élan, et à ne surtout pas prendre ce qu'elle désirait sans en soupeser le prix à payer.

Les rayons de la lune éclairaient les cheveux blonds de Jordan, dessinant des ombres sur les traits graves de son visage. Son beau charmeur était extrêmement sérieux.

— Je ne peux pas te forcer à me croire, dit-il. Cela doit venir de toi. Je suis disposé à attendre le temps qu'il te faudra pour que tu me fasses confiance, Brooke.

Puis il ouvrit la boîte, et l'énorme diamant brilla de mille feux.

— Donc tu me demandes en mariage — une fois de plus, murmura Brooke.

Pensait-il vraiment pouvoir l'acheter avec un gros caillou ?

Un gros caillou magnifique, tenu par l'homme qu'elle aimait. Si tout ceci était réel, quel souvenir magique ferait la demande en mariage de cet homme splendide en smoking depuis la proue d'un bateau. Même les parts prudentes et pragmatiques en elle réclamaient à grands cris que ce romantisme merveilleux soit réel.

— Non, répliqua Jordan. Je ne te redemande pas en mariage, à moins que ce soit ce que tu désires.

Il tendit de nouveau la main, les pieds fermes contre le remous des vagues qui risquaient à tout moment d'expédier le précieux joyau au fond de l'océan, et poursuivit :

— Mais je te demande de porter la bague de ma mère.

La bague de sa mère ? C'était une blague ?

— La bague de ta mère ?

La brise nocturne lui apporta la voix de Jordan, forte et claire au-dessus de l'eau.

— Oui. Je l'ai mise de côté pour la femme de ma vie. Quoi que tu décides, que tu veuilles m'épouser ou non, cette bague t'appartient.

Son signe. Elle l'avait enfin.

La sentimentalité attachée à cette bague la toucha davantage que n'importe quelle merveille que Jordan aurait achetée. Il avait les moyens de lui offrir n'importe quoi. Mais c'était comme lorsqu'il avait choisi le tableau : il la comprenait, saisissait son essence même, ce qu'elle désirait au plus profond d'elle. Il connaissait son cœur.

Et pour couronner le tout, il avait prononcé toutes ses humbles paroles devant son frère Parker.

Elle regarda les deux hommes, côte à côte, l'un et l'autre si sûrs d'eux, voire plutôt arrogants. Mais des hommes sur lesquels une femme pouvait compter. Des hommes d'une seule femme.

Oui, Jordan était fiable. Elle pouvait compter sur lui. Elle le savait avec certitude.

Il avait gagné sa chance de rester, une chance de mieux lui expliquer pourquoi il l'aimait.

Brooke lui fit un signe de la main.

— Alors d'accord. Monte à bord et on discutera.

Un immense sourire éclaira son visage viril, mais elle aurait juré voir aussi du soulagement dans ses sublimes yeux bleus.

Il escalada l'échelle et elle eut un meilleur aperçu de la bague — un splendide diamant taillé en émeraude, entouré de baguettes. Un bijou magnifique, mais bien plus pour sa valeur sentimentale que sa taille ou le nombre de ses facettes. La bague de Victoria avait été portée avec un amour qui survivait après sa mort.

Un sifflement monta du canot. Parker.

— Alors, Brooke ? Je repars ou je reste dans les parages ?

Elle étudia le diamant, la bague de la mère de Jordan. Elle connaissait cet homme depuis longtemps, à la fois par les ragots et les affaires professionnelles communes. Montrer à qui que ce soit un aspect doux de lui n'était pas son genre du tout. Pourtant, il venait de le faire. Et elle savait être de taille à lui tenir tête lorsque son caractère acharné prendrait le dessus.

— Parker ?

— Oui, ma puce ?

— Je te remets dans mon testament. Sois heureux.

Le moteur du canot redémarra, son frère fit demi-tour et repartit dans la nuit.

La laissant seule avec Jordan.

Il lui prit le menton et leva son visage vers lui.

— C'est un oui ou un non ?

Le oui chantait déjà dans son cœur, prêt à s'échapper de ses lèvres, mais elle méritait bien de profiter du moment…

— Tu peux répéter ce que tu as dit tout à l'heure ?

Elle s'attendait à ce qu'il sourie avec cette arrogante confiance en lui. Après tout, elle avait capitulé, non ?

Mais son visage resta grave. Intense.

— Je t'aime, Brooke. Non parce que tu portes mon enfant, même si Dieu sait que cela remue en moi plus de choses que je ne l'aurais cru. Je t'aime parce que tu es toi. Et à tes côtés, je deviens meilleur. Je suis certain qu'ensemble, nous sommes capables de bâtir une vie formidable.

La joie déferla en elle avec la même force que les vagues sur la coque du yacht.

— Nous devons être un couple très chanceux, parce que je t'aime aussi.

Brooke posa les mains sur son torse, et le sentit réagir avec une inspiration sourde. Elle connaissait bien cette impression. Cambrée vers lui, elle s'offrit à son baiser, à sa merveilleuse bouche, si délicieusement familière contre la sienne. Un désir ardent, tout aussi familier et de plus en plus puissant chaque jour, se réveillait en elle. Désir qu'ils allaient pouvoir assouvir, grâce à la permission du médecin.

Les bras noués autour du cou de Jordan, elle approfondit leur baiser, et…

… un petit pied cogna dans son ventre. Fort. Assez fort pour que Jordan sursaute, surpris.

Il secoua la tête, comme pour s'éclaircir l'esprit.

— Bon, j'imagine que je devrais y être habitué, mais ça reste tellement impressionnant !

Brooke lui prit la main et la plaqua contre leur enfant.

— Entièrement d'accord, dit-elle avec un rire tendre.

Ils demeurèrent ainsi, enlacés, durant assez de temps pour qu'elle en perde la notion, puis Jordan lui leva la main, la bague apparaissant comme par magie dans la sienne.

— Brooke, veux-tu m'épouser ?

Cette fois, il lui demandait vraiment si elle le voulait. Il ne revendiquait rien. Doux Jésus ! Cela faisait *deux* signes dans la même soirée ! Elle ne s'était pas attendue à ça. Pas plus qu'elle ne s'était attendue à tomber amoureuse de Jordan Jefferies.

Elle étendit les doigts et déclara :

— Oui, je veux t'épouser, t'aimer et partager ta vie. Ensemble tous les deux à jamais.

Yeux dans les yeux, il glissa la bague à son doigt, et scella le geste d'un baiser au creux de sa paume. Puis il poussa un cri de victoire qui la fit éclater de rire, juste avant de la reprendre dans ses bras et s'installer à sa place dans la chilienne, la blottissant contre lui.

Brooke aurait aimé qu'il l'emmène dans sa cabine, mais Jordan semblait plus enclin à la tenir ainsi, la couvrant de baisers, de caresses, prolongeant le moment d'une manière qu'elle chérirait toute sa vie durant.

Enfin, il s'écarta un peu, et joua avec la ravissante bague ornant son doigt fuselé.

— Si tu préfères choisir une bague de fiançailles toi-même, on ira l'acheter ensemble.

Mais Brooke hocha la tête, levant la main pour que les facettes du diamant étincellent dans le clair de lune.

— Non, elle est parfaite.

— Tu es sûre ? insista Jordan. Tu ne veux vraiment pas faire le tour des bijoutiers ?

Elle prit son visage dans la coupe de ses mains.

— Espèce d'andouille. Nous avons tous les deux assez d'argent pour acheter tout ce qui nous chante. Cette bague vaut bien plus que de l'argent. Elle représente l'affection. La famille. L'amour.

Il lui caressa la joue et, les yeux débordants d'amour, murmura :

— Alors tu me fais vraiment confiance, maintenant.

— Cette bague et le fait que tu l'aies choisie pour moi en disent long, et répondent à toutes mes interrogations.

Le sourire ravageur de Jordan revint.

— Dire que j'ai failli tout fiche en l'air en dépensant une fortune pour un autre modèle !

— Rien ne t'empêche de le faire quand même, si tu y tiens. Mais je garde celle-ci.

Il éclata de rire, et elle rit avec lui, heureuse de cette légèreté, certaine de leur amour.

— Comment as-tu pu aller chercher cette bague et me retrouver malgré tout aussi rapidement ? J'étais partie depuis peu, et tu as dû sauter dans le bateau sur-le-champ.

Comme il restait silencieux, la réponse lui apparut lentement.

— Tu l'avais avec toi ? Depuis combien de temps ?

— Depuis le jour où j'ai quitté ton bureau, juste après que tu as refusé ma première demande en mariage.

Penser que le sentiment, son sens de la famille, et aussi, oui, les graines de son amour, étaient présents depuis le début, songea Brooke… Si seulement elle avait été capable de les voir à travers ses propres craintes !

— C'est moi qui ai été une andouille, je crois, admit-elle.

— Non, pas du tout. Tu es sage, Brooke Garrison. Mais c'est bien qu'on y soit arrivés. Les choses sont en ordre, désormais.

— Ce mariage va marcher. Notre amour est assez fort.

— Et tu verras, ça marchera même de mieux en mieux.

Puis, la soulevant entre ses bras, il se dirigea vers l'escalier menant aux cabines.

— Joyeux Noël, ma beauté, ajouta-t-il.

Elle posa un baiser sur sa joue râpeuse.

— Joyeux Noël à nous deux.

Epilogue

Il l'avait vue bien des fois. Et l'avait toujours désirée.

Ce soir, une fois le repas terminé, il l'aurait.

Jordan recouvrit les doigts frais de Brooke nichés au creux de son coude. Ils assistaient côte à côte au dîner de réception de leur mariage. Impatients d'officialiser les choses, ils avaient organisé leurs noces le week-end suivant le retour de Brittany et Emilio, partis passer leur lune de miel en Europe.

La cérémonie s'était donc tenue en janvier, dans l'intimité familiale, dans une chapelle érigée sur la plage des Bahamas. Saturés de frénésie médiatique, ils avaient accepté l'offre généreuse de Cassie de faire la réception privée chez elle. L'événement était somptueux, la maison pleine de bougies, de fleurs, de nourriture — et de famille.

Jamais Jordan n'avait trouvé Brooke plus belle qu'au cours de la célébration, la lumière dorée des Bahamas en fin de journée illuminant sa peau crémeuse et sa robe au jaune éclatant. Le chatoiement allumait des éclats dans sa chevelure brune, ramenée en chignon — hormis une mèche rebelle qui s'en échappait, bien sûr.

Il parcourut des yeux les visages souriants autour de la table, et ne put s'empêcher de comparer cette réunion joyeuse à la confrontation tendue de son premier repas avec la famille de Brooke, un mois auparavant.

Ce soir, ses deux sœurs portaient des robes de demoiselles d'honneur vertes, tandis que ses garçons d'honneur étaient en smoking. Il avait choisi son frère et son nouvel associé, Parker, aussi surpris lui-même de sa décision que l'aîné des Garrison.

De la musique douce baignait l'assemblée. Brooke pressa le bras de Jordan, et désigna son frère en souriant.

— J'ai du mal à croire à votre entente, et encore plus à la fusion officielle de nos deux compagnies. Sans compter que la participation de Parker à notre mariage me fait vraiment plaisir — et m'étonne encore.

— Ça valait le coup rien que pour voir sa tête quand je le lui ai demandé. Ce n'est pas souvent que ce type reste sans voix, ajouta-t-il avec un petit rire.

Parker haussa un sourcil tout en terminant silencieusement son homard de roche à la sauce Caraïbe.

— Pas de bagarre aujourd'hui, chéri, l'avertit Anna.

Il saisit le poignet de sa femme et y déposa un baiser.

— Ne t'en fais pas. Je ne prendrais pas le risque de vous bouleverser, ma sœur ou toi, dans votre état fragile.

Anna leva les yeux au ciel, mais sans parvenir à en masquer la lueur d'excitation, tandis qu'elle caressait à deux mains son ventre arrondi.

— Je n'ai rien de fragile en ce moment, tu sais.

Parker plaça ses mains sur celles d'Anna.

— Ce que je sais, c'est que tu es magnifique. Pas vrai, John ? ajouta-t-il en s'adressant à leur futur enfant.

Jordan sourit en contemplant cet instantané familial. Eh bien, tout compte fait, le bonhomme avait lui aussi un aspect plus tendre. Et quelle meilleure preuve pour Parker du chemin parcouru en un mois, que de donner à son fils le prénom du patriarche décédé qui avait tant chamboulé la vie de ses enfants ?

D'ailleurs, voir une Bonita parfaitement sobre et sereine assise à table avec Cassie était un événement que même Jordan aurait cru improbable. Bonita avait terminé ses quatre semaines de désintoxication et se rendait chaque jour aux réunions des Alcooliques Anonymes. Elle avait même manifesté auprès du reste de la famille son espoir de rester sobre et d'être une grand-mère saine pour ses petits-enfants. Il irradiait d'elle une détermination tranquille de bon augure pour tout le monde.

Anna rompit le long regard tendre échangé avec son mari et tourna son attention vers Brooke.

— Et vous deux, vous avez choisi un nom pour votre petit garçon ?

Jordan entoura les épaules de sa femme. Sa *femme*. Bon sang, ça faisait drôle.

— Je pense avoir opté pour le prénom parfait, mais je dois d'abord le soumettre à Brooke.

Plus de décisions unilatérales lorsqu'il s'agissait de leur avenir. Il avait trouvé la partenaire idéale en cette femme décidée et calme, qui avait eu l'intelligence de leur faire explorer leurs sentiments l'un pour l'autre avant de s'engager pour la vie.

Elle lui donna gentiment un coup de coude.

— Sur ce chapitre, je ne compte pas accepter n'importe quoi, même si tu le demandes très gentiment.

— A mon avis, celui-ci te plaira. Mais on en discutera plus tard, d'accord ?

Tendant la main vers le somptueux bouquet ornant le centre de la table, il y cueillit une orchidée. D'un geste tendre, il la glissa dans les cheveux de Brooke, curieux de savoir si elle se souvenait de la fois où il avait taquiné sa peau nue avec une fleur semblable.

Vu l'embrasement immédiat de ses yeux bruns, elle s'en souvenait parfaitement.

Elle l'embrassa sous les applaudissements du reste de la famille. Puis les exclamations se calmèrent, et elle recula son visage, les joues en feu.

Si court qu'ait été ce baiser, il avait été fougueux, passionné. Le corps de Jordan réagit avec vigueur à sa promesse muette du plaisir qu'ils partageraient une fois à bord du yacht ancré au port. Il la regarda dans les yeux, luttant contre l'envie de partir tout de suite, jusqu'à ce que des rires amusés autour de la table le ramènent au présent.

Masquant pudiquement son embarras, Brooke se tourna vers Cassie, assise près d'elle.

— Je te remercie d'avoir organisé un si merveilleux dîner, commença-t-elle avant de s'interrompre et de saisir le poignet de sa demi-sœur. Hé, c'est une alliance que je vois à côté de ta bague de fiançailles ?

Cassie échangea une moue complice avec son fiancé — ou plutôt son ancien fiancé, apparemment — puis déclara :

— Brandon et moi nous sommes mariés en douce, il y a deux semaines. Nous rentrons juste de lune de miel.

Poussant un cri de joie, Brooke jeta ses bras autour de sa sœur tandis que Brittany sautait à bas de sa chaise pour l'étreindre également. L'émotion sincère des trois femmes ne faisait aucun doute. Malgré le séisme causé par John Garrison à leurs vies, elles avaient réussi à forger un lien entre elles et à trouver une paix sereine.

Brooke finit par regagner sa place.

— Pourquoi ne nous avoir rien dit ?

Brandon prit la main de sa femme dans la sienne.

— Parce que nous ne voulions pas faire de l'ombre à ton grand jour.

— Faire de l'ombre ? Au contraire, ça apporte encore plus de joie. Je suis si heureuse pour vous deux. Ce devrait être une double réception. Pas vrai, Jordan ?

— Tout à fait. Mes félicitations ! lança Jordan en levant sa coupe d'eau pétillante vers le nouveau couple. A Brandon et Cassie !

Brandon leva également sa coupe.

— Et à Jordan et Brooke !

La petite Jade se jucha sur sa chaise.

— Et aussi à ma future petite sœur ou mon futur petit frère ! compléta-t-elle de sa voix flûtée.

Hilare, Stephen enlaça Megan, sa femme rougissante, tout en tapotant l'épaule de Jade.

Une fois que chacun eut fini de porter un toast, Cassie emmena tout le monde vers le gigantesque gâteau de mariage servi sur la terrasse. La nuit était douce, l'odeur de l'océan enivrante. Au-delà des portes-fenêtres, des torches dessinaient sur la plage un chemin jusqu'à la mer.

Brooke arrêta Jordan juste à l'embrasure de la porte et l'attira derrière un palmier en pot.

— Jordan, attends une seconde.

— Tout va bien ? demanda-t-il en l'enlaçant.

— Parfaitement bien. Je n'aurais jamais espéré plus merveilleux mariage — ni plus merveilleux mari.

Elle se plaqua contre lui, et il prit son visage entre ses mains pour l'embrasser, cette fois beaucoup plus longuement qu'à table, savourant au maximum ce bref moment d'intimité. Un prélude à ce qu'ils vivraient très bientôt. Mais encore pas assez tôt.

La sensation exquise de sa langue, ainsi que le parfum de l'orchidée dans ses cheveux, excita ses sens.

Elle mordilla sa lèvre et glissa une main sous sa veste de smoking.

— Alors, dis-m'en plus sur cette idée de prénom. Je suis trop curieuse pour attendre.

— J'adore que tu sois impatiente, murmura-t-il en lui effleurant les seins avant de répondre à sa requête. Et si on appelait notre fils Garrison ?

Il attendit le verdict de Brooke, dont les prunelles marron prirent une chaude teinte épicée. Seigneur, comme il aimait lire son expression, la deviner !

— Garrison Jefferies, dit-elle lentement, testant la combinaison des deux noms, tandis qu'un sourire illuminait son visage. Ça me plaît. Oui, j'aime beaucoup. Et surtout, je t'aime, toi.

Jordan la reprit dans ses bras, plaisir inépuisable qu'il était impatient de poursuivre durant leur lune de miel. Grâce à Brooke, il découvrait l'importance de profiter de la vie en cours de route. Il les imaginait déjà collectionner des souvenirs, remplir leur maison de photos heureuses, faire du domaine familial leur foyer.

— Je t'aime aussi, ma beauté. Ainsi que toi, Garrison Jefferies, ajouta-t-il en posant la main sur leur futur enfant.

Garrison Jefferies — maintenant qu'il était officiel, le nom de leur fils prit place en lui avec la même justesse absolue que la femme qui attendait entre ses bras de partager ce gâteau de mariage avec tous leurs parents.

Mais le plus beau, surtout pour un homme habitué à avoir toujours une longueur d'avance, était que, s'il avait compris que ce nom symboliserait joliment leurs empires combinés, jamais il n'aurait cru qu'unir les Garrison et les Jefferies en une seule famille serait aussi formidable.

DIANA HAMILTON

Un bouleversant malentendu

Traduction française de
ANNE DAUTUN

HARLEQUIN

Titre original :
THE MEDITERRANEAN BILLIONAIRE'S SECRET BABY

Ce roman a déjà été publié en 2015

© 2007, Diana Hamilton.
© 2015, 2020, HarperCollins France pour la traduction française.

1

Les sourcils froncés, ses yeux gris assombris par une expression maussade, Francesco Mastroni roulait sur la départementale dans le jour déclinant d'une froide soirée de mars. Sa Ferrari avalait les kilomètres dans un ronronnement sonore, sous la pluie battante qui cinglait le pare-brise. Le temps n'était guère propice à atténuer sa morosité !

Sa cousine Silvana l'avait invité à passer le week-end chez elle pour lui faire visiter sa nouvelle demeure. Comme il l'aimait beaucoup, il n'avait pas eu le cœur de refuser, mais cette région rurale du Gloucestershire lui rappelait des souvenirs déplaisants.

Pourquoi diable Silvana et Guy, son mari, avaient-ils eu la déplorable idée de quitter leur élégant domicile d'un quartier chic de Londres pour emménager dans un manoir restauré de cette fichue région ? Francesco avait les cheveux qui se dressaient sur la tête à la seule idée de se rendre dans les parages. Il n'était pas du genre à battre en retraite, mais cette situation le mettait de fort méchante humeur.

Per l'amor del cielo! Il devait absolument se ressaisir ! Si douloureuse qu'ait été son expérience, il en avait tiré la leçon, non ?

Dès la fin de son adolescence, il avait découvert que son appartenance à une famille riche aimantait les femmes et cela l'avait rendu plutôt cynique en matière d'idylles amoureuses. Il ne comprenait pas comment il avait pu s'éprendre d'une femme au point d'en être ensorcelé, persuadé qu'il avait trouvé la perle rare : une compagne digne de confiance, entre les mains de laquelle il eût remis sa vie sans hésiter. Il avait même cru qu'il aimerait Anna jusqu'à la fin de ses jours ! Sa « douce Anna », pensa-t-il avec ironie.

Il s'était bien fait duper ! Lui, un homme de trente-quatre ans qui se pensait expérimenté !

Anna s'était avérée pire encore que toutes celles qui n'avaient eu que sa fortune en ligne de mire. Oh, c'était une comédienne de première force ! Elle avait feint d'ignorer son véritable statut et de le considérer comme un homme ordinaire qui gagnait sa vie grâce à des activités de pêcheur et de guide touristique intermittent. Il ne l'avait pas détrompée, trop heureux de découvrir enfin une femme qui l'aimait pour lui-même, et non pour sa fortune. Dieu qu'il avait pu être stupide !

Exhalant un soupir, il ralentit en abordant un carrefour, puis scruta la pancarte indicatrice à la lueur du crépuscule. En tournant à gauche, il se dirigerait vers le manoir de sa cousine, en prenant à droite, vers « Rylands », demeure de la perfide Anna.

Malgré lui, son ultime voyage à Rylands lui revint à la mémoire… Anna avait semblé ravie, quand il lui avait téléphoné de Londres pour lui annoncer sa visite le soir même…

— Je dirai à mes parents de t'attendre et de te préparer une chambre. Tu restes pour la nuit, n'est-ce pas ? Quel dommage que je travaille tard ! Je ne pourrai pas rentrer avant 10 heures… Je ne peux pas y échapper ! Quel dommage… J'ai tellement hâte de te voir ! s'était-elle écriée, apparemment aux anges.

Il avait reposé en souriant le récepteur sur la table de travail du bureau en teck et verre de son siège londonien. Il avait annulé trois réunions pour la voir, mais comment aurait-elle pu s'en douter ? Elle ignorait qu'il dirigeait l'immense empire industriel Mastroni doté de succursales à Rome, Bruxelles, New York et Sydney.

Il avait annoncé à sa secrétaire qu'il partait — avec une demande en mariage cent fois répétée en tête, et une bague d'une splendeur royale en poche. Ces heures d'attente imprévues, avant de revoir Anna, lui étaient intolérables, mais elles lui permettraient de faire connaissance avec ses parents…

C'était son père qui l'avait accueilli. Massif et rubicond dans son costume de tweed élimé, il s'était précipité au bas du perron pour l'accueillir, sans lui laisser le temps de jeter un coup d'œil sur l'antique demeure du XVIIe siècle en pierre de Cotswold, ni d'en mesurer le délabrement général.

— Alors, voici l'ami de ma petite chérie ! s'était-il exclamé.

Ses yeux s'écarquillèrent, il venait manifestement de le reconnaître et son amabilité s'accrut jusqu'à devenir obséquieuse :

— Bienvenue dans cette demeure ancestrale ! Anna ne m'a rien caché sur vous !

Il l'avait précédé dans un ample vestibule presque entièrement dépourvu de mobilier pour l'introduire dans une étroite pièce à lambris, encombrée de divans élimés et d'une table éraflée. Là, Francesco se trouva en butte à un numéro de mendicité éhontée :

— Je préfère aborder la question avant que mon épouse ne nous rejoigne, comprenez-vous. Vous connaissez les femmes : de charmantes têtes d'oiseaux qui ne comprennent rien aux affaires ! Figurez-vous que j'ai un projet magnifique, mon cher, qui rapportera à coup sûr énormément ! Pour un homme comme vous, c'est une formidable occasion d'investir ! Il faudrait être fou pour refuser !

Là-dessus, il avait développé son invraisemblable « projet », en relation avec la faune sauvage. Francesco s'était efforcé de supporter la situation. Anna n'avait en effet « rien caché » à son père et le bonhomme avait fondu sur lui, prêt à engluer sa proie !

Au téléphone, elle avait paru enchantée de sa venue… Sans doute jubilait-elle de l'avoir ferré ! Sa sortie tardive du bureau n'était-elle qu'un prétexte pour ménager à son père l'occasion de lui extorquer un million de livres sterling ? Comptait-elle arriver en toute innocence, une fois le marché conclu, les yeux écarquillés et la bouche en cœur, affirmant que rien n'était plus ennuyeux et incompréhensible que les affaires ?

D'une voix tranchante, il avait coupé net au boniment de son hôte :

— On n'a jamais mendié auprès de moi de façon aussi éhontée !

Là-dessus, quêtant une feuille de papier, il avait griffonné un message pour Anna avant de s'éclipser, la détestant et se méprisant lui-même…

Il ne lui avait pas pardonné de s'être laissé transformer en pantin. Lui qui s'était toujours flatté d'être froid et calculateur, de reconnaître à mille lieues une croqueuse de diamants, il avait abandonné toute raison pour suivre son cœur !

Elle avait cru pouvoir le manipuler. Quelle humiliation cuisante !

Appuyant sur l'accélérateur, il vira à gauche en s'intimant l'ordre d'oublier ce désastreux épisode. Il espéra farouchement que Silvana — une incorrigible « entremetteuse » ! — n'avait pas eu l'idée d'inviter aussi pour le week-end quelque maîtresse ou épouse putative, avide de devenir millionnaire par alliance.

Le sexe opposé ne l'intéressait plus depuis… Mieux valait ne plus y penser !

Tout en massant ses reins endoloris, Anna Maybury examina ses pieds nus, nichés dans de vieilles mules confortables. Ses chevilles avaient enflé, c'était visible : un des désagréments que lui valait sa grossesse au bout de sept mois…

Ses paumes vinrent se poser avec légèreté sur l'arrondi de son ventre, mal dissimulé par la combinaison de travail vert pâle qu'elle portait. Même si elle se sentait un peu mal en point, elle débordait d'amour pour son futur bébé, bien plus qu'elle ne l'aurait cru possible.

Elle avait refusé d'envisager un avortement et, malgré les insistances de ses parents, avait refusé de contacter Francesco pour demander une aide financière. C'était *son* bébé, et elle l'aimait. Elle saurait l'élever sans faire appel à son père biologique, qui n'était qu'un ignoble mufle ! Même beau comme un dieu et, paraissait-il, riche comme Crésus, il n'en était pas moins un goujat !

Elle plissa ses grands yeux verts, agacée de penser à lui alors qu'elle s'était juré de l'oublier. Ramenant en arrière une mèche blonde rebelle, elle la rentra dans sa résille, puis se concentra de nouveau sur la préparation du dîner pour quatre. Les divers ingrédients, déjà préparés, attendaient dans la glacière. Quant au gigot d'agneau lardé d'ail et parfumé de romarin prévu comme plat principal, il dorait à merveille dans le four antique.

Le menu était italien, c'était peut-être pour cela qu'elle avait baissé sa garde et s'était laissée aller à évoquer le père de son enfant…

Sa cliente, Silvana Rosewall, épouse d'un riche banquier anglais, était apparemment italienne. Elle avait intérêt à s'en accommoder, au lieu de se lamenter sur elle-même parce que la maîtresse de maison avait commandé un repas typique… Elle était professionnelle, que diable ! Son entreprise de restauration à domicile marchait bien, très bien, même. Elle regrettait cependant de n'avoir pu faire appel à son amie Cissie pour la relayer au moment du service.

Quand elle avait proposé de la seconder pour Maybury Traiteur et de tenir le rôle de représentante en relations publiques, Cissie avait souligné qu'elle cesserait de se prêter à cette activité dès qu'elle aurait rencontré l'homme de sa vie, riche de préférence. Et ce soir, elle avait un rendez-vous très prometteur.

En tout cas, la famille de Cissie avait tout un réseau de relations huppées, ce qui avait valu à Anna quelques bons engagements, tel celui de ce soir. Cela la changeait agréablement des goûters d'enfants et des buffets-repas que des *ladies* désœuvrées lui commandaient avec condescendance, parce qu'elles connaissaient sa famille et en avaient pitié.

Leurs problèmes financiers étaient tels qu'ils risquaient de perdre Rylands, leur demeure ancestrale depuis plus de trois siècles… Cela risquait de briser le cœur fragile de sa mère. Elle se secoua, elle ne devait pas remuer des idées noires, c'était mauvais pour le bébé.

— Mes invités sont là.

Sourire aux lèvres, Anna se retourna vers Mme Rosewall, qui venait d'entrer dans la vaste cuisine. La pièce se trouvait à l'arrière du manoir tout en coins et recoins et elle n'avait pu entendre arriver les voitures. Elle était contente d'apprendre qu'elle n'aurait plus une minute à elle, à présent ; cela l'empêcherait de ruminer…

— Qu'aurons-nous au menu ? s'enquit la maîtresse de maison.

Agée d'environ trente ans, elle était magnifique dans sa

robe de soie bleue, son élégant chignon orné d'une grappe de pierres précieuses.

Anna lui annonça avec assurance :

— Darioles aux pommes de terre et à la mozzarella en entrée, puis cannellonis d'espadon et agneau rôti à la toscane accompagné de légumes grillés ; pour terminer, sabayon au caramel d'orange. Du café pour parachever le tout, bien entendu, et j'ai réussi à me procurer des biscuits vénitiens.

— *Eccellente*, commenta Silvana, approbatrice. Nous dînerons dans une demi-heure.

Elle fronça légèrement les sourcils en embrassant du regard la silhouette d'Anna, alourdie par la grossesse.

— Vous êtes seule ? Est-ce que vous pourrez vous en tirer, dans votre état ? J'imaginais que quelqu'un d'autre ferait le service…

« Une serveuse mince et séduisante, par exemple », traduisit Anna en son for intérieur tandis que sa cliente quittait la cuisine. Elle s'efforcerait de se fondre dans le décor, décida-t-elle. Son embonpoint alourdissait sa silhouette d'un mètre cinquante-cinq à peine, qui avait allié autrefois formes voluptueuses et taille de guêpe. Ce n'était plus le cas aujourd'hui !

Haussant les épaules, Anna ouvrit la boîte réfrigérée contenant les apprêts, et s'activa à la suite à la confection du repas.

Une demi-heure plus tard, elle avait disposé sur un large plateau quatre assiettes de darioles aux pommes de terre coiffées de mozzarella légèrement dorée au gril et décorées de basilic frais. Elle emporta le tout vers la salle à manger, satisfaite du déroulement des opérations : le rôti d'agneau reposait au four avant le découpage, et les cannellonis d'espadon, tomate et citron étaient prêts à passer au four dès qu'elle aurait discrètement servi l'*antipasto*. Les Rosewall et leurs deux invités seraient trop séduits par ce mets délicieux pour s'offusquer de son apparence, songea-t-elle.

Son assurance dégringola de plusieurs crans quand elle pénétra dans la salle lambrissée et que son regard tomba droit sur… Francesco !

Elle faillit en laisser échapper son plateau, et devint plus rouge qu'une écrevisse. Son dernier regard sur elle avait été empreint d'un brûlant désir, mais ne traduisait à présent qu'une flamboyante fureur. « Un regard de tueur », pensa-t-elle, réprimant à grand-peine un cri scandalisé. Elle servit le hors-d'œuvre avec des mains tremblantes, le front empourpré, puis détala dans la cuisine sans demander son reste.

Là, le cœur battant à se rompre, elle s'efforça de se ressaisir. Elle avait reçu un choc cruel en le voyant, beau, impeccablement vêtu, raffiné... et la fustigeant d'un air de mépris inexprimable.

Le mot qu'il lui avait laissé se présenta à sa mémoire comme si on l'y eût gravé à l'acide :

« Bien joué mais dommage, j'ai changé d'avis. Tu as beaucoup à offrir, mais rien que je ne puisse me procurer ailleurs, et en abondance. »

Il faisait allusion à leurs échanges sexuels, bien entendu...

Elle réprima tant bien que mal un brusque haut-le-cœur. La mine penaude de son père lorsqu'il lui avait tendu le billet en lui annonçant que son « ami » était parti au bout de dix minutes lui avait laissé penser qu'il avait lu ce message. Cela ne l'aidait certes pas à se sentir mieux !

Lorsqu'elle avait rencontré Francesco, Cissie et elle séjournaient dans un hôtel luxueux. Elle en avait d'abord tiré la conclusion qu'il l'avait cru richissime et, confronté à la décrépitude de Rylands, avait perdu ses illusions.

Mais quelques semaines plus tard, Cissie lui avait mis sous le nez un de ces rutilants magazines *people* qu'affectionnait sa mère, lui désignant une photo :

— Regarde, c'est l'homme que tu as rencontré à Ischia. Je me disais bien que je l'avais déjà vu quelque part, mais je n'arrivais pas à me souvenir. C'était sûrement à cause de son allure dépenaillée. Il devait être incognito ! En fait, il a constamment les honneurs des magazines et vaut des millions de dollars ! Sacrée veinarde ! Tu le vois toujours ?

— Non.

— Dommage. Avec lui, tes vieux jours étaient assurés ! Remarque, ces amourettes de vacances ne durent jamais. En plus, il a une réputation épouvantable en matière de femmes.

Anna avait ostensiblement haussé les épaules, sans jeter un deuxième coup d'œil sur la photo de Francesco Mastroni : d'une beauté plus que jamais latine et ténébreuse, dans son veston en lin blanc, il s'exhibait en compagnie d'un top model, comme il se doit. Ce n'était donc pas la fortune illusoire des Maybury qui l'avait attiré, ainsi qu'elle l'avait supposé. Elle n'avait dû être pour lui qu'une de ses nombreuses aventures purement sexuelles !

Durant le court laps de temps qui avait séparé son coup de fil de son arrivée à Rylands, il avait dû dénicher une partenaire plus satisfaisante, plus sophistiquée. Le goujat ! Oh, qu'elle détestait les hommes qui se jouaient des femmes, les traitant en objets sexuels voués à devenir des objets de rebut à la première occasion !

De quel droit l'avait-il regardée avec ce dédain écrasant, tout à l'heure ? Si quelqu'un méritait d'être méprisé, c'était lui ! pensa-t-elle en se hâtant de placer les cannellonis sous le gril. Elle ferait son travail de son mieux puis, cette soirée terminée, oublierait Francesco Mastroni cette fois encore ! Il pouvait s'estimer heureux qu'elle tienne à sa réputation professionnelle… sinon, elle lui aurait expédié son hors-d'œuvre en pleine figure !

Francesco se força à manger malgré la question qui le hantait depuis qu'Anna avait fait son apparition : elle était enceinte ! De lui ?

Il devait se forcer à l'ignorer tandis qu'elle allait et venait pour servir les plats. Il ne participait que par monosyllabes à la conversation, pourtant animée, et ignorait les œillades de la sensuelle rouquine que sa cousine avait invitée. Il se fichait comme d'une guigne de cette demoiselle ! Il était trop occupé à tenter d'assembler les faits…

Anna était vierge lorsqu'il l'avait connue. La première fois, il n'avait eu recours à aucune protection, trop enflammé pour y songer ! Il avait sombré dans un tourbillon d'émotions sauvages, débridées, si inaccoutumées pour lui qu'il avait eu l'impression d'avoir jusqu'alors vécu dans un théâtre d'ombres.

Oui, l'enfant qu'elle portait pouvait être le sien. A moins que…

Adoptant un air dégagé, il se renversa en arrière en ignorant une moue provocante de la rouquine, et s'enquit :

— La restauratrice à domicile est enceinte de combien de mois, à votre avis ?

Trois paires d'yeux se posèrent sur lui avec surprise.

— Pourquoi cette question ? s'étonna Silvana.

« Parce qu'il se pourrait que je sois le père et qu'on ne m'en ait pas averti », répondit-il en son for intérieur. Mais il lâcha paresseusement :

— Oh, je me demandais si nous n'allions pas être appelés à jouer les sages-femmes…

Cela provoqua un irritant gloussement de la rouquine — dont il avait déjà oublié le prénom —, et un regard circonspect de Guy en direction de son épouse, laquelle précisa :

— Sept mois, d'après Cissie Lansdale, son associée. Une associée plutôt irresponsable, selon moi. Elle est censée l'aider au service, mais ce n'est pas le cas ce soir, visiblement… Guy, mon chéri, nos verres sont vides. Si tu y remédiais ?

Tandis que son époux entamait une deuxième bouteille de Montepulciano et remplissait les verres des invités, Silvana confia :

— Une femme dans son état devrait se reposer. Bien sûr, elle n'a pas de mari et sa mère n'est qu'une pauvre chose, de santé fragile, paraît-il. J'imagine qu'ils ont besoin d'argent. Le père n'est qu'un bon à rien qui s'est marié pour s'introduire dans la famille. Ils occupaient autrefois un rang important dans la région mais il a tout dilapidé, ou perdu en Bourse.

— Il a multiplié les investissements désastreux, à ce qu'on raconte, ajouta Guy.

— Vous avez l'air d'en savoir long à leur sujet, observa Francesco, intérieurement mal à l'aise.

Sept mois de grossesse ! Cela s'ajustait précisément avec sa première rencontre avec Anna. L'enfant était *forcément* de lui. Il aurait fallu supposer, sinon, que, dès son retour en Angleterre, Anna avait eu une autre aventure, ce qui n'était guère probable ! A l'époque, elle espérait encore qu'il la rejoindrait et n'aurait pas noué une autre relation au risque de tout compromettre !

Il réalisa qu'il fronçait les sourcils et se recomposa un visage impassible. Alors qu'il mourait d'envie de se rendre tout droit dans la cuisine pour demander des comptes à Anna, il se força à écouter sa cousine :

— A notre arrivée ici, nous avons pris contact avec les meilleures familles pour qu'elles nous donnent les noms des professionnels les plus fiables de la région. Nous aurons une gouvernante la semaine prochaine mais nous devrons aussi faire appel à d'autres corps de métier pour notre installation : plombiers, électriciens, traiteurs... Cette jeune femme enceinte nous a été hautement recommandée. Mais bref ! Passons donc dans le salon pendant qu'on débarrassera la table. Nous siroterons une grappa, puis Guy et moi vous laisserons près du feu pour vous laisser faire plus ample connaissance...

Silvana se leva en décochant un regard entendu à Francesco :

— Natalie aimerait te parler d'un bal caritatif, je sais que cela t'intéressera.

Francesco opposa au sourire éclatant de la rouquine un visage de marbre. Silvana la lui avait présentée comme « une amie londonienne » qui organisait des manifestations caritatives de prestige. Elle était belle, certes, et de toute évidence disponible. Il allait devoir supporter ses manœuvres pendant tout le week-end. Il lui fallait signifier à Natalie que le sexe faible l'intéressait aussi peu que la lecture exhaustive des Pages Jaunes ! Sans la froisser, autant que possible...

Demain, dès la première heure, il se rendrait à Rylands : il voulait savoir si la femme qui l'avait rendu totalement stupide était bel et bien enceinte de lui.

Ouvrant le lave-vaisselle, Anna se mit en devoir de ranger son contenu dans l'immense placard victorien de la cuisine. Elle avait les reins en compote et tenait à peine sur ses jambes.

Une demi-heure plus tôt, Mme Rosewall l'avait abordée pour lui remettre un chèque :

— Le repas était parfait. Avez-vous bientôt terminé ?

— Tout sera en ordre rapidement, j'attends que le lave-vaisselle achève son cycle. Mais si vous préférez que je m'en aille...

Anna avait dit cela sans véritable espoir. Elle aspirait à fuir ces lieux, Francesco et sa nouvelle maîtresse mais, en général, ses clients appréciaient qu'elle laisse leur cuisine dans un état impeccable…

— Je ne veux pas vous précipiter, avait répondu Silvana Rosewall. Je tenais à vous avertir que mon mari et moi nous retirions pour la nuit. Mon cousin et sa jeune compagne sont dans le salon et j'aimerais qu'ils ne soient pas dérangés. Inutile de les saluer en partant. Au fait, pendant que j'y pense… Pourriez-vous préparer quelque chose pour dimanche midi ? Mes invités repartiront dans l'après-midi, alors je souhaiterais une collation légère…

— Navrée, mais c'est impossible, je suis prise…, avait déclaré sans hésitation Anna.

L'argent aurait été le bienvenu, mais il était hors de question qu'elle approche encore une fois l'ignoble don Juan qui se trouvait dans le salon !

A présent, la cuisine enfin impeccable, elle enfila son vieil imperméable, libéra ses cheveux de leur résille et sortit d'un pas lent et las. Elle était trempée quand elle rejoignit sa fourgonnette et y logea ses glacières. Quelle soirée de cauchemar !

L'épreuve était terminée. Heureusement, elle n'aurait plus à revoir Francesco, pensa-t-elle en contournant le véhicule pour prendre place au volant.

La manière dont cette rouquine lui faisait un charme éhonté était écœurante ! Quant au fait qu'il avait forcément remarqué sa grossesse, et n'avait pu qu'en tirer les conclusions qui s'imposaient, à savoir qu'il était le père du bébé, elle l'avait envisagé en travaillant dans la cuisine.

De toute évidence, Francesco ne voulait pas en entendre parler ! Il pensait sans doute que leur rencontre à Ischia n'était qu'une aventure parmi d'autres, qu'elle était responsable de son propre état et n'avait qu'à se débrouiller… Eh bien, cela lui convenait à la perfection ! décida-t-elle, chassant Francesco de son esprit et mettant le contact.

Le moteur émit une sorte de hoquet étranglé puis se tut. Après avoir tenté de démarrer à quatre reprises, Anna dut se résoudre à l'évidence : la batterie était morte ! Quelle chance !

pensa-t-elle, fouillant dans son sac à la recherche de son mobile. Nick lui avait pourtant conseillé de changer la batterie, mais tout l'argent qu'elle gagnait passait dans les factures de Rylands et la nourriture quotidienne…

Elle fouilla un moment dans son sac, en vain. Elle avait dû oublier le téléphone à la maison. Quelle idiote ! se fustigea-t-elle, tambourinant à coups de poing sur le volant dans sa frustration. Elle n'avait plus qu'une solution : faire appel aux occupants du manoir, en l'occurrence Francesco et sa belle amie, puisque les Rosewall s'étaient retirés dans leur chambre depuis un bon moment.

Plutôt rejoindre Rylands à pied, pensa-t-elle bien que la maison familiale se trouve à plus de quinze kilomètres ! Sans compter qu'il pleuvait des cordes…

Tandis que la rouquine, vexée, quittait le salon, Francesco se servit une grappa puis, trop nerveux pour rester en place, il se mit à arpenter la pièce. Habitué à devoir éconduire les femmes, il y parvenait généralement avec subtilité mais, ce soir, ça n'avait pas été le cas. Oh, il n'avait pas été brutal, juste tranchant, net et froid : non, il n'était pas preneur de billets pour le bal caritatif qu'elle organisait, il ne serait pas non plus disponible pour déjeuner avec elle une fois de retour à Londres et n'avait pas assez de temps libre pour envisager une quelconque sortie… C'est à ce moment qu'elle avait choisi d'aller se coucher. Il aurait dû en être soulagé mais ses « retrouvailles » inattendues avec Anna Maybury avaient ravivé des souvenirs cuisants. Quant à sa grossesse… Il avait hâte d'être au lendemain et d'être fixé à ce sujet !

Le cœur et les nerfs en capilotade, Anna appuya sur la sonnette. Ses cheveux trempés collaient à son crâne, et le devant de sa salopette était inondé, car son ventre arrondi l'empêchait de boutonner complètement son vieil imperméable. Elle devait avoir une mine épouvantable, se dit-elle.

Ce n'était pas fait pour l'encourager mais elle devait contacter

Nick afin qu'il la ramène à Rylands. Il lui fallait affronter Francesco pour demander à utiliser le téléphone des Rosewall.

Sinon, il ne lui resterait qu'à emprunter à pied des routes étroites et isolées, avec une chance à peu près nulle de croiser quelque automobiliste ou de trouver de la lumière dans l'un des rares cottages du voisinage…

La porte s'ouvrit enfin et elle se redressa. Jetant à peine un regard sur Francesco qui venait de s'encadrer sur le seuil, elle demanda d'une voix mal assurée :

— Ma camionnette refuse de démarrer. Puis-je téléphoner ?

Pas de réponse.

Puis, après un temps de silence, cette question abrupte en pleine figure :

— Dis-moi la vérité, pour une fois ! Est-ce que le bébé est de moi ?

2

Démontée, abasourdie par cette question à brûle-pourpoint, Anna trouva plus digne de l'ignorer que de lui demander depuis quand il se souciait d'elle. Elle réitéra donc sa requête :

— Je dois appeler Nick pour qu'il vienne me chercher, j'ai besoin d'un téléphone.

Consciente du regard intense et glacial fixé sur elle, elle frémit. Francesco devait se demander comment il avait pu faire l'amour avec cette créature trempée comme une soupe, en godillots et vieil imper, avec un ventre aussi énorme que le bulbe d'une basilique. Elle se sentit proche d'un éclat de rire hystérique.

Se forçant à rester calme, elle revint à la charge :

— Merci de préciser aux Rosewall que je viendrai chercher ma fourgonnette demain matin. Il faut seulement changer la batterie.

Du moins, c'est ce qu'elle espérait. Elle n'avait certes pas les moyens d'assumer une réparation plus sérieuse !

Frissonnant dans le froid, accablée de fatigue, elle fit un pas en avant :

— Puis-je entrer ?

Francesco ne bougeait pas d'un pouce et elle s'inquiéta. Avec son air sombre, le pli cruel de sa belle bouche sensuelle, la tension de ses traits qui mettait en relief ses hautes pommettes et son nez aquilin, il semblait prêt à l'envoyer au diable !

Brusquement, il la saisit par un coude, et la fit pivoter en affirmant :

— Je te ramène.

— Ce n'est pas nécessaire, affirma-t-elle d'un ton vif, peu

désireuse de rentrer en sa compagnie et de subir un interrogatoire intime. Nick me raccompagnera très volontiers.

— Je n'en doute pas, répondit-il avec un sourire sardonique, l'entraînant d'un pas trop rapide dans les ténèbres, vers l'arrière du manoir, mais tu dois te débarrasser de ces vêtements mouillés au plus vite et prendre un bain chaud.

Il s'immobilisa devant une Ferrari garée dans l'allée et ajouta :

— Tu ne dois plus seulement te soucier de ta santé, maintenant.

Il parlait du bébé, songea-t-elle. Envahie par un sentiment de culpabilité, elle prit place sur le siège passager.

Après cette soirée éreintante et catastrophique, elle avait en effet besoin de se sécher et de se mettre au chaud pour le bien-être du bébé. Elle n'avait cependant nulle envie d'être de nouveau confrontée à la question à laquelle elle ignorait comment répondre !

Elle refoula des larmes d'appréhension et de fatigue, se demandant : « Vais-je oser lui dire de se mêler de ses affaires ? »

Comment prendrait-il une telle réponse ? Serait-il soulagé de voir qu'elle ne cherchait à faire peser sur lui aucune responsabilité, ni à quêter un soutien financier, ni — surtout ! — à se faire connaître de sa famille et provoquer un scandale ? Cela ne semblait pas impossible et cadrait avec la désinvolture dont il avait fait preuve à son égard…

Il lui restait un autre recours : mentir, inventer un père factice, prétendre qu'elle n'était enceinte que de cinq mois… Avec ce ventre bien arrondi, il était peu probable qu'il la croie, se dit-elle, rongée par l'appréhension.

Cependant, la seule question qu'il lui posa fut :

— Tu vis toujours chez tes parents, à Rylands ?

Elle hocha la tête et il se mit en route sans rien ajouter. Toutefois, au bout de l'allée, il marqua un arrêt :

— Ne t'imagine pas que j'en ai terminé ! Je serai là-bas demain aux aurores et ne me fais pas répondre que tu n'es pas disponible, j'attendrai aussi longtemps qu'il le faudra.

*
* *

Roulant à vive allure sur le chemin du retour, Francesco se maudit de n'avoir pas insisté pour connaître l'identité du père de l'enfant.

Quand il entreprenait quelque chose, il procédait avec détermination, sans tolérer d'oppositions ni d'entraves, se montrant implacable à l'occasion. Il avait repris l'empire Mastroni, plus que déclinant à la disparition de son père, dix ans plus tôt, et l'avait hissé aux premiers rangs de l'industrie. Il avait démontré sa force de caractère et n'était pas du genre à éprouver de la compassion pour les imbéciles et les voyous…

Alors, pourquoi n'avait-il pas tiré parti de son avantage face à Anna, et lui avait-il permis de se dérober à sa question ? Il aurait dû lui extorquer la vérité, l'occasion était idéale !

Mais… Elle avait semblé si vulnérable, si lasse ! Trempée et exténuée, elle avait l'air si fragile… Il s'était senti révolté à l'idée qu'une femme dans cet état soit forcée de s'épuiser pour le service de privilégiés tout juste bons à lancer des ordres. Il n'avait donc pensé qu'à une chose : la raccompagner dans un endroit sûr où elle pourrait se reposer tranquillement.

Il fallait croire qu'il perdait de la poigne en vieillissant !

Et puis, qui pouvait bien être ce *Nick* ?

Anna se glissa dans son lit, sa bouillotte à la main. Elle n'avait pu s'offrir qu'un bain à peine tiède. Sa chambre était pleine de courants d'air et des infiltrations maculaient le plafond de taches humides.

Elle frissonna convulsivement, autant de froid que d'inquiétude à l'idée de la menace qui pesait sur elle. Loin de s'en laver les mains comme elle l'avait cru, Francesco semblait déterminé à lui arracher la vérité. Elle se rappelait maintenant, en grelottant de plus belle, que les Latins passaient pour avoir un sens de la famille exacerbé…

Oh, si seulement elle avait refusé la proposition de travail des Rosewall ! Elle ne l'aurait jamais revu… Et pourquoi était-elle incapable d'aimer Nick ? Si elle avait accepté la proposition de mariage qu'il lui avait faite, elle serait aujourd'hui sa femme, et il jurerait dur comme fer que le bébé était de lui. Pour elle, il était prêt à tout…

Elle et Nick étaient les meilleurs amis du monde depuis leur plus tendre enfance. C'était l'homme le plus doux, le plus gentil du monde et ils avaient une profonde affection l'un pour l'autre. Il avait spontanément offert de l'épouser au moment où sa grossesse avait commencé à devenir visible et de veiller sur elle et le bébé…

Mais il ne l'aimait pas d'amour et méritait mieux. Un jour, il rencontrerait celle qui ferait battre son cœur… Pour sa part, les sentiments qu'il lui inspirait n'approchaient en rien ceux qu'elle avait éprouvés pour Franc…

Non ! Elle devait s'empêcher d'y penser ! Elle abattit avec colère son poing sur l'oreiller. Se blottissant au creux du lit, elle tenta de dormir.

Au lever du jour, elle quitta son lit sans regret et se prépara, passant une robe de grossesse et nouant ses cheveux en chignon. Frappée par ses yeux verts trop dilatés, alors qu'elle s'examinait dans le miroir, elle poussa un soupir d'autodérision. Elle n'allait tout de même pas avoir peur de lui ! Personne ne la contraindrait à faire ce qu'elle ne voulait pas !

Ses chaussures de la veille étaient encore humides et elle chaussa de vieilles tennis avant de téléphoner à Nick. Il lui répondit d'une voix ensommeillée et elle se sentit coupable. Elle lui expliqua brièvement la situation. Elle ignorait ce que Francesco entendait par « aux aurores », mais il devrait attendre qu'elle et Nick en aient terminé avec le remplacement de la batterie !

— Donne-moi une demi-heure pour me préparer et j'arrive, déclara Nick. Je t'avais pourtant prévenue pour la batterie ! Comment es-tu rentrée ? Tu aurais dû m'appeler.

— J'en avais l'intention mais un invité des Rosewall a insisté pour me raccompagner, dit-elle en se gardant d'être plus précise. Merci, Nick, de venir à mon secours.

— Tu peux compter sur moi, tu le sais bien. A plus !

Anna raccrocha et gagna la cuisine, décrochant au passage son ciré dans le vestibule. Dès qu'elle aurait avalé un jus de fruits frais, elle irait à la rencontre de Nick. Heureusement, il ne pleuvait plus et un beau soleil inondait même l'intérieur décrépit de Rylands.

Il n'était pas étonnant que sa mère se désole chaque jour de voir la dégradation de sa demeure bien-aimée… Béatrice Maybury avait souffert enfant de rhumatismes articulaires et était restée de santé fragile. Toute sa vie, elle était restée le témoin passif des manœuvres de William, son époux, qui accumulait les revers financiers.

Réprimant un soupir, Anna poussa la porte de la cuisine, et tressaillit.

— Maman ? dit-elle, étonnée.

Béatrice Maybury, enveloppée dans une antique robe de chambre en chenille de coton, ses cheveux gris nattés en une longue tresse, chaussée de bottines en caoutchouc, prit la bouilloire fumante et se dirigea vers la théière en proposant :

— Du thé, ma chérie ?

— Tu t'es levée bien tôt, commenta Anna, intriguée, vaguement inquiète. Qu'est-ce qui ne va pas ?

Sa mère sortait rarement du lit avant 10 heures. William avait toujours traité son épouse adorée comme un cristal fragile, l'incitant à faire régulièrement la grasse matinée. Dommage, pensa Anna dans un rare accès d'amertume, qu'il n'ait pas traité avec les mêmes égards son héritage !

— Rien de spécial, répondit Béatrice, pâle et les traits tirés. Ton père est épuisé, je crois que son travail le fatigue trop. J'ai insisté pour qu'il paresse un peu.

Elle s'assit, son gobelet de thé fumant entre les mains, et Anna l'imita. Elle n'espérait plus guère éviter Francesco ; elle ne pouvait pas abandonner sa mère. Béatrice devait être réellement troublée : jamais elle n'*insistait* sur quoi que ce soit et s'en remettait toujours à la décision des autres.

Son père était robuste, mais ne supportait peut-être plus aussi bien son travail dans une agence de promoteurs immobiliers ? Il avait passé la soixantaine, après tout… Ses honoraires payaient les crédits, tandis que les gains d'Anna assuraient les factures ménagères. A eux deux, ils parvenaient tant bien que mal à maintenir Rylands à flot.

— Je lui ai dit que je nourrirais Hetty et Horace et que je leur ferais prendre l'air. Il n'y avait pas d'œufs, ce matin. Hetty a l'air patraque.

Anna sourit jusqu'aux oreilles. C'était bien la première fois qu'elle était d'humeur à sourire depuis hier soir !

— Elle doit bouder parce que tu lui prends tous ses œufs, dit-elle. On devrait la laisser couver pour ressusciter notre basse-cour.

Horace, le jeune coq, et Hetty, la poule brune bien grasse, étaient les seuls survivants d'une razzia de renards, ainsi que tout ce qui restait d'un projet paternel d'autarcie économico-rurale. William avait lancé l'idée avec son brio habituel, le regard noisette pétillant, un large sourire aux lèvres :

— Des fruits et légumes, des poules, un cochon, une chèvre. On se nourrira comme des rois et on vendra l'excédent au village : fromage de chèvre, bacon, œufs à la pièce… comme au bon vieux temps ! Oublions l'ère industrielle ! Vive le retour à la nature !

Il n'y avait jamais eu de chèvre. Le cochon était mort. Le troupeau de moutons d'un voisin avait dévasté le potager, et les renards avaient dévoré les poules.

Levant ses yeux bleus sur sa fille, Béatrice lâcha :

— Nous avons eu une petite dispute. Il était bouleversé, je crois.

Vraiment stupéfaite, cette fois, Anna reposa son gobelet de thé sur la table. Tout cela ne lui disait rien qui vaille ! Ses parents s'adoraient et cet amour les avait soutenus alors que tout s'écroulait autour d'eux, les préservant de l'amertume. Sa mère n'avait jamais reproché à son père ses investissements calamiteux et ses châteaux en Espagne. Elle avait toujours rejeté le blâme sur les autres et l'avait encouragé dans chacune de ses chimères. S'ils se querellaient, à présent, quel espoir resterait-il ?

Anna avait beaucoup d'affection pour ses parents. Elle protégeait sa mère et s'exaspérait parfois des folies de son père, mais elle aimait son énergie infatigable, son enthousiasme, sa bonté bourrue.

— Il va falloir que je tape du poing sur la table, reprit sa mère, et fermement.

— Je vois, dit doucement Anna, qui en réalité ne voyait rien du tout, et était ébahie par la tournure des événements. A quel sujet ?

La sonnette d'entrée tinta à cet instant, la privant de la réponse attendue.

— C'est sûrement Nick. Désolée, maman, il faut que je parte, nous en discuterons plus tard, dit-elle en se levant et en enfilant son ciré. Prends un bon déjeuner, surtout. Il reste assez de pain et je rapporterai une boule de campagne tout à l'heure.

Elle ne serait pas fâchée de faire un détour par le village pour acheter des provisions. Cela lui permettrait d'éviter Francesco le plus longtemps possible et de préparer ses meilleures armes pour affronter l'interrogatoire qu'il entendait lui faire subir.

Plutôt mal à l'aise à cette pensée, elle ouvrit la porte. Un courant d'air glacial s'engouffra dans la maison et, à sa suite… Francesco Mastroni.

Il la dépassa, la laissant figée de stupeur. Aux aurores, avait-il dit. Il n'avait pas exagéré ! Bon sang, n'aurait-il pu s'attarder au lit avec sa rouquine de malheur ?

A son grand désespoir, il lui faisait toujours le même effet : un mètre quatre-vingt-dix, une chevelure noire à la coupe impeccable, des yeux bleu-gris frangés de longs cils, une bouche superbement dessinée… Son costume gris élégant flattait son impressionnante silhouette et la pureté racée de ses traits.

— Où comptais-tu filer comme cela ? demanda-t-il avec un sourire sardonique.

Dire qu'elle s'était cru follement amoureuse de cette brute arrogante ! pensa-t-elle en s'empourprant. Il s'était bien gardé de révéler cette facette de son caractère lorsqu'il s'était mis en tête de la séduire pour mieux l'abandonner ensuite !

Elle avait l'impression d'être en face d'un étranger et, de plus, se sentait vaguement intimidée.

Sur l'île d'Ischia, elle l'avait toujours vu en jean usé et mocassins fatigués, arborant une chaîne dorée qui laissait sur son torse splendide et bronzé des traces de vert-de-gris. Ces marques l'avaient émue et elle ne l'en avait aimé que davantage…

Aujourd'hui, elle ne l'aimait plus. Elle le méprisait, ainsi que tout ce qu'il représentait.

Elle n'allait certes ni lui donner une réponse, ni l'encourager à la conversation ! Elle laissa la porte d'entrée grande ouverte, espérant que Nick ne tarderait pas et lui fournirait une échappatoire bienvenue.

— On ne pourrait pas discuter dans un endroit plus confortable ? demanda Francesco.

Il s'impatientait déjà et la scrutait avec une intensité agaçante. Ce qu'il voyait lui déplaisait, c'était clair : une va-nu-pieds enceinte dont l'enfant était peut-être de lui.

— Non, décréta-t-elle.

Elle n'avait aucune envie de débattre de sa grossesse avec qui que ce fût, lui moins que tout autre ! Elle aimait profondément son futur bébé et était… morte de peur.

Si Francesco apprenait qu'il était le père de cet enfant, l'alternative était simple : il s'en laverait les mains ou réagirait en riche macho italien : il exigerait la garde du bébé. Elle redoutait cette dernière éventualité…

Que ferait-elle, s'il adoptait cette conduite ? Pourrait-elle s'opposer à lui et emporter la partie ?

— Anna… qui est-ce ? lança Béatrice, qui apparut à la porte de la cuisine.

Elle s'arrêta net, ramenant étroitement contre elle les pans de son peignoir.

— J'ai entendu des voix et je n'ai pas reconnu Nick…

« Evidemment ! » s'agaça Anna. On ne pouvait guère confondre la voix grave, cultivée, dotée d'un léger accent, de Francesco avec les intonations campagnardes et rassurantes de Nick. Elle aurait préféré que sa mère reste à l'écart. Comment diable pouvait-elle lui présenter Francesco ? « Oh, au fait, maman, voici le sale menteur qui m'a séduite, engrossée et abandonnée » ?

Le « sale menteur » prit l'initiative : ses lèvres s'incurvèrent en un sourire dévastateur et il s'avança vers Béatrice, la main tendue :

— Mme Maybury… Je suis heureux de connaître enfin la mère d'Anna !

Après un regard hésitant à sa fille, Béatrice Maybury tendit le bras à son tour et s'empourpra lorsque le visiteur lui octroya un baisemain aussi élégant que suranné.

— Anna ? interrogea-t-elle.

— Francesco Mastroni, précisa Anna, réticente.

Allons bon ! Voici que sa mère rougissait comme une collégienne ! Elle eut envie de la secouer mais fut gagnée par un sentiment d'indulgence. Quelle femme aurait-elle pu résister à ce numéro de charme ?

— J'ai revu Anna hier à la soirée de ma cousine, et je suis venu prendre des nouvelles de sa santé.

« Tu parles ! » pensa Anna, furieuse. Elle était exaspérée par son habileté à tricher et mentir, par son assurance imperturbable, par sa beauté incontournable. Elle le méprisait et se sentait totalement impuissante.

A en juger par son haussement de sourcils et son demi-sourire, sa mère avait parfaitement enregistré les mots : « *revu* Anna » ! La voici qui se mettait à minauder :

— Que c'est gentil de votre part, *signore*. Voudriez-vous nous suivre dans la cuisine ? C'est la seule pièce un peu chaude, malheureusement. Voyons, ma chérie, ferme la porte d'entrée, il y a des courants d'air !

Anna traversa d'un pas alourdi l'immense vestibule vide en pestant intérieurement. Jamais sa mère ne l'aurait introduit à la maison, si elle avait connu la vérité ! Sous ses dehors séduisants, c'était le diable en personne : un traitre au cœur endurci, capable, pour séduire une vierge, de lui jurer qu'il l'aimait plus que sa propre vie. Ensuite, après avoir satisfait sa libido pendant une semaine ou deux, il n'hésitait pas à la mettre au rebut dès qu'une nouvelle conquête potentielle apparaissait…

L'esprit ailleurs, elle n'aperçut pas tout de suite Nick qui franchissait le seuil. Avec son visage gai et ouvert, sa tignasse de cheveux châtain et ses yeux bleus au regard doux, sa silhouette râblée en jean taché de cambouis et sweat-shirt polaire était si rassurante et débonnaire qu'elle en aurait pleuré.

— Prête ? fit-il, englobant sa mère et elle dans le même sourire. Bonjour, madame Maybury !

S'il avait enregistré la présence du superbe inconnu qui

l'avait précédé dans le vestibule, il n'en laissa rien paraître, et continua à l'adresse d'Anna :

— Tu as les clés de contact de la fourgonnette ?… Alors, on y va. Papa a dit qu'il n'y a pas urgence pour le paiement de la batterie. Cela peut attendre…

Anna ne put s'empêcher de rougir. Le père de Nick possédait le garage du village et, comme tous les habitants, était au courant de leur situation financière désastreuse. Il était généreux de proposer un délai de paiement mais elle aurait préféré que Francesco n'en sache rien. Elle avait sa fierté, tout de même !

Se dirigeant vers la porte, pressée de mettre le plus de distance possible entre elle et celui dont la présence lui faisait l'effet d'un coup de poignard en plein cœur, elle grommela :

— Ce ne sera pas nécessaire…

— Attends ! lança une voix traînante mais impérieuse, la figeant sur place.

Francesco s'avança avec une élégante désinvolture :

— J'imagine que vous êtes Nick ?

Choisissant visiblement de traduire par un « oui » le regard interdit de Nick, il lui déclara avec l'assurance impériale d'un homme accoutumé à être obéi :

— Rien ne vous oblige à attendre. Occupez-vous de la batterie. J'emmènerai tout à l'heure Anna récupérer sa fourgonnette.

— Eh, une seconde ! s'exclama Anna, indignée par son despotisme.

Elle se retourna vers lui et le regretta aussitôt en se trouvant confrontée à son regard railleur. Les souvenirs la submergèrent et, étouffant un gémissement sourd, elle sentit sa combativité la déserter.

A quoi bon reporter leur confrontation ? Plus elle la repoussait, plus elle se sentait nerveuse. C'était mauvais pour le bébé.

Décochant un sourire d'excuse à Nick, elle lui dit :

— Merci, tu es un ange. On se voit tout à l'heure. Je dois avoir une discussion avec… ce type, acheva-t-elle, ne se souciant guère d'être polie.

Tandis que Francesco l'entraînait dans le sillage de sa mère, qui gagnait la cuisine, une nausée lui souleva le cœur.

3

— Il faut que j'aille passer une tenue décente. Que devez-vous penser de moi ? minauda Béatrice.

Elle poussa la porte de la cuisine et livra le passage à leur hôte, tirant sur les pans de sa robe de chambre, sans réussir pour autant à dissimuler ses bottines en caoutchouc. Adressant à la superbe mais intimidante silhouette de Francesco un regard dévoré de curiosité, elle ajouta avant de disparaître :

— Je n'en ai que pour une minute. Anna, offre donc du café à notre invité, en attendant.

Anna se garda bien d'obtempérer. Il était hors de question qu'elle se laisse atteindre par le dédain glacial de son indésirable visiteur ! Ainsi, il s'inquiétait d'avoir mis enceinte une pauvre fille issue d'un milieu modeste ? Une jeune naïve tout juste bonne pour une aventure, mais certes pas digne d'un engagement de longue durée ?

— Eh bien ? fit-elle, rompant le silence.

Son bébé lui décocha un petit coup de pied, il devait sûrement sentir la tension qui régnait dans la pièce. D'un geste instinctif, elle posa une main sur son ventre, comme pour le rassurer. Francesco enregistra son geste avec un regard flamboyant.

— Tu connais parfaitement le motif de ma visite, énonça-t-il de sa voix de velours chaude et grave, que venait aigrir une pointe d'amertume. Avant que tu me dises si je suis ou non le père, je tiens à t'avertir : la véracité de ta réponse pourra être corroborée ou infirmée par un test A.D.N.

Il ne plaisantait pas ! réalisa-t-elle, renonçant aussitôt à attribuer la paternité du bébé à un autre homme. Elle pâlit. Depuis qu'il l'avait abandonnée sans ménagement, elle n'avait pas eu trop de mal à le chasser de son esprit : son bébé passait avant tout. Mais, en le revoyant dans ces circonstances, elle sentait vaciller son équilibre affectif. Prise d'un léger vertige, elle porta ses mains à ses tempes.

D'un geste vif, des bras virils vinrent la soutenir, l'aidant à prendre place sur une chaise de la cuisine.

Francesco laissa échapper une imprécation sourde et se planta devant elle, mains dans les poches, la toisant d'un air impatient.

— Inutile de jurer ! protesta-t-elle, prête à se rebiffer. Puisque tu tiens à le savoir, oui, tu es le père. Il n'y a eu personne avant toi, ni après !

Elle soupira, furieuse d'avoir pu se croire amoureuse de cet arrogant personnage. Il avait maintenant l'information qu'il était venu chercher et elle n'allait certes pas attendre son verdict !

— Que les choses soient bien claires, continua-t-elle. Je ne veux rien de toi. Rien, tu m'entends ? Personne ne saura jamais que tu es le père de ce bébé, sois tranquille. Alors, tu es libre de retourner à ta petite amie !

Un silence tendu suivit cette sortie. Anna vit ses traits crispés et s'efforça, en vain, de deviner ce qu'il pensait.

— Est-ce bien la vérité ? questionna-t-il avec un regard pénétrant.

Comme elle hochait la tête, il pivota sur lui-même et alla se planter devant la fenêtre. Un enfant ! La chair de sa chair ! songea-t-il, le cœur serré. Engendré par une femme aussi sournoise ! Une femme qui, avec ses grands yeux innocents, avait fait mine d'ignorer son identité véritable et l'avait ensorcelé tout en complotant en secret. Elle l'avait si bien manipulé qu'il s'était épris d'elle comme un gamin !

Et elle avait mis au courant son empoté de père ! Comment, dans le cas contraire, aurait-il su qu'un million de livres ne représentait pas grand-chose pour l'homme que sa fille avait pris dans ses filets ? Qu'il n'avait qu'à demander pour obtenir ?

C'était là l'unique erreur d'Anna.

Tout à fait entiché d'elle, il était sur le point de la demander en mariage, de lui offrir un engagement à vie — niaiserie qu'il s'était juré de ne jamais commettre ! Elle avait dû conseiller à son père de prendre patience, lui affirmer qu'elle le tenait et que, lorsqu'il l'aurait épousée, il assurerait l'avenir financier de leur famille. Et tant pis pour lui le jour où les écailles lui tomberaient des yeux, où il la verrait telle qu'elle était…

Quant à sa récente proclamation selon laquelle elle ne voulait rien de lui… à d'autres ! Dès que le bébé serait né, elle s'empresserait de frapper à sa porte avec une liste de requêtes interminable !

Il entendit se rouvrir la porte de la cuisine, et se retourna, refoulant ses émotions avec l'aisance d'une longue habitude, soupesant le problème auquel il avait à faire face telle une mécanique bien huilée.

Béatrice Maybury venait d'entrer, maintenant vêtue d'une jupe en tweed et d'un twin-set de couleur indéfinissable. Sa longue natte était enroulée autour de sa tête comme un diadème.

— *Signora*, votre mari est-il là ? J'aimerais m'entretenir avec vous deux.

Et régler la question une bonne fois pour toutes…

Prête à fustiger sa fille pour son incorrection envers leur hôte, car elle ne lui avait visiblement pas offert de café, ni même proposé un siège, Béatrice changea d'avis. Cédant à l'ascendant du visiteur, subodorant quelque nouvelle catastrophe, elle acquiesça et s'éclipsa sans demander son reste.

— Il n'y a aucun besoin de mêler mes parents à ça, protesta Anna. Ils ne te connaissent même pas.

— J'ai déjà rencontré ton père, rétorqua Francesco, acide. L'aurais-tu oublié ?

Comment aurait-elle pu oublier ce jour et l'inqualifiable « mot d'adieu » qu'il lui avait laissé ? Décidément, il ne manquait pas de toupet !

— Il y a plutôt lieu de s'étonner que tu te sois souvenu de moi ! riposta-t-elle. Ce que je veux dire, c'est que mes parents ignorent l'identité du père de mon bébé. Personne ne la connaît et je ne veux rien y changer ! Alors, rien ne te retient de partir ! ajouta-t-elle avec fureur, exaspérée par son regard de condescendance.

Là-dessus, sûre de le voir tourner les talons et exécuter une prompte retraite, elle s'affaissa sur sa chaise, épuisée.

— Va-t'en, au lieu de me dévisager comme cela, soupira-t-elle avec lassitude.

Trop tard. Son père venait de se faufiler dans la cuisine, suivi comme son ombre par sa mère, inquiète.

— Ça alors, quelle surprise ! s'exclama William Maybury, s'efforçant de sourire et de prendre un air bonhomme.

Anna ne fut pas dupe de cette comédie. Elle lut de l'appréhension dans son regard, et une sorte de malaise dans son sourire. Elle supposa que cela venait de la première entrevue de son père avec Francesco, le jour de cet infect billet…

— Asseyons-nous, dit Francesco.

« Typique ! » pensa Anna. Monsieur donnait des ordres comme s'ils n'étaient qu'une bande de serfs à l'esprit embrumé ayant mérité les remontrances de leur seigneur !

Elle ne fut guère enchantée de voir obtempérer son père, et sa mère, qui avait de nouveau proposé du café à leur hôte, et accepter sans broncher son refus courtois.

Anna se leva et s'attabla face à son père qui semblait nerveux, effrayé. Elle n'y comprenait rien ! Il savait d'ordinaire s'y prendre avec les gens et, même avec ses créanciers, restait exubérant, gai et ouvert ! Le plus lucide d'entre eux avait sûrement cru un jour, en dépit de toute vraisemblance, que l'énergique William Maybury saurait redresser la situation. Alors, pourquoi cette attitude aujourd'hui ?

Des mois auparavant, Anna avait trouvé son père en train de bricoler dans la serre qu'il avait construite de bric et de broc, avec de vieilles planches et du polyéthylène :

— Papa, à Ischia, j'ai rencontré un merveilleux Italien ! Je suis folle de lui et je crois qu'il m'aime, lui aussi ! Il vient de téléphoner pour m'annoncer son arrivée en Angleterre pour me voir ! Je dois superviser la réception à la mairie et rentrerai tard, ce soir. Mais tu le mettras à l'aise en attendant, n'est-ce pas ? Et ne l'ennuie pas avec ton projet de safari parc, s'il te plaît !

Elle n'avait pu lui cacher qu'elle était éperdument amoureuse pour la première fois de sa vie. Il n'ignorait donc pas ce dont Francesco s'était rendu coupable. Et voici que, bien loin de le jeter à la porte parce qu'il avait maltraité sa fille, il subissait ses ordres sans s'insurger !

Eh bien, elle s'en chargerait *personnellement* ! Toisant l'odieux personnage qui avait pris place au bout de la table en maître des lieux, elle lui lança dédaigneusement :

— Si tu as quelque chose à dire, dépêche-toi, nous n'avons pas de temps à perdre.

Il l'ignora complètement. Elle avait tout représenté pour lui, autrefois, mais aujourd'hui, ne lui était plus rien, sinon la mère de son enfant. Ses désirs ne comptaient pas.

— Votre fille et moi nous sommes connus à Ischia… comme vous le savez, énonça Francesco, rivant son regard sur William. Elle porte mon enfant et relève donc désormais de ma responsabilité.

— C'est un peu fort ! s'exclama Anna, s'insurgeant contre cette déclaration d'un autre âge.

Elle rougit de colère et resta coite lorsque, l'ignorant tel un insecte importun, il se tourna vers sa mère :

— Vous conviendrez, Béatrice — si vous permettez que je vous appelle Béatrice —, qu'il n'est pas raisonnable qu'une femme à un stade avancé de sa grossesse travaille pendant des heures, tard le soir, dans des cuisines surchauffées ?

Il s'était lancé dans son numéro de charme et sa mère marchait à fond, constata Anna, écœurée. Elle avait les yeux brillants, le sourire aux lèvres, sans doute ravie de savoir enfin qui était le père de son petit-fils ou de sa petite-fille.

— Je le lui ai déjà dit des centaines de fois, vous pensez bien ! s'écria-t-elle. Elle travaille trop dur, et cela me donne du souci. Mais elle ne m'écoute pas, elle a toujours été têtue comme une mule !

Quelle solidarité ! pensa Anna, en se contenant tant bien que mal. Sa mère avait ronchonné au sujet de ses journées de travail trop longues, mais, ainsi qu'Anna l'avait souligné, ils avaient besoin de l'argent qu'elle gagnait ! Elle se garda, bien entendu, d'en faire la réflexion et d'humilier sa famille devant cette crapule de Francesco. Il ignorait ce que c'était que de tirer le diable par la queue, et d'être traqué par une cohorte de créanciers !

— Donc, étant donné ma responsabilité, continua-t-il, Anna séjournera dans mon appartement londonien jusqu'à la naissance. Je n'y serai que très rarement mais mon excellente gouvernante et son mari veilleront à ses moindres besoins. Elle recevra les meilleurs soins, et tout le repos nécessaire à la bonne santé de l'enfant. Des arrangements seront pris pour qu'elle entre dans la meilleure maternité, le moment venu. Après la naissance, j'organiserai une réunion entre nos avoués respectifs afin de stipuler les termes d'un fidéicommis pour l'éducation du bébé, et son bien-être dans l'avenir.

— C'est très noble de votre part.

Enfin, son père sortait de sa passivité et de quelle manière ! s'indigna Anna, folle de rage. Elle se mit debout avec effort, croisa le regard sombre et glacial de Francesco, et lui assena enfin sa façon de penser :

— Arrête ton discours ! Je ne te suivrai nulle part ! En fait, je ne veux plus jamais te revoir !

Sur cette tirade, elle se retira avec autant de dignité que le lui permettaient ses pieds endoloris et son imposant tour de taille. De quel droit se permettait-il de venir ici dicter sa loi ? pesta-t-elle, grimpant l'escalier en direction de sa chambre. Non mais, pour qui se prenait-il ?

De leur brève rencontre — dont il avait d'ailleurs peu obligeamment insinué qu'il la regrettait —, un enfant allait naître. Cela ne lui octroyait aucun droit ! En l'abandonnant, il y avait renoncé !

Portée par l'indignation, elle atteignit son refuge et se laissa tomber sur son lit, épuisée. Quand elle pensait à toutes les tâches qui l'attendaient, aujourd'hui !

Tout d'abord, elle devait récupérer sa fourgonnette. Ce serait déjà fait, si cet odieux Italien n'était venu jeter son grain de sel ! Ensuite, il faudrait faire des provisions au village, payer le père de Nick, téléphoner à Kitty Bates pour connaître le nombre exact des invités à la fête d'anniversaire de son fils mardi prochain, mettre la main sur Cissie et s'assurer qu'elle serait libre pour l'aider. D'habitude, s'occuper d'une ribambelle d'enfants ne lui faisait pas peur mais après les heures qu'elle venait de vivre, elle avait l'impression d'être vidée de toute son énergie.

Frissonnante, elle ramena la courtepointe sur ses épaules, refoulant des larmes d'accablement. En songeant à Cissie, elle avait ravivé des souvenirs indésirables, qu'elle avait jusque-là tant bien que mal chassés de son esprit…

4

« Enfin, la paix ! pensa Anna, s'étirant au soleil. Quel bonheur ! » On n'entendait, au large de Naples, que le bruit régulier de la mer venant mourir sur le rivage, parfois ponctué de cris de mouettes. Pour la première fois depuis son arrivée à Ischia avec Cissie, voici trois jours, elle se sentait détendue.

A dire vrai, l'hôtel où elles étaient descendues l'intimidait. C'était un endroit horriblement cher, d'une extravagante élégance. Piscines couverte et à ciel ouvert, cafés, restaurants, boutiques luxueuses, sauna, rien n'était refusé à la riche clientèle des lieux. Tout ici, jusqu'aux savonnettes et essences parfumées que la maison offrait à ses hôtes dans les somptueuses salles de bains, exsudait l'opulence.

Avec ses vêtements bon marché, et son inaptitude à savourer ce luxe avec désinvolture, Anna détonait et en avait conscience. En revanche, dotée de longs cheveux auburn, d'une silhouette de mannequin et de ravissantes toilettes, Cissie était dans son élément. Fille unique, élevée et gâtée par de riches parents, elle s'intégrait d'instinct à la société mondaine…

Ce matin même, tout en nouant un paréo coloré sur son Bikini, elle avait déclaré :

— Tu n'es pas obligée de te morfondre toute seule, Anna. Je pourrais demander à Aldo de faire ce qu'il faut. Tu n'as qu'un mot à dire.

— Quel mot ? Et qui est Aldo ?

Cissie avait levé les yeux au ciel :

— Mais enfin ! Aldo sert à notre table tous les soirs depuis que nous sommes ici ! Ne prétends pas que tu ne l'as pas remarqué !

Un Sarde à la silhouette mince, aux yeux de jais et au sourire étourdissant. Anna avait compris la situation en un déclic, écarquillant ses grands yeux verts :

— Tu sors avec *lui* ?

— Rien de sérieux, avait répondu sa meilleure amie, souriant jusqu'aux oreilles. Juste une amourette de vacances ! Tu devrais m'imiter !

Cissie avait jeté dans un sac de plage son écran solaire, son brillant à lèvres et ses lunettes noires portant la signature d'une styliste en vue, tout en continuant :

— Il a dit qu'il pourrait t'arranger une rencontre. Bon, je me sauve ! Il s'interdit d'avoir des relations avec les clientes, en principe, mais je dois le retrouver sur la place du village. Bref, réfléchis à ma proposition. Cela te ferait du bien de t'amuser un peu !

— Merci mais c'est non ! avait lancé Anna alors que Cissie quittait la pièce en trombe.

Elle savait qu'elle réagissait comme une vieille dame collet monté mais les aventures sans lendemain ne l'intéressaient pas. Quitte à paraître vieux jeu, pour elle la sexualité était indissociable de l'amour et si elle s'éprenait d'un homme un jour, ce serait pour la vie…

Elle avait enfilé son maillot une-pièce noir tout simple, noué autour de ses hanches le châle de soie que lui avait prêté Cissie, et était sortie, fuyant l'atmosphère confinée de l'hôtel. Elle regrettait d'avoir accepté de venir sur cette île napolitaine…

— Je t'interdis de refuser ! avait décrété Cissie en lui parlant de ce voyage. C'est gratuit ! Mes parents ont déjà tout réglé : aller-retour en avion, correspondances, hôtel hors catégorie pendant trois semaines… Mais ils ne peuvent plus partir car maman s'est foulé la cheville. Tu n'as rien de prévu, alors, qu'est-ce qui t'empêche de profiter de l'aubaine avec moi ?

Sur le moment, l'idée de cette escapade avait plu à Anna : c'était une façon d'oublier quelque temps la situation à Rylands. Son père était une fois de plus endetté jusqu'au cou et ils n'avaient plus rien à vendre pour calmer les débiteurs… Quant au dernier « projet » de William « pour faire fortune », il consistait à créer un safari parc sur les dix arpents de jardin à l'abandon qu'il leur restait !

Bien entendu, ce cauchemar ne se réaliserait pas. Si beau parleur que fût son père, le dernier des crétins aurait refusé d'engager un sou dans cette aventure grotesque !

Ils allaient donc perdre leur demeure au grand désespoir de sa mère. Ils échoueraient sans doute dans un bungalow minuscule avec un jardinet où son père chercherait à créer une nouvelle basse-cour. Sa mère, quant à elle, rêverait aux temps révolus de son enfance, et à la splendeur de Rylands, associée à une vaste fortune, avec tous ses domestiques…

L'escapade à Naples avait, hélas, viré à l'expérience désagréable. Cissie prenait du bon temps avec le serveur dès que celui-ci était libre et Anna en était réduite à traîner à l'hôtel, où elle ne se sentait nullement à sa place !

Ce jour-là, peu désireuse de passer pour la Cendrillon du voisinage, elle avait contourné le cœur animé du village, ne s'arrêtant que pour acheter des fruits et une bouteille d'eau. Elle avait ensuite escaladé une pente rocailleuse, traversé des vergers en terrasse, franchi une murette, atterri dans un champ envahi de papillons et d'abeilles, dépassé enfin une construction basse tout en humant l'air parfumé, les odeurs de terre et d'iode, grisée par la chaleur du soleil et l'immensité du ciel bleu.

Un étroit sentier, déniché par hasard, l'avait menée dans une petite crique retirée ourlée par une plage de galets polis par la mer. L'endroit était désert, encourageait délicieusement à l'indolence. Un rêve…

Allongée sur les pierres tièdes, les yeux clos, elle se laissait aller au plaisir de la détente. Elle pourrait très bien se réfugier ici chaque jour, déjeuner d'une collation, se baigner, lire puis rejoindre Cissie pour les repas du soir, et l'écouter vanter les prouesses sexuelles de leur serveur sarde…

Anna somnolait, sur le chemin des rêves, lorsque des éclats de voix virils dérangèrent sa solitude. Soulevant à demi ses cils, elle « photographia » les intrus : un homme courtaud et bedonnant, vêtu d'une tenue décontractée visiblement signée par un styliste et un deuxième homme qui sortait un canot pneumatique de l'eau.

Son regard s'arrêta sur le second individu. Frôlant le mètre quatre-vingt-dix, bronzé, seulement vêtu d'un vieux bermuda en jean, il avait le corps à la fois mince et musclé d'un athlète, ou d'une star de cinéma… Souriante, elle referma les yeux, attendant qu'ils partent. Leurs paroles en italien lui parvenaient par bouffées. Elle ne comprenait pas cette langue, mais l'un d'eux avait un timbre autoritaire. L'homme élégant remerciait-il l'autre de l'avoir promené autour de la baie, ou quelque chose dans ce genre ? Le beau marinier semblait occuper un rang social inférieur…

Entendant crisser le gravier, elle entrouvrit les yeux par curiosité. Le vacancier chic se dirigeait vers le chemin qu'elle avait emprunté pour descendre. L'autre le suivait sans doute à distance respectueuse. Ils s'en allaient. Parfait ! Elle allait retrouver son havre de paix…

Paupières closes, elle se laissa de nouveau aller sous le soleil. Curieusement, elle n'était plus du tout détendue ! Une sorte de picotement parcourait sa peau comme sous l'effet d'un courant électrique. Cela semblait la gagner *à l'intérieur…*

— Vous êtes sur une propriété privée.

Les nerfs à vif, elle lâcha un léger cri à ces mots tranchants, se redressa avec brusquerie et se mit à réunir fébrilement le châle de Cissie, sa collation protégée par un sac en plastique, ses vieilles espadrilles et son livre.

Francesco, la voyant rassembler ses affaires hâtivement et, avec des gestes maladroits, laisser échapper le sac, regretta d'avoir été aussi cassant.

Il n'était pourtant pas du genre à revenir sur ses décisions, au contraire ! Mais, alors qu'elle semblait inconsciente de sa présence, il avait noté les contours voluptueux de son corps exaltés par la simplicité de son maillot noir, sa masse de cheveux blonds et rebelles, son joli visage, ses longs cils sombres aux pointes dorées — et avait laissé éclore sur ses lèvres un sourire cynique.

Elles étaient *partout*, ainsi que le lui prouvait une longue et lassante expérience ! Toutes les astuces, même les plus banales, leur étaient bonnes et elles étaient si prévisibles que c'en était à périr d'ennui ! Cette croqueuse de diamants n'avait sans doute pu attirer son attention, ni obtenir qu'on les présente l'un à l'autre, alors, elle avait décidé de s'introduire sur sa plage privée et de guetter le moment opportun…

Il s'était attendu qu'elle lui serve le numéro classique au grand complet : regard langoureux pour commencer, étirement des bras lent et lascif pour mettre en valeur ce corps sensationnel, effleurement des lèvres avec la langue, et, enfin, des excuses hypocrites susurrées d'une voix rauque… Il connaissait par cœur cette comédie !

Il s'était donc apprêté à lui opposer une rebuffade, brutale si nécessaire. Or, elle avait glapi tel un chat effarouché, ramassé à la va-vite ses affaires, et s'était relevée sans aucun effet gracieux. Maintenant, plantée devant lui, les bras encombrés, elle serrait devant elle cet amas informe en s'efforçant de tirer sur son châle pour mieux se dissimuler. On était loin de la petite exhibition qu'il avait anticipée !

Il avait *peut-être* commis une erreur. Il y avait un commencement à tout.

Elle leva vers lui des yeux verts dans lesquels on aurait pu se noyer. Mi-fasciné, mi-honteux de ses suppositions cyniques, il la vit rougir et l'entendit balbutier :

— Désolée. Je ne savais pas du tout que c'était une propriété privée. Je m'en vais tout de suite.

Anna ne s'était jamais sentie aussi démontée. Cette voix brutale, ces mots cinglants l'avaient véritablement effrayée et, par réflexe, elle s'était mise debout tant bien que mal, le cœur battant… Une réaction instinctive, une sorte de bouillonnement intérieur, l'envahit face à cet homme… Il était vraiment… « trop » ! Trop mâle, trop bronzé, trop beau avec ces cheveux noirs et soyeux légèrement en bataille, ces yeux gris, ce nez droit, ces pommettes aiguës et cette bouche si sensuelle qu'elle se sentait la gorge sèche rien qu'en la contemplant…

Et quel corps…

Elle baissa la tête, honteuse de s'empourprer, puis fit volte-face, prête à détaler, et trébucha, aussitôt retenue par une grande main virile. Des sensations inouïes la traversèrent à ce simple et fulgurant contact.

— Ce n'est pas la peine de vous sauver aussi vite.

— Mais vous avez dit que…

— Je sais ce que j'ai dit.

Il semblait vaguement amusé, tout à coup. C'était toujours préférable à la brutalité de sa première réaction, pensa-t-elle. Elle coula vers lui un regard, aussitôt borné par son torse superbe et la chaîne en « or » qui, autour de son cou, laissait des marques verdâtres sur sa peau satinée couleur de miel bruni.

Ce n'était certes pas un riche play-boy ! Aucun d'eux n'aurait porté ostensiblement un bijou d'aussi mauvaise qualité ! Elle avait donc affaire à un homme ordinaire… Si toutefois on pouvait qualifier ainsi ce mâle magnifique !

Enhardie, elle leva les yeux et croisa son regard. Un regard chaud, légèrement obscurci, où dansaient des paillettes d'argent et où rôdait à présent un sourire.

— Je sais que le propriétaire est en vacances, dit-il, et je suis sûr qu'il ne voudrait pas gâcher votre journée.

Francesco relâcha le bras de l'inconnue. Il était clair qu'il avait commis une erreur de jugement. Les croqueuses de diamants n'étaient pas du genre à rougir. *L'impudence* était leur fort, telle sa propre mère qui, non contente de ruiner son père, aveugle devant elle, lui avait brisé le cœur en l'abandonnant pour… de meilleures perspectives financières lorsqu'elle avait réalisé que la manne était en voie d'épuisement.

Refusant de s'attarder sur ces pensées, il reporta son attention sur l'intruse involontaire, toujours aussi empourprée et mal à l'aise.

— Si je comprends bien, vous préférez les lieux solitaires aux plages encombrées ? dit-il.

Anna se surprit à sourire et à acquiescer en silence. C'était stupide, mais elle avait peur.

Certes, cet homme l'avait d'abord épouvantée mais elle voyait maintenant qu'il était sympathique et ordin… non, cela non, il était *extraordinaire*, au contraire, se corrigea-t-elle. Malgré ses premières remarques despotiques et cassantes, il la délestait à présent aves douceur de ses affaires, les replaçant sur le sol avec cette invite :

— Je vous en prie, mettez-vous à l'aise et profitez de votre journée.

Quel corps sensationnel ! pensa Francesco. Elle avait des courbes voluptueuses, une taille de guêpe, des seins qui donnaient envie de…

Il fronça les sourcils, et dit :

— Ne le prenez pas mal, mais des individus plutôt louches traînent parfois dans les parages. Une femme seule et séduisante pourrait se trouver en danger.

« Séduisante »… le mot était faible. Elle était ravissante avec ces cheveux, ce visage et ce corps de rêve. Il sentit sa virilité s'émoustiller, et s'en agaça. *Basta!* Ce n'était pas là ce qu'il voulait. Si l'envie lui prenait de coucher avec une femme, il avait toujours soin d'en choisir une qui savait à quoi s'attendre. Il n'avait jamais jeté son dévolu sur une innocente et, de toute évidence, celle-ci en était une ! C'était très certainement pourquoi il se sentait si protecteur à son égard. L'idée qu'un don Juan à la petite semaine, le serment facile et la main sur le cœur, pouvait la séduire le rendait littéralement furieux.

Elle ne risquait rien ici. Les séducteurs locaux se gardaient de s'introduire dans sa propriété. Quant aux touristes, leur instinct grégaire les poussait à s'agglutiner sur les plages publiques, dans les cafés et les boutiques…

Anna était tentée de prendre l'inconnu au mot. Elle éprouvait le besoin d'être seule, de paresser un peu et d'oublier ses soucis familiaux. Ainsi, elle referait le plein d'énergie avant de rentrer à Londres et pourrait faire face aux problèmes qui se présenteraient…

— Vous êtes sûr que le propriétaire ne m'en voudrait pas ? Ce n'est pas une façon de parler ?

— Vous avez ma parole, répondit-il avec un lent sourire sensuel. Je le connais très bien.

Le bateau qu'il avait amené sur le rivage semblait en être la preuve. Il avait, de toute évidence, la permission d'entrer dans cette crique, conclut-elle.

— Ah. Tant mieux. Merci.

Elle lui adressa un sourire rayonnant, et se réinstalla dans la petite niche qu'elle s'était ménagée dans les pierres tièdes. Sa belle humeur s'altéra cependant quand elle vit l'inconnu prêt à partir : elle n'avait pas envie qu'il s'en aille !

Sans réfléchir à l'étrangeté de sa réaction, elle prit deux belles pêches dans son panier :

— Vous en voulez une ? Cela doit donner soif de ramer.

Elle n'avait pas entendu de bruit de moteur, en tout cas. Peut-être ne pouvait-il pas se payer de hors-bord ? Etonnée de se sentir attendrie, elle se raisonna : « C'est à cause de cette chaîne en or factice. » Elle avait un peu l'impression de réagir en mère poule qui voit l'un de ses garçons tenter de rivaliser avec « les grands » sans en avoir les moyens. L'inconnu ne s'était pas rendu compte que cette chaîne tachait sa peau, révélant qu'elle n'était qu'en laiton. C'était fou, d'ailleurs… cet infime détail mis à part, ce type superbe avait tout pour lui !

— *Grazie*, énonça Francesco, se surprenant à accepter la pêche.

Il se demanda si la peau de la belle était ainsi : ferme, veloutée, chaude…

« Bah, juste pour lui faire plaisir », pensa-t-il, se justifiant ainsi de s'asseoir auprès d'elle.

— Vous êtes anglaise ? reprit-il. Vous passez vos vacances sur l'île ?

Anna, qui croquait avec plaisir dans son fruit, répondit par un signe affirmatif, et précisa le nom de l'hôtel. Il plissa les yeux et elle se sentit aussitôt mal à l'aise. Il savait certainement, puisqu'il était d'ici, que la moindre chambre y coûtait une fortune !

Alors qu'elle s'apprêtait à lui expliquer comment elle avait atterri dans un pareil endroit, il laissa soudain échapper d'une voix sourde :

— *Madre di Dio!* Vous me faites penser…

Il s'était déjà remis debout, et achevait en souriant :

— Ma… des gens m'attendent pour que je leur fasse visiter l'île. *Scusi*… Et profitez de vos journées ici, *signorina* !

Il s'éloigna sous le soleil, qui allumait des éclats dorés sur ses magnifiques épaules.

*
* *

Anna rêva de lui, cette nuit-là, ce qui était absolument ridicule. Elle se réveilla plutôt surexcitée, une humeur tout à fait étrangère à son état d'esprit habituel.

« Est-ce que je retourne dans la crique privée ? Est-ce qu'il sera là ? » se demanda-t-elle avec une sensation étrange au creux du ventre.

Il faudrait qu'il revienne chercher son bateau, s'il avait trouvé des clients pour une balade en mer. Mais il pouvait aussi être retenu comme guide pour un périple qui l'éloignerait de la crique…

La veille au soir, pendant le repas, elle n'avait guère prêté l'oreille au récit de Cissie, qu'Aldo avait emmenée en balade sur son scooter. Elle avait été trop occupée à regarder les autres dîneurs, à se demander lequel avait engagé le superbe Italien pour une visite de l'île !

C'était vraiment stupide ! Elle ne connaissait même pas son nom… S'ils venaient à se croiser dans la rue, il ne la reconnaîtrait probablement pas, alors, à quoi cela rimait-il de rêver comme une collégienne à un homme à peine entrevu ?

Tandis que le garçon d'étage disposait leur petit déjeuner, elle alla secouer Cissie. Celle-ci ouvrit un œil ensommeillé et ronchonna :

— Hé, il n'y a pas le feu ! Pourquoi me bouscules-tu comme cela ?

— Il fait si beau, répondit naïvement Anna.

Elle servit deux grands bols de café, en tendit un à son amie en ignorant ses grommellements et demanda :

— Tu revois Aldo, aujourd'hui ?

— Je pense bien ! Tu n'as rien écouté de ce que je t'ai dit hier ? Sa tante gère une *pensione*, et il y a une chambre pendant la haute saison. Il a promis qu'il préparerait lui-même le déjeuner, déclara Cissie, soudain pleine d'énergie à cette perspective.

Elle balança hors du lit ses longues jambes, se leva et alla se doucher. Hochant la tête en souriant, Anna la suivit du regard.

Cissie était bien de son époque alors que, pour sa part, elle était tellement… vieux jeu qu'elle finirait par devenir l'objet de la risée générale !

Quelques heures plus tard, pourtant, elle descendait vers la crique avec le cœur battant la chamade, les yeux plissés pour voir si le bateau était encore sur le rivage.

Oui, il était là !

Ralentissant le pas, elle avait l'impression que ses jambes allaient se dérober sous elle. Grotesque, non ?

Mais… Le bel Italien était *fascinant*, on ne pouvait soutenir le contraire et elle n'était pas différente du reste du genre humain, elle était attirée par l'inhabituel, l'exotisme… Ce n'était tout de même pas comme si elle avait envie de faire l'amour avec lui ! Elle rougissait rien qu'à cette idée. Elle ne ressemblait en rien à Cissie, elle était pragmatique, raisonnable, et très morale !

Tellement morale qu'elle avait chassé le bel inconnu de son esprit et, évitant de s'allonger au soleil au risque de sombrer de nouveau dans sa rêverie, s'était dirigée vers le rivage pour une baignade dans l'eau fraîche… Comment aurait-elle pu deviner la suite ?

L'affaire avait été réglée avec méthode, efficacité et pragmatisme, sans réflexion inutile : Francesco avait juste eu à avertir la gouvernante de l'arrivée d'une invitée de longue durée, à payer Nick Machinchose pour le changement de la batterie et toute la peine qu'il s'était donnée, en refoulant ses objections d'un simple geste impérieux. Il avait également pris des dispositions pour que la fourgonnette soit ramenée à Rylands et s'était excusé auprès de sa cousine Silvana. Et voilà, il pouvait partir.

La mère de son enfant l'attendait. Il avait eu sa mère au bout du fil. Charmante, Béatrice lui avait assuré qu'Anna aurait fait ses bagages et serait prête.

Il y avait eu une sorte de restriction informulée mais

ferme, dans cet accord. Si frêle qu'elle fût, la dame n'était pas dépourvue de tempérament et il appréciait cela.

Le père avait semblé plutôt satisfait de l'arrangement financier. Il s'était montré mal à l'aise tout au long de l'entretien et cela indiquait bien qu'Anna l'avait autrefois poussé à lui soutirer une coquette somme d'argent. Lui avait-elle affirmé que c'était gagné d'avance ?

Quant à la « douce Anna »… drôle de paroissienne ! Elle avait proclamé qu'elle ne voulait rien de lui et s'était montrée plutôt grincheuse. Sans doute parce qu'elle s'attendait à un profit plus considérable ?

Ou à obtenir le mariage, peut-être ? pensa-t-il en serrant les mâchoires. Il neigerait en enfer d'abord !

Quoi qu'il en fût, il n'était pas du genre à tisonner les cendres de ses émotions enfouies. Il fallait aller de l'avant, point final.

Pourtant, alors qu'il engageait sa Ferrari dans l'allée, sous la pluie fine, le ronronnement hypnotique des essuie-glaces le plongea dans un état second, le ramenant aux souvenirs qu'il voulait oublier, le ramenant à *ce matin-là.*

Il l'avait vue passer, près de son repaire de vacances, la Masure, comme l'appelait sa sœur. C'était l'endroit où il se retirait quand il avait envie de se détendre, d'oublier qu'il détenait une des plus grosses fortunes d'Italie avec tous les inconvénients inhérents : emploi du temps surchargé, responsabilités, pression… Quand il se réfugiait là, il n'était pas permis de le déranger.

La veille, il avait pour la première fois dérogé à cette règle cardinale. Son assistant senior avait débarqué, nerveux, geignard : il y avait un problème au sujet d'une société, son intervention était nécessaire. Il l'avait prise, cette fichue décision, tout en souquant ferme pour déposer des casiers à homards de l'autre côté du cap, au grand dam de son employé qui souffrait du mal de mer ! En retournant dans la crique, il avait découvert son affriolante intruse et, quittant son compagnon, s'était dirigé vers elle pour l'envoyer comploter ailleurs. Quelle belle erreur !

Quand il l'avait revue, elle était vêtue de la même manière que la veille et il s'était demandé si elle était consciente de sa beauté. Sans doute pas, il aurait même parié que cette jeune sirène incarnait cette rareté absolue : une femme naïve, sans calcul.

Au bout de dix minutes, il s'était décidé à la suivre, pour lui assurer une fois encore qu'elle pouvait venir dans la crique autant qu'elle le voulait. Il avait négligé de lui dire, évidemment, que les lieux lui appartenaient, ainsi que la majeure partie des terres de ce cap magique tout comme l'hôtel où elle séjournait.

Il l'avait trouvée en train de nager et, sans même réfléchir, l'avait rejointe d'un crawl puissant et avait eu plaisir à voir s'écarquiller de surprise ses grands yeux verts. Puis un grand sourire avait illuminé son ravissant visage.

Dès cet instant, il avait été ensorcelé sans même en avoir conscience. D'ailleurs, comment aurait-il pu s'en rendre compte ? Cela ne lui était jamais arrivé !

Il aurait voulu que la matinée ne s'achève jamais. Ils avaient bavardé paresseusement sous le soleil, sans aborder de sujets intimes, se contentant de discuter gaiement. Lorsqu'il lui avait dit son nom, qui figurait si souvent dans les échos et les pages financières des journaux londoniens, il avait guetté un signe de reconnaissance. En vain. Elle ignorait totalement qui il était !

Il s'était senti comme un gamin qui découvre son cadeau de Noël. Une sensation merveilleuse !

— Vous m'avez offert des fruits, hier. Aujourd'hui, c'est moi qui vous offre un plat de pâtes. Cuisinées maison.

Il avait réalisé avec étonnement qu'il l'invitait à venir dans son refuge secret, une grande première !

Il avait guetté sa réponse. Son regard vert s'était voilé, et elle avait incliné la tête ; une longue boucle d'un blond pâle était venue effleurer la naissance de ses seins magnifiques.

— C'est une proposition sans arrière-pensée, avait-il affirmé, devinant qu'elle avait besoin d'être rassurée. J'aime bien votre compagnie, voilà tout.

Il n'avait pas été si sûr de sa propre affirmation quand il lui avait relevé le visage pour la regarder dans les yeux et la convaincre de la pureté de ses intentions. Le contact de sa peau douce, la délicatesse de son ossature, ses yeux brillants, sa bouche entrouverte… tout cela avait failli avoir raison de lui.

— D'accord, avait-elle murmuré.

La suite était inévitable…

— Oh, comme c'est adorable ! s'était-elle exclamée en découvrant son petit cottage. Vous vivez là tout le temps ?

— Non, pas toute l'année.

Il s'était fait l'effet d'un goujat hypocrite quand elle avait commenté :

— Je suppose qu'il n'est pas facile de trouver du travail, hors saison, quand il n'y a plus de touristes. J'imagine qu'il faut regagner le continent, à ce moment-là, mais cela doit être merveilleux de savoir qu'il existe un endroit comme celui-ci et qu'on pourra y retourner au printemps !

Elle l'avait dit avec un tel sourire qu'il avait failli tout lui révéler. Il s'en était empêché, par égoïsme, probablement. Quel plaisir d'avoir affaire à une femme qui appréciait sa compagnie et non son compte en banque, qui avait de la sympathie pour *lui* !

De la sympathie et peut-être même davantage… Il se sentait frémir d'impatience chaque fois qu'il croisait son regard et voyait se répandre sur ses joues une légère rougeur…

Ses excuses bourrues pour le caractère improvisé du repas lui avaient valu cette exclamation :

— C'est délicieux ! Cette sauce aux herbes est divine ! Et je m'y connais, je suis cuisinière professionnelle pour des soirées privées… Bien sûr, j'ai beaucoup moins d'engagements pendant la période estivale, ce qui m'a permis de prendre quelques jours de congé.

L'occasion avait été idéale pour en apprendre davantage sur elle et sur sa vie. Il l'avait laissée parler. La seule chose qui comptait pour lui alors, c'était qu'elle était devenue à ses yeux, presque à son insu, la compagne la plus fascinante du monde.

Comment cela était-il arrivé, la première fois ? Il n'en savait rien… Une minute auparavant, ils se souriaient, sur le point de se séparer et elle rassemblait ses affaires… Et puis, leurs mains étaient entrées en contact… et, ensuite, leurs bouches.

Quel déchaînement, alors ! Il avait eu l'impression d'une déflagration tandis que leurs lèvres se mêlaient, que leurs corps s'épousaient. Il entendait encore son gémissement de reddition quand il avait pressé contre elle son membre excité… Lorsqu'ils avaient grimpé l'escalier, entrelacés, pour rejoindre son lit, il avait découvert le paradis, le véritable amour.

Le fait qu'elle fût vierge, et qu'il n'eût pas pris la moindre précaution, ne lui avait pas causé d'inquiétude : il venait de trouver la femme de sa vie.

5

L'après-midi pluvieux et morne était déjà très avancé quand Anna entendit le grondement de la voiture de Francesco. Monsieur arrivait dans son bolide tapageur propre à flatter son ego surdimensionné, bien entendu !

Prenant son vanity case, elle suivit dans l'escalier son père, qui portait sa valise. Après avoir « boudé » dans sa chambre, seule jusqu'à l'heure du déjeuner, elle avait eu la surprise de voir entrer sa mère :

— L'heure n'est plus aux ruminations moroses. D'abord, tu vas prendre un vrai repas ensuite, tu feras ta valise. Francesco vient te chercher vers 16 heures.

Depuis quand sa mère faisait-elle preuve d'esprit de décision ? Anna en serait restée ébahie si elle n'avait pas eu toutes les raisons du monde d'être plus que contrariée :

— Si tu t'imagines que je vais le suivre, tu perds la tête !

— Arrête de te comporter en gamine ! Vraiment, Anna, cela ne te ressemble pas. Je sais que tu es choquée, nous le sommes tous. Tu as tout de même dû le trouver séduisant, il ne serait pas le père de ton enfant, sinon.

Comme si elle avait envie qu'on lui remémore ce fait !

— Après ton départ intempestif, nous avons longuement discuté avec lui. Il prend ses responsabilités très au sérieux. Il veut que tu te reposes, et il est normal que la santé du bébé lui tienne à cœur. Sur ce point, je ne peux qu'être entièrement d'accord avec lui. Il y a des semaines que je te sermonne pour que tu cesses de te surmener. Ton père et moi pensons que c'est un homme intègre.

Intègre, Francesco ? Il n'avait pas la moindre idée de ce que signifiait le terme « conscience » !

— Il nous a promis que tu ne manquerais de rien, et que tu serais suivie par un obstétricien de renom, à ses frais. Pour nous tranquilliser, il nous enverra demain une voiture et un chauffeur afin que nous venions passer un jour ou deux auprès de toi. Il mettra l'occasion à profit pour faire établir les documents nécessaires au versement de ta pension mensuelle. Tant de pères non mariés se dérobent à leurs responsabilités !

Francesco savait sans conteste s'y prendre ! pensa Anna. De toute évidence, ses parents lui étaient déjà entièrement dévolus ! A quoi bon leur expliquer qu'il l'avait séduite et abandonnée sans ménagement ? Ils n'en seraient que plus enclins à déclarer qu'il faisait amende honorable…

Elle avait tout de même son mot à dire, que diable ! C'était son corps, son enfant. Elle n'allait pas se laisser traiter comme un objet que l'on laisse ou reprend à sa guise !

— Bravo. Magnifique. Très professionnel, avait-elle ironisé. Mais dis-moi un peu : comment vous débrouillerez-vous sans ma contribution financière ?

Elle ne s'était jamais permis, jusque-là, de remuer le couteau dans la plaie. Cependant, à situation désespérée, remède énergique !

— C'est une affaire réglée, avait répondu sa mère. Il a remis à ton père un chèque qui couvre le manque à gagner pour les six mois à venir. Il a été très généreux, je dois le dire.

La suite de la conversation s'était déroulée à l'avenant et Anna avait fini par jeter l'éponge. En réalité, elle était à bout de forces depuis des semaines. Elle n'en pouvait plus de faire contre mauvaise fortune bon cœur et d'essayer de ne pas s'inquiéter pour son bébé. De plus, cette invraisemblable discussion avec sa mère lui avait donné l'impression de… compter pour partie négligeable !

Quelques semaines de repos seraient bénéfiques pour le bébé et elle était disposée à tout pour aller un peu mieux, surtout si Francesco devait être aussi peu présent qu'il l'avait assuré.

Elle n'allait pas pour autant lui laisser mesurer l'étendue de sa capitulation. Pas question de lui faire ce plaisir ! Quand elle se retrouva face à lui dans le vestibule désert, elle se redressa de toute sa hauteur et lui décocha son regard le plus glacial.

Il était plus superbe que jamais, ce mufle ! Il portait un costume gris foncé en laine et soie qui exaltait la puissance racée de sa haute silhouette athlétique. Un afflux de souvenirs dérangeants lui rappela qu'elle connaissait intimement chaque pouce de cette chair lisse, halée, musclée et sensuelle.

Une excitation indésirable se diffusa dans son corps et elle s'empressa de gagner le seuil et de le franchir, ne prêtant aucune attention au manège de son père et de sa mère qui faisaient assaut de gracieusetés. Elle s'assit à l'avant de la voiture avec quelque difficulté car sa silhouette s'était réellement alourdie et patienta.

Dès que Francesco l'eut rejointe et se fut installé au volant sans lui accorder le moindre regard, elle précisa immédiatement :

— Sache que si je consens, cela ne m'empêche pas de protester.

— Vraiment ? répondit-il sèchement en mettant le contact. Et contre quoi protestes-tu ? Les arrangements financiers ? Tes parents en semblent satisfaits.

— J'imagine, dit-elle alors que le bolide longeait l'allée étroite.

Du moment qu'il veillait aux frais d'éducation du bébé, son père et sa mère étaient contents. Mais pour sa part… Si vain que fût ce souhait, elle aurait désiré que son enfant ait un véritable père, qui les aime tous les deux, et non un simple protecteur n'attachant d'importance qu'à l'argent.

— Cela ne suffit pas, lâcha-t-elle sans même en avoir conscience.

— Voila qui n'est pas fait pour me surprendre, commenta Francesco. Mais il n'y a rien d'autre à attendre. J'ai commis une erreur, j'accepte les responsabilités qui en découlent et j'assurerai financièrement l'éducation de l'enfant. Point final : je n'ai rien de plus à offrir.

Soulevée de dégoût, Anna serra les poings sans répondre. Elle le haïssait à un tel point qu'elle en était malade. Il s'était empressé d'interpréter ses propos comme une demande d'argent supplémentaire !

Quant à parler d'une « erreur »... quelle bassesse ! Il faisait cyniquement allusion à leur première fois, bien entendu ; à cette occasion où, totalement obnubilé par les exigences de sa libido, il n'avait pas songé une seconde à prendre des précautions. De son côté, trop émerveillée de se découvrir amoureuse, elle n'avait même pas envisagé les conséquences possibles.

Il s'était bien gardé de renouveler cette « erreur » par la suite et avait eu grand soin d'avoir recours aux préservatifs ! Quant à ses déclarations enflammées, elles n'avaient eu qu'un but : lui assurer qu'elle continuerait à satisfaire ses besoins sexuels tant qu'elle serait à Ischia.

Et elle avait cru à l'amour de cette crapule !

Dire qu'elle avait caressé le projet de le rejoindre en Italie, peut-être même d'ouvrir avec lui un petit restaurant, quitte à tirer le diable par la queue au début. Fallait-il être stupide !

C'était avant d'avoir découvert ce qu'il lui avait soigneusement dissimulé : qu'il était à la tête d'une véritable fortune. Sans doute monsieur avait-il eu peur qu'elle n'en veuille à son argent...

Eh bien, qu'il continue à la croire vénale ! Elle s'en fichait. Elle n'allait certes pas se ridiculiser de plus belle en avouant qu'elle faisait allusion à une vraie famille : un trio aimant et uni « jusqu'à la fin des temps » ! Il se serait esclaffé à gorge déployée et aurait eu raison !

Les hommes dans son genre, menteurs et tricheurs, jugeaient toujours les autres à leur aune, ils étaient prêts à supposer et croire le pire. Elle n'avait aucun espoir de changer cela, alors autant se taire !

— Il faut que tu changes d'attitude, reprit-il d'un ton glacial. Tu as fait un pari, tu l'as perdu. Résigne-toi, au lieu de réagir en enfant gâtée qui ne supporte pas la moindre frustration. Pendant que tu séjourneras chez moi, tu traiteras Peggy Powell, ma gouvernante, et son mari Arnold avec tout le respect qui leur est dû. J'escompte que tu renonceras à tes comportements discutables et que tu feras preuve d'un peu de savoir-vivre ! Tu peux être charmante, quand tu veux, ainsi que je l'ai appris à mes dépens.

Francesco se mordit la lèvre. Bon sang ! Pourquoi avait-il

lâché ça ? En ce qui le concernait, le passé était mort et enterré. Alors, à quoi bon revenir dessus ? Décidément, dès qu'il était en présence de cette femme, il accumulait les bévues…

— *A tes dépens !* Tu n'exagères pas un peu, là ? s'insurgea Anna, plus indignée de ces mots que de son impudente leçon de morale. Comme si les dépenses pour notre enfant allaient te mettre sur la paille !

« *Notre* enfant » ? pensa-t-elle. Depuis quand lui prêtait-elle un vrai rôle de père ? Ne lui avait-il pas prouvé qu'il était à mille lieues de toute véritable implication ? D'ailleurs, maintenant qu'elle le connaissait sous son véritable jour, elle se souciait fort peu de lui accorder cette responsabilité, qu'elle lui aurait octroyée avec bonheur du temps où elle croyait à leur illusoire amour.

Francesco encaissa avec soulagement la sortie d'Anna. Ainsi, il n'avait rien trahi de la souffrance qu'elle lui avait infligée, comme il l'avait craint. Qu'il ait eu à payer un prix affectif lui échappait complètement. Elle ne voyait que l'aspect financier des choses, comme toutes les autres.

Au grand soulagement d'Anna, la suite du voyage s'était déroulée en silence, après cette première « passe d'armes » pleine d'acrimonie. Cependant, lorsqu'il se gara en vue d'une demeure Régence, sur la paisible place d'un quartier chic, elle éprouva un accès d'appréhension.

Ce n'était pas l'opulence de la demeure qui l'angoissait. Elle se demandait si les Powell la traiteraient comme une déclassée malencontreusement ramassée dans le caniveau par leur employeur, voire même comme une femme déchue. Une chose était sûre : elle ne tolérerait rien de tout cela ! Elle prendrait plutôt le premier train pour Rylands !

— Allons, suis-moi ! grommela Francesco, la dépassant avec sa valise au bout du bras.

Anna lui emboîta le pas d'un air rebelle. Il avait hâte de remplir son devoir et de se débarrasser d'elle, apparemment ! Eh bien, elle avait tout aussi hâte de le voir disparaître ! Elle n'était certes pas blessée par son attitude… Alors, pourquoi avait-elle les larmes aux yeux ?

« Troubles hormonaux », diagnostiqua-t-elle en refoulant ses pleurs, tandis que le vaste portail s'ouvrait et qu'une petite femme en robe noire stricte, aux cheveux gris coupés à la garçonne, s'encadrait sur le seuil. Son grand sourire accueillant démentit aussitôt la sévérité de son apparence.

— Désolé, Peggy, je suis en retard, dit Francesco. Il y a eu des contretemps.

Il s'était exprimé d'une voix chaleureuse, entourant d'un bras affectueux les épaules de la gouvernante. Anna se sentit encore plus exclue.

— Je vous présente Anna Maybury, continua-t-il. Elle a besoin de détente et de repos et je compte sur vous pour y veiller.

Contre toute attente, Anna vit que la gouvernante lui accordait un grand sourire.

— Entrez donc, je vous en prie, l'encouragea Peggy. Le dîner attend au chaud, mais j'imagine que vous voudrez d'abord vous rafraîchir. Je vais vous conduire à votre chambre. Arnold !

Comme si cet appel l'avait matérialisé, un homme aussi immense que Peggy était petite survint avec discrétion, salua Anna d'un sourire, puis, prenant la valise des mains de son employeur, se dirigea vers l'imposant escalier.

— Anna dînera dans sa chambre une fois qu'elle sera installée, déclara Francesco. Pour ma part, je me contenterai d'un sandwich et d'un café dans mon bureau. Je pars aux Etats-Unis demain matin, j'ai du travail d'ici là. Oh, au fait, Peggy, ne vous donnez pas la peine de faire ma valise. Je m'en chargerai.

Là-dessus, il s'éclipsa. Sans un mot à son égard, nota Anna. Elle ne savait pas si elle devait se sentir rabaissée, blessée ou soulagée. « A quoi t'attendais-tu ? A un tendre au revoir ? » se fustigea-t-elle. Aurait-il dû déclarer qu'il prendrait de ses nouvelles pour s'assurer qu'elle s'adaptait à son nouvel environnement ?

« Sois réaliste, bon sang ! » s'admonesta-t-elle en suivant Peggy dans l'escalier. Elle avait affaire à un homme qui détestait la situation où il se trouvait et qui, pour prévenir toute atteinte ultérieure à sa fortune, veillait à assumer ses responsabilités financières envers son enfant.

Il ne reviendrait sans doute à Londres que le jour où les Powell lui apprendraient que le bébé était né en bonne santé, et déjà de retour à Rylands avec sa mère. Aussi était-elle *soulagée* par son départ pour les U.S.A. N'est-ce pas ?

Plus qu'une semaine ! pensa Anna, le cœur battant. Bientôt, elle tiendrait son bébé dans ses bras !

Au cœur de la bruyante cité, le jardin intérieur était une étonnante et verte oasis de calme. Arnold s'en occupait à merveille et elle aimait lui donner un petit coup de main : enlever les fleurs fanées, en réalité, la seule tâche qu'il jugeait tolérable pour une femme au terme de sa grossesse !

Elle adorait déjeuner sur la terrasse quand le temps le permettait et il faisait délicieusement beau, ce matin…

— Vous avez bien dormi ? demanda Peggy en déposant sur la table en teck le thé, les toasts, l'œuf coque et le jus d'orange qui composaient son petit déjeuner.

— Par intermittence, répondit en souriant Anna.

— Vous serez bientôt délivrée, lui dit la gouvernante. Sir Willoughby-Burne est très content de vous. Vous respecterez ses recommandations, n'est-ce pas ?

— Je dois vous prévenir dès le début des contractions et Arnold m'emmènera à la clinique, récita mécaniquement Anna.

Voyant que Peggy s'était rembrunie, elle assura en souriant :

— Ne vous inquiétez pas, voyons ! Je ne risque pas d'oublier !

Sir Willoughby-Burne n'étant pas enclin aux demi-mesures, elle avait dû se prêter à un nombre incalculable de contrôles et de tests. L'obstétricien lui avait même fait visiter la clinique, qui s'apparentait plus à un hôtel « cinq étoiles » qu'à une maternité ! Francesco n'épargnait aucune dépense pour être à la hauteur de ses responsabilités, selon la définition toute personnelle qu'il donnait à ce mot.

Anna refoula un brusque accès de larmes alors que Peggy s'éclipsait en emportant le plateau. C'était au père du bébé qu'elle aurait dû pouvoir s'adresser le moment venu ! C'était lui qui aurait dû la conduire à l'hôpital et rester près d'elle !

Furieuse de cet accès de sentimentalisme, elle porta le verre de jus de fruits à ses lèvres. Ses dents cliquetèrent contre le bord. Elle le reposa en se demandant ce qui lui arrivait. C'était, bien entendu, vers Peggy et Arnold qu'elle devait se tourner. Depuis son arrivée, ils avaient veillé sur elle, la traitant presque comme une fille. Alors que Francesco n'avait pas montré le bout de son nez. Il avait uniquement téléphoné parfois à la gouvernante, sans doute pour s'assurer qu'elle et Arnold étaient traités « avec tout le respect qui leur était dû » ! pensa Anna, se versant une tasse de thé d'une main tremblante.

— Tu ne manges pas tes toasts ? lui demanda Francesco.

La respiration lui manqua et elle faillit laisser tomber la théière. Elle se retourna vivement. Depuis combien de temps l'observait-il, là, debout près de la porte-fenêtre ? Et pourquoi, bon sang, fallait-il qu'il soit si follement séduisant ?

Aux prises avec une excitation sensuelle indésirable, elle eut honte. Comment son corps pouvait-il réagir ainsi à la présence de l'homme qui, après l'avoir séduite, après avoir suscité un amour si fort qu'elle en avait presque eu peur, l'avait abandonnée comme un objet de rebut ?

Remuée par des émotions qu'elle n'était pas sûre de comprendre, elle le regarda s'approcher d'elle, le cœur emballé, frappée une fois de plus par son élégance naturelle… et sa froideur lointaine. Il ne s'était pas toujours montré distant, pourtant…

Elle s'insurgea contre le tour de ses propres pensées. Elle ne devait pas se souvenir de cela ; pour lui, ce n'avait été qu'un mensonge…

Il tira une chaise et s'assit en face d'elle, disant :

— Tu secoues la tête, tu n'as pas envie que je me joigne à toi.

Fuyant son regard pour mieux se protéger contre l'effet dévastateur qu'il produisait sur elle, elle se cuirassa dans l'indifférence :

— Je ne peux pas t'en empêcher.

— Exact.

Il avait le culot d'ironiser ! s'indigna-t-elle, décalottant son œuf coque comme s'il s'agissait de sa tête. Elle faillit s'étrangler en l'entendant dire :

— Je constate que ton caractère ne s'est pas amélioré. Mais ton apparence physique, oui. Tu es beaucoup mieux, tu as l'air reposée et tu es belle, bien sûr.

Quel mufle ! « Belle », c'était pour les femmes minces comme un fil, pas pour une « matriochka » comme elle ! Renonçant à faire mine de manger, elle lui lança :

— Qu'est-ce que tu fais ici ?

— C'est ma maison. L'une d'elles, en tout cas. Et je voulais savoir si tu avais signé l'accord financier... si tes parents considèrent que l'avenir de l'enfant est assuré comme il convient.

— Il l'est parfaitement, répondit-elle sans pouvoir réprimer un sourire au rappel de cet épisode.

Si Francesco lui trouvait l'air du chat qui a fait main basse sur la jatte de crème, elle s'en moquait ! Il s'apercevrait bien assez tôt qu'elle avait contraint son avoué de malheur à réduire des trois quarts la somme proposée. Elle tenait à ce que les besoins fondamentaux de son bébé soient garantis, pas à patauger dans le luxe à ses dépens !

— Parfait, dit-il d'un ton dur, se retenant d'ajouter cyniquement qu'il était satisfait de la voir se contenter de ce qu'il consentait à lui accorder.

Par égard pour son état, il ajouta :

— Tes parents ont été contents de leur séjour ?

Anna acquiesça, n'insistant ni sur l'enthousiasme de sa mère — s'extasiant sur la beauté de la demeure, les toiles de maître, le mobilier ancien — ni, surtout, sur son commentaire : « C'est triste, mais nous ne pouvons pas espérer que Francesco t'épouse. Un homme dans sa position peut porter son choix sur n'importe quelle belle et riche héritière. »

Francesco, qui observait les variations de son expression, s'interrogea soudain sur la question qu'elle lui avait posée d'entrée. En toute sincérité, il ignorait la raison de son retour. Il avait eu la ferme intention de rester à l'écart jusqu'à ce que Peggy lui eût annoncé que l'enfant était né et qu'Anna était retournée à Rylands avec le bébé, aux bons soins de ses parents.

Alors, satisfait d'avoir assumé ses responsabilités financières, il aurait chassé cette femme et leur rencontre de son esprit.

Mais quelque chose d'obscur l'avait poussé à modifier son plan initial. Pourquoi ? Pour être auprès d'Anna et la soutenir à la naissance du bébé ? Sûrement pas ! C'était une explication inepte !

Pour être sûr *de visu*, en dépit des assurances de Peggy, qu'elle n'avait plus cette mine de déterrée ? C'était plus probable, certes. Il n'était tout de même pas dénué de cœur !

Satisfait du résultat de son introspection, il se détendit et, les yeux mi-clos, l'observa.

Oui, elle était véritablement belle, bien que, de toute évidence, elle n'en crût rien. Cette superbe cascade de cheveux blond platine encadrant son visage ravissant, cette peau et ce teint de pêche, ces grands yeux verts aux longs cils… Même son corps alourdi avait une beauté qui le touchait profondément, songea-t-il, s'attardant sur sa bouche si sensuelle, le seul élément qui venait contredire la fraîcheur et l'innocence angélique qu'elle dégageait…

Une bouffée de désir l'envahit, et il serra les mâchoires. *Dio mio !* Il la connaissait maintenant pour ce qu'elle était, pourtant ! Une enjôleuse, une intrigante vénale qui avait eu l'intelligence retorse de lui jouer un numéro d'innocence. Abruptement, il se leva de sa chaise et s'en alla. Vivement que cette naissance ait lieu ! Il chargerait un de ses agents de sécurité de lui faire parvenir des rapports réguliers sur l'enfant mais, pour ce qui était de la mère, il n'aurait définitivement plus besoin d'avoir affaire à elle !

Les contractions avaient lieu à dix minutes d'intervalle. Le bébé pouvait-il naître avec une semaine d'avance ? Et comment pouvait-on être sûre qu'il ne s'agissait pas d'une fausse alerte ? Anna ne parvenait même plus à se souvenir de ce qu'on lui avait appris à la consultation prénatale…

Chaussant ses mules, elle prit son vieil imper dans le dressing et la petite valise qui était prête depuis des semaines. Il n'y avait pas à tergiverser. Ni Peggy ni Arnold ne lui en voudraient si c'était une fausse alerte…

Dans le couloir éclairé en veilleuse, elle fut prise d'une contraction si violente qu'elle chancela, allant buter contre une fragile console et envoyant valser à terre la coupe de pot-pourri posée dessus. Le travail avait commencé, c'était clair.

Au bruit, deux portes s'ouvrirent et deux silhouettes surgirent dans le couloir : Francesco, décoiffé, enfilant un pantalon noir et Peggy, en train de passer sa robe de chambre à carreaux écossais.

Un seul regard sur Anna, le front baigné de sueur, un horrible vieux manteau jeté sur sa chemise de nuit et Francesco comprit.

— Retournez vous coucher, Peggy. Je l'emmène. Ce sera plus rapide.

Puis, à Anna :

— Attends. Je vais rapprocher la voiture.

Se moquant de savoir qui l'emmènerait à l'hôpital, Anna le regarda dévaler les marches tout en enfilant un chandail en cachemire, puis lui emboîta le pas avec lenteur, soutenue par Peggy. Le père fébrile et anxieux… Jolie illusion, mais illusion tout de même. Il se souciait uniquement d'éviter qu'elle n'accouche sur l'inestimable tapis du vestibule !

— Il est tellement adorable ! s'exclama Anna, reportant son regard plein d'amour vers le père de son bébé.

Aucune rancœur passée ne venait ternir ce moment de joie infinie. Eveillant en elle autant de surprise que de reconnaissance, Francesco ne l'avait pas quittée, l'encourageant, lui tenant la main, houspillant l'équipe médicale comme s'il savait mieux que tout le monde ce dont elle avait besoin. Aussi avait-il bien mérité qu'elle lui accorde cette trêve.

Emerveillé, Francesco effleura la joue veloutée de son fils, qui ouvrit les yeux et posa sur lui un regard un peu vague. Aussitôt, il se prit d'amour pour l'émouvant petit fardeau. Son fils ! La chair de sa chair ! Comment avait-il pu imaginer un seul instant qu'il voudrait rester loin de lui, ne pas voir son premier sourire, entendre ses premiers mots, soutenir ses premiers pas ? Le guider tout au long du chemin vers l'âge adulte ? Il avait véritablement été fou !

Il ne ressemblait pas à son père. Il ne fermerait pas son cœur à son fils pour la seule raison que sa mère était une intrigante intéressée !

— Je vais téléphoner à tes parents pour leur annoncer la nouvelle, dit-il d'une voix bourrue, quittant avec peine son précieux nouveau-né, formant déjà en pensée des plans pour son avenir.

6

Trois semaines s'étaient écoulées. Anna, qui aidait Peggy à préparer le repas dans la cuisine, reposa le téléphone sur son socle, mettant fin à l'appel qu'elle venait de prendre.

— Pas de mauvaises nouvelles, j'espère ? s'enquit Peggy, qui éminçait des oignons.

— C'était ma mère… Ce n'est pas réjouissant. Notre maison familiale doit être vendue, dit Anna, la gorge serrée.

Sa mère avait semblé si abattue…

— J'ai enfin convaincu ton père que nous n'avons qu'un moyen de liquider nos dettes : vendre. Il a résisté de toutes ses forces, j'ai dû batailler pendant des semaines mais il faut en passer par là. Entre ce que prendra la banque et ce qu'il faudra verser aux créanciers, il ne restera rien. Il devra garder ce travail éreintant, malheureusement, et j'essaierai moi aussi de trouver quelque chose. Il va falloir qu'on loue un petit appartement quelque part… C'est ce qui s'appelle « réduire son train de vie » !

Anna avait eu le cœur serré, à cette tentative d'humour. Refoulant ses larmes, elle avait continué à écouter sa mère :

— Si tu n'avais pas fait des manières au sujet de ta pension, tu aurais pu louer un joli cottage pour toi et ton petit Sholto. Tu dois expliquer à Francesco ce qui se passe, et demander le rétablissement du montant mensuel initial.

Anna s'était gardée de discuter ce point. Quoi qu'il en soit, il lui était impossible de solliciter Francesco : elle n'en avait aucune nouvelle depuis qu'il était venu la trouver le lendemain de la naissance du bébé et, prenant contre lui son fils endormi, lui avait abruptement déclaré qu'ils devaient choisir, séance tenante, un prénom pour leur enfant.

Elle avait consenti à cet étrange commandement et, tels deux « vrais » parents, ils avaient fini par décider de l'appeler Sholto. Ensuite, plus rien, Francesco avait disparu comme il en avait toujours eu l'intention. Elle s'y était attendue dès le début, alors pourquoi avait-elle l'impression qu'il lui *manquait* quelque chose ? Cela n'avait pas de sens…

Elle ôta son tablier, et déclara :

— Je ne me suis que trop prélassée dans le luxe. Je dois rentrer à la maison pour soutenir mes parents. Je vais consulter les horaires de chemin de fer et faire mes bagages.

Adressant un pauvre sourire à Peggy, elle quitta la cuisine et monta l'escalier. Quand Arnold et Peggy l'avait ramenée de la clinique, elle avait compris avec surprise, en voyant la nursery tout équipée, qu'elle resterait encore quelque temps ici avec Sholto. Combien de temps cela aurait-il duré, s'il n'y avait eu ce coup de fil ? Sans doute jusqu'à ce que Francesco se montre car elle était incapable de s'en aller sans l'avoir revu…

Elle s'en voulut de se laisser aller à de telles pensées. Elle n'oublierait pas son soutien indéfectible au moment de la naissance du petit mais cela ne signifiait pas qu'elle désirait le revoir, pensa-t-elle en poussant la porte de la nursery et en se penchant avec amour sur son bébé endormi.

Elle était loin de se douter qu'à l'instant même où elle avait franchi le seuil de la cuisine, Peggy s'était ruée vers le téléphone.

Bien que l'après-midi fût à peine entamé, Anna s'agita avec impatience dans son fauteuil, qu'elle avait tiré près de la fenêtre du salon du premier, pour mieux guetter le retour d'Arnold.

Peggy était venue la voir pendant qu'elle allaitait Sholto, et lui avait indiqué que son mari la conduirait à Rylands en voiture.

— Il est parti faire une course, cela vous donne le temps de déjeuner, avait-elle ajouté.

Anna n'aurait pas demandé mieux que de profiter du confort de la spacieuse Lexus dont les Powell avaient l'usage, mais elle n'avait pas voulu imposer cette tâche à Arnold.

— Pensez-vous ! Il sera ravi de s'en charger ! avait assuré Peggy. Vous me manquerez, vous savez, et le bébé aussi.

Maintenant, le déjeuner était pris, la vaisselle faite et le temps de l'attente semblait long. C'était un peu un crève-cœur de mettre un terme à cette période bénie où, entourée de luxe, elle avait pu se consacrer à son bébé en oubliant tout souci. La rude réalité reprenait ses droits…

Il y aurait du pain sur la planche ! Remettre Rylands en état en vue de la vente revenait à embaucher une coûteuse armée de peintres, décorateurs, jardiniers… Elle allait devoir se remettre à ses activités de restauration à domicile et confier Sholto à sa mère, qui s'était déjà déclarée toute prête à garder son petit-fils chéri. Ce serait dur de se séparer de Sholto mais elle n'avait pas le choix. Et puis, il faudrait qu'elle aide ses parents à trouver un toit…

Le bruit d'une voiture, dans l'allée, la propulsa debout. Enfin, Arnold ! pensa-t-elle. Mais, quand elle se pencha pour regarder, elle eut un coup au cœur : Francesco sortait avec aisance de sa Ferrari. Ce fut d'une démarche chancelante qu'elle traversa la pièce, furieuse de se laisser affecter par son arrivée, se rappelant à toute force qu'ils n'étaient plus liés désormais que par un contrat, et qu'elle s'était détachée du passé. Elle longea le couloir pour gagner le rez-de-chaussée afin d'aller expliquer à Francesco qu'elle partait avec Arnold, et le remercier de son hospitalité — sans effusion excessive !

Mais il s'était pour ainsi dire déjà propulsé à l'étage : elle vit disparaître sa haute silhouette dans la nursery proche de sa chambre. Un instant hésitante et troublée, elle le suivit, secouée de le voir penché sur le berceau, effleurant d'une main douce la joue du bébé endormi.

Elle aurait dû être avec lui, chérir avec lui cette vie qu'ils avaient créée ensemble, sûre de leur amour réciproque et de leur avenir. Elle se sentait terriblement exclue.

« Oublie cela ! » se dit-elle avec colère. Ils ne formeraient jamais une famille unie ! Francesco semblait s'intéresser à son fils mais elle ne serait jamais pour lui qu'une ex-maîtresse mise au rebut…

— Sois tranquille, lâcha-t-elle d'une voix basse et coléreuse, aux antipodes de l'adieu calme et poli qu'elle avait prémédité.

Lentement, Francesco pivota sur lui-même, lui opposant un regard implacable et glacial. Les nerfs à vif, elle pénétra dans la pièce, prenant garde de parler à mi-voix pour ne pas réveiller Sholto, et déclara avec tout le dédain dont elle était capable :

— Referme la porte en sortant. Et préviens-moi quand Arnold sera rentré.

En un éclair, il bondit jusqu'à elle, la saisit par le bras et l'entraîna dans le couloir, refermant sur eux la porte.

— Je t'interdis de me donner des ordres ! lança-t-il d'un ton mordant. A dater de cet instant, c'est moi qui décide ! Je te conseille d'y consentir de bon gré, sinon, tu t'en repentiras.

— J'en tremble de peur ! persifla-t-elle, tentant en vain de s'arracher à son emprise. D'ailleurs, comme je partirai dès le retour d'Arnold, tu « décideras » tout seul !

— Reprends-toi, dit-il en l'entraînant vers un canapé recouvert de chintz. J'ai quelque chose à te dire qui concerne ton avenir et celui de mon fils.

Soudain vraiment nerveuse, elle s'assit sous son regard scrutateur et l'observa en se demandant ce qu'il pensait.

« Mon fils », venait-il de dire. Elle se rappelait aussi la manière dont il avait contemplé Sholto dans son berceau, et au moment de sa naissance… Elle se rappelait la tendresse avec laquelle il avait tenu dans ses bras le bébé, quand il avait tenu à ce qu'ils choisissent ensemble un prénom…

Elle sentit son cœur se glacer. Il n'allait tout de même pas vouloir lui prendre son enfant, n'est-ce pas ? Il ne pouvait pas faire ça… Elle ne le lui permettrait jamais !

— Allez, parle ! lui lança-t-elle, bravache. Dès qu'Arnold sera là, je m'en irai. Avec Sholto.

Francesco éleva une main, lui imposant le silence.

— Peggy m'a téléphoné pour m'avertir. Arnold ne t'emmènera nulle part. J'ai suggéré qu'il profite de l'occasion pour rendre visite à son frère.

— Eh bien, nous prendrons le train ! dit-elle faiblement.

Elle peinait à encaisser le choc, profondément blessée d'avoir été trahie par Peggy. Elle en était venue à croire, pendant son séjour ici, que la vieille femme était son amie…

— Nick viendra nous chercher ! s'exclama-t-elle plus vivement.

Comment n'y avait-elle pas pensé plus tôt ? Il le ferait. Ne lui avait-il pas affirmé qu'il était prêt à tout pour elle ?

Elle se leva d'un bond, s'élançant vers la porte mais la haute silhouette de Francesco s'interposa prestement entre elle et le seuil. Il abattit ses mains sur ses épaules :

— Tu n'iras nulle part, alors oublie ton chevalier servant redresseur de torts ! Et ne blâme pas Peggy. Je lui avais donné l'ordre de m'avertir si tu faisais mine de t'en aller avec mon fils et de te retenir jusqu'à ce que j'aie regagné Londres. Par chance, j'arrive d'Italie pour une réunion de notre conseil d'administration londonien.

Un instant, ils se défièrent du regard. Elle n'arrivait pas à mesurer les implications de ses paroles car, à son contact, un trouble intense l'avait saisie. Désespérée de ne pas être immunisée contre son ascendant, elle lâcha d'une voix rauque :

— Pourquoi ?

Question inutile. Ne connaissait-elle pas la réponse ? Il voulait Sholto. Tout l'indiquait !

Doucement, il la poussa à se rasseoir sur le canapé et s'installa non loin d'elle, dans l'angle, braquant ses yeux sur elle.

Qu'allait-il faire ? se demanda-t-elle, au bord de la défaillance. Lui proposer de l'argent pour qu'elle renonce à ses droits de mère ? Engager une armada d'avocats pour l'attaquer en justice et l'emporter si elle refusait ? Car elle refuserait ! Elle était prête à combattre jusqu'au bout contre ce manipulateur puissant et prêt à tout.

Gagnée par une appréhension croissante, elle attendit qu'il parle, puis elle se risqua à le regarder droit dans les yeux : il la contemplait d'un air impassible. Haussant un sourcil avec insolence, il déclara :

— Ça y est ? Tu es calmée ? Tu es disposée à m'écouter ?

Disposée, elle ne l'était nullement ! Mais plus vite elle connaîtrait ses intentions, mieux elle pourrait les contrecarrer.

Pâle, ramenant ses doigts tremblants au creux de ses genoux pour lui dissimuler sa nervosité, elle acquiesça.

— Je vais t'épouser.

Elle crut qu'elle allait s'évanouir. Pour un peu, elle aurait pu croire qu'elle avait rêvé : il lui avait annoncé cela aussi paisiblement que s'il lui avait déclaré : « Je sors acheter le journal » !

Elle aurait dû lui rire au nez, mais en réalité, elle avait envie de pleurer. C'était si douloureux d'entendre cela. Combien de fois n'avait-elle pas espéré, à Ischia, en écoutant ses serments d'amour, qu'il finirait par prononcer ces mots ?

Baissant la tête, elle dissimula son visage derrière les pans de sa chevelure, cherchant à conquérir suffisamment d'emprise sur ses émotions pour lui opposer un refus.

En l'observant, en la voyant pâlir et rougir tour à tour, Francesco sentit l'amertume monter en lui. Cette demande en mariage lui avait brûlé les lèvres, autrefois, tandis qu'il serrait dans sa poche le diamant jaune clair, choisi parce qu'il évoquait la chevelure d'or pâle d'Anna. Mais quelques paroles étourdies de son misérable père lui avaient rappelé qu'on ne pouvait faire confiance à *aucune* femme, lorsqu'une fortune était en jeu. Et voilà qu'il se parjurait en offrant sa main à une femme !

Il le fallait pourtant. Il avait découvert en lui-même des trésors de tendresse en posant pour la première fois les yeux sur le bébé.

— Je veux mon fils, dit-il d'une voix rauque, de manière durable. J'avais cru pouvoir me contenter de lui fournir un soutien financier mais, depuis que je l'ai tenu dans mes bras, je sais que ce n'est pas suffisant. Il faut donc que nous nous mariions, parce qu'il aura aussi besoin de sa mère, bien entendu.

En état de choc, Anna laissa échapper :

— Non, pas cela ! Je ne pourrais pas le supporter !

— Tes protestations me laissent de marbre. Tu rêvais de faire un mariage d'argent. Alors, pourquoi crées-tu des difficultés inutiles ?

Elle le fusilla du regard. Du temps où elle l'aimait plus que tout et rêvait de faire sa vie avec lui, elle avait *totalement ignoré* qu'il était riche ! Oh, elle était au courant, maintenant. De cela, et de bien d'autres choses…

— Tu ne m'aimes pas. La seule personne qui ait de l'importance à tes yeux, c'est toi ! s'écria-t-elle avec indignation.

— J'aime mon fils.

Elle s'empressa de répliquer avant d'en être empêchée par sa propre peur :

— Rien ne nous oblige à nous marier pour autant.

Le mariage signifiait partager le lit de Francesco, lui accorder des droits sur son corps et cela la détruirait ! pensa Anna. Elle se connaissait bien, si elle renouait des relations intimes avec lui, elle tomberait de nouveau sous le charme. Son désir pour lui était sa perte ! En désespoir de cause, elle suggéra :

— Si tu y tiens réellement, tu pourras voir Sholto autant que tu voudras. Ce n'est pas moi qui t'en empêcherai.

Elle vit qu'il demeurait inébranlable, et se rabattit sur un autre argument :

— Ce mariage ne marcherait pas. Nous n'avons pas d'amour l'un pour l'autre et nous savons pertinemment que tu déserterais bien vite le lit conjugal pour celui de quelque top model. Je lis les magazines, je connais tes habitudes ! Nous finirions par nous haïr, et avoir des scènes. Pense aux retombées d'une telle union sur Sholto !

Alors qu'elle espérait vraiment avoir marqué un point, il se contenta de répliquer avec un mélange de mépris et d'amusement :

— Je ne serai pas dans *ton* lit. Je peux aisément pourvoir à mes besoins dans ce domaine.

Même s'il n'avait guère eu envie d'une autre femme depuis que… Ah, non ! Il n'allait pas s'appesantir là-dessus !

Francesco s'avoua pourtant, avec une honnêteté douloureuse, qu'il aurait envie de coucher avec Anna. Il avait eu envie de se perdre en elle dès qu'il avait posé les yeux sur son joli corps voluptueux. La réalité avait été plus belle encore que ses rêves…

Mais il saurait se garder de la tentation. Il avait un caractère d'acier.

— Notre union ne sera qu'une union de façade. Un expédient administratif pour que notre fils bénéficie de la protection de ses deux parents. Aussitôt après la cérémonie, civile évidemment, nous irons dans ma demeure familiale de

Toscane. Là, Sholto grandira en liberté et sera heureux. Il aura l'enfance sans souci que je n'ai jamais eue. Etant sa mère, tu partageras ma fortune et mon statut, et jouiras du respect qui les accompagne. En retour, tu ne te plaindras jamais. Si tu venais à tenter de m'enlever mon fils ou à prendre un amant, tu serais congédiée sur-le-champ.

Elle fut soulevée par la colère. Il fallait avoir le cœur sec et une intolérable arrogance pour imposer un tel diktat !

— Tu veux que je vive comme une nonne dans une cage dorée ? Loin de ma famille et de mes amis ? Eh bien, non merci, je refuse ! Je n'aime pas l'argent à ce point-là ! lui jeta-t-elle.

— Tu *adores* l'argent. Et le sexe. Mais tu ne peux pas avoir les deux à la fois. Il va falloir t'y faire.

C'était tout de même un comble ! s'insurgea-t-elle, se levant d'un bond. Non, mais pour qui se prenait-il ?

— A Ischia, j'ai cru que tu étais l'homme le plus merveilleux, le plus excitant, le plus attentionné du monde ! Je sais maintenant que tu te situes au plus bas niveau ! Non, je ne t'épouserai pas ! Et je ne te permettrai pas de côtoyer et contaminer mon fils !

— Rassieds-toi, fit-il, la saisissant par le poignet et la contraignant à obtempérer.

Ils se dévisagèrent, croisant le fer du regard. Anna avait peur mais ne cilla pas. Elle ne voulait en aucun cas laisser transparaître sa fragilité.

— Tu as la déplorable habitude de te comporter comme une tragédienne en représentation ! siffla-t-il. Tu avais bel et bien jeté ton dévolu sur ma fortune, inutile de le nier. Puisqu'elle t'est offerte sur un plateau, je te suggère de m'épargner ton cinéma et d'admettre que tu ne me manipuleras pas comme un pantin énamouré. Si tu ne l'acceptes pas, dis-moi ce que tu attends de ce mariage. Je le prendrai en considération.

Anna ouvrit la bouche… pour la refermer aussitôt. Ce qu'elle désirait, ou plutôt avait désiré à l'époque où Francesco était le soleil de sa vie, elle ne pouvait l'avoir. Quant à démentir l'appât du gain qu'il lui prêtait, elle ne s'abaisserait pas à cela ! Qu'il pense ce qu'il voulait ! Elle n'allait certes pas lui avouer qu'elle n'avait aspiré qu'à une chose : son amour.

— Tu n'as rien à dire ? fit Francesco. C'est bien ce que je

pensais. Je vais donc t'expliquer mon projet en détail et tu trancheras ensuite.

Anna le dévisagea, la bouche sèche, se demandant où il voulait en venir. Elle avait connu la facette Dr Jekyll de Francesco sur Ischia et avait maintenant l'impression d'avoir affaire à Mr Hyde !

— Option numéro un : nous nous marions dans les conditions que j'ai déjà stipulées, continua-t-il. Par ailleurs, j'ai fait étudier la situation de ton père, et j'ai appris qu'il va provoquer la perte de la maison familiale de ta mère. Si nous nous épousons, je paierai ses dettes et lui procurerai un emploi dans une de mes compagnies pour l'aider à… comment dire ? Satisfaire ses excentricités ? N'y vois aucun philanthropisme de ma part : il serait mauvais pour mon image que l'on vienne à savoir que mes beaux-parents sont à la rue et sans le sou.

Pour un peu, Anna l'aurait giflé !

— Je te hais ! s'écria-t-elle.

Il la méprisait, il méprisait sa famille, c'était clair.

Francesco ne tint même pas compte de cette interruption. Il ajouta d'une voix doucereuse :

— Si tu refuses ma proposition, je te donne ma parole que je t'enlèverai mon fils. Légalement. Ne t'imagine surtout pas que ce n'est pas possible. Ça l'est parfaitement.

Là-dessus, il se leva avec cette grâce féline qui l'avait autrefois tellement fascinée et laissa tomber :

— Je te laisse y réfléchir. Tu as une heure pour faire ton choix.

7

« Ai-je pris la mauvaise décision ? » se demanda Anna.

Elle avait répondu à Francesco qu'elle l'épouserait. C'était, en ce qui la concernait, le plus mauvais choix possible ! Mais aurait-elle pu prendre la résolution inverse ? Si elle avait dit non, ainsi que son instinct l'y poussait, ses parents auraient perdu leur maison et leur dignité. Son père aurait continué à assumer tant bien que mal un travail mieux fait pour un jeune homme et sa mère aurait pleuré la perte de sa maison natale en s'efforçant de cacher son désespoir. Pour sa part, elle aurait dû continuer à vivre en sachant qu'elle aurait pu empêcher cela et, de plus, aurait vécu dans la crainte permanente que Francesco ne lui enlève Sholto : il avait tout l'argent et le pouvoir nécessaires pour y parvenir, alors qu'elle…

Non, elle n'avait véritablement pas eu le choix. « Sage décision », avait-il commenté froidement avant de la planter là.

Elle se trouvait maintenant sur la terrasse, son fils sur ses genoux, et se remémorait avec amertume sa dernière déconvenue. Levée bien avant l'heure pour être prête à nourrir Sholto quand il en aurait besoin, elle avait trouvé Francesco dans la nursery : il l'avait devancée et donnait son biberon au bébé… Il la privait ainsi de la seule joie qu'il lui restait : s'occuper de son enfant ! Elle en souffrait, même si cela prouvait qu'il entendait être un bon père…

Son fils s'agita, gazouillant et agitant ses petits pieds, et elle sentit un élan d'amour l'envahir. Non, elle ne regrettait pas sa décision, elle avait fait le meilleur choix possible pour Sholto et pour ses parents. Jamais son fils ne saurait que l'union de ses parents n'avait été qu'un marchandage, conclu sur fond de haine et de méfiance.

Immobile à l'orée de la terrasse, Francesco avait le cœur étrangement étreint en observant la mère et l'enfant réunis à l'ombre du grand acacia. Il n'avait jamais rien vu d'aussi beau…

Ni d'aussi déroutant. Avait-il affaire à une innocente ou à une intrigante incroyablement rusée ? Depuis sa conversation avec son avocat, cet après-midi, ses certitudes vacillaient…

Il avait rencontré l'homme de loi pour lui donner des instructions précises au sujet de l'accord prénuptial. A sa grande stupéfaction, le vieil avoué lui avait appris que sa future épouse n'avait consenti à signer l'accord alimentaire qu'après une diminution considérable de sa pension et l'avait réduite au minimum nécessaire.

Son avoué s'était excusé de ne pas l'avoir averti. Bien entendu, il aurait pris l'avis de son client sur-le-champ si Anna avait réclamé une augmentation. Mais là, il n'avait vu aucune objection à sa demande et n'avait pas jugé impératif de le prévenir…

Que diable se passait-il ? se demanda Francesco en regardant son fils tirer sur les beaux cheveux blonds de sa mère.

Il n'avait pas cru Anna quand elle avait prétendu ne rien vouloir de lui et avait été convaincu qu'elle cherchait à lui dissimuler sa vénalité. Comment se convaincre qu'elle ignorait sa richesse quand elle l'avait rencontré alors qu'elle avait laissé échapper, la veille encore, qu'elle avait vu dans la presse des articles sur lui et sa maîtresse ? Or, depuis leur rupture, il ne s'était affiché avec aucune femme ! Donc, Anna avait forcément connu *auparavant* son identité et son rang social…

Que cherchait-elle donc ? S'était-elle dit qu'il se laisserait gagner par l'attendrissement après avoir vu son fils ? Etait-elle allée jusqu'à renoncer à une pension importante pour mieux le convaincre, assurée d'obtenir plus tard, à la naissance du bébé, le mariage et un libre accès à son argent ?

Bien joué ! pensa-t-il avec cynisme. Il avança jusqu'à elle, lui prit doucement mais prestement Sholto des bras et déclara, ignorant son tressaillement de surprise :

— Je m'en occupe. Des gens voudraient te voir et t'attendent dans ta chambre.

— Qui ça ? demanda-t-elle, troublée par sa beauté toujours aussi spectaculaire.

Il ne daigna pas répondre et se mit à câliner son fils.

Elle aurait aimé rester, partager l'échange qui liait Francesco et son fils. Lâchant un léger soupir de regret, elle se leva, lissa sa vieille robe de maternité et traversa la terrasse. Elle avait presque atteint la porte du jardin quand Francesco ajouta :

— Au fait, je suis allé voir tes parents. Ils sont ravis de notre mariage, et sont pratiquement devenus hystériques quand ils ont su que je payais leurs dettes. Je suis parti avant qu'ils ne fondent en larmes et m'étouffent de gratitude.

Anna marqua à peine un léger temps d'arrêt en entendant la nouvelle, puis continua sa route. Elle était rouge d'humiliation et de honte et ne voulait pas qu'il jouisse de sa déconfiture.

Il avait prononcé ces mots avec une sorte d'ennui, comme s'il ressentait le plus complet mépris pour ses parents et elle. Devait-elle s'en étonner ? Il ne lui avait pas caché qu'il ne tenait qu'à sauvegarder son image ! Son action n'avait rien à voir avec la générosité et l'altruisme, même s'il sauvait du gouffre deux braves personnes, perdus par leur excentricité !

Elle s'efforça de refouler ces pensées et se demanda qui étaient ses mystérieux visiteurs. Son père et sa mère, peut-être ?

Quand elle poussa la porte de sa chambre, elle se retrouva face à deux femmes très élégantes, environnées d'un monceau de cartons et boîtes. La plus âgée, qui arborait un chignon brun et lisse, se leva de la chaise qu'elle occupait :

— Mademoiselle Maybury ? M. Mastroni nous a donné pour instruction de vous faire essayer des vêtements convenables.

Elle avait un léger accent, français, peut-être ? Anna aurait juré avoir perçu une nuance vaguement dédaigneuse dans sa voix. Francesco voulait-il parachever son humiliation en lui faisant la charité ? pensa-t-elle. Pas question !

— Désolée, mais vous perdez votre temps, dit-elle avec raideur. Je n'ai pas besoin de renouveler ma garde-robe.

— M. Mastroni a beaucoup insisté, souligna la brune, haussant les sourcils à cette affirmation, qu'elle jugeait de toute évidence absurde.

— Non. Je ne veux rien, persista Anna.

Après tout, elle avait des vêtements à Rylands, quelqu'un pouvait très bien aller les y chercher. Elle s'écartait pour inciter les visiteuses à franchir le seuil lorsqu'elle vit passer dans leur regard un éclair de crainte et, soudain, les prit en pitié. Elle ne doutait pas que Francesco leur ferait passer un mauvais quart d'heure à cause de cet échec ! Ces femmes n'étaient pas responsables de la situation où elle se trouvait…

— Bon, soit. Je vais essayer quelque chose, concéda-t-elle au soulagement évident des deux femmes.

Maintenant souriantes, toutes deux déballèrent des vêtements précieux dans un éventail de couleurs étourdissant. Il pouvait être amusant, après tout, de passer des tenues de stylistes réputés au lieu d'en être réduite à rêver devant des photos de magazines… Que Francesco les achète si cela lui chantait. Elle ne les porterait pas pour autant… Et puis, ce serait si agréable d'oublier, ne fût-ce qu'un moment, les robes de maternité informes !

Amusée par les commentaires extasiés des essayeuses, qu'elle ne prenait pas au sérieux, émerveillée par le contact de la soie, du cachemire et du lin contre sa peau, Anna se prêtait de plus en plus volontiers au jeu.

— Le *signor* connaît vos mensurations à la perfection ! s'exclama une des visiteuses en applaudissant.

Sans doute parce qu'il la connaissait si intimement, pensa Anna, gagnée par le trouble. Soudain, le jeu cessait d'être drôle. Tendue, irritée par la dérive de ses propres pensées, elle se tourna vers la dernière boîte, pressée d'en finir. Elle se laissa vêtir par la plus âgée tandis que l'autre repliait avec soin le ravissant ensemble en lin fauve et le chemisier crème qu'elle venait d'enlever.

— Quelle beauté… regardez.

L'essayeuse l'amena à pivoter vers la psyché de la chambre. Oubliant son irritation, Anna écarquilla les yeux, stupéfaite par le reflet qui lui faisait face.

La robe en crêpe de Chine noir moulait sa poitrine généreuse, gainait sa taille fine, effleurait sensuellement les courbes de ses hanches pour la draper ensuite jusqu'aux chevilles. Les sandales à talons proposées par la seconde essayeuse complétaient à merveille cette toilette. La couleur sombre du tissu exaltait son teint crémeux et les reflets platine de sa superbe chevelure. Cette… sirène sensuelle, ce n'était pas elle ! Ce n'était pas possible !

Gênée, elle tenta de défaire la fermeture à glissière pour enlever la robe et, malhabile, se retourna pour quêter le secours d'une essayeuse. Elle se figea. Francesco venait de pousser la porte en seigneur des lieux, sans même s'annoncer !

Elle riva son regard sur sa silhouette élancée et son visage d'une beauté classique où se détachaient ses fascinants yeux sombres. En jean usé et gilet noir, il conservait sa classe innée et bien des stars de cinéma auraient pu l'envier. Il était… irrésistible, pensa-t-elle, envahie d'un trouble primitif, effarée par sa faiblesse, son désir intempestif pour cet homme qu'elle en était venue à haïr.

Sans la quitter du regard, Francesco avança dans la pièce et ordonna avec un accent plus marqué que de coutume :

— Madame Laroche, voudriez-vous m'attendre au rez-de-chaussée avec votre assistante ? Ma gouvernante va vous servir du café et je ne tarderai pas à vous rejoindre.

Anna prit à peine garde au départ des deux femmes. Francesco se rapprochait d'elle et elle ne pouvait penser à rien d'autre. Il exsudait une tension presque palpable, et une émotion presque sauvage affleura dans le regard qui semblait dévorer sa silhouette…

Elle en avait le vertige et ne parvenait ni à respirer normalement, ni à réfléchir. Elle se laissait happer par le magnétisme animal, érotique émanant de l'homme qui lui faisait face.

Francesco s'arrêta à une trentaine de centimètres, le souffle court. Il mourait d'envie de mêler ses doigts à l'opulente chevelure d'Anna, d'attirer à lui ce corps voluptueux…

— Mme Laroche a eu la main heureuse, dit-il d'une voix rauque. Cette robe est absolument irrésistible.

Elle accusa le commentaire. La robe n'était que discrètement suggestive mais elle gainait un corps en proie à l'excitation. Anna ramena ses bras devant son décolleté pour tenter de cacher ses seins, qui semblaient vouloir se libérer de leur fine prison de soie et dont les bouts raidis pointaient sous le tissu.

— Elle peut tout remporter ! s'exclama-t-elle d'une voix étranglée. Si tu achetais quoi que ce soit, tu gaspillerais ton argent. Je ne porterai rien de tout ça !

— Pourquoi ?

Il laissa errer son regard sur sa bouche pleine et se rappela la tiédeur de ces lèvres si sensuelles lorsqu'il s'emparait d'elles. Leur réponse généreuse et ardente n'avait jamais manqué de le rendre fou… La partie la plus virile de son anatomie réagit aussitôt. Cela ne pouvait plus continuer ainsi ! pensa-t-il tandis qu'Anna rétorquait :

— Parce que tu veux m'habiller pour ne pas avoir honte de moi ! Tout comme tu ne voudrais pas qu'on sache que tes beaux-parents dorment sur le trottoir ! Ton image, voilà tout ce qui te préoccupe !

Elle eut la satisfaction de le voir encaisser le coup mais il ne tarda pas à répliquer avec calme :

— Tu te trompes. Cela me ferait plaisir que la mère de mon fils porte de jolies choses.

Il la méprisait, il méprisait ses parents et ne voulait l'épouser que parce qu'il était devenu fou de son fils ! En outre, elle devait faire des frais de toilette pour le contenter ! Bon sang, il ne doutait de rien !

— Je devrais me soucier de ton plaisir, en plus ? J'aimerais mieux te flanquer mon poing dans la figure ! riposta-t-elle.

— Cela m'étonnerait. En fait, il y a un changement de plans.

Indignée, Anna mit un moment à se maîtriser, et à réaliser le sens de ce propos.

— C'est-à-dire ? fit-elle.

Il revenait sur sa décision de l'épouser, c'était sûrement cela ! Si grotesque que cela fût, elle se sentit soudain délaissée, mise au rebut.

— Notre mariage sera un *vrai* mariage, reprit Francesco.

Cette fois, elle s'empourpra. Francesco avoua avec un haussement d'épaules d'autodérision :

— Il se trouve que j'ai toujours envie de ton corps.

— C'est juste l'effet de cette robe, murmura-t-elle en détournant la tête, dissimulant sa rougeur à l'idée de devenir son esclave sensuelle. A sa grande honte, elle avait conscience qu'il n'aurait aucune peine à obtenir ce qu'il voulait.

— Pas du tout, persista Francesco d'une voix troublée.

Il ne lui avoua pas que, même dans son informe robe de grossesse, elle était restée à ses yeux la plus belle de toutes. Il ne pouvait s'agir que d'un désir physique, bien entendu, maintenant qu'il connaissait sa véritable personnalité…

— J'ai changé d'avis en ce qui concerne le mariage « de façade », continua-t-il. Ce serait… dérangeant. Une véritable union simplifiera notre existence.

Il avait d'abord cru qu'il lui suffirait d'avoir son fils, qu'il pourrait se concentrer sur Sholto et oublier la présence de sa mère, à l'exception des rares circonstances professionnelles et mondaines où il leur faudrait paraître ensemble en public. Mais, tourmenté par son désir frustré, convaincu de pouvoir ranimer chez Anna la passion sexuelle qui le brûlait lui-même, il sentait qu'un mariage de pure forme ne serait jamais viable et que cela finirait par devenir néfaste pour son fils.

— Tu… tu veux dire que je dois coucher avec toi ? Tu t'imagines que tu as payé pour cela ! hoqueta-t-elle d'une voix de plus en plus aiguë. Mais j'aurais l'impression d'être une prostituée !

— *Calmati*…

Il avança vers elle et elle battit en retraite, les bras toujours repliés devant elle en guise de bouclier. *Dio mio !* Elle se fourvoyait du tout au tout !

Il avait eu, avant de la rencontrer, des liaisons avec de belles femmes sans illusions sur l'issue de leur relation qui s'étaient éclipsées, dotées d'un cadeau somptueux, lorsqu'il s'était lassé d'elles. Mais avec Anna, ce serait autre chose. C'était là un mystère qu'il ne se souciait guère de résoudre. Il l'acceptait, c'est tout.

— Ce ne serait pas comme cela, lâcha-t-il d'une voix

bourrue avec l'impression étrange qu'il s'avançait sur des sables mouvants.

Il continua à marcher vers elle jusqu'à ce qu'elle se trouve acculée au mur. Lui prenant les mains, il ramena lentement ses bras menus le long de ses flancs.

— Nous aurons un vrai mariage, pas question d'une séance expéditive à la mairie et nous consommerons notre union. Quelles que soient nos divergences, tu n'as tout de même pas oublié à quel point nous nous entendions !

Oublier ? Comment l'aurait-elle pu ? pensa-t-elle, dépassée par l'intensité de ses émotions, alarmée par le regard qu'il promenait sur elle.

— Ce sera bien entre nous, comme avant, je t'assure, dit-il avec un lent sourire sensuel, glissant les mains sur ses épaules, effleurant ses seins frémissants. Pourquoi devrions-nous souffrir pendant toute la durée de notre mariage ? Pourquoi nous refuserions-nous cet exutoire ?

— Ce ne serait que de la coucherie, lâcha-t-elle, acharnée à emporter une bataille pourtant perdue d'avance. N'avait-elle pas été folle amoureuse de Francesco ? N'était-elle pas près de le redevenir ?

Il inclina sa tête brune et prit sa bouche, lui arrachant un gémissement. Avides et défaillants, leurs corps retrouvaient leur fougue, leurs mains dialoguaient, caressaient. Francesco fit glisser la robe de ses épaules, dégageant ses seins. Ses lèvres se refermèrent tour à tour sur chaque pointe raidie et, avec un soupir étranglé, elle se cramponna à ses épaules viriles sans chercher à garder prise sur le monde qui se diluait autour d'elle. Elle était perdue…

— Convaincue ? fit Francesco en se redressant. Je viens de prouver que notre mariage n'aurait rien d'une épreuve, non ?

Il lui décocha un sourire qui la fit chavirer, avant de se détourner :

— Mme Laroche attend. Habille-toi pour me faire plaisir quand tu me rejoindras au dîner.

Quand il eut disparu, Anna resta immobile, les bras repliés autour de son corps frustré. Il venait de lui prouver que, sous son emprise, elle devenait aussi malléable que de la cire. Ce mariage promettait de la jeter vers les extrêmes, entre sexualité torride et absence d'amour, mais elle ne pouvait pas s'évader sans perdre son fils.

8

Ils se trouvaient dans le salon du rez-de-chaussée, meublé d'antiquités magnifiques et de tableaux de maître. Quelques instants plus tôt, un homme à l'allure de croque-mort, flanqué d'un garde du corps impassible, était entré avec une mallette. Dès son départ, Francesco l'avait invitée à y faire son choix parmi une fabuleuse sélection de bagues.

Incapable d'émettre le moindre son, Anna avait fixé l'étourdissante exposition de joyaux. Francesco avait fini par enlever sans façons un diamant scintillant de son nid de velours et l'avait passé, sans le moindre romantisme, à l'auriculaire de sa main gauche.

— Sophia arrive par le jet de la compagnie, cet après-midi, énonça-t-il, avec un semblant d'enthousiasme pour la première fois depuis le début de la matinée. Arnold ira la chercher et elle devrait être ici à temps pour le dîner.

— Sophia ? questionna Anna.

— Sophia est ma sœur. Elle arrive de Rome et restera ici pour t'assister jusqu'au mariage.

— J'ignorais que tu avais une sœur, observa Anna, levant sur lui un regard interrogateur.

Elle avait conscience de ne pas savoir grand-chose sur Francesco, en dehors du fait qu'il s'agissait d'un richissime don Juan, prêt à se faire passer pour un homme pauvre afin de séduire de naïves vierges, s'assurant ainsi qu'elles ne jetteraient pas leur dévolu sur sa fortune. Quand elle se rappelait la chaîne en laiton qu'il avait portée au moment de leur rencontre, elle avait envie de le gifler !

— Parle-moi d'elle, le pria-t-elle, maîtrisant sa colère rétrospective.

Ses mains se crispèrent sur ses genoux et elle s'efforça d'oublier la sensualité émanant de l'homme qui lui faisait face. Elle se sentait presque toujours au bord de la défaillance en sa présence, mais il se montrait si maître de lui qu'elle ne savait plus où elle en était… Après leur baiser vertigineux, elle s'était attendue à ce qu'il la rejoigne dans sa chambre, la veille au soir, mais il n'en avait rien fait. Elle n'aurait su dire si elle était soulagée ou si cela la rendait malade de frustration !

Il se leva du canapé où il était assis, déployant son élégante silhouette athlétique :

— Je dois prendre des dispositions pour le mariage. Tu pourrais peut-être inviter tes parents à passer un jour ou deux ici avant la cérémonie ? Je te préciserai la date.

Là-dessus, il s'éclipsa, la laissant en proie à une fureur sourde.

Il n'aurait pu lui signifier plus clairement qu'elle n'était pas admise à intégrer sa vie et sa famille ! Il était prêt à la vêtir, la nourrir, lui offrir une existence matérielle luxueuse, coucher avec elle quand bon lui semblerait. Mais il ne lui accorderait aucune véritable part de lui-même…

Eh bien, pensa-t-elle en se levant, elle en était piquée, mais pas profondément blessée, n'est-ce pas ? Pourquoi aurait-elle dû en souffrir : il ne l'aimait pas, bien sûr, et de son côté, elle n'avait pas plus d'amour pour lui que pour un despote.

Elle trouva Peggy dans la cuisine, occupée à écosser des petits pois. Tirant une chaise, Anna s'assit pour l'aider dans cette tâche et demanda d'un ton qu'elle espérait désinvolte :

— Donc, Sophia arrive aujourd'hui… Francesco était pressé, il n'a pas eu le temps de m'en parler. Comment est-elle ? Plus âgée, plus jeune que lui ?

Après tout, il fallait bien qu'elle use des seuls moyens qui étaient à sa disposition pour obtenir des informations !

— Oh, elle vous plaira ! lui assura chaleureusement Peggy. Elle a épousé un riche banquier italien, Fabio Bocelli, mais est restée très simple et naturelle. En fait, elle ressemble à son frère : ils traitent les autres en égaux, peu importe leur statut ou leur état de fortune, c'est la personne elle-même qui compte.

Vraiment ? pensa Anna, haussant les sourcils malgré elle.

— Ecoutez, déclara Peggy, d'abord, je vais nous préparer du café pendant que vous finissez d'écosser les petits pois. Oh, mon Dieu !

Elle rougit, portant sa main à sa bouche et ajouta avec confusion :

— C'est un comble ! Vous serez bientôt la maîtresse de cette maison et je vous donne des ordres comme à une cuisinière !

— Ne dites pas de bêtises, fit Anna, souriant jusqu'aux oreilles. Nous sommes amies, non ? Faites donc ce café, j'ai hâte de savoir !

Elle avait vite pardonné à la gouvernante le mensonge qui l'avait retenue ici jusqu'à l'arrivée de Francesco. Après tout, Peggy avait été tenue d'agir ainsi : elle était respectueuse et loyale envers Francesco. « Il faut croire qu'il a bien mieux traité les Powell que moi, pensa Anna non sans amertume, pour qu'ils lui obéissent ainsi sans faillir ! »

Sa bague de fiançailles la gênait pour écosser les pois, elle ôta le gros diamant, et le fourra dans la poche de l'élégant pantalon court qu'elle portait avec un ravissant top émeraude. Tout cela grâce au bon goût de Mme Laroche et au portefeuille bien garni de Francesco ! Elle aurait accordé infiniment plus de prix à un modeste anneau d'or orné d'une perle minuscule, s'il avait été offert avec amour…

— Et voilà ! fit Peggy, posant devant chacune d'elles une tasse de café fumant et s'attablant à son tour. Sophia a vingt-huit ans, six de moins que son frère. Elle est pleine de vie, très jolie, et est la maman d'une petite Cristina, qui a six ans. La petite n'arrivera que plus tard, avec son père, un jour ou deux avant le mariage. Elle fera des caprices, vous verrez. Elle adore son oncle et il la gâte outrageusement, ce qui n'est pas fait pour m'étonner… Il adore Sholto, mais faites attention qu'il ne le pourrisse pas trop ! Il va vous gâter aussi, d'ailleurs. Si vous aviez vu sa mine lorsqu'il a annoncé ce mariage : il avait l'air d'un chat qui a gobé un canari !

*
* *

Le papa chat a son rejeton, raisonnait Anna, morose, quelques heures plus tard. Quant à elle, elle n'était pour lui qu'une excroissance encombrante, nécessaire au bonheur et au bien-être de Sholto, pas au sien !

Elle avait baigné et nourri son fils, l'avait amusé et dorloté, puis, après avoir déjeuné seule dans cet environnement luxueux, l'avait emmené en promenade. A présent, il dormait. Elle erra dans l'immense salon, retapant les coussins, rétablissant l'ordonnance d'un bouquet… s'occupant ainsi de son mieux.

Peggy poussa soudain la porte, et annonça :

— Quelqu'un désire vous voir, madame.

Souriant à cette appellation formaliste, Anna ne tarda pas à écarquiller les yeux : le visiteur était Nick !

— Pour toi, dit-il en lui tendant un beau bouquet de fleurs colorées. Félicitations pour le bébé.

Son visage gai et ouvert était écarlate. Il continua avec une gêne palpable :

— Alors… tout va bien ? Ce matin, ta mère m'a appris que tu allais te marier. Tu es heureuse, j'espère ?… Apparemment, il est riche, mais l'argent n'est pas tout. Il ne faut pas être bien malin pour comprendre que tu es tombée enceinte pendant tes vacances. Il ne s'est pas précipité pour te suivre en Angleterre et il a fallu qu'il apprenne sa paternité par hasard… Il veut garder le bébé, c'est cela ? Il menace de te le prendre si tu ne fais pas ce qu'il exige ? Tu peux me dire la vérité, tu sais.

De la part de Nick, c'était un bien long discours, qui plus est fort avisé. Il avait offert de l'épouser et d'élever Sholto comme son fils. Etait-il blessé d'être supplanté par un homme nettement plus riche ?

Il reprit :

— Je suis venu te dire que ma proposition tient toujours. Si je t'épousais, aucun tribunal ne lui attribuerait la garde. Tu es la mère, tu as la priorité, et le fait que nous pourrions garantir une vie stable à ton enfant assurerait une décision en ta faveur. Tu n'aurais aucune inquiétude à avoir. Je ne peux pas t'offrir une existence luxueuse mais j'ai de l'affection pour toi.

Il était si généreux qu'Anna en eut le cœur serré. Elle et Nick s'aimaient comme frère et sœur, avaient toujours veillé l'un sur l'autre. Il se portait à son aide sans hésiter, lui offrait une voie de secours sans se soucier de ce qu'il lui en coûterait sur le plan personnel et cela la bouleversait. Elle ne pouvait supporter qu'il se croie dédaigné pour un autre, considéré comme un « second choix ».

— Je sais que tu as de l'affection pour moi, lui dit-elle, tout comme j'en ai pour toi. Mais nous ne sommes pas amoureux l'un de l'autre, Nick. Nous en avons déjà parlé, tu le sais bien.

Le prenant par la main, elle l'emmena sur un canapé, et s'assit près de lui.

— Tu rendras un jour une femme très heureuse, j'en suis sûre. Mais tu comprends, j'aime Francesco. Je veux être sa femme.

Anna se tut un instant, la gorge serrée. Elle avait dit cela pour tranquilliser son ami d'enfance, qui lui était si cher, mais était-ce la vérité ?

— Tu mérites de tomber amoureux d'une femme et qu'elle te rende la pareille, ajouta-t-elle.

Nick eut un large sourire et ses yeux bleus exprimèrent un soulagement visible :

— Tu n'as pas besoin de secours, alors ? Tu es heureuse ? Tu n'agis pas sous la contrainte ?

— Bien sûr que non, murmura Anna.

Elle était en train de comprendre qu'elle était *toujours* amoureuse de Francesco, qu'elle n'avait jamais réellement cessé de l'aimer et son avenir n'en devenait que plus sombre. Comment vivrait-elle auprès d'un homme qui ne la considérait que comme un encombrement ?

Nick, rougissant de plus belle, murmura d'une voix bourrue :

— Je… Si tu en avais eu besoin, je… je t'aurais épousée et… Enfin, ce ne serait pas allé plus loin.

— Qu'est-ce qui ne serait pas allé plus loin ?

— Euh… Eh bien, il y a une fille… Melody. On s'est connus il y a un mois seulement, alors… enfin, pour l'instant il est un peu tôt… j'ai juste l'impression que…

Incapable d'en dire davantage, il se contenta d'écarter les bras, un grand sourire illuminant son visage.

Anna, très émue, débordant d'affection pour cet ami simple

et loyal qui avait été prêt à oublier ses sentiments pour une autre afin de la soutenir, se jeta à son cou en s'écriant :

— Je t'avais bien dit que tu rencontrerais le véritable amour ! Je suis si contente pour toi ! Si c'est la femme de ta vie, ne la laisse pas échapper, surtout !

— Compte là-dessus ! affirma Nick, l'amenant à se mettre debout en même temps que lui. Bon, il faut que je parte ! Je ne dois pas louper le train de retour !

— Tu t'en vas déjà ? Peggy peut nous préparer du thé, et…

— Non, merci. C'est gentil, mais je préfère rentrer et prendre rendez-vous pour ce soir avec Melody.

— Alors, je te reconduis. Je suis heureuse pour toi, Nick. N'oublie surtout pas de m'inviter à ton mariage si tu en arrives là !

— C'est promis. Tu es priée de me rendre la pareille !

Il la serra dans ses bras et Anna se sentit près d'éclater en sanglots. Elle pensait aux serments qu'elle prononcerait de tout son cœur alors que Francesco ne ferait que se prêter à un rituel… Un instant, elle ferma les yeux, refoulant mal ses larmes. Quand elle les rouvrit, Francesco était en train de franchir la porte d'entrée et Nick, par contraste, eut l'air d'un paysan.

D'une voix lourde de menaces, Francesco laissa tomber :

— Comme c'est touchant. Mais j'apprécierais que ma fiancée n'ait pas à subir les attouchements d'un mécanicien dont les services ne sont nullement requis.

Anna eut un haut-le-corps scandalisé. Cependant, Nick, souriant, la calma d'un geste.

— J'allais partir ! lança-t-il à Francesco. J'étais juste passé m'assurer qu'on n'avait *pas* besoin de moi. Et comme c'est le cas…

Il déposa un baiser sur la joue d'Anna, puis se dirigea rapidement vers le seuil et le franchit tandis que Francesco tenait la porte grande ouverte en un geste éloquent. Un lourd silence suivit ce prompt départ.

— Tu es jaloux ! s'exclama enfin Anna, stupéfaite.

Nick l'avait certainement ressenti, d'où son apostrophe pince-sans-rire à son intimidant adversaire. Jamais elle n'avait vu Francesco aussi déconfit, alors qu'il claquait la porte avec une violence inutile puis grommelait en se tournant vers elle :

— Jaloux ? Moi ?

Les pommettes d'Anna s'empourprèrent, et elle rétorqua :

— Pourquoi t'es-tu montré aussi grossier avec lui, alors ?

Seule la *jalousie* avait pu lui faire perdre sa maîtrise de soi et son urbanité légendaires. A la seule idée des implications d'une telle attitude, elle se sentit défaillir… Elle remarqua qu'il serrait les mâchoires, que son regard brûlait d'un éclat fébrile et continua :

— Il était juste passé me saluer et m'apporter des fleurs, le pauvre.

— Le *pauvre* peut s'estimer heureux que je ne lui aie pas cassé la figure, riposta Francesco, ironique et tendu.

Il avait eu bonne envie de réduire en bouillie le satané visiteur !

— Tu seras bientôt ma femme, tu es la mère de mon fils, souligna-t-il avec une rage froide. Je n'apprécie guère de trouver ma future épouse dans les bras d'un ours mal léché !

— Espèce de snob ! Nick n'est pas un ours ! C'est le meilleur ami que l'on puisse avoir et tu ne lui arrives pas à la cheville ! s'exclama Anna.

Envahie par la rage, elle essaya de le gifler…

La happant prestement par le poignet, il jeta durement :

— Combien de fois as-tu couché avec lui ?

— Aucune ! Jamais ! s'exclama-t-elle, tentant en vain de se libérer. J'étais vierge quand on s'est connus, tu le sais très bien !

— Mais après, hein ? Après notre rupture ? fit-il d'une voix haletante, réprimant un afflux de désir, se forçant à formuler les doutes qui le rongeaient. Tu l'as peut-être ferré après avoir découvert que tu étais enceinte, non ? Histoire de t'assurer une issue pour le cas où tu échouerais après m'avoir présenté un héritier ?

Anna pâlit. Comment pouvait-elle continuer à aimer cet homme ? Il la considérait comme une ignoble intrigante. Quel cauchemar !

— Comment peux-tu penser cela de moi ? protesta-t-elle d'une voix faible alors que les larmes, malgré elle, lui montaient aux yeux.

— Cette idée ne me réjouit pas, figure-toi, mais les faits

sont là. Tu as découvert ma plage privée, tu t'es parée pour m'appâter et tu as attendu que j'arrive dans l'espoir que je te trouverais irrésistible. Ce qui a certes été le cas.

C'était donc ainsi qu'il avait décidé d'interpréter les choses ! Il n'en démordrait pas, bien entendu, quoi qu'elle puisse dire ou faire, pensa-t-elle, les joues soudain sillonnées de larmes.

Lâchant un juron étranglé, il l'attira entre ses bras :

— Je ne supporte pas de te voir pleurer. Il ne faut pas.

Elle avait toutes les raisons de pleurer, pourtant ! Incapable de s'expliquer, elle s'effondra contre lui, se laissant soulever et emporter à l'étage tandis qu'il murmurait :

— Tu ne devrais pas faire de telles scènes. Cela te met dans un tel état.

La scène, c'est lui qui l'avait commencée mais il aurait été puéril de le faire observer, aussi préféra-t-elle se taire. Bizarrement, elle avait envie de rire en le voyant si sûr de lui, si convaincu de connaître la vérité. Cependant, son hilarité silencieuse se dissipa à l'instant où, après avoir refermé sur eux la porte de sa chambre, il la reposa à terre et l'attira contre lui.

Une chaleur diffuse se répandit en elle quand elle se rendit compte de son excitation. Les pointes de ses seins se raidirent alors qu'il essuyait ses larmes du bout des pouces. Il perçut sans doute cette invite involontaire et, plongeant ses doigts dans son opulente chevelure blonde, il s'empara de ses lèvres. Elle rendit les armes aussitôt, balayée par la violence de son désir.

Interrompant leur baiser, Francesco la regarda nouer ses bras autour de son cou et, dans un mouvement lascif, effleurer de son bas-ventre son membre viril érigé sous le tissu.

Aux prises avec lui-même, avec le désir torrentiel qui les rapprochait insensiblement du lit tout proche, où il leur serait si facile de se retrouver corps à corps, il murmura d'une voix rauque :

— Tu me veux, et je te veux aussi. Nous devons laisser le passé derrière nous et, pour l'amour de Sholto, faire en sorte que notre union soit réussie. Il nous faut construire sur les seules bases que nous ayons.

— Le sexe, veux-tu dire, gémit-elle d'une voix saccadée.

Elle était consciente de ce qu'il souhaitait : une union

conforme aux exigences sociales et une sensualité animale au lit. Elle aspirait à une relation plus aboutie, mais était trop amoureuse de lui pour ne pas se contenter du peu qu'il offrait.

— Que voudrais-tu que ce soit d'autre ? dit-il en plongeant sa main sous la ceinture de son pantalon, glissant ses doigts entre ses cuisses pour titiller la moiteur soyeuse de son intimité. Ne le refuse pas. C'est tout ce que nous avons, notre fils mis à part.

Il la caressa d'un regard à demi railleur, ajoutant :

— Et c'est drôlement agréable, reconnais-le.

La relâchant, il déclara :

— Je ne peux pas achever la démonstration, hélas : Sophia va arriver d'un instant à l'autre et je dois l'accueillir. Vous ferez connaissance au dîner.

Quelques secondes plus tard, il s'était éclipsé et Anna restait seule, agitée par sa frustration et son désir. Oh, si seulement elle ne l'avait jamais rencontré !

Il aurait son fils, son héritier, et une esclave sensuelle par-dessus le marché. Une esclave sensuelle *consentante* ! s'avoua-t-elle avec honte. Lui aussi la désirait aujourd'hui mais le désir n'était pas éternel et, quand il serait mort, Francesco irait chercher satisfaction ailleurs…

Elle ne pourrait jamais le supporter !

9

Depuis 8 heures du matin, Francesco était enfermé avec l'organisatrice du mariage : une blonde décontractée, sûre d'elle et efficace jusqu'au bout des ongles.

Anna avait rédigé et remis la liste de ses invités comme on l'en avait priée, consciente du désordre de sa chevelure — merci, Sholto ! — et de la tache d'humidité qui maculait son épaule à l'endroit où le petit avait bavé.

La blonde avait rangé la liste dans sa mallette, avec celle qu'avait faxée Silvana, la cousine de Francesco et sans doute aussi celle de Francesco lui-même. Puis elle s'était éclipsée.

Ruminant le fait qu'elle n'était guère tenue au courant des détails de sa propre noce, Anna tressaillit quand Sophia, survenue derrière elle à l'improviste, la prit par le coude :

— Elle est enfin partie, on va pouvoir passer aux réjouissances !

— Tu m'as fait une de ces peurs ! s'exclama Anna, se tournant vers la jolie et brune Sophia.

Dès sa rencontre avec la sœur de Francesco, la veille, elle s'était prise de sympathie pour elle. Sophia était ravissante avec ses longs cheveux bruns effleurant sa taille, ses yeux noirs et rieurs, et son sourire. Elle avait une personnalité chaleureuse, ouverte. Grâce à sa joie de vivre, Anna avait réussi à avaler les trois plats consistants servis par Peggy, sous le regard à la fois sombre et équivoque de Francesco.

Elle frissonnait en se remémorant ce regard suggestif, et Sophia commenta :

— Toutes les futures mariées sont nerveuses. Personnellement, j'étais dans un état épouvantable ! Je n'arrivais pas à me calmer une minute ! Tiens, Francesco m'a chargée de te donner ça, ajouta-t-elle en glissant dans la main d'Anna une mince carte en plastique rigide. Il a ouvert un compte, tu n'as plus qu'à la signer.

Anna la prit à contrecœur. Elle l'aurait plus volontiers piétinée et réduite en mille morceaux ! Elle ne voulait pas de son argent !

— Où est-il ? demanda-t-elle.

— Il voulait s'occuper de Sholto, mais il a fini par s'enfermer dans son bureau. Alors, oublie-le pour le moment. Je sais que vous n'arrivez pas à vous quitter des yeux… ni des mains non plus, j'imagine ! dit en riant Sophia. Je l'ai bien vu, va ! Mais ce matin, nous devons nous occuper de ton trousseau. Francesco doit faire parvenir de Milan un choix de robes de mariées. Je parie qu'elles seront plus sublimes les unes que les autres. On ne saura pas laquelle choisir ! Allons, va te préparer et vite !

Trois heures plus tard, éreintée, Anna s'attablait dans un café élégant avec Sophia. Il régnait une chaleur inaccoutumée pour la saison et sa future belle-sœur l'avait entraînée dans tant et tant de boutiques luxueuses qu'elle en avait perdu le compte. Elle avait acquis quelques T-shirts et jeans tout simples pour tenir son rôle de mère mais quand elle songeait aux luxueux négligés et aux sous-vêtements affriolants que Sophia l'avait pratiquement contrainte à choisir, elle en avait presque la nausée…

— Ah, cela fait du bien ! soupira Sophia tandis que les serveurs s'affairaient autour d'elles. Arnold passe nous prendre dans une heure, nous avons le temps de souffler. Qu'est-ce qu'on mange ?

Elles portèrent leur choix sur une salade de mesclun et une omelette aux herbes, accompagnées d'un verre de chablis.

— Je n'aurais jamais cru que Francesco finirait par se marier, tu sais, dit Sophia, sourire aux lèvres. Je suis ravie de voir que je m'étais trompée ! Il a fait le bon choix, tu feras son bonheur !

Anna baissa le nez sur son omelette, attentive à dissimuler

son expression. Heureux par elle, Francesco ? Elle ne possédait pas ce pouvoir. Elle avait seulement le don de le combler au lit… pour le temps que ça durerait. Cherchant à oublier cette pensée déprimante, elle s'enquit :

— Pourquoi pensais-tu qu'il ne se marierait pas ? Il a tout pour lui, après tout. Il est superbe, possède une fortune fabuleuse et un charme infernal. Quelle femme ne serait pas à ses genoux ?

— C'est bien là le problème, soupira Sophia.

Anna fronça les sourcils, intriguée de la voir si grave.

— C'est un sujet tabou, continua Sophia. Mon frère refuse d'aborder cette question. Mais tu es des nôtres, maintenant, et tu lui as donné un fils. A mon avis, il ne devrait pas y avoir de secrets dans une famille…

Son regard se brouilla. Apparemment, elle n'avait pas beaucoup plus de facilité que Francesco à aborder la question qui la tourmentait, quelle qu'elle fût ! pensa Anna. Cependant, Sophia finit par reprendre à voix basse :

— En fait, un drame a marqué notre enfance. Cela me peine de le dire, mais ma mère était une femme sans cœur, incapable d'amour. Elle était très belle, charmante en société, notre père avait pour elle une véritable passion et quand elle nous a abandonnés, cela l'a brisé. Du jour au lendemain, il a totalement changé, il est devenu froid et distant. On aurait dit qu'il ne supportait plus la présence de ses enfants.

— Elle vous a abandonnés ? fit Anna, peinant à accepter le fait. Elle avait deux beaux enfants qui avaient besoin d'elle, un mari qui l'adorait et elle est partie ? Pourquoi ? Elle est tombée amoureuse d'un autre homme ?

— Non, ce n'est pas ça. Avec le recul, et les informations de personnes qui connaissaient ma famille à l'époque, je comprends ce qui s'est passé, aujourd'hui. J'avais quatre ans quand elle est partie, je ne me souviens pas vraiment d'elle mais Francesco en avait dix et le coup a été très dur pour lui. Il adorait sa mère. De plus, papa s'était mis à boire, il ne voulait plus nous voir… Francesco a dû les remplacer tous deux auprès de moi…

Agitant son verre vide, Sophia héla un serveur pour commander un deuxième chablis, puis :

— En fait, papa traversait une mauvaise passe en affaires. Il ne pouvait plus offrir à maman le train de vie somptueux qu'elle exigeait. Elle est donc partie avec quelqu'un qui en avait les moyens. L'amour n'avait rien à voir là-dedans. Nous l'avons compris à la mort de papa, en trouvant le mot d'adieu qu'elle lui avait laissé.

Ecartant les bras d'un air d'impuissance, elle continua :

— Francesco avait vingt ans et toutes les femmes lui tournaient autour. Tu n'imagines pas jusqu'où elles pouvaient aller… L'une d'elles s'est fait livrer chez nous enfermée dans une énorme pièce montée, une autre s'est faufilée nue dans son lit ! Mais il les ignorait. Il choisissait ses maîtresses avec soin, leur faisant savoir qu'il ne demandait ni n'offrait d'engagement durable. Il se consacrait à développer notre entreprise, qui n'avait jamais été aussi prospère.

— Donc, il voyait les femmes comme des clones de ta mère ? devina Anna. Il les croyait uniquement intéressées par sa fortune ?

Elle eut le cœur serré en pensant au petit garçon qu'il avait été, à ce qu'il avait dû souffrir. S'il pensait ne pas pouvoir être aimé pour lui-même, cela n'avait rien d'étonnant…

— C'est exactement cela ! s'exclama Sophia. Il a décidé qu'il ne lui arriverait jamais ce qui était arrivé à son père et est devenu incapable de se fier à une femme. Un véritable cynique… Mais tout cela est terminé aujourd'hui ! Heureusement, tu lui as appris la confiance et l'amour… Si tu savais comme je t'en suis reconnaissante ! Il mérite tellement d'aimer et d'être aimé !

Incapable de dormir, Anna avait le regard perdu dans les ténèbres.

Après un dîner prolongé et agréable en compagnie de Sophia, plus bavarde qu'une pie, elles avaient fait prendre son bain à Sholto — un moment de décontraction amusée. Francesco avait été retenu au bureau et ne rentrerait que très tard, avait annoncé Peggy. Anna aurait donc dû se sentir détendue mais, à sa grande surprise, elle constatait qu'il lui manquait.

— Quand vous vivrez dans son beau *palazzo* de Toscane, après votre mariage, ce sera différent, tu verras, lui avait dit Sophia. Il ne travaillera plus autant et n'aura pas envie d'être longtemps séparé de sa femme et de son fils chéris.

Anna avait eu toutes les peines du monde à ne pas la détromper. Elle se sentait obligée de maintenir l'illusion de Sophia, qui croyait à un mariage d'amour entre Francesco et elle et en était apparemment très heureuse... Il lui était cependant bien difficile de jouer la comédie !

Lorsque Sophia était montée se coucher vers 10 heures, éreintée par leur journée d'emplettes, Anna n'avait pas tardé à l'imiter plutôt que de risquer de montrer à Francesco qu'elle l'attendait. Elle n'avait aucune envie de paraître dépendante de lui...

Il était rentré juste après minuit. Guettant le bruit de ses pas, elle avait su qu'il entrait un moment dans la nursery avant de gagner sa chambre, à l'autre bout du couloir. Maintenant, les yeux grands ouverts dans le noir, elle sentait qu'elle devait faire un pas, lui parler. Les confidences de Sophia l'avaient fortement impressionnée : elles éclairaient tant de choses...

Apparemment, Francesco avait été la proie de croqueuses de diamants dès la fin de son adolescence, alors que l'abandon maternel n'avait pu que le marquer, le rendre défiant envers le sexe féminin... Ne l'avait-il pas accusée d'avoir manigancé leur rencontre sur sa plage privée ? D'avoir cherché à le piéger ?

Mais il avait également affirmé sans équivoque son désir de tourner le dos au passé, de l'épouser pour l'amour de leur fils et de tirer parti de leur entente sensuelle : leur seul atout pour réussir leur union...

Se glissant hors de son lit, elle s'enveloppa dans la courtepointe légère : sa chemise de nuit, choisie par Mme Laroche, était trop révélatrice pour qu'elle s'exhibe dans cette tenue. Elle voulait rétablir les choses, non le séduire !

Elle ne demandait pas mieux que de tourner le dos au passé. Mais les idées erronées de Francesco à son sujet étaient un réel obstacle qui les empêcherait de tourner la page ! Elle avait la ferme intention de s'en débarrasser !

Poussant la porte de la chambre de Francesco avant d'en perdre le courage, elle entendit le bruit de la douche dans la salle de bains adjacente. Elle s'interdit de battre en retraite. Il fallait aller de l'avant, sinon leur relation future n'aurait pas de sens…

Francesco s'était servi d'elle. Il l'avait séduite et abandonnée. Il ne l'épousait que parce qu'elle était la mère de Sholto, qu'il adorait. Et il n'avait ni n'aurait jamais d'amour pour elle. Soit, elle apprendrait à vivre avec cela. En revanche, elle ne voulait pas qu'il continue à la considérer comme une manipulatrice vénale !

La douche cessa de couler et elle se figea, frappée confusément par la virilité dépouillée de la pièce tandis que Francesco apparaissait sur le seuil de la salle de bains, entièrement nu.

Dans un réflexe ridicule, elle se blottit dans la courtepointe. Il était vraiment beau… Grand, mince mais musclé, parfaitement proportionné… Son regard, comme malgré elle, se riva sur lui et ne put s'en détacher. Elle avait la gorge sèche, l'esprit comme paralysé et aurait été bien incapable d'expliquer la raison de sa présence ici à cette heure tardive.

Francesco avança jusqu'à elle, un demi-sourire sardonique sur le visage.

— Nous devons partir à égalité, *cara*, dit-il en élevant les bras pour la débarrasser prestement de la courtepointe, sans qu'elle songe à résister.

— Mais que fais-tu ? souffla-t-elle alors qu'il faisait glisser de ses épaules les fines bretelles de sa nuisette, et révélait les globes laiteux de ses seins.

— Mais je prends ce que m'offre ma future épouse voyons, murmura-t-il d'une voix rauque.

— Mais je…

Anna n'alla pas plus loin. Francesco avait rabattu la nuisette jusque sur ses reins et l'embrassait avec une avidité affolante.

Tout échappait à son contrôle, s'avoua-t-elle, comme la toute première fois. C'était peut-être pour retrouver cela qu'elle était venue ce soir, se donnant inconsciemment un faux prétexte… Elle aurait fort bien pu attendre le matin pour aborder le sujet !

Chancelante, presque défaillante, elle répondit avec fièvre à son baiser profond. Elle était embrasée jusqu'au tréfonds de son être, prête à avouer son amour pour lui, affolée par le contact de son membre érigé pressé contre le creux de son ventre… Dans un gémissement sourd, il interrompit sa caresse pour la soulever entre ses bras et s'abattre avec elle sur l'immense lit.

— Quand je te vois, je te désire comme un affamé, murmura-t-il en déposant des baisers sur son front, son nez, ses paupières mi-closes.

Sa bouche descendit plus bas, se referma sur la pointe d'un sein avec une ardeur goulue, puis sur l'autre. Noyée dans ses sensations, elle en subit la tyrannie jusqu'au moment où elle finit par implorer :

— Fais-moi l'amour, Francesco…

10

Francesco dormait, abîmé entre les draps froissés. Anna, la joue contre son torse satiné et musclé, écoutait battre son cœur, humait son odeur virile, cherchant à reconquérir une magie illusoire. Celle qui existait autrefois, en Italie, durant l'époque bénie où elle avait été heureuse et comblée sous le soleil, persuadée d'être aimée comme elle aimait elle-même…

Elle savait que c'était un amant merveilleux, elle en avait fait l'inoubliable expérience. Mais, ce soir, cela avait été différent : il l'avait dominée, possédée profondément, et elle avait connu un plaisir si intense qu'elle avait pensé en mourir.

Esclave sexuelle… Dure réalité, pensa-t-elle, les yeux humides de larmes et la gorge serrée. Elle avait voulu croire qu'elle haïssait Francesco, et avait dû se résoudre à admettre qu'il n'en était rien, au contraire.

Ce n'était pourtant pas une raison pour faire l'amour avec lui en se donnant avec tant d'abandon et de fièvre. Comment pouvait-elle oublier qu'il ne l'aimait pas, qu'il la méprisait ?

— Qu'y a-t-il, *bella* ?

Il ne dormait donc pas ! réalisa-t-elle, paralysée par la surprise, frappée par son intonation empreinte de jubilation sensuelle.

Il savourait sans doute la satisfaction de la voir à sa merci, prête à se livrer à lui sur un signe ! Il ajouta d'une voix traînante et amusée :

— Te voilà bien figée, tout à coup. Je vais te détendre, tu vas voir…

Sa main glissa vers le bas de son ventre, s'immisçant entre ses cuisses. Elle fut parcourue par une onde brûlante de volupté, amenée en un éclair au bord de la reddition…

— Non ! se rebella-t-elle, révoltée par la docilité fiévreuse de son corps.

Se redressant sur les oreillers, elle lança :

— Tu ne comprends toujours pas, hein ?

— Qu'est-ce que je ne comprends pas ? fit-il, incliné sur elle, le regard amusé.

Elle tenta de le repousser sans aucun succès. Le cœur à fleur de peau, sans plus se soucier de se trahir, elle lui cria :

— Je t'aime !

Un silence cuisant suivit cet aveu. Avec une hostilité soudaine, Francesco s'écarta d'elle :

— Inutile de dire cela. Nous venons d'avoir une expérience sexuelle sensationnelle, ne la gâche pas avec tes mensonges.

Avec fureur, elle s'élança hors du lit, gênée par sa confession intempestive, soucieuse de mettre de la distance entre eux.

— Les faux-semblants, c'est ton fort, pas le mien ! lui jeta-t-elle, humiliée de s'être dévoilée, ulcérée de n'avoir récolté que des accusations et du mépris.

— Qu'est-ce que tu veux dire ? fit-il d'un ton glacial.

— Tu t'es fait passer pour un paysan sans-le-sou, tu n'as pas été honnête ! lança-t-elle encore tout en ramassant la courtepointe pour masquer sa nudité. Au fait, bravo pour la chaîne de pacotille ! Très convaincante, à coup sûr ! Le mensonge est-il naturel chez toi ou as-tu pris des leçons ? Ne m'accuse plus jamais de mentir, tu entends !

Elle gagna le seuil au pas de charge, prit une profonde inspiration et déclara tout à trac, sans se soucier d'exagérer :

— Je suis venue te faire comprendre que je ne suis *pas* une de ces croqueuses de diamants que tu redoutes. J'ignorais totalement que tu pouvais payer un Etat sans te retrouver sur la paille !

Elle allait franchir le seuil lorsqu'il lui assena :

— Tu étais au courant. Tu avais vu des photos de moi dans la presse. Tu l'as admis toi-même, si tu veux bien t'en souvenir. Et si ton père me prenait pour un « paysan sans-le-sou », explique-moi alors pourquoi il m'a demandé un million de livres sterling cinq minutes à peine après mon arrivée chez lui ?

Abasourdie, comme frappée par la foudre, Anna se contenta

de le fixer. Il actionna l'interrupteur de la lampe de chevet, plongeant la pièce dans les ténèbres.

— Accepte ce que tu es. Je l'ai bien fait, moi, lui martela-t-il avec calme. Après tout, tu as ce que tu voulais. Laisse tomber cette comédie, et nous pourrons peut-être aller de l'avant. Va te coucher.

Le lendemain matin, Anna entra dans la nursery comme une somnambule. Après avoir été congédiée par Francesco, elle avait passé la nuit à s'interroger… Son père avait-il eu le culot de quémander un million de livres sterling ? Rien que d'y penser, elle en était malade ! Elle se rappelait son ahurissant projet de safari parc et devait bien admettre qu'il avait pu solliciter Francesco…

Comment avait-il su qu'il était riche ? Elle n'en avait pas la moindre idée et, pour sa part, n'avait certes pas été au courant ! Mais, pour l'homme qu'elle aimait, elle était la principale responsable de cette demande astronomique. Il était clair qu'elle ne le convaincrait jamais du contraire…

Elle n'avait plus aucun espoir de conquérir son respect, à défaut de son amour. Elle ne voyait pas comment elle pourrait supporter de partager sa vie dans de telles conditions…

Il avait raison sur un point : leur entente sexuelle était fabuleuse. Pour le moment, il se sentait comblé dans ce domaine mais viendrait un temps où il irait voir ailleurs si l'herbe était plus verte. Ils ne seraient alors plus que deux étrangers, n'ayant qu'un enfant en commun. Quand Sholto serait grand, et ferait sa vie, elle se retrouverait totalement seule et cet avenir déprimant lui semblait insupportable !

Pourtant, comment priver son adorable Sholto de l'amour inconditionnel de ses deux parents et des avantages que lui vaudrait son appartenance à la famille Mastroni ?

Comment pourrait-elle refuser ce mariage et vivre sous la menace permanente d'un père tout-puissant déterminé à lui prendre son fils ?

Sans oublier ses parents, qu'elle aimait tendrement l'un et

l'autre en dépit de leurs faiblesses. Si elle rejetait l'offre de Francesco, ils finiraient leurs jours dans la pauvreté…

Décidément, plus elle réfléchissait, plus elle avait mal à la tête. Résolue à oublier ses affres ne fût-ce qu'un moment, elle entra dans la nursery pour baigner et nourrir Sholto.

— Pour une fois, je t'ai devancée, lui dit fièrement Francesco. Je l'ai changé et lui ai donné le biberon. Ce n'est pas si difficile.

— Je vois, murmura Anna, contemplant Sholto, vêtu d'une grenouillère blanche toute propre, dormant à poings fermés dans les bras de son père, assis sur un fauteuil bas.

On aurait dit que leur explication de la veille n'avait pas eu lieu ! pensa-t-elle, effarée de le voir agir comme si de rien n'était, en homme « civilisé ».

Décidément, les échanges sensuels étaient leur seul moyen de communication ; sur le plan émotionnel, elle ne l'atteignait pas. Francesco avait décidé d'écarter l'opinion qu'il avait d'elle pour ne tenir compte que de l'avenir de son fils. Toutes ses émotions se cristallisaient sur Sholto, comme il le prouvait maintenant. Il effleura la joue du bébé endormi et dit :

— Après notre mariage, nous passerons la majeure partie du temps dans ma maison de Toscane. Là-bas, il pourra jouer et s'amuser autant qu'il le voudra dans un air non pollué. Je lui apprendrai à pêcher, à faire du cheval… Il se développera bien…

Il se leva, posa le petit dans son berceau sans l'éveiller, puis se redressa et annonça :

— Nous prendrons une nurse.

« Il m'évince ! » s'indigna-t-elle, vraiment furieuse. Elle se voyait déjà dépossédée des seuls moments où elle éprouvait une sorte de bonheur. Il lui serait intolérable d'abandonner à une nurse cette précieuse heure matinale qu'elle consacrait à baigner et habiller Sholto, à jouer avec lui, à le nourrir !

Francesco cherchait-il à l'isoler complètement, à la réduire à la seule place de maîtresse, tant qu'il voudrait d'elle ?

— J'ai tout de même droit à la parole, non ? fit-elle observer en s'efforçant de parler d'une voix basse et calme. Je n'ai besoin de personne pour élever mon fils.

— Sans doute mais, quand tu seras de nouveau enceinte, tu seras contente d'avoir de l'aide. Entre un nouveau-né et un garçonnet remuant, tu seras facilement débordée, sans compter qu'il pourrait y avoir un troisième marmot !

Ah, ça, s'interrogea-t-elle, comptait-il l'enfermer dans un trou campagnard, loin de ses amis et de sa famille, dans un pays dont elle ne parlait pas la langue, pour faire d'elle une… une « poule pondeuse » ?

— Je n'arrive pas à croire que tu aies pu dire ça. Tu comptes avoir un tas d'enfants ?

— C'est ce qui nous pend au nez, non ? répondit-il avec amusement, étant donné notre bilan. Dominés par la luxure, voilà la description qui nous convient.

Etait-ce un rappel de leurs ébats éhontés de la veille ? Elle n'avait pas songé une seconde aux précautions nécessaires… Ni lui non plus. Espérait-il qu'elle ne prendrait pas garde à ses incartades conjugales si elle se retrouvait dotée d'une famille nombreuse à élever ? se demanda-t-elle en pâlissant.

Comme s'il la regardait vraiment pour la première fois depuis son entrée, il la prit par un coude et l'emmena dans le couloir :

— Tu as une mine de déterrée. Vas donc te recoucher pendant une heure ou deux. Peggy te montera ton petit déjeuner à 10 heures.

Il l'entraîna jusqu'à sa chambre et lui fit franchir le seuil d'une légère poussée, lâchant d'un ton nonchalant :

— Au fait, si tu espérais me rebuter en portant ces horreurs, ou me faire payer ma lucidité d'hier soir, c'est raté !

Il parlait sans doute du jean mal coupé et du T-shirt taille L qu'elle avait achetés au marché malgré la désapprobation de Sophia.

S'insurgeant de le voir considérer comme un mensonge calculateur sa déclaration d'amour de la veille, elle lui jeta avec colère :

— Tu es l'homme le plus vaniteux que j'aie jamais rencontré ! Tu considères que je ne parle et agis qu'en fonction de toi, n'est-ce pas ? Eh bien, toutes mes pensées ne tournent pas autour de ta personne, figure-toi ! J'ai acheté ces « horreurs », comme tu dis, pour ne pas abîmer les bouts de chiffon ruineux dont tu as tenu à m'affubler !

Elle continua sans désemparer :

— Sholto aime bien barboter dans son bain et n'arrête pas de m'éclabousser. Quand je lui fais faire son rot, il me bave dessus. Alors, non, je n'ai pas une seule seconde pensé à toi en m'habillant ce matin !

Là-dessus, elle lui claqua la porte au nez, jubilant de voir sa mine interdite.

11

Francesco lança son veston sur le fax et desserra sa cravate. La pièce où il avait installé son bureau était sa seule oasis de paix !

En rentrant dans sa vaste maison londonienne après quinze jours d'absence, il l'avait trouvée envahie par les membres de la famille. Les parents d'Anna s'étaient extasiés sur les cadeaux de mariage, arrivés par douzaines semblait-il. S'esquivant pour ne pas avoir à se joindre à ce concert de louanges, il s'était retrouvé aux prises avec sa nièce, folle de joie de le revoir, qui l'avait à moitié étranglé en l'étreignant de toute la force de ses petits bras. Seul Fabio, son beau-frère, survenant à point nommé, avait réussi à le délivrer :

— Cristina, voyons ! Laisse un peu respirer tonton Francesco ! Il admirera ta robe de demoiselle d'honneur tout à l'heure ! Il a d'autres choses à faire, pour le moment.

Après avoir échangé un sourire avec Fabio, qui emportait la petite, il était tombé, en traversant le salon du rez-de-chaussée, sur l'organisatrice du mariage, en conférence avec une Sophia surexcitée et approbatrice. Anna, figée à côté d'elles dans une raideur de statue, restait muette comme une carpe.

La noce avait lieu dans deux jours, et il avait hâte qu'elle soit terminée ! Il n'était de retour que depuis vingt minutes et, déjà, tous ces préparatifs le mettaient à cran. Il n'aurait jamais cru épouser un jour une croqueuse de diamants et encore moins aspirer passionnément à se retrouver seul avec elle et son fils.

Il fallait en déduire que ses facultés mentales étaient sévèrement altérées ! A moins qu'il ne fasse preuve d'une capacité certaine à agir au mieux pour l'avenir ?

Que disait le proverbe ? *Prenez garde à ne jamais faire un souhait, il pourrait bien se réaliser...* Voici quelques mois, il avait ardemment souhaité qu'Anna devienne sa femme et son vœu était sur le point de se réaliser. Mais le bonheur qu'il envisageait alors, qu'était-il devenu ?

Quant à Anna, elle avait désiré se marier pour devenir riche, et allait bientôt y parvenir. Pourtant, elle donnait l'impression de s'apprêter à monter sur l'échafaud ! Avait-elle rêvassé à une union idyllique où elle serait dorlotée et couverte de cadeaux par un mari en adoration devant elle ?

Si c'était le cas, tant pis pour elle ! Il n'avait rien de commun avec son propre père !

Impatienté, il décida d'avancer sans tarder, d'une manière ou d'une autre. Ils n'allaient tout de même pas passer le reste de leur existence à ferrailler !

Au cours des semaines écoulées, il avait délégué à ses meilleurs cadres une partie de ses tâches quotidiennes. Il voulait passer plus de temps auprès de son fils ! Sholto grandirait en sachant que son père l'aimait, le soutenait, avait envie d'être avec lui.

Il lui restait maintenant à établir une forme de compréhension, d'échange, avec sa future femme.

Il la trouva dans le jardin. Sur une couverture, le petit Sholto agitait ses petites jambes avec une joyeuse énergie tandis que sa mère, allongée près de lui et redressée sur un coude, lui chatouillait le ventre, l'air attendri.

Pendant un long moment, il resta à son poste d'observation, le cœur débordant d'amour. Pour son fils, bien sûr... Cette émotion était trop intense pour qu'il en soit autrement..., pensa-t-il. Il avait autrefois aimé Anna comme un fou mais cet amour était mort à l'instant fatal où son père avait tenté de profiter de sa fortune...

Il se décida enfin à approcher et à proférer quelques mots :

— Il a drôlement grandi en deux semaines !

Il s'agaça de la raucité de sa voix et, plus encore, de l'évidente crispation d'Anna à son approche. Elle était loin de réagir ainsi quand il la caressait... Réprimant un sarcasme, il souleva son fils dans ses bras.

— Il m'a souri ! s'exclama-t-il, béat.

Quand Francesco était de cette humeur, il était irrésistible, songea Anna. Pas question de s'attendrir, elle savait trop que les minutes suivantes pouvaient amener quelque cruelle et injuste accusation ! Elle se leva, lissant machinalement sa jupe.

— Ne t'en va pas à cause de moi ! lui lança-t-il avec une pointe de sécheresse. C'est bien que notre fils ait la compagnie de ses deux parents.

— Ne te prends pas pour le centre du monde ! C'est l'heure de son repas et de son bain, répliqua Anna d'un ton tranquille. Tu peux l'emmener à la nursery, si tu veux, et rester là-haut.

Sur cette concession, elle s'éloigna vers la maison, fière de s'en être si bien tirée, même si son cœur battait la chamade. Elle sursauta en entendant près d'elle la voix de Francesco :

— Volontiers. Nous dînons dehors ensemble, ce soir. Tout est déjà arrangé et Sophia se réjouit par avance de faire du baby-sitting. Nous avons besoin de discuter entre nous, loin de la famille.

Attablée dans l'alcôve discrète d'un restaurant élégant de Londres, Anna se sentait aussi nerveuse qu'une jeune fille à son premier rendez-vous. Son superbe compagnon en veston blanc avait attiré les regards pendant qu'ils traversaient la salle. Les femmes l'enviaient sûrement mais elle n'en était guère impressionnée : elle savait, mieux qu'elles, que leur « couple » n'était qu'une illusion…

Même si le regard gris de Francesco se posait sur elle d'un air approbateur et étonnamment possessif, elle n'en était pas troublée pour autant et ne réagit pas quand il énonça :

— Tu es très belle, cette robe te va à ravir. Comme moi, tous les hommes présents ont sûrement envie de te l'ôter.

Pas question de rougir ! pensa-t-elle.

Elle posa le menu qu'elle tenait et dit :

— L'idée est venue de toi, alors, je te laisse choisir. Tu veux parler : eh bien, j'ai quelque chose à te dire.

— Quoi donc ? fit-il, haussant un sourcil et esquissant ce demi-sourire amusé qu'elle trouvait exaspérant à force de condescendance.

— Mes parents m'ont dit qu'ils vivront désormais dans ta maison londonienne. Tout est déjà prévu, même un emploi à mi-temps pour papa dans ton siège londonien.

Francesco passa commande et, d'un geste, invita le sommelier à ouvrir la bouteille de champagne qui attendait dans le seau à glace.

— Ils ne sont pas satisfaits ? énonça-t-il.

— Tu sais pertinemment que si !

Depuis leur arrivée, ses parents n'avaient cessé de chanter les louanges de leur futur gendre, vantant sa générosité, disant leur impatience de s'installer à Londres, de sortir au théâtre ou au cinéma, faire les boutiques et visiter les galeries comme ils le voudraient et soulignant qu'ils s'entendaient à merveille avec Peggy et Arnold…

— Où est le problème, alors ?

— Tu as décidé de tout sans m'en parler. Tu as l'art de me faire sentir mon insignifiance ! Quant à mon mariage, c'est avec la blonde glaciale que tu en as discuté ! Tu ne m'as consultée en rien !

— Elle t'a cependant tenue au courant ? fit Francesco.

Si incroyable que cela fût, il semblait quelque peu… embarrassé !

— On m'a indiqué quelles fleurs j'aurais et quels mets seraient servis à la réception, si c'est à cela que tu fais allusion. Il était clair qu'on m'enverrait au piquet si je suggérais le plus petit changement ! lui asséna-t-elle.

Oh, ce n'était pas que les arrangements pris lui importaient ! Pour elle, cette cérémonie équivalait à un châtiment : elle se retrouverait liée à un homme toujours prêt à la condamner.

Francesco semblait vaguement atteint par ce qu'elle venait de dire et s'empressa d'affirmer :

— Si quelque chose te déplaît, il n'est pas trop tard pour le changer. On m'a assuré que c'est la meilleure organisatrice qui soit, mais…

— Je n'ai rien à redire, s'empressa d'affirmer Anna. C'est uniquement une question de principe.

Le serveur apporta leurs entrées et Francesco attendit qu'il se fût retiré pour répondre :

— Je regrette que tu n'aies pas été consultée. C'est ma faute. En fait, c'était la course folle, ces dernières semaines. Il y avait des décisions à prendre, je les ai prises. Je fonctionne ainsi. Mais à l'avenir, avant d'intervenir sur quelque chose qui te concerne, j'y réfléchirai à deux fois. Tu ne seras pas tenue dans l'ignorance.

Il avait eu, en disant cela, un sourire dévastateur. A présent, il plantait son regard dans le sien et, l'espace d'un instant, Anna eut la sensation de flotter sur un nuage. Elle se méprisa de rester sensible à son charme mais ne put rester indifférente à la musicalité veloutée de sa voix quand il enchaîna :

— Tu sais que les dettes de ton père sont payées et que je possède Rylands, désormais. Ta mère désirait depuis longtemps s'installer dans un endroit plus commode et il m'a paru judicieux de leur proposer ma maison de Londres. De plus, j'ai pensé qu'un rôle symbolique dans le conseil d'administration dissuaderait ton père d'envahir mon jardin avec des bêtes fauves.

Anna acquiesça en silence, ignorant cette réplique qui la blessait, et songeant plutôt à l'étonnante confession de sa mère. Celle-ci lui avait avoué que sa maison natale ne lui manquerait pas. Elle avait souvent suggéré à William de vendre mais il s'y était opposé, se sentant responsable. Elle avait dû « taper du poing sur la table », et ils avaient failli se fâcher ! Mais enfin, un sauveur s'était présenté : Francesco…

Celui-ci continuait maintenant, le sourire aux lèvres :

— Il y aura bientôt de grands travaux de rénovation à Rylands. Si tu es d'accord, j'aimerais que la propriété reste dans notre famille. Elle aurait dû normalement revenir à Sholto, un jour. Même si nous allons vivre en Toscane, il doit garder le contact avec ses racines anglaises. Rylands serait l'idéal pour les vacances, ou pour un Noël traditionnel, qu'en penses-tu ?

Ça alors ! Il lui demandait bel et bien son avis ! Ce n'était que pour Sholto, bien sûr. Elle ne comptait pas, pensa-t-elle, un pincement au cœur.

— Tu as raison, concéda-t-elle. Ce serait bien pour lui.

Et la ribambelle d'enfants qu'il comptait lui faire ! se dit-elle, soudain dépouillée de tout appétit.

— Je voulais te parler de notre avenir, reprit Francesco.

Jusqu'ici, nous nous sommes comportés comme deux duellistes toujours prêts à croiser le fer, exception faite de cette nuit inoubliable où tu es venue me retrouver et qui s'est, elle aussi, achevée dans l'aigreur. Cela ne doit pas continuer comme ça. Nous allons nous marier. Nous avons un fils. La seule chose sensée est d'oublier le passé et d'avancer harmonieusement.

Il leva sa coupe de champagne et déclara avec ce sourire qui ne manquait jamais de la faire défaillir :

— A notre avenir ! A la paix entre nous !

Son regard, chaleureux et sensuel, lui rappela leurs jours heureux à Ischia, et elle fut prise d'une tristesse mélancolique. « Faire d'un mal un bien », pensa-t-elle, c'était là ce qu'il proposait. Ce n'était guère une recette éprouvée pour le bonheur…

La gorge serrée, elle leva son verre avec réticence pour porter le toast à son tour. Enterrer le passé, ne jamais se plaindre, afficher un visage serein. Entériner une union sans échanges réels, sauf au lit. Rester constamment sur ses gardes, ne jamais rien dire qui pût provoquer les accusations qui ne demandaient qu'à jaillir… Elle n'était pas du tout sûre qu'elle pourrait vivre ainsi !

Mais elle se devait d'essayer et de tenter de capter sa confiance…

Comme le serveur reparaissait pour disposer devant eux des roulades de porc et des légumes d'aspect savoureux, elle sentit qu'elle ne pourrait les avaler comme si de rien n'était.

— Je vais peut-être rompre la paix à laquelle tu sembles aspirer mais je tiens à souligner une chose qui compte beaucoup pour moi. Tu dois savoir que j'ignorais qui tu étais et ton état de fortune. Je l'ai su plusieurs semaines seulement après que tu m'aies abandonnée.

Elle remarqua la tension sur son visage et l'air glacial qui révélait son incrédulité obstinée. Elle tenait cependant à aller jusqu'au bout de ce qu'elle avait commencé ! Fermement, elle continua :

— Cissie m'a montré un vieux magazine dans les pages financières duquel il y avait un article sur toi. Tu dois te mettre une chose en tête : je ne suis *pas* comme ta mère.

Il y eut un silence, meublé seulement par les murmures

assourdis des autres dîneurs. Puis, avec un calme inquiétant, il laissa tomber :

— Je vois que Sophia a parlé.

— Ne lui en veux pas, plaida Anna, réalisant qu'il ne pouvait se fier à elle mais déterminée à défendre sa sœur. Elle est folle de joie de ce mariage et a même laissé échapper qu'elle n'aurait jamais cru vivre un tel jour. Je lui ai naturellement demandé pourquoi et elle m'a raconté l'histoire de ta mère et de ton père, insistant sur le fait que je faisais maintenant partie de la famille et que je devais être mise au courant. Tu es son « grand frère », elle est heureuse pour toi… Elle croit que tu as enfin trouvé une femme digne de ta confiance et de ton amour. Je ne l'ai pas détrompée, je n'en ai pas eu le cœur, bien que tu n'aies aucune confiance en moi et que tu ne m'aimes pas.

Francesco l'avait pourtant aimée, autrefois ! Elle s'en rendait compte aujourd'hui et c'était d'autant plus douloureux : elle mesurait tout ce qu'elle avait perdu. Depuis ce soir fatal où il était arrivé à Rylands et reparti en lui laissant un mot de rupture, elle n'avait cessé d'y réfléchir et, sachant tout ce qu'elle savait à présent, elle était capable de reconstituer l'intégralité du puzzle…

Francesco ne lui avait celé son identité, à Ischia, que pour le bonheur d'être aimé pour lui-même. Ses déclarations d'amour avaient été sincères…

C'est son père qui avait tué cet amour dans l'œuf. Il avait sans doute reconnu Francesco grâce aux articles des journaux financiers qu'il lisait régulièrement et s'était empressé de l'entreprendre au sujet de son démentiel projet de safari parc qu'il était bien le seul à croire rentable ! L'allusion de Francesco au « jardin envahi de bêtes fauves » cadrait parfaitement avec cette hypothèse. Elle était certaine de voir juste !

Elle s'était gardée d'aborder ce sujet avec son père pour savoir ce qui s'était précisément passé ce soir-là. Car, s'il avait confirmé sa supposition, elle aurait perdu toute retenue et l'aurait accusé d'avoir gâché toutes ses chances de bonheur. Son futur mariage n'en serait devenu que plus pénible et dénué de sens.

De plus, elle adorait son père, malgré son excentricité, et n'aurait pas supporté qu'ils aient un différend sérieux. Ce qui était fait était fait, on n'y pouvait rien changer. Il n'y était pour rien si, à cause de ce qu'il avait vécu alors qu'il n'était encore qu'un petit garçon vulnérable, Francesco soupçonnait toutes les femmes d'être des mercenaires.

— Désolé, cela ne marche pas, répondit-il tandis qu'elle jouait avec sa fourchette, incapable d'avaler quoi que ce soit.

Il fit signe au serveur et régla rapidement l'addition, le visage sombre et tendu, le regard glacial. Il se leva et elle l'imita, les jambes tremblantes.

Leur rendez-vous conciliatoire était un échec, elle lui avait dit exactement ce qu'il ne désirait pas entendre. Jamais il ne la croirait et il continuerait à la mépriser parce qu'elle s'obstinait à vouloir le persuader du contraire. Il était furieux parce que Sophia lui avait révélé la conduite vénale de leur mère, la réaction inhumaine de leur père à leur égard. C'était une période de sa vie dont il ne parlait jamais. De toute évidence, il lui en voulait d'être au courant de son passé. Pensait-il, comme elle, que leur union était vouée à la débâcle avant même d'avoir commencé ?

Un taxi attendait au bord du trottoir et Francesco y fit monter Anna. Bien des sujets de réflexion le hantaient. Il devait découvrir la vérité, c'était impératif. Un entretien avec William s'imposait, il aurait dû le susciter depuis longtemps.

Il avait été fou de croire qu'il pouvait replâtrer sa relation fissurée avec Anna, fou de soutenir que Sholto était le pivot de ce mariage…

C'était Anna qui était au centre de tout. Il avait enfin l'honnêteté d'admettre qu'il l'aimait toujours et il *voulait* croire qu'elle l'aimait aussi. Même si sa conversation avec William échouait à le convaincre, il ne suivrait pas les traces de son propre père, il ne bâtirait pas une union désaccordée où l'un aimait alors que l'autre ne songeait qu'à lui soutirer de l'argent.

Ce serait aller à l'échec. Il en sortirait blessé et amer.

— Je rentre à pied, dit-il à Anna après avoir donné des directives au chauffeur de taxi. On se reverra à l'autel.

Peut-être.

12

— Que tu es belle ! s'exclama Béatrice Maybury, très émue, alors que Sophia, élégante dans un tailleur de soie ambre, achevait de boutonner la robe de mariée en satin richement brodé et ajustait le voile d'Anna.

— *Fanstastica!* soupira Sophia. C'est tellement romantique... Francesco a de la chance.

Anna tenta de sourire. Ce n'était pas facile. Il n'y avait pas une once de romantisme dans ce mariage !

L'effervescence de Sophia, la vanité naïve de Cristina paradant dans sa robe de demoiselle d'honneur de soie jaune et sautillant d'excitation, l'admiration inconditionnelle de Béatrice, royale dans sa redingote de brocart bleu et or et son extraordinaire chapeau et tenant le petit Sholto au creux des bras, sans parler de la proche cérémonie elle-même... tout cela lui faisait l'effet d'une pièce de théâtre où elle devait tenir un des premiers rôles.

Anna n'avait pas revu Francesco depuis la soirée au restaurant.

— Cela porte malheur que le fiancé voie la fiancée si peu de temps avant la noce, avait soutenu sa mère. Il est descendu à l'hôtel. Tu le verras à l'église !

L'humeur étrange de Francesco lui avait donné l'impression qu'il avait, au contraire, décidé de se laver les mains de tout cela. Il n'avait pas la moindre envie de la rejoindre à l'autel !

Quelle horrible situation ! Il ne l'épousait que parce qu'il adorait Sholto et elle avait accepté son chantage. Elle n'aurait sans doute pas demandé mieux si elle avait été la femme vénale qu'il voyait en elle mais ce n'était pas le cas ! De plus, elle était toujours amoureuse de lui... et c'était pire que tout !

Elle avait effectué une dernière tentative pour détromper Francesco et, au lieu d'y parvenir, n'avait réussi qu'à provoquer son éloignement. Avant, il était prêt à oublier le passé, maintenant, c'est *elle-même* qu'il semblait désireux d'oublier !

— Cesse de rêvasser, lui dit avec affection Sophia en glissant au creux de sa main un bouquet de roses blanches. Les voitures sont là.

Son père était arrivé lui aussi. Il avait belle allure dans son costume, avec un œillet à la boutonnière, et admira avec fierté la robe d'Anna. Dès qu'ils furent seuls, il l'embrassa avec effusion, en prenant bien garde de ne pas froisser ni déranger sa toilette. Elle en eut les larmes aux yeux. C'était son père : elle l'aimait, et savait qu'il l'aimait aussi. Mais c'était lui la cause de la défiance de Francesco…

— Nerveuse, ma puce ? fit-il. Ne t'inquiète pas. Tu es la mariée la plus belle de l'année, et ton bon vieux papa est là !

Trop bouleversée pour lui demander à quoi il faisait allusion, elle fut horrifiée, quand elle franchit le seuil, de découvrir une armée de photographes les mitraillant avec leurs appareils, se bousculant, lançant des questions. Heureusement, son père, avec l'aide du chauffeur en uniforme, l'aida à gagner au plus vite l'abri de la voiture.

La même scène se renouvellerait sûrement à l'entrée de l'église, songea Anna, le cœur serré. Le mariage d'un des célibataires les plus courtisés de la planète avec une Cendrillon devait faire la une des journaux. Ce n'était pourtant pas un conte de fées…

— Ma petite chérie, c'est ma faute, je suis désolé, marmonna William d'une voix bourrue.

— Ne sois pas bête, murmura-t-elle sans trouver la force de s'amuser de sa prétention naïve.

Ce n'était certes pas à cause de *lui* que la meute de photographes se déchaînait ; c'était à cause du célèbre Francesco Mastroni !

— Non, écoute-moi. J'ai eu une longue conversation avec ton fiancé, hier soir. Il m'a fait venir à son hôtel. Tu étais déjà couchée quand je suis rentré et, ce matin, c'était la folie, alors je…

— Papa, pas maintenant, je t'en prie ! Je ne veux pas !

Elle ne supportait pas de l'entendre encore chanter les louanges du gendre modèle qui était si généreux, qui les sauvait de la misère et leur offrait de surcroît un avenir luxueux et riant. Elle comprenait que ses parents n'aient pas autre chose à la bouche mais leur sécurité lui coûtait si cher !

Ignorant de son mieux la présence des photographes, elle entra dans l'église au bras de son père. Francesco l'attendait à l'autel, grand, beau, élégant et racé… Elle avait tellement douté de sa présence qu'elle faillit trébucher de surprise. Dans un sens, il aurait mieux valu qu'il ne vienne pas !

— Tête haute, ma puce ! lui souffla son père, refermant plus étroitement sa main sur son coude et la poussant à avancer. Tout ira bien, je te le promets !

Que pouvait-il en savoir ? pensa-t-elle avec une insolence inaccoutumée tandis qu'il la lâchait soudain et qu'elle se retrouvait devant l'autel.

Tendu, le regard assombri, Francesco posa les yeux sur elle et enregistra son expression presque hagarde, sa pâleur. Ce fut d'une voix basse et rauque, lourde d'émotion, qu'il lui murmura :

— Je t'aime, Anna. *Je t'aime.*

La cérémonie se déroula comme dans un rêve. Anna ne cessait de se demander : « Ai-je bien entendu ? » Avait-elle eu une hallucination auditive sous l'effet de l'angoisse ou Francesco avait-il réellement prononcé ces mots ? Par peur qu'elle se dérobe à la dernière minute et se sauve avec son fils, avait-il eu recours au seul subterfuge susceptible de la retenir ?…

Elle se retrouva dans la voiture qui les emportait vers le salon de réception, et demanda :

— Tu pensais vraiment ce que tu as dit ?

Il cala sa longue et élégante silhouette sur le siège, posa sur elle son regard de braise et déclara en lui prenant les mains :

— Tu es incroyablement belle. Comment aurais-je pu ne pas le penser ? Je t'aime, *cara*.

Il porta ses mains à ses lèvres, déposant des baisers au creux de ses paumes. Avec un coup au cœur, elle se demanda s'il jouait de son charme dévastateur pour qu'elle se comporte en femme énamourée aux yeux de tous et n'inflige pas quelque humiliation publique à son susceptible ego.

A moins qu'il ne fût réellement sincère ? Mais… comment cela se pouvait-il ?

Il lâcha soudain un juron en italien, puis :

— Nous voilà déjà arrivés ! Je n'ai pas le temps de dire ce qu'il faut. Anna… fais-moi confiance. Je t'aime et je te jure de te le prouver pendant tout le reste de notre existence !

Elle fut véritablement déstabilisée par cet aveu. Il semblait si authentique ! La manière dont il lui avait saisi la main et la tint serrée jusqu'à ce qu'ils fussent assis pour le banquet, sous le regard de deux cents convives, la persuada presque qu'un miracle avait eu lieu.

Elle désirait tant être convaincue ! A mesure que l'élégante soirée se déroulait et que Francesco la couvait d'un regard brûlant, le même qu'à Ischia, elle se laissa aller à croire. A la fin du discours de leur garçon d'honneur, lorsque Francesco profita du brouhaha des applaudissements et des rires pour passer à son doigt, au-dessus de l'alliance, une bague ornée d'un énorme diamant jaune, tous les doutes qu'elle pouvait nourrir encore se dissipèrent.

— J'ai remarqué, lui dit-il, que tu ne portais pas la bague que je t'ai forcée à choisir avec une inélégance impardonnable.

— Tu étais pressé, l'excusa-t-elle, et je n'arrivais pas à me décider. Je ne voulais rien de toi qui ne fût donné par amour.

Elle releva crânement la tête à ces mots, et croisa son regard gris, fiévreux.

— Je l'ai choisie parce que la couleur de la pierre me faisait penser à tes cheveux. Elle se trouvait dans ma poche quand je suis arrivé à Gloucester, voici des semaines. Je comptais te demander d'être ma femme. Ce bijou a été choisi avec amour, affirma-t-il.

Mais son père avait tout gâché, pensa-t-elle et, au fond, rien n'avait véritablement changé. Comment aurait-il pu en être autrement alors que Francesco n'avait pas cessé de la croire intéressée ?

Oh, bien sûr, elle ne pouvait pas lui reprocher ses efforts

pour créer un peu d'unité dans leur couple afin d'offrir un vrai foyer à Sholto. Mais…

— Il va falloir que l'on parle, murmura-t-elle. Que l'on parle vraiment.

Cela lui faisait horreur de devoir vivre avec un homme tendrement aimé qui la croyait liée à lui par le *lucre*, et rien d'autre !

— Bien sûr, lui dit-il. Mais plus tard. Pour le moment, nous sommes censés ouvrir le bal.

Un sourire magnétique illumina ses traits et il se leva, l'entraînant vers la salle de bal adjacente où la musique résonnait déjà.

Plaquant un sourire de circonstance sur son visage, elle se laissa emporter dans une valse, épousant son corps viril, espérant un impossible miracle.

Plus tard, après que Fabio l'eut enlevée à Francesco le temps de quelques danses, elle s'excusa, prétextant qu'elle était un peu lasse. Elle prit une coupe de champagne offerte par un serveur et se réfugia dans un endroit à l'écart, contemplant la salle.

Comme prévu, Peggy et Arnold s'étaient chargés de remmener Sholto à la maison pour le nourrir, le changer et le coucher. Francesco n'avait pas manqué à ses devoirs, faisant danser tour à tour sa mère, puis Sophia et sa cousine Silvana.

Maintenant, il évoluait avec la rouquine incendiaire qui l'avait escorté lors du repas chez Silvana…

Au bord du malaise, Anna vida sa coupe de champagne d'un trait. La rouquine avait été la dernière conquête en date de Francesco, ce week-end-là… En ce moment, lovée contre lui, elle se donnait en spectacle… Bon sang ! De quel droit invitait-il une ex à son mariage ? Comptait-il la rétablir dans ses droits de maîtresse ?

— Tu danses ?

Anna leva les yeux, un refus aux lèvres, mais, découvrant Nick, répondit :

— Pourquoi pas ?

Nick n'était pas un fameux danseur et, tandis qu'ils esquissaient quelques pas, elle fut frappée par son air morose.

— Où est Melody ? lui demanda-t-elle, car elle avait eu soin de les inviter tous deux.

— Elle n'a pas pu venir, lâcha-t-il, visiblement malheureux et frustré. On avait réservé à l'hôtel pour passer le week-end à Londres mais…

Il expliqua que Melody travaillait dans un cabinet de vétérinaire et qu'elle avait dû, à la dernièrc minute, remplacer une collègue absente pour maladie. Il était donc venu seul.

— Pauvre de toi ! s'attendrit Anna.

Elle surprit à cet instant le regard de Francesco, posé sur elle depuis l'autre côté de la salle. Il semblait furieux. La rousse avait disparu. Etait-il mécontent parce qu'elle était avec Nick ?

Elle eut un coup au cœur : il lui avait prouvé qu'il ne supportait pas de la voir en compagnie de son meilleur ami et elle l'avait accusé d'être jaloux. Il avait nié, bien entendu, mais on n'avait pas ce genre de réaction possessive à propos de quelqu'un qui vous laissait indifférent, n'est-ce pas ?

— Je crois que je vais passer la prochaine danse, Nick, dit-elle.

Elle allait rejoindre son mari et lui demander de s'expliquer sur la présence de la rouquine ! Elle allait lui faire savoir qu'il n'était pas question qu'il renoue avec ses habitudes de don Juan !

— Bonne idée, commenta Nick, l'escortant vers deux chaises vides. Je suis en nage. Attends-moi ici, je vais nous chercher de quoi nous désaltérer.

Anna n'eut pas le temps de lui dire qu'elle comptait rejoindre Francesco, il s'était déjà fondu dans la foule. Elle haussa les épaules, et fit volte-face… pour se retrouver nez à nez avec la jeune femme rousse.

— Je dois vous présenter mes félicitations, j'imagine, dit cette dernière.

— Merci, énonça Anna, trop fière pour s'esquiver.

— Ne me remerciez pas. Louez plutôt votre petit plan astucieux et votre fertilité : c'est ce qui s'appelle piéger un homme.

— Comment pouvez-vous dire cela ! s'exclama Anna, en proie à une violente émotion. C'est inouï !

Etait-ce ainsi que Francesco jugeait les choses ? Sans doute, s'avoua-t-elle, profondément malheureuse et humiliée.

Quant à la rousse, lissant sa robe fourreau au décolleté audacieux, elle répliqua :

— Vraiment ? C'est pourtant ce que tout le monde pense. Les gens vous font des sourires hypocrites mais moi, ce n'est pas mon genre. J'appelle un chat un chat. Francesco vous a épousée parce que vous vous êtes arrangée pour tomber enceinte. Pourquoi sinon aurait-il épousé une petite cuisinière sortie d'un trou de province ? Mais vous pouvez me croire si je vous dis qu'il ne vous sera pas fidèle. Je le tiens directement de lui : il m'a invitée ici pour m'en faire part.

13

Alors que Nick arrivait avec deux coupes de champagne, Francesco le devança et laissa tomber d'une voix plus glaciale que le pôle Nord :

— Inutile, mon épouse n'en a pas envie. Nous partons.

L'esprit en tumulte, Anna ne parvint ni à rassembler ses idées ni à résister à la main ferme de Francesco. Il l'entraîna loin des vastes salons de réception puis, après une laconique conversation au téléphone, gronda :

— L'aurais-tu dressé à s'empresser auprès de toi ?

— Ne sois pas stupide !

— Ce qui était stupide, c'était son air énamouré alors qu'il t'étreignait comme un perdu.

En observant son visage crispé, Anna ne put réprimer une sensation de triomphe, fût-elle de mauvais aloi. Francesco *était* jaloux de Nick ! Si tel était le cas, pouvait-il avoir véritablement l'intention de poursuivre une liaison hors mariage ?

Ou bien… considérait-il que les hommes avaient des privilèges auxquels les femmes n'avaient pas droit ?

Résistant à l'envie de le taquiner, il ne l'eût pourtant pas volé, après son attitude avec la sulfureuse rousse et les propos de cette dernière, elle précisa froidement :

— Nick est déçu. Melody, la femme dont il est amoureux, n'a pas pu venir. Ils devaient passer deux jours à Londres mais elle a dû remplacer une collègue malade à la dernière minute. Et il ne me serrait pas « comme un perdu » mais se retenait à moi parce qu'il est mauvais danseur et qu'il cherchait à éviter de se cogner contre les invités. Alors, je t'interdis de nous assimiler au genre de duo que tu formes avec cette rousse !

— Quoi ? fit belliqueusement Francesco, loin d'être apaisé par sa tirade.

Trop indignée pour battre en retraite, Anna lui lança :

— La harpie à qui tu faisais du charme m'a accusée de t'avoir piégé. Elle a aussi affirmé que tu l'avais conviée ici pour lui dire que notre mariage n'empêcherait pas votre liaison. Que dis-tu de ça ?

— *Dio mio !* laissa échapper Francesco, la saisissant par les épaules pour la contraindre à lui faire face. Elle est simplement venue cracher son venin ! Je te jure sur la vie de notre fils que je n'ai jamais eu de liaison avec elle. Je la connais à peine ! C'est une amie de ma cousine Silvana, et c'est elle qui l'avait invitée ce week-end-là. C'est une incorrigible « marieuse ». Elles espéraient qu'il sortirait quelque chose de cette rencontre arrangée à mon insu. Cette fille ne m'intéressait pas et je le lui ai fait comprendre. Je ne suis sorti avec *personne* après notre rupture ! Je ne voulais pas l'admettre, mais j'étais toujours amoureux de toi et je le suis resté.

Anna eut une sorte de vertige, et ne sut comment réagir. Une joie folle l'avait envahie à cette déclaration inattendue.

— Elle veut semer la zizanie, c'est tout, insista Francesco. C'est *elle* qui s'est jetée sur moi et, à moins de faire une scène déplaisante le jour même de mon mariage, je n'y pouvais rien. Je ne peux pas te demander de me faire confiance, je n'ai moi-même pas eu l'élégance d'avoir foi en toi, ce dont je ne m'excuserai jamais assez. Mais nous allons prendre à partie cette méprisable fauteuse de troubles et lui extorquer la vérité !

Anna sourit jusqu'aux oreilles. L'homme toujours sûr de détenir la vérité s'excusait bel et bien !

— C'est inutile, lui affirma-t-elle, sincère et émue. Je te crois. Tu aimes Sholto. Tu n'aurais jamais fait un serment mensonger sur sa tête. Mais arrête d'être jaloux de Nick. Nous sommes amis d'enfance depuis l'époque du bac à sable et, oui, il m'a demandé de l'épouser… Ne prends pas cet air-là ! C'était uniquement parce qu'il s'inquiétait à l'idée que j'élève seule un enfant. J'en ai été très touchée, mais je n'ai pas eu l'égoïsme d'accepter. Je savais qu'il tomberait amoureux un jour et, justement, c'est fait. De toute façon, je t'aimais toujours même si, comme toi, j'ai tenté de le nier.

Un sourire triomphant éclaira le visage de Francesco qui la serra brièvement contre lui :

— Tu m'aimes encore ?

— Bien sûr. J'ai déjà essayé de te le dire, mais tu ne m'as pas crue.

— J'ai été stupide ! gémit Francesco. Mais je te revaudrai ça, je te jure, *amore mio* ! Viens, allons-nous-en !

Il la souleva dans ses bras, puis l'emporta vers le quartier des cuisines et au-delà, franchissant une porte étroite.

— Mais que fais-tu ? dit-elle, les bras noués autour de son cou.

Elle se moquait bien de le savoir, en réalité. Francesco l'aimait ! Son cœur se dilatait de bonheur à cette idée et elle ne se souciait de rien d'autre !

Arnold attendait dehors, près de la Lexus, dans la ruelle de réservée aux livreurs. Sholto était endormi dans la voiture, commodément installé dans sa chaise de bébé. Francesco reposa Anna à terre, la retenant contre lui.

— Nous partons pour l'Italie, lui dit-il.

— Comme cela ? Sans dire adieu ? Sans que je prenne le temps de me changer ?

— Oui, comme cela !

Il se glissa à côté de son fils et Anna les rejoignit. L'air réjoui, Arnold fit démarrer la voiture.

Alors que le jet privé s'apprêtait à atterrir, Francesco déboucla sa ceinture de sécurité et celle d'Anna. Elle avait les joues roses, l'air heureux et il la trouvait adorable ainsi. Son fils dormait comme un petit loir dans sa couchette, sa gouvernante italienne n'allait pas tarder à les recevoir, et l'avenir s'annonçait merveilleux.

— Si se faire piéger c'est ça, je suis pour, énonça-t-il doucement, prêt à balayer les objections inévitables d'Anna.

— Je n'ai pas calculé de…

— Je sais, *cara mia*, coupa-t-il. Nous n'avons pas fait

preuve d'un grand sens des responsabilités, la première fois. Mais, sans Sholto, nous n'aurions jamais trouvé un tel bonheur. Alors, ce piège-là est un don du ciel et je suis ravi d'y tomber.

— Moi aussi, soupira Anna, se blottissant contre lui. Dis… quand as-tu décidé que tu pouvais me faire confiance ? Je sais pourquoi tu n'y parvenais pas : ton passé a décidé pour toi, en un sens. Mais j'aimerais bien savoir…

— J'ai été un parfait imbécile, déclara tout de go Francesco. A Ischia, j'étais convaincu d'avoir trouvé la loyauté et l'amour. Quand ton père a tenté de me soutirer une grosse somme d'argent, je me suis senti trahi, profondément blessé de manière irréparable.

Il lâcha un soupir saccadé, et admit :

— Je regrette tellement d'avoir pu penser que tu ressemblais à ma mère !

— Qu'est-elle devenue ? osa lui demander Anna.

Elle n'avait plus peur du sujet tabou. Il était bon d'amener Francesco à se livrer…

— Nous avons appris sa mort dans un accident de voiture peu de temps avant la disparition de papa, dit-il sobrement. Il n'avait pas cessé de penser à elle, d'espérer qu'elle nous reviendrait. Lorsque cet espoir est mort, il n'a plus eu la volonté de vivre, j'en suis convaincu.

Anna préféra l'éloigner de ces sombres souvenirs et revint à la charge :

— Quand as-tu commencé à me faire confiance, alors ?

— Lorsque je me suis mis à réfléchir au lieu de me laisser dominer par mes préjugés. Quand tu as refusé d'accepter quoi que ce soit alors que j'assumais mes responsabilités à ton égard et à ceux de notre enfant, j'y ai vu un calcul de ta part pour tenter d'obtenir davantage. J'étais vraiment bon à enfermer ! se fustigea Francesco. Et puis, à la naissance de Sholto, il m'a semblé impossible de ne pas être un vrai père pour mon fils et je t'ai demandé de m'épouser.

— Tu me l'as *ordonné* ! rectifia Anna.

— Et tu ne l'as certes pas accepté avec l'avide satisfaction que j'attendais ! C'est après cette soirée au restaurant où j'avais voulu améliorer nos relations que j'ai enfin repris mes esprits et examiné sainement les faits : ton refus d'une grosse pension alimentaire, ta réticence à accepter les vêtements que je t'avais offerts, ton dédain pour la bague de diamant… J'ai compris que j'avais été profondément injuste à ton égard, et je me suis méprisé moi-même. Je me suis réfugié dans un hôtel où j'ai passé les heures les plus désespérantes de mon existence…

Francesco eut un léger temps d'arrêt, puis continua :

— Pour mieux me fustiger, j'imagine, j'ai invité ton père à venir me voir ce soir-là. Ce que tu m'avais dit s'est confirmé, ainsi que je m'y attendais : tu ignorais mon état de fortune. Lui était au courant par la lecture des journaux et m'a affirmé qu'il ne t'avait jamais raconté cet épisode, il en avait trop honte… Il m'a expliqué que lorsqu'il avait un projet en tête, il était obnubilé par son désir de le réaliser et perdait de vue tout le reste. Il n'avait pas du tout envisagé qu'il pouvait mettre notre relation en danger en se comportant de cette manière ; en fait, il était persuadé qu'il ne s'agissait que d'une amourette. Quand je lui ai ouvert les yeux, cela l'a rendu malade, comme tu t'en doutes !

— Oh, mon Dieu ! s'exclama Anna en se redressant. Papa a essayé de m'en parler en m'accompagnant à l'église mais je n'ai rien voulu l'entendre…

Elle se serait évité bien des interrogations douloureuses si elle avait accepté de l'écouter !

— Tu me promets que nous en avons fini avec les malentendus ? dit-elle d'une voix pressante à Francesco. Plus de secrets entre nous, c'est promis ?

— Promis juré, répondit-il, inclinant la tête pour prendre ses lèvres.

Sholto dormait paisiblement dans son berceau. Francesco, qui faisait découvrir à Anna sa fastueuse propriété toscane, l'introduisit dans le grand salon de réception : une merveille avec son plafond à caissons décoré de fresques, son sol en marbre, ses antiquités de prix, ses vases de fleurs, ses hautes fenêtres grandes ouvertes sur les jardins odorants et la tiédeur de l'air.

— Eh bien ! souffla Anna, émerveillée. Tu vis en grand style !

— *Nous* vivons en grand style, rectifia-t-il. Mais si tu désires changer quoi que ce soit ici, tu n'as qu'à le dire.

— Je trouve que tout est parfait.

— Tu m'en vois heureux ! s'exclama-t-il avec ce grand sourire qui l'émouvait tant. Ma mère détestait cette demeure et elle est restée longtemps inhabitée. Lorsque j'en ai hérité, je l'ai ramenée à la vie.

Anna s'attendrit de l'entendre parler sans amertume de la femme qui avait si douloureusement marqué ses jeunes années. Francesco se délivrait du passé, c'était bon de le constater. Une seule chose l'intriguait encore…

— Dis-moi pourquoi, avec tout le luxe dont tu disposes, vivais-tu dans cette misérable cabane quand je t'ai rencontré ? Habillé comme un va-nu-pieds, avec une chaîne qui laissait des marques de vert-de-gris sur ton cou ?

Francesco laissa éclater un grand rire :

— Par désir d'évasion ! J'adore la mer. Je vais à Ischia pour oublier qui je suis, et mes responsabilités. J'aime vivre incognito, en paysan, et bricoler mon petit bateau… Personne ne me dérange, là-bas. Mais le jour où nous nous sommes connus, mon secrétaire personnel avait transgressé la règle à cause d'un problème qui ne relevait, selon lui, que de ma seule compétence. Pour le lui faire payer, je l'ai emmené déposer des pièges à homards pendant qu'il m'expliquait de quoi il retournait. Au retour, j'ai trouvé dans ma crique privée une créature de rêve… La suite, tu la connais.

— Nous sommes tombés amoureux l'un de l'autre, acheva doucement Anna. Mais pourquoi portais-tu cette chaîne en étain ? Tu en faisais un peu trop, là, non ?

Tout en disant cela, elle leva les bras vers lui avec un regard à la fois troublé et espiègle, quêtant un baiser.

Il l'attira à lui avec une sensualité affolante et elle perçut avec trouble son excitation virile. Il expliqua pourtant d'une voix rauque :

— Cristina me l'avait offerte avec son argent de poche et je la portais pour lui faire plaisir. Sophia était descendue quelques jours dans mon hôtel, en famille. Tu te rappelles que je devais emmener des gens en mer, ce jour-là ? C'étaient elle, Fabio et la petite. Tu en as tiré la conclusion que j'étais guide touristique, je ne t'ai pas détrompée. Tu sais pourquoi…

En contact avec son corps viril, Anna se sentait défaillir. Le souffle court, elle murmura :

— Je t'aimais quand je te croyais sans le sou. Et si tu étais ruiné demain, je t'aimerais encore, je…

Elle ne put aller plus loin, Francesco s'était emparé de sa bouche. Se laissant sombrer dans le tourbillon du désir, elle ne protesta pas lorsqu'il la souleva dans ses bras pour l'emporter dans le grand escalier, et gagner la chambre somptueuse qui serait désormais la leur.

— Ma femme…, souffla Francesco.

Il entreprit de déboutonner la robe de mariée qu'à sa demande elle n'avait pas quittée depuis leur départ de Londres, en murmurant :

— Je rêve de cela depuis que je t'ai vue marcher vers l'autel…

Ses mains habiles eurent tôt fait de la dévêtir, et leurs corps fiévreux s'abîmèrent ensemble sur le grand lit paré de satin…

Rendez-vous sur notre site www.harlequin.fr

- **Découvrez** toutes nos actualités, exclusivités, promotions, parutions à venir...
- **Partagez** vos avis sur vos dernières lectures...
- **Lisez** gratuitement en ligne
- **Retrouvez** vos abonnements, **vos romans dédicacés**, vos livres et vos ebooks en précommande...

L'application Harlequin

Téléchargez notre application gratuitement et profitez de plein d'avantages !

- 5 ebooks gratuits inclus dans l'application
- 50 nouveautés tous les mois et + de 7 000 ebooks en téléchargement
- Des petits prix toute l'année !
- Une facilité de lecture en un clic hors connexion
- Et encore plein d'autres avantages...

Télécharger dans l'App Store

DISPONIBLE SUR Google Play

Notre application offre un large choix de littérature sentimentale ! Sélectionnez votre style parmi toutes les idées de lectures proposées par Harlequin... À chacune son ebook !

Suivez-nous !

facebook.com/HarlequinFrance
twitter.com/harlequinfrance

OFFRE DÉCOUVERTE !

Vous souhaitez découvrir nos collections ? Recevez **votre 1er colis gratuit*** **avec 2 cadeaux surprises !** Une fois votre colis de bienvenue reçu, si vous souhaitez continuer à recevoir nos livres, cela se fera automatiquement. Vous recevrez alors vos livres inédits** en avant-première.

Vous n'avez aucune obligation d'achat et cette offre est sans engagement de durée !

*1 livre offert + 2 cadeaux / 2 livres offerts pour la collection Azur + 2 cadeaux. Les collections Gentlemen et Aliénor démarrent avec le 1er colis payant.
**Les livres Ispahan, Sagas, Best-Sellers Féminins, Gentlemen et Hors-Série sont des réédités.

☛ COCHEZ la collection choisie et renvoyez cette page au
Service Lectrices Harlequin – CS 20008 – 59718 Lille Cedex 9 – France

Collections	Références	Prix colis*
❑ **AZUR**	Z0ZFA6	6 livres par mois 28,79€
❑ **BLANCHE**	B0ZFA3	3 livres par mois 23,65€
❑ **LES HISTORIQUES**	H0ZFA2	2 livres par mois 16,59€
❑ **ISPAHAN**	Y0ZFA3	3 livres tous les 2 mois 23,35€
❑ **PASSIONS**	R0ZFA3	3 livres par mois 25,09€
❑ **SAGAS**	N0ZFA3	3 livres tous les 2 mois 27,66€
❑ **BLACK ROSE**	I0ZFA3	3 livres par mois 25,09€
❑ **VICTORIA**	V0ZFA3	3 livres tous les 2 mois 25,69€
❑ **GENTLEMEN**	G0ZFA2	2 livres tous les 2 mois 17,35€
❑ **BEST-SELLERS FÉMININS**	E0ZFA2	2 livres tous les 2 mois 18,75€
❑ **ALIÉNOR**	A0ZFA2	2 livres tous les 2 mois 17,35€
❑ **HORS-SÉRIE**	C0ZFA2	2 livres tous les 2 mois 17,35€

N° d'abonnée Harlequin (si vous en avez un) ____________

Mme ❑ Mlle ❑ Nom : ____________

Prénom : ____________ Adresse : ____________

Code Postal : ______ Ville : ____________

Pays : ____________ Tél. : ____________

E-mail : ____________

Date de naissance : ____________

❑ Oui, je souhaite recevoir par e-mail les offres promotionnelles des éditions Harlequin.
❑ Oui, je souhaite recevoir par e-mail les offres promotionnelles des partenaires des éditions Harlequin.

Date limite : 31 décembre 2020. Vous recevrez votre colis environ 20 jours après réception de ce bon. Offre soumise à acceptation et réservée aux personnes majeures, résidant en France métropolitaine, dans la limite des stocks disponibles. Prix susceptibles de modification en cours d'année. Vous pouvez demander à accéder à vos données personnelles, à les rectifier ou à les effacer. Il vous suffit de nous écrire en nous indiquant vos nom, prénom et adresse à : Service Lectrices Harlequin CS 20008 59718 LILLE Cedex 9. Service Lectrices disponible du lundi au vendredi de 8h à 18h : 01 45 82 47 47.

Harlequin® est une marque déposée du groupe HarperCollins France – 83/85, Bd Vincent Auriol – 75646 Paris cedex 13. SA au capital de 3 120 000€ – R.C. Paris. Siret 31867159100069/APE5811Z.

Composé et édité par HarperCollins France.

Achevé d'imprimer en mars 2020.

BLACK PRINT

Barcelone

Dépôt légal : avril 2020.

MIXTE
Papier issu de sources responsables
FSC® C108412

FSC
www.fsc.org

Pour limiter l'empreinte environnementale de ses livres, HarperCollins France s'engage à n'utiliser que du papier fabriqué à partir de bois provenant de forêts gérées durablement et de manière responsable.

Imprimé en Espagne.